朝鲜诗家论明清诗歌

The Korean Poets' Reviews on Poetry in Ming and Qing Dynasties

曹春茹　王国彪　著

国家社科基金后期资助项目
出版说明

后期资助项目是国家社科基金设立的一类重要项目，旨在鼓励广大社科研究者潜心治学，支持基础研究多出优秀成果。它是经过严格评审，从接近完成的科研成果中遴选立项的。为扩大后期资助项目的影响，更好地推动学术发展，促进成果转化，全国哲学社会科学规划办公室按照"统一设计、统一标识、统一版式、形成系列"的总体要求，组织出版国家社科基金后期资助项目成果。

全国哲学社会科学规划办公室

序

曹顺庆

1996年，我主编《东方文论选》一书时，已经对东方文学、文论研究的发展前景有了充分的信心。果然，20年来，国内的东方文学研究取得了长足的进步，研究方法不断更新、研究领域不断拓展，并不断加深与西方文学、文化的比较，涌现出了一大批学者和学术成果。作为东方文学的重要组成部分，朝鲜文学也吸引了很多学人的目光，尤其是近年来成为一个学术热点。前两天，曲阜师范大学文学院的曹春茹、王国彪两位青年学人寄来书稿《朝鲜诗家论明清诗歌》，请我作序。这部书稿历时7年完成，60万字，选题很有新意，文献翔实，论证较为严密，行文朴实，我喜欢这样的学风、文风，也同意他们的学术观点。因此，我愿意在这里写几句话，以鼓励这对学术伉俪，同时也发表自己对比较文学的一点看法。

"朝鲜诗家论明清诗歌"这个课题的初稿是两位年轻人在攻读博士学位的同时合作完成的，2011年1月获批国家社科基金后期资助项目，又经过4年的扩充、完善，即将付梓。研究期间，他们还在重要报刊发表了相关论文10余篇。这对学术青年不仅非常刻苦努力，选择的研究领域和研究方向明确且取得了很多成果，这是我愿意为本书作序的一个重要原因。他们从本科、研究生阶段就接触朝鲜半岛的文学、文化，攻读的博士专业也与之相近，此后一直共同工作、学习、生活，相互支持、配合，也形成了自己的研究专长。《朝鲜诗家论明清诗歌》这部书稿就是他们多年来亲密合作的结晶之一。

这部书稿的选题很好，选择了从域外视角观察中国文学。比较文学研究当中，他者目光中的自己永远都是一个话题。如果这个他者是自己的邻居，而且和自己又有诸多相似之处，那么邻居眼中的自我形象就更值得研究。中朝两国的文化交流历史久远，两国的文学交流也十分繁荣，中朝文学比较是比较文学研究的一个富矿。不过，我们过去多从中国文献出发，去研究朝鲜人对中国文学的看法，不仅资料少，而且观点也不全面。凭推测和想象的研究是靠不住的。曹春茹、王国彪经过长期的搜集、整理，在朝鲜汉文古籍当中发现朝鲜文人对明清诗歌的评论很多，与中国的评论互有异同，而且这些评论还"藏"在朝鲜文人的文集当中，多数没有被学术界所利用。因此，从域外视角研究中国诗歌这条道路是可行的。这也再一次提醒我们，比较文学的研究大有可为，研究视角的选择很重要。随着交流的开展和深入，一种文化总是要和其他文化进行碰撞，被其他文化群体了解和接受，文化在这个过程中就极有可能出现"变异"，在"他乡"发生一些变化甚至很大变化，我们可以通过他国的文献揽镜自鉴，重新深刻审视"彼时"的自己。比较文学的研究因此就更具有厚重感。这也充分启示我们，新视角的引入可以帮助旧材料焕发生机，新材料的发掘可以加速发现的脚步，比较文学研究离不开视角、材料的创新。加强与国外学者、科研机构的合作，在世界范围内寻找可以为我所用的理论和资料，是比较文学研究发展的一个重要趋势。朝鲜与中国可谓"同文同种"，朝鲜汉籍卷帙浩繁，蕴含着很多中国文化元素，近年来很多学者的研究方向纷纷转向朝鲜半岛，从那里获得了很多宝贵的文献，这就充分说明了利用域外视角及域外文献的可行性。

  这部著作的学术视野非常开阔，讲求文史哲的融合，突出了"比较"的特点。它将文学批评置于当时的政治、文化背景之下，以文献支撑文学，资料翔实，有叙述也有辨析，显示了很深的理论和文献功底。它阐释清楚了如下重要问题：朝鲜诗家在什么样的背景下评价明清诗歌，他们用何种方式评价明清诗歌，评价的具体内容和特点及价值是什么。严谨的结论建立在丰富、准确的文献基础之上。这部书共有1800多条注释（其中朝鲜文献占三分之二），共引用朝鲜汉籍200余部、明清典籍约100部、相关的学术成果50余部（篇），充分诠释了明清时期五百多年间朝鲜文人对明清诗歌的深刻认识，以及当时两国复杂的政治、文化关系。作者不仅从《韩国文集丛刊》及《续集》、《韩国诗话丛编》、《李朝实录》、《东文选》《燕行录全集》等朝鲜古代汉籍中梳理了第一手资料，也充分利用这些文献来佐证自己的观点，很多考证、比较、勘误是非常有价值的。在大量的资料面前，没有认真的态度，缺乏心平气和的心境，就无法系统整理出课题所需的恰当文献。而没有辛勤的劳动和敏锐的学术洞察力，这个课题也无法形成。我还了解到，他们承担其他国家级、省部级科研项目时也都发扬了这种治学传统，方向稳定而专一，深入而不浮躁，渐入学术研究的佳境。在日益追求科学、创新的今天，比较文学的研究也是如此，更需要长期的坚守与辛勤的奋斗，心存高远，但是不要忘了接地气，充分挖掘文献当中的瑰宝。

其实，这部书稿既可以说是比较文学研究的成果，也可以说是古代文学的研究成果，这个"跨界"（学科、国别）的选题不仅巧妙，而且内容有深度。近年来，明清诗歌研究已成为一个学术热点，但单纯研究明清诗歌在国内的传播与影响显然不够全面，而来自朝鲜批评家的观点国内还极少利用。因此，此选题在古代文学和比较文学之间找到了一个平衡点，也将两个国家的文学连接起来。相比其他国家而言，在古典文学的内容、形式方面，朝鲜与中国的差异性最小，而这恰恰增加了二者的比较难度。本书立足朝鲜古代汉籍，综合运用多种研究方法，从全新的域外视角展示了明清诗歌的面貌和特色，扩大了明清诗歌的研究范围和影响，并进一步彰显了中国传统诗歌文化的魅力和国际地位，对中国其他时代文学的域外影响及扩展东亚文学、东方文学研究的新格局有一定的借鉴意义。这与国家大力提倡的文化战略也是非常吻合的。

对学术研究而言，技巧和努力都是必须的，不能单纯模仿，更多的是创新、发展。比较文学研究领域中的许多经典话题、著述、篇章都值得我们深切玩味，举一反三，由此开拓自己的思路，打开新的大门。《朝鲜诗家论明清诗歌》这部著作就值得我们仔细阅读。

受学识、经历的一些限制，这两个年轻学者的某些观点、方法还略显稚嫩。不过不要紧，他们还会经历艰苦的历炼，还会不断进步。学术研究对每一位严肃认真的学者来说都是一段坚持不懈的生活史。以他们的认真态度和持续的努力，我相信他们会越来越成熟，在中朝比较文学领域取得更大的成绩。祝福他们。是为序。

曹顺庆，2015 年金秋于北京师范大学励耘寓所。

目　录

绪　论 …………………………………………………………………… 1

第一章　朝鲜诗家论明前期诗歌 …………………………………… 7
　第一节　朝鲜诗家论御制诗 ………………………………………… 7
　　一、论明太祖朱元璋诗歌 ………………………………………… 8
　　二、论明建文帝朱允炆诗歌 ……………………………………… 12
　　三、论明成祖朱棣诗歌 …………………………………………… 16
　　四、论明仁宗朱高炽诗歌 ………………………………………… 16
　　五、论明世宗朱厚熜诗歌 ………………………………………… 16
　第二节　朝鲜诗家论吴派、越派诗歌 ……………………………… 17
　　一、论吴派诗歌 …………………………………………………… 18
　　二、论越派诗歌 …………………………………………………… 27
　第三节　朝鲜诗家论台阁体、山林派、茶陵派诗歌 ……………… 33
　　一、论三杨台阁体诗歌 …………………………………………… 34
　　二、论于谦诗歌 …………………………………………………… 37
　　三、论山林派陈献章诗歌 ………………………………………… 39
　　四、论茶陵派李东阳诗歌 ………………………………………… 43

第二章　朝鲜诗家论明中期诗歌 …………………………………… 51
　第一节　朝鲜诗家论前七子诗歌 …………………………………… 52
　　一、论李梦阳诗歌 ………………………………………………… 56

二、论何景明诗歌 …………………………………………… 65
　第二节　朝鲜诗家论后七子诗歌 ……………………………… 72
　　一、论李攀龙诗歌 …………………………………………… 76
　　二、论王世贞诗歌 …………………………………………… 86
　第三节　朝鲜诗家论明中期其他诗人诗歌 …………………… 103
　　一、论杨慎诗歌 ……………………………………………… 104
　　二、论徐渭诗歌 ……………………………………………… 107
　　三、论高叔嗣诗歌 …………………………………………… 108
　　四、论王守仁诗歌 …………………………………………… 111

第三章　朝鲜诗家论明后期诗歌 …………………………………… 116
　第一节　朝鲜诗家论公安派诗歌 ……………………………… 116
　　一、公安派诗歌东传朝鲜 …………………………………… 118
　　二、论公安派诗歌理论 ……………………………………… 119
　　三、对袁宏道诗歌的褒奖与责难 …………………………… 120
　第二节　朝鲜诗家论竟陵派诗歌 ……………………………… 127
　　一、认可与褒奖 ……………………………………………… 128
　　二、指瑕和责难 ……………………………………………… 131
　第三节　朝鲜诗家论明末爱国诗歌 …………………………… 137

第四章　朝鲜诗家论《皇华集》 …………………………………… 140
　第一节　《皇华集》的由来和内容 …………………………… 140
　　一、诗赋外交 ………………………………………………… 140
　　二、《皇华集》的结集刊刻、得名及规模 ………………… 144
　　三、《皇华集》的主要内容 ………………………………… 148
　第二节　朝鲜诗家论中国使臣及其诗歌 ……………………… 158
　　一、论中国使臣 ……………………………………………… 159
　　二、论《皇华集》诗歌 ……………………………………… 167

第五章　朝鲜诗家论清初明遗民诗 ………………………………… 180
　第一节　朝鲜诗家论明遗民诗的背景、目的 ………………… 181
　第二节　朝鲜诗家论明遗民诗的方式和特点 ………………… 185
　　一、同气相求，强调"真诗"，以甲申事、燕行事咏怀 … 185

二、辑录诗作，间接表达赞赏之意 ······················· 187
　　三、将诗人经历与诗作、诗风紧密结合 ··················· 191
第三节　朝鲜诗家论明遗民诗的创作理念 ······················· 192
　　一、抒发真性情 ·· 192
　　二、"诗史"品格 ··· 194
第四节　朝鲜诗家论明遗民诗的主题、思想 ··················· 197
　　一、感慨山河破碎，哀叹世事变迁 ························· 198
　　二、怀恋故国 ··· 200
　　三、志在恢复 ··· 205
　　四、体察百姓苦难 ··· 209
　　五、珍惜友情 ··· 211
第五节　朝鲜诗家论明遗民诗的风格 ··························· 215
　　一、慷慨豪壮 ··· 216
　　二、悲凉哀伤 ··· 219
　　三、典雅清秀 ··· 225
　　四、平淡自然 ··· 227

第六章　朝鲜诗家论清前期诗歌 ···································· 234
　第一节　朝鲜诗家论钱谦益诗歌 ································ 234
　　一、钱谦益作品传入朝鲜时间及影响 ···················· 235
　　二、论钱谦益的诗歌创作 ···································· 242
　　三、论钱谦益的《列朝诗集》 ······························ 259
　　四、论钱谦益的诗学思想 ···································· 263
　第二节　朝鲜诗家论神韵派王士禛诗歌 ······················· 272
　　一、王士禛诗作的东传及影响 ······························ 273
　　二、论王士禛的"神韵说" ·································· 296
　　三、论王士禛的诗歌创作 ···································· 303
　第三节　朝鲜诗家论朱彝尊、查慎行、李锴等人诗歌 ········ 315
　　一、论朱彝尊诗歌 ··· 315
　　二、论查慎行诗歌 ··· 321
　　三、论施闰章、宋琬诗歌 ···································· 324
　　四、论李锴诗歌 ··· 324
　　五、论毛奇龄诗歌 ··· 331

六、论李光地诗歌 ··· 333
　　　七、论王士禄诗歌 ··· 334
　　　八、论康熙诗歌 ··· 335
　第四节　朝鲜诗家论季文兰题壁诗 ·· 337
　　　一、记述季文兰事迹 ··· 337
　　　二、次韵、唱和季文兰诗歌 ··· 339
　　　三、成海应对季文兰故事的演绎与想象 ······························· 345
　　　四、对桂香、宋蕙湘等诗歌的关注 ··································· 348

第七章　朝鲜诗家论清中后期诗歌 ·· 350
　第一节　朝鲜诗家论格调派沈德潜诗歌 ···································· 352
　第二节　朝鲜诗家论性灵派袁枚、张问陶诗歌 ······························ 355
　　　一、论袁枚诗歌 ··· 355
　　　二、论张问陶诗歌 ··· 365
　第三节　朝鲜诗家论肌理派翁方纲、吴嵩梁诗歌 ···························· 368
　　　一、论翁方纲诗歌 ··· 369
　　　二、论吴嵩梁诗歌 ··· 378
　第四节　朝鲜诗家论"钱塘三名士"、李调元、郭执桓诗歌 ··· 389
　　　一、论"钱塘三名士"诗歌 ··· 391
　　　二、论西蜀才子李调元诗歌 ··· 411
　　　三、论山西青年诗才郭执桓诗歌 ····································· 426
　第五节　朝鲜诗家论乾嘉名臣纪昀、铁保诗歌 ······························ 439
　　　一、论纪昀诗歌 ··· 439
　　　二、论铁保诗歌 ··· 449

第八章　朝鲜诗家对明清诗歌评论的特点和价值 ···························· 460
　第一节　朝鲜诗家对明清诗歌评论的特点 ·································· 460
　　　一、引用或化用中国的评论 ··· 460
　　　二、具有鲜明的儒学化特色 ··· 466
　　　三、评论角度、标准、形式、载体的多样性 ··························· 476
　　　四、以主要流派和著名诗人为主，兼顾其他诗人 ······················· 500
　　　五、所引少数诗歌与中国现存版本有出入 ····························· 503
　第二节　朝鲜诗家对明清诗歌评论的价值 ·································· 507

一、有助于考证明清诗歌的东传时间及途径 …………… 508
　　二、反映了明清诗歌在朝鲜的传播及影响盛况 ………… 511
　　三、补充了明清诗歌理论，促进了朝鲜诗学发展 ………… 515
　　四、对明清诗歌的校勘和辑佚有参考价值 ……………… 519
　　五、对研究两国文化交流及补充地方志有文献价值 ……… 524

参考文献 ……………………………………………………… 526
后　记 ……………………………………………………… 532

绪 论

中国古代诗歌在明清时期迎来了最后一个发展、繁荣时期。明清诗歌整体成就虽然无法逾越唐宋，但也不乏名家圣手，且在流派、地域特色、诗人数量、诗歌理论等方面颇有可观之处，不仅是中国古代诗歌的重要组成部分，在域外的朝鲜半岛、日本、越南等国家也产生了重要的影响。

近年来，明清诗歌研究已成为一个学术热点。但是，这些研究绝大多数立足于明清诗歌在国内的传播与影响，很少探讨域外诗人、批评家对这两代诗歌的接受与批评。而实际的情况是，明清诗歌在域外尤其是朝鲜半岛的传播与接受也十分繁荣，一些国内外学者已经开始关注朝鲜[①]诗人、批评家对明清诗歌的接受与批评。

据目前的统计，国内外研究朝鲜文人、批评家评论明清诗歌的代表性成果主要如下。

（一）学位论文

博士学位论文如徐东日的《李德懋文学研究——兼与中国文学相比较》（延边大学，2002）、韩卫星的《洪大容文学研究——兼与中国文学相比较》（延边大学，2006）、王克平的《朝鲜与明外交关系研究——以"诗赋外交"为中心》（延边大学，2009）等。硕士学位论文如庞礴的《朝鲜汉诗渊源及清诗对朝鲜诗人的影响》（四川大学，2002）、项晓的《朝鲜赴清使臣与清代文人的交往研究》（复旦大学，2007）、吴既白的《中朝诗家论王士禛诗》（延边大学，2009）、卢荻的《明诗在朝鲜的传播》（延边大学，2010）、孙艳玲的《18—19世纪朴齐家与清朝文人的交

---

① 本书所说的朝鲜，即历史上的朝鲜朝（1392—1910），地理范围指整个朝鲜半岛（包括今天的朝鲜和韩国）。朝鲜朝在时间上基本与中国的明清两代相对应，又称李朝。

流研究》(山东大学，2013)等等。

(二) 期刊论文

期刊论文如韩国朴现圭的《韩国的〈四家诗〉与清朝李调元的〈雨村诗话〉》(《四川师范大学学报》，1998)、徐东日的《朝鲜李朝时期：中朝两国诗歌文学之关联》(《东疆学刊》，1998)、金柄珉的《朝鲜诗人朴齐家与清代文坛》(《社会科学战线》，2002)、《朝鲜北学派文学与清代诗人王士祯》(《文学评论》，2002)、韩国柳晟俊的《朝鲜朝后期以来清代诗学研究概况》(《中国韵文学刊》，2005)、《朝鲜王朝后期清诗研究概况——以王士祯为中心》(《苏州大学学报》，2007)、李圣华的《论韩国诗人对明诗的接受与批评——以韩国诗话为中心》(《中州学刊》，2007)、王英志的《清乾嘉时期日朝对袁枚诗学的批评》(《文艺研究》，2008)、韩国崔日义的《韩国朝鲜后期诗坛接受袁枚诗学之状况》(《苏州大学学报》，2010)、孙德彪的《朝鲜四家诗人与李调元的诗文友谊》(《社会科学论坛》，2010)、张振亭的《朝鲜北学派文人对王士禛"神韵说"的主体间性批评》(《苏州大学学报》，2010)、日本夫马进、张雯的《朝鲜洪大容〈乾净会友录〉与清代文人》(《聊城大学学报》，2012)、杜慧月的《论朝鲜李晬光〈芝峰类说〉对王世贞诗学的接受》(《河南理工大学学报》，2013)、王克平的《朝鲜使臣在明朝的文学交流》(《南京师大学报》，2014)、孙卫国的《乾嘉学人与朝鲜学人之交游——以纪昀与洪良浩之往来为中心》(《文史哲》，2014)等等。此外，本书作者近几年也发表了此方面的论文多篇，如曹春茹的《清代满族诗人铁保与朝鲜文臣的诗文友谊》(《中央民族大学学报》，2011)、《朝鲜文人对明代文学接受与批评的儒学化特色》(《外国文学研究》，2014)、《朝鲜诗家论〈皇华集〉》(《山西师大学报》，2015)、王国彪的《朝鲜诗家对〈列朝诗集〉的接受与批评》(《齐鲁学刊》，2013)、《朝鲜诗家对清初明遗民诗的接受与评论》(《西北师大学报》，2014)等等。

这些成果多卓有见地，论证深入，不过基本上观照一时一地或一人一事，或缺少纵览与综合，或收集、引用的材料还不够充分，有些则只是收集、摘取近年研究成果的观点或资料，缺少创新。于是我们从韩国民族文化推进会编选的《标点影印 韩国文集丛刊》及其《续集》、赵锺业编选的《修正增补 韩国诗话丛编》、《李朝实录》(《朝鲜王朝实录》)、《东文选》、《大东野乘》、林基中编选的《燕行录全集》等朝鲜古代汉籍中广泛收集了第一手资料,以明清诗歌发展阶段为序、以主要流派和诗人为主,对朝鲜诗人、批评家(本书统称为"朝鲜诗家")接受、评论明清诗歌的具体情况做了整理和研究,希望本成果能够为相关研究提供一些帮助。

朝鲜半岛很早就形成了汉文化传统,朝鲜汉诗的产生、发展和繁荣受中国诗歌的影响很深,明清时期也是如此。这种影响与明清诗文集的东传有很大关系。宋朝以前,朝鲜半岛与中国的文献交流就比较频繁,如朝鲜学者李种徽(1731—1797)的《高句丽艺文志》记载:"句丽之兴,闾巷里落莫不有学。其学士、大夫日游学于中国,而中国书籍已与之日东,而魏晋之间历代赐书又复相继而至,秘府所积盖亦多矣。"① 明清时期,中朝两国的政治交流更加频繁,文献交流愈加活跃,朝鲜诗家通过官方和民间受赠、购买、交换等多种形式接受了大量的明清诗歌文献。如李宜显(1669—1745)1720年(庚子)出使中国,购得图书50余种、1300余卷,书目见于《庚子燕行杂识》:"所购册子:……《明诗综》三十二卷……《何大复集》八卷,《王弇州集》三十卷,《续集》三十六卷,《徐文长集》八卷……"② 由此可知,在朝鲜官方所购图书中,包括了明代诗人如何景明、王世贞、徐渭等人的作品集。这只是官方记录,有的诗文集还通过文人和商人交换、私藏、夹带过关等秘密形式更早传到了朝鲜半岛。

朝鲜诗家往往通过与中国诗人笔谈、唱和、选书、购书、抄录等方式获得了更多的明清诗歌文本和研究资料。如尹根寿(1537—1616)1589年"因赴京之行,而购得《四部稿》"(《月汀先生朝天录》)③。朴齐家(1750—1805)曾经托纪晓岚购买戴震的文集,其《怀人诗,仿蒋心余·纪晓岚昀》写道:"晓岚今龙门,胸涵四库富。滦阳说鬼乘,鬼亦嘲学究。推毂戴东原,遗书为我购。"④ 由此,明清两代的大量诗集传入朝鲜。成海应(1760—1839)、李德懋(1741—1793)在评价清初明

---

① 〔朝〕李种徽:《修山集》(《影印标点 韩国文集丛刊》第247辑),汉城,韩国民族文化推进会,2000年,第544页。
② 〔朝〕李宜显:《陶谷集Ⅱ》(《影印标点 韩国文集丛刊》第181辑),汉城,韩国民族文化推进会,1997年,第492页。
③ 〔朝〕尹根寿:《月汀集》(《影印标点 韩国文集丛刊》第47辑),汉城,韩国民族文化推进会,1989年,第259页。
④ 〔朝〕朴齐家:《贞蕤阁集》(《影印标点 韩国文集丛刊》第261辑),汉城,韩国民族文化推进会,2001年,第527页。

遗民诗时，引用的书目超过了 210 种，如《明史》、《清一统志》、《四库全书总目》、《启祯野乘》、钱谦益《有学集》、《列朝诗集》和朱彝尊（1629—1709）《明诗综》、《静志居诗话》、《曝书亭集》，以及王士禛《感旧集》、《池北偶谈》、《渔洋诗话》、《带经堂集》和沈德潜《明诗别裁集》、《清诗别裁集》、毛奇龄《西河集》等，其中包括了为数众多的明清诗集。而李圭景（1788—？）的《历代诗集家数辨证说》对明清诗集做了具体统计："皇明诗则朱竹垞彝尊《明诗综》，三千四百余家。清诗则王贻上士禛《感旧集》，凡三百三十三人（诗二千五百七十二首）。沈德潜《别裁集》九百九十三人（诗四千九十九首）。"① 这些资料说明，朝鲜诗家对明清诗作拥有量很大且十分熟稔。

通过图书交流和诗人、学者间的笔谈、唱和，朝鲜汉诗在理论、经验、技法等方面得到了进一步发展，不仅出现了大批优秀诗人和诗作，也涌现了大量的诗歌理论和批评著作，其中包括了大量对明清诗歌的赏析和评论。

在五百余年的文化交往中，朝鲜诗家对明清诗歌有较为准确的认识和评价，总体上肯定了明清诗歌的成就与贡献，同时也对个别诗人、流派或诗作提出了质疑或指责。这些评论具有较高的文学、文献价值，研究者可以将其与中国诗评、诗论相比较，从而在更广阔的视野中审视明清诗歌。

朝鲜半岛在与中国的长期交往中，形成了以中华文化为正统的慕华思想，这种思想在明代得以发扬光大，此时的朝鲜亦以"小中华"自居。朝鲜诗家对明诗产生了浓厚兴趣，以传阅、次韵、和诗、鉴赏等形式接受了明诗。前后七子的诗歌、复古理论对朝鲜诗歌由"宋"入"唐"（"宗唐"）产生了极大的推动作用。稍后的公安派、竟陵派诗歌也对朝鲜的诗歌和理论发展产生了不小的影响。同时，朝鲜诗家也认识到了明代这些诗歌流派的弊端及其对朝鲜汉诗创作的消极影响。当明清易代后，朝鲜起初不认同清朝的正统地位，认为自己才是唯一的中华余脉，所以对清朝抵制、厌恶，从朝鲜诗家辑录、编选、评论、肯定清初明遗民诗就可以看到这一点。随着宗藩体系的确立、清初的国势昌运以及朝鲜国内北学思想的兴起，一些进步的朝鲜知识分子以辩证的眼光看待清

---

① 〔朝〕李圭景：《五洲衍文长笺散稿》（上），汉城，明文堂，1982 年，第 925 页。

朝，倡导回归中国儒家文化，由此开始逐渐接受并亲近清朝。从1637年到1895年的258年间，朝鲜共向清朝派出使团500余次。在这个过程中，朝鲜使臣与清代文人通过笔谈、唱和、通信等形式进行了频繁的文学交流，留下了许多诚挚感人的交往故事和优秀的诗作。因此，在这种友善、亲密的文化背景下，中朝诗歌交流重新走上正轨，但交流过程中也存在着朝鲜诗家对清诗的评价过高或指责过于犀利等问题。

朝鲜诗家评价明清诗歌的内容非常丰富，主要包括对元末明初到鸦片战争以前的诗歌流派、脉络、作者（生平、思想、诗论观点、人格）、文本（含注疏）及诗歌创作环境、背景、特色等的评论，其评论角度、方法、形式也多种多样，这些评论主要存在于朝鲜的汉文诗歌、散文、诗话等各类文体中。为了获取第一手资料，著者仔细查阅了《韩国文集丛刊》及《续集》、《韩国诗话丛编》、《李朝实录》、《东文选》、《燕行录全集》、《大东野乘》等大量汉文古典文献。但由于朝鲜汉文古籍卷帙浩繁，限于条件，难免挂一漏万。因此著者又从相关的研究著述、论文中寻找有价值的线索和资料。在前期准备和撰写过程中，著者对所收集的材料又进行了认真的校勘、比对、分类，力求全面、准确。

在掌握大量原始资料的基础上，著者主要运用以意逆志、推源溯流、意象批评等古代诗歌批评方法以及比较文学的影响研究、跨学科研究、接受学、变异学等理论和方法，并结合选本、诗话、评点等方面的理论，"述"、"作"结合，尽量弄清楚明清诗歌传入朝鲜的时间和途径，梳理并描述出明清诗歌在朝鲜半岛被接受和评论的盛况。

全书主体内容为八章，以明清诗歌史为经，以朝鲜诗家对明清诗歌流派、代表作家的评论为纬，重点审视朝鲜诗家评论明清诗歌的立场、思路、策略、结论，揭示明清诗歌影响朝鲜汉诗发展的社会、文学因素以及明清时期中朝两国诗歌交流的特点。在此基础上突显了明清诗歌在东亚汉文化圈的重要影响，也突显了中国诗歌文化的魅力。

本书的主要观点如下：

一、明清诗歌在成就、地位方面总体上虽然无法与唐宋诗歌相比，但在朝鲜依然受到普遍而持续的关注。朝鲜诗家将其视为中华文化的一部分，进行了较为积极的接受与评价，其评论的数量、规模、深度也比较可观。而两国关系的变化影响了明清诗集的东传以及文人之间的交流，进而影响到了朝鲜诗家评价明清诗歌的速度、节奏和热度。

二、朝鲜诗家把握住了明清诗歌发展的脉络和主流，侧重评价了明清时期重点诗人（如吴越派、前后七子、王士禛、翁方纲、李调元、袁枚等）及其诗歌、诗论，并兼顾其他有创作特色的诗人（如明代使朝的文臣、王守仁、沈德潜、纪昀、吴嵩梁等）。朝鲜半岛受中华文化的影响很深，朝鲜诗家评价明清诗歌的角度、方法、形式、观点多种多样，与中国诗论多有相似、相通之处，又有独到观点，显现了朝鲜诗论的丰富性和独特性，以及两国文学交流的繁荣。

三、受到中朝宗藩关系以及朝鲜崇尚儒家文化因素的影响，朝鲜诗家对明清诗歌的评价具有较为鲜明的儒学化特色，如有些评论明显受到诗歌主题、诗人身份、品格及气度的影响。

四、朝鲜诗家对明清诗歌的评价是对中国诗歌批评的有益补充和丰富，有一定的文献价值。同时，它也是朝鲜诗论发展历程的组成部分和诗论成就的客观展现。

五、朝鲜诗家对明清诗歌的评价总体上持肯定态度，较为客观、全面。受时空、传播手段、学识等因素的制约，朝鲜诗家的评价在作者、题目、词句方面也存在些许讹误。

中国和朝鲜是古代儒家文化圈里两个重要的国家，两国的文化、文学发展有着千丝万缕的联系。朝鲜诗家对明清诗歌的评论，就是中朝两国文学、文化交流的硕果和有力证明。本书第一次集中、全面、深入地展示了朝鲜诗家对明清诗歌的认识和评价，为中朝文化交流研究增添了新内容，是东亚比较文学研究领域的一次有益尝试。本书从域外影响的角度开拓了明清诗歌研究的新领域，扩大了明清文学在汉文化圈中的影响，希望它对中国其他时代文学的域外影响及扩展东亚文学研究新格局能有一定的借鉴意义。

第一章　朝鲜诗家论明前期诗歌

从明初到成化末年（1368—1487）的百余年是明代诗歌发展的前期，是中国诗歌史上一段漫长的衰微期。明初诗坛主要分为特色鲜明的五派，即吴派、越派、江右（江西）派、闽派、粤派，其中吴派的高启、越派的刘基诗歌成就最高。而后以"三杨"为代表的台阁体盛行，这一派以阿谀奉承和道德说教为主要特征，是粉饰现实、点缀升平之作。于谦的诗作不为台阁体所囿，书写内心的真情实感，较台阁体来说是一大进步。以陈献章、庄昶为代表的山林诗继台阁体而兴起，这些诗歌关注隐逸气象，恬淡清逸。茶陵人李东阳以台阁重臣身份主持文坛，茶陵派一时成为诗坛主流。李东阳兼取台阁体与山林体，倡导复古，使茶陵派从台阁体中脱颖而出，他也成为从台阁体到前后七子的过渡性诗人，对明诗的发展意义很大。除了这些专业的诗人以外，明代还有一些帝王也留下一些诗作。

朝鲜诗家对明朝前期诗歌比较关注，从朱元璋、建文帝等的御制诗到高启、刘基、杨士奇、陈献章等的文人诗，从吴越诗派、台阁体、山林体等各体诗歌的创作风格、技巧到诗歌理论，都进行了比较全面的评价。这些评价的内容、形式丰富多样，基本把握了诗歌的走向，对主要流派的诗人、诗风及其代表（或有特色的）诗作都做了比较详细、深入的介绍。而且，有些观点富于辩证色彩，颇有见地，形成了较好的批评传统。朝鲜诗家对明前期诗歌的批评开启了其明诗批评的序幕，也为朝鲜朝诗歌理论和批评的发展和丰富奠定了基础。

第一节　朝鲜诗家论御制诗

御制诗即帝王所作之诗，也称作帝王诗。传世的御制诗很多，但有影响的名篇却不多。明以前的御制诗名篇有周成王的《敬之》和《小毖》（《诗经·周颂》）、汉高祖刘邦的《大风歌》、魏武帝曹操的《观沧海》和《蒿里行》、唐太宗李世民的《正日临朝》、武则天的《腊日宣诏幸上苑》、宋太祖赵匡胤的《咏初日》与《咏月》等，这些诗都表达了典型的帝王怀抱、志趣，洋溢着典型的王者气象（"王者之气"）。"何谓王者之气？似不外乎争夺天下的狂气、解救天下的正气、一统天下的霸气、感召天下的雅气，以及丧失天下的怨气。"①

和一些著名诗人的作品相比较，明前期几位帝王的御制诗并不是十分出色，但出于政治原因，朝鲜诗家还是给予了不少关注。他们分别提及、抄录或评论了太祖朱元璋、建文帝朱允炆、成祖朱棣、仁宗朱高炽、世宗朱厚熜等五代皇帝的御制诗。

一、论明太祖朱元璋诗歌

朱元璋出身微贱，少小孤寒，依佛寺长大，文化水平很低，但他通过不断学习，不仅能起草军令、诏令，也能写诗作赋、品评诗文。据《明史·艺文志》记载，其存诗有五卷。四库本《明太祖文集》卷十九、二十录其诗125首，《全明诗》（上海古籍出版社，1990年）前五卷录其诗157首。其诗既有感情细腻之作，更有气势豪迈之篇。朝鲜诗家李宜显对其评价很高，他在《陶峡丛说》中说："高皇帝有文集，多是诏令诸文，而亦有诗律若干篇，大率气力浑厚，真创业英主之文也。"②

朱元璋诗歌的总体成就不高，朝鲜诗家的评论也不多，仅谈及了《新月》、《赐朝鲜国秀才权近》、《咏雪》和《征陈至潇湘》这4题6首诗。

（一）论《新月》诗

《新月》诗载于《明太祖文集》卷二十③，后被收入《全明诗》卷五。李晔光（1563—1628）《芝峰类说》卷十"御制诗"条完整记录了此诗："大明高皇帝《新月》诗曰：'谁将玉爪搯长空，万里山河一样

---

① 毛翰：《帝王诗、帝王气象及专制精神》，《书屋》2003年第12期。
② 〔朝〕李宜显：《陶谷集Ⅱ》（《影印标点 韩国文集丛刊》第181辑），汉城，韩国民族文化推进会，1997年，第451页。
③ 《明太祖文集》（影印本《文渊阁四库全书》第1223册），台北，台湾商务印书馆，1986年，第227页。

同。映水有钩鱼怯钓，衔山无箭鹤疑弓。清光未放云霄外，素影遥分宇宙中。轮满待逢三五夜，九州四海照无穷。"① 后来朴琴轩（生卒年不详）的《文章杂评》又记载了此诗的第三、四句："大明高皇帝《新月》诗：'映水有钩鱼怯钓，衔山无箭鹤疑弓。'"② 此诗比事状物甚得诗家诀窍，在清丽纤巧中突然放手挥洒，将一弯新月描绘得清润可人。诗歌喻新月为"玉爪"、"金钩"、"弯弓"，以鱼、鹤之"怯"、"疑"写月之皎洁、通透，富于生活情趣。长空万里，遥分宇宙，映水衔山，空间感极强。结句写即将到来的满月时分，清辉将普照天下，喻大明王朝将惠恩于万物，清朗俊逸，意境开阔，体现了帝王的雍容大气。

朝鲜诗家不仅记载了此诗，而且立足于比较，体现了他们较高的鉴赏水平，如洪万宗（1643—1725）《诗评补遗》云："李晦斋诗曰：'江沉山影鱼惊遁，峰带烟光鸟怕栖。'与明太祖《新月》诗意相袭。"③ 晦斋，即李彦迪（1491—1553）。此处所引诗句出自其《足联句》："江沉山影鱼惊遁，峰带烟光鹤怕栖。物塞固宜迷幻妄，人通何事误东西。"④ 两诗均捕捉了鱼惊鹤疑的瞬间场景，用动物的错觉描绘了大自然的迷人景致，意境相仿，均以衬托的手法突出了主体的特点，别有一种幽趣。

（二）论《赐朝鲜国秀才权近》

洪武二十九年（1396），朝鲜文臣权近（1352—1409）来到南京。《阳村先生年谱》载："七月十九日，以撰表事随使赴京。九月十一日入朝，敕留在文渊阁。命游观三日以赐宴。命题赋诗二十四篇，仍赐《御制诗》三篇。"⑤ 诗题为《赐朝鲜国秀才权近》⑥：

---

① 蔡镇楚编：《域外诗话珍本丛书》（第九册），北京，北京图书馆出版社，2006 年，第 88 页。
② 〔韩〕赵锺业编：《修正增补 韩国诗话丛编》（第 14 册），汉城，太学社，1996 年，第 377 页。
③ 〔韩〕赵锺业编：《修正增补 韩国诗话丛编》（第 14 册），汉城，太学社，1996 年，第 429 页。
④ 〔朝〕李彦迪：《晦斋集》（《影印标点 韩国文集丛刊》第 24 辑），汉城，韩国民族文化推进会，1988 年，第 369 页。
⑤ 〔朝〕权近：《阳村集》（《影印标点 韩国文集丛刊》第 7 辑），汉城，韩国民族文化推进会，1990 年，第 11 页。
⑥ 〔朝〕权近：《阳村集》（《影印标点 韩国文集丛刊》第 7 辑），汉城，韩国民族文化推进会，1990 年，第 14 页。

鸭绿江清界古封，强无诈息乐时雍。
逋逃不纳千年祚，礼义咸修百世功。
汉伐可稽明载册，辽征须考照遗踪。
情怀造到天心处，水势无波戍不攻。

(《题鸭绿江》)

迁遗井邑市荒凉，莽苍盈眸过客伤。
园苑有花蜂酿蜜，殿台无主兔为乡。
行商枉道从新郭，坐贾移居慕旧坊。
此是昔时王氏业，檀君逝久几更张。

(《高丽古京》)

入境闻耕满野讴，罢兵耨种几经秋。
楼悬边铎生铜绿，堠集烟薪化土丘。
驿吏喜迎安远至，驲夫忻送稳长游。
际天极地中华界，禾黍盈畴岁岁收。

(《使经辽左》)

李晬光《芝峰类说》"文章部（三）"的"御制诗"条录《高丽古京》一诗，题为《松都怀古》，其中的"檀君"写作"坛君"。诗后有按语："此权近奉使时，御制以赐者也。"①

朱元璋常与文臣赓和赋诗，称帝后尤其喜欢摆弄翰墨，当时的文人宋濂、刘基以及后来的王世贞都赞他操笔立就，文思敏捷，这反映了他勤于学习的事实，但是关于其诗歌成就的评价则溢美之词居多。为配合其在思想文化领域实行礼法统治的需要，朱元璋倡导和平简朴的文风，认为文章只要能够说明道理就行，他亲自制作的诗文不用浮辞藻饰，"凡著笔之际，勿使高而下，低而昂，当尊者尊，当卑者卑，钦天畏地，谨人神，必思至精之言以为文，永无疵矣"(《辩韩愈讼风伯文》)②。虽然我们还不清楚这三首御制诗是否经过了文臣的雕琢、修饰，但是其中所蕴含的正气和宽阔胸次却令人肃然起敬。综观这三首诗，朱元璋以诗明

---

① 蔡镇楚编：《域外诗话珍本丛书》（第九册），北京，北京图书馆出版社，2006 年，第 89 页。
② 《明太祖文集》（影印本《文渊阁四库全书》第 1223 册），台北，台湾商务印书馆，1986 年，第 133—134 页。

政治，回顾了两国的交往历史，阐明了明朝（中国）的政治立场，就边界、地位等问题表明了态度，奠定了明代中朝友好往来的政治基础。诗歌言不华靡，古朴稳重，与他所提倡的简朴平和风气相吻合，尽显帝王气象。朝鲜诗家虽然没有直接评论这三首诗的优劣，但是自豪地将其完整抄录并一直保存的做法本身就是一种积极的评价。

（三）论《咏雪》诗

《咏雪》是朱元璋较有代表性的诗作，洪万宗《诗评补遗》云："明太祖《咏雪》诗曰：'腊前三白浩无涯，知是天公降六花。九曲河深凝处冻，张骞无处再乘槎。'古人谓明太祖有统一洪基之像。……帝王规模度量，信乎？"①《咏雪》，原题为《又赓张翼韵》，诗曰："腊前三白旷无涯，应是天公降六华。九曲河深凝底冻，张骞无处再乘槎。"② 个别字句与洪万宗的记载不同。洪万宗《小华诗评》又云："凡帝王文章必有大异于人者。……明太祖《咏雪》诗，其弘量大度，皆有不可以言语形容者。"③ 从"帝王规模度量"和"弘量大度"的评价可知，洪万宗对该诗所表现的帝王度量和气象是首肯的。

（四）论《征陈至潇湘》诗

李圭景《诗家点灯续集》的"明祖御制"条云："皇明太祖征伪汉，至潇湘作诗曰：'马到鸡头苜蓿香，片云片雨至潇湘。东风吹罢英雄梦，不是咸阳是洛阳。'尝渡江题诗。及有天下，僧献御笔诗，不敢留。留时恐鬼神愁，曾将法水洗之，犹有余光射斗牛。"④ 从内容上看，这则记述应参照了《尧山堂外纪》卷七十八"高皇帝"条的相关记载：

> 高庙在军中喜阅经史，操笔成文，雄浑如元化自然。征伪汉至潇湘，赋诗云："马渡溪头苜蓿香，片云片雨至潇湘。东风吹醒英雄梦，不是咸阳是洛阳。"⑤

---

① 《洪万宗全集》（下），汉城，太学社，1986年，第217页。
② 《明太祖文集》（影印本《文渊阁四库全书》第1223册），台北，台湾商务印书馆，1986年，第231页。
③ 《洪万宗全集》（下），汉城，太学社，1986年，第19页。
④ 〔韩〕赵锺业编：《修正增补 韩国诗话丛编》（第12册），汉城，太学社，1996年，第739—740页。
⑤ 〔明〕蒋一葵：《尧山堂外纪》（二）（《四库全书存目丛书》编纂委员会编：《四库全书存目丛书》子部第148册），济南，齐鲁书社，1995年，第294页。

> 太平府不惹庵，太祖既渡江，尝题诗于壁，后庵僧洗之。及有天下，僧乃献诗云："御笔题诗不敢留，留时只恐鬼神愁。曾将法水轻轻洗，犹有余光射斗牛。"①

《尧山堂外纪》是明人蒋一葵的笔记体著作，刊行于万历三十四年（1606）。这部书至迟在万历四十二年（朝鲜朝光海君七年，1614）就已经传入朝鲜②。朱元璋此诗题为《征陈至潇湘》，载于《明太祖文集》卷二十，全诗为："马渡沙头苜蓿香，片云片雨至潇湘。东风吹醒英雄梦，不是咸阳是洛阳。"③ 李圭景的抄录虽与《尧山堂外纪》不完全相同，但也强调了此诗所表达的英雄气概和震慑力。

朝鲜诗家之所以对朱元璋这几首御制诗比较推崇，政治因素比文学因素的作用更大。他们对朱元璋的传奇经历和明朝的强大非常敬畏，对朱元璋将朝鲜列入"十五不征国之首"（《皇明祖训》："今将不征诸夷国名开列于后。东北：朝鲜国；正东偏北：日本国。……"）④ 并赐国号"朝鲜"非常感激，故而对这几首诗歌比较关注，评价甚高。

二、论明建文帝朱允炆诗歌

建文帝朱允炆在位4年，燕王朱棣发动"靖难"之役时，他出逃外省，云游四方。关于建文帝行踪，众说纷纭。朝鲜诗家摘录、分析了建文帝诗句，从"诗谶"的角度表达了对其遭遇及诗歌的关注。

李晬光《芝峰类说》卷十有两段关于建文帝诗歌的记载：

> 建文帝儿时《咏新月》曰："谁将玉指甲，掐作碧天痕。影落江湖里，蛟龙不敢吞。"太祖见之不悦。盖以"影落"二字为不吉云。余谓此起句袭用太祖《新月》诗"谁将玉爪掐长空"之句，而曰"影落江湖"则与其所作"流落江湖四十秋"语意相同，其兆已

---

① 〔明〕蒋一葵：《尧山堂外纪》（二）（《四库全书存目丛书》编纂委员会编：《四库全书存目丛书》子部第148册），济南，齐鲁书社，1995年，第295页。
② 王国彪：《〈尧山堂外纪〉在朝鲜的传播与影响》，《文献》2013年第4期。
③ 《明太祖文集》（影印本《文渊阁四库全书》第1223册），台北，台湾商务印书馆，1986年，第233页。
④ 〔明〕朱元璋：《皇明祖训》（《四库全书存目丛书》编纂委员会编：《四库全书存目丛书》史部第264册），济南，齐鲁书社，1996年，第168页。

见于此。惟"蛟龙不敢吞"一语,似得免害矣。①

建文帝削发被缁,云游四方。正统五年自归,号老佛。有诗曰:"流落江湖四十秋,归来不觉雪盈头。乾坤有恨家何在,江汉无情水自流。长乐宫中云影暗,昭阳殿里雨声愁。新蒲细柳年年绿,野老吞声哭未休。"又尝有诗曰:"欸段久忘飞凤辇,袈裟新换衮龙袍"云云。②

从内容上看,这两则记述应参照了《尧山堂外纪》卷七十八"建文帝"条的相关记载:

初,懿文太子生太孙,顶颅颇偏,高庙抚之曰"半边月儿"。及读书,甚聪颖。朏夕,懿文与同侍侧,高庙命咏初月,懿文诗曰:"昨夜严陵失钓钩,何人移上碧云头。虽然未得团圆相,也有清光照九州。"太孙诗曰:"谁将玉指甲,掐破碧天痕。影落江湖里,蛟龙不敢吞。"上览之不悦,盖"未得团圆"、"影落江湖"皆非吉兆也。及懿文薨,太孙立,乃授钥匣,戒以临难乃启。比得披剃之具及杨应能度牒,出走无知者。

建文帝既削发被缁,执杨应能度牒,云游四方,自湖湘入蜀。朝廷疑之,命给事中胡濙等以访张邋遢为名,遍物色之,不可得。遂自蜀入云南,复游闽,最后入广西。尝遇贵州罗永山白云庵中,题二诗壁间曰:"阅罢《楞严》磬懒敲,笑看黄屋倚团瓢。南游瘴岭千层迥,北望天门万里遥。欸段久忘飞凤辇,袈裟新换衮龙袍。百官此日归何处?独有群鸟早晚朝。""风尘忆昔忽南侵,天命潜移四海心。凤返丹山红日远,龙归沧海碧云深。紫微有象星还拱,玉漏无声水自沉。遥想禁城今夜月,六宫犹望翠华临。"久之,人知为建文君,遂避去。

正统间,思恩知州岑瑛出行。忽一僧当道立,从者呵之不避,

---

① 蔡镇楚编:《域外诗话珍本丛书》(第九册),北京,北京图书馆出版社,2006年,第89—90页。
② 蔡镇楚编:《域外诗话珍本丛书》(第九册),北京,北京图书馆出版社,2006年,第90页。

诘其度牒，乃杨应能也，曰："此非吾姓名，吾有所托而逃者。汝不闻金川门之事乎！"瑛大骇，闻于巡按。御史奏之，驿送赴京，号为老佛。途次赋诗云："牢落江湖四十秋，萧萧华发已盈头。乾坤有恨家何在？江汉无情水自流。长乐宫中云气散，朝元阁上雨声愁。新蒲细柳年年绿，野老吞声哭未休。"及至京，朝廷未审虚实，以太监吴亮曾经侍膳，使之审视。老佛见亮即曰："汝非吴亮耶！我昔御便殿时，弃片肉于地，汝两手俱有所执，伏于地而口取之，记否？"诚拜而哭。已而复命，遂取老佛入大内，以寿终，葬西山。①

而关于建文帝的下落及诗文的记载多见于《明史》、《明实录》、谷应泰（1620—1690）《明史纪事本末》、钱谦益《列朝诗集》以及贵州《长顺县志》、广西《横县志》等地方志，这些资料或晚出于《尧山堂外纪》，或朝鲜人未易得见。前文说过，《尧山堂外纪》最迟在1614年就已传入朝鲜，李晬光的记载在时间和文义上都与之比较接近。钱谦益《列朝诗集》乾集上载建文惠宗让皇帝诗三首②，分别题为《逊国后赋诗》（"牢落西南四十秋"）和《金竺长官司罗永庵题壁》（二首）（"风尘一夕忽南侵"和"阅罢《楞严》磬懒敲"），《横县志》则题为《寓横州南山寿佛寺》和《北归途次》。李晬光《芝峰类说》所引诗句有《咏新月》、《逊国后赋诗》（首句作"流落江湖四十秋"）和《金竺长官司罗永庵题壁》的第二首（按《列朝诗集》顺序），朴琴轩《文章杂评》③据《芝峰类说》也抄载了《逊国后赋诗》。

李晬光把建文帝儿时的《咏新月》诗和传说中云游时期所作的几首诗联系起来研读，指出诗歌创作中存在袭用现象，并认为诗中多谶语，有不祥之兆，但又认为"蛟龙不敢吞"一语预示了建文帝出家免害的结局。这些都是中国解读诗歌的传统方法，抛开科学性大小的问题，单从其考辨之详细、语句之悲悯，可见其对大明帝王、事业的关注。

另外，李圭景《诗家点灯续集》"见诗占人"条载：

---

① 〔明〕蒋一葵：《尧山堂外纪》（二）（《四库全书存目丛书》编纂委员会编：《四库全书存目丛书》子部第148册），济南，齐鲁书社，1995年，第296—297页。
② 〔清〕钱谦益：《列朝诗集》（一）（顾廷龙主编：《续修四库全书》第1622册），上海，上海古籍出版社，2002年，第286页。
③ 〔韩〕赵锺业编：《修正增补 韩国诗话丛编》（第14册），汉城，太学社，1996年，第377页。

建文帝与懿文同侍,太祖命咏初月,懿文诗:"昨夜严陵失钓钩,何人移上碧云头。虽然未得团圆状,也有清光照九州。"太孙诗:"谁将玉指甲,掐破碧云痕。影落江湖里,鱼龙不敢吞。"上览之不悦。果不如成祖。

太孙应制,五月五日成祖幸东苑,观球射柳,太孙击射连中,上大喜曰:"今日朕有一言,尔当对之。"即命一句曰:"万方玉帛风云会。"太孙扣(注:应作"叩")头对曰:"一统山河日月明。"上大喜。此非见诗占人耶?①

文中所说的"懿文"即明兴宗朱标,"太孙"即建文帝。这两段记述与《尧山堂外纪》的记载很相似。其中第一段前面已列举,即"初,懿文太子生太孙,顶颅颇偏……盖'未得团圆'、'影落江湖'皆非吉兆也。"故不再赘述。第二段出自《尧山堂外纪》卷八十二"章皇帝"条:

宣庙为皇太孙日,端午节,成祖驾幸东苑观击球射柳,听文武群臣、四夷朝使及在京耆老聚观。自皇太孙而下,诸王大臣以次击射。太孙连发皆中,上大喜。射毕,嘉劳之,因曰:"今日华夷毕集,朕有一联,尔当思对之。曰'万方玉帛风云会'。"太孙即叩头对曰:"一统山河日月明。"时年十五矣。上喜甚,赐名马、锦绮诸番物,因命儒臣赋诗,尽欢而罢。②

不过,历来的学者对《咏新月》诗的作者持不同看法,有建文帝、明成祖、元顺帝太子字儿只斤·爱猷识理达腊、杨维桢等多种见解。建文帝对句事亦载于《明实录》的《太宗文皇帝实录》卷一百四十。明朝虽将朝鲜视作内服,但是也绝不轻易将涉及诸多秘事的《明实录》颁于朝鲜。直到1830年,朝鲜使臣才从北京购得了全套《明实录》。所以,建文帝、明成祖时期的一些轶闻、传说通过野史、笔记等方式进入了朝鲜半岛。因此,《诗家点灯》也应当采信了《尧山堂外纪》的观点。

---

① 〔韩〕赵锺业编:《修正增补 韩国诗话丛编》(第12册),汉城,太学社,1996年,第740页。

② 〔明〕蒋一葵:《尧山堂外纪》(二)(《四库全书存目丛书》编纂委员会编:《四库全书存目丛书》子部第148册),济南,齐鲁书社,1995年,第330页。

从朝鲜诗家的记录来看，他们也和中国的很多文人一样，将建文帝的这些诗句看作谶语，同时也毫不掩饰对建文帝诗风清丽敏捷的赞美，这体现了朝鲜文人的春秋大义。

三、论明成祖朱棣诗歌

明成祖朱棣登基后，致力于文治武功，使得天下太平。他虽然是武将出身，但是对诗文也并非一无所知。所以，他以对句的形式出现的御制诗虽然稍显粗浅，还是引起了朝鲜诗家的兴趣，他们也将其收录进自己的文集，洪万宗《句五志》载："明太宗皇帝于上元日出一句，下群臣使续对，曰：'日明月明大明一统。'有一臣对曰：'君乐臣乐永乐万年。'（永乐，太宗年号。）太宗大加褒赏。"① 君臣之间的对句还比较工整、巧妙，但是其中明显有君志得意满、臣阿谀奉承之意。这样的御制诗虽然不够完整，但是从中可以窥见明朝进入全盛时期的文坛风向。

四、论明仁宗朱高炽诗歌

仁宗朱高炽在位仅1年，在中国，关于他诗歌的记载也不多。而李晬光《芝峰类说》卷十记载了他的一首御制诗："大明仁宗皇帝《观象奕》诗曰：'二国争强各用兵，摆排队伍定输赢。马行曲路当先道，将守深宫戒远征。乘险出车收败卒，隔河飞炮下重城。等闲识得军情事，一着功成见太平。'帝王家气象可见。"② 作者仁宗胸有大志，以棋局说军情，举重若轻，沉着大气，故李晬光认为这首诗有"帝王家气象"。

五、论明世宗朱厚熜诗歌

关于《赐都督佥事杨文广征南》一诗的作者，在国内颇有争议，有人认为是朱元璋，也有人认为是明世宗朱厚熜，还有人认为是宋哲宗。对此朝鲜诗家也不能肯定，如李晬光《芝峰类说》卷十云：

世传嘉靖皇帝《送毛伯温南征》诗曰："大将征夷胆气豪，腰

---

① 〔韩〕赵锺业编：《修正增补 韩国诗话丛编》（第3册），汉城，太学社，1996年，第646页。
② 蔡镇楚编：《域外诗话珍本丛书》（第九册），北京，北京图书馆出版社，2006年，第91页。

悬秋水雁翎刀。风吹金鼓山河动，电闪旌旗日月高。天上麒麟元有种，穴中蝼蚁莫能逃。太平颁诏回辕日，亲与将军脱战袍。"按，《尧山堂外纪》以为高皇帝《赐都督杨文》诗，王世贞以为宋哲宗《送大将征夷》诗，未知孰是。①

从本段开头的"世传嘉靖皇帝《送毛伯温南征》诗曰"来判断，李晬光应该比较倾向于该诗的作者为明世宗。

朝鲜诗家之所以对明朝帝王的御制诗比较关注，很大程度上出于政治的因素，也因此对御制诗的评价偏高。但不可否认的是，这些御制诗也都有一定的水准，在情韵、手法、对仗等方面都有值得肯定的一面，对人们了解当时的历史、文化也有一些帮助，而朝鲜诗家对这些御制诗的关注则为我们的研究提供了域外视角。

第二节　朝鲜诗家论吴派、越派诗歌

胡应麟（1551—1602）的《诗薮》对明初（洪武元年至成祖永乐元年）约60年（1368—1424）的诗坛做了鸟瞰，明确指出各派的地域分布及代表作家，后代论述大都承袭其观点："国初吴诗派昉高季迪，越诗派昉刘伯温，闽诗派昉林子羽，岭南诗派昉于孙蕡仲衍，江右诗派昉于刘崧子高。五家才力，咸足雄据一方，先驱当代，第格不甚高，体不其大耳。"（《诗薮·续编》卷一）② 此五派构成了明初诗坛的主流，其中吴派、越派声势影响更大，代表人物分别是高启、刘基。他们能"各抒心得，隽旨名篇，自在流出"（陈田《明诗纪事·甲签·序》）③，高启以爽朗清逸取胜，刘基则以雄浑奔放见长。此外，吴派诗人杨基、袁凯和越派诗人宋濂也有较高成就。因此朝鲜诗家对吴派、越派诗歌都很关注，评论较多。

---

① 蔡镇楚编：《域外诗话珍本丛书》（第九册），北京，北京图书馆出版社，2006年，第91页。
② 〔明〕胡应麟：《诗薮》，上海，上海古籍出版社，1979年，第342页。
③ 〔清〕陈田：《明诗纪事》（一）（顾廷龙主编：《续修四库全书》第1710册），上海，上海古籍出版社，2002年，第233页。

一、论吴派诗歌

朝鲜诗家关注的吴派诗人有三位：高启、杨基、袁凯。他们的评论以高启为主，兼及杨、袁。

（一）论高启诗歌

高启（1336—1374）是吴中具有代表性的诗人，他与杨基、徐贲、张羽并称"吴中四杰"，还与王行、徐贲、高逊志、唐肃、宋克、余尧臣、张羽、吕敏、陈则组成了吴中诗人群体，人称"北郭十才子"。清人赵翼《瓯北诗话》卷八称其"才气超迈，音节响亮，宗派唐人，而自出新意，一涉笔即有博大昌明气象，亦关有明一代文运。论者推为开国诗人第一，信不虚也"①。《四库全书总目提要》第一百六十九卷也指出："启天才高逸，实据明一代诗人之上。其于诗，拟汉魏似汉魏，拟六朝似六朝，拟唐似唐，拟宋似宋，凡古人之所长，无不兼之。振元末纤秾缛丽之习，而返之于古，启实为有力。"（"《大全集》十八卷"条）② 他兼师众长、随事摹拟的创作风格，复归风雅、稳健沉着的创作旨趣和格调、灵性并重的诗学追求③对明代诗风产生了重要影响。

朝鲜诗家李德懋在《诗观小传·高启》中扼要介绍了高启的生平、诗歌特点及成就、地位：

> 高启，字季迪，号青丘子，长洲人。洪武初，召修《元史》，授国史编修官，擢户部侍郎。放还，魏观守苏州，修府治，启作《上梁文》，坐死。其为诗发端沉郁，入趣幽远。自古乐府、《文选》、《玉台》、《金缕》诸体，下至李杜、王孟、高岑、刘白、韦柳、韩张，以及苏黄、范陆、虞揭，靡所不合，此之谓大家。明初诗人，允宜首推。有《缶鸣集》十八卷。④

---

① 郭绍虞编选：《清诗话续编》（上），富寿荪校点，上海，上海古籍出版社，1983年，第1274页。
② 〔清〕永瑢等撰：《四库全书总目提要》（《万有文库》本第33册），上海，商务印书馆，1931年，第19—20页。
③ 刘君若：《高启与明代诗风》，《肇庆学院学报》2004年第6期。
④ 〔朝〕李德懋：《青庄馆全书Ⅰ》（《影印标点 韩国文集丛刊》第257辑），汉城，韩国民族文化推进会，2000年，第376—377页。

李德懋对高启的评论全面而准确。"发端沉郁,入趣幽远"的评价,源于顾起纶《国雅品》:"高侍郎季迪 始变元季之体,首倡明初之音。发端沈郁,入趣幽远,得风人激刺微旨。"① 李德懋博览群书,因此直接借《国雅品》的观点来评价高启诗歌。他还将高启列为明初诗歌大家之首,其"允宜首推"的表述将高启视为明诗发展史上一个光辉的起点。这又与陈田《明诗纪事》和杨慎《升庵诗话》的观点基本相同。《明诗纪事》认为高启"诸体并工,天才绝特,允为明三百年诗人称首,不止冠绝一时也"②。《升庵诗话》卷七云:"洪武初,高季迪、袁可潜一变元风,首开大雅,卓乎冠矣。"③ 从这些评价可知,在元诗向明诗发展的过程中,高启起了关键性的作用。

柳得恭(1749—1807)在《郑求仲诗集序》中用"清远韶雅"来概括高启的诗歌风格:

> 诗虽小道乎,不专且一,不勇且敢,则用力不深、中道而废已。吾于郑求仲知之矣。……求仲初不知为诗,从我游数年,得见唐、宋、元、明诸家诗集,心窃喜之,借而钞之。蓬首流汗,昼夜不已,既而发之于吟咏。清远韶雅,酷类高启迪,遂噪名一时。自叹所好之在此,使求仲见而慕之、慕而学之。④

柳得恭借郑求仲的诗歌从侧面赞扬了高启的诗风,他与李德懋的观点基本相同,均看重其"清"、"雅"之特色。

徐荣辅(1759—1816)《对梅读林和靖、高季迪诸诗》云:

> 花花摹写复枝枝,记自西湖处士诗。
> 无人解道全身别,本是清高绝俗姿。⑤

---

① 〔清〕丁福保辑:《历代诗话续编》(下),北京,中华书局,1983 年,第 1090 页。
② 〔清〕陈田:《明诗纪事》(一)(顾廷龙主编:《续修四库全书》第 1710 册),上海,上海古籍出版社,2002 年,第 309 页。
③ 〔清〕丁福保辑:《历代诗话续编》(中),北京,中华书局,1983 年,第 774 页。
④ 〔朝〕柳得恭:《泠斋集》(《影印标点 韩国文集丛刊》第 260 辑),汉城,韩国民族文化推进会,2000 年,第 116 页。
⑤ 〔朝〕徐荣辅:《竹石馆遗集》(《影印标点 韩国文集丛刊》第 269 辑),汉城,韩国民族文化推进会,2001 年,第 357 页。

徐荣辅诗中提及的高启诗歌是指《梅花九首》(《大全集》卷十五)①：

其一
琼姿只合在瑶台，谁向江南处处栽？
雪满山中高士卧，月明林下美人来。
寒依疏影萧萧竹，春掩残香漠漠苔。
自去何郎无好咏，东风愁寂几回开。

其二
缟袂相逢半是仙，平生水竹有深缘。
将疏尚密微经雨，似暗还明远在烟。
薄暝山家松树下，嫩寒江店杏花前。
秦人若解当时种，不引渔郎入洞天。

其三
翠羽惊飞别树头，冷香狼藉倩谁收。
骑驴客醉风吹帽，放鹤人归雪满舟。
淡月微云皆似梦，空山流水独成愁。
几看孤影低徊处，只道花神夜出游。

其四
淡淡霜华湿粉痕，谁施绡帐护春温。
诗随十里寻春路，愁在三更挂月村。
飞去只忧云作伴，销来肯信玉为魂。
一尊欲访罗浮客，落叶空山正掩门。

其五
云雾为屏雪作宫，尘埃无路可能通。
春风未动枝先觉，夜月初来树欲空。
翠袖佳人依竹下，白衣宰相住山中。

---

① 〔明〕高启：《大全集》(影印本《文渊阁四库全书》第1230册)，台北，台湾商务印书馆，1986年，第204—205页。

寂寥此地君休怨，回首名园尽棘丛。

其六
梦断扬州阁掩尘，幽期犹自属诗人。
立残孤影长过夜，看到余芳不是春。
云暖空山栽玉遍，月寒深浦泣珠频。
掀篷图里当时见，错爱横斜却未真。

其七
独开无那只依依，肯为愁多减玉辉？
帘外钟来月初上，灯前角断忽霜飞。
行人水驿春全早，啼鸟山塘晚半稀。
愧我素衣今已化，相逢远自洛阳归。

其八
最爱寒多最得阳，仙游长在白云乡。
春愁寂寞天应老，夜色朦胧月亦香。
楚客不吟江路寂，吴王已醉苑台荒。
枝头谁见花惊处？嫋嫋微风籁籁霜。

其九
断魂只有月明知，无限春愁在一枝。
不共人言唯独笑，忽疑君到正相思。
歌残别院烧灯夜，妆罢深宫览镜时。
旧梦已随流水远，山窗聊复伴题诗。

高启这组清雅的梅花诗不仅写出了梅花的色之洁、形之美、味之香，还突出了梅花高洁、坚贞的精神和气格，而诗人本身的疏朗、高傲亦与梅花的超凡脱俗以及诗歌的清幽意境完美融合。徐荣辅则有感于此，也在自家的论诗诗中巧妙地将高启其诗、其人融为一体。

总结以上三位诗家的评论，我们可以看到：他们都抓住了高启诗歌"清"和"雅"的特质，认为高启诗风的形成得力于广泛学习历代名人佳作，师古又师心。这与高启《凫藻集》卷二《〈独庵集〉序》的观点不谋而合："夫自汉、魏、晋、唐而降，杜甫氏之外，诸作者各以所长名家而不能相兼也。……故必兼师众长，随事摩拟，待其时至心融，浑然自成，始可以名大方，而免夫偏执之弊矣。"①

朝鲜诗家还密切关注高启的具体诗作并展开细致评价。如李圭景《诗家点灯》卷五"咏西施、白须极有味"条赞誉了高启的一些诗歌：

> 皇明高季迪《咏范少伯》诗云："载去西施岂无意？恐留倾国更迷君。"又《咏白须》诗云："虽失房中娇婢喜，还增座上老朋钦。"皆是绝有见解、极有理会语也。或评曰："予尝读古诗，而见'可怜无定河边骨，犹是深闺梦里人'，谓是最入情语；'一将功成万骨枯'，谓是最肯确诗。"观此可为参看，自得出人意。②

李圭景不仅认为这些诗歌"绝有见解"、"极有理会语"，还将其与唐诗精品陈陶的《陇西行》、曹松的《己亥岁感事》相比照，间接肯定了其"入情"、"肯确"的特点。又如李德懋评咏蝶诗："古人咏蝶诗皆幽艳可诵，偶记若干句。钱起诗：'胡蝶晴怜池岸叶，黄鹂晓出柳园花。'……高启诗：'萱留倦蝶连池绿，树带残莺满寺阴。'又，'知是邻家花落尽，菜畦今日蝶来多。'"（《寒竹堂涉笔》）③ 句中所录钱起诗题为《登刘宾客高斋》，高启的两首诗分别是七律《白莲寺次韵杜进士喜余见过话旧之作》④ 和七绝《春暮西园》（其中一句作"知是人家花落尽"）⑤。高启认为"诗之要三，曰格、曰意、曰趣而已。格以辨其体，意以达其情，

---

① 〔明〕高启：《凫藻集》（影印本《文渊阁四库全书》第1230册），台北，台湾商务印书馆，1986年，第279页。
② 〔韩〕赵锺业编：《修正增补 韩国诗话丛编》（第12册），汉城，太学社，1996年，第297页。
③ 〔朝〕李德懋：《青庄馆全书Ⅲ》（《影印标点 韩国文集丛刊》第259辑），汉城，韩国民族文化推进会，2000年，第271—272页。
④ 〔明〕高启：《大全集》（影印本《文渊阁四库全书》第1230册），台北，台湾商务印书馆，1986年，第184页。
⑤ 〔明〕高启：《大全集》（影印本《文渊阁四库全书》第1230册），台北，台湾商务印书馆，1986年，第238页。

趣以臻其妙也"(《〈独庵集〉序》)①，要做到体裁、内容、艺术的有机统一。李圭景、李德懋关于高启具体诗篇"有理会语"、"幽艳"的评价，实际上是对其诗歌理论和创作的具体阐释。

一些朝鲜诗人所作的次韵诗、拟诗也是对高启诗作的一种肯定。"次韵"，又称"步韵"，是"和诗"的一种，必须完全按照原诗次序使用原韵字。一般认为次韵诗始于中唐，宋以后诗人经常以次韵的方式作诗，而所次之诗多为自己所钟爱者。次韵诗要求和原诗相关，即以韵为主、以意相从，但不能相同，要有所创新，力争与原作相匹敌，离开原作也是一首好诗。因此，"步韵最困人，如相殴而自縶手足也"(吴乔《答万季野诗问》)②。如果对原作阅读不够、理解不好，则次韵诗很难成功。

金万基(1633—1687)的次韵诗《高季迪〈长安道〉》曰：

> 太液晴波动，长杨霁色开。高轩流水过，祛服暗香来。
> 跋跋回金勒，招摇向玉台。寥寥太玄草，谁识子云才。③

高启的原诗《长安道》曰：

> 长乐钟声动，平津树色开。中郎长戟卫，丞相小车来。
> 新城赐将第，更筑候神台。谁念公车客，空怀作赋才。④

金万基的诗题注曰："癸卯秋，罢官屏居。读明朝诸名家诗，慨然有契于心，遂历次其韵"，说明了诗歌创作的时间和背景。此诗不仅用高诗韵脚，且与高诗一样，作于诗人不如意之时，同样表达了怀才不遇的无奈。金万基将高启列为诗中名家，对其诗"慨然有契于心"，这意味着他领悟了高诗的精髓，他的再创作是对高诗精神的认可和延续。

五言古诗《晓起春望》是高启的一首代表作，诗曰：

---

① 〔明〕高启：《凫藻集》(影印本《文渊阁四库全书》第1230册)，台北，台湾商务印书馆，1986年，第279页。
② 〔清〕王夫之等撰：《清诗话》(上)，上海，上海古籍出版社，1978年，第25页。
③ 〔朝〕金万基：《瑞石集Ⅰ》(《影印标点 韩国文集丛刊》第144辑)，汉城，韩国民族文化推进会，1995年，第371页。
④ 〔明〕高启：《大全集》(影印本《文渊阁四库全书》第1230册)，台北，台湾商务印书馆，1986年，第14页。

今朝有春意,原野晴始绿。疏花未破烟,新禽稍鸣旭。
物情各欣荣,客意胡刺促?居闲厌寂寞,从仕愁羁束。
两事不可齐,人生苦难足。安得长放歌,花开酒酷熟?①

朝鲜诗人李玄锡(1647—1703)的《拟高季迪〈晓起春望〉》一诗曰:

烟雨澹清晨,曙色登窗白。睡余神思畅,闲庭试步屐。
揭瓮荐新醅,开檐待佳客。浣花子美居,青山谢眺宅。
羁束信可愁,寂寞聊自适。舒啸上东皋,却嫌天地窄。②

真实美好的春景、看似闲适的心情、难以抉择的人生道路、实际上对现实的无奈,是两诗的共同特征。可以说,两诗在景物描写、抒情写意方面均异曲同工。李玄锡深深领悟了高启《晓起春望》之意蕴,所以拟作也颇有高启诗歌的辩证之思、淳美之风、幽雅之境。将次韵诗、拟诗与原诗参看,我们亦可以寻出二者之间的一些关联。

从以上评述、仿拟可见,朝鲜诗家对高启诗歌有褒无贬,这说明他们都将高启视为杰出诗人。

(二) 论杨基诗歌

在"吴中四杰"当中,文学成就仅次于高启的诗人是杨基。杨基(1326—?),字孟载,号眉庵,其早年诗作承袭元诗的靡丽纤细风习,入明以后的诗歌则以怀旧和自叹身世之悲为主要内容。

朝鲜诗家评价杨基诗作的材料虽然屈指可数,但是下语准确,主要肯定了杨基诗歌的艺术特色。李德懋《清脾录》"鱼无迹"条云:"鱼无迹诗:'春梦乱于秦二世,羁愁强似鲁三家。'此出于明杨基诗'春风颠似唐张旭,天气和于鲁展禽。'然鱼不如杨,何也?有乱梦而无强愁,愁用'强'字不驯。"③ 李德懋提及的杨基诗歌为《渐老》(《眉庵集》卷

---

① 〔明〕高启:《大全集》(影印本《文渊阁四库全书》第1230册),台北,台湾商务印书馆,1986年,第74页。
② 〔朝〕李玄锡:《游斋集》(《影印标点 韩国文集丛刊》第156辑),汉城,韩国民族文化推进会,1995年,第359页。
③ 〔朝〕李德懋:《青庄馆全书Ⅱ》(《影印标点 韩国文集丛刊》第258辑),汉城,韩国民族文化推进会,2000年,第7页。

八):"渐老无营万虑沉,莺声唤起向来心。春风颠似唐张旭,天气和如鲁展禽。结客每酬双白璧,缠头曾费万黄金。短筇消得江村路,步步蔷薇绿树阴。"① 该诗描写了诗人渐进晚年的日常生活和心境,充满了对人世万物的理解与宽容之意,更有一份闲情逸致,显得亲切自然。李德懋认为鱼无迹的诗句虽然出自杨诗,但诗句存在着用字"不驯"的缺点,影响了诗歌的表现力。虽然诗家们没有对杨基诗歌进行整体评价,不过从这则材料也可看出他们肯定杨基诗歌工整、精切的一面。

也有朝鲜诗人次韵杨基的诗歌,如金万基的《(次)杨孟载〈杂兴〉》诗曰:

> 端居寡轮鞅,幽兴晚来增。不作悲秋赋,浑如结夏僧。
> 虫声连晓梦,河影伴孤灯。欲逐夸毗子,疏慵奈未能。②

此诗所次的《杂兴》是指杨基的五律《江村杂兴十三首》(之四)(《眉庵集》卷七):

> 判醉望愁醒,愁因醉转增。已归仍似客,投老渐如僧。
> 诗兴风楼笛,棋声雪舫灯。莫言浑不解,此事野夫能。③

次诗押原韵,而且颈联的虫声河影、晓梦孤灯之语细腻自然、情景交融,所营造的意境与原诗相近,同样是一首好诗。

(三) 论袁凯诗歌

袁凯(约1316—?,字景文)也是值得一提的明初吴派诗人。他因创作《白燕》诗得名"袁白燕"。据明代都穆《南濠诗话》载:

> 松江袁御史景文,未仕时,尝与友人谒杨廉夫,几上见有《咏

---

① 〔明〕杨基:《眉庵集》(影印本《文渊阁四库全书》第1230册),台北,台湾商务印书馆,1986年,第430页。
② 〔朝〕金万基:《瑞石集Ⅰ》(《影印标点 韩国文集丛刊》第144辑),汉城,韩国民族文化推进会,1995年,第371页。
③ 〔明〕杨基:《眉庵集》(影印本《文渊阁四库全书》第1230册),台北,台湾商务印书馆,1986年,第402页。

白燕》诗云:"珠帘十二中间卷,玉翦一双高下飞。"景文素能诗者,因谓之曰:"先生此诗,殆未尽体物之妙也。"廉夫不以为然。景文归作诗,翌日呈廉夫云:"故国飘零事已非,旧时王谢见应稀。月明汉水初无影,雪满梁园尚未归。柳絮池塘香入梦,梨花庭院冷侵衣。赵家姊妹多相妒,莫向昭阳殿里飞。"廉夫得诗叹赏,连书数纸,尽散坐客。一时呼为"袁白燕"云。①

这首诗题为《白燕》(《海叟集》卷三),其中一句原作"赵家姊妹多相忌"②。诗歌写白燕而又不提白燕,却处处从与白燕有关的人或事物生发联想,征典引事,极为巧妙,是咏物诗中的精品。李圭景在《诗家点灯》卷三"咏物后出愈巧"条中引用中国诗家的话语,称赞了这首诗的妙处:"朱竹垞《静志居诗话》:袁景文以《白燕》诗得名,然如'月明湘水初无影,雪满梁园尚未归。'翻不若琴川时大本之'珠帘十二中间卷,一只玉剪高下飞。'前诗虽妙,后咏愈巧也。"③

这首《白燕》诗也激发了朝鲜诗家模拟和次韵的兴趣,如尹顺之(1591—1666)的《拟和〈白燕〉》写道:

赵女新妆映夕曛,齐纨裁作舞衣裙。
月明珠箔看难定,花发梨园影不分。
掠水乍疑云片片,入檐翻似雪纷纷。
瑶光羞混沙边鸟,玉蕊宫中恋旧群。④

朴世堂(1629—1703)的《用袁凯〈白燕〉诗韵》写道:

三江霜尽雁初稀,玳瑁梁深点雪飞。
帘外掠过胡蝶去,楼前粘带柳花归。

---

① 〔清〕丁福保辑:《历代诗话续编》(下),北京,中华书局,1983年,第1350页。
② 〔明〕袁凯:《海叟集》(影印本《文渊阁四库全书》第1233册),台北,台湾商务印书馆,1986年,第202页。
③ 〔韩〕赵锺业编:《修正增补 韩国诗话丛编》(第12册),汉城,太学社,1996年,第137页。
④ 〔朝〕尹顺之:《涬溟斋诗集》(《影印标点 韩国文集丛刊》第94辑),汉城,韩国民族文化推进会,1992年,第514页。

梦回沧海怜明月，影锁金笼吊雪衣。
故国迢迢消息断，更愁梅老旧妆非。①

二者都是宽押原韵，分别以拟和、次韵的形式对原诗的内容、技巧、意境进行了模仿。以上的拟诗和次韵诗在所表达的离情别意、羁思旅愁，以及营造的凄婉意境方面都受到原诗的深刻影响，但由于历史感不强、节奏偏快等原因，此二诗在总体风格上与原诗的余韵悠然尚存差距。

除了《白燕》诗，朝鲜诗家对袁凯的其他诗歌也很关注。如申靖夏（1681—1716）《绿槐槛夜集记》记述了一次较有规模的诗会（雅集），其中就提到了袁凯及其创作：

酒半，客有出言者曰："今日兴甚，不可不作诗。作诗亦不可少，必满十篇乃止。"二三子壮其言而许之，遂杂取杜甫、陈与义、范成大、袁凯、李梦阳诸集，各次其一诗而又迭之。或有染墨伸纸就灯挥洒者，或有遥吟抱膝意在云汉者，或有吻悲毫干欲写复止者，或有倚案击节快读成诗者，其状态不一，意兴益浓。而诸子之诗，几满于轴矣。②

这次雅集的具体时间、地点、成员及所作诗篇名称都不详，但仍令人有身临其境之感，尤其是倡议、作诗的言行和场面描写都很传神，而唐、宋、明历代诗集所引发的创作状态则是关键所在。袁凯诗集是这次诗会上诗人们诗思生发、吟哦涵泳的媒介之一。能与杜甫、陈与义、范成大、李梦阳这些大家的诗集相提并论，这也说明朝鲜诗家对袁凯十分重视。

二、论越派诗歌

洪武年间，以宋濂、刘基、方孝孺、陶宗仪等浙东文人为代表的道统文学占据了文坛的中心地位，他们的诗歌被归为"越派"。朝鲜诗家对"越派"诗人的关注主要表现为对宋濂、刘基二人诗歌的评论。

---

① 〔朝〕朴世堂：《西溪集》（《影印标点 韩国文集丛刊》第134辑），汉城，韩国民族文化推进会，1994年，第76—77页。

② 〔朝〕申靖夏：《恕庵集》（《影印标点 韩国文集丛刊》第197辑），汉城，韩国民族文化推进会，1997年，第369页。

（一）论宋濂诗歌

宋濂（1310—1381），字景濂，号潜溪，著有《宋学士文集》。他是明代文化起始阶段的主要规划者，居"开国文臣之首"①。宋濂的文学创作道路以元至正二十年（1360）为界分为前后两个阶段，前期作品多以逃避世乱、歌颂隐逸为基调，后期出于应酬、歌功颂德的需要，典册、碑铭、传状居多，活力殆尽，成就大不如前。

李德懋的《诗观小传·宋濂》评论了其人其诗：

> 宋濂，字景濂，号潜溪，浦江人。元末，荐除翰林编修。以亲老辞，入仙华山为道士。洪武初，征，授皇太子经，居礼贤馆。修《元史》，充总裁官。历官翰林学士、承旨，卒，谥曰"文宪"。濂为开国文士之冠，于诗亦用全力为之，严整安切，盖心慕韩、苏而具体者。有集三十卷。②

在李德懋看来，宋濂的诗歌努力学习、实践了韩愈、苏轼"严整安切"的风格，从容不迫，有大儒风范，这明显是对宋濂后期（入明以后）诗风的总结。李德懋对宋濂诗风及诗坛地位的评论，引用了陈子龙《皇明诗选》、胡应麟《诗薮》和朱彝尊《静志居诗话》的观点。《皇明诗选》卷五有李雯（号舒章）的评语："潜溪犹袭元调，《伐宛》一篇微见风格，以开国文士之冠，故录之。"③《诗薮·续编》卷一曰："《弇州笔记》曰：'宋、王二氏虽以文名，而诗亦严整妥切，则婺中诸君子，冠冕国初，不独其文也。'"④《静志居诗话》卷二曰："景濂于诗亦用全力为之，盖心慕韩、苏而具体者。"⑤ 稍后的李裕元（1814—1888）有《皇明咏史四十五首·宋濂》一诗曰："学术文章一世宗，首膺征聘辅从容。

---

① 〔清〕张廷玉等撰：《明史》（第12册），北京，中华书局，1974年，第3787—3788页。
② 〔朝〕李德懋：《青庄馆全书Ⅰ》（《影印标点 韩国文集丛刊》第257辑），汉城，韩国民族文化推进会，2000年，第377页。
③ 〔明〕陈子龙：《皇明诗选》，《上海文献丛书》编委会编，上海，华东师范大学出版社，1991年，第281页。
④ 〔明〕胡应麟：《诗薮》，上海，上海古籍出版社，1979年，第341页。
⑤ 〔清〕朱彝尊：《静志居诗话》（上），北京，人民文学出版社，1990年，第34页。

佐命臣中声独卓，伟然不负弓旌踪。"① 李裕元首先肯定了宋濂的学术文章在当时的宗主地位，然后又从政治上颂扬了宋濂的卓越才能。

当论及具体诗作时，朝鲜诗家则倾向于宋濂成就较高的前期诗歌。如李滉（1501—1570）的《偶读宋潜溪〈静室〉诗，次韵示儿子寯、闵生应祺二首》② 曰：

> 林扉面山开，插篱村蹊隔。室中静图书，门前闲杖屐。
> 雨余暑气清，溪边人事寂。时时挟册来，汝辈留行迹。
>
> 幽庭草积翠，曲渚沙铺明。风驱酷暑去，鸟呼残梦惊。
> 静居何所修，年光倏递更。少壮当勉业，庶以慰老情。

宋濂的《静室二首》（《文宪集》卷三十一）③ 诗曰：

> 静室似僧庐，绝与黄尘隔。引雀喜留黍，惜苔懒穿屐。
> 有时依幽轩，情境一何寂。只有岩华飞，随风亦无迹。
>
> 明月出东山，照见西林明。龙蛇布满地，欲步还自惊。
> 试问夜其何，乌喧似知更。谁探千载意，寂默乃其情。

李滉的两首次韵诗情境幽深，动静相生，营造了一个恬淡静谧的环境。他勉励后辈静心读书，以不辜负自己的期望，而他自己也愿意就此安度余生。这也同样是宋濂《静室》诗的一部分主旨。两人诗歌不仅内容相近，风格、意境亦有相似处。由此可知，李滉此诗深受宋濂的影响。

宋濂曾创作了一组以徐福出海求仙为题材的诗歌《日东曲》，表达了对徐福出海不还的感慨。朝鲜的一些诗人对这组诗歌颇为关注，如南龙翼（1628—1692）在与朋友应和时就多次提及。他的《次达师富士山

---

① 〔朝〕李裕元：《嘉梧稿略Ⅰ》（《影印标点 韩国文集丛刊》第 315 辑），汉城，韩国民族文化推进会，2003 年，第 95 页。
② 〔朝〕李滉：《退溪集Ⅰ》（《影印标点 韩国文集丛刊》第 29 辑），汉城，韩国民族文化推进会，1989 年，第 75 页。
③ 〔明〕宋濂：《文宪集》（二）（影印本《文渊阁四库全书》第 1224 册），台北，台湾商务印书馆，1986 年，第 536 页。

韵要和》后附上原韵曰:"闻昔宋濂题杰句,何时徐市没遗踪。"① 另一首《次柏师富山韵》后又附原韵曰:"徐福来兹踪已占,宋濂成曲世相传。"② 从"杰句"和"世相传"可知,在南龙翼及其朋友看来,宋濂的《日东曲》是徐福题材诗歌中永久流传的杰作,也是受到朝鲜诗人好评的一组诗歌。

(二) 论刘基诗歌

刘基(1311—1375),字伯温,又称刘青田,是越派的开山鼻祖,其诗歌创作生涯也以至正二十年(1360)应聘佐命为界,分为前后两个阶段。前期诗作在元末集成《覆瓿集》,后期诗作在明初集成《犁眉公集》。

李德懋的《诗观小传·刘基》这样评论刘基其人其诗:

> 刘基,字伯温,号郁离子,青田人。元末举进士、秘书监。揭奚斯谓之曰:"子,魏玄成流也。"累迁总管府判,弃官归青田山中。高皇帝征为太史,官至御史中丞,封诚意伯,卒,谥曰"文成"。基早见知于虞集,集称其诗曰:"发感慨于情性之正,存忧患于敦厚之言。"王世贞曰:"明兴,立赤帜者二家:才情之美,无过季迪;声容之壮,次及伯温。"有《犁眉公集》二十卷。③

对于刘基诗歌风格的描述,李德懋参考了朱彝尊的《明诗综》和王世贞的《艺苑卮言》。《明诗综》卷三引陆冰修语曰:"伯温早见知于虞道园,道园称其诗云:'发感慨于情性之正,存忧患于敦厚之言,是不可及。若其体制音韵,无愧盛唐。'"④《艺苑卮言》卷五曰:"迨于明兴,虞氏多助,大约立赤帜者二家而已。才情之美,无过季迪;声气之

---

① 〔朝〕南龙翼:《壶谷集》(《影印标点 韩国文集丛刊》第131辑),汉城,韩国民族文化推进会,1994年,第245页。
② 〔朝〕南龙翼:《壶谷集》(《影印标点 韩国文集丛刊》第131辑),汉城,韩国民族文化推进会,1994年,第245页。
③ 〔朝〕李德懋:《青庄馆全书Ⅰ》(《影印标点 韩国文集丛刊》第257辑),汉城,韩国民族文化推进会,2000年,第376页。
④ 〔清〕朱彝尊:《明诗综》(一)(影印本《文渊阁四库全书》第1459册),台北,台湾商务印书馆,1986年,第201页。

雄，次及伯温。"① 所不同的是，他将原文的"声气之雄"写作"声容之壮"。可见，李德懋认同并引用了元、明两位诗评家的评语，对刘基前、后期诗歌的风格做了恰当描述，这代表了朝鲜诗坛对刘基诗作的认可。

对比来看，刘基前期（在元时期）诗歌优于后期。朝鲜诗家评刘基诗歌时，也侧重于前期《覆瓿集》的作品。如李晬光《芝峰类说》卷十二的"明诗"条曰："刘基《题画红梅》诗曰：'水晶宫里玉真妃，宴罢瑶台步月归。行到赤城天未晓，冷霞飞上六铢衣。'"② 沈德潜《明诗别裁集》卷一评刘基曰："元季诗都尚辞华，文成独标高格，时欲追逐杜韩，故超然独胜，允为一代之冠。"③ 刘基的这首古诗《题画红梅》④ 描写了红梅的传奇经历和高洁品格，将人们引入空溟浩荡的天界，具有韩愈诗歌的雄奇格调，成为称颂一时的优秀之作，这也是李晬光选录的原因所在。诗人李健命（1663—1722）也对这首诗颇感兴趣，受其感染和启发，进而爱梅、养梅、赋梅。其《咏盆中白梅》并序曰：

> 尝读陈简斋《墨梅》诗："粲粲江南万玉妃，别来几度见春归。相逢京洛浑依旧，惟恨缁尘染素衣。"乃古今绝唱也。后得见刘青田《红梅》诗："水晶宫里玉真妃，宴罢瑶池步月归。行到赤城天未晓，冷霞飞上六铢衣。"其韵盖出于陈，而词调亦不减。余尝爱玩而吟诵之。适得白梅一盆，置诸床头，当腊盛开，婷婷可喜，遂忘拙效颦，以付二诗之下，仍备文苑之阙事云。
> 不省人间有越妃，忽惊春色雪中归。
> 天姿已谢朱铅累，巧制新成白纻衣。⑤

李健命将刘基的次韵诗与陈与义的原诗做了比较，认为后者"词调亦不减"，显然也是一首"古今绝唱"，遂效仿次之，为古今咏梅诗再添佳作。

---

① 〔清〕丁福保辑：《历代诗话续编》（中），北京，中华书局，1983年，第1023页。
② 蔡镇楚编：《域外诗话珍本丛书》（第九册），北京，北京图书馆出版社，2006年，第301页。
③ 〔清〕沈德潜：《明诗别裁集》，周准编，上海，上海古籍出版社，1979年，第1页。
④ 〔明〕刘基：《诚意伯文集》（影印本《文渊阁四库全书》第1225册），台北，台湾商务印书馆，1986年，第117—118页。
⑤ 〔朝〕李健命：《寒圃斋集》（《影印标点 韩国文集丛刊》第177辑），汉城，韩国民族文化推进会，1996年，第339页。

诗人申厚载（1636—1699）也欣赏刘基诗歌，作有五言古诗《次刘伯温〈感寓〉韵》①：

夜久河汉明，众星环孤月。愁人耿不眠，展转晨光发。
佳期隔千里，川路恨难越。

灿灿桃李花，迎春争媚妩。岂知东篱菊，傲霜心独苦。
金钱及月季，琐琐何足数。

一蝉鸣树间，林居先报秋。朝曦饮白露，嘒嘒何所求。
绿叶可深藏，螳螂为汝忧。

老去睡偏减，披衣坐清朝。日御看渐升，洞雾俄然消。
独有东岑松，千尺参云霄。

索居无伴侣，沙鸟闲相依。但恐鹖鴂鸣，幽兰渐凋萎。
穷通任造化，世味宁朵颐。

楚人不识兰，视之同众草。所以屈三闾，泽畔颜枯槁。
优游歌紫芝，岂若南山老。

刘基原诗题为《感寓六首》②：

暑退生夕凉，褰衣步微月。风来竹阴动，草暗萤光发。
伫立忽怀人，江河渺难越。

庭前金凤花，向晚争媚妩。但见白露滋，岂知繁霜苦。
芳时良可惜，此物何足数。

---

① 〔朝〕申厚载：《葵亭集》（《影印标点 韩国文集丛刊（续）》第42辑），首尔，韩国古典翻译院，2007年，第304页。
② 〔明〕刘基：《诚意伯文集》（影印本《文渊阁四库全书》第1225册），台北，台湾商务印书馆，1986年，第57页。

白露下木叶，凄凉江海秋。江皋有鸣雁，嗷嗷安所求。
稻粱日萧索，风雨徒离忧。

一日复一夕，一夕复一朝。青灯向暗壁，光焰坐自消。
鞲鹰铩六翮，绝意于云霄。

严霜陨奥草，蛇虺去所依。可惜蕙兰花，与之共颓萎。
顾此悲世运，泫然涕交颐。

凄凄素秋霜，苒苒高原草。运穷相值遇，黝颜就枯槁。
浩叹采薇歌，惭愧商山老。

比较可知，申厚载的诗歌从形式上看是次韵诗，而从内容、意境、情感方面看，都有刘基诗歌的痕迹，更像是一组拟作。

可以看到，朝鲜诗家论吴派和越派诗歌时，既明确了其在诗歌史上的地位，又概括了其总体风格，还赏析了部分优秀作品，所下结论客观、中肯。

第三节　朝鲜诗家论台阁体、山林派、茶陵派诗歌

明代永乐至正德年间，活跃于诗坛的主要有台阁体、山林派、茶陵派等诗歌流派和诗人团体。"台阁体以宽泛的尊唐为特征，倡导一种雍容华贵、旨在'润饰鸿业'的风格；山林诗则明晰地通向从陶渊明到王、孟、韦、柳的一脉，其风格指向是清逸淡远。茶陵派从台阁体中脱颖而出，既尊李杜，又尊王孟，其审美趣味明显受到山林诗的濡染。由台阁体而山林诗而茶陵派，其间的逻辑线索非常清晰……"① 朝鲜诗家对这几派诗人及诗作的接受与评论也较为热烈并各有侧重。

这一时期，朝鲜诗家评论的重点是台阁重臣三杨、于谦、山林派陈献章、茶陵派李东阳等几位诗人。

---

① 陈文新：《从台阁体到茶陵派——论山林诗的特征及其在明诗发展史上的意义》，《文学遗产》2008 年第 3 期。

一、论三杨台阁体诗歌

永乐至正统年间的精神生活和文学创作氛围以老成持重、四平八稳为主调,社会经济状况持续良好,士大夫阶层的仕途生活较为平稳,因此以浓郁的"富贵福泽之气"为特征的台阁诗风开始盛行。台阁主要指内阁和翰林院,又称馆阁。台阁体主要代表诗人是杨士奇、杨荣、杨溥三人。三杨入内阁共掌朝政的时间很长,他们的诗歌在内容题材和风格上都坚持正统儒家诗教,追求温柔敦厚,多雍容典雅、粉饰太平和歌功颂德之作。这些诗歌内容空洞贫乏、情感单调,缺乏艺术感染力、现实精神和讽喻精神。但通过台阁重臣及其诗歌创作,朝鲜诗家看到了黼黻王猷、大明盛世、雍容华美、雅正平和这些正面、美好的景象,这也正是朝鲜的统治者和正统诗人所追求的统治局面和创作氛围。

尹根寿是较早关注台阁文臣的朝鲜诗人,他的《记皇朝名臣》一文中有这样两段记载:

> 杨士奇,名寓,字士奇,江西泰和人。由荐举历仕,正统间少师、兵部尚书兼华盖殿大学士。文贞公,年八十。

> 东里、芳洲同邑连闱,出际圣明,显融按武。东里典纶命,后芳洲继之。所与同事,虽无非元夫伟人,各展斧藻。然即二先生以观:东里若清庙九室,玉瓒珠罍,陈列就次。玄酒既酌,黄流复祼。礼备乐和,幽明歆豫,讳字可谓古也矣。芳洲若泰山乔岳,一翠千里,长冈建郡,短垄作邑。至于倾崖绝壑,欹险危峻,难容人迹,乃见天造,可谓杰也已。(刘定之撰《〈敕谕〉跋》)①

在这两段记载中,尹根寿描述了两位台阁大臣杨士奇(东里)和陈循(1385—1464,芳洲)的仕途和创作概况。他借鉴了明人刘定之(1409—1469)的观点,分别将二人的创作特色概括为"古"和"杰"。这篇《〈敕谕〉跋》②载于《呆斋续稿》卷五,是刘定之为明英宗颁给

---

① 〔朝〕尹根寿:《月汀集》(《影印标点 韩国文集丛刊》第47辑),汉城,韩国民族文化推进会,1989年,第392页。
② 〔明〕刘定之:《呆斋续稿》(《四库全书存目丛书》编纂委员会编:《四库全书存目丛书》集部第34册),济南,齐鲁书社,1997年,第219页。

陈循的敕谕（由其后人陈瑛所藏）所作的跋文。尹根寿抄录时增加了"讳字"二字。明人董士宏的《〈竹岩集〉序》也引用了这篇跋文："昔者刘文安公评论东里、芳洲之文：东里若清庙九室，宝瓒珠罍，陈列就次，元酒黄流迭祼，而可以为古；芳洲若泰山乔岳，一翠千里，长冈作郡，短垄作邑，而可以为杰。"①

南龙翼在《哀燕都赋》②中也比较详细地评述了三杨时代的士风和文风：

> 忽反顾而遐思兮，思盛际之明良。
> 熙朝俨以祗敬兮，孝辟文以重光。
> 必有臣以名世兮，畴登庸而赞襄。
> 宿望推于蹇夏兮，大名齐于三杨。
> 惟王刘之事业兮，与何李之文章。
> 或黼黻于王猷兮，或吁谟于岩廊。
> 或登筵而启沃兮，欢鱼水于一堂。
> 或播咏于早朝兮，联步武而趋跄。
> 即其地兮想其人，宛玉佩之锵锵。
> 归旅舍而自悼兮，嘿无言兮涕自滂。
> 望九陵之松柏兮，悲风起于寒冈。
> 念再造之洪恩兮，于万历之难忘。
> 溯哀响于麦穗兮，怀好音于苞桑。
> 欲访古兮不自由，心郁结兮魂飞扬。

南龙翼1666年以谢恩使兼陈奏副使的身份出使清朝，沿途所作诗文甚多，这是其中较有代表性的一首。明清易代，朝鲜文士仍念念不忘壬辰战争期间明朝的再造之恩，所以望燕都而生哀怨。在这首诗中，作者满怀深情地回顾了大明盛世的喜人景象，指出三杨诗歌黼黻王猷的实质，对登筵启沃、君民鱼水、一堂和气的胜景十分怀恋和向往。

黄景源（1709—1787）的《颁〈猗兰操〉敕》曰："当是时，海内

---

① 〔明〕柯潜：《竹岩集》（影印本《文渊阁四库全书》第1246册），台北，台湾商务印书馆，1986年，第469页。
② 〔朝〕南龙翼：《壶谷集》（《影印标点 韩国文集丛刊》第131辑），汉城，韩国民族文化推进会，1994年，第271页。

清平，朝无失政，中外翕然。称三杨以居第……溥质直廉静，无城府，性恭谨。每入朝，循墙而走。诸大臣论事争可否，或至违言，溥平心处之，诸大臣皆叹服。世称士奇有学行，荣有才识，溥有雅操，皆非人所能及。此三人者，诚可谓宿德之臣也，天下岂有遗贤乎？"① 黄景源认为，这样兼具学识、雅操、宿德的贤人之创作自然值得称颂。于是他极尽赞美之能事，以五言排律《中州感怀赠伯玉三十首》（其十）为三杨的美化盛世而高唱赞歌：

> 吾闻时雨降，云气出山川。上有盛天子，公孤无不贤。
> 三杨命世材，内阁得君专。士奇驯行笃，弘济饬躬虔。
> 帷幄赞鸿谟，勉仁识最渊。协恭政初成，休养德方宣。
> 明兴六十载，始见景星天。共贺泰阶平，西苑钟鼓悬。②

诗后注曰："杨士奇名寓，以字行，杨溥字弘济，杨荣字勉仁。"黄景源认为三杨各有才能，是天子的得力贤臣，对明朝的兴盛功莫大焉。末两句的"共贺泰阶平，西苑钟鼓悬"正描绘了台阁体诗歌所渲染的盛世祥瑞气氛。"西苑"也可指杨士奇的七律《从游西苑》（《东里诗集》卷二）："广寒宫殿属天家，晓从宸游驻翠华。琼液总颁仙掌露，金支皆插御前花。棹穿萍藻波间雪，旗颭芙蓉水上霞。身世真超人境外，玉盘亲捧枣如瓜。"③ 此诗写元宵节君臣宴乐、观灯的欢庆场面，是太平盛世的一个缩影。

洪奭周（1774—1842）也指出三人的创作既美颂了太平盛世，又做到了文辞优美。他的《读明文一百二十韵》曰："三杨贲升平，润色在东里。"④ "润色在东里"语出《论语·宪问》："为命：裨谌草创之，世叔讨论之，行人子羽修饰之，东里子产润色之。"⑤ 润色是创作的最后一

---

① 〔朝〕黄景源：《江汉集Ⅰ》（《影印标点 韩国文集丛刊》第224辑），汉城，韩国民族文化推进会，1999年，第490页。
② 〔朝〕黄景源：《江汉集Ⅰ》（《影印标点 韩国文集丛刊》第224辑），汉城，韩国民族文化推进会，1999年，第11页。
③ 〔明〕杨士奇：《东里集》（一）（影印本《文渊阁四库全书》第1238册），台北，台湾商务印书馆，1986年，第344页。
④ 〔朝〕洪奭周：《渊泉集Ⅰ》（《影印标点 韩国文集丛刊》第293辑），汉城，韩国民族文化推进会，2002年，第27页。
⑤ 〔清〕刘宝楠：《论语正义》，高流水点校，北京，中华书局，1990年，第560页。

个阶段,润色之后的作品才更有感染力。可知,洪奭周分别从内容和形式上肯定了三杨的颂美之作。而杨士奇号东里,因此"润色在东里"一语双关,也是作者对杨士奇创作的高度评价。

李裕元的《皇明史咏四十五首·杨士奇》曰:"杜房姚宋比三杨,史笔堂堂众美芳。通达事机相藉力,一家糜懈四朝良。"① 作者认为明代三杨堪比唐代的四位贤相,因为他们都能以史家之笔歌颂盛世之治,而历事四朝的杨士奇更是帝王的好助手,功劳更高。

台阁体是为封建统治服务的一种文学典范,缺乏真情实感和艺术魅力,在表现社会生活的真实性、深刻性、广泛性方面都存在着严重的缺陷。但是明代"文道合一"的观念和前期的太平盛世对朝鲜王朝的治国安邦有着积极的借鉴意义,所以艺术性平平的台阁体诗歌就受到了朝鲜诗家的重视和好评。

二、论于谦诗歌

于谦(1398—1457),字廷益,号节庵,明朝名臣、民族英雄,留有《忠肃集》。于谦虽然也是一位朝廷重臣,但其诗作不为台阁体所囿,也迥异于山林派的清新闲逸风格。在台阁体盛行时期,于谦在创作上与之背道而驰,写下了一些富有活力、生机勃勃的诗篇。其爱国之情、清正之气成为当时诗坛的一个亮点,这也是吸引朝鲜诗家关注和赞誉的主要原因。于谦不以诗名世,但他爱国忧民的心怀却在诗中有鲜明的表现,《石灰吟》、《题苏武忠节图》表明了他的理想和信念,《阅武》、《夜坐念边事》等诗开启了明代边塞诗的先声。所以,朝鲜诗家也非常敬重这位人格高洁、两袖清风的英雄诗人。

李晬光《芝峰类说》卷十二曾引述了于谦的一则逸事:"《尧山堂外纪》曰:'于谦少时,窗外有人持一扇乞诗。即书曰:"大造乾坤手,重扶社稷时。"其人惊跃而去,乃鬼也。'余谓于此可见经济手段矣。"② 这段记载不仅肯定了于谦的诗,也赞扬了他的忠心和智慧。

朴琴轩《文章杂评》又依据《芝峰类说》抄录了于谦的一些诗句:

---

① 〔朝〕李裕元:《嘉梧稿略Ⅰ》(《影印标点 韩国文集丛刊》第315辑),汉城,韩国民族文化推进会,2003年,第94页。

② 蔡镇楚编:《域外诗话珍本丛书》(第九册),北京,北京图书馆出版社,2006年,第301页。

"明于谦诗曰：'谢客只容风入户，卷帘时放燕归梁。'又，'醉来扫地卧花影，闲处依窗看药方。'《题十八学士图》曰：'都将治世安民业，散作裁冰剪雪词。'"① 这段文字中，"谢客只容风入户"两句出自《平阳分司》，其中一句原作"卷帘闲放燕归梁"②。"醉来扫地卧花影"两句未见于《忠肃集》。《题十八学士图》原题为《题唐十八学士登瀛洲图》，所录两句原作"都将治世安民策，散作裁冰剪雪辞。"③ 从所引诗句的排列顺序来看，这段文字最早来自初刻于嘉靖二十六年（1547）田汝成所作的《西湖游览志余》卷八④：

> 于肃愍公高风大节，不在词华，而其断简残篇得于煨烬之余，往往脍炙人口。如："剩喜门庭无贺客，绝胜厨传有悬鱼。""谢客只容风入户，卷帘时放燕归梁。""亦知厚禄惭司马，且守清斋学太常。""萧涩行囊君莫笑，独留长剑倚青天。""金鞍玉勒寻芳者，肯信吾庐别有春。"即此可以知其孤介绝俗之操。如："香蓺雕盘留睡鸭，灯辉青琐散栖鸦。""风穿疏牖银灯暗，月转高城玉漏迟。""岸帻耻为寒士语，调羹不用腐儒酸。"即此可以知其经略阃典之才。如"天外冥鸿何缥缈？雪中孤鹤太清癯。""醉来扫地卧花影，闲处倚窗看药方。""渭水西风吹鹤发，严滩孤月照羊裘。"即此可以知闲雅恬淡之思。其他忠直之气，奖与古今，如《咏苏武》则曰"富贵傥来君莫问，丹心报国是男儿。"《送人致仕》则曰："解组还乡未白头，身安意适更何求！"《题十八学士图》则曰："都将治世安民策，散作裁冰剪雪词。"《喜高金宪病起》则曰："一团清气难随俗，百瓮黄虀足养廉。"此皆直写胸襟，不当以风云月露比拟也。

---

① 〔韩〕赵锺业编：《修正增补 韩国诗话丛编》（第14册），汉城，太学社，1996年，第402页；蔡镇楚编：《域外诗话珍本丛书》（第九册），北京，北京图书馆出版社，2006年，第302页。

② 〔明〕于谦：《忠肃集》（影印本《文渊阁四库全书》第1244册），台北，台湾商务印书馆，1986年，第360页。

③ 〔明〕于谦：《忠肃集》（影印本《文渊阁四库全书》第1244册），台北，台湾商务印书馆，1986年，第372页。

④ 〔明〕田汝成：《西湖游览志余》（影印本《文渊阁四库全书》第585册），台北，台湾商务印书馆，1986年，第395页。

不过,《尧山堂外纪》卷八十三"于谦"条①又几乎全文抄录了田汝成的这段记述。从《尧山堂外纪》在朝鲜半岛的传播情况看,朴琴轩的这些诗句也有可能摘自《尧山堂外纪》。此处虽没有具体评价,但是可以看出抄录者对于谦其人其诗的景仰之情是真诚的。

朝鲜朝后期著名诗人、实学家丁若镛(1762—1836)在《牧民心书》中论及廉政时,就举了于谦廉洁为官的事例及其《入京》诗:"廉者,牧之本务,万善之源,诸德之根。不廉而能牧者,未之有也。……河南土产蘑菰、线香,宦游者每取以馈当路。于肃愍公巡抚其地,绝无所取。有诗云:'手帕蘑菰与线香,本资民用反为殃。清风两袖朝天去,免得闾阎话短长。'"②一件小事、一首小诗,凸显了一个廉洁无私的清官形象。可见,于谦不仅是中国古代社会清官的典型,也成为朝鲜官场、诗坛的一个楷模。

朝鲜朝末期诗人曹兢燮(1873—1933)《杂识》亦云:"予尝爱郑畋《马嵬坡》……于忠肃《咏石灰》云:'千椎万凿出深山,烈火丛中炼几还。粉骨碎身都不顾,只留清白在人间。'……此数诗可以见性情之正,能感动人心,而辞语亦警绝。"③诗人从情感和言辞方面肯定了自己喜欢的《马嵬坡》、《石灰吟》等几首诗,从简单的评价亦可见其对于谦的正义清白品格的敬仰。

三、论山林派陈献章诗歌

山林诗继台阁体而兴起,代表人物为陈献章(1428—1500,字公甫,号白沙)、庄昶等。这一派的崛起,得益于心学的萌芽与生长以及"孔颜乐处"的深厚传统。与台阁体诗热衷富贵福泽气象不同,山林诗人悠游山林、淡泊名利,其诗关注隐逸气象,清新自然,表达的是在野士大夫的闲情逸趣。"不仅台阁文学和山林文学在明人的意念中构成两个文学世界,而且台阁作家和山林作家的身份意识也异常明确,由此造成了台阁诗与山林诗的三个差异:作者身份的差异(一为台阁重臣;一为山林

---

① 〔明〕蒋一葵:《尧山堂外纪》(二)(《四库全书存目丛书》编纂委员会编:《四库全书存目丛书》子部第148册),济南,齐鲁书社,1995年,第339页。
② 〔朝〕丁若镛:《与犹堂全书Ⅴ》(《影印标点 韩国文集丛刊》第285辑),汉城,韩国民族文化推进会,2002年,第323页。
③ 〔朝〕曹兢燮:《岩栖集》(《影印标点 韩国文集丛刊》第350辑),汉城,韩国民族文化推进会,2005年,第543页。

隐逸);诗风的差异(前者盛行于宫廷、帝都,'平正纡徐','雍容雅步';后者流传于山林、草野,清新自然,恬淡超逸);价值取向的差异(前者体现出浓厚的廊庙意识,旨在显耀世运升平、国力强盛的气象;后者体现了高洁的山林精神,旨在表达远离朝市、安贫乐道的襟怀)。概括地说,台阁诗关注富贵气象,山林诗关注隐逸气象。"① 朝鲜诗家十分欣赏和仰慕山林派诗人的诗歌和生活情趣,他们将陈献章作为这一派的代表接受并给予了积极评价。

首先,朝鲜诗家从风格方面指出陈献章诗歌的创作特征。

许筠(1569—1618)的《闲情录》"闲适"条载:

> 陈白沙曰:"当其境与心融,时与意会,悠然而适,泰然而安。物我于是乎两忘,死生焉得而相干?亦一时之壮游也。……于焉优游,于焉收敛;灵台洞虚,一尘不染,浮华尽剥,真实乃见;鼓瑟鸣琴,一回一点。气蕴春风之和,心游太古之面。其自得之乐亦无涯也。"②

许筠所引的观点出自陈献章的《湖山雅趣赋》(《陈白沙集》卷四)③,表达了诗人融身心于自然的闲适之情。许筠将其归入"闲适"一类,这正是对陈献章诗歌风格的准确归纳。

李德懋《诗观小传·陈献章》云:

> 陈献章,字公甫,号白沙,新会人。正统丁卯举人,受学于吴与弼。德器粹完,足以歆动天下,以荐授翰林检讨,卒,谥曰"文恭",从祀孔子庙。献章诗虽宗《击壤》,源出柴桑。其言曰:"论诗当论性情,论性情先论风韵,无风韵则无诗矣。"有《白沙集》。④

---

① 陈文新:《从台阁体到茶陵派——论山林诗的特征及其在明诗发展史上的意义》,《文学遗产》2008年第3期。
② 〔韩〕成均馆大学校大东文化研究院编:《许筠全集》,汉城,成均馆大学出版部,1981年,第266页。
③ 〔明〕陈献章:《陈白沙集》(影印本《文渊阁四库全书》第1246册),台北,台湾商务印书馆,1986年,第118页。
④ 〔朝〕李德懋:《青庄馆全书Ⅰ》(《影印标点 韩国文集丛刊》第257辑),汉城,韩国民族文化推进会,2000年,第377页。

"虽宗《击壤》，源出柴桑"的说法源于朱彝尊的《静志居诗话》卷七①，而其关于"风韵"、"性情"的评语则源于《陈白沙集》卷二的《与汪提举》②。李德懋认为陈献章的诗歌以风致见长，宛有陶渊明遗意。这也正是对陈诗风格的间接肯定。

金昌协（1651—1708）《子益来宿，有诗次之》曰："弟兄相对乐怡怡，帘阁悬灯坐夜迟。一席讲评皆格外，梅花香韵白沙诗。"③ 李裕元《皇明史咏四十五首·陈献章》曰："一谒孝陵即告归，显官难起薜萝衣。宗以自然忘己欲，公山落日独关扉。"④ 金、李二人都以论诗诗的形式谈及陈献章的诗歌风格。金昌协、金昌翕（1653—1722，字子益）兄弟深夜秉烛酬唱并赏读、点评中朝诗歌，一致认为陈献章诗歌有"梅花香韵"。李裕元则认为陈献章归隐山林，以自然为趣，其人其诗亦自然淡泊。由这两首诗，读者便能对陈献章隐逸生活和自然清新之诗风领略一二了。

李圭景《诗家点灯》卷十"陈献章隽诗可诵"条也对陈献章的平淡诗风极为赞赏，认为他能够做到于平淡中出奇句，因此选录其诗歌多首：

  陈献章，字公甫，翰林检讨。其诗平淡中多奇句，如《歇马犬径山》："数家烟火隔林塘，一树寒花晚自香。黄叶冢头聊歇马，鹧鸪声里近斜阳。"《东轩独坐》："桃花寂寞梨花开，山中薄酒三五杯。村西有客可人意，风雨今朝期不来。"《桃花》："云锁千峰午未开，桃花流水更天台。刘郎莫记归时路，只许刘郎一度来。"《柳渡头答乡友》："溪南溪北荔枝垂，五月荷花乍放时。忽有酒船邀半路，三杯不记主人谁。"《留姜仁夫》："云去云来等是浮，独凭高阁看江流。南风莫送东归客，更共江门一日游。"《落花》："落花半落流水香，鸣鸠互鸣春日长。美人别我隔江浦，欲来不来空断肠。"⑤

---

① 〔清〕朱彝尊：《静志居诗话》（上），北京，人民文学出版社，1990年，第182页。
② 〔明〕陈献章：《陈白沙集》（影印本《文渊阁四库全书》第1246册），台北，台湾商务印书馆，1986年，第75页。
③ 〔朝〕金昌协：《农岩集Ⅰ》（《影印标点 韩国文集丛刊》第161辑），汉城，韩国民族文化推进会，1996年，第390页。
④ 〔朝〕李裕元：《嘉梧稿略Ⅰ》（《影印标点 韩国文集丛刊》第315辑），汉城，韩国民族文化推进会，2003年，第95页。
⑤ 〔韩〕赵锺业编：《修正增补 韩国诗话丛编》（第12册），汉城，太学社，1996年，第688—689页。

这段文字所列举的《歇马犬径山》①、《东轩独坐》②、《桃花》③、《柳渡头答乡友》、《留姜仁夫》、《落花》④ 均为七言绝句,其中《柳渡头答乡友》原题为《次韵柳渡头答乡友》,第二句原作"五月荷花欲卷旗"⑤。《留姜仁夫》原题为《弘治己酉春,姜仁夫进士以使事贵州还,取道广东,过予。白沙自己卯至丙戌凡八日辞别三首,予亦次韵为别。明日,仁夫至潮连寨,方十余里,遣隶回,并得三绝和之,通前九首,吾与仁夫之意皆不在诗也,岂尚多乎哉?仁夫,浙之兰溪从学章先生德懋吾廿年旧好,故吾诗两及之》⑥,李圭景抄录时可能因原诗题较长而做了简化。

以上五位诗家的观点基本一致,或引用,或比较,或衬托,都强调了陈献章诗歌亲近自然、闲适恬淡、别有一种高情远致的重要特征。

其次,另有一些朝鲜诗家以次韵、摘录、引用等形式表达了对白沙诗风的推崇。如金昌协有《同季愚访白云,次陈白沙韵》,诗曰:"匹马萧然返故林,幅巾随处散疏襟。白云流水有何好,春暖秋凉须一寻。山木高低分众色,石潭今古照虚心。渊明不浅匡庐兴,莲社攒眉意却深。"⑦ 此诗以陈献章七言律诗《次韵吾县博见寄》(《陈白沙集》卷八)为韵,陈诗为:"黄菊开时霜满林,山风吹冷薜萝襟。肯忘沂水归时咏,也到庐山酒处寻。自得不须言有命,太虚元只是无心。白头不作人间梦,一笑江门契亦深。"⑧ 二诗同韵,在描写山水景物、抒发闲适之情方面亦相似。李滉《次韵金秀才士纯三绝》(其三)曰:"云谷书传千圣心,读

---

① 〔明〕陈献章:《陈白沙集》(影印本《文渊阁四库全书》第1246册),台北,台湾商务印书馆,1986年,第166页。
② 〔明〕陈献章:《陈白沙集》(影印本《文渊阁四库全书》第1246册),台北,台湾商务印书馆,1986年,第166页。
③ 〔明〕陈献章:《陈白沙集》(影印本《文渊阁四库全书》第1246册),台北,台湾商务印书馆,1986年,第180页。
④ 〔明〕陈献章:《陈白沙集》(影印本《文渊阁四库全书》第1246册),台北,台湾商务印书馆,1986年,第167页。
⑤ 〔明〕陈献章:《陈白沙集》(影印本《文渊阁四库全书》第1246册),台北,台湾商务印书馆,1986年,第187页。
⑥ 〔明〕陈献章:《陈白沙集》(影印本《文渊阁四库全书》第1246册),台北,台湾商务印书馆,1986年,第322页。
⑦ 〔朝〕金昌协:《农岩集Ⅰ》(《影印标点 韩国文集丛刊》第161辑),汉城,韩国民族文化推进会,1996年,第372页。
⑧ 〔明〕陈献章:《陈白沙集》(影印本《文渊阁四库全书》第1246册),台北,台湾商务印书馆,1986年,第294页。

来如日破昏阴。平生不上罗浮望，几向冥涂枉索寻。"① 诗后注曰："语见《陈白沙集》。"《陈白沙集》卷三《与陈德雍》曰："平生只有四百三十二峰念念欲往，亦且不果。"② 所谓的"四百三十二峰"即指罗浮山（据说罗浮山有432峰）。李滉诗中的"平生不上罗浮望，几向冥涂枉索寻"便是用了陈献章此文之意。

不过，李滉也注意到了陈献章诗歌的另一种风格。其《韩士炯胤明往天磨山读书，留一帖求拙迹，偶书所感寄赠》诗曰："屹立颓波陈白沙，名悬南极动中华。如何不重吾家计，极处终归西竺邪。"③ 李滉是一位性理学家，尊奉二程、朱熹学说。在给后生韩胤明的诗中，他首先肯定了陈白沙在台阁体盛行、文运颓败的形势下能够坚决地站出来，以清新、闲逸的山林诗与之抗衡的做法，并认为其影响是巨大的。但是接下来他笔锋一转，批评了陈献章没有遵从儒家"文以载道"的传统，认为其部分理学诗如禅宗偈语，难以卒读。这既揭示了陈诗的弊端，又警醒了后学，这个观点和中国的一些批评家是一致的。杨慎《升庵诗话》卷七就说陈献章："徒见其七言近体，效简斋、康节之渣滓，至于筋斗、样子、打乖、个里，如禅家呵佛骂祖之语，殆是《传灯录》偈子，非诗也。"④ 可见，朝鲜诗家并不是完全出于政治原因而爱屋及乌，也会敏锐地发现一些问题并直率地表达出来。

四、论茶陵派李东阳诗歌

茶陵派兼取台阁与山林之长，又堪称明代复古之先驱，对明诗的发展意义重大。因此，朝鲜诗家对茶陵派，尤其对其领袖李东阳崇拜有加，学习、模仿、评论者颇多。

李东阳（1447—1516），字宾之，号西涯，祖籍茶陵，著有《怀麓堂集》、《怀麓堂诗话》（亦简称《麓堂诗话》）、《燕对录》等。李东阳早有才名，官至大学士，"历官馆阁，四十年不出国门，奖成后学，推挽

---

① 〔朝〕李滉：《退溪集Ⅰ》（《影印标点 韩国文集丛刊》第29辑），汉城，韩国民族文化推进会，1989年，第120页。
② 〔明〕陈献章：《陈白沙集》（影印本《文渊阁四库全书》第1246册），台北，台湾商务印书馆，1986年，第93页。
③ 〔朝〕李滉：《退溪集Ⅲ》（《影印标点 韩国文集丛刊》第31辑），汉城，韩国民族文化推进会，1989年，第44页。
④ 〔清〕丁福保辑：《历代诗话续编》（中），北京，中华书局，1983年，第779页。

才儁，风流弘长，衣被海内"①。他以台阁重臣的身份主持文坛，天下宗之。李东阳喜论诗，其门人故吏常宴集吟咏，因此形成了"茶陵诗派"。李东阳身为茶陵派的主盟者，一方面不免台阁习气，另一方面又对台阁习气不满，"徘徊于庙堂与山林之间，而且越来越依恋于山林"②。继陈献章之后，李东阳更为明显地偏爱"淡"而"远"的诗歌风致。他提倡"格调"说，提出宗唐法杜的复古主张，因此成为前后七子复古运动的先驱。

李东阳的声望传到朝鲜半岛不晚于1491年，此时李东阳仅44岁。这一年，朝鲜诗人金驲孙（1464—1498）作为使节第二次来到中国，其间他"闻有李东阳者文望高世，欲介周一拜，而归期已迫，未能也"（黄宗海《金濯缨行状》）③。此时李东阳的作品在中国已经很流行，那么在中国的朝鲜人应该非常熟悉，也很可能带回了朝鲜。1518年，朝鲜使臣南衮（1471—1527）出使中国期间，"以阁老李西涯方负一时文章名，持《佔毕斋集》而去。因门下人呈进，冀得印可之语。西涯曰：'此文章固好，但妆点太过，反为病云。'"（《月汀漫录》）④ 既然朝鲜人的文章能够得到李东阳的批注，那么他们也很可能得到过李东阳的诗文。可惜这两处记载都没有提到李东阳的诗文是否被带到了朝鲜。有文字记载的李东阳作品传到朝鲜的最早时间可以追溯到1552年，朝鲜学者尹春年（1514—1567）著于这一年的《体意声三字注解》已经引用了李东阳的作品："又见李西涯之《诗话》曰：'李太白、杜子美为宫，韩退之为角。'"⑤ 此处的《诗话》即李东阳的《麓堂诗话》，是其对诗歌创作的理论总结，此句原文为："陈公父论诗专取声，最得要领。潘祯应昌尝谓予诗宫声也，予讶而问之，潘言其父受于乡先辈曰：'诗有五声，全备者少，惟得宫声者为最优，盖可以兼众声也。李太白、杜子美之诗为宫，韩退之之诗为角，以此例之，虽百家可知也。'"⑥

---

① 〔清〕钱谦益：《列朝诗集小传》，台北，明文书局，1991年，第285页。
② 陈书录：《明代诗文的演变》，南京，江苏教育出版社，1996年，第171页。
③ 〔朝〕黄宗海（1579—1642）：《朽浅集》（《影印标点 韩国文集丛刊》第84辑），汉城，韩国民族文化推进会，1992年，第556页。
④ 〔朝〕尹根寿：《月汀集》（《影印标点 韩国文集丛刊》第47辑），汉城，韩国民族文化推进会，1989年，第389页。
⑤ 〔韩〕赵锺业编：《修正增补 韩国诗话丛编》（第1册），汉城，太学社，1996年，第698页。
⑥ 〔清〕丁福保辑：《历代诗话续编》（下），北京，中华书局，1983年，第1373页。

朝鲜诗人研讨最多的还是李东阳的诗歌创作。

首先，朝鲜诗家对李东阳的诗歌贡献及诗坛地位进行了集中总结。

李宜显是个中国通，非常热爱中国文化，在中国期间收集了大量明代文人的文集。他遍读家里所藏明人作品后，概括了明代文学的四大派别："明文集行世者，几乎充栋汗牛，不可殚论。而大约有四派，姑就余家藏而言之。方逊志、刘诚意、宋潜溪以义理学术发为文词者也，此为一派。……李西涯、张太岳、叶苍霞为廊庙经世之文，又当为一派。而西涯之富博，亦可为词人之宗矣。"（《陶峡丛说》）① 李宜显不仅将李东阳尊为其中一派的领袖，还因其创作的"富博"而冠之以"词人之宗"的称号。可见，李东阳在明代文坛的地位以及在朝鲜诗人中的影响很大。

在李宜显之后，洪奭周又进一步确认了李东阳的文坛宗主地位，其《读书偶题八首》（其五）云："江左风流老铁歌，中朝冠冕李西涯。河堤弱柳犹春色，全胜隋宫剪彩花。"② 另外，还有诸多朝鲜诗人予以肯定。李德懋《诗观小传·李东阳》曰：

> 李东阳，字宾之，号西涯，茶陵人。四五岁能作大书，以神童荐入大内，景皇命书麟凤龟龙，抱置怀中。天顺甲申登进士第。累官少师兼吏部尚书、华盖殿大学士，卒，谥曰"文正"。弘奖群英，力追正始于何、李，有倡始仞。所为乐府，别创一格，风刺并见，涵蓄可味。有《怀麓堂集》。③

李德懋认可李东阳的诗文价值及其对明诗发展的重要作用。"力追正始于何、李，有倡始仞"的说法和沈德潜看法相近，《说诗晬语》曰："永乐以还，崇台阁体，诸大老倡之，众人应之，相习成风，靡然不觉。李宾之东阳力挽颓澜，李梦阳、何继之，诗道复归于正。"④ 李东阳推崇汉魏乐府，有《拟古乐府》一百首。虽然这些诗取材于馆阁书本，在现实主

---

① 〔朝〕李宜显：《陶谷集Ⅱ》（《影印标点 韩国文集丛刊》第181辑），汉城，韩国民族文化推进会，1997年，第438页。
② 〔朝〕洪奭周：《渊泉集Ⅰ》（《影印标点 韩国文集丛刊》第293辑），汉城，韩国民族文化推进会，2002年，第27页。
③ 〔朝〕李德懋：《青庄馆全书Ⅰ》（《影印标点 韩国文集丛刊》第257辑），汉城，韩国民族文化推进会，2000年，第377页。
④ 〔清〕王夫之等撰：《清诗话》（下），上海，上海古籍出版社，1978年，第547页。

义精神上不能同汉魏乐府诗和前后七子的乐府诗相提并论,但是在当时的历史条件下的确具有开创意义。李德懋很重视李东阳的这些乐府诗,认为它们与先前流行的台阁体相比迥然不同,重讽刺、讲含蓄,使诗歌体格重新回归唐以前传统。李德懋还指出,李东阳的创作之路启迪了李梦阳、何景明等一批诗人,进而摧毁了台阁体,推动了明代的"复古运动"。在这一点上,李德懋与沈德潜的观点达成了一致,都认为李东阳在扭转台阁诗风、复兴唐诗的过程中发挥了重要作用。

以李东阳几十年为馆阁重臣的身份,馆阁制作不可避免地成为其作品的重要部分。但是,这些诗作毕竟不能同那些复古之作同日而语。《怀麓堂诗话》卷首《四库提要》云:"李何未出以前,东阳实以台阁耆宿主持文柄。其论诗,主于法度音调,而极论剽窃摹拟之非,当时奉以为宗。"① 朝鲜诗家黄景源认同此说,其《策进士制》云:"茶陵李东阳以大学士操文柄,主盟词垣,为天下文章之宗。"② 李裕元《皇明史咏四十五首·李东阳》云:"李老主文天下宗,扶传善类明时逢。决去为高蹈远洁,使臣何事贬难容。"③ 他也主要肯定了李东阳在当时文坛的领袖地位,同时对其高洁人格表示赞许。

其次,朝鲜诗家积极接受、评价其人其诗。如李晬光《芝峰类说》卷十二曰:"李东阳《五丈原》词云:'侯归上天多旧伍,羽为前驱飞后拒。忠魂不逐降王车,长卫英孙朝烈祖。'意尤好矣。"④ 这首古诗载于《怀麓堂集》卷一,题作《五丈原》,其第二句为"关为前驱张后拒"⑤。洪柱国(1623—1680)则在诗歌创作上借鉴李诗,其《次滩翁题金山寺图长句》曰:"九点齐州万劫尘,天又限以重溟涛。好事跻攀半帆风

---

① 〔明〕李东阳:《怀麓堂诗话》(影印本《文渊阁四库全书》第1482册),台北,台湾商务印书馆,1986年,第435页;〔清〕永瑢等撰:《四库全书总目提要》(《万有文库》本第40册),上海,商务印书馆,1931年,第4页。
② 〔朝〕黄景源:《江汉集Ⅰ》(《影印标点 韩国文集丛刊》第224辑),汉城,韩国民族文化推进会,1999年,第515页。
③ 〔朝〕李裕元:《嘉梧稿略Ⅰ》(《影印标点 韩国文集丛刊》第315辑),汉城,韩国民族文化推进会,2003年,第94页。
④ 蔡镇楚编:《域外诗话珍本丛书》(第九册),北京,北京图书馆出版社,2006年,第245—246页。
⑤ 〔明〕李东阳:《怀麓堂集》(影印本《文渊阁四库全书》第1250册),台北,台湾商务印书馆,1986年,第10页。

(李东阳诗曰：'金山寺里半帆风'），几多品题留诗骚。"① 诗人自注"好事跻攀半帆风"一句来自李东阳诗句，李诗题为《邃庵先生以杜古狂惧男所作耆英图巨轴索题长句，予以休致未遂，每一构思，辄太息而止。得请后，乘兴为之，率尔而就，还此宿逋，如释重负矣。邃庵其为我和之》②。申纬（1769—1845）又从具体创作的层面肯定了李东阳的诗歌，他在《题虞注杜诗后二首》（其一）中表明了对李东阳诗歌的钟情："托名虞集岂张意，黄跋明言惠后嘉。此注平生疑未决，我心先获李西涯。"③ 申纬认为，张性、黄臣所作的注释和跋虽然有助于理解杜诗，但他自己还是从李东阳的诗作中率先品味到了杜诗的风韵。

李东阳擅长乐府诗，开始倡导复古，作有《拟古乐府》一百首，这些诗"以乐府诗体作史论，热情歌颂了我国历史上许多爱国爱民忠臣义士的伟绩和人品，弘扬了中华民族'先天下之忧而忧，后天下之乐而乐'的美德和崇高的爱国主义精神，也严厉抨击了那些祸国殃民、狼狈为奸的昏君奸臣和蝇营狗苟之徒"④。这类诗歌在思想情感上、艺术上都很出色，也受到朝鲜大部分诗人的认可。如南龙翼《壶谷诗评》"明诗"条曰："《选》体、乐府至宋已扫地，而明则人人皆自以为能，此亦病也。乐府则李西涯东阳最奇……"⑤ 黄景源《策进士制》曰："其乐府典雅流丽，四方传诵。"⑥ 洪翰周（1798—1868）在为权思喆的父亲整理遗稿时就发现了老人模拟李东阳的创作，他的《与权重吉思喆书》曰："尊王考遗稿第四集才已讫较，故并呈还。……且《咏史》一集，即仿李茶陵乐府之例为之者。则既异于述怀遣兴之什，而自开创止明庙中年人物事实，并多紊错，往往有脱落处，盖未成之文字，今不必烦诸锓梓。

---

① 〔朝〕洪柱国：《泛翁集》（《影印标点 韩国文集丛刊（续）》第36辑），首尔，韩国古典翻译院，2007年，第257页。
② 钱振民辑校：《李东阳续集》，长沙，岳麓书社，1997年，第2页。
③ 〔朝〕申纬：《警修堂全藁》（《影印标点 韩国文集丛刊》第291辑），汉城，韩国民族文化推进会，2002年，第508页。
④ 胡光凡：《李东阳作品赏析》，《中国文化报》2013年9月25日。
⑤ 〔韩〕赵钟业编：《修正增补 韩国诗话丛编》（第3册），汉城，太学社，1996年，第303页。
⑥ 〔朝〕黄景源：《江汉集Ⅰ》（《影印标点 韩国文集丛刊》第224辑），汉城，韩国民族文化推进会，1999年，第515页。

姑精写以置巾衍，藏于家恐好耳。"① 从这段评论可知，权父的《咏史》诗并不出色，但这种创作态度和方式说明了老人对李东阳乐府诗的欣赏。

诗人曹兢燮也十分欣赏李东阳的拟乐府并作《拟西涯乐府》一组，其序曰：

> 予读李西涯乐府，见其用事属辞，精切变化，褒贬予夺，数千载人物，毫发无隐情。自有乐府以来，未有臻是理也。独惜公以高才重望，身任天下之寄，不为不久，而卒乃役于憸竖，无宏谟异节，表表可见于后世。即以其所讥刺古人者，静惟而反诸己，谓何如也？予故依其体作一篇，以寓其叹惜之意，以为文人寡实之戒。然又不知百世之下，见者谓我为何如人耶？辄为之爽然自失也。②

曹兢燮在这段序中，首先从用事、属辞等方面肯定了李东阳的乐府诗，说明自己拟作的缘由。接下来，诗人遗憾地指出，李东阳诗歌虽好，而人品欠佳，晚节不保。明武宗时，由于大太监刘瑾擅权，大学士刘健、李东阳、谢迁见时势难为，屡次上疏请求致仕，武宗同意让刘、谢二人致仕，惟独留下了李东阳。李不自安，多次上章，终未得武宗允许，反被任命为宰相，原因是刘瑾重其文名。任宰相后，他做事大多依附刘瑾。据传刘瑾于朝阳门外造玄真观，李东阳写了碑文，极其称颂刘瑾。后来，朝廷抓捕刘瑾的消息泄漏，人们认为是李东阳所为。曹兢燮所说的就是这件事，他认为李东阳能够在乐府诗中准确评价古人，却没有把握好自己的人生方向。

在李晬光的《芝峰类说》中，也有二则关于李东阳的记载。其卷十二载：

> 李东阳门生归省，兼告养病还家。汪俊赠诗，有云："千年芝草供灵药，五色流泉洗道机。"人谓绝佳。东阳曰："归省与养病是二事，今两句单说养病，不及归省，便是偏枯。"改之曰："五色宫袍

---

① 〔朝〕洪翰周：《海翁薹》（《影印标点 韩国文集丛刊》第306辑），汉城，韩国民族文化推进会，2003年，第445页。
② 〔朝〕曹兢燮：《岩栖集》（《影印标点 韩国文集丛刊》第350辑），汉城，韩国民族文化推进会，2005年，第23页。

当舞衣。"众叹服。①

> 李东阳为首相,以诙谐自全。有士人投诗曰:"才名直与斗山齐,伴食中书日又西。回首湘江春草绿,鹧鸪啼罢子规啼。"盖鹧鸪鸣曰"行不得",子规鸣曰"不如归",故云。世之贪荣不退者见此,宜知愧矣。②

这两段记述,既谈其诗,也论其人。第一段中,李晬光主要赞扬了李东阳的鉴赏能力和创作水平之高。第二段则说李东阳的人格缺陷。据说抓捕刘瑾的事情泄密后,国子监一监生趁黑题诗于其门嘲讽他:"才名应与斗山齐,伴食中书日已西。回首湘江春已绿,鹧鸪啼罢子规啼。"因为鹧鸪啼声好像"行不得也,哥哥不如归去"。朝鲜诗人李楘(1613—1654)对李东阳的这段经历也颇有微词,其《书李西涯乐府后》曰:"雅乐章章训戒垂,前人淑慝不难知。自家心事终何样,试看朝阳门外碑。"③ 李晬光和李楘谈李诗而不说其向往山林、倡导复古之作,说人格而不谈其奖掖后生、倡导复古之进取高远的胸怀,都有一定的片面性,但也说明朝鲜诗人对明诗人的关注面之广。

朝鲜诗家所关注的茶陵派诗人为数不多,除了李东阳,还有其门生邵宝(1460—1527,字国贤)。邵宝主要是作为道学家而被朝鲜诗家关注,但他的一些道学思想反映在诗歌中,因此这类诗歌也受到朝鲜诗家的好评。曹兢燮《杂识》(下)抄录了邵宝的一首诗并给予了高度评价:

> 邵国贤《乞终养不许》云:"乞归未许奈亲何,帝里风光梦一过。三月春寒青草短,五湖天远白云多。客囊衣在缝犹密,驿骑书来字欲磨。圣主恩深臣分浅,百年心事两蹉跎。"未论工拙如何,读其诗可以想见其为人。彼轻薄险诐之辈,虽费尽心力,年锻月炼,

---

① 蔡镇楚编:《域外诗话珍本丛书》(第九册),北京,北京图书馆出版社,2006年,第302—303页。
② 蔡镇楚编:《域外诗话珍本丛书》(第九册),北京,北京图书馆出版社,2006年,第303页。
③ 〔朝〕李楘:《活斋集》(《影印标点 韩国文集丛刊(续)》第32辑),首尔,韩国古典翻译院,2007年,第417页。

何能梦到此境耶？我东自罗丽名诗者多矣，而此等语未易见。①

邵宝的这首七律载于《容春堂集》卷七，原题为《乞终养未许》，其第二句作"帝里风光梦里过"②。曹兢燮被诗人的思亲、孝亲之情深深感动。他认为这首诗是作者邵宝的真情流露，由诗可以看到诗人的人品，而这样真挚的诗歌是朝鲜诗人很难企及的。

---

① 〔朝〕曹兢燮：《岩栖集》(《影印标点 韩国文集丛刊》第350辑)，汉城，韩国民族文化推进会，2005年，第546页。
② 〔明〕邵宝：《容春堂集》(影印本《文渊阁四库全书》第1258册)，台北，台湾商务印书馆，1986年，第70页。

第二章　朝鲜诗家论明中期诗歌

　　15世纪下半叶到16世纪下半叶为明诗发展的中期，此时的文坛，茶陵派的影响还没有完全消退，主张复古的前七子、唐宋派、后七子等文学团体和流派又先后成为活跃于文坛的主要力量，正如朝鲜诗人申钦（1566—1628）所概括的那样："皇朝宗匠，信阳、北地、弇园、雪楼，互执牛耳。"（《海平府院君月汀尹公神道碑铭》）① 稍后的文人李明汉（1595—1645）亦云："我明应期，七子齐响。一振委靡，专务激仰。"（《祭汾西文》）② 朝鲜朝后期的黄玹（1855—1910）有诗概括前后七子的影响曰："弘正诸公制作繁，讵知台阁异田村。到来王李炎燿日，始服人间众口喧。"（《丁橡日宅寄七绝十四首，依其韵戏作论诗杂绝以谢·七子》）③

　　明中期诗歌东传并在朝鲜广泛传播，对弘扬中华文化、促进中朝文学的友好交流都起了很大作用，而最重要的意义还在于促进了朝鲜诗歌创作风气的改革。可以说，在朝鲜朝中期诗风改革的过程中，以前后七子为主体的明中期诗歌理论及创作实践发挥了先导和促进的作用。因此，和明代前期诗歌相比较，此时的诗歌理论和创作实践对朝鲜诗坛产生了更加深远的影响，更成为诗家们评论的焦点和学习、接受的楷模。如南龙翼的《壶谷诗评》对这一时期的诗歌创作有详细的论述：

　　　　李空同（梦阳）有大辟草莱之功，后来诗人皆以此为宗。而其

---

　　① 〔朝〕申钦：《象村稿Ⅱ》（《影印标点 韩国文集丛刊》第72辑），汉城，韩国民族文化推进会，1991年，第94页。
　　② 〔朝〕李明汉：《白洲集》（《影印标点 韩国文集丛刊》第97辑），汉城，韩国民族文化推进会，1992年，第522页。
　　③ 〔朝〕黄玹：《梅泉集》（《影印标点 韩国文集丛刊》第348辑），汉城，韩国民族文化推进会，2005年，第415页。

前高太史（启）、杨按察、林员外（鸿）、袁海潜（凯）、汪右丞（广洋）、浦长海（源）、庄定山（昶）亦多警句。何大复（景明）与空同齐名，欲以风调埒之，而气力大不及焉。其后王浚川（廷相）、边华泉（贡）、徐迪功（祯卿）、王阳明（守仁）、唐荆州（慎之）、杨升庵（慎）诸公，相继而起，至李沧溟（攀龙）、王弇州（世贞）而大振焉。从而游者，如吴川楼（国伦）、宗方城（臣）、王麟州（世懋）、徐龙湾（中行）、梁兰汀（有誉）等，亦皆高蹈。概论之，则空同、弇州如杜，大复、沧溟如李。论其集大成，则不可不归于王；而若其才之卓越，则沧溟为最，如"卧病山中生桂树，怀人江上落梅花"、"樽前病起逢寒食，客里花开别故人"等句，王亦不可及。此弇州所以景慕沧溟，虽受仲尼、丘明之警，只目摄而不大忤，有若子美之师太白也。川楼以下，地丑德齐，而吴体最备，宗才最高。①

这段评论以明中期各流派诗人为主要对象，基本概括了当时诗歌发展的脉络和代表人物的诗歌特色及其对明诗的贡献，有论证、有比较、有原创、有引用，较为全面、准确。

朝鲜诗家对明中期诗歌的接受与评论最热烈，也最深入、最广泛，将明代中朝文学的交流推向高峰。

第一节 朝鲜诗家论前七子诗歌

明孝宗弘治与武宗正德年间，继茶陵派之后崛起的是"弘正七子"（即前七子），包括李梦阳、何景明、王廷相、王九思、康海、边贡、徐祯卿等七人，其领袖人物为李梦阳（1475—1531）、何景明（1483—1521）。他们原本承接茶陵派李东阳而崛起，但又不完全同意李东阳的文学主张。以李梦阳、何景明为首的前七子力倡复古，主张文必宗秦汉、诗必尚盛唐，努力矫正明前期台阁体的文风，在明中期文坛声名大振，极具影响力。

前七子尤其是其领袖人物李梦阳、何景明的文学主张及各类作品很

---

① 〔韩〕赵锺业编：《修正增补 韩国诗话丛编》（第3册），汉城，太学社，1996年，第300—301页。

快传到朝鲜半岛,受到文人们的极大关注。前七子作为一个文人集团传入半岛也不晚于 16 世纪末。许筠《鹤山樵谈》(创作于 1593 年)说:"明人以诗鸣者:何大复景明、李崆峒梦阳,人比之李、杜。一时称能者:边华泉贡,徐博士祯卿,孙太白一元,王检讨九思。何、李之长篇、七律俱善。"① 他的《惺所覆瓿稿》还有《读〈徐迪功集〉》(徐迪功即徐祯卿)一诗,其曰:"中原何李帜词场,江左徐郎亦雁行。应似开天推李杜,清高还有孟襄阳。"② 以上一段话和一首诗都是将前七子或其中的几位一并提及的,这说明前七子作为一个诗人群体进入了朝鲜诗人的接受视野。

此后,朝鲜诗家对前七子这个群体的关注和评价就没有停止,如:

> 始弘治中,庆阳李梦阳献吉、信阳何景明仲默与南京户部尚书边贡廷实、南京刑部尚书顾璘华玉、吏部郎中郑善夫继之、吏部郎中王九思敬夫、国子博士徐祯卿昌谷、云南参政朱应登升之、翰林修撰康海德涵、太仆卿陈沂鲁南为歌诗,号"十才子"。梦阳以为"文必先汉,诗必盛唐。"景明亦曰:"诗溺于陶,而谢力振之。古诗之法亡于谢、文靡于隋,而韩力振之,古文之法亡于韩。"(黄景源《赐太子太保、礼部尚书、文渊阁大学士张治谥文毅制(隆庆)》)③

> 迫李梦阳出而诗学大振,何景明和之,边贡、徐祯卿羽翼之,亦称"四杰"。又与王廷相、康海、王九思称"七子"。(李圭景《历代诗体辨证说》)④

李梦阳"倡言复古,使天下毋读唐以后书,持论甚高,足以竦当代之耳目,故学者翕然从之,文体一变。厥后摹拟剽贼,日就窠臼,论者

---

① 〔韩〕成均馆大学校大东文化研究院编:《许筠全集》,汉城,成均馆大学校出版部,1981 年,第 358 页。
② 〔韩〕成均馆大学校大东文化研究院编:《许筠全集》,汉城,成均馆大学校出版部,1981 年,第 29 页。
③ 〔朝〕黄景源:《江汉集Ⅰ》(《影印标点 韩国文集丛刊》第 224 辑),汉城,韩国民族文化推进会,1999 年,第 527 页。
④ 〔朝〕李圭景:《五洲衍文长笺散稿》(上),汉城,明文堂,1982 年,第 927 页。

追原本始，归狱梦阳，其受诟厉亦最深。考明自洪武以来，运当开国，多昌明博大之音。成化以后，安享太平，多台阁雍容之作，愈久愈弊，陈陈相因，遂至啴缓冗沓，千篇一律。梦阳振起痿痹，使天下复知有古书，不可谓之无功，而盛气矜心，矫枉过直"（《四库全书总目提要》"《空同集》六十六卷"条）①。李梦阳、何景明带领前七子"倡言复古"，这也影响到了朝鲜诗坛，因为一直以来，"朝鲜诗学的变化是深受中原影响的"②。从高丽中期至朝鲜朝前期，朝鲜汉诗创作主要学宋。到了朝鲜朝中期，一些诗家对此开始表现出不满，如许筠说："近日中朝人，文学西京，诗祖老杜，故虽不能臻其阃阈，所谓刻鹄类鹜者也。本朝人，文则三苏，诗学苏、黄，故卑野无取。"（《鹤山樵谈》）③ 在朝鲜汉诗创作亟待改革的关键时刻，前七子的理论和创作如一股清新之风，吹开了弥漫于诗坛的陈腐之气，推动了朝鲜诗风的改革。一部分诗人开始学习唐诗，如"往在弘、正间，忘轩李胄之始学唐诗"（许筠《〈荪谷集〉序》）④。而"诗必盛唐"的主张更如催化剂一般加速了这种过渡和转变。对此，朝鲜诗家是认同的，如朴世采（1631—1695）在《知中枢玄谷先生赵公墓表》中说："皇朝自弘、正之际，文道再兴，北地为之首，骎骎东渐于海外。至我宣祖时，诗有芝川黄公专学杜诗，文有月汀尹公倡崇马史，实为同文之化。"⑤ 学杜诗、学《史记》正是前七子所极力倡导的，朝鲜文人与之遥相呼应，这正是前七子的影响"东渐于海外"的结果。

朝鲜朝中期以后，诗坛上出现了著名的以学唐诗为主的"三唐诗人"——崔庆昌（1539—1583）、白光勋（1537—1582）、李达（1539—1618）。他们的诗歌"同盛唐之诗一样纯熟……可称为千古绝唱"⑥。这

---

① 〔清〕永瑢等撰：《四库全书总目提要》（《万有文库》本第33册），上海，商务印书馆，1931年，第81—82页。
② 张伯伟：《朝鲜古代汉诗总说》，《文学评论》1996年第2期。
③ 〔韩〕成均馆大学校大东文化研究院编：《许筠全集》，汉城，成均馆大学校出版部，1981年，第358页。
④ 〔朝〕李达：《荪谷诗集》（《影印标点 韩国文集丛刊》第61辑），汉城，韩国民族文化推进会，1991年，第3页。
⑤ 〔朝〕朴世采：《南溪集V》（《影印标点 韩国文集丛刊》第142辑），汉城，韩国民族文化推进会，1995年，第500页。
⑥ 〔韩〕金台俊：《朝鲜汉文学史》，张琏瑰译，北京，社会科学文献出版社，1996年，第124—125页。

既受到了李梦阳、何景明等前七子的影响，又和其遥相呼应，互为表里，共同成就了中国和朝鲜诗风改革的盛况。正如申翊圣（1588—1644）《题东溟〈槎上录〉》所概括的那样："盖中朝以草昧之功，归之北地、信阳。而本朝崔、白始倡三唐，荪谷起而雄鸣于一时，则诗道之变，与中朝相为表里者为盛。"① 可以说，在朝鲜朝中期诗风改革的过程中，前七子"文必秦汉，诗必盛唐"的理论及创作实践发挥了先导和促进的作用。

此后，朝鲜也迎来了接受明代文学的高潮。朝鲜诗家对前七子的接受与评论，首先肯定其在中国诗坛的领袖地位，继而肯定了其对朝鲜诗歌发展和改革的深远影响。他们在关注前七子诗歌的同时也关注其思想及人品，如李梦阳的大儒形象、何景明的温和谦逊等。不管评诗还是论人，他们都以褒奖为主，少有指责。朝鲜诗家对前七子的接受与评论也为其进一步接受复古理论更加成熟的后七子做了铺垫。

从现存资料看，朝鲜诗家关注最多的是前七子的领袖李梦阳、何景明，如以下诗句：

> 骆宋肩欲齐，何李舌还噤。（许筠《病闲杂述·后五子诗》）②

> 何李文章自作家，射人光艳纵天葩。（郑弘溟《送韩元之令公朝京》）③

> 何李主盟力模拟，俨然通国之奕秋。（申纬《次韵筱斋与彝斋论诗七言长句》）④

> 徐张不减三杨绩，李何先驱七子才。（睦万中《拟古燕山行，

---

① 〔朝〕金世濂（1593—1646）：《东溟集》（《影印标点 韩国文集丛刊》第95辑），汉城，韩国民族文化推进会，1992年，第194—195页。
② 〔朝〕许筠：《惺所覆瓿稿》（《影印标点 韩国文集丛刊》第74辑），汉城，韩国民族文化推进会，1991年，第146页。
③ 〔朝〕郑弘溟（1582—1650）：《畸庵集》（《影印标点 韩国文集丛刊》第87辑），汉城，韩国民族文化推进会，1992年，第101页。
④ 〔朝〕申纬：《警修堂全藁》（《影印标点 韩国文集丛刊》第291辑），汉城，韩国民族文化推进会，2002年，第419页。

送别李书状公会》)①

谁挽三唐运，痴人效李何。(李明五《闻明远拜峰官居，邀晚儿同赋十诗，遂和寄》)②

一、论李梦阳诗歌

在朝鲜各位诗家对李梦阳的评论中，最为全面、详细的是李德懋的《诗观小传·李梦阳》：

> 李梦阳，字天赐，又字献吉，号空同子，庆阳人。弘治癸丑，登进士第，以户部员外郎弹张鹤龄，系狱，旋释。忤刘瑾致仕，起为江西提学。忤台长罢官，坐为宁庶人。撰《书院记》，系狱，寻释。卒，谥曰"景文"。与何景明齐名，慨然复古，不师自唐以后诗。弘治中，文教大起，学士辈出，力振古风，尽削凡调，一变而为杜，则李、何为之倡。陈子龙曰："志意高迈，才气沉雄，有笼罩群后之怀，其源盖出于秦风。"有《空同集》六十四卷。③

在小传中，李梦阳的字号、籍贯、登第时间、官职、生平、遭遇、谥号、文学主张、文坛地位、诗歌风格、诗歌渊源及诗集等信息一应俱全，足见李德懋对李梦阳的了解之全面。李德懋论李梦阳的诗风时引用了高叔嗣《苏门集》和陈子龙《皇明诗选》中的观点。陈束（1501—1543）《〈苏门集〉原序》云："及乎弘治，文教大起，学士辈出，力振古风，尽削凡调，一变而为杜诗，则有李、何为之倡。"④ 陈子龙《皇明诗选》卷一曰："献吉志意高迈，才气沉雄，有笼罩群俊之怀，其诗自汉魏以至

---

① 〔朝〕睦万中（1727—1780）：《余窝集》（《影印标点 韩国文集丛刊（续）》第90辑），首尔，韩国古典翻译院，2008年，第86页。
② 〔朝〕李明五（1750—1836）：《泊翁诗钞》（《影印标点 韩国文集丛刊（续）》第102辑），首尔，韩国古典翻译院，2009年，第87页。
③ 〔朝〕李德懋：《青庄馆全书Ⅰ》（《影印标点 韩国文集丛刊》第257辑），汉城，韩国民族文化推进会，2000年，第377页。
④ 〔明〕高叔嗣：《苏门集》（影印本《文渊阁四库全书》第1273册），台北，台湾商务印书馆，1986年，第562页。

开元，各体见长，然峥嵘清壮，不掩本色，其源盖出于秦风。"①

李梦阳（1475—1531），字天赐，又字献吉，号空同（也作崆峒），甘肃庆阳人。因庆阳在汉代属北地郡，因此也有人称他为"北地"。李梦阳为弘治六年进士，任过户部主事，迁员外郎、郎中，因直言敢谏曾四次下狱。作为前七子的领袖，李梦阳无论在诗歌理论还是在诗歌创作上都有杰出成就，如王世贞《艺苑卮言》卷五论曰："李献吉诗如金鸡擎天，神龙戏海；又如韩信用兵，众寡如意，排荡莫测。"② 胡应麟在《诗薮·续编》卷一中说："李献吉诗文山斗一代，其手辟秦、汉、盛唐之派，可谓达磨西来，独阐禅教；又如曹溪卓锡，万众皈依。"③ 李梦阳的诗歌理论及创作在朝鲜也产生了深远影响，诗家们认为"迨李梦阳出而诗学大振"（李圭景《历代诗体辨证说》）④，又说他"诗文两极其至"（尹根寿《月汀漫笔》）⑤。

（一）李梦阳诗歌东传及在朝鲜的传播

李梦阳诗歌传到朝鲜的具体时间已经无法考证，但可以据现存的一些资料推测出大致时间。朝鲜官方最初了解李梦阳是在1521年（正德十六年），据尹根寿《月汀漫笔》记载：

> 嘉靖登极诏使唐皋、史道出来时，俺以别通事答应。一日，远接使容斋李相国令通官问于唐太史曰："方今海内文章谁为第一？"太史曰："李梦阳其人也。"其时空同致仕，家居汴梁，名动天下，我国不知。虽闻此言而亦不肯访问于中原，可叹！（一本，盖李空同以己丑年下世，在辛巳即其无恙时也，名动天下，在其时已然。）近岁始见《空同集》者，而方知其诗文两极其至。沧溟、弇州诸公极其推尊，我国之知有空同子晚矣。⑥

---

① 〔明〕陈子龙：《皇明诗选》，《上海文献丛书》编委会编，上海，华东师范大学出版社，1991年，第45—46页。
② 〔清〕丁福保辑：《历代诗话续编》（中），北京，中华书局，1983年，第1036页。
③ 〔明〕胡应麟：《诗薮》，上海，上海古籍出版社，1979年，第346页。
④ 〔朝〕李圭景：《五洲衍文长笺散稿》（上），汉城，明文堂，1982年，第927页。
⑤ 〔朝〕尹根寿：《月汀集》（《影印标点 韩国文集丛刊》第47辑），汉城，韩国民族文化推进会，1989年，第369页。
⑥ 〔朝〕尹根寿：《月汀集》（《影印标点 韩国文集丛刊》第47辑），汉城，韩国民族文化推进会，1989年，第369页。

在此之前，一些文人很可能已经知道李梦阳甚至还看过他的某些作品，如比李梦阳还大一岁的朴祥（1474—1530）曾在《靖节陶征士诗集跋》中说："右靖节先生诗集康州须溪本，不但文集之不具，而其所载且有阙失，是岂陶氏之全书耶？余尝得国朝李梦阳所校定诗文两帙。……皇明嘉靖元年壬午秋七月上澣，通训大夫忠州牧使朴某谨跋。"① 朴祥作此文在嘉靖元年即1522年，特别提到由李梦阳校订的《陶渊明集》，这说明他已经知道李梦阳的一些情况，很可能也读过李梦阳的诗歌，但可惜没说具体时间。

由此可以推知，李梦阳至晚在去世前10年已经名扬海东了。在李滉的文集中就有"《怀麓》，李梦阳文集。李号崆峒，又号怀麓"（《与寯、㝯、寊等》）② 的记载。《怀麓》（即《怀麓堂集》）是李东阳的文集，李滉显然将二人弄混了，但这足以说明李梦阳已经在朝鲜产生了一定的影响。

据柳希春（1513—1577）《眉岩日记》记载："壬申（隆庆六年，我宣庙六年）……见昨日谢恩使贸来书册《文苑英华》一百卷、《濂溪周元公集》五卷、《敬轩先生集》八卷……《崆峒集》三卷……"③ 隆庆六年（1572），朝鲜政府派到中国的谢恩使就将《崆峒集》买了回去。又据《眉岩日记》载："丁丑（万历五年，我宣庙十一年）……（元月）二十七日，余以梁应鼎为圣节使将赴京，理山来人参二斤，可买中国书册。修简送之，令景濂持人参往谒托之。所最望者，《皇朝名臣编录》、《欧阳公集》、《空同集》（即李梦阳）、《致堂管见》，其次……"④ 也就是说在万历五年（1577），李梦阳的作品在朝鲜已经很受文人的欢迎了。到了万历八年（1580），尹根寿就在朝鲜用活字刊印了李梦阳的诗集。他现存的文集记载了此事："右崆峒七言古诗六十一首，律诗一百五十首。余之居守松都，用活字印之。……万历八年腊月下浣，谨书。"

---

① 〔朝〕朴祥：《讷斋集Ⅱ》（《影印标点 韩国文集丛刊》第19辑），汉城，韩国民族文化推进会，1988年，第71页。
② 〔朝〕李滉：《退溪集Ⅲ》（《影印标点 韩国文集丛刊》第31辑），汉城，韩国民族文化推进会，1989年，第408页。
③ 〔朝〕柳希春：《眉岩集》（《影印标点 韩国文集丛刊》第34辑），汉城，韩国民族文化推进会，1989年，第314页。
④ 〔朝〕柳希春：《眉岩集》（《影印标点 韩国文集丛刊》第34辑），汉城，韩国民族文化推进会，1989年，第407—408页。

(《月汀漫笔》)① 而至晚到1599年，李梦阳已经引起了朝鲜国王和大臣们的关注，《李朝实录》宣祖32年（1599）闰4月13日有这样一段记载：

> 上曰："天将来此，虽有作弊之事，其气象浑厚老实，非我国人所及。"恒福曰："地之所生，致使然矣。中朝人非但禀赋甚厚，其文章地步广阔，行文则论两汉以上，诗律则称苏武、李陵，宋朝之学，置而不论。其首倡者，李梦阳也。梦阳为尚古之学，为一代大儒。"②

可见，李梦阳此时在朝鲜君臣眼中，已经不仅仅是一个复古派作家，还成为"一代大儒"的形象。朝鲜朝是非常崇儒的一个时代，"大儒"便是极高的褒奖。另一位国王正祖李祘（1752—1800）也评论过李梦阳的人品和创作。

（二）朝鲜诗家对李梦阳诗歌的接受与评论

李梦阳的诗歌一到朝鲜就受到极大关注，迅速、广泛传播开来，影响很大。

首先，诗人们以阅读、次韵、刊印等各种方式接受了李梦阳的诗歌及其他作品。许多诗人将李梦阳的诗歌作为模范来效仿、次韵。如崔锡鼎（1646—1715）、李玄锡等很多文人都有《次李梦阳〈小至〉》诗，赵泰采（1660—1722）有《夜坐次李崆峒韵》、李真望（1672—1737）有《人日次李崆峒韵》等等。

七律《小至》是李梦阳《时序》四十首之一，载于《空同集》卷三十二，也是他的一首代表作，诗歌描写了冬至日的温暖和美丽，诗曰：

> 连年至日多暄暖，不似今年暖更饶。
> 脉脉水泉元自动，微微云物向人遥。
> 即防腊意传梅蕊，更遣风光媚柳条。

---

① 〔朝〕尹根寿：《月汀集》（《影印标点 韩国文集丛刊》第47辑），汉城，韩国民族文化推进会，1989年，第239页。

② 〔日〕末松保和编：《李朝实录》（第29册），东京，学习院东洋文化研究所，1961年，第476页。

便可抽身解簪组，且谋春事伴渔樵。①

韵字为"饶"、"遥"、"条"、"樵"，崔锡鼎也以此四字为韵字作诗曰：

> 阳生至日常多暖，却到今年暖未饶。
> 魏阙颁蓂看已近，汉宫添线想非遥。
> 葭灰隔晓风催律，梅萼偷春雪勒条。
> 深巷闭关空咄咄，几家寒径有晨樵。
>
> （《次李梦阳〈小至〉》）②

次韵诗首句即概括了李梦阳《小至》诗的主要内容，而后文又和李诗完全不同，既有模仿痕迹，又有些新意。像这类次李梦阳韵的诗歌在朝鲜还有很多。

在朝鲜，由中国刊刻或文人手抄的李梦阳文集供不应求，有的人就想到了更快捷的方式，即刊印。1580年，尹根寿最先用活字刊印了李梦阳的诗集，其《跋》曰：

> 右崆峒七言古诗六十一首，律诗一百五十首。余之居守松都，用活字印之。印且讫，或有言之："唐宋来，以诗名家不下数百，莫不尽发精华，垂耀终古，而子独印崆峒诗，何意？"余应之曰："诗至于杜，集厥大成，非古人语乎？夫以有唐诗道之盛，仿佛夫杜者盖鲜。迨义山始造其藩篱，而半山老人为之叹赏不置，黄、陈各得其一体而已冠于宗派。然此则全集具（注：应作'俱'）在，夫人而能见之百代之后而宛得遗韵，俯视诸家，卓然独契如崆峒子者，世尚有斯人乎？且又王、杨数子，老杜之所许也。今观集中唐初体者，方驾并驱，功与之齐，才全能巨，信此之云。后来操觚者，争自濯磨竞慕，无不曰'崆峒子'，崆峒子固已大行于中土，而在吾东得见者寡矣，不亦可羞乎？而余不此之印以蕲其传，而尚谁印乎？

---

① 〔明〕李梦阳：《空同集》（影印本《文渊阁四库全书》第1262册），台北，台湾商务印书馆，1986年，第274页。
② 〔朝〕崔锡鼎：《明谷集Ⅰ》（《影印标点 韩国文集丛刊》第153辑），汉城，韩国民族文化推进会，1995年，第431页。

夫以先生之才之文，如凤瑞世，而顾乃亟罹颠蹶，未究诸用，遗文散落，耿光宇宙，良可悲矣。然则先生所谓'名高毁入'者，无亦其所自状乎？先生所著诗若文甚富，斯特其概焉耳。"（《〈崆峒诗〉跋》）①

在《跋》中，尹根寿说明了刊印李梦阳诗集的原因，从总体上肯定了李诗的地位。首先，他认为杜甫之所以被称为"集大成者"是因为其吸收了以往各代诗语的精华。而杜甫之后又出现了一些大家，于是李梦阳有更多的前代优秀诗歌可借鉴，其诗吸收了历代诗歌的精华，因此是真正的集大成者。然后，尹根寿又认为如此优秀的诗歌已经在中国广为流传，而朝鲜文人得见者甚少，这是一件憾事，所以自己刊印是为了让国内文人都能读到，让李梦阳诗歌也能在朝鲜流传下来。最后，尹根寿将李梦阳其人、其诗联系起来，表达了虔诚的敬慕之情。

李梦阳诗歌在朝鲜更深远的影响体现在朝鲜诗家对其创作风格、总体成就、具体诗作以及文学史地位的评论上。

李梦阳的创作重格调、主气骨，有豪雄之风。如陈子龙《皇明诗选》曰："献吉志意高迈，才气沉雄，有笼罩群俊之怀，其诗自汉魏以至开元，各体见长，然峥嵘清壮，不掩本色，其源盖出于秦风。"② 无独有偶，朝鲜正祖的《〈诗观〉五百六十卷》一文也说："李梦阳才气雄高，风骨遒利，麾白战而拥赤帜，力追古法，能成雄霸之功。"③ 两国评论家的评语可谓遥相呼应、异曲同工，而朝鲜正祖则更强调了李梦阳诗歌复古的成就。李德懋对此也表示认同，他的《论诗》诗曰："双李献吉于鳞，大明文章先辈。熊熊古气孰追，泱泱逸声难配。"④ 李德懋认为在诗歌复古方面，李梦阳与李攀龙二李雄霸诗坛，无人可及。在诗歌创作上，李梦阳诗法杜甫，如沈德潜《明诗别裁集》卷四说其"七言近体

---

① 〔朝〕尹根寿：《月汀集》（《影印标点 韩国文集丛刊》第47辑），汉城，韩国民族文化推进会，1989年，第239—240页。
② 〔明〕陈子龙：《皇明诗选》，《上海文献丛书》编委会编，上海，华东师范大学出版社，1991年，第45—46页。
③ 〔朝〕李祘：《弘斋全书Ⅵ》（《影印标点 韩国文集丛刊》第267辑），汉城，韩国民族文化推进会，2001年，第512页。
④ 〔朝〕李德懋：《青庄馆全书Ⅰ》（《影印标点 韩国文集丛刊》第257辑），汉城，韩国民族文化推进会，2000年，第37页。

开合动荡，不拘故方，准之杜陵，几于具体。故当雄视一代，邈焉寡俦"①。而朝鲜的李植（1584—1647）在沈氏之前就已经指出："大明诗，惟李崆峒梦阳善学杜诗，与杜诗参看。"（《学诗准的》）② 因此，在李梦阳学杜且成就颇高这一点上，两国诗评家达成了一致。当代学者章培恒也指出："李梦阳的诗有不少感怀时事，暴露现实为题材，如《士兵行》、《石将军战场歌》、《玄明宫行》等。写得情感激切，苍劲沉郁，显然受到老杜诗风的影响。"③

李梦阳的一些具体诗作在朝鲜诗人中也极有影响。比如他的"十年放逐同梁苑，中夜悲歌泣孝宗"（《限韵赠黄子》④，《空同集》卷三十）就得到了高度的评价，申钦《晴窗软谈》说："空同之'十年放逐同梁苑，中夜悲歌泣孝宗'，激昂顿挫，咏之泪下，后少陵也。"⑤ 赵泰亿（1675—1728）在《辞判决事疏》中说："每诵明人李梦阳'十年放逐同梁苑，中夜悲歌泣孝宗'之句，未尝不三复流涕，适会此时，得睹当日云汉之章。"⑥ 李梦阳此诗作于孝宗去世之后，表达了悲痛之情。朝鲜有很多诗人都对此句很感兴趣，因为这和李梦阳上书孝宗一事有关。据黄景源的《江汉集》记载：

> 寿宁侯张鹤龄无人臣礼，梦阳上疏极言之。皇后母夫人金氏愬孝宗，遂系梦阳锦衣狱，止夺其俸。金夫人泣愬不已，孝宗不听。后鹤龄侍燕南宫，酒半，皇后起更衣，孝宗独召鹤龄语，中贵人皆不得闻。唯见鹤龄免其冠，以首触庭。有司请予梦阳杖，孝宗谓刘大夏曰："朕岂杀朝廷直臣，快外戚心乎？"遂不许。……于君臣朋

---

① 〔清〕沈德潜：《明诗别裁集》，周准编，上海，上海古籍出版社，1979 年，第 89 页。
② 〔朝〕李植：《泽堂集》（《影印标点 韩国文集丛刊》第 88 辑），汉城，韩国民族文化推进会，1992 年，第 518 页。
③ 章培恒、骆玉明主编：《中国文学史》（下），上海，复旦大学出版社，1996 年，第 238 页。
④ 〔明〕李梦阳：《空同集》（影印本《文渊阁四库全书》第 1262 册），台北，台湾商务印书馆，1986 年，第 264 页。
⑤ 〔朝〕申钦：《象村稿Ⅱ》（《影印标点 韩国文集丛刊》第 72 辑），汉城，韩国民族文化推进会，1991 年，第 338 页。
⑥ 〔朝〕赵泰亿：《谦斋集Ⅰ》（《影印标点 韩国文集丛刊》第 189 辑），汉城，韩国民族文化推进会，1997 年，第 465 页。

友之际，能致其义，则文章之精粗得失，不当论也。①

此事与《明史·李梦阳传》②的记载基本一致，使李梦阳不仅以一个文学家，还以一个直言敢谏、忧国忧民的"一代大儒"形象被朝鲜人所接受。让诗人们都深深感动的，主要是李梦阳忠君爱国的耿耿丹心以及和孝宗之间深厚的君臣情意，这也使得朝鲜诗家更愿意接受李梦阳的作品，尤其是那些表现正统思想的诗作。如李圭景《诗家点灯续集》"黄河清诗"条载："李梦阳，字献吉，号崆峒，皇明孝宗朝人。正德七年九月，黄河清，世宗入系之兆也。公诗曰：'紫盖复从嘉靖始，黄河先为圣人清。'"③所谓"黄河清诗"即为《空同集》卷三十五的《嘉靖元年歌》（其二）："大明十帝转神明，天意分明赐太平。紫盖复从嘉靖始，黄河先为圣人清。"④诗后注曰："先是，正德七年九月黄河连清，今上入继大统之兆。"

李梦阳还有一些诗作颇有唐诗遗韵，如申钦《晴窗软谈》曰："空同之诗：'黄鹤楼前日欲低，汉阳城树乱鸦啼。孤舟夜泊东游客，恨杀长江不向西。''二月扁舟过浙西，楚云何日渡浯溪。滇南小郭青山绕，花发流莺一样啼。'置之翰林、拾遗之间，何让焉？"⑤申钦抄录的两首绝句出自《空同集》卷三十五，诗题分别为《夏口夜泊别友人》⑥、《送王呈贡赴县》⑦，其中前诗一句作"汉阳城树乱乌啼"。翰林、拾遗即李白、杜甫，申钦将李梦阳的诗歌与李杜相提并论并认为其不次于李杜，这其实已经把李梦阳定位于中国一流诗人的行列了。

---

① 〔朝〕黄景源：《江汉集Ⅰ》（《影印标点 韩国文集丛刊》第224辑），汉城，韩国民族文化推进会，1999年，第515页。
② 〔清〕张廷玉等撰：《明史》（第24册），北京，中华书局，1974年，第7346—7347页。
③ 〔韩〕赵锺业编：《修正增补 韩国诗话丛编》（第12册），汉城，太学社，1996年，第746页。
④ 〔明〕李梦阳：《空同集》（影印本《文渊阁四库全书》第1262册），台北，台湾商务印书馆，1986年，第307页。
⑤ 〔朝〕申钦：《象村稿Ⅱ》（《影印标点 韩国文集丛刊》第72辑），汉城，韩国民族文化推进会，1991年，第338页。
⑥ 〔明〕李梦阳：《空同集》（影印本《文渊阁四库全书》第1262册），台北，台湾商务印书馆，1986年，第308页。
⑦ 〔明〕李梦阳：《空同集》（影印本《文渊阁四库全书》第1262册），台北，台湾商务印书馆，1986年，第308—309页。

也有诗家将李梦阳与中国其他大家相比较,在此基础上称颂他。如金昌协说:"弇州辈虽宗尚空同,而其论常若有所不满,盖以其淘洗刻削之功未尽也。然今观空同之长,在于莽苍劲浑、倔强疏卤,正以其淘洗刻削之功未尽而真气犹有不丧耳。至弇州诸人,揣摩愈工,锻炼愈精,而真气则已丧,此所以反逊于空同也。"(《农岩杂识》)① 金昌协以诗文有无"真气"为尺度,将李梦阳与王世贞做比较,认为王逊于李。而李德懋不仅将李梦阳和欧阳修比较,更是将创作与人品修养联系起来褒扬他:"韩愈,唐之董仲舒。欧阳修,宋之韩愈。李梦阳,明之欧阳修。皆不独以文章比也,气节相似。而献吉不背朱子之学,不害为儒者也。"(《耳目口心书》)② 李德懋将李梦阳比作明代的"欧阳修",认为二者不仅文章可比,而且气节相似。朱子学是南宋以后的新儒学,在朝鲜朝被尊为国学,李德懋以此为标准评价李梦阳,已经超出了文学的范畴,和前面所引的"中夜悲歌泣孝宗"一样,扩大了李梦阳在朝鲜的影响。

南龙翼和李裕元两位评论家则进一步肯定了李梦阳在明代文坛的宗主地位。南龙翼《壶谷诗评》曰:"李空同(梦阳)有大辟草莱之功,后来诗人皆以此为宗。"③ 这种评价是有一定道理的,以李梦阳为首的前七子的出现,对扫荡台阁体、理学、八股文等芜杂文风和思想禁锢发挥了重要作用,得到当时和后代许多诗人的应和。李裕元的《皇明史咏四十五首·李梦阳》诗曰:"七子才号盛中州,嘉靖初年谁上头。可惜阳春书院记,生平留作文垣羞。"④ 这首小诗前两句对李梦阳以前七子之首称雄当时文坛表示赞赏;后两句说他因为替谋反的宁王朱宸濠作《阳春书院记》而受到牵连入狱一事,抒发了愤愤不平的感慨。

然而,任何大家的创作都会有瑕疵,李梦阳也不例外。《四库全书总目提要》认为其在诗文复古方面功过参半,既说其"持论甚高,足以竦当代之耳目",又说其"盛气矜心,矫枉过直"、"其诗才力富健,实足

---

① 〔朝〕金昌协:《农岩集Ⅱ》(《影印标点 韩国文集丛刊》第162辑),汉城,韩国民族文化推进会,1996年,第376页。
② 〔朝〕李德懋:《青庄馆全书Ⅱ》(《影印标点 韩国文集丛刊》第258辑),汉城,韩国民族文化推进会,2000年,第378页。
③ 〔韩〕赵钟业编:《修正增补 韩国诗话丛编》(第3册),汉城,太学社,1996年,第300页。
④ 〔朝〕李裕元:《嘉梧稿略Ⅰ》(《影印标点 韩国文集丛刊》第315辑),汉城,韩国民族文化推进会,2003年,第94页。

以笼罩一时，而古体必汉魏，近体必盛唐，句拟字摹，食古不化，亦往往有之，所谓武库之兵，利钝杂陈者也"（"《空同集》六十六卷"条）①。同样，在朝鲜众多诗家赞誉的同时，也出现了对李梦阳的指瑕。如李睟光指出："熊化天使诗曰：'白日一花落，青天孤鸟飞。'人以为佳。然按李梦阳诗云：'白日孤帆隐，青天一鸟飞。'盖袭此句而为之。李梦阳亦全用李白'天清一雁远，海阔孤帆迟'句语尔。"② 如此袭用前人之句作诗便没有了新意，李睟光显然不赞成李梦阳的做法。金昌协说："献吉劝人不读唐以后书，固甚狭陋，然此尤以师法言，可也。"（《农岩杂识》）③ 又说"明之文弊，始于李、何，深于王、李，转变于锺、谭而极矣。"（《农岩杂识》）④ 李宜显也分别从优缺点两方面评价李梦阳："至李空同，始以先秦诸子为准则，刻意摹仿，其才力固雄骜，而所就颇乖雅驯。……北地沉骜雄拔，有山西老将之风，而心粗材驳，欠平和之致。"（《云阳漫录》）⑤ 这两位评论家对李梦阳的复古理论以及他的个性文风都予以辩证的评说，更符合文学批评的准则。而且这些指瑕和褒奖一样，都是对中国李梦阳研究的补充和丰富，也有重要参考价值。

二、论何景明诗歌

何景明（1483—1521），字仲默，号大复，河南信阳人。他与李梦阳共倡复古，也是明代前七子的领袖人物，二人并称"李何"，也有"何李"之称。何景明在诗歌创作与理论上均有建树，有《大复集》传世。

何景明作为前七子领袖，在明代文坛上有重要地位和影响，其作品自然也很快就传到了朝鲜，并在那里产生了一定的影响。何景明诗主创造、诗风秀朗，且品格高洁，这也是朝鲜诗人愿意接受的重要原因之一。李德懋的《诗观小传·何景明》这样介绍他：

---

① 〔清〕永瑢等撰：《四库全书总目提要》（《万有文库》本第33册），上海，商务印书馆，1931年，第82页。
② 蔡镇楚编：《域外诗话珍本丛书》（第九册），北京，北京图书馆出版社，2006年，第311页。
③ 〔朝〕金昌协：《农岩集Ⅱ》（《影印标点 韩国文集丛刊》第162辑），汉城，韩国民族文化推进会，1996年，第376页。
④ 〔朝〕金昌协：《农岩集Ⅱ》（《影印标点 韩国文集丛刊》第162辑），汉城，韩国民族文化推进会，1996年，第378页。
⑤ 〔朝〕李宜显：《陶谷集Ⅱ》（《影印标点 韩国文集丛刊》第181辑），汉城，韩国民族文化推进会，1997年，第428—429页。

> 何景明，字仲默，号大复山人，信阳人。弘治壬戌，登进士第。累迁陕西提学副使，卒。景明始与李梦阳创复古学，名成之后，互相诋讥。文人相轻，自古而然。然梦阳方雅简默，稍饬廉棱；景明恬澹温逊，不露才美。盖梦阳之雄厚，景明之逸健，宜学者之尊为宗匠。孙枝蔚曰："大复五言，句琢字炼，长歌滔滔洪远；五律全法右丞，清和雅正；七律自少陵以外，无所不拟；绝句秀峻莫比。"有《大复集》三十八卷。①

虽然是一小段文字，但关于何景明的字号、籍贯、登第时间、所任官职、文学主张、创作特色、人品性格等信息一应俱全。在对何景明诗歌的评论中，李德懋依次引用了钱谦益《列朝诗集小传》"何副使景明"条②、崔铣《洹词》卷六（焦竑《国朝献征录》卷八十六亦收）③、朱彝尊《明诗综》卷三十五④的相关评价，对他的《拟古诗十八首》和五言、长歌、律诗、绝句等各体诗歌都给予了高度赞誉。

1589 年，朝鲜文臣尹根寿出使中国期间曾作有《客怀次何大复〈秋兴八首〉韵》、《重阳有作，次河大复〈八日王宗哲宅见菊〉韵》、《次河大复〈九日黔国后园二首〉韵》、《次河大复〈宗哲初至夜集〉韵》、《路上即事，次河大复〈月夜赠田子之江西〉韵》等诗作（"河"应作"何"，尹根寿笔误）。由此可知，何景明的诗歌至晚在这一年就传到了朝鲜。而根据明代两国文学交流的情况及李梦阳（朝鲜政府 1572 年曾购

---

① 〔朝〕李德懋：《青庄馆全书Ⅰ》（《影印标点 韩国文集丛刊》第 257 辑），汉城，韩国民族文化推进会，2000 年，第 377—378 页。
② "仲默初与献吉创复古学，名成之后，互相诋諆，两家坚垒，屹不相下。"（钱谦益：《列朝诗集小传》，台北，明文书局，1991 年，第 363 页）
③ 〔明〕崔铣《江西按察司副使空同李君墓志铭》："弘治中，空同子兴陋痿文之习，慨然奋复古之志，自唐而后无师焉，已汝南何景明友而应之。空同子之雄厚，仲默之逸健，学者尊为宗匠。又咸激励风节，敢上直谏，安于冗散，鄙忽骤贵。空同子方雅简默，稍饬廉棱；仲默恬淡温逊，不露才美云。"（崔铣：《洹词》，影印本《文渊阁四库全书》第 1267 册，台北，台湾商务印书馆，1986 年，第 515 页）〔明〕焦竑《国朝献徵录》此文题作《江西按察司副使李公梦阳墓志铭》，"敢上直谏"一句作"敢言直谏"（焦竑：《国朝献徵录》，台北，台湾学生书局，1984 年，第 3684 页）。
④ 孙豹人云："大复五言句琢字炼，长歌滔滔洪远，又复清爽绝伦。五律全法右丞，清和雅正；七律自少陵以外无所不拟，绝句独不摹盛唐，秀峻莫比。要之，骤而如浅，复而弥深。两言其定评矣。"（朱彝尊：《明诗综》（一），影印本《文渊阁四库全书》第 1459 册，台北，台湾商务印书馆，1986 年，第 845 页）

回《崆峒集》)、王世贞（1526—1590）（尹根寿 1589 年购回其《四部稿》)等人作品的东传时间推测，何景明诗歌传到朝鲜的时间可能更早。

（一）次韵和学习

何景明的诗歌一到朝鲜就很受关注，诗家们争相接受、积极评价。

首先，朝鲜诗家以阅读、次韵、学习等方式接受了他的诗歌。南龙翼的一组绝句的诗题这样写道："途中偶吟何景明'孤槎奉使日南国，万里题诗天畔亭'之句，分以为韵，触物成吟，得十四绝。"① 很多诗人如尹根寿、许筠、李民宬（1570—1629）、金寿恒（1629—1689）、金万基、金昌集（1648—1722）等人都喜欢何景明诗歌并仔细研读、揣摩，创作出很多优秀的次韵诗。李民宬的诗集《敬亭集》卷五题为《依韵和何大复七言律》，专门次韵何景明律诗。他从《大复集》第 25—27 卷的 186 首七律中选出 156 首，整体顺序基本一致，且用何诗原题进行次韵，这样大规模的次韵一人之诗的情况并不多见。这说明此时的朝鲜诗人对何景明的诗歌已经非常熟识和喜爱了。

《秋兴八首》（《大复集》卷二十四）是何景明诗歌的一组代表作，诗家们次韵这一组诗歌的也最多，其中尹根寿的《客怀次何大复〈秋兴八首〉韵》可谓代表。下面以第一首为例比较两人诗歌，以展示二者的联系。何景明的《秋兴八首》（其一）曰：

> 高楼一上思堪哀，水尽山空雁独回。
> 万里关河迷北望，无边风雨入秋来。
> 故人尺素年年隔，薄暮清砧处处催。
> 徒有寒樽对花发，病怀愁绝共谁开。②

尹根寿的《客怀次何大复〈秋兴八首〉韵》（其一）曰：

> 薄暮山城画角哀，征骖秋尽始东回。
> 九天雨露恩纶去，万里藩垣贡篚来。

---

① 〔朝〕南龙翼：《壶谷集》（《影印标点 韩国文集丛刊》第 131 辑），汉城，韩国民族文化推进会，1994 年，第 242 页。
② 〔明〕何景明：《大复集》（影印本《文渊阁四库全书》第 1267 册），台北，台湾商务印书馆，1986 年第 209 页。

> 魂梦日边长自绕,光阴客里故相催。
> 旅怀愁绝无人问,准拟今宵借酒开。①

首先,从形式上看,二者都是七言律诗,尹诗借用了何诗的韵字"回"、"来"、"催"、"开"。其次,从内容、情感上看,二者都借咏秋表达了愁苦的情绪,是典型的悲秋之作,也都有借酒消愁的无奈。但二人处境的不同又决定了两诗的差异:何景明的愁苦缘于故人久无音信,自己又在病中;而尹根寿当时是朝贡使节,按规定,外国使臣在出使中国期间不能随意外出,无事就只能待在玉河馆(使馆)中,所以尹根寿的愁绪主要是旅居异国的思乡之愁。再次,二者在表现手法上也各有特色,何诗主要借水、山、风、雨这些衰败的秋景来抒情,尹诗则主要在叙事、议论中表达情感。

阅读和次韵还只是最简单的、表面化、形式化的学习方式,而另一些诗人则注意吸收何景明诗歌之精髓,在创作风格上学习他,如著名的"三唐诗人"就是如此。他们和李梦阳、何景明等中国的复古派遥相呼应,力主诗歌创作学习盛唐。如申翊圣所言:"盖中朝以草昧之功,归之北地、信阳。而本朝崔、白始倡三唐,荪谷起而雄鸣于一时,则诗道之变,与中朝相为表里者为盛。"(《题东溟〈槎上录〉》)② 尤其是其中的李达(号荪谷),经常将何景明当作模范来学习并颇有成效。许筠曾在《丙午纪行》中记载了明朝使臣朱之蕃对他的评价:"李达诗诸体,酷似大复。"③ 再如李宗城(1692—1759)《更和归鹿春坊前韵》一诗赞扬了友人赵显命(1691—1752)父子的诗才:

> 骊珠摘出若探囊,爱子新篇迈信阳。
> 题处清风生坐席,吟时初月上高墙。
> 横驱格力如奔鳄,稳藉藻华若彩羊。
> 执耳齐坛推老将,弱龄游戏亦蓬桑。

---

① 〔朝〕尹根寿:《月汀集》(《影印标点 韩国文集丛刊》第47辑),汉城,韩国民族文化推进会,1989年,第308页。
② 〔朝〕金世濂:《东溟集》(《影印标点 韩国文集丛刊》第95辑),汉城,韩国民族文化推进会,1992年,第194—195页。
③ 〔韩〕成均馆大学校大东文化研究院编:《许筠全集》,汉城,成均馆大学校出版部,1981年,第174页。

诗后注曰："信阳何大复号彩阳，大复诗评落句，用稚晦自道语。"① 可见，赵氏父子不仅将何景明作为学习的榜样，从"迈信阳"可知，赵显命之子还有赶超何景明之意。

（二）深入评论

朝鲜诗家也多从创作成就、诗坛地位以及理论和具体诗作方面对何景明及其诗歌展开了深入的评论。而在诸多评论中，赞誉之声占主流。

首先，朝鲜诗家肯定了何景明诗歌的创作成就及其在明代诗坛的领袖地位。如许筠诗曰："才似王维亦大家，丽如崔颢更高华。舍人若出开天际，李杜齐名孰敢夸。"（《读〈大复集〉》）② 在许筠看来，何景明也是和王维一样有才华的大家，诗歌创作上更胜崔颢一筹。如果他生在开元、天宝（即李白、杜甫生活的年代）之际，也会和李杜齐名。这实际上也将何景明置于中国一流诗人的地位了。稍后的南龙翼也有类似的看法："何大复（景明）与空同齐名……概论之，则空同、弇州如杜，大复、沧溟如李。"（《壶谷诗评》）③ 他认为李梦阳（空同）和王世贞（弇州）可比杜甫，李攀龙（沧溟）和何景明则可比李白。这四位诗人中李梦阳和何景明为前七子的领袖，一般的看法是李梦阳成就高一些，而何景明则稍逊一筹。但朝鲜的国王正祖李祘则持相反的看法，他认为："弘、正间诗，以李（梦阳）、何、边（贡）、徐（祯卿）为四杰，而四杰之中，当以大复为首。"（《日得录·人物》）④

其次，朝鲜诗家也对何景明的创作风格、具体诗作有所品评。如"景明恬澹温逊，不露才美。……盖梦阳之雄厚，景明之逸健，宜学者之尊为宗匠"（李德懋《诗观小传·何景明》）⑤，"何景明清藻秀润，丰容

---

① 〔朝〕李宗城：《梧川集》（《影印标点 韩国文集丛刊》第214辑），汉城，韩国民族文化推进会，1998年，第19页。
② 〔韩〕成均馆大学校大东文化研究院编：《许筠全集》，汉城，成均馆大学校出版部，1981年，第26页。
③ 〔韩〕赵锺业编：《修正增补 韩国诗话丛编》（第3册），汉城，太学社，1996年，第300—301页。
④ 〔朝〕李祘：《弘斋全书Ⅵ》（《影印标点 韩国文集丛刊》第267辑），汉城，韩国民族文化推进会，2001年，第364页。
⑤ 〔朝〕李德懋：《青庄馆全书Ⅰ》（《影印标点 韩国文集丛刊》第257辑），汉城，韩国民族文化推进会，2000年，第367页。

雅泽，不作怒张之态"（李祘《〈诗观〉五百六十卷（写本）》）①，"余读何景明七言近体，爱其清炼。续以和之，录得若干首，传之吟社"（李民宬次韵诗《送盛斯征巡抚四川》诗后注）②。权斗经（1654—1726）引用胡应麟的评语来评价何景明的诗歌："《古诗十九首》，浑朴宽柔，而神奇凄婉，匠心入圣，矢口成章，言近裘沧，妙通金石，殆与造化无迹矣。余常怪陆平原以下诸人世所称哲匠，名为拟古，不成画虎，未尝不废读忾然。近观胡元瑞《诗薮》有言：'拟《十九首》，自士衡诸作，语已不伦；六朝而后，徒具篇名，惟大复十八章，几欲近之。'"（《拟古诗十五首》诗后注）③ 许筠还曾以何景明为标准赞扬了友人奇允献（号献甫）的唐诗风："晚得奇郎气突兀，落章词组惊千秋。奇郎立身何肮脏，傲睨不肯在草莽。顷从吾侪角拳勇，吾侪三人力难当。上苞卢骆与崔李，下掩空同大复子。"（《余以病火动，不克燕行，竣谴巡军，作长句赠奇献甫以抒怀》）④ 此诗显然是溢美之辞，不过也间接地指出了何景明诗的唐风。申钦进一步明确了这一点："若大复之诗，几乎唐样。大复之'章华日暮春游尽，云梦天寒夜猎多'者，虽唐人岂易及也？"（《晴窗软谈》）⑤ 这几位诗家将何景明诗风概括为"逸健"、"清炼"、"清藻秀润，丰容雅泽"，并认为其诗"几乎唐样"，有些诗甚至连唐诗都无法与之相比，申钦还举出何景明的《华容吊楚宫》诗句来证明这一点。朝鲜朝中期诗坛盛行学唐之风，诗人们纷纷以唐诗为模范研习效仿，论诗也以唐诗为最高标准，经常以"近唐"、"极逼唐家"、"酷似唐家"、"绝似唐韵"、"何让唐人"一类的评语表示对某人诗歌的肯定和赞赏。因此，从以上四位诗家的评语可见，他们对何景明诗风是极为赞赏的。此外，从"恬澹温逊，不露才美"和"不作怒张之态"又可知，他们对何景明的人品也颇为欣赏。这都和中国批评家对何景明其诗其人的评价

---

① 〔朝〕李祘：《弘斋全书Ⅵ》（《影印标点 韩国文集丛刊》第267辑），汉城，韩国民族文化推进会，2001年，第509页。
② 〔朝〕李民宬：《敬亭集》（《影印标点 韩国文集丛刊》第76辑），汉城，韩国民族文化推进会，1991年，第284页。
③ 〔朝〕权斗经：《苍雪斋集》（《影印标点 韩国文集丛刊》第169辑），汉城，韩国民族文化推进会，1996年，第31页。
④ 〔朝〕许筠：《惺所覆瓿稿》（《影印标点 韩国文集丛刊》第74辑），汉城，韩国民族文化推进会，1991年，第143页。
⑤ 〔朝〕申钦：《象村稿Ⅱ》（《影印标点 韩国文集丛刊》第72辑），汉城，韩国民族文化推进会，1991年，第335页。

有一致之处。

明人薛蕙（1489—1539）《考功集》卷八有《戏成五绝》，其四云："海内论诗伏两雄，一时倡和未为公。俊逸终怜何大复，粗豪不解李空同。"① 沈德潜（1673—1769）《说诗晬语》曰："何仲默秀朗俊逸，回翔驰骤。"②《四库全书总目提要》评曰："至梦阳雄迈之气，与景明谐雅之音，亦各有所长。"（"《大复集》三十八卷"条）③《明史》第二百八十六卷（列传第一百七十四）载："景明志操耿介，尚节义，鄙荣利，与梦阳并有国士风。……梦阳主摹仿，景明则主创造……景明之才本逊梦阳，而其诗秀逸稳称，视梦阳反为过之。然天下语诗文必并称'何、李'，又与边贡、徐祯卿并称'四杰'。"④ 现代学者饶龙隼说："何生性稳实，处事练达。"⑤ 中朝评论家说法不同，但观点一致。能够得到中朝两国批评家的共同认可，说明何景明其诗其人的确不凡。

在朝鲜，还有一些何景明的崇拜者连做梦都希望与之进行诗歌交流，如许筠的《〈续梦诗〉序》载："四月初五日，梦入大琳宫。上金殿，有僧二人曰：'何仲默、徐昌谷、王元美当来。可留待见之。'"⑥ 不久，三人果然出现，许筠与之友好切磋了关于乐府诗创作的问题。何景明在朝鲜诗坛的影响之深由此可见一斑。

从总体上看，何景明在明代著名的四大家中诗歌成就并不能算作最高者，但后代批评家对他的诗歌却多有褒奖而少有指责。如《明史·列传》和《四库全书总目提要》对李梦阳、李攀龙、王世贞三家都进行了比较尖锐的指责，而对何景明诗歌创作的不足却只是轻描淡写。《四库全书总目提要》第一百七十一卷只在将他与李梦阳比较时说："平心而论，摹拟蹊径，二人之所短略同。"⑦ 这主要是因为何景明虽然和其他三人都

---

① 〔明〕薛蕙：《考功集》（影印本《文渊阁四库全书》第1272册），台北，台湾商务印书馆，1986年，第91页。
② 〔清〕王夫之等撰：《清诗话》（下），上海，上海古籍出版社，1978年，第547页。
③ 〔清〕永瑢等撰：《四库全书总目提要》（《万有文库》本第33册），上海，商务印书馆，1931年，第88页。
④ 〔清〕张廷玉等撰：《明史》（第24册），北京，中华书局，1974年，第7350页。
⑤ 饶龙隼：《李何论衡》，《文学评论》2007年第3期。
⑥ 〔韩〕成均馆大学校大东文化研究院编：《许筠全集》，汉城，成均馆大学校出版部，1981年，第44页。
⑦ 〔清〕永瑢等撰：《四库全书总目提要》（《万有文库》本第33册），上海，商务印书馆，1931年，第88页。

倡导复古，但他思想比较自由，主张诗歌创作以创新为主，只将复古作为创新的手段。如《明史·何景明传》说："梦阳主摹仿，景明则主创造，各树坚垒不相下，两人交游亦遂分左右袒。说者谓景明之才本逊梦阳，而其诗秀逸稳称，视梦阳反为过之。"① 在朝鲜，情况也基本相同。诗家们对李梦阳、李攀龙、王世贞既有高度的赞誉也有尖刻的指责，而对何景明主要持肯定态度，只是个别人在赞誉的同时也非常温和地指出了其微小的瑕疵。如金昌协说："何大复天才温雅，故虽以学古自命，而不至如后来诸人之矫激。其诗虽少真至警绝，然宽平和雅，犹有诗人之度。"（《农岩杂识》）② 李宜显说："信阳温雅美好，有姑射仙人之姿，而气短神弱，无耸健之格。"（《云阳漫录》）③ 金昌协指出了何景明诗歌"少真至警绝"之篇，李宜显认为其诗"气短神弱，无耸健之格"，但"天才温雅"、"宽平和雅"、"温雅美好"、"有姑射仙人之姿"，这样的高度评价足以掩盖甚至抵消了微小的瑕疵。

朝鲜诗家对何景明的批评既受到中国评论的影响，在一些方面表现出和中国批评家一致的观点，也有自己独到的看法。如正祖李祘认为在李、何、边、徐四人中，何景明的成就最高，申钦认为何诗"几乎唐样"，甚至有些诗作超过唐诗，许筠认为他若生在盛唐便会与李杜齐名等等。这些评价也都有一定道理，也可看作是中国何景明批评研究的补充和丰富，值得中国批评家关注和参考。

第二节　朝鲜诗家论后七子诗歌

继前七子之后，在明世宗嘉靖与穆宗隆庆之间，又出现了七位才子，他们是李攀龙、王世贞、谢榛、宗臣、吴国伦、梁有誉、徐中行，被称为"嘉隆七才子"，又称"后七子"。后七子兴起后，仍然倡导"文必秦汉、诗必盛唐"，复古主义诗风继续统治诗坛。其代表人物是李攀龙和王世贞。后七子的作品也紧随前七子传入朝鲜半岛，受到朝鲜众多诗家更

---

① 〔清〕张廷玉等撰：《明史》（第24册），北京，中华书局，1974年，第7350页。
② 〔朝〕金昌协：《农岩集Ⅱ》（《影印标点 韩国文集丛刊》第162辑），汉城，韩国民族文化推进会，1996年，第373页。
③ 〔朝〕李宜显：《陶谷集Ⅱ》（《影印标点 韩国文集丛刊》第181辑），汉城，韩国民族文化推进会，1997年，第418页。

为广泛、深入的关注和评论。如朴永元（1791—1854）指出："何李纷纷正始声，雪楼七子更齐名。"（《赠荳溪朴戚叔宗薰以上价赴燕》）①

朝鲜诗家首先还是探讨了后七子在文坛的领军地位和影响力，如"近古李于鳞、王元美亦称二大家，而吴国纶（注：'纶'应作'伦'）、徐中行、张佳胤、王世懋、李世芳、谢榛、黎民表、张九一等，皆并驱争先"（许筠《鹤山樵谈》）②。诗人赵寅永（1782—1850）亦云："白雪楼起风益高，后进七子狎主盟。"（《以〈明文奇赏〉奉借李可用，仍呈长句乞和》）③ 黄玹诗曰："到来王李炎燔日，始服人间众口喧。"（《丁掾日宅寄七绝十四首，依其韵戏作〈论诗绝句〉以谢》）④ 然后诗家们以不同的形式、从不同角度欣赏、学习、批评他们的诗歌，如"雪蕉崔子绍氏，家传诗学，孺染既深，而其天才实奇逸绝尘。初师太白，晚好雪楼七子"（洪世泰《〈雪蕉诗集〉序》）⑤。朝鲜朝末期的洪翰周也经常与朋友们欣赏、谈论、模拟后七子的创作，其诗曰："七子诗篇谈笑夜，两床丝竹别离心。"（《偕云皋、芸泉、翠田、原泉饮饯石经行台于澹友梨园直庐》）⑥ "月堕河倾夜似年，五更支枕岁寒天。何时白雪楼中去，准拟弇山七子篇。"（《夜坐有怀诗社诸公随意占十绝，其言皆不伦不理，而至于扬抆风骚则亦不欲多让。惟云皋可以当兹，遂抒素衷，敢尘清照，遍乞和示。下各依解，如孔陆正义爱作谭助尔》其十）⑦

还有一些诗家对后七子的诗歌理论十分关注并积极借鉴，更有人将流传于坊间的后七子逸事也传为佳话。此时，朝鲜诗坛在诗歌创作和理论总结方面对后七子的学习和模拟也达到了高潮，"及至穆陵之世，文苑

---

① 〔朝〕朴永元：《梧墅集》（《影印标点 韩国文集丛刊》第302辑），汉城，韩国民族文化推进会，2003年，第229页。
② 〔韩〕成均馆大学校大东文化研究院编：《许筠全集》，汉城，成均馆大学校出版部，1981年，第358页。
③ 〔朝〕赵寅永：《云石遗稿》（《影印标点 韩国文集丛刊》第299辑），汉城，韩国民族文化推进会，2002年，第17页。
④ 〔韩〕韩国学文献研究所编：《黄玹全集》（上），汉城，亚细亚文化社，1978年，第59页。
⑤ 〔朝〕崔承太：《雪蕉遗稿》（《影印标点 韩国文集丛刊（续）》第40辑），首尔，韩国古典翻译院，2007年，第341页。
⑥ 〔朝〕洪翰周：《海翁藁》（《影印标点 韩国文集丛刊》第306辑），汉城，韩国民族文化推进会，2003年，第381页。
⑦ 〔朝〕洪翰周：《海翁藁》（《影印标点 韩国文集丛刊》第306辑），汉城，韩国民族文化推进会，2003年，第324页。

诸公拟议修辞,学嘉隆诸子,一反正始"(崔锡鼎《〈东溟集〉序》)①,诗歌复古之风席卷半岛。而热潮之后,一些诗家对这种狂热的接受与评论进行了反思,批评了本国诗人冲动的盲从,指出了后七子在创作和理论上的不足以及对朝鲜诗歌发展的不良影响。

朝鲜诗家对后七子及其诗歌的评论褒贬不一,言辞也较评论前七子时更为激烈。更多诗家也对后七子的领袖人物李攀龙(1514—1570)、王世贞更为关注,争相品评。以下诗文可以证之:

> 公讳弘郁,字文叔,号鹤洲。……平生手不释卷,无书不见。间亦留意于诗律,体格则必以盛唐为准,而皇朝王、李诸作,亦气逸可赏也,取而文之,自成家则。而随景写情,不喜为雕琢语,笔亦翩翩自奇。(金兴庆《〈鹤洲先生〉家状》)②

> (朴瀰,1592—1645)平生著述,古今诗杂文累百篇。世采谨已厘成几卷,靡有坠失。噫!公尝为《五子诗》,以拟皇朝王、李诸公。盖当隆、万间,天下一家,同文同伦。操觚之士率囿于东渐之化,足以争鸣一时,流声千古故尔。(朴世采《跋〈汾西集〉》)③

> 客曰:"诗文可送者几何?"主人曰:"愚于诗文,请亦先言中国之事也。明之诗文,莫盛于弇州、沧溟,亦莫弊于弇州、沧溟。其祸如洪水滔天,殆甚于陆学之弥满。而然既有厌之者,又遂能矫之矣。今只详文事,而诗亦可知。盖文始有潜溪、逊志而矫之,则为弇州、沧溟。百年之间,虽有荆川、遵岩、震川辈,而无以救焉。晚而矫之,则为牧斋。牧斋之文,固非至者,而其胜于王、李则远甚。且其论诗,亦有实见。而于鳞之奸情丑态,悉发无余矣。抑尝见杨大鹤者《剑南诗序》,其文即甲子年间所作。其人今或尚在矣,观其所论,胸中李杜、纸上李杜之语,亦岂不为矫王、李之弊者耶?

---

① 〔朝〕崔锡鼎:《明谷集Ⅰ》(《影印标点 韩国文集丛刊》第 153 辑),汉城,韩国民族文化推进会,1995 年,第 578 页。
② 〔朝〕金弘郁(1602—1654):《鹤洲全集》(《影印标点 韩国文集丛刊》第 102 辑),汉城,韩国民族文化推进会,1993 年,第 170—182 页。
③ 〔朝〕朴世采:《南溪集Ⅲ》(《影印标点 韩国文集丛刊》第 140 辑),汉城,韩国民族文化推进会,1994 年,第 401 页。

窃意方今彼中为文章者，多是牧斋之余。而其以诗之出于胸中为贵，又必如大鹤之论矣。"(金春泽《东文问答》)①

汉之贾董马班、唐之韩柳、宋之欧苏、明之王李，各自为一代之雄，而其体亦随时而变。此盖天地自然之运，而非人所可强也。(尹愭《井上闲话·古之为文章者》)②

七子丛兴富著作，沙饭尘羹事摽掠。攀龙无忌恣欺狂，世贞拉杂自言博。(李德懋《耳目口心书》记吕晚村诗歌)③

物徂徕不至与仁斋同，而推尊于鳞、元美为先觉。服元乔以物氏之门人，亦主此论。……惟物徂徕之以王凤洲、李沧溟为学之宗主，真病风之人也。王、李之文章犹不服人，乌觌所谓学问也哉？尝见徂徕之书，果以王、李为依归而称学者耳。大抵二百年来，蛮俗化为圣学，固知其嘉尚。而武力不竞，委靡文弱。(李德懋《盎叶记·日本文献》)④

至于明王、李诸人，号称大家，而不能深知六经之根柢所在。径相剽贩于西京、大历之间，妄分畦畛，刮马迁、班固而得其肤，掠青莲、少陵而得其皮。海内靡然趋之，于是徐、袁、牧斋辈出而诋其后曰"赝古文"。(南公辙《与金国器载琏论文书》)⑤

按太宰纯，即物茂卿门人也。茂卿名双栢，号徂徕，物部大连之后也。学术诐僻，自孟子以下皆加侵侮。然自言因王、李（王弇

---

① 〔朝〕金春泽（1670—1717）：《北轩集》（《影印标点 韩国文集丛刊》第185辑），汉城，韩国民族文化推进会，1997年，第249页。
② 〔朝〕尹愭（1741—1826）：《无名子集》（《影印标点 韩国文集丛刊》第256辑），汉城，韩国民族文化推进会，2000年，第484页。
③ 〔朝〕李德懋：《青庄馆全书Ⅱ》（《影印标点 韩国文集丛刊》第258辑），汉城，韩国民族文化推进会，2000年，第434页。
④ 〔朝〕李德懋：《青庄馆全书Ⅲ》（《影印标点 韩国文集丛刊》第259辑），汉城，韩国民族文化推进会，2000年，第39—40页。
⑤ 〔朝〕南公辙（1760—1840）：《金陵集》（《影印标点 韩国文集丛刊》第272辑），汉城，韩国民族文化推进会，2001年，第175页。

州、李沧溟）而悟道，文辞亦尚王、李，以为宗师。其见识之卑如此。（成海应《今古文辨》）①

王李诗盟继后尘，大江以北起嶙岣。今朝合集分明见，好是凭依草木人。（申纬《读江北七子诗》）②

向郭注行谁易辨，李王篇出竟同归。殊疆暂得呀然笑，胜接华筵麈尾挥。（赵斗淳《答彝斋权尚书》）③

从以上各段内容可知，后七子领袖李攀龙、王世贞在朝鲜诗坛上有重要影响，诗人们或赞誉或指责，或学习或排斥，态度明显不同。

一、论李攀龙诗歌

"攀龙才思劲鸷，名最高"（《明史·李攀龙传》）④，留有诗歌 1400 多首，乐府、古诗、律诗、绝句一应俱全，还有骈文、散文 16 卷，在文学理论上倡导复古，也有一定建树。李攀龙作为明代中期后七子领袖，主持文坛二十年，声振一时。

（一）李攀龙诗歌东传及影响

李攀龙诗文传到朝鲜的具体时间已经无法考证。但许筠在 1593 年完成的《鹤山樵谈》中说："明人诗，苏谷以何仲默为首，仲兄以李献吉居最，尹月汀以李于鳞度越前二子，论莫之定。"⑤ 1594 年 7 月 23 日，领议政柳成龙（1542—1607）向宣祖介绍尹根寿时，说他"好李梦阳、李攀龙之文"⑥。由此可知，李攀龙的诗文最晚在 16 世纪末已经在朝鲜

---

① 〔朝〕成海应：《研经斋全集Ⅳ》（《影印标点 韩国文集丛刊》第 276 辑），汉城，韩国民族文化推进会，2001 年，第 199 页。
② 〔朝〕申纬：《警修堂全藁》（《影印标点 韩国文集丛刊》第 291 辑），汉城，韩国民族文化推进会，2002 年，第 257 页。
③ 〔朝〕赵斗淳（1796—1870）：《心庵遗稿》（《影印标点 韩国文集丛刊》第 307 辑），汉城，韩国民族文化推进会，2003 年，第 73 页。
④ 〔清〕张廷玉等撰：《明史》（第 24 册），北京，中华书局，1974 年，第 7378 页。
⑤ 〔韩〕成均馆大学校大东文化研究院编：《许筠全集》，汉城，成均馆大学校出版部，1981 年，第 350 页。
⑥ 〔日〕末松保和编：《李朝实录》（第 28 册），东京，学习院东洋文化研究所，1961 年，第 121 页。

传播开了。李德懋《诗观小传·李攀龙》曰：

> 李攀龙，字于鳞，号沧溟，历城人。嘉靖甲辰，登进士第。历官陕西提学副使，以河南按察使卒。与王世贞、谢榛、梁有誉、宗臣、徐中行、吴国伦称"七子"。文无一语作汉以后，亦无一字不出汉以前。其自叙乐府云："拟议以成其变化。"又云："日新之谓盛德。"王世贞曰："七言律诗，至仲默而畅，献吉而大，于鳞而高。"焦竑曰："七子互相矜许，词调往往如出一手。"有《沧溟集》。①

这段不到二百字的篇幅中包含了李攀龙的字号、籍贯、登第时间、官职、所属文学团体、文学主张、作品集以及他人评价等内容，可谓言简意赅。李德懋引用了李攀龙《古乐府序》②、王世贞《艺苑卮言》和朱彝尊《明诗综》的观点。《古乐府序》中的"拟议以成其变化"、"日新之谓盛德"均出自《周易》，《艺苑卮言》卷六曰："五七言律至仲默而畅，至献吉而大，至于鳞而高。绝句俱有大力，要之有化境在。"③朱彝尊《明诗综》卷五十一云："焦弱侯曰：'七子互相矜许，虽有名于时，而词调往往如出一人。'"④ 在朝鲜文人看来："李沧溟以文章雄视海内也，其著作繁富，而地望之高，游道之广，声律义气，有足以翕张贤豪，吹嘘才俊，号令一世。与弇州自以为宇宙之所未有，一何壮也。"（李圭景《叹沧溟后事辨证说》）⑤ 因此，李攀龙的诗歌一到朝鲜就受到广泛关注和热烈欢迎，文人们争相传阅，有人甚至做梦都在研究《沧溟集》。郑弘溟的《次韵张内翰维，梦月汀先生并引》记载："上年八月十二日，弘溟方抱沉痾，晓头假寐，梦拜月汀尹相公于城西第。侍坐移时，言语颇多，公抽得《李沧溟文集》，披览久之，问于某曰：'近闻君读皇明文

---

① 〔朝〕李德懋：《青庄馆全书Ⅰ》（《影印标点 韩国文集丛刊》第257辑），汉城，韩国民族文化推进会，2000年，第378页。
② 〔明〕李攀龙：《沧溟集》（影印本《文渊阁四库全书》第1278册），台北，台湾商务印书馆，1986年，第176页。
③ 〔清〕丁福保辑：《历代诗话续编》（中），北京，中华书局，1983年，第1049页。
④ 〔清〕朱彝尊：《明诗综》（二）（影印本《文渊阁四库全书》第1460册），台北，台湾商务印书馆，1986年，第240页。
⑤ 〔朝〕李圭景：《五洲衍文长笺散稿》（下），汉城，明文堂，1982年，第516页。

字,翻到几家?'某对以'沧溟艰苦难晓。'"① 文人们也争相次韵李攀龙诗歌,如吴亿龄(1552—1618)有《次沧溟〈登太行绝顶〉》、金弘郁有《次于鳞〈凯歌〉韵》、崔锡鼎有《次李攀龙〈冬日登楼〉》诗等等。

李攀龙是济南历城人,雪楼是他在济南的读书、会友之处,朝鲜诗家对雪楼的歌咏、感怀也表现了对李攀龙的接受和认可。如:

> 玉楼新构雪楼空,济上山川寂寞中。
> 惟有文章喧万口,江河不废到无穷。
> 　　　　　　　　　　(金尚宪《朝天录·白雪楼》)

> 灵源歕玉泻滔滔,水面跳珠一尺高。
> 倒浸雪楼涵气象,百年文字作波涛。
> 　　　　　　　　　　(金尚宪《朝天录·趵突泉》)②

> 文章久识沧溟子,风物初登白雪楼。
> 如傍历山歌帝力,不须长作故乡愁。
> 　　　　　　　　　　(吴翻《济南漫兴》)③

> 五子诗传白雪楼,我曹今日又同舟。
> 文章敢拟追前辈,物色犹堪办胜游。
> 　　(李殷相《灯夕,与洪君实、金久之、南云卿及幼能往
> 　　　见湖堂旧基,仍泛舟观灯,口占求正二首》其二)④

余问:"济南尚有白雪楼否?"鹄汀曰:"于鳞旧楼初在韩仓店,后改作于百花洲上,在碧霞宫西。今趵突泉东有白雪楼,乃后人所

---

① 〔朝〕郑弘溟:《畸庵集》(《影印标点 韩国文集丛刊》第87辑),汉城,韩国民族文化推进会,1992年,第21—22页。
② 〔朝〕金尚宪(1570—1652):《清阴集》(《影印标点 韩国文集丛刊》第77辑),汉城,韩国民族文化推进会,1991年,第131页。
③ 〔朝〕吴翻(1592—1634):《天坡集》(《影印标点 韩国文集丛刊》第95辑),汉城,韩国民族文化推进会,1992年,第48页。
④ 〔朝〕李殷相(1617—1678):《东里集》(《影印标点 韩国文集丛刊》第122辑),汉城,韩国民族文化推进会,1994年,第396页。

建,非旧迹也。"

(朴趾源《热河日记·鹄汀笔谈》)①

曩时七才子,崛起在燕中。高调名楼雪,新诗继国风。
朝鲜今日客,夕照古禅宫。寂寞山河色,惟看过鸟空。

(赵秀三《夕照寺》)②

金尚宪、朴趾源(1737—1805)、赵秀三、吴翻、李殷相等人或殷勤致问,或赋诗追慕,借白雪楼旧迹抒发幽思,表达对李攀龙诗文的景仰。从金尚宪到赵秀三,跨越了二百年,他们对白雪楼的不断歌咏充分说明了李攀龙作品在朝鲜的影响之久远。

(二) 论李攀龙的诗坛地位和诗歌成就

众多诗家首先肯定了李攀龙在文坛的地位和作用,如以下几首小诗就表达了此观点:

雪楼才士是其人,王李之中谁大宾。
作诗成调文牙戟,一代词宗泣鬼神。

(李裕元《皇明史咏四十五首·李攀龙》)③

唐代诗豪高散骑,皇朝词伯李于鳞。

(李民宬《燕槎唱酬集·舟中次石楼台韵兼呈白沙》)④

晨霞初绚阆风明,天半蛾眉积雪晴。
试问汉庭司马道,几人能压济南生。

---

① 〔朝〕朴趾源:《燕岩集》(《影印标点 韩国文集丛刊》第252辑),汉城,韩国民族文化推进会,2000年,第263页。
② 〔朝〕赵秀三(1762—1849):《秋斋集》(《影印标点 韩国文集丛刊》第271辑),汉城,韩国民族文化推进会,2001年,第442页。
③ 〔朝〕李裕元:《嘉梧稿略Ⅰ》(《影印标点 韩国文集丛刊》第315辑),汉城,韩国民族文化推进会,2003年,第96页。
④ 〔朝〕李民宬:《敬亭集》(《影印标点 韩国文集丛刊》第76辑),汉城,韩国民族文化推进会,1991年,第296页。

(许筠《读〈沧溟集〉》)①

自从长庆日卑卑,千载于鳞力挽之。
始信王生能隽语,恍看春雪照峨眉。
(徐宗泰《题于鳞诗卷》)②

雪楼遗集纸如云,燕市购来十袭芸。
乱后璧完唯此物,定知神鬼护奇文。
(申翊圣《咏随身物·〈白雪楼集〉》)③

几位诗人引经据典来赞誉李攀龙。"阆风"和"蛾(峨)眉积雪"都是王世贞对李攀龙的赞美,《艺苑卮言》卷五写道:"李于鳞如峨眉积雪,阆风蒸霞,高华气色,罕见其比;又如大商舶,明珠异宝,贵堪敌国,下者亦是木难、火齐。"④ 卷七又曰:"欲问济南奇绝处,峨眉天半雪中看。"(《漫兴十绝》其一)⑤ 在这几首诗里,朝鲜诗家高度概括了李攀龙的成就和地位,将其置于明朝首屈一指的位置,说他是"一代词宗"、"皇朝词伯",挽救了自白居易之后日益卑弱的诗风,因此能"雄视海内"、"号令一世",其成就和文坛地位是无人可比的,所以他的诗集风传海内外。这样的赞美虽然有些言过其实,但也的确有一定根据,中国批评家的一些评价可以作为佐证。胡应麟《诗薮·续编》卷一说李攀龙诗歌"奔走一代"⑥,《四库全书总目提要》卷一百七十二亦云:"攀龙资地本高,记诵亦博,其才力富健,凌轹一时,实有不可磨灭者。汰其肤廓,撷其英华,固亦豪杰之士。"("《沧溟集》三十卷附录

---

① 〔韩〕成均馆大学校大东文化研究院编:《许筠全集》,汉城,成均馆大学校出版部,1981年,第29页。
② 〔朝〕徐宗泰(1652—1719):《晚静堂集》(《影印标点 韩国文集丛刊》第163辑),汉城,韩国民族文化推进会,1996年,第15页。
③ 〔朝〕申翊圣:《乐全堂集》(《影印标点 韩国文集丛刊》第93辑),汉城,韩国民族文化推进会,1992年,第215页。
④ 〔清〕丁福保辑:《历代诗话续编》(中),北京,中华书局,1983年,第1036页。
⑤ 〔清〕丁福保辑:《历代诗话续编》(中),北京,中华书局,1983年,第1063页。
⑥ 〔明〕胡应麟:《诗薮》,上海,上海古籍出版社,1979年,第352页。

一卷"条)①

(三) 对李攀龙诗歌创作的赞扬和指责

李攀龙能获得中朝两国批评家如此一致的赞叹，自是有其独特魅力和个性。对此，朝鲜批评家许筠在《〈明四家诗选〉序》中说：

> 弘正之间，光岳气全，俊民蔚兴……殆与李唐之盛，争其铢累，讵不韪哉？流风相尚，天下靡然，遂有体无完肤之诮，是模拟者之过也，奚病于作者？历下生（李攀龙）以卓荦踔厉之才，鹊起而振之，吴郡（王世贞）遂继以代兴，岳峙中原，傲睨千古，直与汉两司马争衡于百代之下。……其所制作，具参造化，足以耀后来而轶前人。……于鳞峭拔清壮，论者以岷、峨积雪方之，殆足当矣。古乐府不免临摹，而数千年来人无敢效者，于鳞独肖之，即其所言"拟议以成变化"者，为非诬矣。五言破的，真沈、宋之清劲者也。②

许筠比较全面地评价了李攀龙的创作，认为其散文、古乐府、五言等各类作品都很优秀，"足以耀后来而轶前人"。

李瀰在《〈青泉集〉序》中这样评价申维翰（1681—1752）的诗作："沧溟开晦，绚烂之至，云霞照灼。赋固然矣，诗文为甚。……而沧溟云霞，又可以助其变幻绚烂。"③ 李瀰将李攀龙的诗歌比作绚烂的云霞，意在赞美其诗歌壮丽、变幻之风格，以及这种诗风对朝鲜诗人申维翰的模范作用。

李晬光和南龙翼则将李攀龙和王世贞相对比。李晬光说："李攀龙《咏新河》一联曰：'春流无恙桃花水，秋色依然瓠子宫。'王世贞极称之，以为不可及。而世贞亦有诗曰：'连山尽压支祈锁，逼汉疑穿织女机。'《尧山堂纪》以为此联在沧溟之上。余谓王诗气力固健，然句法未

---

① 〔清〕永瑢等撰：《四库全书总目提要》（《万有文库》本第33册），上海，商务印书馆，1931年，第107页。
② 〔韩〕成均馆大学校大东文化研究院编：《许筠全集》，汉城，成均馆大学出版部，1981年，第74页。
③ 〔朝〕申维翰：《青泉集》（《影印标点 韩国文集丛刊》第200辑），汉城，韩国民族文化推进会，1997年，第216页。

免矜持，恐不如李之全完也。"(《芝峰类说》卷九)① 李晬光所说的《咏新河》诗即李攀龙的七律《上朱大司空二首》(其二)(《沧溟集》卷十一)②，所录的王世贞的诗作为七律《过新河呈大司空朱公》(《弇州四部稿》卷三十九)③。李晬光的结论是李诗更胜一筹。南龙翼的《壶谷诗评》又说："论其集大成，则不可不归于王；而若其才之卓越，则沧溟为最。如'卧病山中生桂树，怀人江上落梅花'、'樽前病起逢寒食，客里花开别故人'等句，王亦不可及。此弇州所以景慕沧溟，虽受仲尼、丘明之譬，只目摄而不大忤，有若子美之师太白也。"④ 南龙翼将王世贞和李攀龙分别比作孔子和左丘明、杜甫和李白。他认为王世贞虽是集大成者，但才华上稍逊于李攀龙，并因此更景慕李攀龙。为了使人信服，南氏也举出了李攀龙《沧溟集》卷八中的七律《怀子相》⑤ 和《送郭子坤下第还济南》⑥ 的具体诗句来证明自己的观点。

也有人指出李攀龙诗歌创作的不足，如朝鲜朝后期的丁若镛说：

> 昨夜归而卸衣，邻鸡已喔喔鸣，始觉晤言良久。昨论沧溟诗，未罄所怀，今又将本集吟讽再三，鄙意终不能惬。盖其诗专务声韵风格，始读非不汎汎乎善也。及究其归趣，乃泊然无味，且不惟泊然而已，有时乎语不了言不就，头尾横决，影响没捉，此何体耶？且如"白云秋色"、"大江夕阳"、"山河日月"等语，殆篇篇不舍。方其即席写出，往往有可惊可喜，合而观之，了不新奇，宜乎为徐文长、袁宏道辈所訾毁如许耳。意其人豪侠放肆、气岸傲兀、风流文采，有足以压倒一世，而弇山又操柄文垣，相与引重以取名，非

---

① 蔡镇楚编：《域外诗话珍本丛书》（第九册），北京，北京图书馆出版社，2006 年，第65 页。
② 〔明〕李攀龙：《沧溟集》（影印本《文渊阁四库全书》第 1278 册），台北，台湾商务印书馆，1986 年，第 304 页。
③ 〔明〕王世贞：《弇州四部稿》（一）（影印本《文渊阁四库全书》第 1279 册），台北，台湾商务印书馆，1986 年，第 495 页。
④ 〔韩〕赵锺业编：《修正增补 韩国诗话丛编》（第 3 册），汉城，太学社，1996 年，第 301 页。
⑤ 〔明〕李攀龙：《沧溟集》（影印本《文渊阁四库全书》第 1278 册），台北，台湾商务印书馆，1986 年，第 266 页。
⑥ 〔明〕李攀龙：《沧溟集》（影印本《文渊阁四库全书》第 1278 册），台北，台湾商务印书馆，1986 年，第 260 页。

有苦心苦口如杜工部、苏长公之为诗也。习看恐流于虚憍不逊之科,故辄敢盛气于雌黄之论,诚不自量,如何如何。(《上族父海左范祖书》)①

丁若镛在反复阅读了李攀龙的诗歌后认为其给人的第一印象是"飒飒乎善也",这是李攀龙"专务声韵风格"的结果,此说和《明史·李攀龙传》的"务以声调胜"②的观点一致。但丁若镛又认为李攀龙的诗歌不耐读,原因是一些词语和意象经常在他的诗歌中重复出现。中国的评论与之不谋而合,如当代学者吴微说:"在他的诗作中,用字多同。'万里'、'风尘'、'千山'、'雄风'、'浩气'、'中原'、'白雪'、'黄金'、'紫气'等层见迭出。时人因他诗中多'风尘'二字就叫他'李风尘'。泥古、赝古和雷同使其部分诗歌空泛拗涩,不耐多读,严重影响了审美内涵的表达,僵化了创作方法,削弱了其诗歌的整体艺术价值。"③

(四) 效仿、学习李攀龙诗歌

能够得到朝鲜大多数批评家的认可,足以说明李攀龙诗文在朝鲜受欢迎的程度。于是,朝鲜诗坛掀起了学习李攀龙的热潮。一些诗人纷纷以李攀龙诗歌为标准和模范进行创作,如金昌协《农岩杂识》云:"至穆庙之世,文士蔚兴,学唐者寝多。中朝王、李之诗,又稍稍东来,人始希慕仿效。"④ 李瀷《〈青泉集〉序》云:"近有申青泉名维翰字周伯者……诗亦以李于鳞为准。"⑤ 洪汝河(1620—1674)《与金得与昌文》曰:"惠诗,雄浑劲迅,深得于鳞句法。"⑥ 李调元也认为朴齐家《北汉

---

① 〔朝〕丁若镛:《与犹堂全书Ⅰ》(《影印标点 韩国文集丛刊》第281辑),汉城,韩国民族文化推进会,2002年,第392—393页。
② 〔清〕张廷玉等撰:《明史》(第24册),北京,中华书局,1974年,第7378页。
③ 吴微:《李攀龙诗歌艺术散论》,《安徽师范大学学报(人文社会科学版)》1999年第3期。
④ 〔朝〕金昌协:《农岩集Ⅱ》(《影印标点 韩国文集丛刊》第162辑),汉城,韩国民族文化推进会,1996年,第377页。
⑤ 〔朝〕申维翰:《青泉集》(《影印标点 韩国文集丛刊》第200辑),汉城,韩国民族文化推进会,1997年,第215页。
⑥ 〔朝〕洪汝河:《木斋集》(《影印标点 韩国文集丛刊》第124辑),汉城,韩国民族文化推进会,1994年,第399页。

文殊寺》诗"似于鳞"①。这实际上也是对李攀龙诗歌的一种间接肯定。一些学李攀龙的诗人的确深得其精髓，成就斐然，如徐滢修（1749—1824）《〈西楼诗稿〉序》曰："士章平生酷爱李于鳞诗，匠心师迹，若将朝暮遇焉。常诵其'振衣瀑布青云湿，倚剑明星白日寒'之句，曰：'其人不亦可想象乎，士君子胸次，当如是矣。'夫以士章之异世同调，诚能稍假其寿，充其操而展其才，则其追踪轶驾，与白雪争声价不难矣。"②朴士章是名家之子，人品、才学都很杰出，酷爱李攀龙诗，尤爱其《沧溟集》卷八《杪秋登太华山绝顶四首》（其三）中"振衣瀑布青云湿，倚剑明星白日寒"③之句，并认为诗如其人，该句就是李攀龙胸襟怀抱的反映。为朴士章的《西楼诗稿》作序的徐滢修则认为，他与李攀龙"异世同调"，如果不是英年早逝，并且能保持其节操，施展其才华，则其诗歌成就可以和李攀龙一比高下。

（五）论李攀龙的诗歌复古

李攀龙的复古主张非常鲜明和坚定："高自夸许，诗自天宝以下，文自西京以下，誓不污我毫素也。"（《列朝诗集小传》"李按察攀龙"条）④，因此倡言"视古修辞，宁失诸理"（《送王元美序》）⑤，这就将前七子的"文必秦汉、诗必盛唐"的复古理论发挥到了极致。在李攀龙的诗歌中，随处可见古风古韵。因此李德懋在《婴处诗稿》中评曰："双李献吉于鳞，大明文章先辈。熊熊古气孰追，泱泱逸声难配。"（《论诗》）⑥李德懋认为在复古诗文的创作上，李梦阳与李攀龙在明代文坛是无人可比的。正祖李祘亦曰："李攀龙如苍崖古壁、周鼎商彝，奇气自不

---

① 《韩客巾衍集》卷三（韩国学术情报院藏抄本，线装，4卷2册，无丝栏，半叶10行21字，注双行），1777年。
② 〔朝〕徐滢修：《明皋全集》（《影印标点 韩国文集丛刊》第261辑），汉城，韩国民族文化推进会，2001年，第142页。
③ 〔明〕李攀龙：《沧溟集》（影印本《文渊阁四库全书》第1278册），台北，台湾商务印书馆，1986年，第277页。
④ 〔清〕钱谦益：《列朝诗集小传》，台北，明文书局，1991年，第468页。
⑤ 〔明〕李攀龙：《沧溟集》（影印本《文渊阁四库全书》第1278册），台北，台湾商务印书馆，1986年，第369页。
⑥ 〔朝〕李德懋：《青庄馆全书Ⅰ》（《影印标点 韩国文集丛刊》第257辑），汉城，韩国民族文化推进会，2000年，第37页。

可掩。"(《〈诗观〉五百六十卷(写本)》)① 正祖以"苍厓(崖)古壁"、"周鼎商彝"这些具有厚重感的历史遗迹和文物比喻李攀龙的诗歌,充分肯定了其复古的卓越成就。

然而一味复古也成了李攀龙诗歌不足之所在,如《明史·李攀龙传》说:"其为诗,务以声调胜,所拟乐府,或更古数字为己作,文则聱牙戟口,读者至不能终篇"②,沈德潜《明诗别裁集》卷八评其"古乐府及五言古体,临摹太过,痕迹宛然"③,汤显祖和公安派指责其诗为"赝古"等等,这些说法都批评了他过于偏激的复古主张以及拟古太过近于剽窃的创作实际。对此,朝鲜批评家也有评说:

> 于鳞诗,隽拔有生色,语且多新。自宋元来,萎弱易厌者观之,孰不跃喜而慕。然一务生割而夸眩之,无浑雅流畅、流出性情之实。未知若使陶征君、韦左司辈见之,果以为如何?(徐宗泰《札记录》)④

> 至皇明李、王诸公,自谓高出韩、欧,直与左、马并驱。而造语多冗长,浮剩字句,不胜指摘。且杂取诸子、左、马文字,复复相仍,拾掇韩、欧诸公已弃之余,而高自称许,可谓陋矣。至诗亦然,钱牧斋固已议之矣。(李宜显《云阳漫录》)⑤

> 至李于鳞辈诗,使事禁不用唐以后语,则此大可笑。夫诗之作,贵在抒写性情,牢笼事物,随所感触,无乎不可。事之精粗,言之雅俗,犹不当拣择,况于古今之别乎?鳞辈学古初无神解妙悟,徒以言语模拟。(金昌协《农岩杂识》)⑥

---

① 〔朝〕李祘:《弘斋全书Ⅵ》(《影印标点 韩国文集丛刊》第267辑),汉城,韩国民族文化推进会,2001年,第512—513页。
② 〔清〕张廷玉等撰:《明史》(第24册),北京,中华书局,1974年,第7378页。
③ 〔清〕沈德潜:《明诗别裁集》,周准编,上海,上海古籍出版社,1979年,第193页。
④ 〔朝〕徐宗泰:《晚静堂集》(《影印标点 韩国文集丛刊》第163辑),汉城,韩国民族文化推进会,1996年,第249页。
⑤ 〔朝〕李宜显:《陶谷集Ⅱ》(《影印标点 韩国文集丛刊》第181辑),汉城,韩国民族文化推进会,1997年,第428—429页。
⑥ 〔朝〕金昌协:《农岩集Ⅱ》(《影印标点 韩国文集丛刊》第162辑),汉城,韩国民族文化推进会,1996年,第376页。

徐宗泰首先指出李攀龙的诗歌生动新鲜,一扫宋元以来的萎弱诗风,令人惊喜和敬慕,但同时也指责了其因"生割"而使得诗歌缺乏"浑雅流畅",且有远离性情之弊病。李宜显和金昌协则以更为尖刻的语言,批评了李攀龙"且杂取诸子、左、马文字"和使事"不用唐以后语"的狭隘,以及"徒以言语模拟"的肤浅。可以说,李宜显和金昌协的评价代表了朝鲜诗家中反对李攀龙拟古这一派的观点。

在诗家们对李攀龙诗文褒贬不一的基础上,申钦给出了总结性的评语:"李攀龙之诗文,自以为跨汉越唐,而以余观之,亦自是明诗、明文尔。"(《象村漫稿·春城录》)① 此语可谓客观。

朝鲜诗家和中国学者一样,认识到李攀龙诗歌的优劣杂陈,并对他的诗歌做出了比较客观的评价。虽然他们的评价多受中国文人的影响,但也有和中国文人不同的见解,如称李攀龙为"一代词宗"、"皇朝词伯",将其置于明代首屈一指的地位,且有根有据、理由充分,所以朝鲜诗家对李攀龙的评价也不容忽视。

二、论王世贞诗歌

王世贞也是明代后七子的领袖之一,在李攀龙去世后执掌文坛二十多年。他在文学理论、创作上都有极高建树,主要作品有《弇州山人四部稿》(含赋、诗、文、说四部)一百七十四卷,续稿二百零七卷,《四部稿》中收录了著名的文艺理论著作《艺苑卮言》。

(一)王世贞诗歌东传并大受欢迎

"王世贞作为明代的文、史大家,在朝鲜颇有影响力。他的书是朝鲜使臣搜罗的对象,朝鲜使臣每次出使北京之际,总是想方设法搜罗大批中国书籍,而王世贞的书总是其刻意搜求的目标。"② 因此,王世贞诗歌东传的时间很早。

据尹根寿《上王主事书士骐》一文记载:"昔年黄翰林之颁诏敝邦也,从其行掌故者始得闻先生诗文。"③ 黄翰林即黄洪宪,据《明实录》

---

① 〔朝〕申钦:《象村稿Ⅱ》(《影印标点 韩国文集丛刊》第72辑),汉城,韩国民族文化推进会,1991年,第365页。
② 孙卫国:《王世贞史学研究》,北京,人民文学出版社,2006年,第265页。
③ 〔朝〕尹根寿:《月汀集》(《影印标点 韩国文集丛刊》第47辑),汉城,韩国民族文化推进会,1989年,第258—259页。

记载:"万历十年(1582)九月乙亥,命翰林院编修黄洪宪、工科右给事中王敬民使朝鲜颁皇子诞生诏敕。"① 也就是说王世贞的部分诗文最晚在1582年,即他去世前八年已经传到朝鲜。

此后,无论朝鲜文人还是政府,都想方设法购买他的作品。据《月汀集·朝天录》载,尹根寿1589年"因赴京之行,而购得《四部稿》"②。《明史》卷三百二十《朝鲜列传》载:"(万历)四十三年十一月,表贺冬至,因奏买回《吾学编》、《弇山堂别集》等书……"③ 朝鲜国王也很关注王世贞,宣祖(1567年—1607年在位)曾特别强调到中国买书要选择有王世贞序的版本,他在1593年9月有一道旨意说:"戚继光所撰《纪效新书》数件,贸得而来。但此书有详略,须得王世贞作序之书贸来。"(宣祖26年9月25日)④ 光海君(1608年—1622年在位)在1615年闰8月8日也曾经和文人们谈论过王世贞:"王曰:'王世贞所述,何册耶?'许筠曰:'《南弇山集》也。'王曰:'此集,中朝盛行耶?'闵馨男曰:'王世贞,文章大家也,家家皆有之矣。'王曰:'王世贞文集,可以刊改耶?'"⑤

诗人吴亿龄曾再三请求即将出使中国的圣节使,并写诗相赠,希望他能替自己购回王世贞诗文集,其诗曰:

> 历数空同以后才,凤洲词藻最称魁。
> 极知文压先秦倒,可但诗追正始回。
> 只字堪为天下宝,全编尚少海东来。
> 愿携一帙相传阅,锄得心田旧草莱。
>
> (《求王弇州集,赠圣节使》)⑥

---

① 刘青华等编选:《明实录朝鲜资料辑录》,成都,巴蜀书社,2005年,第253页。
② 〔朝〕尹根寿:《月汀集》(《影印标点 韩国文集丛刊》第47辑),汉城,韩国民族文化推进会,1989年,第259页。
③ 〔清〕张廷玉等撰:《明史》(第27册),北京,中华书局,1974年,第8301页。
④ 〔日〕末松保和编:《李朝实录》(第27册),东京,学习院东洋文化研究所,1961年,第661页。
⑤ 〔日〕末松保和编:《李朝实录》(第33册),东京,学习院东洋文化研究所,1962年,第59页。
⑥ 〔朝〕吴亿龄:《晚翠集》(《影印标点 韩国文集丛刊》第59辑),汉城,韩国民族文化推进会,1990年,第121页。

这首诗写得没有什么文采，更像是顺口溜，可是却以极为恭敬的态度和简朴的语言从各个角度高度赞美了王世贞的创作。诗人认为在李梦阳之后，王世贞的创作堪称魁首，他的文章胜过先秦，他使诗歌走上正脉，他的部分诗文流传海外，被视为珍宝，可是全集在朝鲜还很少，所以诗人恳请圣节使无论如何要带回王世贞诗文集，以供文人传阅。最后一句"锄得心田旧草莱"道出了诗人的心理预期，即王世贞将对朝鲜文人产生重要的影响，不仅能让他们耳目一新，更能净化其心灵，使他们的创作摆脱以往的杂乱无章，走上正轨。正如吴亿龄所期待的那样，王世贞的诗文一到朝鲜就受到热烈欢迎，文人们视其为珍宝，争相传阅。许多文人在读后还写诗抒发赞叹之情，如：

> 谁作中原二子看，晚来江左独登坛。
> 东南大海汪洋地，詑有回风起紫澜。
> （许筠《读〈弇州四部稿〉》）①

> 文柄独操二十年，狂生去后凤洲仙。
> 西京之体唐之韵，声价高腾四部全。
> （李裕元《皇明史咏四十五首·王世贞》）②

许筠重点指出王世贞在江左（朝鲜）"独登坛"的首屈一指地位，并借王世贞的"大海回风生紫澜"（《漫兴十绝》其一）诗句，以大海狂澜比喻其在朝鲜文坛所产生的巨大影响。李裕元则主要强调王世贞作为后七子领袖，在李攀龙去世后独领文坛的崇高地位，并肯定了他的诗文复古理论，最后高度赞誉了王世贞的《四部稿》。

最为全面详细介绍王世贞的朝鲜诗家是李德懋，在明代诸人中，他对王世贞的评价最高，其《诗观小传·王世贞》云：

> 王世贞，字元美，号弇州，太仓人。嘉靖丁未，登进士第。累

---

① 〔朝〕李裕元：《嘉梧稿略Ⅰ》（《影印标点 韩国文集丛刊》第315辑），汉城，韩国民族文化推进会，2003年，第96页。
② 〔韩〕成均馆大学校大东文化研究院编：《许筠全集》，汉城，成均馆大学校出版部，1981年，第29页。

迁山东副使,以父纾被祸,解官。补大名兵备,后历官刑部尚书,卒。世贞弱冠登朝,与李攀龙修复西京、大历以上之诗文,以号令一时。攀龙既没,世贞著作日益繁富,体具百家,包括今古。而其地望之高,游道之广,声律气义,足以翕张贤豪,吹嘘才俊。操文章之柄,登坛建帜,殆五十年,近古所未有也。有《弇州集》一百七十四卷。①

在小传中,李德懋不仅介绍了王世贞的字号、籍贯、登第时间、官职、生平和遭遇,还借用钱谦益《列朝诗集小传》"王尚书世贞"条②中的评价,褒扬了王世贞的文学主张、文坛地位、诗歌创作以及交游情况,强调了王世贞在明代文坛五十年的领袖地位是近古以来无人可比的。

(二)学习和比较

在朝鲜诗家看来,"王世贞著作繁富,才敏而气俊,能使一世之人流汗走僵"(《〈诗观〉五百六十卷(写本)》)③。因此,很多诗人次其韵、学其文,也有一些文人想和王世贞一比高下。

朝鲜诗人次韵王世贞诗歌的作品非常多,如吴亿龄《次弇州》、《次王弇州寄于鳞太行诸篇》、申钦《次王元美白雪楼韵,咏寿春村居》、申维翰《次元美与于鳞登郡楼韵》、申景濬(1712—1781)《次王元美题李于鳞白雪楼》等等。王世贞的《怀于鳞》(《弇州四部稿》卷三十四)诗曰:

燕京岁晚竟鸣珂,鄴雪春来几和歌。
尚有乾坤容汝在,空留日月向人过。
云横大麓低平野,天坼飞流堕浊河。

---

① 〔朝〕李德懋:《青庄馆全书Ⅰ》(《影印标点 韩国文集丛刊》第257辑),汉城,韩国民族文化推进会,2000年,第378页。
② "元美弱冠登朝,与济南李于鳞修复西京大历以上之诗文,以号令一世。于鳞既殁,元美著作日益繁富,而其地望之高、游道之广,声力气义,足以翕张贤豪、吹嘘才俊。於是天下咸望走其门,若玉帛职贡之会,莫敢后至。操文章之柄,登坛设墠,近古未有,迄今五十年。"(钱谦益:《列朝诗集小传》,台北,明文书局,1991年,第476页)
③ 〔朝〕李祘:《弘斋全书Ⅵ》(《影印标点 韩国文集丛刊》第267辑),汉城,韩国民族文化推进会,2001年,第513页。

满目黄金饶汉吏，千秋屈宋自堪多。①

吴亿龄的《次弇州怀于鳞》诗曰：

不惜燕京双玉珂，狂来日逐酒人歌。
凭陵泰岱千峰立，踯躅乾坤万古过。
天外黑风吹大陆，樽前明月满长河。
即今吾道差无恙，台上黄金未必多。②

吴亿龄的次诗形式上用王世贞诗韵，内容却是对王世贞、李攀龙二人的成就、地位的赞赏，和原诗一样意境开阔、气势恢宏。

朝鲜朝中期著名诗人许筠的《惺所覆瓿藁》中有一组《续梦诗》，其中《踢铜鞨》的第三首是："人言汉水深，妾视如平地。人言岘山高，妾看如一块。"《上清辞》的第二首是："琼轮羽盖集丹宫，勃郁祥云焕大宫。无极十方来似雾，一时齐入黍珠中。"③ 这两首诗的后面都写着"此元美所改"。这很令人费解：许筠来中国是在1597年，而王世贞早在1590年已经去世，如何能为其改诗？许筠在《〈续梦诗〉序》中记录了这个离奇的故事：

四月初五日，梦入大琳宫。上金殿，有僧二人曰："何仲默、徐昌谷、王元美当来，可留待见之。"良久，少年二人据上座，紫衣玉带者次坐，而招余坐其下。三人者求书籍甚款，俄而僧取回友，各置四人前，令各赋乐府四十首。元美先成，余诗次成，元美为改数诗，即《踢铜鞨》第三及《上清辞》第二也。二少年亦踵成，俱书于笺，似主僧。既觉，只记元美所改二篇，而题目则了然，亟燃烛

---

① 〔明〕王世贞：《弇州四部稿》（一）（影印本《文渊阁四库全书》第1279册），台北，台湾商务印书馆，1986年，第430页。
② 〔朝〕吴亿龄：《晚翠集》（《影印标点 韩国文集丛刊》第59辑），汉城，韩国民族文化推进会，1990年，第125页。
③ 〔韩〕成均馆大学校大东文化研究院编：《许筠全集》，汉城，成均馆大学校出版部，1981年，第45页。

补作之，未曙而悉完，疑有神助，只恨草率也。名曰《续梦录》。①

原来，许筠连做梦都在和已故的王世贞切磋，还幸运地受到了王世贞的"指点"，这其实是从侧面称颂了王世贞的文才。同时，许筠对王世贞的敬仰和努力学习也可见一斑。

王世贞也是著名的文学理论家，他的各类文集中有许多精辟的诗歌理论和诗评。朝鲜朝中期一流的诗论大家李晬光对此很感兴趣，并认为这些理论值得朝鲜学者学习和借鉴。他在《芝峰类说》中对此多有探讨：

> 王弇州曰："勿和韵，勿拈险韵，勿用旁韵。勿偏枯，勿求理，勿搜僻，勿用六朝强造语，勿用大历以后事。"此可为法。②

> 王世贞曰："七言排律创自老杜，然亦不得佳。盖七字为句，束以声偶，气力已尽矣。又衍之使长，调高则难续而伤篇，调卑则易冗而伤句。"信哉！斯言也。③

> 李白诗"人烟寒橘柚，秋色老梧桐"。山谷用之曰："人家围橘柚，秋色老梧桐。"王世贞谓此"只改二字，而丑态毕，真点金作铁手也"。斯言非过矣。④

> 古人为诗，首句或押旁韵，而篇中则绝无散押者。我东词人，虽绝句多用旁韵，余甚病之。王世贞以勿押旁韵为戒，学者不可不察。⑤

---

① 〔韩〕成均馆大学校大东文化研究院编：《许筠全集》，汉城，成均馆大学校出版部，1981年，第44页。
② 蔡镇楚编：《域外诗话珍本丛书》（第九册），北京，北京图书馆出版社，2006年，第18页。
③ 蔡镇楚编：《域外诗话珍本丛书》（第九册），北京，北京图书馆出版社，2006年，第17—18页。
④ 蔡镇楚编：《域外诗话珍本丛书》（第九册），北京，北京图书馆出版社，2006年，第31页。
⑤ 蔡镇楚编：《域外诗话珍本丛书》（第九册），北京，北京图书馆出版社，2006年，第25页。

以上四段话中所引的王世贞观点均出自其《艺苑卮言》①。可以看出,李晬光对王世贞总结出的用韵、用语、用典等作诗之法是肯定的,并希望作诗者要学习、借鉴。至于王世贞不赞成作七言排律、不赞成模拟抄袭的观点,李晬光也表示赞同。从"此可为法"、"学者不可不察"、"信哉斯言也"、"斯言非过矣"这些简短的论述可见李晬光的鲜明立场。

在朝鲜诗坛,王世贞不仅是诗人们学习的楷模,也是他们谈诗论文的标准以及与本国诗人比较的对象,如著名诗人申维翰"得《弇山稿》读之,喟然有并驱之意。"(李瀰《〈青泉集〉序》)② 希望与王世贞诗文并驾齐驱,说明他既将王世贞视作学习的楷模,又将其当成了赶超的目标。再如洪汝河为具凤龄(1526—1586)的文集作《序》曰:

> 先生与王凤洲元美生同嘉靖丙戌,文章气格真不相上下,盖独禀之才,得于天者同也。而其习气工程,不囿于地之偏全,则未知如何尔。元美之文章满天下,家有人诵久矣,而栢潭之文何晚出而益少也? 然观凤洲之学,而杂以纵横仙释,不醇乎儒者也。栢潭早而得老先生,为之依归,讲求朱门宗旨,故其平生撰述,粹然一出于正。(《〈栢潭先生文集〉序》)③

作者认为具凤龄与王世贞生于同时代,才华相当,文章气格不相上下。洪汝河突出了具凤龄的诗文成就之高,并且以"文章满天下,家有人诵久矣"的王世贞作为评价的标准,所以这段话其实也是他对王世贞的肯定。

(三) 赞誉和指责

朝鲜诗家关注最多的还是王世贞的创作,他们在接受了王世贞诗集的同时,也对其诗歌总体成就、特点、风格展开了各式各样的评论。

朝鲜诗家对王世贞及其诗歌的评价仍以赞誉为主,如许筠高度概括

---

① 其中前三段为直接引用(依次出自《历代诗话续编》(中)第961页、1009页、1019页),第四段是第一段观点的应用。
② 〔朝〕申维翰:《青泉集》(《影印标点 韩国文集丛刊》第200辑),汉城,韩国民族文化推进会,1997年,第216页。
③ 〔朝〕具凤龄:《栢潭集》(《影印标点 韩国文集丛刊》第39辑),汉城,韩国民族文化推进会,1989年,第4—5页。

地说:"元美文章博达,千古所希。"(《〈世说删补注解〉序》)① 一句话就将王世贞定位于整个文学史上的佼佼者行列。徐宗泰在读完《弇山集》后评价说:

> 始余读《弇山集》,而善之曰:"嘻!宏博哉!文章之无先秦汉,业已累百千年。今骎骎得遗音,而时似之。至锋焰挺动处,有奇隽生色,自令人跃然而喜。"彼元美何人哉?而文乃能若是美乎?因阅之累日,而曰:"既宏博矣,顺其力所造而为之,犹不必遽让曾、王数公下。乃欲尽追古,始每有语,一切洗凡径、超常套。"……大抵弘嘉诸公,伯安雄而恣、献吉大而疏、仲默艳而靡、鹿门华而失之弱、荆川赡而失之衍,弇山则该众长而尤杰然者欤?(《读〈弇山集〉》)②

徐氏认为,王世贞在创作上"欲尽追古",真正是超凡脱俗,得先秦两汉之遗音,不下于曾巩、王安石等文章大家。在总结了王阳明、李梦阳、何景明、茅坤、唐顺之等人的优缺点后,徐宗泰对王世贞的创作下了结论:集众家之所长,尤为杰出。这就有理有据地将王世贞推上了明代文坛的巅峰。

一些朝鲜诗家侧重于对王世贞诗歌的具体评析、称赞。相比之下,这种微观的品评展现了朝鲜诗人不同的审美倾向,对后人创作和评论也更有指导意义。

著名诗人申钦就在熟读王世贞乐府诗后做了评点,他说:

> 弇州之诗甚大,其可咏者不可尽记。如"细娘家在大江头,总为工欢字莫愁。月明低按关山谱,何处行人不泪流。""留君无计恨匆匆,尽酒停杯曲未终。船到西兴潮已落,明朝还起石尤风。""越女红妆隐画桡,惊波无际雪山摇。贪趋破镜西陵约,不怕风江八月潮。""江上檀郎来往频,婆娑妙舞赛江神。来时风水随船尾,欲往

---

① 〔韩〕成均馆大学校大东文化研究院编:《许筠全集》,汉城,成均馆大学校出版部,1981年,第72页。
② 〔朝〕徐宗泰:《晚静堂集》(《影印标点 韩国文集丛刊》第163辑),汉城,韩国民族文化推进会,1996年,第235—236页。

惊涛好涉旬。""十五女儿好容颜,恰似杨花太剧颠。贪过吴桥新水发,湿着罗襦不解怜。""青楼少妇熨瑶筝,飞雪敲窗万玉声。三十六簧寒不起,自歌金缕到天明。"皆是乐府遗响,而自令人不可及。(《晴窗软谈》)①

申钦所记诗作依次为王世贞《弇州四部稿》卷四十七的七言绝句《莫愁乐》(一句作"月明低按关山曲")②、《西兴词》③、《横江词四首》(其一及其二)④、《吴中迎春曲八首》(其一)⑤、《燕京四时乐四首》(其四)(首句作"青楼小妇熨瑶筝")⑥。此外,他又列举了王世贞其他一些乐府诗,认为:

> 弇州之诗:"昏星送侬去,晨星送侬归。窗前百种鸟,谁为不安栖。""宫中小女髻如鸦,连臂踏足唱杨花。唱得杨花浑似雪,不知飘向阿谁家。塞北江南望何极,衢道藏鸦白门色。沙深日冷不得青,独把长条三叹息。""小院熨瑶筝,红妆按队呈。都将兰麝口,吹作凤凰鸣。曲终仍教舞,垂手故盈盈。讵是长持履,临风娇怨声。""秋水剪明眸,亭亭出画楼。邀他大垂手,不惜锦缠头。舞罢香无迹,歌残翠未收。留髡烛尽灭,更与按伊州。""吴中女儿白纻衣,日暮横塘荡桨归。荷花港里无人见,惊起鸬鹚队队飞。"陈隋间音也。(《晴窗软谈》)⑦

---

① 〔朝〕申钦:《象村稿Ⅱ》(《影印标点 韩国文集丛刊》第72辑),汉城,韩国民族文化推进会,1991年,第338页。
② 〔明〕王世贞:《弇州四部稿》(一)(影印本《文渊阁四库全书》第1279册),台北,台湾商务印书馆,1986年,第591页。
③ 〔明〕王世贞:《弇州四部稿》(一)(影印本《文渊阁四库全书》第1279册),台北,台湾商务印书馆,1986年,第592页。
④ 〔明〕王世贞:《弇州四部稿》(一)(影印本《文渊阁四库全书》第1279册),台北,台湾商务印书馆,1986年,第593页。
⑤ 〔明〕王世贞:《弇州四部稿》(一)(影印本《文渊阁四库全书》第1279册),台北,台湾商务印书馆,1986年,第599页。
⑥ 〔明〕王世贞:《弇州四部稿》(一)(影印本《文渊阁四库全书》第1279册),台北,台湾商务印书馆,1986年,第600页。
⑦ 〔朝〕申钦:《象村稿Ⅱ》(《影印标点 韩国文集丛刊》第72辑),汉城,韩国民族文化推进会,1991年,第339页。

这些拟古乐府诗依次是：《弇州四部稿》卷七的《夜度娘》（末句作"为谁不安栖"）①，卷六的《杨白花》（两句分别作"唱得杨花浑胜雪"、"独抱长条三叹息"）②、《小垂手》（一句作"小院炙瑶筝"）和《大垂手》③。需要说明的是，最后一首《白纻曲》④的作者是李梦阳，而不是王世贞，申钦将作者弄错了，而且《空同集》卷三十七原诗的第二句作"薄暮横塘荡桨归"，李梦阳也将此诗归为七绝，而不是乐府。汉魏六朝的乐府诗，是中国古代诗歌的精华，对后代诗人创作影响很大，唐以后的许多诗人如李白、白居易等都热衷于创作或拟作乐府诗。王世贞是明代最杰出的乐府诗人之一，创作和拟作了大量的乐府诗。王世贞《读书后》卷四《书李西涯古乐府后》说："吾向者妄谓乐府发自性情，规沿《风》、《雅》。大篇贵朴，天然浑成；小语虽巧，勿离本色。以故，于李宾之拟古乐府，病其太涉论议，过尔抑剪，以为十不得一。自今观之，亦何可少？夫其奇旨创造，名语叠出，纵不可被之管弦，自是天地间一种文字。若使字字求谐于《房中》、《铙吹》之调，取其声语断烂者而模仿之，以为乐府在是，毋亦西子之颦、邯郸之步而已。"⑤可见他已经认识到创作乐府诗不能一味模拟，应该有所创新。他自己在创作时就继承和发扬了乐府诗的现实主义创作精神和手法，且赋予了乐府诗一些具有时代特色的内容。因此，申钦说其乐府诗是"陈隋间音"、"令人不可及"，是比较客观的。胡应麟也曾在《诗薮》中赞扬王世贞乐府诗说："乐府自晋失传，寥寥千载，拟者弥多，合者弥寡。至于嘉、隆，剽夺斯极。而元美诸作，不袭陈言，独挈心印，皆可超越唐人，追踪两汉，未可以时代论。"（《内编》卷二）⑥他又说《弇州四部稿》"乐府随代遣词，随题命意，词与代变，意逐题新，从心不逾，当世独步"（《续编》

---

① 〔明〕王世贞：《弇州四部稿》（一）（影印本《文渊阁四库全书》第1279册），台北，台湾商务印书馆，1986年，第85页。
② 〔明〕王世贞：《弇州四部稿》（一）（影印本《文渊阁四库全书》第1279册），台北，台湾商务印书馆，1986年，第70页。
③ 〔明〕王世贞：《弇州四部稿》（一）（影印本《文渊阁四库全书》第1279册），台北，台湾商务印书馆，1986年，第72页。
④ 〔明〕李梦阳：《空同集》（影印本《文渊阁四库全书》第1262册），台北，台湾商务印书馆，1986年，第331页。
⑤ 〔明〕王世贞：《读书后》（影印本《文渊阁四库全书》第1285册），台北，台湾商务印书馆，1986年，第54页。
⑥ 〔明〕胡应麟：《诗薮》，上海，上海古籍出版社，1979年，第40页。

卷二)①。可见，在评价王世贞乐府诗时，朝鲜和中国的评论家看法是一致的。但遗憾的是，申钦所评论的只是一些成就并不很高的恋情相思类乐府诗，而真正代表王世贞乐府诗最高成就的是《乐府变》二十二首这一组现实主义的杰作。

李德懋则对王世贞的《哭于鳞一百二十韵》情有独钟，他说："元美之《哭于鳞一百二十韵》诗，瑰奇谲诡，灵气蓊杂，盖大物也，而伟材欤？不让为大明文章也。顾东国无此制作，其他可类知矣。"②李德懋认为王世贞的这组诗歌以真挚的感情从各个角度哀悼、怀念李攀龙，奇异多变、充满灵气，是明代的鸿篇巨制，本国无此杰作。

诚然，王世贞的文学成就、在明代文坛乃至中国文学史上的地位都无可替代，但也有评论家对他的创作持有异议，如《四库全书总目提要》说他"负其渊博，或不暇检点，贻议者口实"，又说其诗文如"五都列肆，百货具陈，真伪骈罗，良楛淆杂，而名材瑰宝亦未尝不错出其中，知末流之失可矣"("《弇州山人四部稿》一百七十四卷《续稿》二百七卷"条)③。一些评论家认为他模拟太过以致有剽窃之嫌，如唐宋派的归有光贬斥他们这一派说："今世相尚以琢句为工，自谓欲追秦、汉，然不过剽窃齐、梁之余，而海内宗之，翕然成风，可为悼叹耳。"(《与沈敬甫书》)④ 直到当代，还有学者说"他的拟古主义的恶劣影响是很大的"⑤。

朝鲜的李德懋和俞彦镐（1730—1796）对此也有非常犀利的批评。李德懋说："王元美尝有'剽窃、模拟，诗之大病'之语，而自家诗全犯此病。"(《耳目口心书（六）》)⑥ 俞彦镐更是用非常形象的比喻指出了王李模拟的弊病："世之慕古尚奇者，率多舍难而趋易，自足而高世。殊不知血气知觉之为人，与土塑木偶之象人也，其真赝、死活之相去千

---

① 〔明〕胡应麟：《诗薮》，上海，上海古籍出版社，1979 年，第 353 页。
② 〔朝〕李德懋：《青庄馆全书Ⅰ》（《影印标点 韩国文集丛刊》第 257 辑），汉城，韩国民族文化推进会，2000 年，第 103 页。
③ 〔清〕永瑢等撰：《四库全书总目提要》（《万有文库》本第 33 册），上海，商务印书馆，1931 年，第 109 页。
④ 〔明〕归有光：《震川集》（影印本《文渊阁四库全书》第 1289 册），台北，台湾商务印书馆，1986 年，第 542 页。
⑤ 游国恩等主编：《中国文学史》（四），北京，人民文学出版社，1982 年，第 137 页。
⑥ 〔朝〕李德懋：《青庄馆全书Ⅱ》（《影印标点 韩国文集丛刊》第 258 辑），汉城，韩国民族文化推进会，2000 年，第 460 页。

里。此王元美、李于鳞诸子所以终归于模拟、剽窃者也。"(《苍厓自著序》)① 李、俞二人还只是说模拟是王世贞诗歌之大病,而金昌协和申纬则进一步指出王世贞和李攀龙的模拟风气对朝鲜诗坛所产生的不良影响。金昌协说:

> 世称本朝诗莫盛于穆庙之世,余谓诗道之衰实自此始:盖穆庙以前为诗者,大抵皆学宋,故格调多不雅驯,音律或未谐适,而要亦疏卤质实、沉厚老健,不为涂泽艳冶,而各自成其为一家言。至穆庙之世,文士蔚兴,学唐者寖多,中朝王、李之诗,又稍稍东来。人始希慕仿效,锻炼精工,自是以后,轨辙如一、音调相似,而天质不复存矣。是以读穆庙以前诗,则其人犹可见;而读穆庙以后诗,其人殆不可见。此诗道盛衰之辨也。(《农岩杂识》)②

申纬在《论诗绝句三十五首》(其三十一)中说:

> 王李颓波日渐东,当时摹拟变成风。
> 性情流出于何见,只好千家轨辙同。

申纬还在诗后注释说:"宣庙朝以后,王李摹拟之学咸行,人人蹈袭、家家效颦,无复各成一家之言,自此诗道衰矣。"③ 在他们看来,王李模拟古人创作的不良影响已经大到了使朝鲜"诗道衰矣"的程度。从朝鲜诗家对王李的欢迎、接受和评论情况看,王李的影响确实很大,但使朝鲜"诗道衰矣"的说法就言过其实了。此外,金昌协也笼统地指出王世贞创作的雕琢之弊:"至弇州诸人,揣摩愈工,锻炼愈精,而真气则已丧,此所以反逊于空同也。"(《农岩杂识》)④ 他认为王世贞在创作上太过雕

---

① 〔朝〕俞彦镐:《燕石》(《影印标点 韩国文集丛刊》第247辑),汉城,韩国民族文化推进会,2000年,第234页。
② 〔朝〕金昌协:《农岩集Ⅱ》(《影印标点 韩国文集丛刊》第162辑),汉城,韩国民族文化推进会,1996年,第373页。
③ 〔朝〕申纬:《警修堂全藁》(《影印标点 韩国文集丛刊》第291辑),汉城,韩国民族文化推进会,2002年,第375页。
④ 〔朝〕金昌协:《农岩集Ⅱ》(《影印标点 韩国文集丛刊》第162辑),汉城,韩国民族文化推进会,1996年,第376页。

琢，虽精工却不真实、不自然，反不及李梦阳。

对王世贞的一些具体诗作，朝鲜文人也经常能发现一些瑕疵。一向侧重于微观批评的李晬光评曰："王弇州《岳王墓》诗曰：'三殿有人朝北极，六陵无树对南枝。'盖言宋南渡后高宗至度宗凡六帝，而屈膝事虏，无复仇之意，与岳王坟树无可相对者也。……按元人诗曰：'孤冢有人来下马，六陵无树可栖乌。'此句法相似。"（《芝峰类说》卷十二）①李晬光认为王世贞的七律《岳王墓》（《弇州四部稿》卷四十）②和林泉生（1299—1361，字清源）的《岳王庙》③（其二）"句法相似"，言外之意是王诗模拟了前人之作，缺少新意。诗评家张维（1587—1638）、徐宗泰则指出了王世贞诗歌在押韵上的不妥。张维说："王弇州排律，'春'韵押'论'字，'阳'韵押'降'字，恐不可为法。"（《谿谷漫笔》）④ 徐宗泰说："诗至于律，其法至严，押韵则如'支'、'微'、'庚'、'青'等外，不得混用古矣。王弇州《送刘子成诗》，以'郎'字押首句，而其余则皆用'江'字韵，不知此老果何据乃尔？"（《札记录》）⑤

王世贞有一组五言古体诗《拟古》，其中的《孔北海融述志》（《弇州四部稿》卷九）⑥一诗曰：

栖栖岐山穴，避狄如走兔。扰扰历下田，鹿豕朝与暮。
时至偶有为，人功竟焉数。虞帝小鳏夫，虚名攘唐祚。
西伯老秃翁，脱身美人赂。百兽岂自来，凤皇人谁睹？
垂死窜苍梧，荐禹如有负。戎马践幽王，实以妖姬故。

---

① 蔡镇楚编：《域外诗话珍本丛书》（第九册），北京，北京图书馆出版社，2006年，第307页。
② 〔明〕王世贞：《弇州四部稿》（一）（影印本《文渊阁四库全书》第1279册），台北，台湾商务印书馆，1986年，第503页。
③ 〔元〕陶宗仪：《辍耕录》（影印本《文渊阁四库全书》第1040册），台北，台湾商务印书馆，1986年，第448页。
④ 〔朝〕张维：《谿谷集》（《影印标点 韩国文集丛刊》第92辑），汉城，韩国民族文化推进会，1992年，第577页。
⑤ 〔朝〕徐宗泰：《晚静堂集》（《影印标点 韩国文集丛刊》第163辑），汉城，韩国民族文化推进会，1996年，第248页。
⑥ 〔明〕王世贞：《弇州四部稿》（一）（影印本《文渊阁四库全书》第1279册），台北，台湾商务印书馆，1986年，第106页。

大运等循环，智巧安能度。十读九废书，千秋荣朝露。
寄声谢时达，毋为圣贤误。

舜、周文王都是古代圣贤，是后代帝王的楷模。王世贞却在诗中戏谑地将舜（虞帝）称为"小鳏夫"，认为其徒有虚名，实际是窃取了尧的政权，临死还不安分。王世贞又将西伯（即周文王姬昌）称为"老秃翁"，并认为他当年被纣王囚禁，是姜子牙用了美人计才使他得以脱身，这很不光彩。最后王世贞还警告世人不要被所谓的圣贤所误。李晬光对此非常不满，认为这是对圣人的大不敬，他批评王世贞说："王弇州《拟古诗》略曰：'虞帝小鳏夫，虚名攘唐祚。西伯老秃翁，脱身美人赂。垂死窜苍梧，荐禹如有负。戎马践幽王，实以妖姬故。寄声谢时达，毋为圣贤误。'其侮圣人，亦甚矣。"（《芝峰类说》卷十二）① 又说："王世贞曰：'王充，贱儒也，哓哓然敢于非圣，是宁免于先王之诛。'愚谓弇州之罪王充，似矣。而观其《拟古诗》云……其敢于非圣，孰甚焉。"（《秉烛杂记》）② 在李晬光看来，王世贞对圣人的大不敬，比王充更加过分。尹愭也气愤地说："明弇州王世贞亦以文章称，其《拟古诗》略曰……若此者类，其侮圣横议，要皆庄周之流。而庄周则处于战国纵横之世，自以愤世激荡之心，恣为谬悠荒唐之说，其绝圣去智，自为异端。"（《峡里闲话》）③ 尹愭是一位地道的儒家学者，他认为身处大明盛世、在正统儒家思想浸润下的王世贞也如此侮辱圣人就太不应该了。从正统观念的角度看，虞舜和周文王都应是历代诗人美颂的对象，王世贞恰好相反，这当然不符合儒家"主文而谲谏"的讽刺标准，在朝鲜诗家看来是绝对不可取的。

王世贞年轻时负气自傲，其《艺苑卮言》卷三说："西京之文实。东京之文弱，犹未离实也。六朝之文浮，离实矣。唐之文庸，犹未离浮也。宋之文陋，离浮矣，愈下矣。元无文。"④ 李梦阳持"宋无诗"

---

① 蔡镇楚编：《域外诗话珍本丛书》（第九册），北京，北京图书馆出版社，2006 年，第 307—308 页。
② 〔朝〕李晬光：《芝峰集》（《影印标点 韩国文集丛刊》第 66 辑），汉城，韩国民族文化推进会，1991 年，第 288 页。
③ 〔朝〕尹愭：《无名子集》（《影印标点 韩国文集丛刊》第 256 辑），汉城，韩国民族文化推进会，2000 年，第 524 页。
④ 〔清〕丁福保辑：《历代诗话续编》（中），北京，中华书局，1983 年，第 985 页。

(《潜虬山人记》)① 的偏激观点，与李梦阳相似，王世贞的诗文中也多有自许之词。因此《四库全书总目提要》说他"惟其早年自命太高，求名太急，虚憍恃气，持论遂至一偏"②。朝鲜的一些诗家对王世贞的自负、自许也颇有微辞，金万重（1637—1692）在《西浦漫笔》中说："其《和烟叠嶂图》诗曰：'邹阳后身薄自晓，舍我谁结三生缘。'世传东坡为邹阳后身，弇州却言东坡后身舍我其谁，其自负亦不浅矣。"③ 李晬光《芝峰类说》卷十二云："王弇州赠李沧溟诗曰：'野夫兴到不复删，大海回风生紫澜。欲识济南奇绝处，峨眉天半雪中看。'济南指沧溟，结句盖属沧溟，而其自许亦太高。"④ 需要说明的是，《西浦漫笔》所记的七言古体《和烟叠嶂图》诗在《弇州四部稿》卷二十一中题为《题王晋卿烟江迭嶂图苏子瞻歌后仍用苏韵》⑤，《芝峰类说》所记王弇州赠李沧溟诗为《弇州四部稿》卷一百五十（《艺苑卮言》卷七）所载的《漫兴》十绝的第一首⑥，而"欲识济南奇绝处"则作"欲问济南奇绝处"。

　　由此可知，朝鲜诗家对王世贞的诗歌，无论在内容上还是形式上都有指瑕。因此，李晬光说："弇州盖以盛唐为则，而亦未至焉者也。"（《芝峰类说》卷九）⑦ 申钦亦总结说："王世贞、李攀龙之诗文，自以为跨汉越唐。而以余观之，亦自是明诗、明文尔。"（《春城录》）⑧ 二人所言可谓至论。

---

① 〔明〕李梦阳：《空同集》（影印本《文渊阁四库全书》第1262册），台北，台湾商务印书馆，1986年，第446页。
② 〔清〕永瑢等撰：《四库全书总目提要》（《万有文库》本第33册），上海，商务印书馆，1931年，第109页。
③ 〔韩〕赵锺业编：《修正增补 韩国诗话丛编》（第5册），汉城，太学社，1996年，第526页。
④ 蔡镇楚编：《域外诗话珍本丛书》（第九册），北京，北京图书馆出版社，2006年，第308页。
⑤ 〔明〕王世贞：《弇州四部稿》（一）（影印本《文渊阁四库全书》第1279册），台北，台湾商务印书馆，1986年，第266页。
⑥ 〔明〕王世贞：《弇州四部稿》（三）（影印本《文渊阁四库全书》第1281册），台北，台湾商务印书馆，1986年，第424页。
⑦ 蔡镇楚编：《域外诗话珍本丛书》（第九册），北京，北京图书馆出版社，2006年，第9页。
⑧ 〔朝〕申钦：《象村稿Ⅱ》（《影印标点 韩国文集丛刊》第72辑），汉城，韩国民族文化推进会，1991年，第367页。

(四)传诵王世贞逸事

在朝鲜的野谈、稗说、笔记、诗话等作品中,作者经常将论诗歌、谈逸事、评人品夹杂在一起。关于王世贞的一些逸事就被记录在这些作品中,并在朝鲜文人中传为佳话,如柳梦寅(1559—1623)的《於于野谈》记载:

> 王世贞一生攻文章,居家有五室。妻居中堂,四室各置一妾。其一室置儒家文籍,有儒客至,则见于其室,讨论儒书,其室之妾备礼食待其客。其一室置仙家书籍,有道客至,见于其室,讨论道书,其室之妾备道家之食待其客。其一室置佛家书籍,有释客至,见于其室,讨论佛书。其室之妾备释家之食待其客。其一室置诗家书籍,有诗客至,见于其室,讨论诗家,其室之妾备诗人之食待其客。各于宾主前置纸、笔、砚,常以书辞往复,未尝言语相接,客去,遂编而成书。一日有少时友至,犹尚寒士也。俄而,总兵官为亲求碑铭,以千里马三匹、文锦四十匹、白金四千两为润笔之资。世贞立其使者,展纸而挥之,以答之。尽举润笔之资于寒士,不自取一物,其直可数万金。翰林学士朱之蕃,其弟子也,尝在世贞客席,有人为其亲索碑文,其行状成一大册几至万言。世贞一读掩其卷,命书字的秉笔而呼之,未尝再阅其卷。既卒业,使之蕃读之,参诸行状,其人一生履历、年月、官爵无一事或差,其聪明强记如此,非独其文章横绝万古也。①

这段话的中心意思是说"王世贞一生攻文章",但前一部分却不说王世贞,只说其妻妾如何博学多才、知礼节,能与客人"以书辞往复"之事,这正是对王世贞及其学问的侧面赞誉。接下来叙述的王世贞将数万金润笔之资送给寒士这件事,则是对王世贞重友情不重金钱这种高洁品格的褒奖。最后记载的王世贞为人写碑文一事意在说明他的聪明强记,创作水平之高。这段逸事让朝鲜的很多文人在脑海中勾画出王世贞的完美形象:不仅学问极高,而且人品极佳。

---

① 〔韩〕赵锺业编:《修正增补 韩国诗话丛编》(第2册),汉城,太学社,1996年,第503—504页。

在朝鲜文人中还流传着崔岦（1539—1612，号简易堂）拜见王世贞的故事，此事见于李德懋的《清脾录》"崔简易堂"条：

> 世传崔简易堂岦入燕谒王元美。王时仕剧务，文案山积，宾客满堂，判决应对，滚滚如流。崔已茫然自失，及出其所为文一卷以求教，元美阅一遍，曰："有意于作者之体，但读书不多，闻见未广，才力不逮，归读《原道》五百遍，宜有益耳。"……简易之遇弇州，千古奇事，然今考《四部稿》及《简易堂集》，元无相逢。或者，王则侮之，崔则耻之，不之记之耶。①

此事不管是否真实，却已经在朝鲜文人中流传开来。笔者认为当时文人们的想法主要有两点：一方面，崔岦是朝鲜朝中期数一数二的文章大家，他拿自己的作品去请教王世贞，而王世贞只简单看一遍就指出问题，这说明王世贞不仅创作成就高，鉴赏能力亦极高。而另一方面，王世贞尖刻的批评和建议对崔岦来说无疑是一种羞辱，让他非常尴尬并引以为耻。这又说明王世贞高傲自负、看不起小邦文人。因此，他的形象在朝鲜文人心中打了折扣，而《李朝实录》中宣祖和文臣在1601年3月17日的一段对话也可以佐证这一点：

> 上曰："王世贞，近来大明人。其文章论议如何？"恒福曰："中原人，以天下文章目之，人物则专不称美。大概为人，论议诡僻，与人不同。"上曰："濩之笔，世贞及见乎？其褒批如何？"根寿曰："'渴骥奔川，怒猊扶石'云矣。"上曰："大概人心不端的，则不可说也。凡事皆以人心而成，其病在于不真实。韩濩长于额字，而草隶非其所长，未知必如世贞所称也。世贞于天下，无不论之事，我国祖宗朝事迹亦在其中，间有未安之语，必是愚妄粗猾之人矣。"②

---

① 〔朝〕李德懋：《青庄馆全书Ⅱ》（《影印标点 韩国文集丛刊》第258辑），汉城，韩国民族文化推进会，2000年，第6页。

② 〔日〕末松保和编：《李朝实录》（第29册），东京，学习院东洋文化研究所，1961年，第786页。

从这段对话可知,宣祖和李恒福(1556—1618)、尹根寿等认为王世贞"论议诡僻",并举两例证之,一个是王世贞对朝鲜韩濩书法的评价不公正,另一个是王世贞曾经在其史学著作中谈及朝鲜历史时"间有未安之语"。朝鲜君臣对此颇为不满,最后的结论是,王世贞乃"愚妄粗猾之人"。这种评价明显过于刻薄,与前面对王世贞的赞扬形成巨大的反差。然而这恰恰符合人们的评价规律:对一个在某领域成就突出的人往往更为挑剔。

朝鲜诗家没有被王世贞的大家光环所迷惑,也没有被诗歌大国的威名所震慑,能分别从优劣两方面对王世贞诗歌及理论进行评说,这既说明他们的鉴赏力很高,也证明他们是就诗歌论诗歌,是比较客观理性的。

第三节　朝鲜诗家论明中期其他诗人诗歌

在明代中期,除了前后七子,诗坛上还活跃着很多诗歌流派和诗人群体,如唐宋派、"弘正十才子"、"嘉靖八才子"、"江南四才子"等等,还有一些无所依傍、自树一帜的个性诗人。他们的诗歌也都有较高成就,传到朝鲜后也比较受关注、受欢迎,成为诗家们广泛传阅、仔细品评、努力学习的对象。

唐宋派是前七子风行诗坛的同时崛起的一个流派,主要成就是古文创作,也有一些诗歌。他们提出与前后七子不同的文学见解,主张以唐宋代替秦汉,并将前七子作为批判的对象。唐宋派的代表人物有王慎中(字道思,号遵岩、南江)、唐顺之(字应德、义修,号荆川)、茅坤(字顺甫,号鹿门)、归有光(字熙甫,号项脊生)等。他们的诗歌创作及理论也有一定成就,和他们的古文一起传到朝鲜,在朝鲜也产生了一定影响,如黄景源说:"臣窃观嘉靖之际,武进唐顺之应德与归安茅坤顺甫工文章,名于天下,为明大家。"(《册王妃朴氏制》)[①]　申靖夏则最喜唐顺之诗,他说:"仆于明人,最爱唐顺之,如'独树春深初着蘂,空山行遍不逢僧。''居并野僧方结夏,身随枯叶又经秋。'其高妙殆非明

[①]　〔朝〕黄景源:《江汉集Ⅰ》(《影印标点 韩国文集丛刊》第224辑),汉城,韩国民族文化推进会,1999年,第529页。

人语也。"(《杂记·评诗文》)① 申靖夏摘录的唐顺之两首七律题为《题湖上废寺二首》(其一)②、《病中秋日作四首》(其三)③,其中"枯叶"原作"稿叶"。金昌协也对唐顺之诗颇有好感,他说:"如唐应德、蔡子木诸人皆学唐,而其诗冲和闲静,无叫呼激诡之习。"(《农岩杂识》)④ 从总体上看,唐宋派这些诗人在朝鲜的影响远不如前后七子的李、何与王、李,因此朝鲜诗家对他们的评论也甚少。

明中期诗坛无所依傍但成就较高的个性诗人有杨慎、徐渭、高叔嗣、王阳明等,他们的诗歌也各有特色,并随着中朝政治文化的交流传到朝鲜半岛,受到一些诗家的关注。

一、论杨慎诗歌

杨慎是一位天赋极高的学者和诗人,《四库全书总目提要》第一百七十二卷说:"慎以博洽冠一时,其诗含吐六朝,于明代独立门户。"("《升庵集》八十一卷"条)⑤ 他的独特诗风也引起了朝鲜诗家的关注。如正祖李祘描述他的人品、诗风曰:"杨慎朗爽可喜,秾婉有余。"(《〈诗观〉五百六十卷(写本)》)⑥ 李德懋也为杨慎作过小传,对其过人才华和诗歌风格评价甚高,他在《诗观小传·杨慎》中说:

> 杨慎,字用修,号升庵,新都人。大学士廷和子也。正德辛未,赐进士第。一授翰林修撰,以议大礼力谏,杖谪永昌,卒。天启初,进谥"文宪"。慎在滇中,尝醉后傅粉作丫髻插,诸妓捧觞乞诗,辄欣然命笔。其为诗秾丽婉至,时而汉魏,时而六朝,时而四杰,时

---

① 〔朝〕申靖夏:《恕庵集》(《影印标点 韩国文集丛刊》第197辑),汉城,韩国民族文化推进会,1997年,第479页。
② 〔明〕唐顺之:《荆川先生文集》(二)(《四部丛刊》初编第1582册),上海,商务印书馆,1922年,第9页。
③ 〔明〕唐顺之:《荆川先生文集》(二)(《四部丛刊》初编第1582册),上海,商务印书馆,1922年,第2页。
④ 〔朝〕金昌协:《农岩集Ⅱ》(《影印标点 韩国文集丛刊》第162辑),汉城,韩国民族文化推进会,1996年,第373页。
⑤ 〔清〕永瑢等撰:《四库全书总目提要》(《万有文库》本第33册),上海,商务印书馆,1931年,第93页。
⑥ 〔朝〕李祘:《弘斋全书Ⅵ》(《影印标点 韩国文集丛刊》第267辑),汉城,韩国民族文化推进会,2001年,513页。

而李杜，于才无所不备，于体无所不兼。有《升庵集》八十一卷。①

李德懋描述杨慎诗风的时候，引用了《艺苑卮言》和万历重刻本《升庵先生文集》序言中的观点。王世贞《艺苑卮言》卷七曰："杨修撰之《南中稿》，秾丽婉至。"② 王藩臣《重刻杨升庵先生文集叙》曰："先生诗时而汉魏，时而六朝，时而四杰，时而李杜，时而欧苏元晦，其于材亡所不构，而其于体亡所不兼。"③

朝鲜诗人申钦曾将杨慎的选诗、评诗作品结集成《铁网余枝》，并且在序中以大篇幅论述了杨慎的博学多才以及其文章诗歌的丰富多彩、成就卓著。其《序》曰：

> 杨升庵诠古人诗或记其全篇，皆集外遗什、选外余律，人罕知者。而音响浏浏，譬如牛渚犀然，幽怪毕露，周厨珍设，贝柱靡漏。余窃嗜其新麇，辑为秩，命曰《铁网余枝》。滴滪于溟底者，讵不为金谷之上宝，而然非识宝之西贾，亦何以别其品耶？升庵名慎，字用修。……一代伟人也，文章博赡，地负海涵，无可不可。欲秦汉则秦汉，欲唐宋则唐宋，间作建安六朝语，生色烨然，一代奇才也。以一代伟人，抱一代奇才，而竟为盛明之屈贾。噫！冤矣哉！王司寇世贞著《艺苑卮言》，其所考据，多祖升庵而模之。言升庵者什之五，而诋其短者又过半，余恒怪其祖而模而更诋之也。盖常胜之国欲无敌，苟其敌也必不相忘，不相忘则诋随之。昔秦国之图天下也，南忌楚、东忌齐、北忌燕、中忌三晋已矣，未闻忌卫、鲁、中山也。非敌则不忌，忌大则见其敌愈大也。若升庵者，其王司寇之不相忘者耶？为升庵者，固恐其或不诋也。其诋诗则曰："暴富儿郎，铜山金坞，不晓着衣吃饭。"其诋文则曰："缯彩作花，无种种生色。"其论议则曰："工于证经而疏于解经，博于稗史而忽于正史，详于诗事而不得诗旨，精于字学而拙于字法，求之宇宙之外而失之耳目之前，墨守有余，输攻未尽"云。既博、既工、既详、既

---

① 〔朝〕李德懋：《青庄馆全书Ⅰ》（《影印标点 韩国文集丛刊》第257辑），汉城，韩国民族文化推进会，2000年，第378页。
② 〔清〕丁福保辑：《历代诗话续编》（中），北京，中华书局，1983年，第1058页。
③ 王文才、张锡厚辑：《升庵著述序跋》，昆明：云南人民出版社，1985年，第117页。

精，而求之远大矣，赞之已侈，则复奚疏乎、忽乎、不得乎、拙乎、失乎云尔哉？其有意于诋之者皙矣，然不得终掩其真。则曰："明兴博学饶著述，无如用修。"曰："杨用修之《南中稿》，秾丽婉至。"至曰："杨状元慎才情盖世，其不敢掩者且如此。"其曰："不晓吃着，无种种生气者，不其相左耶。"李沧溟攀龙守顺德时，有胡提学者过之。胡，蜀士也。沧溟问升庵起居，胡云："升庵锦心绣肠，不如陈白沙鸢飞鱼跃。"沧溟拂衣径去，口咄咄不绝。夫以王、李之逸韵奇气，张军振鼓，鞲鞬鞅鞯，并驱中原，狎主齐盟，眼空千古，足躏当世。而犹不得不俎豆升庵，即升庵所造可见已。升庵平生著述甚富，栋充牛汗，而余顾局于褊邦，莫能尽览其籍，而间窥流传于小简者。则其论经史若诗文，有与余常日所证评者，大略符契，余幸鄙见之不爽于前觉，并书之，以诒文苑扬扢者之一脔。①

在《序》中，申钦从多方面、多角度品评杨慎的才华和成就，极尽赞美之能事。全文内容可概括为以下几方面：1. 杨慎评诗、选诗与众不同，经常能搜罗到别人遗漏的优秀篇什。2. 杨慎文章博赡，乃一代奇才，却不幸被冤屈贬谪，申钦对此义愤不平。3. 王世贞论诗文模拟杨慎，又以诗文、议论等各种方式诋毁杨慎，原因是杨慎太出色，在学术上是他的大敌。王世贞此种做法未免狭隘。4. 王世贞的诋毁无法掩盖杨慎"博学饶著述"之真相，众人对杨慎的好评足以证之。5. 王（世贞）、李（攀龙）虽有"逸韵奇气"，"眼空千古，足躏当世"，"犹不得不俎豆升庵"，这就从侧面衬托了杨慎成就之高。

一向侧重于微观批评的李晬光则对杨慎诗的用典提出了异议："杨慎诗曰：'彤管久尘翳，妬津生洛河。青史伤人虺，黄云惊女讹。骍牛信可乘，良法在金科。'按《纬书》：'黄云翔女讹惊邦'，又元律：'妒妇乘骍牛徇部'，乃胡俗也，恐不当引用。"（《芝峰类说》卷十二）② 杨慎的这首五言古诗为《续百一诗（十五首）》的最后一首③，载于《升庵集》

---

① 〔朝〕申钦：《象村稿Ⅱ》（《影印标点 韩国文集丛刊》第72辑），汉城，韩国民族文化推进会，1991年，第12页。

② 蔡镇楚编：《域外诗话珍本丛书》（第九册），北京，北京图书馆出版社，2006年，第305页。

③ 〔明〕杨慎：《升庵集》（影印本《文渊阁四库全书》第1270册），台北，台湾商务印书馆，1986年，第139页。

卷十六。李晬光是一位非常严肃的批评家，他总是以儒家正统思想为标准，往往否定偏离儒家文化的作品。对杨慎的诗论，李晬光也有不同看法，如："杨慎曰：'李义山诗"瑶池宴罢留王母，金屋妆成贮阿娇。"俗本作"玉桃偷得怜方朔"。真似小儿语耳。'余谓瑶池宴，乃周穆王事，而语句亦不佳。杨说恐未是。但其曰'玉桃'，乃强对未稳。又'金屋妆成'，一本作'修成'。"（《芝峰类说》卷十二）① 又如，"许浑诗：'湘潭云尽暮烟出'。杨慎曰：'"烟"字妙极，湘水多烟，张泌诗"中流欲暮见湘烟"是也。后山改"烟"作"山"，无味。'云。未知然否，余意以为'山'字似胜。"（《芝峰类说》卷十二）② 李晬光对杨慎评李商隐诗和评陈师道（后山）改诗都提出了异议，体现了一个批评家的主见。

可见，朝鲜诗家既关注杨慎的诗歌，又关注他的诗论，既有充分的肯定，也有温婉的批评，体现了他们论诗的客观和公正。

二、论徐渭诗歌

徐渭（1521—1593），字文长，号天池山人。他是一位多才多艺的布衣文人，在诗歌创作上反对后七子的复古模拟，曾在《叶子肃诗序》里斥责复古派不过是"鸟之为人言"的鹦鹉学舌，提倡诗歌应"出于己之所自得，而不窃于人之所尝言者也"③。对于他的诗歌创作及影响，朝鲜诗家也略有提及，如：

> 徐文长五言古诗，效韩、杜变体。沉悍之才，亦自称之。七言纤靡不佳。石公古诗，俱无可称；七言绝句，有徐氏声调；律诗略等，大较不及者多。（南克宽《谢施子》）④

袁石公宏道中郎《徐文长传》曰："……其胸中又有勃然不可

---

① 蔡镇楚编：《域外诗话珍本丛书》（第九册），北京，北京图书馆出版社，2006 年，第 247 页。
② 蔡镇楚编：《域外诗话珍本丛书》（第九册），北京，北京图书馆出版社，2006 年，第 251 页。
③ 〔明〕徐渭：《徐文长文集》（二）（顾廷龙主编：《续修四库全书》第 1355 册），上海，上海古籍出版社，2002 年，第 123 页。
④ 〔朝〕南克宽（1689—1714）：《梦呓集》（《影印标点 韩国文集丛刊》第 209 辑），汉城，韩国民族文化推进会，1998 年，第 309 页。

磨灭之气，英雄失路，托足无门之悲。故其为诗，如嗔如笑，如水鸣峡，如种出土，如寡妇之夜哭、羁人之寒起。虽其体格时有卑者，然匠心独出，有王者气，非彼巾帼而事人者所敢望也。文有卓识，气沉而法严，不以模拟损才，不以议论伤格，韩、曾之流亚也。文长既雅，不与时调合，当时所谓骚坛主盟者，文长皆叱而奴之。故其名不出于越，悲乎！喜作书，笔意奔放如其诗，苍劲中姿媚跃出。"(李圭景《诗家点灯》卷六"徐渭逸稿"条)①

李亶佃，闾巷人也。少学唐诗，既而尽焚其稿，下学徐、袁、锺、谭，曰："诗莫盛于唐，而既不能得其情境之真，则为一摹拟钉饾襞积，才离笔研，已成陈言死句，宁以明以后诸子为师，以泄其傀儡奇崛之气。"(南公辙《李君诗序》)②

(明诗)一变而为徐、袁，再变而为锺、谭，转入于鼠穴蚓窍而国运随之，无可论矣。(李宜显《云阳漫录》)③

南克宽总结了徐渭各体诗歌的特点，李圭景借中国的批评讨论徐渭诗歌的风格，南公辙则以学习徐渭的李亶佃为例指出徐渭对朝鲜诗人有一定影响。这三位诗家对徐渭诗歌总体上持肯定态度。而李宜显则持相反的观点，认为徐渭诗歌是明诗衰落的一个标志。

三、论高叔嗣诗歌

高叔嗣（1501—1537），是一位颇有才情的诗人。《四库全书总目提要》卷一百七十二"《苏门集》八卷"条曰：

叔嗣，字子业，号苏门山人，祥符人。嘉靖癸未进士，官至湖广按察使。事迹具《明史·文苑传》。是集凡诗四卷，文四卷。其

---

① 〔韩〕赵锺业编：《修正增补 韩国诗话丛编》（第12册），汉城，太学社，1996年，第145页。
② 〔朝〕南公辙：《金陵集》（《影印标点 韩国文集丛刊》第272辑），汉城，韩国民族文化推进会，2001年，第200页。
③ 〔朝〕李宜显：《陶谷集Ⅱ》（《影印标点 韩国文集丛刊》第181辑），汉城，韩国民族文化推进会，1997年，第429页。

诗初受知于李梦阳,然摆脱窠臼,自抒性情,乃迥与梦阳异调。王世贞《艺苑卮言》曰:"高子业诗如空山鼓琴,沈思忽往,木叶尽脱,石气自青。又如卫洗马言愁,憔悴婉笃,令人心折。"王世懋《艺圃撷余》亦曰:"诗有必不能废者,虽众体未备,而独擅一家之长。如孟浩然洸洸易尽,止以五言隽永,千载并称'王孟'。我明其徐昌谷、高子业乎?二君诗有不同,而皆巧于用短。徐以高韵胜,有蝉蜕轩举之风;高以深情胜,有深闺愁妇之态。更千百年,李何有时兴废,二君必无绝响。"世贞、世懋谈诗颇有异同,而品题叔嗣则两相符契。盖论至当则无以易也。①

受到王世贞、王世懋兄弟的一致认可,这说明高叔嗣在当时是一位较有特色的诗人,影响较大。令人遗憾的是,高叔嗣在中国后代诗坛的影响并不大,也没有受到足够重视,甚至很多版本的文学史都没有提到他。而朝鲜诗家并没有忽视他,对他还颇有好评,金万重《西浦漫笔》说:"皇明诗,济南、吴郡之七言律,信阳、武昌之五言律,北地之歌行,苏门之《选》体,皆其至者也。"②《选》体即五言古诗,金万重将高叔嗣的五言古诗列为明朝之最,并与李攀龙、王世贞的七言律诗和何景明、吴国伦的五言律诗以及李梦阳的歌行体相提并论,这说明他将高叔嗣视为明代的一流诗人。金昌协的评价是:

> 明诗,如徐昌谷、高子业虽与李、何相和应,而其天才自近唐人,故所就高出一时。徐以神秀胜,高以幽澹胜,而子业于性情尤近。此外,如唐应德、蔡子木诸人皆学唐,而其诗冲和闲艳,无叫呼激诡之习。高子业之诗,隐约幽古,冲深温雅。虽语气似简短,而旨味实隽永。其光黯然,其声潦然,使读者反复吟咀而不能已。使在唐时,亦当不失为名家。尝见其自序数篇,亦大类其诗,甚爱之,惜不多得耳。(《农岩杂识》)③

---

① 〔清〕永瑢等撰:《四库全书总目提要》(《万有文库》本第33册),上海,商务印书馆,1931年,第99页。
② 〔韩〕赵锺业编:《修正增补 韩国诗话丛编》(第5册),汉城,太学社,1996年,第523页。
③ 〔朝〕金昌协:《农岩集Ⅱ》(《影印标点 韩国文集丛刊》第162辑),汉城,韩国民族文化推进会,1996年,第373页。

在朝鲜朝中期，诗坛上盛行学唐之风，诗人们纷纷以唐诗为模范研习效仿，评诗也以唐诗为最高标准，经常以"近唐"、"酷似唐家"、"何让唐人"一类的评语表示对某人诗歌的肯定和赞誉。在这里，金昌协在总结了高叔嗣创作风格的基础上，认为其诗"自近唐人"。明代陈束《〈苏门集〉原序》也说高叔嗣诗"有应物之冲澹，兼曲江之沉雅，体孟王之清适，具岑高之悲壮"①。所以，在高叔嗣诗歌"近唐"这一点上，中朝评论家的观点是一致的。

黄景源更是从诗歌创作、诗风、诗坛地位、生平、政绩等多方面称颂高叔嗣：

> 梦阳以为"文必先汉，诗必盛唐。"景明亦曰："诗溺于陶，而谢力振之。古诗之法亡于谢，文靡于隋，而韩力振之。古文之法亡于韩。"由是，海内学诗者皆以李、何二子为宗，独祥符高叔嗣子业不宗二子。蔡汝南尝推叔嗣为明世诗家第一，非妄予也。叔嗣举嘉靖二年进士，授工部主事，改吏部，出为山西左参政。断疑狱十二事，山西人称为神明。迁湖广按察使，卒于官，年三十七。其为诗，清新婉约。……臣尝谓叔嗣之诗有靖节、苏州之韵，文亦冲澹，如其诗也。王世贞称叔嗣诗如"高山鼓琴，沉思忽往，木叶尽脱，石气自青"，信矣夫。张文毅公铙歌词悲壮慷慨，有古诗人风刺之旨，然不及叔嗣远矣。（《赐太子太保、礼部尚书、文渊阁大学士张治谥文毅制（隆庆）》）②

首先，黄景源认为唯独高叔嗣在诗人们纷纷学李梦阳、何景明时没有随波逐流，所以同意蔡汝南（1516—1565）"推叔嗣为明世诗家第一"的观点。其次，黄景源追述了高叔嗣的生平，突出了其为人聪慧、为官勤政、断案神明的品性。然后，他高度赞誉了高叔嗣的诗文，认为其诗歌"清新婉约"，有陶渊明和韦应物诗歌之遗韵，这和金昌协评高叔嗣诗歌"隐约幽古，冲深温雅"、"幽澹"，作诗学唐、近唐的看法是一致的。最

---

① 〔明〕高叔嗣：《苏门集》（影印本《文渊阁四库全书》第 1273 册），台北，台湾商务印书馆，1986 年，第 563 页。
② 〔朝〕黄景源：《江汉集Ⅰ》（《影印标点 韩国文集丛刊》第 224 辑），汉城，韩国民族文化推进会，1999 年，第 527 页。

后，黄景源还拿出王世贞对高叔嗣的高度评价来强化自己的观点，又将其和明代文人张治（1488—1550）比较，得出的结论即高叔嗣诗歌在"悲壮慷慨"、"有古诗人风刺之旨"方面更胜一筹。

四、论王守仁诗歌

王守仁（1472—?），字阳安，号阳明子，后代学者称其阳明先生。王守仁是明代中期心学的代表，主张心即是理。他同时也是一位较有成就的诗人，明代穆敬甫云："王公功业、学术振耀千古，故不必论其诗，而诗亦秀拔不可掩。"（《明诗综》卷三十二）① "在明代中后期社会思潮的整体氛围中，王阳明'心学'的神秘性对于诗歌的创作和发展，具有极大的影响。诗坛上的风气越来越趋于重情主义、自然主义、个人主义、自由主义的发展，王守仁的学说为这种发展提供了可供利用的思想材料。"② 他的诗歌亦以其心学为思想基础，往往借形象的语言、具体的事物阐释某种哲理。

在王守仁50岁左右，其诗歌和阳明学就传到了朝鲜，受到朝鲜学者的关注。如李裕元的《皇明史咏四十五首·王守仁》曰："阳明弟子盈天下，标异儒先学者讥。始之直节终平寇，制胜文臣当世稀。"③ 学者们不仅关注他的心学理论，还对他的诗歌产生了较浓厚的兴趣。李德懋借鉴穆敬甫的观点，曾在《诗观小传·王阳明》中说："守仁功业学术，振耀千古。固不必论其诗，而诗亦秀拔，如披云对月，清辉自流。"④ 诗人郑必达（1611—1693）在游览鹤驾山的时候自然联想起王守仁的诗句并反复诵读，其曰："自站而东，为山之前面。崖益悬，石益怒，高或崛岣，盘或郁纡，猱缘蚁附。十步九折，前后之人，顶趾相轧。仍忆王阳明诗'但语中原小，那论行路难'之句，朗吟数遍。"（《游鹤驾山录》）⑤ 而实际上，"但语中原小，那论行路难"为王世贞的五律《太和

---

① 〔清〕朱彝尊：《明诗综》（一）（影印本《文渊阁四库全书》第1459册），台北，台湾商务印书馆，1986年，第801页。
② 周伟民：《明清诗歌史论》，长春，吉林教育出版社，2006年，第229页。
③ 〔朝〕李裕元：《嘉梧藁略Ⅰ》（《影印标点 韩国文集丛刊》第315辑），汉城，韩国民族文化推进会，2003年，第95页。
④ 〔朝〕李德懋：《青庄馆全书Ⅰ》（《影印标点 韩国文集丛刊》第257辑），汉城，韩国民族文化推进会，2000年，第377页。
⑤ 〔朝〕郑必达：《八松集》（《影印标点 韩国文集丛刊（续）》第32辑），首尔，韩国古典翻译院，2007年，第234页。

即事四首》(其二)①(《弇州四部稿》卷三十) 的颔联。

田愚 (1841—1922) 的《答崔锺和》引用并分析了王守仁的诗：

> 记得阳明诗云："危栈断我前，猛虎尾我后。倒崖落我左，绝壑临我右。我足复荆棘，雨雪更纷骤。"来书去去须弥，其险难，与此又何如？然诗又云："邈然思古人，无闷聊自有。"此又晦翁所谓"死生在前，圣人元不动心，处之恬然"者也。此时此思，岂不是大好快活？大矣哉！思之功也。诗又云："无闷虽足珍，警惕忘尔守。君看真宰意，非薄亦谅厚。"圣人之自然、无闷虽贵，而学者未易遽及，须勉守警惕之意，而仰体仁天炼我精玉汝成之厚意焉尔，则此心岂不渐见处之安底气象？此是若要熟，须从这里过之法。勉之勉之。②

田愚所引用的这首诗是王守仁被贬贵州途中所作的五古《杂诗三首》(其一)③，该诗描述了王守仁当时所处的恶劣境遇，但他又以古人的乐观态度来慰藉自己，希望自己能够在险境中淡然处之。田愚从这首诗中看到了圣人面临生死的岿然不动，于是静心而思，同样得到了启示与安慰，并希望以此与朋友共勉。

《韩国哲学史》援引朴世采的《王阳明学辨》的内容说："'心即理'是阳明的基本观点，这一观点是'心即佛'的翻版，也是和'即心即佛'这一佛教说是一致的。"④ 该书又援引李晬光的《芝峰类说·心学》说："阳明主张虽好，但却与佛家的'即心见性'相同，带有禅味，是从佛语中来。"⑤ 另有诗家认为王阳明的诗歌也充满禅意，如金近淳为正祖李祘讲《孟子》时提到："臣尝爱佛氏语'夜静水寒鱼不食，满船空载月明归'、王阳明诗'夜静海涛三万里，月明飞锡下天风'之句，

---

① 〔明〕王世贞：《弇州四部稿》(一)(影印本《文渊阁四库全书》第1279册)，台北，台湾商务印书馆，1986年，第374页。
② 〔朝〕田愚：《艮斋集Ⅱ》(《影印标点 韩国文集丛刊》第333辑)，汉城，韩国民族文化推进会，2004年，第354页。
③ 吴光等编校：《王阳明全集》，上海，上海古籍出版社，1992年，第686页。
④ 〔韩〕韩国哲学会编：《韩国哲学史》，韩振乾等译，北京，社会科学文献出版社，1996年，第6页。
⑤ 〔韩〕韩国哲学会编：《韩国哲学史》，韩振乾等译，北京，社会科学文献出版社，1996年，第22页。

未尝不三复咏叹。胸中多少鄙吝,不觉一时消得尽,痛快清澈,直欲与天和翱羊。此等语足可谓深得孟子夜气之旨,而有助于治心祛欲之方,不必以异端而斥之。"(《邹书春记·告子篇》)① 很明显,金近淳十分欣赏王阳明的禅诗,认为其能够使人平静,涤荡人的心灵。朴汉永与金近淳的观点相近,他在《石林随笔》中说:"及若宋元明清之代,诗或品尚小异。然上乘诗禅何独专推于盛唐?沧浪辈不及知之。东坡《罗汉颂》句句见谛;王阳明诗之'幽人月出每孤过,好鸟山空时一鸣'、'夜静海涛三万里,月明飞锡天下风'者,得不为最上乘禅乎?"② 朴汉永在文中记录了王阳明的《龙潭夜坐》③(其中一句作"栖鸟山空时一鸣")和《泛海》④ 这两首诗。他只是客观地说王阳明诗中有上乘之禅意,但并未对此进行具体分析。

张维也讨论过王阳明诗中禅意,他说:

> 阳明诗有曰:"千圣本无心外诀,六经须拂镜中尘。"曰:"铿然舍瑟春风里,点也虽狂得我情。"曰:"潜鱼水底传心诀,栖鸟枝头说道真。"曰:"白头未是形容老,赤子依然混沌心。"曰:"人人自有定盘针,万化根源本在心。却笑从前颠倒见,枝枝叶叶外头寻。"曰:"乾坤是易原非画,心性何形得有尘?"曰:"不离日用常行内,直造先天未画前。"此等语皆诸儒所诋,以为过高近禅者,然自超诣动人。(《谿谷漫笔》)⑤

张维所录王阳明的七首诗依次是《夜坐》⑥、《月夜二首》(其二)⑦、

---

① 〔朝〕李祘:《弘斋全书Ⅳ》(《影印标点 韩国文集丛刊》第265辑),汉城,韩国民族文化推进会,2001年,第482—483页。
② 〔韩〕赵锺业编:《修正增补 韩国诗话丛编》(第13册),汉城,太学社,1996年,第287页。
③ 吴光等编校:《王阳明全集》,上海,上海古籍出版社,1992年,第730页。
④ 吴光等编校:《王阳明全集》,上海,上海古籍出版社,1992年,第684页。
⑤ 〔韩〕赵锺业编:《修正增补 韩国诗话丛编》(第2册),汉城,太学社,1996年,第674—675页。
⑥ 吴光等编校:《王阳明全集》,上海,上海古籍出版社,1992年,第787页。
⑦ 吴光等编校:《王阳明全集》,上海,上海古籍出版社,1992年,第787页。

《碧霞池夜坐》①、《天泉楼夜坐和萝石韵》（一句作"赤子依然浑沌心"）②、《咏良知四首示诸生》（其三）（一句作"万化根源总在心"）③、《示诸生三首》（其一）④、《别诸生》⑤。"张维在朝鲜阳明学体系的建立上是起了垫脚石作用的一位学者。"⑥ 他接受了阳明学，也很欣赏王阳明的诗歌，认为其虽有禅意，仍是"超诣动人"的好诗。对王阳明的才华和诗风，张维也多有论及，如："阳明儿时游金山寺，有诗曰：'金山一点大如拳，打破维扬水底天。醉倚妙高台上月，玉箫吹彻洞龙眠。'中年坐言事谪贵州，有《泛海》诗曰：'险夷元不滞胸中，何异浮云过太空。夜静海涛三万里，月明飞锡下天风。'二诗皆俊爽可喜，而《金山诗》是少作，尤奇。"（《谿谷漫笔》）⑦ 王阳明儿时在金山寺所作诗见于《王阳明年谱》⑧，世人称之为《咏金山》。

欣赏归欣赏，对王阳明诗中与自己观念相左的内容，张维仍然表达了不满的情绪，《谿谷漫笔》中有这样一段：

> 阳明有《记梦诗》，《自序》曰："正德庚辰八月二十八夕，卧小阁。忽梦晋忠臣郭景纯氏以诗示予，且极言王导之奸，谓世人徒知王敦之逆，而不知王导实阴主之。其言甚长，不能尽录，觉而书其所示诗于壁，复为诗以记其略。"其诗及所谓郭景纯诗者，皆载集中。考郭诗体裁与景纯他诗不相似。余窃疑此诗作于宸濠变后，无乃方濠盛时，朝中大臣或有主其谋而竟幸免者，故阳明记此以风刺之也。然事涉语怪，恐非儒者所当道。⑨

---

① 吴光等编校：《王阳明全集》，上海，上海古籍出版社，1992年，第786页。
② 吴光等编校：《王阳明全集》，上海，上海古籍出版社，1992年，第790页。
③ 吴光等编校：《王阳明全集》，上海，上海古籍出版社，1992年，第790页。
④ 吴光等编校：《王阳明全集》，上海，上海古籍出版社，1992年，第790页。
⑤ 吴光等编校：《王阳明全集》，上海，上海古籍出版社，1992年，第791页。
⑥〔韩〕韩国哲学会编：《韩国哲学史》，韩振乾等译，北京，社会科学文献出版社，1996年，第11页。
⑦〔韩〕赵锺业编：《修正增补 韩国诗话丛编》（第2册），汉城，太学社，1996年，第672—673页。
⑧ 吴光等编校：《王阳明全集》，上海，上海古籍出版社，1992年，第1221页。
⑨〔韩〕赵锺业编：《修正增补 韩国诗话丛编（第2册）》，汉城，太学社，1996年，第673—674页。

张维认为王阳明的《记梦》①一诗很可能是对当时丑恶政治现象的讽刺，但怪诞之梦的表现形式令人不能接受，因为如此荒诞不经的内容不符合儒家思想规范。这又一次证明了当时朝鲜崇儒的社会风气之盛。

---

① 吴光等编校:《王阳明全集》，上海，上海古籍出版社，1992年，第777—778页。

第三章　朝鲜诗家论明后期诗歌

　　明后期一般指万历元年（1573）至明朝结束的这段时间。这一时期，诗坛上前后七子的复古主义影响渐趋黯淡，反对复古主义的文学革新运动蓬勃发展，公安派、竟陵派相继兴起，诗歌理论及创作都进入了一个新的阶段。

　　而此时，明王朝在政治上已渐趋没落，清政权崛起并与之分庭抗礼。明王朝不得不将战略的中心转到与清朝的对峙与战争上。朝鲜此时也不断受到日本、女真（后金）的侵扰，而一向支持自己的明王朝已经摇摇欲坠，所以只能靠自己的力量保家卫国。在这样的政治背景下，中朝的友好往来有所疏淡和减少，文化上的交流也不如明代前、中期那样频繁。因此明后期虽然出现了著名的"公安派"、"竟陵派"、"云间派"以及爱国文社"复社"、"几社"等诗歌流派或政治性的文学社团，他们的作品在同时代传到朝鲜的明显要少于前、中期。而根据明代前、中期中国文学东传略微滞后的情况看，后期文学东传以及在朝鲜被广泛接受和批评应该在清代初期。然而，朝鲜一向将大明作为真正的"天国"（或"天朝"），认为清朝只不过是靠蛮力犯上并一时得逞的夷人而已，因此清初很多朝鲜人不能够接受清朝的思想文化，不承认清朝的宗主地位，甚至存有反清复明的思想。中朝两国的政治、文化交流较明代又明显减少，朝鲜也因此错过了接受明代后期文学的最佳时机，所以朝鲜诗家对明后期诗歌的接受与评论也明显减少。

第一节　朝鲜诗家论公安派诗歌

　　公安派是明后期一个非常有影响的文学流派，反对前后七子复古的文学主张，提倡创新，"诗文俱从真源中溢出，别开手眼，一扫王、李云雾"(《公安县志·袁中郎传》)①。公安派代表人物为袁氏三兄弟,即袁宗道(1560—1600,字伯修)、袁宏道(1568—1610,字中郎、天学,号石公)、袁中道(1575—1630,字小修,号珂雪),因他们是湖北公安人,故又被称为"公安三袁"。三兄弟中袁宗道是公安派的开创者,袁宏道是公安派中成就最高者,袁中道的文学成就远不及两兄。《明史·袁宏道传》说:"先是,王、李之学盛行,袁氏兄弟独心非之。宗道在馆中,与同馆黄辉力排其说。于唐好白乐天,于宋好苏轼,名其斋曰'白苏'。至宏道,益矫以清新轻俊,学者多舍王、李而从之,目为'公安体'。"②

在公安派的诗歌理论和创作传入半岛之前,朝鲜诗歌创作的主流如火如荼地跟从复古派后七子,这种模拟之上的模拟使得朝鲜诗歌生机大减。如申钦概括此时复古创作的弊端说:

> 或有一言之几于古,则必自标置曰:"吾文汉也,吾诗唐也。"可谓迂矣。譬之于山水:山有五岳而形质俱殊,水有九河而派源各异,然其嶒崒巍峨同也,沧涟澎湃同也,俱不失为山水也。唯其为山而止于丘陵,为水而止于沟渎者,斯下尔。乃若必齐其万有不同之形,束之于一概,则造化有所病焉。如王世贞、李攀龙之诗文,自以为跨汉越唐,而以余观之,亦自是明诗、明文尔。况余子乎?王世贞与人书曰:"明之诗固不及唐云。"此是断案也。(《象村漫稿·春城录》)③

申钦以山水为喻,形象地指出盲目复古带来的危害,批评了明代文坛千人一面的创作风气。而另一些朝鲜诗家也已经认识到朝鲜诗歌对此盲从的危机,如金正喜(1768—1856)所言:"使为苏黄仆,终日当鞭笞。七字推王李,不免贻笑嗤。况设土木形,浪拟神仙姿。李杜若生晚,亦自易矩规。寄言善学者,唐宋皆吾师。"(《士说为诗二十年,忽欲学元

---

① 〔清〕周承弼等修,〔清〕王慰等纂:《公安县志》,台北,成文出版社,1970年,第642—643页。
② 〔清〕张廷玉等撰:《明史》(第24册),北京,中华书局,1974年,第7398页。
③ 〔朝〕申钦:《象村稿Ⅱ》(《影印标点 韩国文集丛刊》第72辑),汉城,韩国民族文化推进会,1991年,第365页。

人诗,盖其意元人多学唐,故也,余遂书辨诗一篇以明诗道之作》)① 金正喜认为诗歌创作不应只学盛唐,而要广师唐宋。可见,朝鲜诗歌已经走入困境,迫切需要诗风改革。而公安派"独抒性灵,不拘格套"的主张与清新活泼、自然率真的诗歌适时传入,无疑又给朝鲜诗坛带来了生机。

一、公安派诗歌东传朝鲜

公安派的作品很快就传到了朝鲜。许筠在庚戌年(1610)夏养病期间撰写了《闲情录》,他在卷十七的《瓶花引》中抄录了袁宏道的《瓶史》(包括《小引》)、《觞政》,并在《凡例》中表述了抄录的目的:"……袁石公《瓶花史》、《觞政》、陈眉公《书画金汤》俱是适性戏具,而闲情之不可废者,故附于录末以资静玩云。"② 这说明,袁氏的作品至迟在1610年(万历三十八年,光海君三年),也就是袁宏道去世的那一年就在朝鲜传播开了。所以,此前有学者说朝鲜直至英祖(1725—1776)、正祖(1777—1800)时始有人留意公安派主将袁中郎的说法并不准确。

袁氏一家出了三位文学家,这种现象在文学史上并不多见。对此,朝鲜的一些诗家也表达出敬佩之情。朴齐家曾作《戏仿王渔洋岁暮怀人》六十首,其中有一首题为《冈田宜生弟惟周》,后两句为"伯仲诗名惊海外,冈田可以配公安"③。这首诗是写给日本诗人冈田宜生和其弟冈田惟周的,据李德懋《清脾录》"《蜻蛉国诗选》"条记载:"冈田宜生字挺之,号新川。玄川将还本国,赋诗以寓别怀。……冈田惟周字仲任,号大壑,宜生之弟。案,惟周时年十四,奉送玄川元先生归朝鲜。……源忠字纯臣,号霍山……尝闻冈田宜生受业于源云,诗为日本之名家云。"④ 朴齐家作此诗的目的是赞誉冈田兄弟诗名之高,最后将其

---

① 〔朝〕金正喜:《阮堂全集》(《影印标点 韩国文集丛刊》第301辑),汉城,韩国民族文化推进会,2003年,第163页。
② 〔韩〕成均馆大学校大东文化研究院编:《许筠全集》,汉城,成均馆大学校出版部,1981年,第247页。
③ 〔朝〕朴齐家:《贞蕤阁集》(《影印标点 韩国文集丛刊》第261辑),汉城,韩国民族文化推进会,2001年,第469页。
④ 〔朝〕李德懋:《青庄馆全书Ⅱ》(《影印标点 韩国文集丛刊》第258辑),汉城,韩国民族文化推进会,2000年,第67页。

与袁氏兄弟作比,意在表明冈田兄弟和袁氏兄弟一样是名播海外的家族型文学大家。

二、论公安派诗歌理论

朝鲜诗家首先对公安派的诗歌理论和主张有所品评,如南克宽说:"公安谓:'诗之气,一代减一代,故古也厚、今也薄。诗之无所不极,一代盛一代,故古有不尽之情、今无不写之景。'亦是至论。其诗主发抒而必避恒语,其途反隘于嘉隆,可笑。然视记得几个烂熟故事,用得几个见成字眼者,'观过,斯知仁矣'。"(《谢施子》)① 这段评论的前一部分引用了袁宏道在《与邱长孺尺牍》中所表达的观点,即一代有一代的文学,不必贵古贱今,不能一味摹拟古人。南克宽也肯定这是"至论",因为在明代文坛上,"中郎之论出,王、李之云雾一扫,天下之文人才士始知疏瀹心灵,搜剔慧性,以荡涤摹拟涂泽之病,其功伟矣"(《列朝诗集小传》"袁稽勋宏道"条)②。但接下来,他又指出公安派抒写性情、避用恒语的主张反而使其作诗路径比后七子更加狭隘。这又和钱谦益对袁宏道的评价"机锋侧出,矫枉过正,于是狂瞽交扇,鄙俚公行,雅故灭裂,风华扫地"(《列朝诗集小传》"袁稽勋宏道"条)③ 相一致。最后南氏对公安派诗歌理论之功过进行了总结,"观过,斯知仁矣"④ 这句话出自《论语·里仁》,意思是通过观察其过错,进而发现其心中之仁,此语在这里意在说明公安派的诗歌理论和主张虽然有明显的问题,但也有可借鉴之处。

另外,丁若镛也从袁宏道批判李攀龙的角度间接肯定了袁宏道反对摹拟古人的诗歌理论,如"异哉隆万诗,枯涩如槁木。袁徐轹雪楼,骂詈如奴仆"(《古诗二十七首》其十二)⑤,"袁尤槌雪楼,海内无异辞"(《松坡酬酢》其五)⑥。

---

① 〔朝〕南克宽:《梦呓集》(《影印标点 韩国文集丛刊》第209辑),汉城,韩国民族文化推进会,1998年,第321页。
② 〔清〕钱谦益:《列朝诗集小传》,台北,明文书局,1991年,第607页。
③ 〔清〕钱谦益:《列朝诗集小传》,台北,明文书局,1991年,第607页。
④ 〔清〕刘宝楠:《论语正义》,高流水点校,北京,中华书局,1990年,第145页。
⑤ 〔朝〕丁若镛:《与犹堂全书Ⅰ》(《影印标点 韩国文集丛刊》第281辑),汉城,韩国民族文化推进会,2002年,第73页。
⑥ 〔朝〕丁若镛:《与犹堂全书Ⅰ》(《影印标点 韩国文集丛刊》第281辑),汉城,韩国民族文化推进会,2002年,第124页。

三、对袁宏道诗歌的褒奖与责难

朝鲜诗家对三袁的创作亦有褒贬不一的评论。在朝鲜,最受关注的自然是袁宏道,诗家们分别从诗文创作、性情人品以及对朝鲜文坛的影响等几个方面来评价他,毁誉参半。

（一）褒奖

袁宏道的诗歌因清新活泼、抒写性情而受到许多朝鲜诗人的喜爱。对袁宏道评价最高的是金锡胄（1634—1684）和任埅（1640—1724）。金锡胄是较早接受袁宏道作品的一位朝鲜诗人,他对袁氏作品评价极高,曾作《读〈袁中郎集〉,仍用其体却赋二绝》以表赞叹之情：

> 千秋玉局圣于文,才调中郎足继云。
> 快活心肠飞动语,展来诗卷欲凌云。
>
> 豪情矫矫凌空翩,秀色盈盈出水花。
> 尺牍几行诗几首,无人知道自南华。①

"玉局"乃指苏轼,因苏轼曾任玉局观提举,后人遂以"玉局"称之。金锡胄先认可苏轼为"千秋文圣",接着说才高的袁宏道足以继承苏轼的这一殊荣,这就将袁宏道和苏轼放在了同一高度。为了证明自己这一观点,金氏又从风格、语言、气势等不同角度概括了袁宏道诗文的艺术特色。袁宏道在给朋友张幼于的信中说："至于诗,则不肖聊戏笔耳。信心而出,信口而谈。"（《解脱集》）② 意思是诗歌就应该是真情实感的自然流露,金氏所说的"快活心肠"正是这种创作主张的另一种表述。"飞动语"则是袁宏道诗文语言"快爽之极"、富于变化这一特色的概括。"凌云"、"凌空翩"又是对袁宏道诗文感情、气势的生动表述,袁宏道诗文多是率意而发、尽情挥洒,所以往往感情奔放、气势雄奇,如行云流水般势不可挡。但他也有些诗文写得轻巧、秀丽,即金锡胄所说的"秀色盈盈出水花"。最后,金锡胄根据袁宏道诗文的这些特色指出,

---

① 〔朝〕金锡胄：《息庵遗稿》（《影印标点 韩国文集丛刊》第145辑）,汉城,韩国民族文化推进会,1995年,第184页。

② 钱伯城：《袁宏道集笺校》,上海,上海古籍出版社,1981年,第501页。

其创作受到了《庄子》的影响。《庄子》的主要特色是想象丰富、浪漫神奇、"汪洋辟阖,仪态万方"①。细品袁氏作品,的确有些《庄子》的意味,所以金氏的评价是有一定道理的。

任堕曾经将袁宏道的简札抄录成册,题为《石公尺牍》,作为枕边常读之书,还作有序文:

> 昔亡友赵长卿为余言,明《袁中郎集》可观,余今借得于农岩阅之。其学宗瞿昙氏,其文原庄周氏,大抵非吾儒从六艺中来者也。其谈文,盛推欧、苏于当时,斥王、李而许茅、唐,亦自有眼。其匠心铸辞,要自胸中流出,笔端鼓舞,不沿袭故套陈语,往往有脱洒可喜者,盖亦艺苑之一豪也。其中小札短简,虽多傲世玩人、漫浪游戏之语,尽奇警,无凡笔,可想其为人之出尘。余绝爱之,遂手录一小册,以为敧枕御睡之资,题曰《石公尺牍》。石公,中郎号也。岁丙戌秋八月上浣,水村病翁书。(《书〈石公尺牍〉卷首》)②

在这里,任堕认为袁宏道文章学禅宗("瞿昙"即 Gautama,又译作"乔答摩")、庄子,不囿于儒家经典。其谈诗论文,独具慧眼,诗文理论及创作"尽奇警、无凡笔","不沿袭故套陈语",因此称其为艺苑之豪杰。任堕还据其文章想象袁宏道为人亦应是出尘脱俗,可见他对袁氏其文其人钟爱有加。

金锡胄也很欣赏袁宏道的诗,他曾经将袁宏道和袁中道、王稚登(1535—1612,字百穀)的百余首长律结成《锦帆集》。其《序》曰:

> 昔袁小修尝序中郎诗曰:"《锦帆》、《解脱》诸集,意在破人执缚,间有率易游戏之语。或快爽之极,浮而不沉,情景太真,近而不远。要亦出自灵窍,吐于慧舌,写于铦颖。足以荡涤尘坌,消除热恼。"……噫!彼小修、中郎兄弟,固自相为知己,若田水之沉沦

---

① 鲁迅:《汉文学史纲要》(《鲁迅全集》第 9 卷),北京,人民文学出版社,1981 年,第 364 页。
② 〔朝〕任堕:《水村集》(《影印标点 韩国文集丛刊》第 149 辑),汉城,韩国民族文化推进会,1995 年,第 195 页。

销落。苟非袁生之能具只眼,其孰能拔之于醋妇酒媪之手,表彰之至于此耶?(《〈锦帆集〉序》)①

金锡胄认为袁中道的《序〈中郎先生全集〉》对袁宏道诗文的评说值得肯定,并指出能从各种指责、谩骂中发现袁宏道之诗的优缺点,一是因为小修乃中郎之弟又是知己,二是因为袁中道在评诗方面确实独具慧眼。所以他借小修之言表达自己的观点就显得更有说服力。

以上几位诗家都从宏观上肯定了袁宏道的创作,而诗人南鹤鸣(1654—1723)则对其具体诗句表示欣赏,他说:"凡纂文集,诗文宜从简约。而书牍最是流出胸中之文,可以想见其人物,如画像之不取貌美,只以恰似为准之义也。""明人袁中郎诗,有曰:'闲时浊酒憨憨醉,饭后青山缓缓登。'颇有意致。"(《杂说·词翰》)② 南鹤鸣所录的诗作为袁宏道的七律《得罢官报》,但原句作"尊前浊酒憨憨醉,饱后青山慢慢登","吴郡本、小修本作'处处'"。③ 这首诗可以说是袁宏道诗之精品。

与此同时,唱和、模拟袁宏道诗歌的作品也应运而生,如朴泰辅(1654—1689)《定斋集》中有《和袁宏道〈项羽庙〉(代人课作)》。李裕元的《嘉梧藁略》中有一组诗歌曰《花史》,其收录和化用了有关的诗歌12首。李裕元自序曰:"袁中郎作《觞政》,又作《瓶史》,盖其所云'幽人韵士,屏绝声色,其嗜好不得不钟于山水花竹,名之所不在、奔竞之所不至,故也。'仿其目、效其体,以诗代之。揭四时香馆。"④ 这12首诗的题目也和《瓶史》12篇的题目完全一致。

李圭景生活的时代正值清乾隆时期,此时的中国诗坛正在贬抑袁宏道,如《四库全书总目提要》卷一百七十九评三袁说:"其诗文变板重为轻巧,变粉饰为本色,致天下耳目于一新,又复靡然而从之。然七子犹根于学问,三袁则惟恃聪明。学七子者不过赝古,学三袁者乃至矜其

---

① 〔朝〕金锡胄:《息庵遗稿》(《影印标点 韩国文集丛刊》第145辑),汉城,韩国民族文化推进会,1995年,第248页。
② 〔朝〕南鹤鸣:《晦隐集》(《影印标点 韩国文集丛刊(续)》第51辑),首尔,韩国古典翻译院,2008年,第372页。
③ 钱伯城:《袁宏道集笺校》,上海,上海古籍出版社,1981年,第340页。
④ 〔朝〕李裕元:《嘉梧藁略Ⅰ》(《影印标点 韩国文集丛刊》第315辑),汉城,韩国民族文化推进会,2003年,第160页。

小慧，破律而坏度。名为救七子之弊，而弊又甚焉。"（"《袁中郎集》四十卷"条）① 李圭景却能站出来替袁中郎说好话，鸣不平："袁中郎石公有诗曰：'好梦因凉得，闲愁到水忘。'《读书》诗曰：'拭却韦编尘，衣冠对古人。著来皆肺腑，道破益精神。把斧樵珠玉，恢纲网凤麟。拟将半尺寻，匝地扫荆榛。'此真个道得读书法也，是非名句乎？世之骂中郎者多，至中郎者少，何也？"（《诗家点灯》卷五"袁石公名句"条）② "好梦因凉得"出自袁宏道《破研斋集》五律《过藕花庄》③，《读书》诗出自其《广陵集》④。李圭景不被时风所左右，能大胆地表达自己的真实看法，体现了一个真正学者的主见性和客观性。

（二）责难

袁宏道在思想上深受李贽影响，肯定人的欲望和性情，追求个性解放，敢于向封建道德挑战。他作为一个读书人，却不囿于儒家的道德规范，生活放荡、不检点。对此，他毫不避讳甚至理直气壮，曾在给舅父龚惟长的信中说：

> 真乐有五，不可不知。目极世间之色，耳极世间之声，身极世间之鲜，口极世间之谈，一快活也。堂前列鼎，堂后度曲，宾客满席，男女交高，烛气熏天，珠翠委地，金钱不足，继以田土，二快活也。筐中藏万卷书，书皆珍异，宅畔置一馆，馆中约真正同心友十余人，人中立一识见极高，知司马迁、罗贯中、关汉卿者为主，分曹部署，各成一书，远文唐宋酸儒之陋，近完一代未竟之篇，三快活也。千金买一舟，舟中置鼓吹一部，妓妾数人，游闲数人，泛家浮宅，不知老之将至，四快活也。然人生受用至此，不及十年，家资田地荡尽也。然后一身狼狈，朝不谋事，托钵歌妓之院，分餐孤老之盘，往来乡亲，恬不知耻，五快活也。士有此一者，生可无愧，死可不朽矣。（《龚惟长先生》）⑤

---

① 〔清〕永瑢等撰：《四库全书总目提要》（《万有文库》本第36册），上海，商务印书馆，1931年，第26页。
② 〔韩〕赵钟业编：《修正增补 韩国诗话丛编》（第12册），汉城，太学社，1996年，第292—293页。
③ 钱伯城：《袁宏道集笺校》，上海，上海古籍出版社，1981年，第1343页。
④ 钱伯城：《袁宏道集笺校》，上海，上海古籍出版社，1981年，第556页。
⑤ 钱伯城：《袁宏道集笺校》，上海，上海古籍出版社，1981年，第205—206页。

在封建社会尤其是极重理学的明代，此等言论可谓离经叛道、惊世骇俗，是绝大多数人所不能接受的。在朝鲜尤其是朝鲜朝，"至第九代成宗时，文物制度皆已确立，儒教思想皆已普及于庶民阶层，奠定了朝鲜王朝五百年的基础"①。所以"在某种意义上讲，它是比儒学的诞生地中国更加遵从儒家文化的国家"②。这样一个国家对袁宏道自然更加不能接受。所以，尽管一些批评家承认袁宏道诗文创作的成就，另一些批评家却批判了他的离经叛道并指出这已经影响了其创作，甚至对朝鲜文坛也产生了不良影响。

朝鲜正祖李祘在评诗方面与众不同，他不认可袁宏道的诗歌，认为袁诗已经对朝鲜的诗人产生了不好的影响："今之所谓栀蜡其辞者，于诗效袁宏道，于文仿钱谦益。扣历代则蔑如也，问六经则昧如也。"(《朱子大全（一）》)③ 但李祘又将袁宏道列入明代律诗六大家之一："诗者，言之英也；律者，诗之英也。唐取四十九人，宋取十三人，明取六人，而俱所谓杰然驰声者。若彼袁宏道何为而取之哉？盖亦三百篇之《郑》、《卫》也。诗教莫善于惩创，故《桑间》、《濮上》，夫子不删。"(《题〈律英〉》)④ 李祘最崇律诗，他在明代的律诗中只取六家，其中就包括袁宏道。然而他选取袁宏道的原因却很特别，他认为其律诗即如《诗经》之《郑风》、《卫风》。"郑声淫"(《论语·卫灵公》)⑤，"《桑间》、《濮上》之音，亡国之音也"(《礼记·乐记》)⑥，孔子删诗时保留了《郑风》、《卫风》，在正祖看来是因为其内容对后人有惩罚鉴戒的作用，而这正是儒家诗教所需要的。正祖是朝鲜的国王，发言行事自然要维护正统儒家之道。而袁宏道作诗又恰恰主张"独抒性灵，不拘格套"(《叙小修诗》)⑦，强调

---

① 〔韩〕柳承国：《韩国儒学史》，傅济功译，台北，台湾商务印书馆，1989年，第114页。
② 徐远和：《儒家思想与东亚社会发展模式》，南宁，广西人民出版社，2002年，第210页。
③ 〔朝〕李祘：《弘斋全书Ⅴ》(《影印标点 韩国文集丛刊》第266辑)，汉城，韩国民族文化推进会，2001年，第80页。
④ 〔朝〕李祘：《弘斋全书Ⅱ》(《影印标点 韩国文集丛刊》第263辑)，汉城，韩国民族文化推进会，2001年，第370页。
⑤ 〔清〕刘宝楠：《论语正义》，高流水点校，北京，中华书局，1990年，第624页。
⑥ 李学勤主编：《十三经注疏·礼记正义》，北京，北京大学出版社，1999年，第1080页。
⑦ 钱伯城：《袁宏道集笺校》，上海，上海古籍出版社，1981年，第187页。

写诗要全从胸中自然流出,不可矫情造作。加之他生活放浪,有时"把轻率、肤浅、庸俗也当成了'性灵'"①,因此作诗难免有时粗疏,不合儒家诗教。所以袁宏道律诗入选《律英》并不是因为写得好,而是正祖将其作为反面教材以警示后人。

对袁宏道的生活态度和方式,朝鲜其他批评家也有指摘。丁若镛将其视为"狂夫荡子",他在文章中说:

> 袁宏道欲以千金买一舟,舟中置鼓吹细乐诸凡玩娱之物,以穷心志之所欲,虽由此败落而不悔。此狂夫荡子之所为,非余之志也。余欲以一金买一舟,舟中置渔网四五张、钓竹一二竿,备鼎铛杯盘诸凡养生之器,为屋一间而炕之。令二儿守家,挈老妻稚子及僮一人,浮家泛宅,往来于锺山苕水之间。今日渔于粤溪之渊,明日钓于石湖之曲,又明日渔于门岩之濑。风餐水宿,泛泛若波中之凫,时为短歌小诗,以自抒其崎岖历落之情,是吾愿也。(《苕上烟波钓叟之家记》)②

"千金买一舟"之事即前文所引袁宏道所谓的人间五种真乐之一,是袁宏道所向往追求的生活方式。而丁若镛所向往的则是儒家所提倡的"一箪食,一瓢饮,在陋巷"(《论语·雍也》)③式的简朴生活。二人"志不同道不合",生活理想格格不入,所以这很可能影响了丁若镛对袁宏道诗文的接受和评价,这也可能是丁若镛对袁宏道诗文少有提及的原因之一。

朝鲜诗家也多赞同"诗品出于人品"(刘熙载《艺概·诗概》)④的观点。基于此,一些批评者认为袁中郎贪恋酒色的放浪生活直接影响了他的创作。金昌协在读完《中郎集》以后说:"明末文士,开口弄笔,动谈禅理,其实皆浮浪无根,于禅亦何尝有得。今读《中郎集》,一边说禅谈佛,一边耽酒恋色,此如屠沽儿诵经,直是可笑。然释氏本认欲作理,故世之乐放纵而恶拘检者,皆托此以为窠窟,亦其势然耳。"

---

① 周伟民:《明清诗歌史论》,长春,吉林教育出版社,2006年,第286页。
② 〔朝〕丁若镛:《与犹堂全书Ⅰ》(《影印标点 韩国文集丛刊》第281辑),汉城,韩国民族文化推进会,2002年,第301—302页。
③ 〔清〕刘宝楠:《论语正义》,高流水点校,北京,中华书局,1990年,第226页。
④ 〔清〕刘熙载:《艺概》,上海,上海古籍出版社,1978年,第82页。

(《农岩杂识》)① 在此,金昌协意在批评明末文士一边谈禅论释,一边却纵欲享乐、不知检点的态度,而生活放荡、创作随意的袁宏道又成了反面的典型。这恰恰又是他主张"独抒性灵、不拘格套"、真人写真声惹的祸。

还有一些诗人如徐滢修、南公辙等将明代文坛的一时之弊归咎于袁宏道,甚至还指责他影响到了朝鲜的文学创作,徐滢修说:"而近日一种俗学,则尤每下焉。掇拾丛书,丐贷杂家。其桀黠也,如侏儒之矜张;其艳冶也,如桃梗之衣冠;其粉饰也,如媒妁之行言;其夸诞也,如巫祝之谈神;其端起于李卓吾、袁中郎辈,而我国则至今日而始盛行矣。"(《答李学士明渊》)② 徐滢修认为近日文学创作上的"桀黠"、"艳冶"、"粉饰"、"夸诞"等不正之风的源头是李贽和袁宏道,而且认为这种流弊已经开始影响到朝鲜文坛了。徐氏所提出的这些缺点在袁宏道诗文中确实存在,也的确产生了一些不良影响,这在袁中道的《〈袁中郎先生全集〉序》中可以找到一些依据:"至于一二学语者流,粗知趋向,又取先生少时偶尔率意之语,效颦学步,其究为俗俚,为纤巧,为莽荡,譬之百花开而荆棘之花亦开,泉水流而粪壤之水亦流,乌焉三写,必至之弊耳,岂先生之本旨哉!"③ 袁中道虽然说得含蓄,但也间接承认了袁宏道一些"率意之语"的不良影响。对此,南公辙的指责更加尖刻:"当是时,京师之诗渐降,登坛立门户者,倡为中郎、竟陵之学,号称时调,譬如吴趋少年轻衫细唾,优人才子伪笑假泣。诸贵游子弟靡然从之,而诗道几废。"(《从氏象灵居士墓志铭》)④ 南氏将文人们学袁宏道和竟陵派的风潮视为"流俗",认为这种"流俗"不仅使得中国"诗道几废",还让朝鲜诗家茫然从之,多被其所坏。

在中国,公安派崛起后,学者纷纷从学前后七子转而学袁氏兄弟,"至宏道,益矫以清新轻俊,学者多舍王、李而从之"⑤。公安派东传以

---

① 〔朝〕金昌协:《农岩集Ⅱ》(《影印标点 韩国文集丛刊》第162辑),汉城,韩国民族文化推进会,1996年,第395页。
② 〔朝〕徐滢修:《明皋全集》(《影印标点 韩国文集丛刊》第261辑),汉城,韩国民族文化推进会,2001年,第101页。
③ 钱伯城:《袁宏道集笺校》,上海,上海古籍出版社,1981年,第1712页。
④ 〔朝〕南公辙:《金陵集》(《影印标点 韩国文集丛刊》第272辑),汉城,韩国民族文化推进会,2001年,第329页。
⑤ 〔清〕张廷玉等撰:《明史》(第24册),北京,中华书局,1974年,第7398页。

后，朝鲜一些诗家也将学袁宏道当成一种时尚，如："李亶佃，闾巷人也。少学唐诗，既而尽焚其稿，下学徐、袁、锺、谭，曰：'诗莫盛于唐，而既不能得其情境之真，则为一摹拟钉饾擘积，才离笔研，已成陈言死句，宁以明以后诸子为师，以泄其傀儡奇崛之气。'"（南公辙《李君诗序》）①

由此可见，朝鲜确实有人有意学习袁宏道，但是否如二人所言，袁宏道的诗文对朝鲜的文学创作产生了严重的负面影响，还需进一步考证。

第二节　朝鲜诗家论竟陵派诗歌

公安派轰轰烈烈地反对复古主义，在晚明文学的革新中发挥了重要作用，但"机锋侧出，矫枉过正。于是狂瞽交扇，鄙俚公行，雅故灭裂，风华扫地。竟陵代起，以凄清幽独矫之，而海内之风气复大变"（《列朝诗集小传》"袁稽勋宏道"条）②。因此，一个新的流派又崛起于文坛，这个新的流派就是为矫正公安派的俚俗粗浅之弊而崛起的"深幽孤峭"的竟陵派。竟陵派的代表人物是湖北竟陵（今天门市）人锺惺（1572—1624）和谭元春（1586—1637）。锺惺，字伯敬，号退谷，万历三十八年（1610）进士，著作有《隐秀轩集》三十二卷。谭元春，字友夏，号鹄湾、寒河，天启七年（1627）举人，著作有《岳归堂集》十卷。

竟陵派的诗文传到朝鲜的具体时间已经无法考证，但根据当时两国文化交流的情况和朝鲜文人赵圣期（1638—1689）《答金子益书》一文中"不但如钱受之之所以责胡元瑞、锺伯敬辈所为而止耳"③的论述可知，竟陵派作品传到朝鲜的时间不会晚于17世纪中期。

朝鲜诗家对竟陵派的态度也极其分明。有人欣赏这一派诗人的才华，学习他们的字斟句酌、出奇出新。也有人赞同这一派的"幽情单绪"和"孤行静寄"，认为这才是表达诗人"真情"的"真诗"。而另一些诗人和批评家则恰恰反对竟陵派的这些特征。以下分别论之。

---

① 〔朝〕南公辙：《金陵集》（《影印标点 韩国文集丛刊》第272辑），汉城，韩国民族文化推进会，2001年，第200页。
② 〔清〕钱谦益：《列朝诗集小传》，台北，明文书局，1991年，第607页。
③ 〔朝〕赵圣期：《拙修斋集》（《影印标点 韩国文集丛刊》第147辑），汉城，韩国民族文化推进会，1995年，第326页。

一、认可与褒奖

在朝鲜诗家看来,"公安、竟陵才具等耳。然论所就,锺殊胜之"(南克宽《谢施子》)①。所以竟陵派锺、谭的作品一传到朝鲜就受到一部分诗家的好评,金煜(1723—1790)在《答徐生命寅书》中说:

> 盛轴锺、谭,不复作矣。更谁有议论到者,若责之于此汉,不几为责者以评青丹耶?眼目未到而妄下唇舌,则是真不自量之甚矣。不敢不敢。然唐之诸子,间千载而始得锺、谭。亦安知不后此几年,又有如锺、谭者作乎?贤者何不少俟而若是汲汲耶?山自峨峨,水自洋洋,锺耳不在,何损于牙弦耶?况自批自评,满幅烂然,可谓自为牙弦、自为锺耳,亦何俟乎千载后锺、谭耶?②

金氏对竟陵派的评价很高,甚至越过唐后各代诗人,将竟陵派和唐之诸子相提并论。

此外一些文人以阅读、次韵、学习、效仿等方式表达了对竟陵派作品的认可,还有人以竟陵派为标准来评价他人的创作,这也是对竟陵派诗文的肯定和褒奖。

首先是次韵。朝鲜的很多诗人选择了锺惺诗歌来次韵,如金正喜就作有《与今轩共拈锺竟陵韵十首》③,分别用锺惺两首诗歌的韵字作诗,其一、其九分别曰:

> 一代襟怀合爽灵,拟将禊事续兰亭。
> 因君不取今人薄,为我多教去路停。
> 久闻松筠存道力,饶看山水炼真形。
> 春风挈榼前期在,杨柳东桥欲放青。

---

① 〔朝〕南克宽:《梦呓集》(《影印标点 韩国文集丛刊》第209辑),汉城,韩国民族文化推进会,1998年,第322页。
② 〔朝〕金煜:《竹下集》(《影印标点 韩国文集丛刊》第240辑),汉城,韩国民族文化推进会,1999年,第494页。
③ 〔朝〕金正喜:《阮堂全集》(《影印标点 韩国文集丛刊》第301辑),汉城,韩国民族文化推进会,2003年,第170页。

林泉晚福讵云迟，且计方来几首诗。
五岳他时终结愿，百花随处未删痴。
此中不足为人道，天下何尝出户知。
耳食纷纷竟陵体，云山韶濩口听之。

金正喜所次诗作是锺惺的七律《董崇相要过金陵寺登所构遂有亭（同许伯伦、林茂之）》①和《送人游匡庐九华》②，均载于《隐秀轩集》卷十。

其次是学习和模拟。学习、模拟竟陵派的作诗之法也成为朝鲜诗坛的一种时尚，如南公辙的《李君诗序》说：

> 李亶佃，闾巷人也。少学唐诗，既而尽焚其稿，下学徐、袁、锺、谭，曰："诗莫盛于唐，而既不能得其情境之真，则为一摹拟钉饾襞积，才离笔研，已成陈言死句，宁以明以后诸子为师。……"……其诗有灵心慧识，时又发之以困穷不平之言，故如嘆如笑，如寡妇之夜哭、羁人之寒起。虽未成一家，而亦自有可取焉。③

李亶佃是一个勤奋有志向的诗人，也是一个有自知之明的诗人，他认为盛唐诗虽好，但并不是任何人都能学到精髓，所以他从学唐转而专心学徐、袁、锺、谭四位诗人。经过十年的努力，他也小有成就，其诗"虽未成一家，而亦自有可取焉"，这当然亦有竟陵派锺、谭之影响的因素。

更有甚者，"彼舆僨于黄、陈，佣剽于锺、谭。以琐尾摘裂之识，窥雄深雅健之胸，反欲掎撼粪壤，逞其谤伤，所谓挟鬼磷而訾日月也"

---

① 〔明〕锺惺《董崇相要过金陵寺登所构遂有亭（同许伯伦、林茂之）》："金陵面面蒋山灵，偶尔孤峰直此亭。数笏轩盈廉所积，一窗林水静堪停。稍离耳目曾经处，但觉烟霜亦异形。归路却寻残照下，回看锺梵在青青。"（锺惺：《隐秀轩集》，李先耕、崔重庆标校，上海，上海古籍出版社，1992年，第166页）

② 〔明〕锺惺《送人游匡庐九华》："晚游匡岳亦非迟，囊有真形画有诗。置我一丘差不恶，怜君三绝独无痴。心谙胜迹如曾到，山喜清人似故知。叩罢彭郎逢九子，寄言余欲往从之。"（锺惺：《隐秀轩集》，李先耕、崔重庆标校，上海，上海古籍出版社，1992年，第152页）

③ 〔朝〕南公辙：《金陵集》（《影印标点 韩国文集丛刊》第272辑），汉城，韩国民族文化推进会，2001年，第200页。

(南克宽《谢施子》)①。学习当然是好事，剽窃则反会弄巧成拙。

再次是以竟陵派为评诗论文的标准。丁若镛在称赞朋友李周臣的才华时说其像"竟陵诗体少知音"(《竹栏小集，与者五人，各赋四诗，为四人月朝之评，不得自赞》)②，在他看来，朋友不被重用可比竟陵体的饱受贬责，二者相同的根本原因是缺少知音。这也从侧面说明了竟陵体没有得到足够的重视，丁若镛对此表示遗憾。李德懋在评诗时也多次以锺、谭为标准。他的《清脾录》"芝峰诗播远国"条说：

> 万历丁酉，李芝峰晬光朝京，逢安南使臣唱和……使臣姓冯，名克宽……芝峰又逢……琉球国使臣蔡坚、马成骥。……蔡坚诗(案，题曰《奉酬贶敬朝鲜台使》)曰："海外觌面是奇逢，讵知一见即包容。皇恩浩荡均沾被，珠玉淋漓我独深。长才伟落靡双匹，干国谋王第一人。予心感佩真忘寐，端俟他年教复临。"马成骥诗(案，题曰《肃勤申贶朝鲜台使》)："尧天日月照遐方，航海梯山来帝邦。不期而会天下国，凡有血气悉称降。邂逅相遇虽萍水，前缘夙定非偶然。喜承晤教固所愿，倏尔东南两分还。"冯克宽诗，固圆熟赡富，而蔡、马两诗亦真实锺、谭，见之应圈字眼而评曰："灵"、"厚"。③

"灵"和"厚"正是竟陵派所追求的最高境界，谭元春在《〈诗归〉序》中说："冥心放怀，期在必厚。……夫真有灵性之言，常浮出纸上，决不与众言伍。"④ 锺惺在《与高孩之观察》这封信中也论证了"灵"与"厚"的辩证关系：

> 诗至于厚而无余事矣。然从古未有无灵心而能为诗者，厚出于

---

① 〔朝〕南克宽：《梦呓集》(《影印标点 韩国文集丛刊》第 209 辑)，汉城，韩国民族文化推进会，1998 年，第 322 页。
② 〔朝〕丁若镛：《与犹堂全书Ⅰ》(《影印标点 韩国文集丛刊》第 281 辑)，汉城，韩国民族文化推进会，2002 年，第 51 页。
③ 〔朝〕李德懋：《青庄馆全书Ⅱ》(《影印标点 韩国文集丛刊》第 258 辑)，汉城，韩国民族文化推进会，2000 年，第 60—61 页。
④ 〔明〕锺惺、谭元春辑：《唐诗归》(一)(顾廷龙主编：《续修四库全书》第 1589 册)，上海，上海古籍出版社，2002 年，第 524 页。

灵,而灵者不即能厚。弟尝谓古人诗有两派难入手处:有如元气大化,声臭已绝,此以平而厚者也,《古诗十九首》、苏、李是也。有如高岩峻壑,岸壁无阶,此以险而厚者也,汉《郊祀》、《铙歌》、魏武帝乐府是也。非不灵也,厚之极,灵不足以言之也。然必保此灵心,方可读书养气,以求其厚。若夫以顽冥不灵为厚,又岂吾孩之所谓厚哉!①

锺、谭二人都主张优秀诗人首先要有"灵性"、"灵心",然后努力学习、创作,诗歌才能充实、厚重。李德懋认为琉球两使臣诗歌酷似锺、谭之诗,就是因为其诗有"灵"、"厚"之特色,这其实也是对锺、谭创作的肯定。而且我们从他的这段记载可知,锺、谭不仅受到朝鲜文坛的关注,还在安南、琉球产生了不小的影响。李德懋曾评朋友李光锡(号心溪)的诗:"颇务陈言去,诗耽伯敬音。"(《潮村宗人和仲光燮舍遇心溪、楚亭,同咏六首》其六)② 他认为李光锡努力追求务去陈言,才使得诗歌具有伯敬(锺惺)之特色。他还有一个非常形象的比喻:"文章,喻以闺人:锺伯敬,淑女也;袁中郎,才女也。"(《耳目口心书(二)》)③ 无论哪个时代,"淑女"总是让人喜欢、让人赞美的,看来李德懋对竟陵派的确比较赞赏。尹定铉(1793—1874)则在《竟陵诗》一诗中肯定了竟陵派在诗歌语言方面的特点:"竟陵诗说绿边红,蒙叟嗔他有俚风。眼见松间花映发,始知渠亦造言工。"④ 尹定铉认为,大红大绿搭配在一起,显得有些俗气,但是从对仗的工整、词语的锤炼角度来看,竟陵派的诗歌还是有一些可取之处的。

二、指瑕和责难

在认可与褒奖的同时,朝鲜诗家对竟陵派的指瑕和责难也随之而来。

---

① 〔明〕锺惺:《隐秀轩集》,李先耕、崔重庆标校,上海,上海古籍出版社,1992年,第474页。
② 〔朝〕李德懋:《青庄馆全书Ⅰ》(《影印标点 韩国文集丛刊》第257辑),汉城,韩国民族文化推进会,2000年,第187页。
③ 〔朝〕李德懋:《青庄馆全书Ⅱ》(《影印标点 韩国文集丛刊》第258辑),汉城,韩国民族文化推进会,2000年,第400页。
④ 〔朝〕尹定铉:《梣溪遗稿》(《影印标点 韩国文集丛刊》第306辑),汉城,韩国民族文化推进会,2003年,第54页。

这一方面是因为竟陵派的创作不符合朝鲜以朱子学为正统的诗评标准，对政治、道德教化不利。另一方面也是受到中国批评家的影响。钱谦益（1582—1664）《列朝诗集小传》"锺提学惺"条说：

> 当其创获之初，亦尝覃思苦心，寻味古人之微言奥旨，少有一知半见，掠影希光，以求绝出于时俗。久之，见日益僻，胆日益粗，举古人之高文大篇铺陈排比者，以为繁芜熟烂，胥欲扫而刊之，而惟其僻见之是师，其所谓深幽孤峭者，如木客之清吟，如幽独君之冥语，如梦而入鼠穴，如幻而之鬼国，浸淫三十余年，风移俗易，滔滔不返。余尝论近代之诗，抉摘洗削，以凄声寒魄为致，此鬼趣也。尖新割剥，以噍音促节为能，此兵象也。鬼气幽，兵气杀，著见于文章，而国运从之，以一二轻才寡学之士，衡操斯文之柄，而征兆国家之盛衰，可胜叹悼哉！①

钱谦益不仅否定了竟陵派"深幽孤峭"的创作，还指出他们的诗歌使人如"入鼠穴"、"之鬼国"，是国运衰落的不良征兆。钱谦益的文学理论在清中期以后对朝鲜影响颇深，朝鲜的很多批评家都曾直接或间接接受过他的理论，而他对竟陵派的评价也正符合朝鲜大部分诗家的标准，很容易引起他们的共鸣。

到了清朝中期，锺惺的诗文集又被查禁，原因是他所提倡的抒个性、写真情不符合正统的"文以载道"的观念，更主要的是他写过一篇悼念抗清阵亡将士的文章《代荐辽东阵亡将士疏》，甚至骂清人为"建房猰㺄"，这是清朝统治者不能够接受的。被查禁以后，竟陵派的诗文遭到的贬抑更明显多于赞誉。在朝鲜，这种情况也基本一样。

首先，朝鲜一些评论家对竟陵派所提倡的"性灵"理论及创作予以否定。李宜显《〈历代律选〉跋》云："于是李、何诸子起而力振之，其意非不美矣，摹拟之甚，殆同优人假面，无复天真之可见。锺、谭辈厌其然，遂揭'性灵'二字以哗世率众，而尤怪僻鄙倍，无可言矣。"② 此说认为李、何之作摹拟太甚，已经无可取者，而原本想予以矫正的锺、

---

① 〔清〕钱谦益：《列朝诗集小传》，台北，明文书局，1991年，第611页。
② 〔朝〕李宜显：《陶谷集Ⅱ》（《影印标点 韩国文集丛刊》第181辑），汉城，韩国民族文化推进会，1997年，第403—404页。

谭更加怪僻鄙陋，不值一提。锺、谭倡"性灵"的初衷甚好，但在实际创作中却把握得不好，如学者孙之梅所评："竟陵派性灵说理论表现为严重的两张皮，这一方面反映了他们走骑墙之路时左右摇摆，难以适从的矛盾心理；另一方面也说明锺、谭的学力才气实在不足以承担得起融汇学古与创新，吸收复古派与公安派的精华，承上导下，开创新局面的重负。"① 所以朝鲜文人的评价是有些道理的。

其次，一些朝鲜诗家指责了竟陵派的诗文创作，认为其对明后期的文学和社会产生了不良影响，如金正喜认为："有明三百年，无一足称。至王渔洋，扫廓历下、竟陵之颓风，又能为一结穴。"(《杂识》)② 金正喜在诗歌创作上推崇唐宋，在他看来有明一代的诗歌都不足取，而到了李攀龙、竟陵派，诗歌已经颓废。

因为竟陵派在创作上反对前后七子的一味复古，矫正公安派的偏激，这也引起了朝鲜复古派的不满，南公辙有一首拟古诗《白雪楼》曰：

> 白雪楼何高高，上追姚姒，下薄汉唐。
> 王李诸子分偶曹，有如玉帛职贡会，海内文柄手自操。
> 锺谭与虞山，抉摘多讥嘲，犹未识头脑，后辈愈轻佻。
> 文者载道器，于此何寂寥。
> 终年读之无所益，其文虽好徒自劳。
> 震川翁鸡毛笔，继韩欧阳真是豪。③

南公辙从正统儒家诗教的角度肯定了王世贞、李攀龙等后七子和唐宋派归有光的复古之作，对竟陵派锺、谭及钱谦益等后辈批判后七子表示不满，认为其"未识头脑"、"轻佻"，违背了"文者载道"这一创作的标准，其文虽好却没有思想价值。

有些诗家甚至也和钱谦益一样将竟陵派的诗歌视为亡国之音。李宜显《云阳漫录》在总结了明诗四大家何、李、李、王的创作特色后，认

---

① 孙之梅：《鬼趣、兵象——钱谦益论竟陵派》，《内蒙古师范大学学报（哲学社会科学版）》1997年第1期。
② 〔朝〕金正喜：《阮堂全集》(《影印标点 韩国文集丛刊》第301辑)，汉城，韩国民族文化推进会，2003年，第147页。
③ 〔朝〕南公辙：《金陵集》(《影印标点 韩国文集丛刊》第272辑)，汉城，韩国民族文化推进会，2001年，第571页。

为明诗"一变而为徐、袁,再变而为锺、谭,转入于鼠穴蚓窍,而国运随之,无可论矣"①。他不仅接受了钱谦益对竟陵派"鼠穴"的批判,也认同钱谦益的明末国运衰落与竟陵派有关联这一观点。朝鲜的正祖李祘评诗更是强调其教化、治世的功能,他曾在《日得录(三)》中阐述了诗歌与社会政治的关系:

> 诗者,关世道、系治忽。隽永冲瀜者,治世中和之音也;春容典雅者,冠冕佩玉之资也;琐碎尖斜者,乱世烦促之声也;幽险奇巧者,孤臣孽子之文也。唐之郊、岛,明之锺、谭,岂非杰然者,而皆予所不取。宋之韩琦,说诗家所不与,而予独取焉。触类于此,则《诗观》所取舍之意可见。……而若孟郊、贾岛、徐、袁、锺、谭四子则不与焉,以其体法寒瘦、音韵噍杀,实非治世之希音。故存拔笔削之际,自以锤秤衮钺寓于其间,此意不可以不知。②

正祖认为锺、谭之诗不是不好,但其"体法寒瘦、音韵噍杀,实非治世之希音",所以不足取。在《群书标记》中,他又重申:"明诗取十三人,如徐、袁之尖新巧靡,锺、谭之牛鬼蛇神,固所显黜而痛排。"③锺、谭之诗不仅没有入选还被他斥为"牛鬼蛇神","牛鬼蛇神"之说显然是受了钱谦益的"鼠穴"、"鬼屋"、"鬼趣"的影响。正祖可以说是朝鲜正统派的一面旗帜,评诗论文一切以有利于政治、道德教化的程朱理学思想为标准,而竟陵派的锺、谭恰恰在创作上与此相悖。如李德懋所说:"程朱门中,生出锺、谭,岂非异事?"(《清脾录》"心溪"条)④言外之意是锺、谭和程朱在观念上势同水火。正祖的观点对其麾下文人的影响至关重要,南公辙就代表这一派的文人接受并宣传了正祖的观点。他的《日得录·训语》记载,正祖"尝教诸阁臣曰:'文章有道有术,

---

① 〔朝〕李宜显:《陶谷集Ⅱ》(《影印标点 韩国文集丛刊》第181辑),汉城,韩国民族文化推进会,1997年,第429页。
② 〔朝〕李祘:《弘斋全书Ⅵ》(《影印标点 韩国文集丛刊》第267辑),汉城,韩国民族文化推进会,2001年,第189—193页。
③ 〔朝〕李祘:《弘斋全书Ⅵ》(《影印标点 韩国文集丛刊》第267辑),汉城,韩国民族文化推进会,2001年,第512页。
④ 〔朝〕李德懋:《青庄馆全书Ⅱ》(《影印标点 韩国文集丛刊》第258辑),汉城,韩国民族文化推进会,2000年,第30页。

道不可以不正，术不可以不慎。予于近日选历代诗家，为五百余卷，名曰《诗观》，盖诗可以观之意也。若唐之孟郊、贾岛，明之徐、袁、锺、谭，体法寒瘦，音韵噍杀，非治世之希音，故并拔之。笔削之际，自以有锤秤衮钺寓于其间。卿等出而语后生小子，俾各知之，文章关治教之污隆、人心之正伪，况诗之发于性情者乎？"①

　　正祖和南公辙还只是说锺、谭诗歌"非治世之希音"，而成海应则在《皇明遗民传》中赞美明末诗人沈钦说："平生诗不一格，太仆陆起顽云：'锺、谭狂毒遍天下，不能毒沈君。'沈君大是豪杰之士。"② 赞美潘陆时，成海应又说："潘陆字江如，江南吴江人，侨居镇江，四壁萧然，而客恒满座，其论诗常谓'锺、谭兴而国亡。'"（《皇明遗民传》）③ 显然成海应对"锺、谭狂毒遍天下"和"锺、谭兴而国亡"的说法也是赞同的。

　　再次，诗家们对锺、谭的选诗标准持反对态度，对二人所编选的《诗归》进行了指瑕甚至批判。

　　锺惺在《〈古诗归〉序》中言明了二人的编选宗旨："察其幽情单绪、孤行静寄于喧杂之中，而乃以其虚怀定力，独往冥游于寥廓之外。"④ 所以他们专选言情咏物小诗，而如李白的《蜀道难》、《将进酒》、《古风六十首》（只选一首），杜甫的七言律诗，再如《长安古意》、《帝京篇》、《代悲白头吟》、《滕王阁》等初盛唐名篇一律不选。因为，他们认为这些名篇大作不是真诗，"不见古人之真性灵"，还说《文选》不知情，"爱选《板》诗、《庸》诗"，故《文选》是选体，而非真诗，他们追求的真诗是那种"常有一种别趣奇理"（《唐诗归》）⑤的作品。如此独特的选诗之法自然又招致骂声一片。朱彝尊对竟陵派的创作也和钱谦益持基本一致的观点，并将《诗归》和竟陵派的晚期代表

---

　　① 〔朝〕南公辙：《金陵集》（《影印标点 韩国文集丛刊》第272辑），汉城，韩国民族文化推进会，2001年，第391页。
　　② 〔朝〕成海应：《研经斋全集Ⅱ》（《影印标点 韩国文集丛刊》第274辑），汉城，韩国民族文化推进会，2001年，第383页。
　　③ 〔朝〕成海应：《研经斋全集Ⅱ》（《影印标点 韩国文集丛刊》第274辑），汉城，韩国民族文化推进会，2001年，第407页。
　　④ 〔明〕锺惺、谭元春辑：《古诗归》（顾廷龙主编：《续修四库全书》第1589册），上海，上海古籍出版社，2002年，第351页。
　　⑤ 〔明〕锺惺、谭元春辑：《唐诗归》（二）（顾廷龙主编：《续修四库全书》第1590册），上海，上海古籍出版社，2002年，第35页。

蔡复一、张泽、华淑等人的创作视为天下流毒和亡国之音：

> 《礼》云："国家将亡，必有妖孽。"非必日蚀星变，龙鬉雅祸也。惟诗有然。万历中，公安矫历下、娄东之弊，倡浅率之调，以为浮响，造不根之句，以为奇突，用助语之辞，以为流转，着一字，务求之幽晦，构一题，必期于不通。《诗归》出，而一时纸贵，闽人蔡复一等，既降心以相从，吴人张泽、华淑等，复闻声而遥应。无不奉一言为准的，入二竖于膏肓，取名一时，流毒天下，诗亡而国亦随之矣。①

朝鲜文人也多不认可《诗归》，李宜显在《陶峡丛说》中说："又有陈子龙所编《明诗选》、锺伯敬所编《明诗归》，或务精而欠于博采，或主简而伤于偏滞，皆不能为完善矣。"② 李宜显还只是认为《诗归》选诗存在"欠于博采"和"伤于偏滞"的瑕疵，没有达到"完善"的程度。不选竟陵派诗歌的正祖对《诗归》又给予了批判，并完全否定了它的价值，他说："所谓锺、谭评选《文归》、《诗归》，才一对眼，阴森百怪，如入山林而逢不若，令人不愁而颦。此等书，最合以秦炬遇之。"（《日得录·文学》）③

竟陵派锺、谭的创作确实有僻涩、寒瘦等特点，选诗也存在不足，但斥之为"鬼趣"、"牛鬼蛇神"、"鼠穴蚓窍"、"流毒"，甚至要付之一炬，可谓过矣，这些批评家都忽视了竟陵派在矫正明末不正文风过程中发挥的重要作用。

总之，受时代、文化的限制，朝鲜诗家的批评标准、方法同中国学人一样，对竟陵派的批判有些过头。前人已去，希望今人的批评能更多地立足于文本、从艺术的角度客观审视竟陵派。

---

① 〔清〕朱彝尊：《静志居诗话》（下），北京，人民文学出版社，1990年，第502—503页。
② 〔朝〕李宜显：《陶谷集Ⅱ》（《影印标点 韩国文集丛刊》第181辑），汉城，韩国民族文化推进会，1997年，第450—451页。
③ 〔朝〕李祘：《弘斋全书Ⅵ》（《影印标点 韩国文集丛刊》第267辑），汉城，韩国民族文化推进会，2001年，第238页。

第三节　朝鲜诗家论明末爱国诗歌

明代末期，女真入侵，社会处于风雨飘摇之中，一些爱国文人纷纷结社赋诗，表达爱国愤郁之情怀。此时出现的爱国文社主要有以"娄东二张"即张溥（1601—1640）、张采（1596—1648）和杨廷枢（1595—1647）为代表的"复社"，以陈子龙（1608—1647）、夏允彝（1597—1645）、徐孚远（1599—1665）、夏完淳（1631—1647）、宋征璧（1617—?）为代表的"几社"。他们的诗歌以反对异族侵略、抒发爱国情怀为主要内容，具有鲜明的政治特色。

朝鲜将明朝视为父母之邦。国家有难，国内的爱国诗人们为挽救民族危亡而战斗、呐喊。虽然这些诗歌的艺术成就不是很高，但朝鲜的诗家还是给予了一定的关注。他们主要是褒扬这些诗人的爱国主义品格，再由人及诗，且多借用中国批评家的观点，少有新意。此后，易代的混乱影响了文化的交流，进入清代，只有李德懋、成海应等少数几位诗家对明末的爱国诗人及诗歌有所品评。以下摘录几段：

> 张采字受先，太仓人，与同里张溥友善，号"娄东二张"。采严毅，喜甄别可否。崇祯戊辰，举进士，知临川。溥亦归自京都，相与复古学，名其社曰"复社"。四方名士争奔走其门，声气通朝。右所题品，颇能为荣辱，执政大僚由是恶之。（《磊磊落落书补编》）①

> 子龙治诗赋古文，取法魏晋，骈体尤精妙。崇祯十年进士，十七年擢兵科给事中，事福王于南京。言："中兴之主，莫不身先士卒，故能光复旧物。今入国门再旬，人情泄沓，无异升平。清歌漏舟之中，痛饮焚屋之内，臣不知其所终。"明年二月，乞终养去。子龙与同邑夏允彝皆负重名，允彝死，子龙念祖母年九十，不忍割，遁为僧。寻以受鲁王部院职衔，结太湖兵欲举事，事露被获，乘间

---

① 〔朝〕李德懋：《青庄馆全书Ⅱ》（《影印标点 韩国文集丛刊》第258辑），汉城，韩国民族文化推进会，2000年，第340页。

投水死。(《明史》)①

陈子龙,字人中,更字卧子,华亭人,治诗赋古文,取法魏晋,骈体尤精妙。崇祯丁丑进士,选绍兴推官。(《明季书藁》)②

硁硁卧子,有名几社。力追古文,诗赋驯雅。
单骑降都,东阳帖妥。弘光末叶,直声磊砢。
耆宿还朝,水师联舸。因循遵养,廷议则那。
遂使皇都,纵彼牧马。空门投迹,母老难舍。
结兵太湖,鲁衔是假。计非龃龉,运实倾颇。
死得其所,其乐只且。(《明季诸臣赞》)③

夏允彝,弱冠举于乡,好古博学,工属文。是时,东林讲席盛,苏州高才子、张溥、杨廷枢等慕之结文会,名"复社"。允彝与同邑陈子龙、徐孚远、王光承等亦结"几社",相应和。(《磊磊落落书补编》)④

闇公与卧子、彝仲、勒卣辈六人倡"几社"于云间,切劘古今文词,惊动海内。既而乘桴远引,骑鹤重归。矢诗不多,类有身世之感。(朱彝尊《静志居诗话》)⑤

徐孚远,字闇公,松江华亭人,崇祯壬午举人,与陈子龙、夏允彝等六人倡"几社"于云间,切劘古今文词,惊动海内。(《皇明

---

① 〔朝〕李德懋:《青庄馆全书Ⅱ》(《影印标点 韩国文集丛刊》第258辑),汉城,韩国民族文化推进会,2000年,第310页。
② 〔朝〕成海应:《研经斋全集Ⅱ》(《影印标点 韩国文集丛刊》第274辑),汉城,韩国民族文化推进会,2001年,第278页。
③ 〔朝〕成海应:《研经斋全集Ⅱ》(《影印标点 韩国文集丛刊》第274辑),汉城,韩国民族文化推进会,2001年,第226页。
④ 〔朝〕李德懋:《青庄馆全书Ⅱ》(《影印标点 韩国文集丛刊》第258辑),汉城,韩国民族文化推进会,2000年,第314页。
⑤ 〔朝〕李德懋:《青庄馆全书Ⅱ》(《影印标点 韩国文集丛刊》第258辑),汉城,韩国民族文化推进会,2000年,第154页。

遗民传》)①

　　夏完淳，十五从军，十七授命，生为才人，死为鬼雄。汪锜不足多也，诗格亦高古罕匹。(沈德潜《明诗别裁集》)……锺广汉云："陈大樽选明诗，存古年才十余，而宋辕文爱其论诗以作序。此时，已许其作后进领袖矣。迨十五从军，十七授命，磨盾草檄，不异老生宿儒，真异禀也。"(朱彝尊《明诗综》)②

　　征璧，字尚木，江南华亭人。……尚木初与大宗伯宛平王公同起，继为同里大樽诸子所推重。宛平之言曰："尚木以膏粱少年，匹马入京师，从有司之举。时椓人窃国柄，君贳酒悲歌燕市中，肮脏阨塞，一发之于诗。"大樽之言曰："尚木早岁好为芳华绮丽之词，一变而感慨激楚，再变而和平深婉，归之于忠爱。"噫嘻！合两公之言，可以论尚木之人与其世矣。(吴伟业《梅村集·尚木诗序》)③

不管是借用中国批评家的语录，还是自作诗文，朝鲜的这几位诗人、批评家对明末爱国诗人及其诗歌的评价都有相近的标准和情感，归结起来，主要包括两个方面：其一，这些爱国诗人以写诗、结社、组织武装力量、直接参加战争等各种方式积极投入反清的斗争中，张溥、陈子龙、夏完淳等还为此牺牲，成为不朽的民族英雄。其二，这些诗人还将满腔的爱国情怀注入笔端，创作出光辉灿烂的诗词文赋。他们或倡导复古、取法魏晋，或抒写时事、发身世之感，或作驯雅之章，或写芳华绮丽之词，感慨激楚、平和深婉，一时间不仅惊动海内，而且扬名海外，引起了朝鲜诗家的关注和敬佩。

---

①〔朝〕成海应：《研经斋全集Ⅱ》(《影印标点 韩国文集丛刊》第274辑)，汉城，韩国民族文化推进会，2001年，第360页。
②〔朝〕李德懋：《青庄馆全书Ⅱ》(《影印标点 韩国文集丛刊》第258辑)，汉城，韩国民族文化推进会，2000年，第315页。
③〔朝〕李德懋：《青庄馆全书Ⅱ》(《影印标点 韩国文集丛刊》第258辑)，汉城，韩国民族文化推进会，2000年，第234页。

第四章　朝鲜诗家论《皇华集》

自明代景泰元年（1450）开始，朝鲜政府将中国使臣和朝鲜文臣互相酬唱的诗文（以诗歌为主）收集、整理，编辑成册，名之《皇华集》。《皇华集》从天顺元年（1457）开始刊刻发行，即中国使臣"例于越江后，以其诏使之制及陪臣所制，聚而印出送之"（《李朝实录》中宗32年3月17日）①。基于政治、文化交流的需要，朝鲜诗家对《皇华集》进行了深入接受和评论。

第一节　《皇华集》的由来和内容

《皇华集》是东亚诸国自古以来的诗赋外交传统及明代中朝政治友好往来的产物，是有着重要政治意义的系列作品集。

一、诗赋外交

中国自古就是让周边国家仰慕的诗歌大国。而中国古代诗歌开始出现就不仅仅用来抒情、言志，同时还具有教化、讽谕、外交等多种社会功能。根据本章内容，在这里只谈其外交功能。

赋诗原是诸侯朝聘宴享中的常礼，既是一种仪式，又有娱乐作用。在何种场合使用哪些诗乐，都有严格的规定。如《仪礼·乡饮酒礼》所载：

> 设席于堂廉，东上。……工歌《鹿鸣》、《四牡》、《皇皇者华》。卒歌，主人献工。……笙入堂下，磬南，北面立。乐《南陔》、《白华》、《华黍》。……众笙则不拜，受爵，坐祭，立饮，辩有脯醢，

---

① 〔日〕末松保和编：《李朝实录》（第23册），东京，学习院东洋文化研究所，1959年，第575页。

不祭。乃间歌《鱼丽》，笙《由庚》；歌《南有嘉鱼》，笙《崇丘》；歌《南山有台》，笙《由仪》。乃合乐，《周南》：《关雎》、《葛覃》、《卷耳》，《召南》：《鹊巢》、《采蘩》、《采蘋》。（……乡乐者，风也。《小雅》为诸侯之乐，《大雅》、《颂》为天子之乐。《乡饮酒》升歌《小雅》，礼盛者可以进取也。《燕》合乡乐，礼轻者可以逮下也。《春秋传》曰：《肆夏》、《繁遏》、《渠》，天子所以享元侯也。《文王》、《大明》、《緜》，两君相见之乐也。然则诸侯相与燕，升歌《大雅》，合《小雅》。天子与次国、小国之君燕亦如之。与大国之君燕，升歌《颂》，合《大雅》。其笙间之篇未闻。）①

然而在诸侯的外交活动中，这种常礼逐渐演变为包含某种特殊政治目的的"赋诗言志"活动，以"赋诗"来表达自己的政治需要，即"诗赋外交"。如《左传·襄公四年》所载：

  穆叔如晋，报知武子之聘也。晋侯享之，金奏《肆夏》之三，不拜。工歌《文王》之三，又不拜。歌《鹿鸣》之三，三拜。韩献子使行人子员问之，曰："子以君命辱于敝邑。先君之礼，藉之以乐，以辱君子。吾子舍其大而重拜其细，敢问何礼也？"对曰："《三夏》，天子所以享元侯之乐也，使臣弗敢与闻。《文王》，两君相见之乐也，臣不敢及。《鹿鸣》，君所以嘉寡君也，敢不拜嘉？《四牡》，君所以劳使臣也，敢不重拜？《皇皇者华》，君教使臣曰：'必咨于周'。臣闻之，访问于善为咨，咨亲为询，咨礼为度，咨事为诹，咨难为谋。臣获五善，敢不重拜？"②

这是典型的诗赋外交的例子，有力地说明了赋诗在外交上的重要作用。孔子说："诵《诗》三百，授之以政，不达；使于四方，不能专对；虽多，奚以为？"（《论语·子路》）③ 这更加强调了诗歌的外交功能。所以，此后千百年来，中国一直遵循着诗赋外交的传统，在与各国交往中

---

① 李学勤主编：《十三经注疏·仪礼注疏》，北京，北京大学出版社，1999年，第145—152页。
② 杨伯峻编：《春秋左传注》，北京，中华书局，1981年，第932—934页。
③ 〔清〕刘宝楠：《论语正义》，高流水点校，北京，中华书局，1990年，第525页。

彰显了诗歌大国的优势和魅力。这种传统"体现出的一个国家的文学素养,实际就是一个国家的文明风貌,它在很大程度上决定了一个国家能否在外交中取得受人尊敬的地位。……是对文学修养的考验,更是一个国家文教的展示"①。

朝鲜自古就受到中国文化的濡染,也非常重视诗歌的社会功能。因此,中国和朝鲜之间的外交尤重诗歌的作用,一千多年来留下了许多在战争或友好交往中表情达意的诗作。612年,隋炀帝派大军进攻高句丽,乙支文德与隋军交战,其间写了一首诗规劝隋军大将于仲文,此诗载于《隋书·于仲文列传》,因此学界一般将其称作《遗于仲文》。《东文选》题为《赠隋右翊卫大将军于仲文》,诗曰:"神策究天文,妙算穷地理。战胜功既高,知足愿云止。"②作者看似称赞隋将在战略上的神机妙算,实则是劝他们知足退兵。650年,新罗真德女王把织在锦缎上的一首五言排律《太平颂》献给唐高宗,表达对大唐的敬意和联唐的愿望。《太平颂》在中国有一定影响,被收入《全唐诗》卷七百九十七,题为《太平诗》。朝鲜的《三国遗事》、《东文选》等文献也均有记载。中朝两国学者都认为这首诗高古、雄浑,可与初唐诗作相比。诗曰:

> 大唐开鸿业,巍巍皇猷昌。止戈戎衣定,修文继百王。
> 统天崇雨施,理物体含章。深仁谐日月,抚运迈时康。
> 幡旗既赫赫,钲鼓何锽锽。外夷违命者,翦覆被天殃。
> 和风凝宇宙,遐迩竞呈祥。四时调玉烛,七曜巡万方。
> 维岳降宰辅,维帝用忠良。五三成一德,昭我唐家皇。③

诗歌盛赞了大唐王朝的统一大业和繁荣昌盛的社会局面,并流露出愿意听命于唐的意愿。这首诗使唐、罗的宗藩关系更加密切,后来,新罗在唐军的配合下先后击灭百济和高句丽,完成了朝鲜半岛的统一大业。

此后,这种诗赋外交一直没有停止。755年(统一新罗时期),安史

---

① 杜慧月、詹杭伦:《明代金湜、张珹出使朝鲜与〈甲申皇华集〉述论》,《兰州学刊》2008年第1期。
② 〔朝〕徐居正等编:《东文选》(一),东京,学习院东洋文化研究所,1970年,第331页。
③ 〔朝〕徐居正等编:《东文选》(一),东京,学习院东洋文化研究所,1970年,第150页。

之乱起,唐玄宗李隆基逃往四川。次年,新罗景德王遣使至成都表示慰问。唐玄宗御书五言十韵一首赐新罗王,此诗收入《全唐诗》第九百零一卷,题为《赐新罗王》。据《三国史记·新罗本纪》记载:"王闻玄宗在蜀,遣使入唐,泝江至成都,朝贡。玄宗御制御书五言十韵诗,赐王曰:'嘉新罗王岁修朝贡,克践礼乐名义,赐诗一首。'"① 诗曰:

> 四维分景纬,万象含中枢。玉帛遍天下,梯航归上都。
> 缅怀阻青陆,岁月勤黄图。漫漫穷地际,苍苍连海隅。
> 兴言名义国,岂谓山河殊。使去传风教,人来习典谟。
> 衣冠知奉礼,忠信识尊儒。诚矣天其鉴,贤哉德不孤。
> 拥旄同作牧,厚贶比生刍。益重青青志,风霜恒不渝。②

诗歌先交代了唐朝在当时世界上的崇高地位,又描述了唐王朝与其他国家经济文化交流的盛况,接着抒发了对新罗国景德王的殷切思念之情。因此,这首诗成了两国友好政治关系的永久见证。

据崔滋(1188—1260)的《补闲集》记载,宋徽宗政和(辽天祚帝天庆)三年(1113),高丽政府曾派遣李资谅、李永等朝宋,宋徽宗赐宴款待,赋诗示之,并命其和进。李资谅作应制诗曰:

> 鹿鸣嘉宴会贤良,仙乐洋洋出洞房。
> 天上赐花头上艳,盘中宣橘袖中香。
> 黄河再报千年瑞,绿醑轻浮万寿觞。
> 今日陪臣参盛际,愿歌天保永无忘。

此诗在《东文选》中题为《大宋睿谋殿御宴应制》③。崔滋《补闲集》评曰:"此诗语涉浅易,而帝大加称赏,以其即事详当也。明日流传诸铺

---

① 〔朝〕金富轼(1075—1151):《三国史记》,东京,学习院东洋文化研究所,1970年,第78页。
② 〔朝〕金富轼:《三国史记》,东京,学习院东洋文化研究所,1970年,第78页。
③ 〔朝〕徐居正等编:《东文选》(一),东京,学习院东洋文化研究所,1970年,第258页。

店，书之为簏，挂诸壁。"① 一首没什么艺术性的应制诗能受到如此之高的待遇，完全是因为其"充分反映出高丽王朝对宋的向心度与外交上的一片热情"②。

高丽末期，著名政治家和汉诗人李齐贤（1287—1367）陪同逊位王王璋（1275—1325）多年旅居中国，成为高丽在元大都进行政治斡旋的中坚力量。1314年，高丽忠宣王王璋"请传国于忠肃，以太尉留京师邸，构万卷堂，考究以自娱。因曰：'京师文学之士，皆天下之选。吾府中未有其人，是吾羞也。'召至都，实延祐甲寅正月也。姚牧庵、阎子静、元复初、赵子昂咸游王门，公周旋其间，学益进，诸公称叹不置"（李穑《鸡林府院君谥文忠李公墓志铭》）③。李齐贤和中国文臣互相酬和的诗文对协调两国的政治关系起了一定的作用。

二、《皇华集》的结集刊刻、得名及规模

到了明代，中朝的宗藩关系更加密切，两国使者往来更加频繁。据记载，明廷先后向朝鲜遣使170余次，使节多达200余人。每有中国使臣入境，朝鲜国王必选文学之臣为馆伴，宾主赓和酬赠，成为定例，两国的诗赋外交也因此更加繁荣。明太祖朱元璋曾亲自写诗赠朝鲜的文臣权近（诗见第一章第一节），这更加鼓舞了两国使臣之间的应和酬唱。从景泰初年（1450）倪谦、司马恂出使朝鲜开始，朝鲜政府就将中国使臣在朝鲜期间与朝鲜文臣的酬唱之作收录并命名为《皇华集》。到了天顺元年（1457），陈鉴、高闰颁英宗复位诏出使朝鲜，其间与朝鲜文臣的唱和之作于1458年被朝鲜政府正式刊刻出来。此事在《李朝实录》中有记载："先是，明使陈鉴、高闰来，颁正统皇帝复位诏，陈、高等凡所见杂兴，一寓于诗，合若干首，并本国人所和，印而赠之，名曰《皇华集》。其后中朝人因本国人赴燕京，求之者颇多，辄印送之。"④ 这次刊刻开了朝鲜刊刻《皇华集》的先河。此后中国使臣赴朝所作的诗歌及部

---

① 〔韩〕赵锺业编：《修正增补 韩国诗话丛编》（第1册），汉城，太学社，1996年，第86页。
② 李岩：《中韩文学关系史论》，北京，社会科学文献出版社，2003年，第343页。
③ 〔朝〕李穑（1327—1387）：《牧隐藁Ⅲ》（《影印标点 韩国文集丛刊》第5辑），汉城，韩国民族文化推进会，1990年，第138页。
④ 〔日〕末松保和编：《李朝实录》（第13册），东京，学习院东洋文化研究所，1957年，第209页。

分朝鲜文臣的应和之作都被名以《皇华集》陆续刊行。为了区别开，有时在前面加上干支年号，如天顺元年为丁丑年，这一年的《皇华集》就是《丁丑皇华集》，天顺八年刊刻的就称作《甲申皇华集》；有时也在前面加上中国使臣的姓名，如《王诏使鹤皇华集》、《祁皇华集》等等。对于《皇华集》的编选发行，朝鲜文人亦非常认同："我朝自开国以来，恪勤事大，朝聘以时。皇朝亦视同内服，凡有颁庆之事，诏使必以文学望重之士择遣，与傧接之臣有酬唱诗，即《皇华集》也。"（郑泰齐《菊堂排语》）①

有关编选、刊刻《皇华集》的具体原因和目的，在每部《皇华集》前的序言中均有所交代，如以下几段：

> 惟我东方，国于海表，壤地褊小，而文献之征，粤自殷师，历汉迄宋，使盖相望。大明中天，八荒同轨，谓敝封秉礼教恪侯度，克有遗风，庆吊宣劳，视于亲藩。将命之臣，必妙选一时之英，采掇风谣，布昭恩德，咳唾之屑，积成篇帙。上自倪、马，下逮朱、梁，珠玑璨烂，辉映前后。间以东人攀和之什，有似商、鲁《颂》之续《周雅》，此《皇华集》之所以作也。（李廷龟《〈皇华集〉序》）②

> 逮我国家之兴也……事大以诚，侯度无怠，故朝廷待之与内诸侯不异。凡有诏命，必遣使来，而皆文章、才行有重望于当时者为之使。……是虽出于朝廷宠绥之惠，而亦以我国家素秉礼仪、文献所在，故也。……殿下感皇仁之深眷，乐诏使之为人。自始至暨竣事，凡所以致敬于先生，达诚于朝庭者，无所不用其极。……今太仆、舍人两先生，继倪、陈数先生之后，其学行之高、文雅之美，蔚然前后相望。由燕山抵鲽域，凡四千里之间，触乎目而感于心者，奋笔而书之，长篇短章，烂若编贝。采掇风谣，述宣上德，使圣朝一视同仁之化，吾王畏天保民之忠，赫然炳耀于天下，可以被之八音，传之万世。而东人之诗，亦得以同垂于不刊，即《国风》、《鲁

---

① 〔韩〕赵锺业编：《修正增补 韩国诗话丛编》（第3册），汉城，太学社，1996年，第223页。

② 〔朝〕李廷龟（1564—1635）：《月沙集Ⅱ》（《影印标点 韩国文集丛刊》第70辑），汉城，韩国民族文化推进会，1991年，第140页。

颂》并列于《三百篇》之义也，何其幸哉！（李承召《〈皇华集〉序》）①

> 今皇上再膺天命，复正皇储，基祚益巩，实苍生之福，四海之庆。况兹圣谕谆切，偏荷宠灵，其感激之意，汝等所知。若欲仰答皇恩之万一，唯在尽诚敬以待两公，而两公终不可得留。公去而所不去者，公之文章也。今虽播人耳目，久必湮没。其令书局裒集，以传永久。俾吾东人有所矜式，亦有以知中原文献之美也。……噫！二公之诗，其形言而极其和平者，虽自乎性情之正，原其所感之正。则莫非圣朝积累浸渍、陶范化成之效也。诗可以观，讵不信夫？吾东方邈在海外，世受皇恩，深仁厚泽，沦肌浃骨。今圣天子，乃眷东顾，尤勤抚绥，所赐敕至，曰"共享太平"。此尤一国君臣感激惊惶之无已也。我殿下拳拳裒集咳唾之余，思欲印传永久，与国人共之者。则悦二公文雅之美，而尤有感于圣天子宠绥之德之深，无所不用其极之意也。（权擥《〈皇华集〉序》）②

由此可知，朝鲜编辑、刊刻《皇华集》的原因和目的有四：第一，感谢中国的"皇恩浩大"及"宠绥之惠"，使得两国共享太平。第二，天使（中国使臣）德才兼备，乃"圣朝积累浸渍、陶范化成之效"，印其诗文永传以使东人有所借鉴，同时彰显中原文献之美。第三，见证两国的友好交流，提升朝鲜的政治地位。第四，强调朝鲜的"素秉礼仪"，重视文教，也和中国一样有才华卓著的文人和不朽的诗文。

《皇华集》得名于《诗经·小雅·皇皇者华》。笔者认为此名称至少有两重含义：其一，周朝统治者在派遣使臣的宴会上要奏《皇皇者华》的音乐。《毛诗序》曰："《皇皇者华》，君遣使臣也。送之以礼乐，言远

---

① 〔朝〕李承召（1422—1484）:《三滩集》（《影印标点 韩国文集丛刊》第11辑），汉城，韩国民族文化推进会，1988年，第478页。
② 〔朝〕徐居正等编：《东文选》（三），东京，学习院东洋文化研究所，1970年，第429—430页。

而有光华也。"①《左传》亦载:"言忠臣奉使,能光辉君命,为华之皇皇然。"② 据此,"皇华"遂成了钦命使臣或出使的代名词。《皇华集》便指使臣之诗作的汇集。其二,"皇皇"的意思是"光彩闪耀"。朝鲜诗家认为中国使臣的诗歌为"皇皇"之作,甚至认为是可以后续《雅》、《颂》的杰作,如徐居正(1420—1488)评论中国使臣及其诗歌说:"即《周雅》之大夫,其诗即《四牡》、《皇华》之遗响。……以续夫《周雅》之正。"(《〈皇华集〉序》)③

《皇华集》数量巨大,"景泰庚午以来,以文士使本国者,倪谦、司马恂……张承宪、王鹤等二十二人,皆有《皇华集》,总若干卷。"(鱼叔权《稗官杂记》卷三)④ 也就是说,编辑、刊刻《皇华集》从1450年的《庚午皇华集》一直持续到明末1633年的《癸酉皇华集》。正如朝鲜学者吴光运(1689—1745)所言:"《皇华集》者,天使傧臣之相唱酬,一使一集。二百年间,得四十六卷,何其盛也。"(《〈皇华集〉序》)⑤ 在近200年时间里,朝鲜政府不间断地刊行了大量《皇华集》,足见其对中国使臣以及与中国交往的重视。

现行的《皇华集》相对比较完整的有台湾珪庭出版社1978年出版的23部,包括明代使臣二十四次出使朝鲜的酬唱诗文;明代朝鲜官府所编的铜活字本二十四卷《皇华集》,包括十二次出使的唱和作品。《皇华集》中的一部分中国使臣的诗文和朝鲜陪臣的大部分诗文被录入《韩国文集丛刊》和各种诗话、诗评著作中。邝健行先生在《韩国诗话中论中国诗资料选粹》一书的《前言》中指出:"《皇华集》中中国使臣的作品,一部分也见载于诸家的诗话,文字有时稍稍不同。诸家诗话有比《皇华集》优胜的地方,在于对作诗的背景或具体情况说明,甚或对作品有所评议,从而增加我们对作家及作品的理解,不像《皇华集》只纯

---

① 李学勤主编:《十三经注疏·毛诗正义》,北京,北京大学出版社,1999年,第564页。

② 李学勤主编:《十三经注疏·春秋左传正义》,北京,北京大学出版社,1999年,第833页。

③ 〔朝〕徐居正:《四佳集Ⅱ》(《影印标点 韩国文集丛刊》第11辑),汉城,韩国民族文化推进会,1988年,第247页。

④ 〔朝〕朝鲜古书刊行会编:《大东野乘》(一)(《朝鲜群书大系》第3辑),京城,《京城日报》印刷部,1916年,第471页。

⑤ 〔朝〕吴光运:《药山漫稿Ⅱ》(《影印标点 韩国文集丛刊》第211辑),汉城,韩国民族文化推进会,1998年,第60页。

粹记录作品文字。"① 本章所引中朝文臣诗歌出自珪庭出版社的《皇华集》，主要研究内容则为《韩国文集丛刊》、《韩国诗话丛编》中的朝鲜诗家对《皇华集》的诸多评论。

三、《皇华集》的主要内容

《皇华集》涵盖了中国古代诗词文赋各种体裁，内容题材亦极其丰富，中国使臣"凡所见杂兴"以及朝鲜"本国人所和"都在入选之列。其中诗歌所占比重最大，主要内容有以下几类：

(一) 盛赞中国皇恩浩大、文教远播，歌颂盛世太平，表达朝鲜的事大之诚

中国的"文臣在出使之时，其身份乃钦差大臣，肩负颁诏使命。这决定了他们必定以国家、皇帝为中心，亦由此决定了他们与朝鲜文臣的诗文唱和应抛开私人好恶，以国家、皇帝代表的身份宣扬国威，颂扬皇恩，赋扬升平，显扬馆阁风习"②。此外，使臣们还要强调中国对朝鲜的恩惠和教化，而朝鲜君臣也对中国尤其大明王朝格外尊重，将中国大明视为自己的父母之邦，称其为天国或天朝，情愿对中国"事大以诚"。朝鲜方面的陪臣"常出自李朝的高层文官集团，其中许多人曾出使明朝，经过盛大的礼仪场面，对明朝台阁文臣提倡的诗文应黼黻皇猷以歌颂太平盛世的主张颇为投契，而在与明朝文臣的唱和中，次韵的方式和所选择对象的召唤与激励作用，使馆阁诗风的延续在他们的诗歌创作中亦很自然的体现出来"③。于是，他们在中国使臣面前也都尽力表达自己的这种感激和恭敬。如申光汉（1484—1555）所言："皇明文教之覃远，虽周亦有所不及矣。……然观民风者，若并以采录，则亦可见皇明达诗教于天下，呜呼盛哉！"(《〈王诏使鹤皇华集〉序》)④

因此，收录于《皇华集》的大部分诗文都是盛赞中国的皇恩，赞美中国的文教，歌颂盛世太平之作。如1457年，陈鉴和高闰出使朝鲜时，

---

① 邝健行等选编：《韩国诗话中论中国诗资料选粹》，北京，中华书局，2002年，第18页。
② 杜慧月：《明代文臣出使朝鲜与〈皇华集〉》，北京，人民出版社，2010年，182页。
③ 杜慧月：《明代文臣出使朝鲜与〈皇华集〉》，北京，人民出版社，2010年，182页。
④〔朝〕申光汉：《企斋集》(《影印标点 韩国文集丛刊》第22辑)，汉城，韩国民族文化推进会，1988年，第485页。

都作有此类诗歌,陈鉴的诗歌《早谒宣圣庙有作,并燕集明伦堂一首,录呈同席诸君子,希和教,幸幸》曰:

> 凌晨斋洁拜彤墀,数仞墙高未易窥。
> 近向此时追上古,直从中国到边夷。
> 开来继往初何自,振玉声金更有谁。
> 况是我朝文教远,也应无地不宗师。①

高闰也以同样情怀作有《谒宣圣庙》一诗:

> 泰山数千仞,上与浮云齐。我曾此登眺,俯瞰眇群黎。
> 昊天无阶级,欲上将何为。巍巍孔夫子,其道与之俱。
> 日月临下土,雨露涵无私。游夏虽云美,岂能赞一辞。
> 猗兰生路傍,万古帝王师。中国既敦化,海外亦被兹。
> 济济衣冠俗,日夕惟书诗。适承圣君命,凤驾飘然来。②

这两首诗是陈鉴和高闰拜谒了朝鲜的宣圣庙(孔庙)之后所作,自豪地肯定了中国孔圣至高无上的宗师地位,赞扬了孔圣文教的源远流长、泽被后世以及超越时空、远惠朝鲜的莫大功劳。

1460 年,张宁出使朝鲜时曾作《登太平馆楼六十韵》,前四句说:

> 飞楼缥缈入苍穹,西望长安意已通。
> 天地有恩同覆载,华夷无处不朝宗。③

朝鲜陪臣申叔舟(1417—1475)《次韵(张宁〈登汉江楼十首〉其八)》诗曰:

> 千载逢熙运,恩荣绝古今。我王诚事大,使节远来临。

---

① 〔朝〕郑麟趾等编纂:《皇华集》(一),台北,珪庭出版社,1978 年,第 164—165 页。
② 〔朝〕郑麟趾等编纂:《皇华集》(一),台北,珪庭出版社,1978 年,第 166 页。
③ 〔朝〕郑麟趾等编纂:《皇华集》(一),台北,珪庭出版社,1978 年,第 303—304 页。

化日明尧殿，熏风入舜琴。东渐文教洽，四海尽怀音。①

张诗从登楼西望京都起笔，写中国在天下的至尊地位；申诗则直接写朝鲜受中国恩荣的幸运和以诚事大的感恩情意。

1464 年，金湜出使朝鲜所作诗歌大多有歌颂太平盛世之意，如《过三河县求和章》曰：

民无负券顽风息，吏有廉名积弊消。
处处看山兼问俗，从头编作太平谣。②

《出山海关二首求和章》（其一）曰：

长城万里绝天骄，更设重关插汉标。
一路有山皆近海，百川无水不通潮。
平胡老将思归国，奉诏词臣欲渡辽。
自是华夷俱安堵，丰功千古颂神尧。③

朝鲜陪臣自然也顺情说好话，如：

四海正逢同轨日，皇恩到处沸欢声。
　　　　（李承召《次韵（金湜〈出辽阳城东行〉)》）④

关吏不须严击柝，太平天子是神尧。
　　　　（金铨《次韵（金湜〈出山海关二首求和章〉其二)》）⑤

殊方慕义争输欵，圣代修文早偃戈。
况值重华新御极，薰风吹入五弦歌。

---

① 〔朝〕郑麟趾等编纂：《皇华集》（一），台北，珪庭出版社，1978 年，第 316—317 页。
② 〔朝〕郑麟趾等编纂：《皇华集》（一），台北，珪庭出版社，1978 年，第 370—371 页。
③ 〔朝〕郑麟趾等编纂：《皇华集》（一），台北，珪庭出版社，1978 年，第 374 页。
④ 〔朝〕郑麟趾等编纂：《皇华集》（一），台北，珪庭出版社，1978 年，第 379—380 页。
⑤ 〔朝〕郑麟趾等编纂：《皇华集》（一），台北，珪庭出版社，1978 年，第 376 页。

(金守温《次韵（金湜〈过连山关〉）》）①

此次同去的张珹则在诗歌里重点表达了两国文化同源以及朝鲜方面的慕华之诚。如：

慕华渐觉与华同，比屋淳庞尽可封。
玉帛朝天心恳切，诗书教士意雍容。
东平世系为今姓，都护源流是旧宗。
一段忠诚能不替，九重雨露近来浓。

（《和金本清太仆慕华馆诗》）②

见说东藩向化深，于今始识慕华心。
衣冠尽喜归同制，言语何妨溺异音。
半月迟留谙土俗，一朝离别隔云林。
到家拜诏还天府，回首多应思不禁。

（《宴别慕华馆有作，稿奉朴判书》）③

1544年，朝鲜恭僖王卒，世子袭封，亦卒。明朝遣使王鹤前往谕祭。在朝鲜期间（1546），王鹤拜箕子墓后作有《谒箕子墓》一诗：

商运式微日，先生隐忍时。当年须有见，后世讵能知。
教泽东人祖，书畴周武师。瞻依终万古，驻马荐清醨。④

朝鲜陪臣郑士龙（1491—1570）也次诗一首（即《次〈谒箕子墓〉韵》）：

堂封当道左，使节驻移时。授圣书犹在，佯狂意孰知。
三仁虽异迹，万古尚同师。黄卷空相对，争如一奠醨。⑤

---

① 〔朝〕郑麟趾等编纂：《皇华集》（一），台北，珪庭出版社，1978年，第381—382页。
② 〔朝〕郑麟趾等编纂：《皇华集》（一），台北，珪庭出版社，1978年，第487页。
③ 〔朝〕郑麟趾等编纂：《皇华集》（一），台北，珪庭出版社，1978年，第487—488页。
④ 〔朝〕郑麟趾等编纂：《皇华集》（六），台北，珪庭出版社，1978年，第2665页。
⑤ 〔韩〕赵锺业编：《修正增补 韩国诗话丛编》（第3册），汉城，太学社，1996年，第234页；〔朝〕郑麟趾等编纂：《皇华集》（六），台北，珪庭出版社，1978年，第2669页。

在当时的两国文臣看来,箕子是最早将中国与朝鲜联系起来的功臣。因此两诗都指出自箕子东封起,中国文教就开始远播东国,此后,两国便同沐于中原圣教。

(二) 表达使臣的思乡、念国之情

中国使臣出使一次朝鲜,往往需要几个月的时间。在此期间,他们很难与国内的亲人朋友联系,思乡、念国之情在所难免,这又成为他们创作的素材。如申光汉说:"行人司行人王公鹤实应是命,其入我国,道途往来之间,恋阙思亲,即景写事,动有所作,玘珌瑟瑟,散落东土。"(《〈王诏使鹤皇华集〉序》)①

在异乡登高望远,继而思乡赋诗几乎是所有文人的喜好。1460 年,张宁在朝鲜登上黄州广远楼时就作有《登黄州广远楼》一诗:

层楼高出翠微间,景物迢遥慰客颜。
芳草夕阳天外路,乱峰残雪海中山。
烟凝野色村居小,风送边声猎骑还。
却忆帝乡春似海,蓬莱宫阙五云闲。②

登楼而望,远处的美丽景色虽让诗人感到些许安慰,但西下的夕阳、袅袅的炊烟和晚归的猎骑却勾起了远行人的无限乡情。而使臣的特殊身份和神圣任务让诗人将思乡与思君(也是思念祖国)联系起来。1567 年,许国在朝鲜所作的《登太平楼二首》(其一)诗曰:

汉江城上太平楼,使节东来几度留。
穷海尽闻歌帝力,殊方那复动乡愁。
卷帘秋色千山入,倚槛烟光万井浮。
独有中宵怀魏阙,遥随北斗望神州。③

---

① 〔朝〕申光汉:《企斋集》(《影印标点 韩国文集丛刊》第 22 辑),汉城,韩国民族文化推进会,1988 年,第 484 页。
② 〔韩〕赵锺业编:《修正增补 韩国诗话丛编》(第 3 册),汉城,太学社,1996 年,第 226 页;〔朝〕郑麟趾等编纂:《皇华集》(一),台北,珪庭出版社,1978 年,第 298 页。
③ 〔韩〕赵锺业编:《修正增补 韩国诗话丛编》(第 3 册),汉城,太学社,1996 年,第 234 页;〔朝〕郑麟趾等编纂:《皇华集》(六),台北,珪庭出版社,1978 年,第 2705 页。

这首诗表达的同样是登楼思乡,也同样将乡愁与"怀魏阙"、"望神州"联系在一起,使臣的爱国与念国之情已经表达得很明确。再如以下诗句,皆是思乡念国之所发:

> 去岁萱堂寿六旬,遍求诗什庆良辰。
> 途中细忆浑如昨,梦里曾回却未真。
> 会向殿前朝圣主,便归膝下拜慈亲。
> 悬知新妇称觞处,应指天涯说远人。
> (陈鉴《五月十九日,实老母三百六旬又六甲子初度之辰,远道不能奉觞称寿于膝下,情不可但已也。途中偶成七言近体诗一首,录似求和,惟不吝幸幸》)①

> 与客登楼为暂留,宦情相思两悠悠。
> (陈嘉猷《登汉江楼诗二首·和高太博韵》)②

> 昨夜漫天雨雪飞,晓来寒气逼人衣。
> 轺车又向云兴去,千里家山何日归。
> (张瑾《晓发林畔馆》)③

> 孤柝那堪夜,衰肠不肯春。白云在何处,此日倍思亲。
> (陈三谟《广宁城夜坐》)④

> 思亲日暮怜萱草,惜别春归怨杜鹃。
> 独上高台望京国,苍苍云树万山连。
> (熊化《初夏微雨留平壤书怀》)⑤

(三)描绘出使途中的风景及朝鲜的名胜、风情

朝鲜虽偏处一隅,但依山傍海,风景秀丽,民俗风情亦别有情趣,是游

---

① 〔朝〕郑麟趾等编纂:《皇华集》(一),台北,珪庭出版社,1978年,第143—144页。
② 〔朝〕郑麟趾等编纂:《皇华集》(一),台北,珪庭出版社,1978年,第269页。
③ 〔朝〕郑麟趾等编纂:《皇华集》(二),台北,珪庭出版社,1978年,第677—678页。
④ 〔朝〕郑麟趾等编纂:《皇华集》(六),台北,珪庭出版社,1978年,第2855页。
⑤ 〔朝〕郑麟趾等编纂:《皇华集》(七),台北,珪庭出版社,1978年,第3621页。

览观光之胜地。中国使臣自然不会错过这大好机会,都会游览一番,因此留下许多观游之作。如黄洪宪《平远亭十咏为朴议政赋》、龚用卿《平壤胜迹二十绝》、张承宪、薛廷宠、华察《平壤胜迹二十咏》、吴希孟《保乐堂十咏为左议政金国相题》等等。正如李瀷(1681—1763)《肯思亭记》所说:

> 在昔国朝盛际,王人钦差至都,观风问俗,必择佳山水往游焉,则方舟汉江是也。吟赏兴寄,极意而罢。国之操觚韵士,又从而扳和之,于是有《皇华集》行于世。余生而晚,未逮也,每阅卷而抚感。其见于诗,有杨花津者,有仙游暨蚕头峰者,有望远亭者,此其最名胜也。此数者固已传之上国,使天下之人知鲲鳖以外有此奇观,亦将有傃日而起想者矣。①

现将中国使臣此方面的几首代表作列于下:

> 东国有高楼,楼前汉水流。光摇青雀舫,影落白鸥洲。
> 望远天疑尽,凌虚地欲浮。入窗风日好,下榻重淹留。
> (张宁《登汉江楼十首》其一)②

> 步上龙头第一峰,烟光无限兴何穷。
> 四旁山水诗情外,万里乾坤望眼中。
> 村舍北连城郭近,渔舟西去海门通。
> 主人置酒频留客,不觉残阳失晚红。
> (祁顺《龙头山晚酌》)③

> 老树千章暗,晴峰万点尖。山肴多枣栗,海利擅鱼盐。
> 远水笼烟碧,新苗过雨霑。栖鸦归返照,诗思晚来添。
> (龚用卿《重过生阳馆》)④

---

① 〔朝〕李瀷:《星湖全集Ⅱ》(《影印标点 韩国文集丛刊》第199辑),汉城,韩国民族文化推进会,1997年,第481页。
② 〔朝〕郑麟趾等编纂:《皇华集》(一),台北,珪庭出版社,1978年,第310页。
③ 〔朝〕郑麟趾等编纂:《皇华集》(二),台北,珪庭出版社,1978年,第726页。
④ 〔朝〕郑麟趾等编纂:《皇华集》(四),台北,珪庭出版社,1978年,第1771页。

晴光几千里，危亭落净川。忽闻环珮响，疑有凌波仙。

（华察《练光亭》）①

溪边曲洞依流水，树里闲云抱远山。
残雪微风舟缓渡，分明人在画图间。

（陈三谟《渡清川江》）②

池上楼台蘸绿波，海风吹送月明多。
为怜夜气清如许，不种蔷薇种芰荷。

（朱之蕃《平壤十六景·风月楼》）③

绝巘凌霄汉，空青点太微。幽泉流叠嶂，削壁匝重围。
挥客双严翠，裁云万树飞。开尊望白岳，登眺揽晴晖。

（王梦尹《过青石山》）④

夕阳、白雪、明月、清风、闲云、春雨、叠嶂、幽泉、碧树、荷香，还有美丽的田野、宁静的村舍、丰饶的物产，再加上中国使臣和朝鲜陪臣共同游赏的真切情谊，如此充满魅力的景致、风土人情和其乐融融的氛围怎能不引起浓浓的诗思？因此，在《皇华集》中这类写景之作最多，也最精彩，不少可以和中国历代的写景抒情佳篇媲美，甚至有些是"模范唐音"之作。

（四）中朝文臣的友好相处及留别之情

使臣出使一次朝鲜，往往要停留一月或数月，在此期间，大部分时光和朝鲜陪臣一起度过。他们在一起游览、宴饮、唱和，结下了深厚的友谊。如："景泰初年，侍讲倪谦、给事中司马询（注：应作'恂'）到国。……馆伴郑文成不能敌。世宗命申泛翁、成谨甫往与之游，仍质汉

---

① 〔朝〕郑麟趾等编纂：《皇华集》（五），台北，珪庭出版社，1978年，第2295页。
② 〔朝〕郑麟趾等编纂：《皇华集》（六），台北，珪庭出版社，1978年，第2941页。
③ 〔朝〕郑麟趾等编纂：《皇华集》（七），台北，珪庭出版社，1978年，第3514—3515页。
④ 〔朝〕郑麟趾等编纂：《皇华集》（八），台北，珪庭出版社，1978年，第3844页。

韵。侍讲爱二士,约为兄弟,相与酬唱不辍。"(成伣《慵斋丛话》卷一)① 其中提及的郑、申、成三人分别指郑麟趾(1396—1478)、申叔舟、成三问(1418—1456)。《皇华集》中的许多诗文就记录了双方文臣的友好交流、和谐相处。如倪谦的《汉江春泛》诗曰:

> 才登杰构纵奇观,又櫂楼舡泛碧湍。
> 锦缆徐牵缘翠壁,玉壶频送隔雕阑。
> 江山千古不改色,宾主一时能尽欢。
> 遥想月明人去后,白鸥飞占镜光寒。②

中国使臣倪谦和朝鲜陪臣乘船游览汉江,一边欣赏美景,一边饮酒、畅谈,宾主尽欢,其乐融融。

陈鉴出使朝鲜时,朝鲜方面的远接使为大学士申叔舟。二人均有诗歌描写当时的场景以及互相欣赏、尊敬之情,如二人唱和的一组诗歌云:

> 海外曾传申泛翁,清材雅量许谁同。
> 晋书风格超神品,汉代文章入化工。
> 未识英标心已慕,遂成佳会喜无穷。
> 贤王自昔资良弼,东土须收第一功。
>
> (陈鉴《鄙诗投赠,薄寓下怀,
> 深愧浅肤,端祈和教》)③

> 间世文章继醉翁,修夸还与古人同。
> 德尊山斗宜推重,学究天人契妙工。
> 试把清芬方自幸,从知豪气竟难穷。
> 公归伫见东渐化,黼黻文章早建功。
>
> (申叔舟《次韵》)④

---

① 〔朝〕朝鲜古书刊行会编:《大东野乘》(一)(《朝鲜群书大系》第3辑,京城,《京城日报》印刷部,1916年,第19—20页。
② 〔朝〕郑麟趾等编纂:《皇华集》(一),台北,珪庭出版社,1978年,第38页。
③ 〔朝〕郑麟趾等编纂:《皇华集》(一),台北,珪庭出版社,1978年,第197—198页。
④ 〔朝〕郑麟趾等编纂:《皇华集》(一),台北,珪庭出版社,1978年,第198页。

清联格力驾涪翁，典雅英华莫与同。
细讨精微添气概，冥搜玄妙夺神工。
斗南擅步推名重，海上持螺愧技穷。
盛德不遗孤陋者，诚知造化有奇功。

(申叔舟《次韵》)①

相处得越是融洽，分别就越发伤感，使臣们经常是"竣事还也，抆泪而别"（成三问《皇华酬唱》）②。据《李朝实录》中宗16年(1521)12月23日记载："辛丑，两使（注：指唐皋、史道二人）到鸭绿江边，招李和宗语曰……副使谓曰：'若知有此别，不如不相知之为愈也。'两使各挥涕而出。两使使头目招和宗曰：'俺等所以招汝者，欲致缱绻之意于殿下及参赞大人，今既见汝，不知所言。'又各下泪。"③ 于是以诗寄离情又成了双方赠别的主要方式。如倪谦出使朝鲜时曾作《赋得近体一章留别谨甫知院贤契》一诗，表达与成三问的友情和即将离别的不舍：

海上相逢即故知，燕闲谈笑每移时。
同盟拟结金兰契，共饮偏怜玉树姿。
敢谓扬雄多识字，雅奇子羽善修辞。
不堪判袂临江渚，勒马东风怨别离。④

此诗在成三问的诗文集《成谨甫集》中题作《留别成谨甫》，其中两句作"同心好结金兰契"、"雅知子羽善修辞"。⑤

成三问也有《敬次倪天使留别之韵送别》以酬答倪谦：

相知即日喜心知，别后相思问几时。

---

① 〔朝〕郑麟趾等编纂：《皇华集》（一），台北，珪庭出版社，1978年，第198页。
② 〔朝〕成三问：《成谨甫集》（《影印标点 韩国文集丛刊》第10辑），汉城，韩国民族文化推进会，1988年，第187页。
③ 〔日〕末松保和编：《李朝实录》（第21册），东京，学习院东洋文化研究所，1959年，第654页。
④ 〔朝〕郑麟趾等编纂：《皇华集》（一），台北，珪庭出版社，1978年，第89页。
⑤ 〔朝〕成三问：《成谨甫集》（《影印标点 韩国文集丛刊》第10辑），汉城，韩国民族文化推进会，1988年，第188页。

> 鹤岭云寒仍腊雪，鸭江波绿已春姿。
> 锦囊只乏奚奴拾，斗酒元非樊哙辞。
> 千里送公今日意，一杯南浦忍分离。①

然而，不管相处得多么融洽、多么不舍，分别还是在所难免。于是中朝文臣在别后往往继续保持友谊，保持书信往来。在书信中或诉思念之情，或互赠诗歌，这些诗歌不在《皇华集》之中，此处不再赘述。

"若就文学而言，则如现存朝鲜时代二十四种《皇华集》，皆为中朝使臣与文人的唱和之作，虽然纯粹从文学角度视之，未必说得上是精品，但从文化交流的角度视之，则是不容忽视的史料。而且，这种'诗赋外交'的制度，对于推动朝鲜汉文学的发展也是具有相当作用的。"②

第二节　朝鲜诗家论中国使臣及其诗歌

在朝鲜，上至君王，下至一般文人，都极重视《皇华集》，对《皇华集》的刊印、保存非常仔细、小心。一是因为朝鲜人酷爱诗歌；二是因为《皇华集》主要是中国使臣及朝鲜重要陪臣的诗作，是大明对朝鲜怀柔及中朝友好交流的见证。如就《皇华集》的再版重校问题，大学士柳根（1549—1627）曾郑重向明使朱之蕃解释：

> 前件《皇华集》，为缘顺付谢恩使之行，印出忙遽，未及细考。及至重校，颇觉有误字，乃敢随后删改。复呈一件，伏想已达否。校书如拂尘，安知又有讹误也耶？所幸尚有当初录奉原本，可得以随谬正之，伏希盛亮。（《上朱天使书》）③

自第一部《皇华集》刊刻以后，朝鲜诗家便以不同形式展开了对《皇华集》方方面面的评论。有的抒发读后感慨，如苏世让（1486—

---

① 〔朝〕成三问：《成谨甫集》（《影印标点 韩国文集丛刊》第10辑），汉城，韩国民族文化推进会，1988年，第188页。
② 张伯伟：《域外汉籍与中国文学研究》，《文学遗产》2003年第3期。
③ 〔朝〕柳根：《西坰集》（《影印标点 韩国文集丛刊》第57辑），汉城，韩国民族文化推进会，1990年，第512页。

1562)《读〈皇华集〉》、郑士龙《夜读〈皇华集〉,偶书》等等。有的为《皇华集》作序,或论其作者,或评其诗歌,或谈其创作过程、刊刻原因等,或对这几方面兼而论之,仅收录在《东文选》和《韩国文集丛刊》中的《〈皇华集〉序》就有20多篇。在《韩国文集丛刊》和《韩国诗话丛编》中还有更多诗家以不同方式对《皇华集》的评论。这足见朝鲜诗家对《皇华集》的重视以及评论规模之大。

一、论中国使臣

受中国的影响,朝鲜也是一个酷爱汉文学的国家,自新罗至朝鲜朝,出现了大量优秀的汉文作家、评论家。他们能诗善文,并以此为自豪,经常找机会和中国文人一比高下。如朝鲜朝中期汉文学家柳梦寅曾说:

> 向者,天朝士夫因东征多到我邦。听其言中国士论,多我国文章,以为若使应举中朝,其人才之多,过于湖广、江西。余闻而喜之。尝见中朝应举文,湖广、江西虽多伟作,若使东方佳篇并列于其间,吾侪强彼乎?彼强吾侪乎?(《送冬至使李昌庭序》)①

所以他们也经常抓住中国使臣在朝鲜的机会索求诗文或与之酬唱,并暗暗与其比较以显示自己的才华。中国在派遣使臣时,也充分考虑到了这一点,所以往往挑选那些既有政治才华又能诗善文的使臣,目的是让他们在出色完成政治使命的同时也能在诗赋外交上占据优势。因此,在朝鲜诗家看来,中国的大部分使臣都是"文学望重之士"(郑泰齐《菊堂排语》)②,从他们的评价也可见一斑,如下面几段:

> 惟公才学之赡,器度之豪,早捷科第,蜚英辉爀。遂荷知遇,给事左右,以佐圣天子仪礼制度之政,乃今衔远命,惠来于我。(崔恒《〈张宁皇华集〉序》)③

---

① 〔朝〕柳梦寅:《於于集》(《影印标点 韩国文集丛刊》第63辑),汉城,韩国民族文化推进会,1991年,第365页。

② 〔韩〕赵锺业编:《修正增补 韩国诗话丛编》(第3册),汉城,太学社,1996年,第223页。

③ 〔朝〕崔恒(1409—1474):《太虚亭集》(《影印标点 韩国文集丛刊》第9辑),汉城,韩国民族文化推进会,1988年,第189页。

陈给事中嘉猷……为人美容姿,须髯如画,信乎人与才两美也。(成俔《慵斋丛话》卷一)①

成化纪元十二年冬十有一月,皇帝建储位,诏天下,遣户部郎中祈公某、贰以行人张公使于我国。两公气专而秀,言温而和,风仪雅标,动合规度,而又佐之以《诗》、《书》、六艺之文。凡有耳目其声貌者,莫不景慕爱悦之无已。(李石亨《〈皇华集〉序》)②

圣天子诞膺天命,光登宝位。兹者,册立皇储,示天下端本,乃遣户部郎中祈公顺、行人司左司副张公瑾来使我邦。两先生皆以温柔敦厚之资、雄伟豪杰之才,周旋使事,从容甚度。(徐居正《〈皇华集〉序》)③

凡有诏命,必遣使来,而皆文章、才行有重望于当时者为之使,若倪侍讲、陈内翰及陈给事、张舍人。是数先生,皆经幄之臣、金闺之彦,圭章闻望,斧藻词华,东人仰之如景星仪凤,实一代之高选也。……太仆金先生、舍人张先生亦以侍从之贵,出膺专对之选,双凤联翩,止于海东,敷畅纶音。(李承召《〈皇华集〉序》)④

其在祖宗朝,有若端木公智、祝公孟献、倪公谦、司马公洵(注:当是"恂"的笔误)、陈公鉴、陈公嘉猷、张公宁、祈公顺,实膺其选,接武以来。兹数君子,学问之高、文章之富,小邦之人耳之目之,且有亲熏而炙之者矣。今我皇上嗣守大宝,与天下更始。于是乎翰林学士章贡董公、工科给事中浙东王公又辍侍从之班,来布德音于万里,圭璋闻望,符彩相辉。其学问、文章无让于端木以

---

① 〔朝〕朝鲜古书刊行会编:《大东野乘》(一)(《朝鲜群书大系》第3辑),京城,《京城日报》印刷部,1916年,第21页。
② 〔朝〕李石亨(1415—1477):《樗轩集》(《影印标点 韩国文集丛刊》第9辑),汉城,韩国民族文化推进会,1988年,第428页。
③ 〔朝〕徐居正:《四佳集Ⅱ》(《影印标点 韩国文集丛刊》第11辑),汉城,韩国民族文化推进会,1988年,第247页。
④ 〔朝〕李承召:《三滩集》(《影印标点 韩国文集丛刊》第11辑),汉城,韩国民族文化推进会,1988年,第478页。

下诸公，而其冰蘖之操则直与吕丞相颉颃于数百载之上。噫！皇朝神圣相承，作育人材，朝廷庶位，跄跄济济，莫非大雅之吉士。（金宗直《〈皇华集〉序》）①

行人司行人熊公化实膺是命而来。公风仪端整，器度温粹，有似景星祥凤，令人快睹争先。而其冲澹之想、简洁之操，皆可为远人矜式。（李廷龟《〈皇华集〉序》）②

在这几段中，朝鲜文人分别赞美了张宁、陈嘉猷、祈顺、张瑾、倪谦、陈鉴、董越、熊化、王敞等中国使臣。在他们的描述中，这些使臣才学出众、品行端正、风仪雅标，都是让东国人景慕的"一代之高选"，是朝鲜文臣学习的榜样。他们给朝鲜带来了天朝的德音和恩惠，也使得朝鲜在文学上受到濡染。

不难看出，这里有些应酬之作，存在溢美之词，并非都是真心真意的褒扬。其实在他们心中，中国使臣并非完美无瑕，对"天使到我国者，皆中华名士也"、"中朝使臣前后来者，皆文章节义之士"这样比较笼统的说法，他们实际并不赞同。如申昉（1686—1736）所说："前后天使有文者，盖不多人，岂皆文章之士？"（《屯庵诗话》）③《李朝实录》的一些记载也可以证明这一点，如被李承召誉为"出膺专对之双凤"的金湜、张珹，在《李朝实录·世祖实录》1464 年 5、6 月份的记录中就是一对贪鄙者的形象：

（上）既毕还宫，命都承旨赠湜等鸦青绵布团领各一、草绿绵紬夹塔胡各一、红绵紬蓝腰线夹帖里各一、白绡衫各一、白苎布汗帖里各二、白鹿皮靴、毡袜套鞋各一。湜等初若辞者，终皆受之。

---

① 〔朝〕金宗直（1431—1492）：《占毕斋集》（《影印标点 韩国文集丛刊》第 12 辑），汉城，韩国民族文化推进会，1988 年，第 414—415 页。
② 〔朝〕李廷龟：《月沙集Ⅱ》（《影印标点 韩国文集丛刊》第 70 辑），汉城，韩国民族文化推进会，1991 年，第 140—141 页。
③ 〔朝〕申昉：《屯庵集》（《影印标点 韩国文集丛刊（续）》第 66 辑），首尔，韩国古典翻译院，2008 年，第 566 页。

(5月18日)①

　　湜能诗,又工于书画,亦善八分篆隶。副使张珹亦能诗。然湜年老性贪鄙,虽家中所用鍮铜器皿,亦无不干请,必得而后已。珹求索比湜为少。(5月20日)②

　　甲戌,正使金湜手书求请物件付迎接都监。……凡其所无,无不备载。副使张珹亦略有所求。(5月22日)③

　　张珹谓通事张有诚曰:"上大人多求猥碎之物,殿下无乃以此为烦乎?"(6月2日)④

那么,朝鲜陪臣为何写出这些溢美之词呢?

首先,如前所述,使臣代表中国形象,中国在选派时的确是精心挑选的。如金湜兼善诗、书、画,"每命笔,姿态横生,率题小诗于上,人称为三绝"⑤。张珹"博究群籍,词翰美赡。精书法,旁通轩岐之言。性尤肫挚……"⑥朱之蕃,自幼工书善画,能诗能文,官至吏部右侍郎,曾于万历三十四年(1606)出使朝鲜。他长于山水,其画宗米芾、吴镇,亦善画竹石,兼有文同、苏轼之妙,留下墨迹甚多。其他使臣也多非常优秀,如:

　　宁官给事中,謇谔自持,六科章奏多出其手。每有大议,必问

---

① 〔日〕末松保和编:《李朝实录》(第14册),东京,学习院东洋文化研究所,1957年,第28页。
② 〔日〕末松保和编:《李朝实录》(第14册),东京,学习院东洋文化研究所,1957年,第29页。
③ 〔日〕末松保和编:《李朝实录》(第14册),东京,学习院东洋文化研究所,1957年,第29页。
④ 〔日〕末松保和编:《李朝实录》(第14册),东京,学习院东洋文化研究所,1957年,第31页。
⑤ 张传保修,陈训正、马瀛纂:《民国鄞县通志》,上海,上海书店,1993年,第119页。
⑥ 〔清〕杨激云修,〔清〕顾曾烜等纂:《光绪泰兴县志》,南京,江苏古籍出版社,1991年,第207页。

张给事云。……其才略为一时所称,后以建言忤李贤,与岳正同调外,其气节尤为天下所重。虽一麾出守,蹶不复振,而屹然宿望不在廊庙钜公下。今观其奏疏诸篇,伟言正论,通达国体,不愧其名。他文亦磊落有气,诗则颇杂浮声,然亦无龌龊萎弱之态。(《四库全书总目提要》第一百七十卷"《方洲集》二十六卷附《读史录》四卷"条)①

谦当有明盛时,去前辈典型未远,故其文步骤谨严,朴而不俚,简而不陋,体近三杨而无其末流之失,虽不及李东阳之笼罩一时,然有质有文,亦彬彬然自成一家矣。(《四库全书总目提要》第一百七十卷"《倪文僖集》三十二卷"条)②

其次,朝鲜对中国既有崇拜又有些恐惧,非常希望中国使臣能将自己的事大之诚意传达到天朝。而且,朝鲜文臣为《皇华集》所作的序,是朝鲜政府的代言,中国使臣在当时或稍后就能看到。朝鲜方面最担心的是不能见悦于明使,如果明使回国后向明朝皇帝进谗言,那样对朝鲜非常不利,所以就想方设法竭力讨好这些使臣。而使臣回国后在明朝皇帝面前的美言,则对朝鲜大有好处。如嘉靖十六年(1537),龚用卿、吴希孟到朝鲜颁诏回来后上言曰:"朝鲜素称恭顺,较之诸夷不同,而国家礼遇其国,亦未尝以夷礼待之。迩者,赍诏至彼,其王李怿又能恪遵典礼,敬事不违,良可嘉尚。"③ 这样的评价当然对朝鲜非常有利。

相比之下,其他场合或后代一些朝鲜文人对中国使臣的认识和评价则少了这样的政治因素,因而更为坦率和客观。如以下几段:

天使到我国者,皆中华名士也。我得闻之者,周倬能文,作《〈陶隐集〉序》。祝孟献能诗与画,尤长于翎毛,挥洒与人者无限,至今民间多有手迹。景泰初年,侍讲倪谦、给事中司马询(注:当

---

① 〔清〕永瑢等撰:《四库全书总目提要》(《万有文库》本第33册),上海,商务印书馆,1931年,第61—62页。
② 〔清〕永瑢等撰:《四库全书总目提要》(《万有文库》本第33册),上海,商务印书馆,1931年,第57—58页。
③ 刘菁华等编选:《明实录朝鲜资料辑录》,成都,巴蜀书社,2005年,第217页。

是"恂"的笔误,下同)到国,询不喜作诗,谦虽能诗,初于路上不留意于题咏。……世祖朝,翰林陈鉴、太常高闰到国……太常为人骄傲。……其后给事中张宁以我国擅杀野人事来问……给事大笑而起,为人风标俊逸,意气豪毅。……其后太仆丞金湜、中书舍人张珹到国。……然太仆性贪,多受财赂。临行虽脯果杂物,皆亲自束缚,又多请铁物而去,时人谓之鍮器长商士。……成庙初年,工部员外郎姜浩与宦官金兴同时到国,员外一不论文作诗,日夜纵酒……董侍讲、王给事之来,侍讲诗文俱清赡,笔凭晋迹。给事诗与书亦皆豪宕,真一双连璧也。然诏敕分迎之事有违于礼,未免东人所讥也。兵部郎中艾璞与行人高允善偕到国……郎中谓馆伴曰:"我之奉使无淹留之弊,且不受礼物,我之清德,帝何由知?汝国当以此奏闻于朝,则帝必褒之矣。"人有闻者,无不诽笑。郎中不作诗,毕竟投数首而去,诗语稚涩。副使又作《卢馆伴传》,粗鄙莫甚,至今国家呼轻薄钓名者,谓之"艾璞"。今上即位之年,太监金辅、李珍奉诏而来,行人王献臣亦随之。献臣年少人也,先令辽东移咨我国,谕以不受赆物清节之义。人皆笑之曰:"使人欲知之清,岂如使人欲勿知之清乎?"及到国,不占一联,曰:"人当务本,安用末技为?"人皆笑之曰:"自不为耳,安用大言夸诩于人?"文雅之事,一不留意,惟守礼之末节,苟或小差,必见诟怒,国人以此少之。①

这段话出自成伣(1439—1504)的稗说体文集《慵斋丛话》卷一。成伣是朝鲜朝前期著名文人,金安国(1478—1543)《虚白堂先生文戴成公行状》载:"弘治元年二月,董侍讲越、王给事敞奉使来,公应接尽礼,相与唱和,两公叹服。后见本国人赴京者,必问公安否。"② 成伣也曾作为使臣来过中国,对中朝使臣的交流情况比较了解,因此这段对中国使臣的记载及各方面的评价应该是比较真实客观的。成伣首先肯定了到朝鲜的使臣都是中华名士,并列举了几位使臣的特长、品性和事迹。接下

---

① 〔朝〕朝鲜古书刊行会编:《大东野乘》(一)(《朝鲜群书大系》第3辑),京城,《京城日报》印刷部,1916年,第19—27页。
② 〔朝〕成伣:《虚白堂集》(《影印标点 韩国文集丛刊》第14辑),汉城,韩国民族文化推进会,1988年,第543页。

来他揭露了中国使臣的一些丑行，如金湜贪婪、受贿；姜浩的日夜纵酒；艾璞自视清廉并要求朝鲜向中国皇帝奏明以得到褒奖，作诗却语言稚涩；王献臣也自许清廉，不会作诗却说诗乃末技，而且极愿意在细小的礼节上吹毛求疵。这些丑行成为朝鲜人的笑柄，影响极坏。值得注意的是，成伣对同一个人的不同方面表现出褒贬不一的态度，如谈到董侍讲（董越）、王给事（王敞）时，他先赞扬了二人在诗歌、书法上的成就，然后指出二人在礼节上有所缺欠，受到东人之讥笑。这是非常客观的一种批评态度，比《〈皇华集〉序》中的一味赞美更有意义。正如韦旭升先生所言："李朝的'稗说体'……灵活、丰富，弥补了专著的不足。不少地方对研究朝鲜的封建时期历史、地理、文化、典籍等等，有很大的参考价值。它保留了一些专著所缺或不能保留的资料。"① 这段记载就是《李朝实录》和《〈皇华集〉序》中见不到的宝贵资料，对研究中国使臣在朝鲜的政治、文学活动情况有重要参考价值。

再如张维《谿谷漫笔》的一段记载：

> 崇祯丙子岁，登莱监军黄孙茂奉敕来我。黄是江西建昌人，壬戌进士，为人嗜酒疏阔，颁敕日屡失礼而不自知。沿途作诗，不解平仄，不知押韵。……黄公进士出身，官位通显，而作诗如此，中华文明安在哉？令人慨然。然近岁华使来者，黩货无餍，而黄颇廉，其长处亦不可掩也。②

在这里，张维首先指出了明使黄孙茂的缺点，嗜酒、失礼和不解诗道，并认为此种形象践踏了中华文明。然后他又将黄孙茂与后来使臣比较，认为他也有优点，那就是清廉不贪。

再看尹国馨《甲辰漫录》对中国使臣的描述：

> 天使之来我国者，太监则例多需索，而文官则或清简律己，或诗酒风流留名，不然则平平而已。虽有不廉之讥者，亦不至如太监之辈矣。余所目睹者，丁卯天使许国、魏时亮才华清慎，迥出等夷，

---

① 韦旭升：《朝鲜文学史》，北京，北京大学出版社，1984年，第216—217页。
② 〔朝〕张维：《谿谷集》（《影印标点 韩国文集丛刊》第92辑），汉城，韩国民族文化推进会，1992年，第602页。

> 人皆望若麟凤。自有天使，始有此人，至今称之不衰。乱后，薛、司两天使正当抢攘，接待不成模样。有不足言者，如顾翰林天峻、崔行人挺健以封太子颁诏，来于壬寅春。是时贼退已久，接待之礼几复旧规。而顾之贪纵无比，饮食供帐至微之物，皆出给而换银。言之浼口，至带盲人称为相公，并轿而行，尤博人笑。崔亦与顾等而差胜，二百年来，天使风采至此消尽。可惜！①

> 乙巳冬，皇元孙诞生，播告天下。朱之蕃为正使，梁有年为副使，丙午四月始至我国。朱嗜饮喜诗，且能额字，与我国宰枢游宴，有同侪辈。至如戏挚，人有请额，则无论贵贱，便即挥洒，笔迹几遍于中外人家窗壁。至有以碑碣请者，无不应。梁才华落朱远甚，大概皆不免爱银之病，然不如顾之为甚。且未束下，颇有纵恣之弊。②

> 前年，今上册封，太监天使刘用始索银甚刻，得五万余两去。今年世子册封，太监冉登索银倍于刘用，得五六万余两去。后来者必效此加征，则未知国家将何以继之也？③

如果说黄孙茂在朝鲜人看来还是优缺点参半的话，那么《甲辰漫录》中所记载的以上这些贪婪无比、厚颜无耻地索钱索物又毫不知礼的中国使臣，则让天使风采消失殆尽，更让大明王朝颜面扫地。

徐居正是朝鲜朝前期著名的大学士和重要文臣，多次作为陪臣和远接使与中国使臣接触，《〈丙申皇华集〉序》就是出自他的手笔。其曰：

> 两先生皆以温柔敦厚之资、雄伟豪杰之才周旋使事，从容甚度。……两先生之才之美，即《周雅》之大夫。其诗即《四牡》、《皇华》之遗响，是岂可以不列于皇明制作之班乎？两先生之还，

---

① 〔朝〕朝鲜古书刊行会编：《大东野乘》（九）（《朝鲜群书大系》第12辑），京城，《京城日报》印刷部，1916年，第623页。

② 〔朝〕朝鲜古书刊行会编：《大东野乘》（九）（《朝鲜群书大系》第12辑），京城，《京城日报》印刷部，1916年，第630—631页。

③ 〔朝〕朝鲜古书刊行会编：《大东野乘》（九）（《朝鲜群书大系》第12辑），京城，《京城日报》印刷部，1916年，第650—651页。

其以是篇献诸天子,播之弦歌,以续夫《周雅》之正。则我国虽小,有古箕子存神之妙,其所以采录亦不必后于桧、曹者矣。①

在这里,徐居正对正使祈顺和副使张瑾的为人和诗作大加赞美,其中明显有阿谀之词。而他晚年所撰的《笔苑杂记》,对中国使臣的记载更加详细,也更加客观,如卷二有这样一段:

> 中朝使臣前后来者,皆文章节义之士。自陆顒、端木孝思、祝孟献以下,皆可数。自居正所及见,世宗末年倪侍讲谦、司马给事恂偕来,倪通而和,马简而正;才名马不及倪,操行倪不及马。陈吏部纯、李司正宽继来,陈之节行,仰若山斗;李则风仪隽朗,处事在陈范围之内,不露圭角,亦可人也。后有陈侍讲鉴、高太常闰,陈之文章亚于倪,而操行则同;高之文章不及于陈,而操行则愈下。……陈给事嘉猷宽平正大,观其气象,知其为大人君子,文章亦平淡。张给事宁,其文章可伯仲于陈,而言行颇有强作处,然亦君子人也。金舍人湜工于七言四韵,笔法、画格亦高妙,但节行扫地。张舍人珹有温雅气象,而无奇节。姜行人浩有宽大之量,而少文雅。祈户部顺笃实有节行,文词亦醇正,其陈、张两给事之俦乎?张行人瑾文章操行不及祈,而在其范围之内耳。②

徐居正分别从才学和德行方面对中国使臣做了评价,认为有的使臣诗文出色而德行不佳,也有的操行甚高而诗文平平。他还将使臣们互相比较,从而得出更加公正的结论。所以徐居正的评价态度和方法具有辩证色彩,观点也更加令人信服。

二、论《皇华集》诗歌

《皇华集》的总体成就虽然不高,但仍然是以诗歌为主的文学作品,所以朝鲜诗家的大部分评论还是集中在这些诗歌上。他们对《皇华

---

① 〔朝〕郑麟趾等编纂:《皇华集》(二),台北,珪庭出版社,1978年,第534—536页。
② 〔朝〕朝鲜古书刊行会编:《大东野乘》(一)(《朝鲜群书大系》第3辑),京城,《京城日报》印刷部,1916年,第289—290页。

集》诗歌的评论也首先受到政治因素的影响，以赞美为主，而抛开政治因素后的评论则更加公正和准确。

（一）赞美《皇华集》

1. 《皇华集》乃《雅》、《颂》之遗音

《诗经》分《风》、《雅》、《颂》三大类，"风土之音曰风，朝廷之音曰雅，宗庙之音曰颂"（《通志·昆虫草木略序》）①。如果说《风》是文学典范，那么《雅》、《颂》则更具政治功用。雅，正也。雅又分《大雅》和《小雅》，《大雅》用于重大的仪式典礼，演奏规模非常宏大。《大雅》的绝大部分都是颂美之作，歌颂对象为先祖、贤君、英雄人物等。同时其展示了周王朝的政治面貌，宣扬王道和君子之道，具有浓烈的政治色彩。《颂》分为《周颂》、《鲁颂》和《商颂》，也主要是歌功颂德的作品。《颂》诗在歌功颂德的同时，也宣扬教化，倡导社会政治和谐。

《诗经》是儒家文化的重要载体，在中国历史、政治及文学上的地位无需多言，对儒家文化圈中的朝鲜也有深远影响。朝鲜诗家认为："古人之教，莫切于《诗三百》，无论庠塾与闺门，必以是先焉。盖其所以惩创感发得夫性情之正者，有深于礼训防范焉耳。"（鱼有凤《〈诗编〉序》）② 而"所谓《雅》、《颂》者，出于圣人之手，所以垂世立教者也。"（成三问《〈八家诗选〉序》）③

对朝鲜来说，中国使臣的到访无疑是非常重大的政治事件，是天朝恩德惠及朝鲜的体现，所以接待时的酬唱之作就如《雅》、《颂》一样，其政治功能不容忽视。许多朝鲜文人就直接在文中表达了这种认识，如：

> 于时，吏部郎中东广祈先生顺、行人司左司副张先生瑾衔命到国，遇物兴怀，辄有所作，文涵众妙，诗神七步，鋗轰乎大篇，蕴顺乎短章。其导宣皇恩、嘉惠远人之意，蔼然溢于言外，岂非所谓

---

① 〔南宋〕郑樵：《通志》，杭州：江苏古籍出版社，2007年，第865页。
② 〔朝〕鱼有凤（1672—1744）：《杞园集Ⅱ》（《影印标点 韩国文集丛刊》第184辑），汉城，韩国民族文化推进会，1997年，第193页。
③ 〔朝〕成三问：《成谨甫集》（《影印标点 韩国文集丛刊》第10辑），汉城，韩国民族文化推进会，1988年，第193页。

骋《大雅》之雄、鸣国家之盛者乎?(姜希孟《祁〈皇华集〉跋》)①

而两贤诗文,岂但铿鍧一时,炳耀海域,将续夫《周雅》之正,被之八音,垂诸万世。(金安老《〈皇华集〉序》)②

公妙年投笔,诚有封狼居胥意。破浪东来,击楫成誓,烈烈丈夫之雄。及见雍容尊俎,驰骤韵语,又何舂舂《大雅》也。(李敏求《副总兵程龙〈皇华集〉序》)③

翰林院编修敬堂韩先生、吏科左给事中锦江陈先生奉新皇帝登极诏若敕来。……至其为诗,亦皆纯粹平澹,无非出乎性情之正,发其风教之醇。则殆将推一心之得,明《大雅》之作,以黼黻乎皇猷,笙镛乎治道。荐之郊庙朝廷,及于天下后世,盖可知已。况乎文章实根于经术,其有观风化成之学、明道经纶之业,亦岂外是而求之?(卢守慎《〈皇华集〉序》)④

……形诸言者穆如清风,咏叹之间,不啻如吹竹弹丝敲金击石。……然则《皇华》之集,不但为东方之宝,将永传于天下后世也必矣。他日,歌赓载赞皇猷,以振《大雅》之作,以新一代之制,以继成周之盛。(郑惟吉《壬午年〈皇华集〉序(应制)》)⑤

此特两先生触物寓兴,观风采俗之作。其咳唾之珠玑散落于东韩者,不过沧海之一滴,而片言只字皆是《大雅》之遗音。(李廷

---

① 〔朝〕姜希孟(1424—1483):《私淑斋集》(《影印标点 韩国文集丛刊》第12辑),汉城,韩国民族文化推进会,1988年,第139—140页。
② 〔朝〕金安老(1481—1537):《希乐堂稿》(《影印标点 韩国文集丛刊》第21辑),汉城,韩国民族文化推进会,1988年,第398页。
③ 〔朝〕李敏求(1589—1670):《东州集》(《影印标点 韩国文集丛刊》第94辑),汉城,韩国民族文化推进会,1992年,第277页。
④ 〔朝〕卢守慎(1515—1590):《苏斋集》(《影印标点 韩国文集丛刊》第35辑),汉城,韩国民族文化推进会,1989年,第210—211页。
⑤ 〔朝〕郑惟吉(1515—1588):《林塘遗稿》(《影印标点 韩国文集丛刊》第35辑),汉城,韩国民族文化推进会,1989年,第486页。

龟《简寄〈皇华集〉姜、王两天使》)①

这几位作者首先概括了《皇华集》中明使诗文的特色："文涵众妙"、"纯粹平澹"、"如吹竹弹丝敲金击石"；接着指出了《皇华集》的影响，"铿鍧一时，炳耀海域"、"垂诸万世"；更着重赞誉了《皇华集》的政治功用，即"导宣皇恩"、"鸣国家之盛"，同时对教化和统治亦有辅助之功。因此，作者们不约而同地得出相同的结论，即《皇华集》之诗文"皆是《大雅》之遗音"。

上面这几段评价侧重于中国使臣之诗文，当然一些评论者也没有忽视朝鲜陪臣的作品：

> 号为《皇华集》者，凡一十有二编，间以吾东人酬和之什，实如《周雅》之后商、鲁二《颂》载焉。无非发于性情之正，而举皆知道者之所为也。由是言之，皇明文教之覃远，虽周亦有所不及矣。第恨东人无禄，连遭国忧，徒以茕茕栾栾之怀，发之于疚棘之中，曷足以赞《大雅》之制作。然观民风者，若并以采录，则亦可见皇明达诗教于天下。呜呼盛哉！（申光汉《王诏使鹤〈皇华集〉序（应制）》)②

> 奉诏词臣，将命展礼之外，询风采谣，继商周《雅》、《颂》，未尝替也。……而西京新语、千金词赋、山斗文章复见于东方。（柳梦寅《〈皇华集〉序》)③

> 上自倪、马，下逮朱、梁，珠玑璨烂，辉映前后。间以东人攀和之什，有似商、鲁《颂》之续《周雅》。（李廷龟《〈皇华集〉

---

① 〔朝〕李廷龟：《月沙集Ⅱ》(《影印标点 韩国文集丛刊》第70辑)，汉城，韩国民族文化推进会，1991年，第92页。
② 〔朝〕申光汉：《企斋集》(《影印标点 韩国文集丛刊》第22辑)，汉城，韩国民族文化推进会，1988年，第485页。
③ 〔朝〕柳梦寅：《於于集》(《影印标点 韩国文集丛刊》第63辑)，汉城，韩国民族文化推进会，1991年，第515页。

序》))①

这几位作者都将本国文臣的诗文比作《大雅》之后的商、鲁之《颂》,意在表明,中朝两国文臣的酬唱之作交相辉映,在赞美明使的同时,也抬高了朝鲜文臣及其作品的地位,可谓一石二鸟。

当然,在《诗经》中,《雅》、《颂》的艺术性不是最高的,所以《雅》、《颂》之喻主要是从政治角度赞美中国使臣和《皇华集》,也反映了朝鲜的事大之诚和外交策略的巧妙。但《皇华集》毕竟是文学作品,从艺术角度进行评价才更有价值。

2. 与中国的文学、文化现象联系起来赞美《皇华集》

朝鲜诗家都精通中国文化,谈起中国各代的文学大家如数家珍,对中国的文学经典都非常熟悉,不管在创作上还是批评上都能信手拈来。在评价《皇华集》的诗文时,一些文人就将其与中国的文学和文化现象联系起来,这些文学和文化现象既被作为评价的标准,同时又显示了评论者的才学。如李廷龟《〈皇华集〉序》曰:

> 今年十月,皇长子生,帝命颁诏天下。其使本国者,曰翰林编修姜公、工科给事中王公,将以十二月辞朝,明春过海云。……至今年六月,两先生来颁诏、敕彩币。……大明中天,文运勃兴,宏儒硕士迭主齐盟,或雄鸣馆阁,或高视骚坛,彬彬之盛,直与三代而比隆。……伏睹两先生之诗,清丽雅紧,各有其态。而大都绝摹拟、洗蹊径。初不似经意,而览之渊然色,诵之铿然声。往往初日芙蓉,令人夺目。况长篇冲澹,得陶谢之趣;大律森严,有少陵之致;记叙之文,核而畅,其西京之遗乎;辞赋之作,奇而蔚,其楚国之余乎;斯可谓左右俱宜,愈出愈奇也。②

在这一段序中,李廷龟对使臣姜曰广和王梦尹的诗给予了极高的评价。首先,从总体上评价:他认为两人之诗体现出"清丽雅紧"的风格特

---

① 〔朝〕李廷龟:《月沙集Ⅱ》(《影印标点 韩国文集丛刊》第70辑),汉城,韩国民族文化推进会,1991年,第140页。
② 〔朝〕李廷龟:《月沙集Ⅱ》(《影印标点 韩国文集丛刊》第70辑),汉城,韩国民族文化推进会,1991年,第156—157页。

征,又各具形态;且既不模拟也不走捷径,全由己出;乍看似不经意而作,细读却深邃有内蕴,诵之铿然上口;总体面貌如朝日映照下的芙蓉,灿烂夺目。然后,他又对二人的各类作品进行仔细品评,认为二人长诗冲澹,有山水田园诗先驱陶渊明、谢灵运之情趣;格律严谨,有诗圣杜甫的风致;散文内容翔实而流畅,有张衡之遗韵;辞赋奇绝、蔚为壮观,乃屈原之余绪。最后,他又以"左右俱宜,愈出愈奇"来总结二人创作的不凡成就,真可谓极尽赞美之能事。该序也从侧面说明了李廷龟对中国文学非常熟悉且文学造诣之深。

李廷龟只是单方面赞美了明使之作,而朝鲜朝中后期文人吴光运则在《〈皇华集〉序》中更为全面地盛赞了中朝文人酬唱的盛况和诗文成就:

> 《皇华集》者,天使傧臣之相唱酬,一使一集。二百年间,得四十六卷,何其盛也。虽音调之洪纤缓急,各存乎其人。而大较之,宾主同声,谓之燕风可也;其徘徊慕德,咏叹不忘,飒飒乎《召南·甘棠》之遗也;樽酒意气,吐肝相许,飒飒乎燕市悲歌之余也;灵蛇和璧,动色相矜,浏浏乎雪楼七子之韵也。岂非人之声音,与夫星宿山川推荡之机,相通而相应也哉。①

吴光运先简单介绍了《皇华集》的基本情况,肯定了其规模之大。接着他指出中朝文臣所作虽各有特色,但宾主唱和的内容、形式和盛大场面却有着深厚的文化意蕴。然后他又将《皇华集》与中国的一些文学、文化现象联系起来进行评价。"宾主同声,谓之燕风","燕风"即《诗经·召南》,指燕地音乐;《召南·甘棠》是《诗经·国风》中的篇目,此句是说中朝文臣所唱和之诗抑扬宛转,有《诗经》之遗韵。"樽酒意气,吐肝相许"赞颂了两国文臣在宴会上饮酒赋诗、倾心交往的盛大、和谐场面,如"燕市悲歌"之余韵。《史记·刺客列传》云:"荆轲既至燕,爱燕之狗屠及善击筑者高渐离。荆轲嗜酒,日与狗屠及高渐离饮于燕市,酒酣以往,高渐离击筑,荆轲和而歌于市中,相乐也,已而相泣,旁若

---

① 〔朝〕吴光运:《药山漫稿Ⅱ》(《影印标点 韩国文集丛刊》第211辑),汉城,韩国民族文化推进会,1998年,第60—61页。

无人者。"① 后以"燕市悲歌"表现朋友间的情谊以及惜别的情怀。"灵蛇"比喻美好的文才或文章,"和璧"指珍贵的和氏璧;动色,谓脸上显出受感动的表情;相矜,是互相夸耀;雪楼是明代后七子之一的李攀龙读书、会友之处。这句的意思是,唱和中的文臣们大展才华,各书华章,互相夸耀,如雪楼上的后七子一样唱和、交游。最后,吴光运又将这种酬唱应和之声置于自然天地之间,认为其能与天籁之音相通相应,意在赞誉其完美与永恒。将评论置于文化典故之中,也显示了评论者的文化功底之深厚。

3. 以唐诗为标准赞美《皇华集》

众所周知,唐诗乃中国诗歌发展的顶峰,其成就空前绝后,因此朝鲜的一些评论者将唐诗作为标准来评论《皇华集》之诗歌。如申钦评中国使臣张宁《登云居绝顶》②诗曰:"张芳洲宁诗极逼唐,如'半村半郭吴山路,轻暖轻寒上巳天。梅影过城湖曲寺,橹声归浦浙东船。旧游诗酒添新客,今日风光似去年。清赏未阑幽思发,乱峰斜日起苍烟。'可置之中唐诸子之列。"(《晴窗软谈》)③ 申钦认为张宁的这首诗在技法、格调、韵味等方面与中唐诸家诗人相当。李廷龟在写给中国使臣熊化的留别诗中也说其"文源远轶东西汉,诗格横驱盛晚唐"(《不佞忝候馆下,获荷眷爱,日陪佳会,稳承清诲,诚此生难再之荣。飙轮莫驻,仙路杳然,祖席怅望,不禁儿女子之怀,敢效芜拙,用寓攀慕景仰之诚,愿谅下情,勿以诗看(三首)》其二)④。李珥(1536—1584)在送中国使臣黄洪宪、王敬民的诗中也有"门齐晋谢簪缨盛,诗并唐杨格律奇"(《奉别天使两大人四首》其二)⑤ 之句,而郑士龙对《皇华集》诗文也有"模范唐音妙换骨,风雨婴毫天趣发"(《夜读〈皇华集〉,偶书》)⑥ 的

---

① 〔汉〕司马迁:《史记》,北京,中华书局,1962年,第2528页。
② 〔明〕田汝成:《西湖游览志余》(影印本《文渊阁四库全书》第585册),台北,台湾商务印书馆,1986年,第467页。
③ 〔朝〕申钦:《象村稿Ⅱ》(《影印标点 韩国文集丛刊》第72辑),汉城,韩国民族文化推进会,1991年,第340页。
④ 〔朝〕李廷龟:《月沙集Ⅰ》(《影印标点 韩国文集丛刊》第69辑),汉城,韩国民族文化推进会,1991年,第323页。
⑤ 〔朝〕李珥:《栗谷全书Ⅰ》(《影印标点 韩国文集丛刊》第44辑),汉城,韩国民族文化推进会,1989年,第46页。
⑥ 〔朝〕郑士龙:《湖阴杂稿》(《影印标点 韩国文集丛刊》第25辑),汉城,韩国民族文化推进会,1988年,第62页。

高度评价。在这里,诗家们纷纷表示《皇华集》的一些诗歌可与初唐、中唐、晚唐诗相比甚至更胜一筹,这正是中朝文臣"模范唐音"且能"妙换骨"的结果。

在朝鲜,谈诗论文的方式是多种多样的,诗家们对《皇华集》之诗文的赞美也选择了不同的角度、不同的方式。有人谈作者,如"惟公才学之赡,器度之豪,早捷科第,蜚英燀爀。遂荷知遇,给事左右,以佐圣天子仪礼制度之政,乃今衔远命,惠来于我"(崔恒《张宁〈皇华集〉序》)①。有人论诗歌,如"今公之诗,清婉有趣,韵格超凡,不烦绳削,自出机杼,属思寓兴,未尝沿袭陈言,真千载希声也"(李廷龟《〈皇华集〉序》)②。有人兼论作者与诗歌,如"许天使国、魏天使时亮之来也,朴骆村忠元甫为远接使。行到嘉山,闻明庙升遐,天使虽有作,以国恤不答。许之文章,于东国罕有屏肩者,如《谒箕子庙辞》,求于古人之中未易多得。若迭相唱和,不知骆村当输几筹邪?"(权应仁《松溪漫录》)③。有人在《皇华集》序言中称赞,如"天顺四年春,礼部给事中张公奉使而来。咨询之暇,遇景触事,辄形赋咏,骊珠灿烂,溢乎锦囊"(成俔《张宁〈皇华集〉序》)④。有人在诗话著作中褒奖,如"唐皋天使路上马蹶倾坠,副使史道作诗曰:'学士风流山作戏,状元声价马难支。''山作戏'盖用佛语,而唐为状元,故下句云然,甚佳"(《芝峰类说》卷九)⑤。有的做宏观谈论,如"《皇华集》者,天使傧臣之相唱酬,一使一集。二百年间,得四十六卷,何其盛也"(吴光运《〈皇华集〉序》)⑥。有的做微观品评,如:"熊天使化《游南浦》诗:'来往成陈迹,江山自胜游。盛衰多感慨,今古一沉浮。积水通鳌极,晴云结蜃

---

① 〔朝〕崔恒:《太虚亭集》(《影印标点 韩国文集丛刊》第9辑),汉城,韩国民族文化推进会,1988年,第189页。
② 〔朝〕李廷龟:《月沙集Ⅱ》(《影印标点 韩国文集丛刊》第70辑),汉城,韩国民族文化推进会,1991年,第141页。
③ 〔朝〕朝鲜古书刊行会编:《大东野乘》(十)(《朝鲜群书大系》第14辑),京城,《京城日报》印刷部,1916年,第104—105页。
④ 〔朝〕成俔:《虚白堂集》(《影印标点 韩国文集丛刊》第14辑),汉城,韩国民族文化推进会,1988年,第188页。
⑤ 蔡镇楚编:《域外诗话珍本丛书》(第九册),北京,北京图书馆出版社,2006年,第66页。
⑥ 〔朝〕吴光运:《药山漫稿Ⅱ》(《影印标点 韩国文集丛刊》第211辑),汉城,韩国民族文化推进会,1998年,第60—61页。

楼。趁兹风月好，但醉莫深愁。'信笔挥洒，若有得色。"（金渐《西京诗话》）①

比较而言，在诸家对《皇华集》的赞美中，最为全面具体的是李滉，他说："而反复庄诵，绎思其意趣，则见其典悫而温纯，要眇而浏亮。引物连类，委曲平铺。其敦厚恻怛之意，尤足以通主宾之情，谕中外之诚矣。其于可以兴、可以群、可以观之义，不深有所得，乌能若是哉？"（《成、王〈皇华集〉序》）② 李滉先从意趣、风格、手法、情感、功用等方面赞美了《皇华集》，然后指出作者若没有深厚的文学理论基础，不懂得诗可以兴、可以观、可以群的社会功用，就无法创作出如此优秀的作品。这种分别从创作实践和理论上的评价显得更加全面、深入。

（二）指瑕《皇华集》

客观地说，《皇华集》之诗和中国的优秀诗歌不可同日而语，甚至在文学史上也无一席之地，这一点朝鲜诗家很清楚，但却仍然给予了很高的评价。这其中原因和上节所述朝鲜文臣一味赞美中国使臣是一致的。此外，还如学者张哲俊所说：

> 中国对于朝鲜而言是一个文化大国，文化大国对于朝鲜不是没有压力的。尽管朝鲜文学已经具有了相当高的水平，但是仍然没有办法建立起朝鲜诗文创作的自信。缺乏自信使朝鲜文人对于中国的文学或完全顶礼膜拜，或者是以过分尖锐的竞争意识，试图建立起自信。在缺乏自信的心态下，丧失了对于文学的鉴赏能力。如果准确地说不是丧失了鉴赏能力，而是不敢相信自己的鉴赏能力。对于自己充满了怀疑，就不能独立地进行判断。③

因此他们对《皇华集》的诗文尤其是中国使臣的诗文得出了过誉的结论。

从流传下来的评论著作看，朝鲜的很多文人都有极高的鉴赏能力。

---

① 〔韩〕赵锺业编：《修正增补 韩国诗话丛编》（第13册），汉城，太学社，1996年，第644页。
② 〔朝〕李滉：《退溪集Ⅱ》（《影印标点 韩国文集丛刊》第30辑），汉城，韩国民族文化推进会，1989年，第435页。
③ 张哲俊：《朝鲜古代文学中的中国文人》，《中华读书报》2001年3月7日。

当他们走出政治、文化大国的光环，清醒面对《皇华集》时，鉴赏能力便恢复了，这从一些诗家对《皇华集》的指瑕也可以得到验证。

首先，一些诗家从总体上指出《皇华集》的不足，如朝鲜朝中期的柳梦寅虽然在《〈皇华集〉序》中对明使及其诗文大加赞赏，称中国使臣为"两仙"，将他们的作品比喻成"琼琚"，称其为"西京新语、千金词赋、山斗文章"，但在晚年创作的《於于野谈》中却持相反的看法：

> 《皇华集》非传世之书，必不显于中国。使臣之作，不问美恶。我国不敢拣斥，受而刊之。我国称天使能者必曰龚用卿，而问之朱之蕃，不曾闻姓名。祈顺、唐皋铮铮矫矫，而亦非诗家哲匠。张宁稍清丽而软脆无指，终归于小家，其余何足言？……朱之蕃之诗驳杂无象，反不如熊天使化之萎弱。①

柳梦寅清醒地认识到《皇华集》拿到中国不会受到重视，还对明使中的所谓才华佼佼者张宁、龚用卿、祈顺、朱之蕃、熊化等的创作提出批评，认为这些人并不像朝鲜文人所赞美的那样出色。这是符合实际情况的，也体现出一个行家在了解中国文学的基础上，严谨负责的批评态度。再如金渐（1695—？）在《西京诗话》中说："近代有《皇华集》，皆明使臣诗也。……然兴象不如唐，理趣不如宋，是明人而已矣。"② 金氏将《皇华集》与唐、宋、明诗进行比较后，明确了其仅仅为明诗的地位，也是比较客观、公正的。

其次，一些诗家从细节处入手，指出了《皇华集》诗文存在的一些瑕疵，如：

> 岁丁丑，高太常闰奉使来，题《太平馆楼》古风一篇，自批曰："精深雅健，极尽豪华之态。"又赋《却鞍马》诗曰："汉文既是轻千里，祖逖无心着一鞭。"自批曰："老健"。予观《太平楼》诗，浮靡轻纤；汉文却马，非人臣所当用；是何等语而高之自批若

---

① 〔韩〕赵锺业编：《修正增补 韩国诗话丛编》（第2册），汉城，太学社，1996年，第501页。

② 〔韩〕赵锺业编：《修正增补 韩国诗话丛编》（第13册），汉城，太学社，1996年，第642页。

是乎？予薄其为人也。(徐居正《东人诗话》)①

张天使宁《游汉江》诗固佳作，而唯"望远天疑尽，凌虚地欲浮"一联佳矣；且济川亭四空无窗户，而曰"入窗风日好"，似未稳。(李睟光《芝峰类说》)②

熊化天使诗曰："白日一花落，青天孤鸟飞。"③ 人以为佳。然按李梦阳诗云："白日孤帆隐，青天一鸟飞。"盖袭此句而为之。李梦阳亦全用李白"天清一雁远，海阔孤帆迟"句语尔。(李睟光《芝峰类说》)④

董越天使诗："江雨酿寒来树杪，岭云分暝落岩阿。"⑤ 乃用王荆公"岭云分暝与黄昏"之句，且格律非甚高妙，而郑湖阴最喜此句，常吟咏称誉云。未可知也。(李睟光《芝峰类说》)⑥

天朝员外刘黄裳东征时出来，有诗曰："鱼鞍耀朝日，貂扇引江风。"盖讥国俗以鱼皮裹鞍，冬寒以貂毛为扇也。然按《本草》曰：鲛鱼皮即饰鞍，剑装刀靶鳍鱼皮云。鱼鞍亦古矣。又曰："素儿能醉客"，"素儿"，谓酒也，以汉语翻译方音耳。(李睟光《芝峰类说》)⑦

---

① 〔韩〕赵锺业编：《修正增补 韩国诗话丛编》（第1册），汉城，太学社，1996年，第446页。
② 蔡镇楚编：《域外诗话珍本丛书》（第九册），北京，北京图书馆出版社，2006年，第65页。
③ 此处所引熊化诗为《午后花槛前即景漫书》，《皇华集》载此联上句为"白昼几花落"（〔朝〕郑麟趾等编纂：《皇华集》（七），台北，珪庭出版社，1978年，第3634页）。
④ 蔡镇楚编：《域外诗话珍本丛书》（第九册），北京，北京图书馆出版社，2006年，第311页。
⑤ 出自董越《登浮碧楼》（〔朝〕郑麟趾等编纂：《皇华集》（二），台北，珪庭出版社，1978年，第878页）。
⑥ 蔡镇楚编：《域外诗话珍本丛书》（第九册），北京，北京图书馆出版社，2006年，第304—305页。
⑦ 蔡镇楚编：《域外诗话珍本丛书》（第九册），北京，北京图书馆出版社，2006年，第310—311页。

唐皋律诗:"龙飞有诏颁高丽。"按,"丽"音"离",国名。魏时亮诗:"翁妪老岁华。"妪,去声。成宪诗:"客遆山应谢。"遆,平声。朱之蕃诗:"怜予颇谙沧洲趣。"谙,平声。中朝人于此亦未之考耶?(李晬光《芝峰类说》)①

弘治五年,成宗大王二十三年也。正使兵部郎中艾璞、副使行人高澜先来,颁册立皇太子诏。……郎中轻躁,务要速还。渡江后道而驰,帝国都后一宿,便回程。往来所作诗只十余首,而语甚稚涩,不足观。(郑泰齐《菊堂排语》)②

正使《生阳馆》诗曰:"老树千年暗,晴峰万点尖。山肴多枣栗,海利擅鱼盐。远水笼烟碧,新苗过雨沾。栖鸦归返照,诗思晚来添。"世称龚翰林能文章,而观其诗,赡而不精,散而不收,此一律其中铮铮者。(郑泰齐《菊堂排语》)③

天启丙寅,姜、王二诏使之来也。到箕城,姜出《吊箕子赋》一篇,凡百十八韵,词颇巨丽,多用奇僻字,盖卢枏之流亚也。姜公虽有词藻,笔势浅局,非词赋手。且身经箕子故都,得见丘墓所在及井田遗墟,宜有俯仰千古之感,而赋中只泛赞箕子而已,殊无经过目击之意,此必在中朝日,倩笔宿构者也。(张维《谿谷漫笔》)④

---

① 蔡镇楚编:《域外诗话珍本丛书》(第九册),北京,北京图书馆出版社,2006年,第305—306页。此处所引唐皋、魏时亮、成宪、朱之蕃之诗句分别出自《登迎薰楼有感次韵》(〔朝〕郑麟趾等编纂:《皇华集》(三),台北,珪庭出版社,1978年,第1107页)、《沙里院道中》(〔朝〕郑麟趾等编纂:《皇华集》(六),台北,珪庭出版社,1978年,第2709页)、《葱秀山遇雨》(〔朝〕郑麟趾等编纂:《皇华集》(六),台北,珪庭出版社,1978年,第2811页)、《五峰李丈受赐金,归构亭以志感戴,为赋一章》(〔朝〕郑麟趾等编纂:《皇华集》(七),台北,珪庭出版社,1978年,第3412页)。
② 〔韩〕赵锺业编:《修正增补 韩国诗话丛编》(第3册),汉城,太学社,1996年,第229—230页。
③ 〔韩〕赵锺业编:《修正增补 韩国诗话丛编》(第3册),汉城,太学社,1996年,第231—232页。
④ 〔朝〕张维:《谿谷集》(《影印标点 韩国文集丛刊》第92辑),汉城,韩国民族文化推进会,1992年,第595页。

在这里，诗家们以锐利的眼光发现了中国使臣诗文中用词不当、格律不高、袭用前人诗句、诗语稚涩、平仄不考、不收不精、缺少真情实感等疵病，并直言不讳地指出来，所用批评术语亦较为恰当。不懂作诗之法、文章之道，没有很高的鉴赏能力是做不到的。此外，一些诗家还批评了在双方交流酬唱过程中出现的一些不和谐现象，如某些中国使臣自以为是、看不起朝鲜文臣，或将在中国已经作好的诗文拿来应付等等。在明显过誉的赞美声中，这些专业、客观的指瑕显得弥足珍贵。

第五章　朝鲜诗家论清初明遗民诗

"清初最富有时代精神的诗歌是遗民的作品。"① "明遗民把中国遗民诗的创作推向了辉煌的顶峰。遗民人数的空前增多、遗民心态的充分呈现、遗民群体特征的明显展示、遗民文化创造的异常活跃，都使这个社会阶层卓然凸现于它的时代。"② 卓尔堪所辑《遗民诗》录作者四百余人，其中著名的诗人有顾炎武、黄宗羲、王夫之、吴嘉纪、屈大均、钱澄之、杜濬、归庄、申涵光、吕留良等，选录诗歌近三千首。明遗民诗人在民族矛盾异常尖锐的特定时期，关注国家、民族的前途和命运，或怀抱救世拯民思想、奔走呼号，或缅怀故国、不仕新朝，或闭门隐居、吟咏山水。"清初明遗民诗"（以下简称"明遗民诗"）以叙写亡国之痛和乱离之感为基调，展示了当时的风云变幻，坦露了明遗民凄苦的内心世界，展现了他们高洁的人格精神。这些诗歌在思想、文学方面都对后世产生了积极的影响。

明清易代之时，朝鲜尊明贬清的文化心态非常强烈。经过清朝统治者的努力，加上朝鲜国内"北学"之风的兴起，到了乾嘉时期，中朝两国文化交流又开始繁盛，一些记录明遗民事迹及诗作的书籍传播到了朝鲜半岛，受到了朝鲜文人的重视。尽管明遗民年辈有先后、地域分南北，审美趣味、艺术风貌各有不同，但是朝鲜诗家仍将其视为一个密不可分的整体。他们依旧秉承尊周思明的观念，怜悯其不幸遭遇，钦佩其忠于故国的坚贞之举，推崇遗民诗所体现的反对压迫、痛恨侵略的正义感和爱国情怀，借此浇自己心中块垒。朝鲜诗家对明遗民诗的积极接受和评论，是东亚汉文化圈中一种重要的文学、文化现象。

---

① 袁行霈等：《中国文学史》（第4册），北京，高等教育出版社，1999年，第248页。
② 张兵：《遗民与遗民诗之流变》，《西北师大学报（社会科学版）》1998年第4期。

第一节　朝鲜诗家论明遗民诗的背景、目的

　　清初明遗民诗人群体，是在明清易代这个大时代背景下形成的。这个群体的出现，不仅是一种深刻的文学现象、文化现象，同时也是一种极为复杂的社会政治现象。朝鲜诗家对明遗民诗的关注也是如此，他们在接受与评论时，无论如何也摆脱不了明代中朝之间亲密的政治、文化关系的深远影响。在正统、道义观念的指引下，他们借助明遗民的遭遇及其创作，抒发了对明王朝及汉文化的怀恋和对清朝的不满。

　　朝鲜王朝建立之初就派遣使团赴中国通交，明太祖朱元璋表示决不干涉朝鲜内政，希望双方和平友好相处，并在《祖训》中将朝鲜列为15个不征国家之首。朝鲜遂将结好明朝作为外交重心，一意慕华事大，两国使节遂往来频繁，贸易、文化交流进一步繁荣。朝鲜半岛深受儒家思想的影响，朝鲜王朝又强化了朱子学在意识形态中的主导地位；壬辰战争（1592—1598）期间，明朝倾国援助，最终驱逐了倭寇，使朝鲜领土得以保全。对此，朝鲜君民感念不已。如文臣李惟泰（1607—1684）所言："我国建国，远祖箕圣素著礼义，固异于古之藩夷也。自神宗皇帝动天下之兵却南寇之后，虽妇人孺子，皆知其一草一木莫非大明之遗物。其功德入人之深，万世不可忘也。"（《赠李齐说说》）① 学者洪大容（1731—1783）在北京与中国学者严诚、潘庭筠的笔谈中写道："万历年间，倭贼大入东国，八道糜烂。神宗皇帝动天下之兵，费天下之财，七年然后定。到今二百年，生民之乐利，皆神皇之赐也。且末年流贼之变，未必不由于此。故我国以为由我而亡，没世哀慕，至于今不已。"（《杭传尺牍·干净衕笔谈》）②

　　1636年（丙子），清朝逼迫朝鲜签订条约，断绝与明朝的一切交往，改奉清朝为宗主。"面对作为中华正统的明朝，朝鲜有很强的认同感，以'小中华'自居，大讲慕华，恭行事大。满洲以边鄙'胡人'取代明朝，入主中原，对秉承程朱义理观的朝鲜来说，这是华夷变态、本末倒置、

---

　　① 〔朝〕李惟泰：《草庐集》（《影印标点 韩国文集丛刊》第118辑），汉城，韩国民族文化推进会，1993年，第466页。
　　② 〔朝〕洪大容：《湛轩书》（《影印标点 韩国文集丛刊》第248辑），汉城，韩国民族文化推进会，2000年，第142页。

天地不容之事。慕华即转变为尊华，尊王攘夷的春秋义理观甚嚣尘上。遂极力崇明，大讲尊周思明。尊周即尊明，尊明即是尊华。在整个清代近三百年来的中朝交往中，这种思想始终存在，影响深远。"① 当时很多朝鲜人都视自己为明遗民，如："郑敏求字景达，号默斋。……丙子冬，南汉受围。……闻和议已成，痛哭曰：'国仇未报，生亦何为？'归仍杜门，自称皇明遗民。每当神、毅两皇帝讳辰，终宵痛哭，至耋而不息。"（成海应《风泉录·倡义诸臣传》）② 武夫崔孝一（字符让，义州人）"当甲申之变，欲奋拳入虏庭，提戈斩级，以雪耻酬忠，竟不得遂其志。……虏据京师，令文武臣薙发受朝贺。公独不朝，发森森盈冠，侍烈皇帝殡。哭临七日，不食而死殡侧。三桂收而葬之"（《赠户曹参判崔公孝一谥状》）③。尹行恁（1762—1801）在这篇《谥状》中称赞崔孝一的举动"穷天地，亘古今，与日月争其光，与魁斗齐其名"。这些事例都明确反映了朝鲜尊明贬清的文化心态。

明清更替以后，朝鲜孝宗（1650—1659 年在位）与大臣一秉朱子的正统论，激扬春秋大义，秘密筹划反清复明。由于朝鲜财政困难，军备薄弱，"北伐"大计最终未能实施，但是他们并未放弃努力。从文献上看，"我们所能感受到的只是他们表面上的臣服与恭维。相反，此时的朝鲜却有越来越多的人加入到了怀念明朝的队伍中去。"④ 朝鲜一方面恪守朝贡制度，同时又对清朝充满了鄙视和仇恨。除了对清朝的公文、贺表以外，朝鲜历代国王的《实录》及一切内部公文和私人著述仍用大明崇祯年号，也不用清朝赐予的谥号。朝鲜君臣和东走朝鲜的明遗民及其后裔还在朝宗岩大统庙（1684 年建）、大报坛（1704 年肃宗建）、华阳洞万东庙（1704 年宋时烈等人建）等处祭祀明朝皇帝、东征阵亡将士以及随凤林大君前往朝鲜的九义士。

"清初数代君主雄才大略，在他们治下中国很快进入盛世。中国发达

---

① 孙卫国：《大明旗号与小中华意识：朝鲜王朝尊周思明问题研究（1637—1800）》，北京，商务印书馆，2007 年，第 22 页。
② 〔朝〕成海应：《研经斋全集Ⅶ》（《影印标点 韩国文集丛刊》第 279 辑），汉城，韩国民族文化推进会，2001 年，第 384 页。
③ 〔朝〕尹行恁：《硕斋稿Ⅰ》（《影印标点 韩国文集丛刊》第 287 辑），汉城，韩国民族文化推进会，2002 年，第 356 页。
④ 张建松：《元明两代中国域外遗民之比较——以朝鲜为中心》，《南阳理工学院学报》2010 年第 1 期。

的文物制度和丰饶物产使朝鲜君臣迅速改变对清态度,事大慕华很快成为士大夫阶级主流思想。"① 此时,朝鲜也开始积极推行"北学"政策,两国之间的政治、经济、文化交流遂开始繁荣起来。但是,尊周攘夷的文化心态在朝鲜国内依然十分强烈。直到18世纪末期,朝鲜文人仍将思吟皇明、自靖其身作为士大夫的人生准则。如文臣宋德相(1710—1783)认为:"国朝之于明,有君臣、父子之义,而丁丑下城之辱、甲申屋社之变,皆百世不可忘者也。"(《筵说》)② 诗人、学者李德懋曾说:"我,明民也。结交隆、历、启、祯间名臣处士,视世之眼前婴婴、背后睢盱,岂不贤哉?"(李书九《李懋官墓志铭》)③ 1797年(嘉庆二年,正祖二十一年),朝鲜正祖李祘"命廷臣纂辑万历以后本国为皇明守义始末,名曰《尊周汇编》"(李书九《明隐金君墓志铭》)④,是书辑"廊庙尊攘之论,草野思汉之咏。……仿志略之体,总二十卷"(《〈尊周汇编〉二十卷(写本)》)⑤,"会粹列朝之实迹,发明列圣之志事,使后之见者亦有以感叹嘘唏,无或忘春秋之义"(《〈尊周汇编〉条议》)⑥。可见,朝鲜对清朝的政策虽然有所调整,但是尊周思明的文化心态却一直没有改变。

著名学者成海应是朝鲜尊周思明派的重要代表人物之一。他在《〈皇明遗民传〉序》中透彻阐述了尊周大义,并将其作为自己接受和评论明遗民诗的背景、目的:

> 夫忠义之士,为人主倚任,而不能以身为国扞大难,及至于势穷,不得不一死报国。至若遗民则无系守之责与委寄之重,而特以食土践毛之故,守志而不事二姓。……是故,凡国家沦丧之际,殉

---

① 张琎瑰:《檀君与政治》,《中共中央党校学报》1997年第3期。
② 〔朝〕宋德相:《果庵集Ⅰ》(《影印标点 韩国文集丛刊》第229辑),汉城,韩国民族文化推进会,1999年,第99页。
③ 〔朝〕李书九(1754—1825):《惕斋集》(《影印标点 韩国文集丛刊》第270辑),汉城,韩国民族文化推进会,2001年,第199—200页。
④ 〔朝〕李书九:《惕斋集》(《影印标点 韩国文集丛刊》第270辑),汉城,韩国民族文化推进会,2001年,第202页。
⑤ 〔朝〕李祘:《弘斋全书Ⅵ》(《影印标点 韩国文集丛刊》第267辑),汉城,韩国民族文化推进会,2001年,第580—581页。
⑥ 〔朝〕成海应:《研经斋全集Ⅱ》(《影印标点 韩国文集丛刊》第274辑),汉城,韩国民族文化推进会,2001年,第209页。

> 节者甚多。……遗民之众，在宋、元之间。盖以毡裘臊羯之丑君临四海、居皇极之尊，天下之变极矣。士之隐匿不出者，固也；此华夷之大分，则然也。皇朝之亡也，弘光、隆武、永历皇帝不能保有吴越一隅，而辄为虏所弒，凡有血气者固当腐心痛骨，思欲奋大辱而洗之。……平日读圣贤之书、服仁义之行，一朝扬扬着马蹄之袖而戴红兜，践清人华显之职以为荣者，其可乎？是故，或沉冥于山海之间而不返，或不出户庭以诗史之事自娱而没身，或事远游间关将有为而不已者，或托身空门以混其迹者，或佯狂自恣以取怪于世者，或隐于书画，或隐于末艺，思欲洁其身而止其志，谅亦苦矣。顾其节磊落如是，而其事易归于湮没，若编之皇朝之史则其生也后，若齿之于清人之列则非所以待忠义也。不有一部书以列其人，则忠义之迹无所附焉，此余编辑之意也。①

成海应指出了遗民的核心特征——"守志而不事二姓"。虽然这个基于政治视角的观点在今天看来还不够全面、精确，但是对当时的朝鲜士人来说是正确的、而且是唯一的。此外，成海应还肯定了明遗民殉节守志、以诗明志的做法，呼吁血性之人起来洗雪耻辱。

文人尹行恁在《赠户曹参判崔公孝一谥状》的开篇就写道：

> 明季，死事之臣诚多矣。如文正公、孙承宗诸人，危忠特节，已磊落相望，未及出身而仕朝廷。若顾炎武、屈大均、魏禧、吕留良之徒，辄自放于山巅水涯，与老将、退卒有时悲歌饮酒，或隐于市门以终其身。稍能有杰气，则抚刀横槊，阴结少年，以图天下事。因不就而死者亦多有之。有明三百年，先皇帝寿考作人之化浸濡浓郁，薄于海寓。士大夫没世而不能忘，往往讴歌思吟，自靖其身，为前代之遗民，固职耳。盖亦千百而一有焉，故尚能为志士所咨嗟而忾慕。②

---

① 〔朝〕成海应：《研经斋全集Ⅱ》（《影印标点 韩国文集丛刊》第274辑），汉城，韩国民族文化推进会，2001年，第186—187页。
② 〔朝〕尹行恁：《硕斋稿Ⅰ》（《影印标点 韩国文集丛刊》第287辑），汉城，韩国民族文化推进会，2002年，第355—356页。

这段文字以诸多明遗民的事迹作为宏大背景，烘托了崔孝一的高尚气节，也积极肯定了明遗民及其诗歌的影响。

成海应、尹行恁的这两篇文章主要从文学角度谈到了尊周思明背景、心态下明遗民诗的重要价值。而朝鲜诗家对明遗民诗的评论，则进一步在艺术层面展示了这种政治倾向和文化心态。当时的情况是，乾嘉时期的实学对朝鲜文人的影响很大，表现在诗歌领域，就是促使朝鲜汉诗加快了个人化抒情的步伐，大力摒弃模拟之风，向抒写自我之真性情、追求风人之旨的方向发展。而明遗民诗"强调对社会现实的忠实反映和对客观化的心灵的忠实记录，关注的是有关'故国铿尔'、'千古是非'的重大问题。这就使诗歌创作完全扬弃了明末公安、竟陵纯粹个人化的性灵幽绪，进一步转变到直接、间接表现民族危亡的尖锐现实这一重大题材"①。对当时的朝鲜文人来说，明遗民诗在文化情感和艺术风格这两个方面都符合他们的迫切需要，因此他们给予明遗民诗以热切的关注。

可见，事大慕华、追思天朝是朝鲜诗家接受、评论明遗民诗的背景，而彰显忠义、激扬斗志、吸收文化则是其目的，二者统一于尊周思明的旗帜下。

第二节　朝鲜诗家论明遗民诗的方式和特点

在特殊的文化背景和时代条件下，朝鲜诗家对明遗民及其诗歌进行了积极的接受与评论，在方式和特点方面，与对中国其他诗人、诗派的接受和评论有着明显的不同。

一、同气相求，强调"真诗"，以甲申事、燕行事咏怀

朝鲜诗家反对明末清初诗坛存在的强为巧丽、悦人耳目的诗法。他们不仅赞同明遗民咏写"真诗"的创作理念，还以甲申事、入燕为题创作了很多诗歌，抒写了内心的悲愤和忧伤，从理论和创作两方面推动了朝鲜朝中后期汉诗风格的演进。

朝鲜诗家与明遗民一样，不忘明清易代的耻痛，继而抒发胸怀，吟咏真性情。他们在诗中多次提到甲申年的山河剧变，如金熤《广宁城之

---

① 潘承玉：《"真诗"的探寻：清初明遗民诗论》，《中山大学学报》2004年第5期。

北十里有桃花洞,即医巫闾西支之内,云是甲申后皇朝遗民避世之地也。自新广宁晓发,迤路历访,入其洞,窈窕甜空,水石清奇,徘徊俯仰,有吊古之感,得七绝》、吴载纯《自甲申以后,吾辈废诗,皆由埙篪绝唱而不忍为也。数年来诸兄弟复移宅聚居于一城咫尺之间,而龙阡驹城墓木已拱矣。与君勉拈韵书感》、魏伯珪(1727—1798)《甲申三月感怀》、金平默(1819—1891)《崇祯五甲申,皇帝殉社日志感》等诗篇。朝鲜诗人或感念明朝的深恩,或渴望恢复大明正统,如:"伤心天地又今春,万历恩深鲽域民。复睹汉仪何岁月,纷纷霜雪鬓边新。"(宋稚圭《甲申咏怀》)① "天时已见一阳生,人事难闻河水清。慷慨闽翁诗句义,长吟北望更吞声。"(尹凤九《今日又是甲申冬至日,慷慨有诗,为示石门》)② 这些字句中充满了伤感和悲愤。

不仅如此,朝鲜文人内心亦不能割舍对明朝及其代表的中华正统文化的眷恋,他们将出使明朝称作"朝天",而将出使清朝称作"入燕"或"燕行",这种情怀在诗题中就有鲜明体现,如金锡胄《赠别赵骑省勉卿以冬至书状入燕》、权尚夏(1641—1721)《别季文入燕》、李畬(1645—1718)《送锦平尉朴弼成奉使入燕》、朴泰辅《送吴贯之充书状入燕》、李宜显《入燕都,处于鱼胡同》、尹淳(1680—1741)《入燕馆》、蔡济恭(1720—1799)《送李宗宾随使节入燕》、李殷相《赠燕行使臣》、金寿兴(1626—1690)《燕行道中书怀》、金万基《送李书状百宗燕行》、赵显命《赠南员外燕行》、申纬《燕行别诗》等。朝鲜诗人的很多燕行诗篇都言及故国之思,基调低沉忧伤,如李畬《赠李学士进吾墅入燕》曰:"蓟树空春色,燕台自夕阳。由来多侠士,试觅旧屠场。"③ 李颐命(1658—1723)《燕京次杜工部秦州杂诗·伤崇祯》曰:"故国腥尘暗,人间甲子回。"④ 柳得恭《熊州拱北楼》曰:"满目山川非故国,

---

① 〔朝〕宋稚圭(1759—1838):《刚斋集》(《影印标点 韩国文集丛刊》第271辑),汉城,韩国民族文化推进会,2001年,第11页。
② 〔朝〕尹凤九(1683—1767):《屏溪集Ⅰ》(《影印标点 韩国文集丛刊》第203辑),汉城,韩国民族文化推进会,1998年,第92页。
③ 〔朝〕李畬:《睡谷集》(《影印标点 韩国文集丛刊》第153辑),汉城,韩国民族文化推进会,1995年,第18页。
④ 〔朝〕李颐命:《疏斋集》(《影印标点 韩国文集丛刊》第172辑),汉城,韩国民族文化推进会,1996年,第67页。

北人多是恨悠悠。"① 朴齐家《永平府》云："相逢莫说朱颜改,言语都非故国声。"② 可见,他们和明遗民的情感一样深切痛楚。

"思汉情切,尊周义笃。薄海讴吟,斯愠斯戚。宣之以言,增我悱恻。"(成海应《〈尊周汇编〉叙》)③ 朝鲜诗家这种跨越时空的关注和评论体现了他们对明遗民诗的认同,其核心观念与明遗民提出的"以诗证史"、"以诗补史"、"以诗正史"、"以心为史"等观点不谋而合；朝鲜诗坛也因这些诗歌而增添了慷慨清劲之气,进而在兼采唐宋的发展道路上呈现了鲜明的特色。

二、辑录诗作,间接表达赞赏之意

由于明遗民的诸多诗集以及卓尔堪的《遗民诗》十六卷被清廷列入禁毁书目之中,故而明遗民的诗作极少流传到朝鲜半岛。在当时的条件下,朝鲜诗家只得从诸多文献中自行辑出遗民诗。这项繁重而又意义重大的工作主要由学者、诗人李德懋、成海应来完成。李德懋的《磊磊落落书》(十一卷,《青庄馆全书》卷36—46)收皇明遗民720人,成海应的《皇明遗民传》(七卷,《研经斋全集》卷37—43)收535人,除去非诗人及重复部分,二者共辑录了180余位遗民诗人的事迹及其200余篇诗作和相关的评论,逾四万言。他们引用的中国史书、文集及方志数目超过了210种,如《明史》、《清一统志》、《启祯野乘》、《四库全书总目》、《东林传》、《畿辅通志》、《江南通志》、《扬州府志》、《嘉兴府志》、钱谦益《有学集》、《列朝诗集》、朱彝尊《明诗综》、《静志居诗话》、《曝书亭集》、王士禛《感旧集》、《池北偶谈》、《渔洋诗话》、《带经堂集》、施闰章《愚山集》、沈德潜《明诗别裁集》、《清诗别裁集》、陈鼎《留溪外传》、黄宗羲《明儒学案》、陈维崧《箧衍集》、《检讨集》、汪琬《说铃》、《尧峰集》、顾炎武《亭林集》、毛奇龄《西河集》等文献。此外,李德懋的《清脾录》、成海应的《研经斋诗话》也收录、评论了一些明遗民诗。

---

① 〔朝〕柳得恭:《泠斋集》(《影印标点 韩国文集丛刊》第260辑),汉城,韩国民族文化推进会,2000年,第16页。
② 〔朝〕朴齐家:《贞蕤阁集》(《影印标点 韩国文集丛刊》第261辑),汉城,韩国民族文化推进会,2001年,第523页。
③ 〔朝〕成海应:《研经斋全集Ⅱ》(《影印标点 韩国文集丛刊》第274辑),汉城,韩国民族文化推进会,2001年,第186页。

李德懋、成海应辑录的明遗民诗很多，如：

沈钦圻《书事》："天地兵戈满，江湖逋窜频。布衣难许国，泪眼不逢春。玉阙悲龙驭，雄关丧虎臣。唐家灵武业，望断素衣人。"（沈德潜《明诗别裁集》）①

姚佺《闻鹃》："何事催归鸟，钩辀唤我频。故园经战后，归去巷无人。"（朱彝尊《明诗综》）②

屈大均《与弟登钓台》："滩中浩渺三江水，台下萦回十九泉。君作方干我皋羽，富春春枕落花眠。"（朱彝尊《静志居诗话》）③

戒显《登黄鹤楼》："谁知地老天荒后，犹得重登黄鹤楼。浮世已随尘劫换，空江仍入大荒流。楚王宫殿铜驼卧，唐代仙真铁笛秋。极目苍茫沙何处，一瓢高挂乱云头。"（沈德潜《国朝诗别裁集》）④

吕晚村罹曾静狱，覆其家，诗集中《如此江山图》及《钱墓松歌》皆思明室而作，感慨悲恻。尝赠漂海朝鲜人诗曰："矮矮茅檐可隐居，乾坤城郭非吾庐。囊里无钱可当酒，山中有客只烹蔬。天和日暖锄春韭，夜静风恬读古书。世事悠悠忘我老，看花随竹数游鱼。"其诗虽不甚佳，其义亦多郑思肖画兰之意。（成海应《研经斋诗话》）⑤

李、成二人在辑录明遗民诗时，所关注的创作群体主要有复社、几社、

---

① 〔朝〕李德懋：《青庄馆全书Ⅱ》（《影印标点 韩国文集丛刊》第258辑），汉城，韩国民族文化推进会，2000年，第210页。
② 〔朝〕李德懋：《青庄馆全书Ⅱ》（《影印标点 韩国文集丛刊》第258辑），汉城，韩国民族文化推进会，2000年，第175页。
③ 〔朝〕李德懋：《青庄馆全书Ⅱ》（《影印标点 韩国文集丛刊》第258辑），汉城，韩国民族文化推进会，2000年，第182页。
④ 〔朝〕李德懋：《青庄馆全书Ⅱ》（《影印标点 韩国文集丛刊》第258辑），汉城，韩国民族文化推进会，2000年，第288页。
⑤ 〔朝〕成海应：《研经斋全集Ⅴ》（《影印标点 韩国文集丛刊》第277辑），汉城，韩国民族文化推进会，2001年，第503页。

东皋诗社等,还有河朔诗派、岭南诗派、"西泠十子"等具有流派性质的遗民群体。如:

> (吴翻)扶九居吴江之荻塘,藉祖父之赀会文结客,与孙孟朴最厚,倡为复社,既而思合天下英才之文甄综之。……群彦胥来,大会于吴郡。举凡应社、匡社、几社、闻社、南社、则社、席社尽合于复社。论其文为国表,虽太仓二张主之,实引次尾、扶九相助。(朱彝尊《静志居诗话》)①

> 崇祯间文社四起,执牛耳者,娄江张吉士溥也。……(朱彝尊《静志居诗话》)②

> 金时瀼字天石,江南华亭人,文简净有法,尤长于诗,与王光承、吴骐倡"东皋诗社",引掖后进甚广。③

> 陆讲山武林耆宿,为"西泠十子"之冠,晚年远游不归。(王士禛《渔洋诗话》)④

> (申)涵光博学,弱冠名噪三辅。甲申闻父殉难,恸不欲生,遂绝意仕进,日事诗文,大开"河朔诗派",与殷岳、张盖称"畿南三才子"。⑤

---

① 〔朝〕李德懋:《青庄馆全书Ⅱ》(《影印标点 韩国文集丛刊》第258辑),汉城,韩国民族文化推进会,2000年,第137页。
② 〔朝〕李德懋:《青庄馆全书Ⅱ》(《影印标点 韩国文集丛刊》第258辑),汉城,韩国民族文化推进会,2000年,第185页。
③ 〔朝〕成海应:《研经斋全集Ⅱ》(《影印标点 韩国文集丛刊》第274辑),汉城,韩国民族文化推进会,2001年,第373页。
④ 〔朝〕李德懋:《青庄馆全书Ⅱ》(《影印标点 韩国文集丛刊》第258辑),汉城,韩国民族文化推进会,2000年,第185页。
⑤ 〔朝〕成海应:《研经斋全集Ⅱ》(《影印标点 韩国文集丛刊》第274辑),汉城,韩国民族文化推进会,2001年,第358—359页。

> 独漉子为"岭南三家"之一,盛有诗名。(钮琇《觚賸》)①
>
> (李延是)诗亦伯仲几社诸君,入之黄冠中,翘翘束楚。(朱彝尊《静志居诗话》)②
>
> (徐孚远)闇公与卧子、彝仲、勤卣辈六人,倡几社于云间,切劘古今文词,惊动海内。(朱彝尊《静志居诗话》)③

以上是成海应、李德懋明确提到的明遗民诗人的创作群体(流派)及创作。从中可以看到,朝鲜诗家对南、北方遗民诗人群均有所关注,都持赞赏的态度。

与此同时,李德懋、成海应还关注了一些遗民诗人群的代表人物。尽管这些评述多而分散,但是综合起来就会发现,他们全面观照了明遗民诗人且突出了重点。如重点关注了吴中遗民诗人群的归庄、徐仿,金陵遗民诗人群的杜濬、邢昉,皖中遗民诗人群的方以智、钱秉镫、方文,两浙遗民诗人群的黄宗羲,湖南遗民诗人群的王夫之等。他们关注的对象既有顾炎武、吴嘉纪、屈大均、钱澄之、归庄、王夫之、陈恭尹、吕留良等著名诗人,也有邵潜、杨补、顾梦麟、周齐曾、万寿祺、阎尔梅、喻指、呼谷等独具特色的诗人,还有八大山人、苦瓜和尚、剩人、金堡、曹静照等方外诗人。可以看到,李德懋、成海应关注明遗民诗时群体意识、流派意识较强,虽然没有采取以地域或流派行文的体例,但是基本上涵盖了比较重要的创作社团、流派及其代表人物。

李德懋、成海应大量辑录了中国文献中的明遗民诗,而直接的评论却很少。联系明代中朝两国之间紧密的政治、文化关系,以及朝鲜实学思想兴盛的时代背景,加上李、成二人以坚守气节的人格精神为一贯的辑录准则,我们认为,这是因特殊的文化背景和时代所形成的一种特殊的文学接受方式,专门辑录的行为本身就见证了朝鲜诗家对明遗民诗的

---

① 〔朝〕李德懋:《青庄馆全书Ⅱ》(《影印标点 韩国文集丛刊》第258辑),汉城,韩国民族文化推进会,2000年,第217页。
② 〔朝〕李德懋:《青庄馆全书Ⅱ》(《影印标点 韩国文集丛刊》第258辑),汉城,韩国民族文化推进会,2000年,第125页。
③ 〔朝〕李德懋:《青庄馆全书Ⅱ》(《影印标点 韩国文集丛刊》第258辑),汉城,韩国民族文化推进会,2000年,第154页。

积极接受。

三、将诗人经历与诗作、诗风紧密结合

朝鲜诗家也遵循知人论世的方法，在辑录、评论明遗民诗的时候，兼及明遗民的人生经历，也往往言及其交际的范围和对象，并时常引用其友人的赠诗来衬托其高洁的操行，从而有助于读者更全面深入地了解明遗民及其诗歌。这种方式凸显了朝鲜诗家重志节、尚情操的主观倾向。如：

> 秉镫字幼光，桐城人，后更名澄之，字饮光。有《藏山阁藁》、《田间集》。（朱彝尊《明诗综》）……幼光，禁冈潜踪，麻鞋间道，或出或处，或默或语，诗屡变而不穷。昔贤评陶元亮诗云："心存忠义地，处闲逸情真。景真、事真、意真。"《田间》一集，庶几近之。（朱彝尊《静志居诗话》）……《金陵即事》："秋山无树故崚嶒，几度支筇未忍登。荒路行愁逢牧马，旧交老渐变高僧。钟楼自吼南朝寺，佛塔还燃半夜灯。莫向雨花台北望，寒云黯淡是锺陵。"（钱秉镫《田间集》）①

> （戴笠）曼公谷隐岩耕，不入城府。句如："愁边细雨孤舟远，梦里青山故国春。""眠凫梦里谁家地，啼鴂声中故国秋。"大有孤山处士遗韵。（朱彝尊《静志居诗话》）②

李德懋把遗民诗人的遭际、诗风和诗作溶于一处，用以说明他们的不幸遭遇如何影响了其诗风，并以具体创作加以印证，从而最大程度地展现了遗民诗人的内心世界，同时也抒发了自己的遗民情怀。

李书九也遵循了这个原则，他在《送李懋官随蕉斋沈丈念祖入燕》一诗中写道：

---

① 〔朝〕李德懋：《青庄馆全书Ⅱ》（《影印标点 韩国文集丛刊》第258辑），汉城，韩国民族文化推进会，2000年，第140页。

② 〔朝〕李德懋：《青庄馆全书Ⅱ》（《影印标点 韩国文集丛刊》第258辑），汉城，韩国民族文化推进会，2000年，第181页。

> 幽营自古是边隅，文皇定鼎非长策。
> 遂令神州易陆沉，遽看铜驼立荆棘。
> 易水长城一局棋，眼中翻愁四海窄。
> 回头苍梧叫虞舜，欲醒天醉那由得。
> 不见遗民顾魏辈，悲歌谁与开胸臆？
> 请君且莫笑古人，后人视君今犹昔。
> 呜呼！丈夫不得志，四方早归来，南山之南北山北。①

诗中有注："顾炎武、魏禧，明末遗民之杰然者。"诗人认为不得与顾、魏等人相见，失去了大放悲歌、互诉胸臆的机会。"悲歌"实际上也是对顾、魏等人情怀与诗作的共鸣。

可以看出，朝鲜诗家对明遗民诗持一致赞赏的态度。尽管直接的评论相对较少而零散，但这种接受以明清时期两国特殊的政治、文化关系为大背景，以理论、创作、人格为关注点，也具有值得探讨的历史文化价值和审美价值。

第三节　朝鲜诗家论明遗民诗的创作理念

前文已述，朝鲜拥戴中华正统，在当时的历史条件下，欲以"一隅东土，独秉春秋大一统之义"(《〈尊周汇编〉二十卷（写本）》)②。朝鲜诗家赞同明遗民大力书写"真诗"的创作理念，也非常欣赏明遗民诗中蕴含的真性情、真历史与真精神，在理论评价和诗歌创作上都留下了鲜明的印记。

一、抒发真性情

对明遗民的形成，朝鲜学者认为是"皇明节义之冠绝穷宙，即程朱建立人极之功也"（洪直弼《书〈皇明遗民传〉后》）③。对明遗民诗，

---

① 〔朝〕李书九：《惕斋集》(《影印标点 韩国文集丛刊》第270辑)，汉城，韩国民族文化推进会，2001年，第38页。
② 〔朝〕李祘：《弘斋全书Ⅵ》(《影印标点 韩国文集丛刊》第267辑)，汉城，韩国民族文化推进会，2001年，第580页。
③ 〔朝〕洪直弼（1776—1852）：《梅山集Ⅱ》(《影印标点 韩国文集丛刊》第296辑)，汉城，韩国民族文化推进会，2002年，第66页。

朝鲜诗家进一步认为其体现的民族气节值得景仰、创作理念值得借鉴。明遗民诗表现了改朝换代、民族兴亡的壮阔社会现实，以及明遗民忧愤深广的情思，抒情真切。虽然当时的朝鲜诗坛受到了"神韵说"、"肌理说"、"性灵说"等清诗创作理念的影响，但是凸现个人真情实感的明遗民诗一直为大多数朝鲜诗家所钟爱。

当时，朝鲜诗风与实学思想相呼应，诗评家鲜明反对模拟，认为诗人应大力提高修养，创作"真诗"，不以协于声调、词旨为能事。如金昌协就批评"明人太拘绳墨，动涉模拟，效颦学步，无复天真"（《农岩杂识》）①，金春泽也认为："论诗且休千言万语，惟知宋之倡狂、明之假饰为尽可戒而已，此其要法。"（《囚海录·论诗文》）② 徐滢修评柳得恭诗曰："夫浮声切响，清浊和间，鼓笙簧于触手，迷锦绘于顾眄者，岂惠风之不能哉？固不为也。"（《〈歌商楼诗集〉序》）③ 尹宣举（1610—1669）评诗人俞棨（1607—1664）曰："于诗对景写怀，不甚着实。常言诗不贵巧丽，有意为此，非性情之流出矣。"（《嘉善大夫、吏曹参判兼同知义禁府春秋馆事、艺文馆提学、成均馆大司成市南俞公行状》）④

申靖夏针对文坛时弊特别强调了"真诗"的重要性："余尝见世所谓能诗者矣，尖新以为巧，组织以为工，时花美女以为丽，牛鬼蛇神以为怪。至急于取悦人目者，如傀儡之登场而惟恐观者之不笑，如此而岂复有真诗哉？"（《〈白渊子诗藁〉序》）⑤ 此后，很多诗人以具体创作支持了这种诗学主张。如朴齐家诗曰："初更灯火映门深，李柳翩翩不意临。至友元同斯世降，真诗各出自家音。"（《夜访徐稼云借屋读书处，时李懋官、柳惠风不期而至》）⑥ 朴允默（1771—1849）认为前辈金学性

---

① 〔朝〕金昌协：《农岩集Ⅱ》（《影印标点 韩国文集丛刊》第162辑），汉城，韩国民族文化推进会，1996年，第375页。
② 〔朝〕金春泽：《北轩集》（《影印标点 韩国文集丛刊》第185辑），汉城，韩国民族文化推进会，1997年，第223页。
③ 〔朝〕徐滢修：《明皋全集》（《影印标点 韩国文集丛刊》第261辑），汉城，韩国民族文化推进会，2001年，第142页。
④ 〔朝〕尹宣举：《鲁西遗稿》（《影印标点 韩国文集丛刊》第120辑），汉城，韩国民族文化推进会，1993年，第402页。
⑤ 〔朝〕申靖夏：《恕庵集》（《影印标点 韩国文集丛刊》第197辑），汉城，韩国民族文化推进会，1997年，第361—362页。
⑥ 〔朝〕朴齐家：《贞蕤阁集》（《影印标点 韩国文集丛刊》第261辑），汉城，韩国民族文化推进会，2001年，第455页。

（松石先生）"风雨烟云、鸟兽草木，与夫琴棋笔砚、酒醴茶果，无往不触物而写其情，遇景而录其实焉，则虽谓之诗之史亦可也。……皆出于志之所由、情之所发。观其诗，可以知其人，又推可以知一乡之风俗。诗道之所系，岂浅浅乎哉？"（《〈玉溪诗史〉序》）① 黄胤锡（1729—1791）则进一步强调"真诗"来自"真儒"："真儒方始有真诗，巧拙何须判速迟。但遣一身情性正，沛然随处足余师。"（《追次权上舍衍惠和诗字五绝》其二）②

朝鲜朝中后期的诗坛，出现了宗唐、宗宋的论争，申纬对此有独到的认识。他认为唐宋诗各有千秋，正确的做法是诗法多家，关键是不要一味蹈袭，应搁置纷争，将注意力转到真性、真诗上来。其《题石史诗卷》（其二）曰："转益多师不自由，陈言蹈袭是深忧。君能上薄风骚际，我亦覃精七十秋。腔口揣摩云格律，宋唐区执眩源流。争如放下韩苏杜，真性真诗自我收。"③ 作为朝鲜朝中后期唐宋兼宗、由苏入杜的代表诗人，申纬的上述观点具有总结的性质。可以说，明遗民抒写真性情的创作理念虽然带有民族主义的烙印，却在诗歌创作的内容、表达方法及效果等方面帮助（启示）朝鲜汉诗尽快回归到了诗歌创作的抒情正轨上。

二、"诗史"品格

明遗民诗既抒发了明遗民对时代变迁、民族兴亡的真实感受，也再现了明清易代的宏大历史场景，从主客观方面构建了明遗民的伟大心灵史。明遗民在秉承杜甫"诗史"传统的同时，还创造性地提出了"史外传心之史"、"以诗补史"、"以诗正史"、"以心为史"等新说，对诗人的主体性和诗歌的抒情性有了进一步的认识。此时的诗人及其诗作，同时都具有"诗"和"史"的品格。在当时特殊的文化背景下，这种"诗史观"增强了诗歌的认识价值与审美价值。明遗民诗的诗史互证、以史传心、叙事与抒情相融合的诗史创作理念，对朝鲜汉诗的发展也具有很大的启发意义。

---

① 〔朝〕朴允默：《存斋集》（《影印标点 韩国文集丛刊》第292辑），汉城，韩国民族文化推进会，2002年，第449页。
② 〔朝〕黄胤锡：《颐斋遗藁》（《影印标点 韩国文集丛刊》第246辑），汉城，韩国民族文化推进会，2000年，第94页。
③ 〔朝〕申纬：《警修堂全藁》（《影印标点 韩国文集丛刊》第291辑），汉城，韩国民族文化推进会，2002年，第526页。

杜甫的"诗史"风格备受朝鲜诗家的推崇。正祖李祘在《群书标记》中写道:"杜甫浑浩汪茫,千汇万状,兼古今而有之,又以忠君忧国、伤时念乱为本旨。读其诗,可以知其世,谓之'诗史',不亦宜乎?"(《〈诗观〉五百六十卷》)① 申厚载《诗史》一诗曰:"感慨论治乱,飘零记岁时。依然当世事,留与后人知。"② 他们认为杜诗将客观记事与艺术抒情相结合的手法,具有"史"的厚度、"经"的高度、"心"的热度,值得认真学习。"史诗"传统从此一脉相承,在遗民诗中也有所体现。

李德懋在《磊磊落落书》中辑录了明遗民沈钦圻、顾有孝的"诗史"篇章,直接体现了朝鲜诗家对"诗史"风格的重视:

> 先祖讳钦圻,字得舆。……值思陵殉社稷,福王南渡,见时事不可为,辄愤激形诸诗。如"玉阙悲龙驭,雄关丧虎臣。""一堂争蜀洛,四镇负熊罴。还须求故剑,慎勿剪连枝。"可作"诗史"读也。(沈德潜《归愚集·行述》)③

> 《书事》:"天地兵戈满,江湖逋窜频。……唐家灵武业,望断素衣人。"评:此思陵殉社稷后,有望于南都拥立也。(沈德潜《明诗别裁集》沈钦圻诗)④

> 《咏史》:"卧薪尝胆日,纵饮劈笺时。……野老瞻乌意,茫然空尔思。"评:此留都事势。不止于从臣皆半醉、天子自无愁矣。须求古剑,勿剪连枝,当时草野,自存公论。(上同)⑤

---

① 〔朝〕李祘:《弘斋全书Ⅵ》(《影印标点 韩国文集丛刊》第267辑),汉城,韩国民族文化推进会,2001年,第511页。
② 〔朝〕申厚载:《葵亭集》(《影印标点 韩国文集丛刊(续)》第42辑),首尔,韩国古典翻译院,2007年,第335页。
③ 〔朝〕李德懋:《青庄馆全书Ⅱ》(《影印标点 韩国文集丛刊》第258辑),汉城,韩国民族文化推进会,2000年,第210页。
④ 〔朝〕李德懋:《青庄馆全书Ⅱ》(《影印标点 韩国文集丛刊》第258辑),汉城,韩国民族文化推进会,2000年,第210页。
⑤ 〔朝〕李德懋:《青庄馆全书Ⅱ》(《影印标点 韩国文集丛刊》第258辑),汉城,韩国民族文化推进会,2000年,第210—211页。

虽里巷歌谣之细，上可以备黼扆之法戒，下可以儆官邪而正民俗，称曰"诗史"，夫何让焉？（魏禧《叔子集·〈纪事诗钞〉序》）①

此外，朝鲜诗家还对诗、史之间的关系进行了进一步探讨，认为诗乃"有韵之史"（吴光运《〈摭史俚唱〉跋》）②，"诗者，史之余也"（徐滢修《〈歌商楼诗集〉序》）③。他们的创作理念倾向于生活真实与艺术真实的统一。这种理念贯彻在具体创作中，就是朝鲜文人向遗民诗看齐，重视诗作中"史"的价值，充分歌咏本国的历史、文化，追求"诗"与"史"的融通。如：

呜呼我无董狐笔，一篇那足拟诗史。（李颐淳《壬午五月二十一日作》）④

大勇知自读书出，烈士快湔腐儒耻。湖南亦有如此人，我笔未老堪补史。（黄玹《过康津，吊金义将汉燮》）⑤

吾东方乐府古歌有数种，而休翁沈光世所著称为巨擘。我星湖先生乐府出而后，集大成而发挥幽隐，多可以补史家之阙。（安鼎福《〈观东史有感，效乐府体〉序》）⑥

诗与史，道通为一。……若诗者，里巷妇孺皆可作。里讴巷谣，

---

① 〔朝〕李德懋：《青庄馆全书Ⅱ》（《影印标点 韩国文集丛刊》第258辑），汉城，韩国民族文化推进会，2000年，第259页。
② 〔朝〕吴光运：《药山漫稿Ⅱ》（《影印标点 韩国文集丛刊》第211辑），汉城，韩国民族文化推进会，1998年，第77页。
③ 〔朝〕徐滢修：《明皋全集》（《影印标点 韩国文集丛刊》第261辑），汉城，韩国民族文化推进会，2001年，第142页。
④ 〔朝〕李颐淳（1754—1832）：《后溪集》（《影印标点 韩国文集丛刊》第269辑），汉城，韩国民族文化推进会，2001年，第126页。
⑤ 〔朝〕黄玹：《梅泉集》（《影印标点 韩国文集丛刊》第348辑），汉城，韩国民族文化推进会，2005年，第433页。
⑥ 〔朝〕安鼎福（1712—1791）：《顺庵集Ⅰ》（《影印标点 韩国文集丛刊》第229辑），汉城，韩国民族文化推进会，1999年，第345页。

皆可以史也。(吴光运《〈摭史俚唱〉跋》)①

他们或痛悼逝去的贤才，或歌颂文坛巨匠的功绩，都真实再现了当时的文化场景，强化了"泻出性情、披露天真"(朴㮽圭《〈四名子诗集〉序》)②的理念。这与明遗民"以诗补史"、"以诗正史"、"以心为史"等新说在理论、创作方面都有很多相似之处。

在明末清初独特的时代背景下，"诗史"往往是更客观的历史。明遗民诗"并不仅仅记载历史事件，更重要的是反映了诗人在明末清初真实的情感与思想，是他们心路的历史。'心史'之说在肯定诗歌叙事的基础上，对抒情传统也加以融合，使诗歌的叙事层面由外部转到诗人内心"③。明遗民诗的独特追求对朝鲜汉诗的创作具有很大的启发意义。在民族大义的呼唤下，朝鲜诗人的诗歌理论、创作在写真情、塑心史等方面取得了很多成绩，促进了朝鲜汉诗在兼学唐宋的历程中有效探索并突出了"诗史"特色。

第四节　朝鲜诗家论明遗民诗的主题、思想

"清初遗民诗群是清代诗歌流变史程上一个重要的诗人群体。相同的社会文化环境和诗学背景，与相似的人生处境和处世态度，使这个诗人群体的创作在主题取向上呈现出一些共同的特征：感念乱离，系心民瘼；眷怀故国，志在恢复；流连山水，寄情怡性；友亲与亲情。"④这些诗作充分表现了个人与时代之间的重重矛盾，记录了乱离之世的家国苦难，体现了明遗民对理想人格的追求。因此，"也可以说，家国情怀就是明遗民诗歌的核心主题"⑤。朝鲜诗家对明遗民诗的辑录、评论也集中在这个大主题上。由于特殊的政治、文化渊源，他们最看重的是明遗民对

---

① 〔朝〕吴光运：《药山漫稿Ⅱ》(《影印标点 韩国文集丛刊》第211辑)，汉城，韩国民族文化推进会，1998年，第77页。
② 〔朝〕车佐一：《四名子诗集》(《影印标点 韩国文集丛刊》第269辑)，汉城，韩国民族文化推进会，2001年，第4页。
③ 姜克滨：《史笔、诗史与心史：明末清初文学之"历史"轨迹》，《河北学刊》2011年第3期。
④ 张兵：《论清初遗民诗群创作的主题取向》，《西北师大学报(社会科学版)》2000年第2期。
⑤ 李瑄：《清初遗民诗的群体特征》，《中国诗歌研究》第7辑(2010年)。

故国的思恋,其次是描绘物是人非、感慨民生凋敝、赠友怀人等作品。与此同时,朝鲜诗家也创作了与明遗民诗主题相近的诸多诗作,以"应和"的方式体现了对明遗民诗家国情怀的积极认同。

一、感慨山河破碎,哀叹世事变迁

山河破碎,故国难寻,明遗民在残酷的现实面前感慨万分。朝鲜诗家李德懋、成海应拣选了很多反映这些情感的遗民诗,其中比较著名的有:李沂(1848—1909)《听杨怀玉弹琴歌》,开头(听琴)部分颇有白居易《琵琶行》的味道,后半段又有杜甫《江南逢李龟年》诗的一些意蕴,琴声与弹奏者杨怀玉前后命运、人生态度变化的紧密衔接衬托了遗民的无限感慨,是那个时代遗民心理的写照之一;侯泓《秋怀》和朱鹤龄《伤春》中万物萧瑟的景物描写以及痛苦悲愤的心理描写,真实反映了遗民诗人的伤感心绪;万曰吉的《寒食》以燕子和花朵自比,叙说对故国的怀恋,而寒食祭祀的特定场景增添了悲伤的气氛。朝鲜诗家宋秉璿(1836—1905)也作有《皇朝遗民传》,记述了一些避乱到朝鲜的明遗民及其诗作,其中谈到了文天祥的后人:"文可尚,庐陵人,信国公天祥之裔也。避乱航海。逗留关西。见郑公执手曰:'吾辈不能复君父之仇,生何为哉?'因与同居,每慷慨悲愤焉。尝作诗曰:'流落腥尘万事非,圣朝文物梦依俙。江南庾信平生恨,塞北苏郎几日归。二十年来风异响,八千里外月同辉。华音已变毡裘弊,谁识山东旧布衣。'"① 安肯来(1858—1929)《东诗丛话》亦载此诗:"流落腥尘万事悲,圣朝文物梦依俙。江南庾信平生恨,塞北苏耶几日归。三十年来风异响,八千里外月同辉。华音已变毡裘弊,谁识杨江旧布衣。"② 字句略有差异。朝鲜诗家欣赏这些诗歌的艺术手法,更称许其中蕴含的坚贞情怀。这些充满哀伤情绪的作品因为情与景的交融而更具感染力,朝鲜诗家辑录时虽然未下一语,但是其赞赏、认可的态度已经确定无疑。

对朝鲜诗家而言,故国难再是他们和明遗民的共同苦难,所以他们也创作了很多主题相近的诗作。在诗中,朝鲜诗家尊奉春秋大义、谨守

---

① 〔朝〕宋秉璿:《渊斋集Ⅱ》(《影印标点 韩国文集丛刊》第330辑),汉城,韩国民族文化推进会,2004年,第410页。
② 蔡镇楚编:《域外诗话珍本丛书》(第二十册),北京,北京图书馆出版社,2006年,第76页。

夷夏之变,为正统中华变作"腥膻之地"而扼腕叹息,发出了"如何礼义邦,今作腥膻秽"(李之濂《怀古》)① 的呼喊。这样的诗歌还有很多,如:

  悬知故国观灯处,歌管繁华异昔时。
        (姜大遂《灯夕录示义城宰李浩然》)②

  宇宙腥膻里,扬扬底性情。……山窗多涕泪,四海一残生。
        (李起浡《走次金秀才韵兼付己意八首》其七)③

  地入腥膻窟,何分渭与泾。惊沙连白草,落日数长亭。
  俗混今华夏,民思旧辑宁。唐宗驻跸处,回首暮山青。
        (洪柱元《次泾字韵》)④

  上帝尊居十二楼,高悬日月作双眸。
  建邦立辟代吾理,悉位虐民为尔羞。
  教始父慈而子孝,道生夏葛与冬裘。
  有庸虞礼载咸秩,体物周诗咏及游。
  古圣钦承休以降,后王违悖罪宜浮。
  赫临皆仰自民视,衷简那知在剃头。
  夜觇几望星象改,晨兴每叹岁时悠。
  何心耽酒轻秦赐,讵忍起风沉陆舟。
        (闵鼎重《燕京有感》)⑤

---

  ① 〔朝〕李之濂(1628—1691):《耻庵集》(《影印标点 韩国文集丛刊(续)》第 38 辑),首尔,韩国古典翻译院,2007 年,第 445 页。
  ② 〔朝〕姜大遂(1591—1658):《寒沙集》(《影印标点 韩国文集丛刊(续)》第 24 辑),首尔,韩国古典翻译院,2006 年,第 515 页。
  ③ 〔朝〕李起浡(1602—1662):《西归遗藁》(《影印标点 韩国文集丛刊(续)》第 29 辑),首尔,韩国古典翻译院,2006 年,第 344 页。
  ④ 〔朝〕洪柱元(1606—1672):《无何堂遗稿》(《影印标点 韩国文集丛刊(续)》第 30 辑),首尔,韩国古典翻译院,2006 年,第 536 页。
  ⑤ 〔朝〕闵鼎重(1628—1692):《老峰集》(《影印标点 韩国文集丛刊》第 129 辑),汉城,韩国民族文化推进会,1994 年,第 16 页。

乱后伤心新涕泪，尊前举目旧山川。

（赵远期《灯夕游九龙渊》）①

周城莫赋黍离恨，晋都莫发铜驼叹。
争如大朝文物邦，犬戎为窟腥膻满。
伊昔文皇都此都，地利最为天下枢。

（李时恒《燕京行》）②

连天铁骑惊心际，堕地金瓯转手间。

（赵秀三《山海关有谈吴三桂事者》）③

朝鲜诗家在诗中感慨"腥膻"满地，叹息"礼义"之不存，无可奈何，悲伤不已。洪良浩（1724—1802）的《自冷井向辽东》可以看作是这种情绪的最典型、最集中的表达，其曰："冠裳不见中华俗，鸡犬犹闻故国声。举目山河非旧主，伤心城郭半皇明。"④

二、怀恋故国

明朝灭亡，遗民们倍加思恋故国，因此对金陵（南京）、崇祯皇帝、甲申之变等重要的故地、故人、故事格外留心，多有歌咏。朝鲜人心中有着难以化解的"大明情结"："有明一代，朝鲜始终对明朝采取慕华的心态，恭行事大之礼节，再加上壬辰战争明朝出大兵拯救朝鲜的'再造之恩'，使得朝鲜对明朝滋生强烈的感恩心态。故而在明朝灭亡以后，朝鲜大行尊周思明之举，既感明朝之恩，又表明是李朝而不是清朝才是明朝正统的合法继承者，这是朝鲜祭祀明朝皇帝、大讲

---

① 〔朝〕赵远期（1630—1680）：《九峰集》（《影印标点 韩国文集丛刊（续）》第39辑），首尔，韩国古典翻译院，2007年，第471页。
② 〔朝〕李时恒（1672—1736）：《和隐集》（《影印标点 韩国文集丛刊（续）》第57辑），首尔，韩国古典翻译院，2008年，第443页。
③ 〔朝〕赵秀三：《秋斋集》（《影印标点 韩国文集丛刊》第271辑），汉城，韩国民族文化推进会，2001年，第440页。
④ 〔朝〕洪良浩：《耳溪集Ⅰ》（《影印标点 韩国文集丛刊》第241辑），汉城，韩国民族文化推进会，2000年，第96页。

尊周思明的内在原因。"① 朝鲜诗家心怀明朝，对明遗民思恋故国的诗作自然非常重视和欣赏，他们从故地、故人、故事这三个层面进行了评论。

（一）凭吊故都（地）

入清后，金陵作为故都在明遗民心中占有重要位置。他们在诗歌中描写金陵，抒发怀古之幽情，更主要的是借此凭吊故国。李德懋选录了钱秉镫《金陵即事》、吴翙《金陵》等多首凭吊故都的遗民诗，展现了明遗民对故国的无限依恋。明清易代之后，大量的朝鲜文人随使团来到中国，很多诗人都以"燕京"（北京）为题赋诗，与明遗民咏叹金陵的诗作遥相呼应，共同抒发了明清易代造成的个人精神痛苦。如宋奎濂的《秋夜有感》、金锡胄的《燕京感怀》、《燕京杂咏》、吴道一（1645—1703）的《燕京感吟》、宋相琦（1657—1723）的《燕京感怀》、李颐命的《燕京，次杜工部〈秦州杂诗〉》、赵泰采的《燕京》、李健命的《燕京怀古》、李德寿（1673—1744）的《燕京》、赵观彬（1691—1757）的《燕京杂咏》等。这些诗作或深情追忆大明文治下的喜悦心情，或哀叹入燕京后文化心理上的诸多不适应，或委婉地表达对故国的思恋。

不仅如此，朝鲜文人还把来华沿途的一些重要地点作为抒发故国之思的媒介，如沈阳、山海关、大凌河等地。相关的诗句如：

中华天子昔临边，不许胡马来陆梁。
如何一朝事反复，往迹空余华表鹤。
况复吾东万世羞，忆着丁岁泪横落。

（李宜显《沈阳行》）②

防屯通万里，控制壮千秋。
锁钥终虚设，腥尘满九州。
兵来谩说欲封泥，敌到那知未报鸡。

---

① 孙卫国：《大明旗号与小中华意识：朝鲜王朝尊周思明问题研究（1637—1800）》，北京，商务印书馆，2007年，第11页。
② 〔朝〕李宜显：《陶谷集Ⅰ》（《影印标点 韩国文集丛刊》第180辑），汉城，韩国民族文化推进会，1996年，第348—349页。

万古玉关长对峙,乾坤开闭户东西。

(朴世堂《山海关》)①

中原已作腥膻界,过客空悲杀伐场。
闻说村翁耕野处,至今犹拾战余镞。

(赵文命《大凌河记事》)②

这些地方或是明朝的边防重地,或是明清军队交锋的古战场,朝鲜文人登临于此自然会想起那段烽火连天、金戈铁马的岁月,从而产生故国之思。类似的诗歌还有很多,如李德寿的《沈阳》、李世白(1635—1703)的《到沈阳感怀》、任相元(1638—1697)的《入沈阳》、吴道一的《沈阳感怀》、吴光运的《山海关歌》、蔡济恭的《山海关歌》、洪良浩的《山海关八咏》、赵斗淳的《山海关》、李尚迪(1803—1865)的《过山海关,有问吴三桂事者,赋此答之》、申晸(1628—1687)的《大凌河口占》、南龙翼的《大凌河》、金锡胄的《大凌河吊古,仍迭鱼字韵》、金昌集的《大凌河感古》、沈象奎(1766—1838)的《大凌河道中》、卞锺运(1790—1866)的《大凌河古碑》等,不再逐一列举。

(二)怀恋旧主

君主是古代国家的象征。国家灭亡以后,遗民们也借怀恋故主表达家国情怀,如沈士柱的《前故宫词》、万寿祺的《入沛宫》等明遗民诗就反映了这种情绪。明朝亡于崇祯年间,而崇祯皇帝又对朝鲜恩惠有加,所以朝鲜诗家将追思崇祯皇帝作为评论明遗民诗主题的一个重点。李德懋引用谈允谦《闻内臣述往事》一诗来追忆崇祯的留心民事,引用褚连时的《崇祯宫词》表达对当时太平生活的向往,选曹静照的两首《宫词》来称赞崇祯的体察民情和节俭之风。明遗民对故国旧君的深情,"就具体表象而言,似乎只是怀恋凭吊一个消亡的政权和一个殉国的皇帝;但实际上,这种亡国之恨中渗入了对华夷之辨的理

---

① 〔朝〕朴世堂:《西溪集》(《影印标点 韩国文集丛刊》第134辑),汉城,韩国民族文化推进会,1994年,第17页。
② 〔朝〕赵文命(1680—1746):《鹤岩集》(《影印标点 韩国文集丛刊》第192辑),汉城,韩国民族文化推进会,1997年,第445页。

性认识，是在匡扶社稷的主体道德力量的支配下，深植于主体内心的一种文化情结的体现。例如清初遗民诗中数量众多的'三月十九日'题材，则为这种文化情结的聚焦"①。很多明遗民诗人以甲申（1644）年三月十九日崇祯自缢为题，哀声震天，表达了对崇祯皇帝的思恋，如叶绍袁的《甲申闻三月十九日之变》、朱明镐的《甲申悲愤诗》等。崇祯之死对于明遗民的意义，不仅仅在于一位皇帝的离去，更在于家国的覆亡，所以甲申年、三月十九日以及崇祯皇帝都已经成为一种象征。李德懋所选择的这些诗作，也都以崇祯殉难之事为对象，从牵挂、忧虑其安葬、祭奠、家族遭际等细节可以看出崇祯在遗民心目中的地位。

此外，朝鲜诗家还创作了一些祭悼、歌颂崇祯皇帝的诗篇，言辞恳切，情感真挚。如：

> 故国腥尘暗，人间甲子回。有兴谁莫废，无往不重来。
> 三户言曾契，金刀运再开。天心犹可复，遗诏有余哀。
> （伤崇祯）（李颐命《燕京次杜工部秦州杂诗》其十一）②

> 宁为大朝髡，不忍仇虏屈。痛哭事大去，胸中徒浡浡。
> 闵公昔使燕，奉归毅皇笔。持之泣慷慨，永思以寿传。
> 岩窃鬼设龛，焜煌丹其镌。含冤忍痛志，出于不得已。
> 腥尘满四海，一洞明天地。皇灵托何处，庶几归来兮。
> 僧言夜静时，其上子规啼。
> （尹凤九《崇祯皇帝御笔所刻石龛》）③

> 冤禽夜啼石欲裂，不到兰亭水亦咽。
> 回看四海倒冠屦，大明乾坤一洞府。
> 尊周微义寓于斯，一心炯炯谁复知。

---

① 张兵：《论清初遗民诗群创作的主题取向》，《西北师大学报（社会科学版）》2000年第2期。

② 〔朝〕李颐命：《疏斋集》（《影印标点 韩国文集丛刊》第172辑），汉城，韩国民族文化推进会，1996年，第67页。

③ 〔朝〕尹凤九：《屏溪集Ⅰ》（《影印标点 韩国文集丛刊》第203辑），汉城，韩国民族文化推进会，1998年，第9页。

唯应天寿山头月，照见孤臣满腔血。

(金寿恒《为尤斋寄题焕章庵》)①

(三) 伤于故事

中国古代诗人常借助一些故事抒发历史兴废之感，而这些故事经过历代的沿用就成为了著名的典故。李德懋对事典之法并不陌生，他选录了屈大均的《孤竹吟》、沈谦的《九日言怀》等遗民诗来表达内心的伤感。这些诗歌借助王谢堂前燕、铜驼黍离、夷齐采薇等经典故事的内涵，把大明的兴亡与时代发展联系起来，使感伤之情具有更为普遍的意义。

很多朝鲜诗家也受到了中国诗人的启发，他们也引中国古代反映世事变迁、朝代更替的典故（故事）入诗，表达了对明清易代的忧愤之情。如：

一带连城如破竹，可怜白骨遍黄沙。
从此皇威遂不振，百年宫阙暮鸦多。

(李渲《途中望锦州怀古》其三)②

莽荡乾坤秋日黄，中原北望歌悲凉。
伤心不独别离苦，洒涕非缘关塞长。
叹我未追鲁连子，须君为吊燕昭王。
征车辘辘自兹远，万里天风吹客裳。

(金万基《送李书状百宗燕行》)③

文物衣冠劫火中，旧时宫观漫穹崇。
凝霜万瓦鳞鳞白，送曙千门秩秩通。
触目腥膻天可问，伤心金币泪何穷。

---

① 〔朝〕金寿恒：《文谷集》(《影印标点 韩国文集丛刊》第133辑)，汉城，韩国民族文化推进会，1994年，第81页。

② 〔朝〕李渲(1622—1658)：《松溪集》(《影印标点 韩国文集丛刊（续）》第35辑)，首尔，韩国古典翻译院，2007年，第203页。

③ 〔朝〕金万基：《瑞石集Ⅰ》(《影印标点 韩国文集丛刊》第144辑)，汉城，韩国民族文化推进会，1995年，第367页。

黍离麦秀从来恨，燕雁无端叫远空。
(吴道一《晨向礼部，过太和门，感怀口占》)①

幽蓟中间此擅名，汉家飞将昔开营。
山形直压卢龙塞，地号犹传右北平。
断麓苔封射虎石，荒壕树老防秋城。
伤今吊古无穷恨，一望燕云剑独鸣。
(吴道一《永平府》)②

千秋孤竹国，双节采薇人。谏伐争扶义，辞封各得仁。
庙前风飒飒，台下水潾潾。远客来瞻拜，清芬把更新。
(赵泰采《孤竹城》)③

幽蓟犹传易水歌，荆卿不返奈燕何。
荆卿不返秦戈至，哀怨千年太子河。
(金熤《太子河》)④

生为大明人，死为大明鬼。烈烈寒山子，萧然无一累。
(陈函辉号寒山，临死曰："江南诸臣，只有死法。")
(许愈《看崇祯史有感九绝》其八)⑤

三、志在恢复

家国覆亡后，遗民们都怀有强烈的复国愿望。如宋遗民中既有文天

---

① 〔朝〕吴道一：《西坡集》(《影印标点 韩国文集丛刊》第152辑)，汉城，韩国民族文化推进会，1995年，第109页。
② 〔朝〕吴道一：《西坡集》(《影印标点 韩国文集丛刊》第152辑)，汉城，韩国民族文化推进会，1995年，第109页。
③ 〔朝〕赵泰采：《二忧堂集》(《影印标点 韩国文集丛刊》第176辑)，汉城，韩国民族文化推进会，1996年，第10页。
④ 〔朝〕金熤：《竹下集》(《影印标点 韩国文集丛刊》第240辑)，汉城，韩国民族文化推进会，1999年，第296—297页。
⑤ 〔朝〕许愈（1833—1904）：《后山集》(《影印标点 韩国文集丛刊》第327辑)，汉城，韩国民族文化推进会，2004年，第50页。

祥等人的抗元斗争，也有众多的反抗题材诗作，明遗民也在各地与清兵进行了多年的斗争，也留下了数量众多的志在恢复故国的诗篇。可以说，明遗民的这种复国愿望有着深厚的历史文化和现实基础，由此形成的诗作也具有强大的艺术感染力。

李德懋非常看重这类诗作的价值，他收集了很多诗篇，展现了明遗民高涨的复国热情。具体诗篇如陈瑚的《李映碧廷尉遗地图》、程家挚的《九日书感》等，借助渡河、碧血难销、看剑引杯、卧薪尝胆等故事展示了诗人的复国志向，读来令人慷慨满怀。又如沈钦圻的《书事》、陈恭尹的《明妃怨》、杜濬的《嵇康》、屈大均的《鲁连台》、张次仲的《天阙》、方文的《题酒家壁》等，呼吁遗民要有民族气节，不做贰臣，言辞十分恳切。尤其是吕留良的《如此江山图歌》，笔力酣畅，明确提出复国的强烈要求：

> 其为宋之南渡耶，如此江山真可耻。其为崖山以后耶，如此江山不忍视。吾不知作亭之人与命名之旨，但闻面会稽之山，俯钱塘之溆。庆忌之墓枕其背，伍员之祠拊其趾，宋之大内实在腹。……古人如此尚江山，今日江山更如此。安得复起作亭人，南宋兴亡详所以。更问元时画图者，所见所问试相拟。并告国初题画客，今君所恨何如彼。人不可复生，亭不可复庇。拜乞丽农为我泼墨重作图，收拾残山与剩水。(《曾、吕案》)①

诗人借南宋事说大明，表达了强烈的复国愿望。结篇二句掷地有声，令人振奋。成海应引此长篇，赞美了明遗民的复国壮志，也表达了自己的心声。

宋秉璿的《皇朝遗民传》记载了避乱入朝鲜的黄功（杭州人）、冯三仕（青州临朐人）、王文祥（山东青州人）、王美承（山东东昌人）、裴三生（大同人）、柳溪山（大同人）、郑先甲（琅琊人）等人的事迹，并辑录了他们的一些诗歌。如黄功随凤林大君（即后来的朝鲜孝宗）渡鸭绿江后，壮心不已，"作诗赠同来诸人，曰：'万岁山烽血雨中，金陵

---

① 〔朝〕成海应：《研经斋全集Ⅵ》(《影印标点 韩国文集丛刊》第278辑)，汉城，韩国民族文化推进会，2001年，第191—192页。

佳气一朝空。此生不死将何适，扶植王春鲽域东。'"(《皇明遗民传》)①虽然诗题阙如，但是诗人恢复中华正脉的志向则明白可鉴。

对于明遗民的复国志向，朝鲜诗家持积极的认同态度。"从知四海腥膻日，天理人心不泯然。"(成海应《华阳享礼，同丹岩闵相公谨春秋三首》其二)② 他们欣赏明遗民诗，也创作了很多反映复国主题的诗歌，如：

思量时事涕沾衣，大计如今识者稀。
欠死从臣余白发，沈阳归梦独依依。

(李尚馨《乱后》)③

可笑投山客，犹多恋阙情。煎熬心火发，慷慨泪河倾。
梦断燕京路，魂惊汉水城。乾坤谁整顿，衰白一书生。

(李起浡《走次金秀才韵兼付己意八首》其三)④

逢人每怯开唇，复恐初从国事陈。
赤子西驱浑被发，青宫北狩尚蒙尘。
剑南日月愁工部，江左山河泣伯仁。
虽有圣明方在上，书生无策献枫宸。

(俞场《乱后伤时》)⑤

天地荒寒劫火残，秋风客泪洒燕山。
城隍不改沧桑后，宫观犹存豺虎间。
何处更寻周礼乐，几时重睹汉衣冠。

---

① 〔朝〕宋秉璿：《渊斋集Ⅱ》(《影印标点 韩国文集丛刊》第330辑)，汉城，韩国民族文化推进会，2004年，第408页。
② 〔朝〕成海应：《研经斋全集Ⅳ》(《影印标点 韩国文集丛刊》第276辑)，汉城，韩国民族文化推进会，2001年，第484页。
③ 〔朝〕李尚馨(1585—1645)：《天默遗稿》(《影印标点 韩国文集丛刊(续)》第21辑)，首尔，韩国古典翻译院，2006年，第560页。
④ 〔朝〕李起浡：《西归遗藁》(《影印标点 韩国文集丛刊(续)》第29辑)，首尔，韩国古典翻译院，2006年，第344页。
⑤ 〔朝〕俞场(1614—1690)：《秋潭集》(《影印标点 韩国文集丛刊(续)》第33辑)，首尔，韩国古典翻译院，2007年，第80页。

平生古剑回霜色,中夜悲歌漫自弹。

(吴道一《燕京感吟》)①

一望平芜眼力穷,店烟村树远连空。
百年天地腥膻窟,万里山河涕泪中。
槎路尚由曾泝汉,土城犹记旧防戎。
燕南定遇悲歌士,匣里吴钩已吐虹。

(吴道一《十里堡途中》)②

终宵抚剑感怀多,谁遣腥膻久染华。
四海尽成胡日月,一区难觅汉山河。
村间扑地连钟鼎,楼阁干霄拥绮罗。
欲向遗民论慷慨,市中何处有悲歌。

(申琓《山海关夜坐》)③

满洲据神京,天下皆被发。烈烈辽东叟,避地入溟渤。
……
衣冠犹不改,筋力以自竭。中原多志士,胡不谟北伐。
……
西林殪白鹿,壮心殊未歇。且待征燕山,终当为前卒。

(黄景源《宿巨济府,看德村大明遗民所居》)④

邦国遗羞尚忍论,长河欲挽洗乾坤。

(金昌集《沈阳感怀,次北溪韵》)⑤

---

① 〔朝〕吴道一:《西坡集》(《影印标点 韩国文集丛刊》第152辑),汉城,韩国民族文化推进会,1995年,第52页。
② 〔朝〕吴道一:《西坡集》(《影印标点 韩国文集丛刊》第152辑),汉城,韩国民族文化推进会,1995年,第50页。
③ 〔朝〕申琓(1646—1707):《絧庵集》(《影印标点 韩国文集丛刊(续)》第47辑),首尔,韩国古典翻译院,2007年,第210页。
④ 〔朝〕黄景源:《江汉集Ⅰ》(《影印标点 韩国文集丛刊》第224辑),汉城,韩国民族文化推进会,1999年,第34页。
⑤ 〔朝〕金昌集:《梦窝集》(《影印标点 韩国文集丛刊》第158辑),汉城,韩国民族文化推进会,1995年,第60页。

南汉城下麻浦上,老石留戴天骄勋。
丙丁之事堪下泪,鸭江以北犹胡氛。
今宵远游欲写忧,到此还令心熏熏。
雄怀慷慨倚深醉,剑气横射斗牛文。

(赵璥《舟中作》)①

年年皮币燕京道,客来今日遗愤切。
中宵浩歌抚孟劳,万里寒风吹壮发。

(李宜显《沈阳行》)②

朝鲜诗家触景生情,对大明江山变为腥膻之地而心痛不已,或抚剑叹息,或涕泪沾衣。这些诗作与明遗民诗一起,形成了跨越时空的有力呐喊,反映了强烈的复国志向。

四、体察百姓苦难

晚明社会政治腐败,官吏贪暴、赋役繁重,加上清军的杀戮,种种天灾人祸使百姓饥寒交迫、流离失所,处境悲惨,遗民诗人对此进行了如实地描写和无情地揭露。朝鲜诗家十分推崇遗民诗人的这种现实主义精神,选录了吕留良的《乱后过嘉兴》、《园林早秋》、姚佺的《闻鹃》、吴嘉纪的《自题陋轩》等诗篇,批判了战乱给人民(也包括明遗民诗人和朝鲜诗家自己)造成的物质和精神生活的双重苦难,深切体会到了失去家园的巨大悲伤。

同时,朝鲜诗家也创作了很多反映乱后民生疾苦的诗篇,其中很多诗句作于燕行途中,字字血泪,如:

忍垢君臣当此日,誓心天地更何人。
路傍白骨埋无土,闺里红颜恸彻旻。

(申达道《龙冈途中》)③

---

① 〔朝〕赵璥(1727—1787):《荷栖集》(《影印标点 韩国文集丛刊》第245辑),汉城,韩国民族文化推进会,2000年,第237页。
② 〔朝〕李宜显:《陶谷集Ⅰ》(《影印标点 韩国文集丛刊》第180辑),汉城,韩国民族文化推进会,1996年,第349页。
③ 〔朝〕申达道(1576—1631):《晚悟集》(《影印标点 韩国文集丛刊(续)》第18辑),首尔,韩国古典翻译院,2006年,第318页。

城西卜宅为幽偏，细涧方池最可怜。
今日乱离还靡室，向来栖息只经年。
残花泣露空墙里，归燕衔泥旧垒边。
羸马独过门外路，不堪回首重依然。
　　　　　　　（赵锡胤《乱后过城西弊庐有感》)①

此地新经战，东人白骨多。天寒月色苦，不忍夜深过。
　　　　　　　（具崟《过南汉山城》)②

今日前屯卫，艰辛最饱更。华夷三国杂，啼哭一时并。
混室腥膻臭，盈庭鹅鸭声。还思露宿处，犹得梦魂清。
　　　　　　　（洪柱元《前屯卫》)③

狞风旷野黄尘暗，落日崩城白骨多。
……
荒墟极目炊烟断，几度伤心此地过。
　　　　　　　（李渲《次方叔广宁途中有感》)④

黄昏古塞炊烟断，白骨荒墟鬼哭哀。
　　　　　　　（李渲《宁远途中感怀》)⑤

遗隍堆破甓，空堑填枯萍。慷慨心如割，呜呼涕自零。
　　　　　　　（金锡胄《宁远述感二十四韵排律》)⑥

---

① 〔朝〕赵锡胤（1606—1655）：《乐静集》(《影印标点 韩国文集丛刊》第105辑)，汉城，韩国民族文化推进会，1993年，第305页。
② 〔朝〕具崟（1614—1683）：《明谷集》(《影印标点 韩国文集丛刊（续)》第33辑)，首尔，韩国古典翻译院，2007年，第44页。
③ 〔朝〕洪柱元：《无何堂遗稿》(《影印标点 韩国文集丛刊（续)》第30辑)，首尔，韩国古典翻译院，2006年，第535页。
④ 〔朝〕李渲：《松溪集》(《影印标点 韩国文集丛刊（续)》第35辑)，首尔，韩国古典翻译院，2007年，第215页。
⑤ 〔朝〕李渲：《松溪集》(《影印标点 韩国文集丛刊（续)》第35辑)，首尔，韩国古典翻译院，2007年，第227页。
⑥ 〔朝〕金锡胄：《息庵遗稿》(《影印标点 韩国文集丛刊》第145辑)，汉城，韩国民族文化推进会，1995年，第204页。

安市千年但废城,石门残堞半颓倾。

(吴道一《安市城》)①

这些诗作从白骨、荒墟、废城、归燕、残花等意象入手,不仅写了明朝军民的悲惨境遇,也写了清军对朝鲜人的杀戮和劫掠。朝鲜文人在诗中痛心疾首,揭示了战乱的残酷,描述了乱后的荒凉景象,表达了对战乱的责难、对百姓的同情。

五、珍惜友情

"清初遗民诗群的形成本就与遗民诗人的联系与互动密切相关,战争中结下的友谊,战乱之后的同声相求,孤独晚境与流走他乡时对友情的渴求,……都使中国古代文学中传统的友情主题在遗民诗中又一次引起了强烈的共鸣。"② 随着清政权的不断巩固,抗清复明的大业大势已去,悲凉和孤独的情绪在不少遗民诗人心中弥漫,而友情则是他们此时获得暂时的慰藉和快乐的主要途径。通过相聚、怀念、赠答等形式,遗民诗人之间的友谊进一步加深。在当时的形势下,这种局限在遗民群体内部的友情成为维系故国之思不可或缺的重要手段之一。

朝鲜诗家在总结这一主题时,选取了回忆相聚、怀念故人、赠答互勉三个方面的诗句,基本涵盖了明遗民诗人表达友情的主要方式。具体诗篇如魏禧的《快哉行,赠余生生》、石涛(苦瓜和尚)的《尝与友人夜饮》、龚贤的《胡介再过邗上》、王翃的《江亭遇旧》、沈钦圻的《乱后哭友》、方文的《章门访陈士业故居》、徐夜的《九日得顾宁人书》、王岱的《赠汪魏美、徐兰生两隐者》、安夏的《初秋寄友》等。朝鲜诗家选取这些诗作,向人们展现了明遗民诗人相聚时的生动场面,反映了他们渴望与明遗民诗人交往、一抒愁绪的心情,同时也体现了他们思想性、艺术性并重的评诗原则。

朝鲜诗家推崇明遗民之间的友情,也非常愿意和明遗民交往,他们与漂流到朝鲜的明遗民林寅观的友好交往就是一个很好的例子。俞彦镐

---

① 〔朝〕吴道一:《西坡集》(《影印标点 韩国文集丛刊》第152辑),汉城,韩国民族文化推进会,1995年,第105页。

② 张兵:《论清初遗民诗群创作的主题取向》,《西北师大学报(社会科学版)》2000年第2期。

的《闵处士墓志铭》载:"显宗丁未,明遗民林寅观等漂海至我国,即所谓泉漳人也。其人不改汉衣冠,自言东南撮土皇统犹在,时朝廷畏虏,将执解于燕。"① 显宗丁未,即1667年(康熙六年)。朝鲜上下围绕如何处置漂流人的问题展开了激烈争论。在此期间,全罗道监司洪处厚、忠州布衣闵徽继(字美胤)等人与林寅观相处甚厚,彼此有诗歌酬赠。成海应的《丁未传信录》载:"林寅观作一绝,以寓感恨之意,诗曰:'神皇德泽遍东垠,草木犹知天地恩。岂独奸臣床下出,尔家元是壬辰人。'其至冤恻怛之状,不忍见也。"(《漂人问答》)② 闵徽继时年二十三,其"《悲漂人》诗曰:'多端愁思自纷缤,底事临歧暗戚嚬。握手无言双泪下,停舻不饮雨沾巾。遥怜大漠三千里,却送皇朝九十人。……断肠今日伤时事,回首当年记壬辰。伊昔大邦存下国,至今遗泽在边垠。追怀帝德恩何报,复睹官仪感转新。沧海岛中漂到客,大明天下子遗民。……行过殷墟歌麦穗,回首汉阙入荆榛。归心岁岁年年日,遗恨千千万万春。长句赠行聊记别,满腔悲怀口难陈。'(公号湖岩,自称大明民,此后永废科曰,以吟咏从事,年四十二卒。)(《闵徽继〈湖岩集〉一则》)"③ 后人评曰:"其诗激昂顿挫,出于情性,有足感动人者,斯可以见公平日所蓄也。"(俞彦镐《闵处士墓志铭》)④ "呜呼!今去当时百余年,诵闵公之诗而读其家状,可为裂眦。"(金锺厚《学生闵公墓碣铭并序》)⑤ 宋秉璿《皇朝遗民传》载,朝鲜国王派明遗民黄功前去探望,"详问国事及乡信。……公乃归,依枕不寐,作诗悲叹。翌日送别于碧蹄馆,……吟赠一诗曰:'仆夫催秣野鸡鸣,问尔胡然万里行。孙贾失王生亦罪,田横守志死犹荣。明天在上堪无愧,汤镬当前讵可惊。归后若逢

---

① 〔朝〕俞彦镐:《燕石》(《影印标点 韩国文集丛刊》第247辑),汉城,韩国民族文化推进会,2000年,第93页。
② 〔朝〕成海应:《研经斋全集Ⅴ》(《影印标点 韩国文集丛刊》第277辑),汉城,韩国民族文化推进会,2001年,第27—28页。
③ 〔朝〕成海应:《研经斋全集Ⅴ》(《影印标点 韩国文集丛刊》第277辑),汉城,韩国民族文化推进会,2001年,第52页。
④ 〔朝〕俞彦镐:《燕石》(《影印标点 韩国文集丛刊》第247辑),汉城,韩国民族文化推进会,2000年,第93页。
⑤ 〔朝〕金锺厚(1721—1780):《本庵集Ⅰ》(《影印标点 韩国文集丛刊》第237辑),汉城,韩国民族文化推进会,1999年,第476页。

诸节士，为言今日旧差卿。'"① 可以看到，闵、黄两人都将林寅观作为朋友，依依惜别，其诗哀愤忧伤，寄托了对友人的思念和对大明王朝的无限追忆。

此外，很多朝鲜诗家也在给友人的诗作中寄予了深厚的遗民情怀，如：

> 今年佳节又重阳，底事停杯暗断肠。
> 举目山川非故国，伤心风景是他乡。
> 归期郁郁滞三载，杀气森森昏八荒。
> 欲向何方寻福地，前头身世转悲凉。
> （朴弘中《重九有怀寄崔殿中》）②

> 栗里黄花节，燕山白草程。几年匪风思，今日饮冰行。
> 雪满荆卿市，天寒孤竹城。临歧无限恨，不独弟兄情。
> （权忭《赠别敬季燕行》）③

> 送君幽蓟路三千，岁暮玉程雨雪前。
> 行贺燕庭新节序，悲歌汉代旧山川。
> 秦鸡唤客鸣残夜，辽鹤迎人下远天。
> 孤竹清风携满袖，归来示我壮游篇。
> （申翼相《送冬至副价申寅伯赴燕》）④

> 公去莫买荆卿匕，天寒易水流弥弥。
> 腥膻满目侠窟空，四海寥寥无一士。
> 送公何处观礼乐，圣贤遗迹但书市。
> 宝气不消浩劫余，锦缥牙签灿成峙。

---

① 〔朝〕宋秉璿：《渊斋集Ⅱ》（《影印标点 韩国文集丛刊》第330辑），汉城，韩国民族文化推进会，2004年，第408页。
② 〔朝〕朴弘中（1582—1646）：《秋山集》（《影印标点 韩国文集丛刊（续）》第20辑），首尔，韩国古典翻译院，2006年，第208—209页。
③ 〔朝〕权忭（1651—1726）：《遂初堂集》（《影印标点 韩国文集丛刊（续）》第49辑），首尔，韩国古典翻译院，2007年，第395页。
④ 〔朝〕申翼相（1634—1697）：《醒斋遗稿》（《影印标点 韩国文集丛刊》第146辑），汉城，韩国民族文化推进会，1995年，第56页。

> 老夫有癖癖于书，物因所好来万里。
> ……
> 东韩独保旧衣冠，大报坛高奠皇祀。
> 携来远出穹庐障，书若有神神亦喜。
> 噫吁戏！一部春秋待公读，离筵日暮悲歌起。
> （李天辅《送长溪公子栋赴燕》）①

> 五度燕槎伴，惟君最我思。寻梅游古寺，啖橘和新诗。
> 灯火高秋夜，关河远别时。中原多旧雨，应问赵三芝。
> （赵秀三《送李东华圣瑞再入燕京》）②

在这些诗歌当中，明清易代成为诗人抒发情志的宏大背景，腥膻满目、山河易姓的苦痛是他们的普遍心结，在回忆友人或送友人入燕时，他们无不因此而忧伤、悲愤。在这悲愤、凄楚的氛围里，朝鲜文人对友人的深情也因遗民情怀的渗透而更加动人。

  需要特别指出的是，在诸多主题的遗民诗当中，朝鲜诗家还选录了一些山水田园诗，如屈大均的《吉祥寺古梅》、锺晓的《观海》、方以智的《看月》、韩绛祖的《访潘江如遂登北固》、钱其恒的《田园》、戒显的《登黄鹤楼》、万寿祺的《隰西草堂》、张纪的《江村春望》等。这些诗歌以山水景物融合明遗民的怀古情思或个人心态的居多，也有一些作品借山水田园风光寄托情性，政治意味很淡，塑造了遗民诗人高洁的自我形象，风格与山水田园诗很接近。"明遗民虽然创作了不少山水田园之诗，但自然景物很少成为他们的主要表现对象。写山水不是为了满足审美情趣，或观照宇宙的真相，或寻求解脱苦闷、躲避现实的避风港，而通常是将景物作为诗人人格的投射或情绪氛围的烘托。"③ 朝鲜诗家辑录这类明遗民诗肯定也注意到了这个特点，这也说明他们评论明遗民诗之时兼顾了思想性和艺术性。当然，朝鲜诗家在甲申之后也创作了很多山

---

① 〔朝〕李天辅（1698—1761）：《晋庵集》（《影印标点 韩国文集丛刊》第218辑），汉城，韩国民族文化推进会，1998年，第173页。
② 〔朝〕赵秀三：《秋斋集》（《影印标点 韩国文集丛刊》第271辑），汉城，韩国民族文化推进会，2001年，第419页。
③ 李瑄：《清初遗民诗的群体特征》，《中国诗歌研究》第7辑（2010年）。

水田园诗，其中一些诗作的遗民思想很淡，是否受到明遗民诗的影响还要具体分析，故不再列举。

总之，明遗民"悲愤国事、叙写遭遇、痛心民瘼、表露志节以及表达远离污浊现实的隐逸之志和山水田园之趣的诗歌蔚然兴起，耸为山岳，汇为丛林，成了清前期二十余年间诗歌创作的主潮"①。他们用血泪写成的诗篇，具有抒发家国之悲和同情民生疾苦的共同主题，体验深切，沉痛悲壮，反映了易代之际的惨痛史实。朝鲜诗家在评论的过程中，或直接选录，或间有评定，吐露了心声，也在主题思想方面汲取了创作的营养。他们认为："粤自大明亡，我东忠义慷慨之士伏于草莽，无以泄其幽愤，则往往发诸吟讴以见其志。"（俞彦镐《闵处士墓志铭》）② 于是，他们自视为大明遗民，并在评论明遗民诗的过程中找到了宣泄情感的出口，以诗当哭，体现了对明遗民诗主题的高度认同。

第五节　朝鲜诗家论明遗民诗的风格

风格，是文艺创作趋向成熟的标志。对于诗歌创作来说，风格通常指诗人在诗歌中表现出来的艺术特色和创作个性。刘勰的《文心雕龙》、钟嵘的《诗品》、司空图的《二十四诗品》、严羽的《沧浪诗话》、高棅的《唐诗品汇》、胡应麟的《诗薮》等著作对中国古代诗歌风格进行了不同的分类。朝鲜诗家在评论明遗民诗的风格时，也参考了这些既有成果。

朝鲜诗家和明遗民诗人同气相求，他们不仅关注明遗民诗中所蕴含的忧患意识、民族气节，也关注与之紧密相联的多样风格。朝鲜诗家关注了70余位遗民诗人的诗风，注意到了部分诗人的多样风格和风格的变化，同时也注意到了其对明末颓败诗风的反拨情况，动静结合、前后比较，从而全面把握了明遗民诗的特征。

"明遗民诗歌最主要的情感格调是慷慨悲凉。慷慨，来自明遗民人格中的豪杰精神，意志的昂扬、胸襟的壮阔和情绪的激荡；悲凉，来自

---

①　张宇声：《归庄——明遗民诗学理论的杰出代表》，《淄博学院学报（社会科学版）》2001年第4期。

②〔朝〕俞彦镐：《燕石》（《影印标点 韩国文集丛刊》第247辑），汉城，韩国民族文化推进会，2000年，第93页。

清初的社会现实带给明遗民的生存困境，来自他们情感的愤懑、压抑、失落。"① 这些情感贯注到诗歌当中，赋予了明遗民诗独特的美感。朝鲜诗家综合考虑情志、诗境、语言、意象等诸多因素，主要关注了明遗民诗以"慷慨悲凉"为核心的四大类风格。同时，他们也自视为明遗民，创作了风格相近的诸多诗作。

一、慷慨豪壮

慷慨豪壮往往是志士为实现理想而表现出来的一种意气、情绪，明遗民诗"慷慨豪壮"的风格就是遗民诗人不甘屈辱、壮志未酬心绪的外化。他们不愿意看到故国的覆亡，非常痛恨外族统治，有复国之思，所以诗中充满了激昂的情绪和豪迈的意气，具体的形象（景物和人物）大多雄伟、高大。朝鲜诗家关注了一些具有慷慨豪壮之风的明遗民诗，如：

（黄宗羲）所为诗文多感慨悲歌之调，海内传诵之。② 其学祖王守仁，故杂而未纯。所谓（笔者注：应是"所为"）诗文多感慨，海内传诵之。③

（李麟友）其诗慷慨奔放，不屑裁剪字句。④

（陈素）素善诗，狱中与云唱酬甚多，慷慨悲壮。⑤

（徐介）好饮酒工诗，诗多牢壮。⑥

---

① 李瑄：《清初遗民诗的群体特征》，《中国诗歌研究》第 7 辑（2010 年）。
② 〔朝〕李德懋：《青庄馆全书Ⅱ》（《影印标点 韩国文集丛刊》第 258 辑），汉城，韩国民族文化推进会，2000 年，第 145 页。
③ 〔朝〕成海应：《研经斋全集Ⅱ》（《影印标点 韩国文集丛刊》第 274 辑），汉城，韩国民族文化推进会，2001 年，第 357 页。
④ 〔朝〕成海应：《研经斋全集Ⅱ》（《影印标点 韩国文集丛刊》第 274 辑），汉城，韩国民族文化推进会，2001 年，第 372 页。
⑤ 〔朝〕成海应：《研经斋全集Ⅱ》（《影印标点 韩国文集丛刊》第 274 辑），汉城，韩国民族文化推进会，2001 年，第 345 页。
⑥ 〔朝〕成海应：《研经斋全集Ⅱ》（《影印标点 韩国文集丛刊》第 274 辑），汉城，韩国民族文化推进会，2001 年，第 374 页。

（刘文照）其入燕，有《燕游草》，悲凉忧壮，不忍多读。①

（方以智）自申酉后，披缁入山，著自祭文及诗歌，并凄壮可风。(《启祯野乘》)②

杜濬，字于皇，黄冈人，诗文豪健，自辟町畦。(《大清一统志》)③

（顾炎武）词必己出，事必精当。风霜之气、松柏之质两者兼有。就诗品论，亦不肯作第二流人。(沈德潜《明诗别裁集》)④

留良之诗凡几首，其词多感愤激烈之气，余读而悲之。(俞汉隽《吕晚村诗录序》)⑤

朝鲜在历史上经历了多次战乱、政变，涌现了很多英雄节士，再加上朝鲜诗人与明遗民诗人在思想上、创作上的共鸣，所以朝鲜诗坛也出现了很多慷慨豪壮的诗篇，这些诗在内容、风格、手法等方面与明遗民诗遥相呼应。相关的记述或诗篇如：

自余从念斋游，已闻花山朗卿先生之为诗豪也。及见所为诗，尤长于悲壮慷慨之音。(洪大容《赠闵朗卿送花山序》)⑥

---

① 〔朝〕李德懋：《青庄馆全书Ⅱ》(《影印标点 韩国文集丛刊》第258辑)，汉城，韩国民族文化推进会，2000年，第223页。
② 〔朝〕李德懋：《青庄馆全书Ⅱ》(《影印标点 韩国文集丛刊》第258辑)，汉城，韩国民族文化推进会，2000年，第84页。
③ 〔朝〕李德懋：《青庄馆全书Ⅱ》(《影印标点 韩国文集丛刊》第258辑)，汉城，韩国民族文化推进会，2000年，第220页。
④ 〔朝〕李德懋：《青庄馆全书Ⅱ》(《影印标点 韩国文集丛刊》第258辑)，汉城，韩国民族文化推进会，2000年，第182页。
⑤ 〔朝〕俞汉隽（1732—1811）：《自著》(《影印标点 韩国文集丛刊》第249辑)，汉城，韩国民族文化推进会，2000年，第269页。
⑥ 〔朝〕洪大容：《湛轩书》(《影印标点 韩国文集丛刊》第248辑)，汉城，韩国民族文化推进会，2000年，第73页。

天下大义日亡月消,几至于甘心左袒而不知羞耻。吾辈皆书生也,年皆七十,白发满头,抱病穷山,亦何能为?只有悲歌慷慨、含痛终天而已。奈何奈何!(尹推《和明村歌章》)①

车佐一(1753—1809)之诗,"恍若与幽蓟慷慨之士叱咤呜咽于枫林丛荻之间,不有素蓄而能有是乎?"

(朴粲圭《〈四名子诗集〉序》)②

正祖评蔡济恭诗曰:"杰气驱来笔力勍,七分如对画中卿。奔腾处有浪涛势,慷慨时多燕赵声。北极风云昭晚契,沧江鸥鹭属前盟。湖洲以后模楷在,更喜东山咏洛生。"

(《题左议政蔡济恭樊岩诗文稿》)③

洪宇定,号杜谷,大明末遁居太白山,有诗曰:"大明天下无家客,太白山中有发僧。"尝题清风涵碧楼曰:"宇宙一男子,清风涵碧楼。临轩发长啸,江月五更秋。"其卓荦不羁,令人艳服。(河谦镇《东诗话》)④

中国奇男儿,东方病学士。天涯相对辰,慷慨百年耻。

(李选《赠会宁康处士世爵》)⑤

白头今岁亦云穷,灯火宵长坐欲终。
壮志未成怜日月,陈编犹在吊英雄。
中原不道腥膻满,东国多闻杼轴空。

---

① 〔朝〕尹推(1632—1707):《农隐遗稿》(《影印标点 韩国文集丛刊》第143辑),汉城,韩国民族文化推进会,1995年,第231页。
② 〔朝〕车佐一:《四名子诗集》(《影印标点 韩国文集丛刊》第269辑),汉城,韩国民族文化推进会,2001年,第4页。
③ 〔朝〕李祘:《弘斋全书Ⅰ》(《影印标点 韩国文集丛刊》第262辑),汉城,韩国民族文化推进会,2001年,第83页。
④ 蔡镇楚编:《域外诗话珍本丛书》(第二十册),北京,北京图书馆出版社,2006年,第672—673页。
⑤ 〔朝〕李选(1631—1692):《芝湖集》(《影印标点 韩国文集丛刊》第143辑),汉城,韩国民族文化推进会,1995年,第354页。

且可索绹缠老屋,仲冬西北每高风。

(洪世泰《夜坐感怀》)①

百战山河在,穷阴天地昏。冻云埋古堞,暮雪下平原。
惨憺腥膻气,烦冤猿鹤魂。高丽腼面日,能过锦州门。

(金昌业《大凌河》)②

维时崇祯后,癸亥岁将终。顾视辽蓟间,虏气尚汹汹。

(南有容《送副使柳侍郎阳辉复明入燕》)③

白首悲歌泣烈皇,东风花木为无光。
帝王兴废还些子,宇宙腥膻孰主张。
金阙衣冠骑虎势,火轮车舰血龙场。
傍人不识风泉恨,满说朱门酒肉香。

(金平默《崇祯五甲申,皇帝殉社日志感》)④

朝鲜诗家感于时事,以腥膻满地为耻,以恢复中华为己任,抒发了自己的豪迈胸襟,真实感人。这些慷慨之作既反映了朝鲜诗家对明遗民诗慷慨悲壮之风的真心推重,也充分验证了他们浓厚的故国之思。

二、悲凉哀伤

"国破家亡、江山沦丧,展示给明遗民的是无法寄予理想的剩水残山;历史责任感与文化使命感的失落,又使明遗民产生了一种对现实的幻灭感,进而转化为历史悲凉感。同时,乱世遭际、个体价值的丧失,使明遗民看到了肉体存活的本真,在灵魂深处升腾起悲凉之感。这二者

---

① 〔朝〕洪世泰(1653—1725):《柳下集》(《影印标点 韩国文集丛刊》第167辑),汉城,韩国民族文化推进会,1996年,第386页。
② 〔朝〕金昌业(1658—1721):《老稼斋集》(《影印标点 韩国文集丛刊》第175辑),汉城,韩国民族文化推进会,1996年,第106页。
③ 〔朝〕南有容(1698—1773):《雷渊集Ⅰ》(《影印标点 韩国文集丛刊》第217辑),汉城,韩国民族文化推进会,1998年,第109页。
④ 〔朝〕金平默:《重庵集Ⅰ》(《影印标点 韩国文集丛刊》第319辑),汉城,韩国民族文化推进会,2003年,第77页。

相互交织、叠加,就成为笼罩整个明遗民诗的悲凉的审美风格。"① 对于明遗民诗人来说,国家亡覆,他们的身心无所依靠,满腔忧郁哀痛,因此其诗歌具有悲凉哀伤的风格。朝鲜诗家在中国各类文献中辑录了很多描述这类诗风的评语,也借此表达了自己的情感、态度。如:

(张盖)……其为诗,哀愤过情。②

(张纲孙)祖望诗悲凉沉远,矫然不群。……轮囷结轖,怨诽不乱,有《小雅》之遗。③

(高斗魁)文中抒写,皆肺腑门物,激楚悲凉,不堪卒读。④

(周之玙)有《读史感怀诗》,甚悲怆。⑤

(槎庵和尚)游匡庐、衡阳……鸡足以及闽粤、黔越、辽海,必有诗,诗极哀,句读者不忍竟。⑥

(顾柔谦)值甲申之变,哀愤往往形诗歌。⑦

(姚佺)国亡隐居,其《闻鹃》一绝及《燕颂》极其凄惋。⑧

---

① 郝学华:《清初遗民诗的文化意蕴浅说》,《聊城大学学报(哲学社会科学版)》2002年第4期。
② 〔朝〕李德懋:《青庄馆全书Ⅱ》(《影印标点 韩国文集丛刊》第258辑),汉城,韩国民族文化推进会,2000年,第225页。
③ 〔朝〕李德懋:《青庄馆全书Ⅱ》(《影印标点 韩国文集丛刊》第258辑),汉城,韩国民族文化推进会,2000年,第187页。
④ 〔朝〕李德懋:《青庄馆全书Ⅱ》(《影印标点 韩国文集丛刊》第258辑),汉城,韩国民族文化推进会,2000年,第276页。
⑤ 〔朝〕成海应:《研经斋全集Ⅱ》(《影印标点 韩国文集丛刊》第274辑),汉城,韩国民族文化推进会,2001年,第327页。
⑥ 〔朝〕成海应:《研经斋全集Ⅱ》(《影印标点 韩国文集丛刊》第274辑),汉城,韩国民族文化推进会,2001年,第311页。
⑦ 〔朝〕成海应:《研经斋全集Ⅱ》(《影印标点 韩国文集丛刊》第274辑),汉城,韩国民族文化推进会,2001年,第397页。
⑧ 〔朝〕成海应:《研经斋全集Ⅱ》(《影印标点 韩国文集丛刊》第274辑),汉城,韩国民族文化推进会,2001年,第371页。

(杨照)有《怀古诗》十章,甚凄酸。①

明清易代对朝鲜诗家来说失去了精神家国,他们与明遗民一样无比悲伤,也留下了很多哀痛伤感的诗作。如:

洪瑞凤(号鹤谷,1572—1645)"《赠会稽乐痴生》诗尤悲凉慷慨,尊周攘夷之意溢于辞表,一唱而有遗音矣。"(洪重圣《〈鹤谷先生集〉跋》)②

滦河祠庙孔阳阳,客子停骖更爇香。
匪域腥膻今政涨,大商天地此犹藏。
依然一发青山在,不尽千年春蕨长。
金币我行偏有愧,尘缨端欲濯沧浪。
　　　　　　(吴道一《次程知府清圣祠韵》)③

冰雪窖边遗迹昧,日星天下大名存。
惊心皮币来输地,暗傍毡裘掩涕痕。
　　　　　　(金昌集《沈阳感怀,次北溪韵》)④

薪胆圣谟未雪冤,堪嗟幄对作空言。
三台大节千秋凛,万历皇恩百世存。
大报坛悬殷日月,华阳洞保汉乾坤。
星回殉社增悲愤,匣里龙光射斗垣。
　　　　　　(尹衡老《甲申岁感皇朝事有吟》)⑤

---

① 〔朝〕成海应:《研经斋全集Ⅱ》(《影印标点 韩国文集丛刊》第274辑),汉城,韩国民族文化推进会,2001年,第362页。
② 〔朝〕洪重圣(1668—1735):《芸窝集》(《影印标点 韩国文集丛刊(续)》第57辑),首尔,韩国古典翻译院,2008年,第96页。
③ 〔朝〕吴道一:《西坡集》(《影印标点 韩国文集丛刊》第152辑),汉城,韩国民族文化推进会,1995年,第109页。
④ 〔朝〕金昌集:《梦窝集》(《影印标点 韩国文集丛刊》第158辑),汉城,韩国民族文化推进会,1995年,第60—61页。
⑤ 〔朝〕尹衡老(1702—1782):《戒惧庵集》(《影印标点 韩国文集丛刊》第219辑),汉城,韩国民族文化推进会,1998年,第66页。

> 金台草没士悲秋，燕市讴歌故国愁。
> 香火年年茅屋下，遗民尚祭望诸不。
>
> （金载瓒《玉田县望无终山》）①
>
> 重阳过后强登楼，哀管凝丝雨里游。
> 双树山城余百雉，熊州都督已千秋。
> 鸦红雁白沧洲意，枣地枫天落日愁。
> 满目山川非故国，北人多是恨悠悠。
>
> （柳得恭《熊州拱北楼》）②
>
> 雪里青山一发横，天涯岁色又嘉平。
> 千年客返黏蝉道，落日人稀射虎城。
> 笑指翠翎夸职品，猷将黄酒作人情。
> 相逢莫说朱颜改，言语都非故国声。
>
> （朴齐家《永平府》）③

这些诗作标举故国之思，以故事、故地、故人为情感的触发点，声声哀痛，字字怨情。这种深切的情感和明遗民诗并无二致，而且延续的时间更加长久，见证了朝鲜诗家秉承春秋大义的韧性以及对明遗民诗悲凉哀伤之风格的真正理解和接受。

朝鲜诗家除了用"悲"、"哀"、"凄"等词语直接标举明遗民诗悲凉哀伤的风格外，还以宋遗民、杜甫为中介做了间接表达。如李德懋《清脾录》记录了俞汉萧获得吕留良诗集的过程：

> 康熙时既颁《觉迷录》，而吕留良《晚村集》不复传于天下。吴月谷琼入燕，潜求之不得。先王癸酉，俞参判汉萧以副使入燕求之。有一士怀《晚村诗集》抄本一册潜来馆中，泣而传之，仍持献

---

① 〔朝〕金载瓒（1746—1827）：《海石遗稿》（《影印标点 韩国文集丛刊》第259辑），汉城，韩国民族文化推进会，2000年，第398页。
② 〔朝〕柳得恭：《泠斋集》（《影印标点 韩国文集丛刊》第260辑），汉城，韩国民族文化推进会，2000年，第16页。
③ 〔朝〕朴齐家：《贞蕤阁集》（《影印标点 韩国文集丛刊》第261辑），汉城，韩国民族文化推进会，2001年，第523页。

于先王。自是士大夫家稍稍誊录,诗皆幼安、渊明之志,皋羽、所南之悲,令人掩抑,涕泪横集。①

"所南"即宋遗民郑思肖。另外,李德懋随使赴燕期间得到了郑思肖的《心史》并带回朝鲜,成海应借来抄录并精心保存抄本,他还为此作和诗《次顾亭林咏心史韵》,其中写道:"我从槎客得读之,同调如何不同时。""亭林居士心更苦,经历还如德佑时。薙发左衽彼何人,孰如死为忠义鬼。一读残篇感涕多,欲和无如才薄何。""亭林只字续心史,嘘残或冀中兴理。……九原耿耿赍恨死,即今胡尘暗燕市。我今作诗悲若人,山蕨泽兰须毅鬼。"② 可见,朝鲜文人历尽周折获得《晚村集》、《心史》等篇什,并细心誊录、追和诗章,发异时同调之忧思,充分体现了对遗民精神的追慕。

杜甫于饥寒交迫之中仍牵挂国事民瘼,其诗沉郁顿挫。明遗民诗人从杜甫那里继承了忧国忧民的传统,而杜甫又是朝鲜文人最为推崇的中国诗人,所以朝鲜诗家自然也注意到了明遗民诗中存在的杜甫诗风。如徐树丕"其诗顿挫沉郁,几与古人方驾,读此可得其人"③,姜采"晚岁始为诗,风格一本杜陵"(朱彝尊《静志居诗话》)④。

在明清易代之际,很多朝鲜文人也心系家国,以杜甫之人、之诗为榜样,写下了很多沉郁伤时之作。如:

> 尹新之(字仲又,1582—1657)"忠君忧国,伤时愍俗,一寓之于诗以发之,有杜陵诗史之遗音焉"。(李端夏《海嵩尉尹公谥状》)⑤

> 赵显命评姜就周诗曰:"君虽残疾废弃,其气故自豪也。然则其

---

① 〔朝〕李德懋:《青庄馆全书Ⅱ》(《影印标点 韩国文集丛刊》第258辑),汉城,韩国民族文化推进会,2000年,第23页。
② 〔朝〕成海应:《研经斋全集Ⅰ》(《影印标点 韩国文集丛刊》第273辑),汉城,韩国民族文化推进会,2001年,第62页。
③ 〔朝〕成海应:《研经斋全集Ⅱ》(《影印标点 韩国文集丛刊》第274辑),汉城,韩国民族文化推进会,2001年,第385页。
④ 〔朝〕李德懋:《青庄馆全书Ⅱ》(《影印标点 韩国文集丛刊》第258辑),汉城,韩国民族文化推进会,2000年,第89页。
⑤ 〔朝〕李端夏(1625—1689):《畏斋集》(《影印标点 韩国文集丛刊》第125辑),汉城,韩国民族文化推进会,1994年,第508页。

发于诗者,宜若沉郁顿挫,有燕赵悲歌之意。"(《〈鹭洲集〉序》)①

人间万事极悲凉,处处山河百战场。
最是腥尘埋圣庙,祇今谁复荐馨香。
　　　　　(洪柱元《玉田县与登极使一行晓行望哭礼》)②

人烟冷落似清明,雨过郊原草自生。
山鸟不知民散尽,隔林终日劝春耕。
　　　　　(赵锡胤《乱后寻黔阳旧庐》)③

北羯方充斥,南京正渺绵。帝道沦草莽,皇路没腥膻。
忍说崇祯日,徒闻永历年。阴灵汗铁马,故国泣春鹃。
……
大漠思诸葛,狂秦畏鲁连。山河阻玉帛,溪壑竭金钱。
……
父老谣三户,君臣耻一天。殷忧将启圣,经济必须贤。
　　　　　(闵维重《忆中原有感》)④

岁暮江湖日月疾,烈风北来多惨栗。
……
呜呼万姓困饥冻,十载嗷嗷复谁恤。
……
中宵不寐万感集,起看星斗垂空阔。
　　　　　(金崇谦《岁暮》)⑤

---

① 〔朝〕赵显命:《归鹿集Ⅱ》(《影印标点 韩国文集丛刊》第213辑),汉城,韩国民族文化推进会,1998年,第86页。

② 〔朝〕洪柱元:《无何堂遗稿》(《影印标点 韩国文集丛刊(续)》第30辑),首尔,韩国古典翻译院,2006年,第558页。

③ 〔朝〕赵锡胤:《乐静集》(《影印标点 韩国文集丛刊》第105辑),汉城,韩国民族文化推进会,1993年,第277页。

④ 〔朝〕闵维重(1630—1687):《文贞公遗稿》(《影印标点 韩国文集丛刊》第137辑),汉城,韩国民族文化推进会,1994年,第6页。

⑤ 〔朝〕金崇谦(1682—1700):《观复庵诗稿》(《影印标点 韩国文集丛刊》第202辑),汉城,韩国民族文化推进会,1998年,第469页。

这些诗句体现了朝鲜诗家对杜甫高洁人格的追慕,也和杜诗一样,忠实记录社会与人生苦难,并对此深切哀痛。朝鲜诗家与明遗民的理性认识和生命体验产生了强烈的共鸣,因而很多诗歌创作和明遗民诗一样,哀痛低沉,忧伤感人。

三、典雅清秀

"清"也是明遗民诗的一种重要风格,不仅表现为诗歌清幽闲淡的意境以及清新明净的语言,同时也表现了诗人的纯洁心灵。朝鲜诗家对明遗民诗"清"的风格把握得比较全面、细致,将"清"又细分为"清新"、"清丽"、"清深"、"清冷"、"清峭"、"清逸"等各种类型,如:

> 国亡,(黄翼圣)与州民哭别。归沙头之印溪,杜门谢客。……诗清新有雅思。①

> (顾湄)为诗清丽婉约,有父风。②

> (陈允衡)其言清深冲淡,秀而不纤,肆而不莽。(施闰章《愚山集·伯玑诗序》)③

> (吴嘉纪)其为五言诗,清冷古淡。(王士禛《居易录》)④

> (纪坤)其诗清峭,多忧时感事之作。⑤

---

① 〔朝〕成海应:《研经斋全集Ⅱ》(《影印标点 韩国文集丛刊》第274辑),汉城,韩国民族文化推进会,2001年,第339页。
② 〔朝〕成海应:《研经斋全集Ⅱ》(《影印标点 韩国文集丛刊》第274辑),汉城,韩国民族文化推进会,2001年,第358页。
③ 〔朝〕李德懋:《青庄馆全书Ⅱ》(《影印标点 韩国文集丛刊》第258辑),汉城,韩国民族文化推进会,2000年,第189页。
④ 〔朝〕李德懋:《青庄馆全书Ⅱ》(《影印标点 韩国文集丛刊》第258辑),汉城,韩国民族文化推进会,2000年,第239页。
⑤ 〔朝〕成海应:《研经斋全集Ⅱ》(《影印标点 韩国文集丛刊》第274辑),汉城,韩国民族文化推进会,2001年,第406页。

（杨彭龄）其诗清逸，能削浮响。①

另外，"冷"、"幽"作为明遗民诗的两种风格，与明遗民自身的坎坷遭遇也密不可分，蕴含着他们对具体现实的叛逆，体现了作者的个性精神。这两种风格主要由明遗民对社会的哀怨感慨而形成，而关注这些风格也间接体现了朝鲜诗家高雅清洁的精神和超脱尘世的风姿。如成海应认为李柏"所著《槲叶集》冷艳峭刻，如其为人"②，徐白"诗幽冷深刻，不肯蹈袭前人一字"③。

在意境、色彩、情感等方面，朝鲜诗家和明遗民一样，也创作了很多清秀典雅的诗作。如：

> 皇畿渐近山河美，城郭犹存世事非。
> 东去河流连故国，北来尘涨污征衣。
> 千村烟火空疏树，一道乌鸦闪落晖。
> 腊日已过春意动，梦中梅发傍柴扉。
> （黄㦿《玉田县》）④

> 深谷藏微雨，清江映晚虹。小楼残暑外，孤刹湿岚中。
> 书考能安拙，耽诗不讳穷。流连宽自遣，试酌滴槽红。
> （任相元《夕》）⑤

> 踰岭又踰岭，入洞深复深。万峰碧层层，云开松桂林。
> 淙淙溪水鸣，幽幽山鸟吟。孤村四五家，炊烟生翠岑。
> 白日自今古，青天才尺寻。我欲谢世纷，于此涤尘襟。

---

① 〔朝〕成海应：《研经斋全集Ⅱ》（《影印标点 韩国文集丛刊》第274辑），汉城，韩国民族文化推进会，2001年，第360页。

② 〔朝〕成海应：《研经斋全集Ⅱ》（《影印标点 韩国文集丛刊》第274辑），汉城，韩国民族文化推进会，2001年，第393页。

③ 〔朝〕成海应：《研经斋全集Ⅱ》（《影印标点 韩国文集丛刊》第274辑），汉城，韩国民族文化推进会，2001年，第375页。

④ 〔朝〕黄㦿（1604—1656）：《漫浪集》（《影印标点 韩国文集丛刊》第103辑），汉城，韩国民族文化推进会，1993年，第441页。

⑤ 〔朝〕任相元：《恬轩集》（《影印标点 韩国文集丛刊》第148辑），汉城，韩国民族文化推进会，1995年，第166页。

招携广成子，永托千载心。

(赵持谦《炭吞道中》)①

朝鲜诗家的上述诗作富于清丽之美，意境幽淡，语辞明快，没有惊天动地的气魄、义薄云天的豪情，呈现出一种偏于静态的美，展示了诗人的纯洁心性。这种风格的明遗民诗（包括朝鲜诗家的诗作），蕴含着淡淡的哀愁，是对外族政权的无声反抗。朝鲜诗家重视明遗民诗的这种风格，也从一个侧面反映了他们思想性和艺术性相结合的诗学追求。

四、平淡自然

一些明遗民处穷而淡泊，悠然于山水田园之间，怡养性情，同时也表示出对清朝的无声抵抗。这种超然的心态直接促成了明遗民诗平淡自然风格的形成。同时，明遗民又从大诗人陶渊明身上发现了许多人格的闪光点，大力弘扬他隐居而不忘故国、不臣服新朝的人格。另外，陶渊明其人其诗在朝鲜半岛的影响也非常大，所以朝鲜诗家也非常关注明遗民诗所体现出来的陶诗韵味。其辑录或评价内容如下：

（屠廷楷）东蒙素心人，乐天知命，不戚戚于贫贱，风谊之美，可励薄俗。诗亦有柴桑遗响。（朱彝尊《静志居诗话》)②

（张昉）甲申后居一土室，不入城市。诗学陶潜，笔学颜真卿，守令欲一见不可得。③

（闵麟嗣）其余《忠宣祠》及《彭泽怀古》诸篇，皆有深致。④

---

① 〔朝〕赵持谦（1639—1685）：《迂斋集》(《影印标点 韩国文集丛刊》第 147 辑），汉城，韩国民族文化推进会，1995 年，第 424 页。
② 〔朝〕李德懋：《青庄馆全书Ⅱ》(《影印标点 韩国文集丛刊》第 258 辑），汉城，韩国民族文化推进会，2000 年，第 179 页。
③ 〔朝〕成海应：《研经斋全集Ⅱ》(《影印标点 韩国文集丛刊》第 274 辑），汉城，韩国民族文化推进会，2001 年，第 366 页。
④ 〔朝〕成海应：《研经斋全集Ⅱ》(《影印标点 韩国文集丛刊》第 274 辑），汉城，韩国民族文化推进会，2001 年，第 393 页。

(蒋臣)其诗虽乏浑涵,亦自萧散。(朱彝尊《静志居诗话》)①

明清易代之后,朝鲜也涌现了很多追慕陶渊明的诗人,他们在人格或创作理念上与明遗民很相似,其诗作具有陶诗平淡自然、不事雕琢的特点。如:

(柳櫻,字庭坚,1602—1662)其为文,不事雕饰,而温雅典裁、指意明白。其诗冲淡闲暇,得诗人体格。(李玄逸《百拙庵柳公墓志铭》)②

(李嵩逸,1631—1698)所为文,不事雕琢而疏畅通达,其诗亦冲淡有余味,无世俗气。(李玄逸《亡弟通德郎宜宁县监墓志》)③

李象靖评金履矩(1662—1722):诗者,本乎情性而发之为咏歌,必其冲澹闲远、绝去世俗之荤血然后为贵。彼以秾艳华丽为尚则失之陋,矜豪跌宕为高则流于荡,皆未足以言诗矣。近世静乐斋上洛金公隐居自乐,未尝求知于人,自放于山颠水涯。凡虫鱼鸟兽之变、烟云花草之玩,与夫穷通悲喜愉佚有感于心,一切寓之于诗。华而不邻于陋,健而不涉于荡,大抵得于陶、邵门庭者为多。未知公何修而能得此也。(《静乐斋金公诗集序》)④

(蔡之洪,字君范,1683—1741)晚喜诗律,风花雪月、自得之乐一寓之吟咏,亦皆温厚冲淡,自中格律。(尹凤九《三患斋蔡公之洪墓志》)⑤

---

① 〔朝〕李德懋:《青庄馆全书Ⅱ》(《影印标点 韩国文集丛刊》第258辑),汉城,韩国民族文化推进会,2000年,第102页。
② 〔朝〕李玄逸(1627—1704):《葛庵集Ⅱ》(《影印标点 韩国文集丛刊》第128辑),汉城,韩国民族文化推进会,1994年,第292页。
③ 〔朝〕李玄逸:《葛庵集Ⅱ》(《影印标点 韩国文集丛刊》第128辑),汉城,韩国民族文化推进会,1994年,第298页。
④ 〔朝〕李象靖(1711—1781):《大山集Ⅱ》(《影印标点 韩国文集丛刊》第227辑),汉城,韩国民族文化推进会,1999年,第329页。
⑤ 〔朝〕尹凤九:《屏溪集Ⅲ》(《影印标点 韩国文集丛刊》第205辑),汉城,韩国民族文化推进会,1998年,第67页。

(洪直弼)诗亦雅健冲淡,不屑雕琢,人皆谓不易及。(任宪晦《梅山洪先生行状》)①

(崔洛禧,号五柳先生)诗盖豪宕清逸,想见其风神,自号追陶渊明,可念其志趣异于人也。(柳麟锡《书五柳崔公洛禧诗稿后》)②

春物日以佳,故园尤可思。……
平生不解饮,一勺辄已醺。每当花开时,酌酒酹花神。
但欲助其趣,长与壶觞亲。今年气候异,春寒恶风频。
三月已过半,百卉俱未伸。数日稍暄和,顿觉花意新。
芳华亦一时,几何飘为尘。回头语老妻,丈夫岂长贫。
为我酿春酒,勿令花笑人。大化无停机,万物相氤氲。
新者俄已陈,递代自纷纭。达人了终始,高卧探天根。
死生非大事,荣悴安足论。达可利天下,穷亦事灌园。
心定湛如水,岂受外物昏。卷舒无不可,坐看南山云。
　　　　　　　　　　　　(李夏坤《闲居杂兴》)③

百亩山田在,退士生涯足。天时近筑场,原野霜气肃。
刈稻近大川,摘棉多深谷。歉余幸小丰,田谷最登熟。
全家取食计,更欲葺破屋。村酒足三杯,农歌且一曲。
自可送迟暮,不必叹幽独。清泉味更冽,痛饮手自掬。
　　　　　　　(赵观彬《山居次农岩还山诗韵》其八)④

荒村车马绝,闭户自逍遥。种菜经年活,移花隔日浇。

---

① 〔朝〕任宪晦(1811—1876):《鼓山集》(《影印标点 韩国文集丛刊》第314辑),汉城,韩国民族文化推进会,2003年,第379页。
② 〔朝〕柳麟锡(1842—1915):《毅庵集Ⅲ》(《影印标点 韩国文集丛刊》第339辑),汉城,韩国民族文化推进会,2004年,第174页。
③ 〔朝〕李夏坤(1677—1724):《头陀草》(《影印标点 韩国文集丛刊》第191辑),汉城,韩国民族文化推进会,1997年,第344页。
④ 〔朝〕赵观彬:《悔轩集》(《影印标点 韩国文集丛刊》第211辑),汉城,韩国民族文化推进会,1998年,第238页。

烟来草欲暗，鸟去树仍摇。春暖勤儿诵，昼长懒仆樵。
牛眠乌上背，犬吠篱藏腰。鸥步窥鱼阔，莺声得叶骄。
白沙分绿岸，官柳拥溪桥。景物聊供眼，主人正卧痾。
身闲无一事，心静息千嚣。诗就因书草，眠清不梦刀。
平泉望入相，堪笑李文饶。

(权以镇《草堂即事》)①

可以说，"在高丽中后期和朝鲜朝的诗人笔下，虽然也有人提及陶渊明的困苦和不得志，但更多的是歌颂和仰慕陶渊明高雅的情趣与不阿权贵的高尚品德，对其的生活方式有更多的认可与赞扬。创作上则集中其归隐的情趣与不为五斗米折腰的气概以及风流的个性和高尚的人格的描写上，真正的生活的艰辛与内心的矛盾则很少言及，而是把归隐情怀与山水自然情趣当作高雅的情趣和风流的象征来追求"②。不论是整体的诗风还是具体的诗作，朝鲜诗人和明遗民都追慕陶潜的风流高雅，以自然平淡的心态反抗社会黑暗、追求理想的人格。

除了以上四种主要风格以外，朝鲜诗家还关注了部分遗民诗人的多样诗风及诗风的变化情况，展示了明遗民诗人当时的复杂心态和诗作的成就。这反映了明遗民诗人创作思路的开阔以及对国家、民族和自身命运的广泛思考，同时也反映了朝鲜诗家关注的细微和深入。如：

(顾炎武) 词必己出，事必精当。风霜之气、松柏之质两者兼有。就诗品论，亦不肯作第二流人。(沈德潜《明诗别裁集》)③

(吴时德) 鼎革后欷歔慨叹，铜驼荆棘、黍离麦秀之感时见于诗。(沈德潜《归愚集·吴不官遗诗序》)④

---

① 〔朝〕权以镇(1668—1734)：《有怀堂集》(《影印标点 韩国文集丛刊(续)》第56辑)，首尔，韩国古典翻译院，2008年，第153页。
② 崔雄权：《接受与书写：陶渊明与韩国古代山水田园文学》，《文学评论》2012年第5期。
③ 〔朝〕李德懋：《青庄馆全书Ⅱ》(《影印标点 韩国文集丛刊》第258辑)，汉城，韩国民族文化推进会，2000年，第182页。
④ 〔朝〕李德懋：《青庄馆全书Ⅱ》(《影印标点 韩国文集丛刊》第258辑)，汉城，韩国民族文化推进会，2000年，第234—235页。

（徐夜）夜诗学陶韦，巉刻处似孟郊，士祯常目之为"碉松露鹤"。①

（陈三岛）其诗朗诣华整，间以清商变徵之调。②

诗家们对明遗民诗多种诗风的关注，主要体现了他们对明清易代这一重大历史事件的横向考察，而对诗歌风格变化的关注则主要体现了其纵向思考。他们关注明遗民诗人鼎革前后的诗风变化，反映了其鲜明的政治态度和价值取向。如：

（易学实）其忧思感慨多见之诗文，老益忼愤，心所欲言，矢口不讳。③

（宋征璧）天启中，以膏粱少年入京师。时魏阉窃国柄，征璧日贳酒悲歌燕市中，肮脏阢塞，一发之诗，感慨激楚。晚更和平深婉，归之于忠爱。有《抱真堂集》。④

（屈大均）翁山早弃儒服，托迹缁蓝，予识之最早。其诗原本三间大夫，后复返儒服。（朱彝尊《静志居诗话》）⑤

另外，朝鲜诗家还肯定了明遗民诗人抵制竟陵习气、发愤抒情的做法，有助于人们在广阔的政治、文学背景中进一步认识明遗民诗的价值。如：

---

① 〔朝〕成海应：《研经斋全集Ⅱ》（《影印标点 韩国文集丛刊》第274辑），汉城，韩国民族文化推进会，2001年，第394页。
② 〔朝〕成海应：《研经斋全集Ⅱ》（《影印标点 韩国文集丛刊》第274辑），汉城，韩国民族文化推进会，2001年，第385页。
③ 〔朝〕成海应：《研经斋全集Ⅰ》（《影印标点 韩国文集丛刊》第273辑），汉城，韩国民族文化推进会，2001年，第255页。
④ 〔朝〕成海应：《研经斋全集Ⅱ》（《影印标点 韩国文集丛刊》第274辑），汉城，韩国民族文化推进会，2001年，第394页。
⑤ 〔朝〕李德懋：《青庄馆全书Ⅱ》（《影印标点 韩国文集丛刊》第258辑），汉城，韩国民族文化推进会，2000年，第182页。

（王翃）极工铸语，无竟陵气习。（沈德潜《明诗别裁集》）①

（沈钦圻）平生诗不一格，太仆陆起顽云："锺、谭狂毒遍天下，不能毒沈君，沈君大是豪杰之士。"②

（林云凤）若抚当锺、谭焰张之日，守正不回，诗篇极其繁富，惜知者寥寥。（朱彝尊《明诗综诗话》）③

王若之诗清真，无启、祯气习，绝句如"片时眼界澄清，鼻观与之俱省。脱巾解带匡床，消受荷花百顷"。（王士禛《池北偶谈》）④

明遗民诗风貌各异，表现了深沉浑厚的遗民情志。其浓烈的情感以不同的诗风表现出来，得到了朝鲜诗家的赞许。朝鲜诗家以风格为视角，忠实反映了社会变革给明遗民诗人（也包括他们自己）造成的心理伤害，以及遗民诗人直接、间接表现民族危亡题材所采取的艺术形式及形成的特点。

明遗民诗的形成，不是一种简单的文学现象，而有着深刻的政治、民族、文化内涵，朝鲜诗家对明遗民诗的积极评价也是一种耐人寻味的政治、文学、文化现象。"'恩在肌髓，万世永赖'。这是朝鲜对明朝的基本心态，故而在明朝灭亡多年后，朝鲜始终对明朝永志不忘，世代思明，这正是其根源所在。"⑤ 其实这也是朝鲜诗家积极评论明遗民诗的根源所在。在具体的评论过程中，朝鲜诗家秉承春秋大义，借助明遗民的

---

① 〔朝〕李德懋：《青庄馆全书Ⅱ》（《影印标点 韩国文集丛刊》第258辑），汉城，韩国民族文化推进会，2000年，第178页。
② 〔朝〕成海应：《研经斋全集Ⅱ》（《影印标点 韩国文集丛刊》第274辑），汉城，韩国民族文化推进会，2001年，第385页。
③ 〔朝〕李德懋：《青庄馆全书Ⅱ》（《影印标点 韩国文集丛刊》第258辑），汉城，韩国民族文化推进会，2000年，第276页。
④ 〔朝〕李德懋：《青庄馆全书Ⅱ》（《影印标点 韩国文集丛刊》第258辑），汉城，韩国民族文化推进会，2000年，第300—301页。
⑤ 孙卫国：《〈朝天录〉与〈燕行录〉——朝鲜使臣的中国使行纪录》，《中国典籍与文化》2002年第1期。

遭遇及其创作抒发了对汉文化的怀恋和对清朝的不满,还把明遗民的经历、创作和遗民诗的风格、流派充分结合起来,凸显了重志节、情操的主观倾向。尽管分析、评论的比重少于辑录,但是朝鲜诗家对明遗民诗的创作群体、流派以及主题思想、风格的把握较为准确,他们创作的很多诗篇在主题、风格上与明遗民诗人同气相求,充分说明他们真心接受了明遗民诗。"虽欲尊中国而无可尊矣,欲攘夷狄而无得而攘之。后之读者,徒悲其志矣。"(《〈尊周汇编〉叙》)① 这句话虽然是针对朝鲜尊周思明心态所下的结论,但是用它来概括朝鲜诗家关注明遗民诗的苦心也非常合适。

"遗民诗人用血泪写成的诗篇,悲思故国,或讴歌贞烈,或谴责清兵,或表白气节,具有抒发家国之悲和同情民生疾苦的共同主题,体验深切,感情真挚,反映易代之际惨痛的史实与民族共具的感情,笔力遒劲,沉痛悲壮,肇开清诗发展的新天地。"② 明遗民的情志是清初诗坛宝贵的精神财富。朝鲜诗家为不使明遗民诗"所蕴之英奇"泯没,所以精心汇聚、保存并积极评论,肯定了遗民诗的情感内涵及艺术成就。他们的努力为全面了解明遗民诗提供了域外视角,对保存、弘扬中华民族的传统文化,加强中朝文化交流具有重要意义。

---

① 〔朝〕成海应:《研经斋全集Ⅱ》(《影印标点 韩国文集丛刊》第274辑),汉城,韩国民族文化推进会,2001年,第186页。

② 袁行霈等:《中国文学史》(第4册),北京,高等教育出版社,1999年,第248页。

第六章　朝鲜诗家论清前期诗歌

顺治、康熙朝是清诗发展的初期。包括明遗民诗在内的清前期诗歌，一改前代的创作风格，开始自抒性情、反映现实，对前代各朝的诗歌都进行了学习借鉴和创新，从而形成了自己的特色。顺治时期的著名诗人有号称"江左三大家"的钱谦益、吴伟业和龚鼎孳，尤其是钱谦益，他反对拟古，主张自写性情，还积极奖掖后进，对清诗的发展具有开创意义。康熙诗坛有著名的"国朝六大家"（"清初六大家"），即施闰章、宋琬、朱彝尊、王士禛、查慎行、赵执信。他们的诗作逐渐从重视思想内容、反映现实生活转变为追求形式、点缀升平，而格调也从慷慨激烈渐渐趋于平和温婉。从总体上看，平稳谨慎的清初诗歌为乾嘉时期清诗的鼎盛创造了良好条件。

朝鲜诗家除高度重视清初明遗民诗以外，还重点关注和评论了钱谦益、朱彝尊、王士禛三人的诗歌理论及创作，对查慎行、施闰章、宋琬、李锴、毛奇龄、李光地、王士禄、康熙等人的诗作也给予了关注。他们从时代、社会、人格、思想、创作等多方面关注清前期诗歌，对此阶段诗歌的发展脉络、演进轨迹及主要结点都有自己的认识，持论多有创见。从他们的认识和评价中也可以看到清诗对朝鲜汉诗的不小影响。

第一节　朝鲜诗家论钱谦益诗歌

钱谦益（1582—1664），字受之，号牧斋，晚号蒙叟、绛云老人、东涧遗老等，江苏常熟人，与吴伟业、龚鼎孳被称为"江左三大家"。明万历进士，官至礼部侍郎。他曾是东林党领袖，南明时依附马士英、阮大铖，后又事清，授官礼部侍郎，为士林所诟病。不久回归乡里，从事著述，秘密进行反清斗争，与明遗民黄宗羲、阎尔梅等人交往密切。

钱谦益因有系统的文学主张、显赫的文坛声望而主持明末清初文坛五十载。天启、崇祯年间，钱谦益"身虽退处，其文章为海内所推服崇尚，翕然如泰山北斗"（程嘉燧《〈牧斋先生初学集〉序》）①。他反对明前后七子的复古理论，也抨击了公安派、竟陵派等反复古派的流弊，大力推崇宋、元诗作，成为后来尊宋诗派的先导。钱谦益的诗雄深哀艳，收入《初学集》（110 卷）、《有学集》（50 卷）。此外，他还有《列朝诗集》、《钱注杜诗》等著述。因其作品多触忌讳，乾隆三十四年（1769）曾遭禁毁。钱谦益的文学活动和诗歌理念开创了清诗的风气，为大批清初诗人的成长创造了有利条件。

钱谦益的诗歌创作和诗学思想在明末清初具有重要地位，他"在诗坛大力导入宋代诗风，融铸异质，求变创新。以沉潜深厚改变浮薄肤浅，以性情为本取代唯务格调，从而形成宏衍阔大的气局，使诗歌创作具有多元组合的美质。钱氏的这一诗学选择开启了清代新诗风"②。朝鲜学人眷恋明朝所代表的中华正统文化，同时也非常羡慕清朝各项事业的繁荣、发达，因此需要从中国汲取创作经验。正如韩国当代著名学者李家源（1917—1972）所总结的那样："李韩中叶以前，诸家盖多学唐；而英、正以后，诗体一变，如雅亭李德懋、楚亭朴齐家、泠斋柳得恭、薑山李书九四家，及惠寰李用休、锦带李家焕父子，皆专事宋理，参以明、清之声色矣。"（《玉溜山庄诗话》）③ 而钱谦益这样连接明清诗坛的大家自然成为了朝鲜诗家关注的重点。他们纷纷对钱谦益的诗歌主张、诗评和创作进行了各种形式的评论，有褒奖也有指责。

一、钱谦益作品传入朝鲜时间及影响

钱谦益作品传入朝鲜半岛的时间及其影响，是朝鲜诗家积极接受、评论清诗的一个重要组成部分。

（一）钱谦益作品传入朝鲜时间考

钱谦益的作品主要有《初学集》、《有学集》、《列朝诗集》、《钱注

---

① 〔清〕钱谦益：《牧斋初学集》（一）（顾廷龙主编：《续修四库全书》第 1389 册），上海，上海古籍出版社，2002 年，第 207 页。

② 罗时进：《钱谦益唐宋兼宗的祈向与清代诗风新变》，《杭州师范学院学报》2001 年第 6 期。

③ 〔韩〕赵锺业编：《修正增补 韩国诗话丛编》（第 17 册），汉城，太学社，1996 年，第 677 页。

杜诗》等,这些作品在问世后不久相继传入朝鲜半岛。宋时烈(1607—1689)的弟子记录了他讲学的内容,如宋相琦曾记录了这样一段:"碑志,韩则尚矣,欧则风神遒逸,王则法度简严,曾、苏则无论,王弇州自谓捭阖操纵,而实则繁絮无可观,方正学、钱牧斋皆间有好处。我国则当推清阴、谿谷,而尤翁晚出,殆欲掩两家,盛矣。"① 这说明,在宋时烈的时代,钱谦益的一些作品已经传入半岛。

1.《初学集》和《有学集》

《牧斋初学集》刻于明崇祯十六年(1643),收录了他三十七八岁之后的诗文。《牧斋有学集》刻于清康熙二十四年(1685),绝大多数诗文为入清后所作。最早谈及《有学集》的朝鲜文献是金昌协的《农岩杂识·外篇》:"近观牧斋《有学集》,亦明季一大家也。其取法不一,而大抵出于欧、苏。……然余犹喜其超脱自在,无砌凑捆缚,不似弇州、太函辈一味剿袭耳。"②《农岩杂识》成书于1707年(清康熙四十六年,朝鲜肃宗三十三年)。可见,《有学集》最迟在成书22年后就已流传到朝鲜半岛。而同样在金昌协的诗集中,有《除夕次东坡、简斋、剑南、牧斋韵》,其中所次钱诗为《辛未除夕》("除夜柴门独放闲")③,这首诗即在《初学集》卷九之中。可知,比《有学集》刊行早近半个世纪的《初学集》很可能更早就传到了朝鲜。

2.《列朝诗集小传》

《列朝诗集小传》体现了钱谦益的诸多诗学思想,朝鲜诗家对其非常重视。李宜显的《陶峡丛说》曰:"《列朝诗集传》,尤系有明三百年人物事迹,其嬉笑怒骂之态宛然如见,亦可以凭此考证史传是非,实欲求明遗事者不可不见者。余尝欲抄其小传别作一册,而誊出亦费力,久未之果。闻息庵曾为此而未得见。后赴燕,偶见别抄其小传而入刊者,亟购以来。"④ 李宜显所说的"赴燕",即1720年的北京之行。记录那次

---

① 〔朝〕宋时烈:《宋子大全Ⅷ》(《影印标点 韩国文集丛刊》第115辑),汉城,韩国民族文化推进会,1993年,第585页。
② 〔朝〕金昌协:《农岩集Ⅱ》(《影印标点 韩国文集丛刊》第162辑),汉城,韩国民族文化推进会,1996年,第378页。
③ 〔清〕钱谦益:《牧斋初学集》(一)(顾廷龙主编:《续修四库全书》第1389册),上海,上海古籍出版社,2002年,第310页。
④ 〔朝〕李宜显:《陶谷集Ⅱ》(《影印标点 韩国文集丛刊》第181辑),汉城,韩国民族文化推进会,1997年,第451页。

燕行活动的《庚子燕行杂识》中"所购册子"一段里有"《列朝诗集小传》十卷"①的记载。据此,张伯伟先生认为:"《列朝诗集小传》传入朝鲜的时间则为康熙五十九年,在刻成二十二年之后。"②

(二)钱谦益诗歌在朝鲜的影响

钱谦益的作品传入朝鲜后,受到了朝鲜文人的热烈欢迎。申光洙(1712—1775)《送冬至下价李圣辅世奭赴燕》(其十七)曰:"虞山名噪启祯时,中国文人近有谁。莫道鸡林隔海外,宋苏唐白昔闻知。"③他认为钱谦益在明末清初独步诗坛,和李白、苏轼等唐宋名家一样在朝鲜具有重要的影响。这首诗可以视作钱谦益在朝鲜产生巨大影响的缩影。

首先,很多朝鲜文人对钱谦益的作品求之若渴,想尽办法借阅或委托使团成员购回。权斗经《与金泉督邮》一文写道:

> 昔年荫仕洛城时,闻明季大家有《钱受之集》,甚思一见,亦尝求之不得。盖彼时吾侪嗜文墨而显者多投逊荒野,罕能相接。仆亦陆沉雌伏,职役之外不敢向人开喙。既归山间,则世间所谓奇书秘藏又无从而得见,遂自甘孤陋之归。因天祥闻所谓《虞山集》乃在足下架上,不识可使老仆迨未甚昏耄,一窥巨海之珍藏乎?谚云:"借书一瓻,还书一瓻。"许人借见,书无损而自若,珍秘靳示,岂吾侪间事邪?千万为老仆图之。切恳切恳。④

此书信先历数了自己无缘一览钱氏文集的多种原因,然后根据传闻恳请金督邮将书借给自己,并保证完好归还,可见其心情之迫切。而"巨海之珍藏"这一评价也充分说明钱谦益作品的重要地位和影响。李天辅在《送金诚之致一燕行,乞购钱牧斋集》一诗中写道:"人归易水几秋风,

---

① 〔朝〕李宜显:《陶谷集Ⅱ》(《影印标点 韩国文集丛刊》第181辑),汉城,韩国民族文化推进会,1997年,第492页。
② 张伯伟:《清代诗话东传略论稿》,北京,中华书局,2007年,第124页。
③ 〔朝〕申光洙:《石北集》(《影印标点 韩国文集丛刊》第231辑),汉城,韩国民族文化推进会,1999年,第394页。
④ 〔朝〕权斗经:《苍雪斋集》(《影印标点 韩国文集丛刊》第169辑),汉城,韩国民族文化推进会,1996年,第178页。

寂寞燕南侠窟空。钱氏文章如击筑，愿闻余响百年中。"① 李天辅认为钱谦益的文章慷慨激昂，有侠士之风，对于尊大明为正统的朝鲜文人来说，钱谦益的爱国之情自然引起了他们的共鸣。因此，在朋友出使中国之际，李天辅急切地希望其能帮自己购回《牧斋集》。

其次，一些诗人以次韵、引用的方式表达了自己对钱谦益诗歌的喜爱之情。钱谦益的很多诗作成为朝鲜诗人次韵赋诗的对象。如上文提到金昌协的《除夕次东坡、简斋、剑南、牧斋韵》，其中一首曰：

> 江湖投老且偷闲，婚嫁从今欲勿关。
> 帘阁梅花灯影里，擗蒲儿女酒樽间。
> 春声枕外流冰濑，夜色楼头隐雪山。
> 传语渔舟早料理，钓竿行拂渼湖湾。②

该诗所次诗歌即钱谦益的《辛未除夕》，钱诗曰：

> 除夜柴门独放闲，新愁旧梦总相关。
> 半生心事寒灯里，数载交游宿草间。
> 懒听比邻喧爆竹，笑看童稚撞冰山。
> 春风一棹沧浪曲，应占渔庄第几湾？③

《辛未除夕》是钱谦益的一首代表作，在朝鲜的影响很大。金昌协之后，还有很多诗人欣赏、次韵该诗，如宋明钦（1705—1768）的《除夜，同闵子仰效农岩次苏、陈、陆、钱韵》、《除夜，用农岩所次四集韵与诸生共赋》、李敏辅（1717—1799）的《除夕，用农岩次东坡、简斋、放翁、牧斋韵率意题之》、南汉纪的《田庐守岁，次东坡、简斋、剑南、牧斋韵》、赵龟命（1693—1737）的《除夕诸兄会饮，历次东坡、简斋、剑南、牧斋〈守岁〉韵，余亦以古体效嚬三首》等等。

---

① 〔朝〕李天辅：《晋庵集》（《影印标点 韩国文集丛刊》第218辑），汉城，韩国民族文化推进会，1998年，第137页。

② 〔朝〕金昌协：《农岩集Ⅰ》（《影印标点 韩国文集丛刊》第161辑），汉城，韩国民族文化推进会，1996年，第401页。

③ 〔清〕钱谦益：《牧斋初学集》（一）（顾廷龙主编：《续修四库全书》第1389册），上海，上海古籍出版社，2002年，第310页。

钱谦益的其他诗歌也成为朝鲜诗人争相次韵的对象，如李德懋的《除夜次钱牧斋韵》、朴准源（1739—1807）的《过李悠久英远苑署直所，拈牧斋韵共赋》、金祖淳（1765—1832）的《泰定至书屋，拈牧斋韵共赋，稚圭及石闲后至》、朴允默的《王卫将直庐，次钱牧斋韵》、李是远（1789—1866）的《出圛扉，夜与朴表兄、权景实同赋，拈牧斋韵》、洪翰周的《雨中闲坐，拈牧斋韵》、赵斗淳的《拈牧斋共蓉城作》、申圣夏的《读〈牧斋集〉有感，仍用其韵》、洪重圣的《用钱牧斋韵共赋》、朴齐家的《过麝泉、鹿隐，听琴次虞山》、申纬的《同筱斋拈虞山韵》、徐滢修的《偶读钱虞山诗，有与王述文侍御罢官里居之作，用〈雀罗〉、〈蝶梦〉二题相与赠答，遂次其韵》等等。

很多朝鲜诗家还在诗文中引用了钱谦益的诗句，如宋焕箕（1728—1807）《答朴经焕》一文云：

> （朴经焕问）"'老仙不死，手抚金狄，坐谈前生'，此语出处欲知之。金狄是何物？"（宋焕箕答）"范晔书蓟子训于长安东霸城，与老翁共摩挲铜人曰'见铸此近五百岁'云。盖铜人即秦时所铸金人也。始皇梦十二大人以夷狄服见于临洮，始皇以为瑞而铸金象之，是谓之金狄。钱牧斋诗曰：'空传父老摩铜狄'。"①

"空传父老摩铜狄"一句出自钱诗《闽中徐存永、陈开仲乱后过访，各有诗见赠，次韵奉答四首》（其一）②（《有学集》卷二）。又如徐滢修诗《拈韵得佣字》曰："丁田十亩堪终岁，丙舍三橡足掩冬。"句下注："牧斋诗'丁田自耕凿'，谓一丁所受之田也。"③ "丁田自耕凿"一句出自钱谦益诗《得卢德水宿迁书却寄六十四韵》④（《初学集》卷十七）。另外，徐滢修《戏答成都小妓》前两句"莫作浮萍逐水移，多情蒙叟《柳

---

① 〔朝〕宋焕箕：《性潭集Ⅰ》（《影印标点 韩国文集丛刊》第244辑），汉城，韩国民族文化推进会，2000年，第132页。
② 〔清〕钱谦益：《牧斋有学集》（顾廷龙主编：《续修四库全书》第1391册），上海，上海古籍出版社，2002年，第26页。
③ 〔朝〕徐滢修：《明皋全集》（《影印标点 韩国文集丛刊》第261辑），汉城，韩国民族文化推进会，2001年，第33页。
④ 〔清〕钱谦益：《牧斋初学集》（一）（顾廷龙主编：《续修四库全书》第1389册），上海，上海古籍出版社，2002年，第387—388页。

枝词》"①，即引用了钱谦益的《柳枝十首》②（《初学集》卷十一）这个典故。李学逵（1770—1835）的《春日读钱受之诗，绝句九首》（作于1799年）还在诗后引用、化用了钱谦益《姚叔祥过明发堂论近代词人，戏作绝句十六首》、《西湖杂感》等多首诗作。

其三，朝鲜很多诗人赞赏并仿效了钱谦益的诗风。如朴士章（字相汉，号西楼子，？—1767）"诗效虞山，笔则南宫"（朴趾源《士章哀辞》）③，布衣诗人边日休（字逸民，号雪痴，1740—1778）"以诗鸣于世，家贫落拓使酒。……逸民诗长于近体，天才特高，读书又多，故造意幽渺、隶事飞动、溯源沿流，当求诸剑南、虞山之间。比之徐青藤，则固非逸民之所愿学也"（柳得恭《〈雪痴集〉序》）④。李建昌（1852—1898）也称钱谦益为自己的老师，其诗曰："四十年来苦学诗，何曾梦见杜陵为。剑南广博遗山峻，不讳钱翁是本师。……憍气浮名易被谩，自知更较识人难。江河不废虞山集，留作谁家榜样看。"（《题〈有学集〉后》）此诗题下有注："京中一小友闻余疏藁有依托僧舍语，笑曰：'钱牧斋何必学？'余为瞿然有问曰：'有是哉？'因书所感，题《有学集》后，非为钱氏吊古，并非与夫己氏解嘲也。此义甚深，惟深于诗而通于史者知之。"⑤

朝鲜朝后期诗风兼宗唐宋，诗人们博采多家，吸收了钱谦益在诗境、用事、禅语等方面的创作经验和手法，取得了明显的艺术效果。

其四，朝鲜诗家关注钱谦益文集注本和续集的出版情况。如以下两段记载：

> 正月二十六日，往琉璃厂寻味经斋书坊。……周生与彭少年迎于路上，屈身肃揖，辞谢入门。蒋生迎于门内，揖让就坐。铺主进

---

① 〔朝〕徐滢修：《明皋全集》（《影印标点 韩国文集丛刊》第261辑），汉城，韩国民族文化推进会，2001年，第40页。
② 〔清〕钱谦益：《牧斋初学集》（一）（顾廷龙主编：《续修四库全书》第1389册），上海，上海古籍出版社，2002年，第329页。
③ 〔朝〕朴趾源：《燕岩集》（《影印标点 韩国文集丛刊》第252辑），汉城，韩国民族文化推进会，2000年，第140页。
④ 〔朝〕柳得恭：《泠斋集》（《影印标点 韩国文集丛刊》第260辑），汉城，韩国民族文化推进会，2000年，第114—115页。
⑤ 〔朝〕李建昌：《明美堂集》（《影印标点 韩国文集丛刊》第349辑），汉城，韩国民族文化推进会，2005年，第79页。

茶，设纸笔于桌上。蒋名本，年五十三，亦河南人。周名应文，年二十三，西江人。……问《牧斋续集》有无，周曰："未出。"（洪大容《燕记·蒋、周问答》）①

余曰："《牧斋文集》有注本耶？"兰公曰："诗有注本，乃钱曾所注。"余曰："文则无注耶？"兰公曰："然。"余谓兰公曰："钱曾为谁？"兰公曰："曾字遵王，牧斋族孙，年与牧斋相等。"（洪大容《杭传尺牍·干净衕笔谈》）②

从上述材料可知，洪大容等朝鲜使臣总是想方设法购回钱谦益的文集（包括续集）。乾隆曾将钱谦益归入贰臣之列，并挖苦他"平生谈节义，两姓事君王。进退都无据，文章那有光？真堪覆酒瓮，屡见咏香囊。末路逃禅去，原是孟八郎"（《题钱谦益〈初学集〉》）③。但被禁以后，中国和朝鲜两国文人仍然关注钱氏作品的出版和流传情况，如徐浩修《热河纪游》云："余曰：'……《牧斋集》方为禁书，合下何从得见？'铁曰：'凡禁书之法，止公府所藏而已，天下私藏安能尽去？牧斋大质已亏，人固无足观，而诗文则必不泯于后也。'"④ 即使钱谦益文集被查禁，朝鲜文人还是千方百计地从中国文士那里获得相关的信息，可见钱谦益在朝鲜诗家心目中的重要地位。

其五，一些朝鲜诗家借清初著名诗人王士禛与钱谦益的赠答情谊来衬托钱氏在诗坛的地位，间接表达了对钱谦益的敬慕之情。在钱谦益培养的年轻诗人中，最为重要的当推王士禛，后者成为清初诗坛的领袖。安肯来《东诗丛话》载：

王渔洋士禛年二十八，以诗贽于钱虞山谦益。虞山一见，欣然有似李惠寰之悦《虞裳诗钞》。虞山赠王渔洋古诗一篇，内有"骐

---

① 〔朝〕洪大容：《湛轩书》（《影印标点 韩国文集丛刊》第248辑），汉城，韩国民族文化推进会，2000年，第245—246页。
② 〔朝〕洪大容：《湛轩书》（《影印标点 韩国文集丛刊》第248辑），汉城，韩国民族文化推进会，2000年，第149页。
③ 吴忠匡总校订：《满汉名臣传》，哈尔滨，黑龙江人民出版社，1991年，第4568页。
④ 〔韩〕林基中编：《燕行录全集》（第51册），汉城，东国大学校出版部，2001年，第484页。

骥奋蹴踏，万马喑不骄。""勿以独角麟，俪披万牛毛。"其后士禛追慕虞山，有诗云："少年薄技悔雕虫，拂拭当年荷巨公。红豆庄前人去久，花开花落几春风。"红豆，虞山庄名也。①

这段记载参考了《古夫于亭杂录》卷三或《带经堂诗话》卷八的有关内容。文中钱谦益的赠诗名为《古诗赠新城王贻上》②，此诗首先回顾了古代诗歌的发展历史，然后深刻指出了前后七子和公安派、竟陵派的弊病，阐述了诗风改革的必要性，并且教导王士禛要努力学习，争取独树一帜，寄托了"挽回大雅"的殷切期望，而王士禛也推钱谦益为"平生第一知己"（《古夫于亭杂录》卷三）③。另外，《东诗丛话》所载王士禛追慕钱谦益的诗作（"少年薄技悔雕虫"），题为《题汪东山修撰〈秋帆图〉三首》④，载于《蚕尾续诗》卷六，此为其第三首，诗后注曰："此首专忆钱牧斋先生"。李学逵的《春日读钱受之诗绝句九首》（其九）也写到了王士禛对钱谦益的赞美："贻上曾经拂水湄，芙蓉江上雨来时。篇章异代宗师别，曾写先生旧寄诗。"诗后注曰："渔洋王士禛《寄牧翁先生》诗：'芙蓉江上雨帘织，东望来时拂水岩'云云。"⑤"拂水"（拂山水房）为钱谦益中年时期的藏书之所。王士禛曾在此广涉群书，受到钱谦益的悉心指导，最终成为一代宗师，并影响清诗走上了学宋的道路。上述二例都借王士禛的成长历程衬托了钱谦益的诗歌影响。

二、论钱谦益的诗歌创作

钱谦益诗歌博采众长，独具特色，七律尤为出色。乔亿《剑谿说诗》云："自钱受之力诋弘、正诸公，始缵宋人余绪，诸诗老继之，皆

---

① 蔡镇楚编：《域外诗话珍本丛书》（第二十册），北京，北京图书馆出版社，2006年，第320页。
② 〔清〕钱谦益：《牧斋有学集》（顾廷龙主编：《续修四库全书》第1391册），上海，上海古籍出版社，2002年，第96页。
③ 〔清〕王士禛：《古夫于亭杂录》，赵伯陶点校，北京：中华书局，1997年，第66页。
④ 〔清〕王士禛：《带经堂集》（一）（顾廷龙主编：《续修四库全书》第1414册），上海，上海古籍出版社，2002年，第547页。
⑤ 〔朝〕李学逵：《洛下生集》（《影印标点 韩国文集丛刊》第290辑），汉城，韩国民族文化推进会，2002年，第212—213页。

名唐而实宋,此风气一大变也。"① 朝鲜诗家对钱谦益诗作的评论重点也遵循这一思路,主要肯定了其七律的创作,赞许其学杜、学陆的诗风以及具有真情实感的山水诗、爱国诗。

(一) 论钱谦益转益多师、广师唐宋的创作风格

钱谦益推崇唐诗,也肯定了宋、元诗的积极影响,因此形成了转益多师、广师唐宋的创作特色。朝鲜诗家李学逵对此颇有同感,他在《春日读钱受之诗绝句九首》(其一)中指出了钱谦益晚年学宋元诗风,其诗云:"棐几明窗燕坐时,春朝好读牧翁诗。异时东涧风情改,不是遗山是铁崖。"② 东涧即钱谦益,遗山即元代诗人元好问,铁崖指元末诗人杨维桢。李学逵发现钱谦益因学习对象的不同而前后诗风发生了变化。

朝鲜诗家论钱谦益的广师唐宋,以其诗法杜甫和陆游为中心展开。

1. 钱诗学杜

钱谦益最推崇大诗人杜甫,撰有《钱注杜诗》。他在《初学集》卷三十二的《曾房仲诗叙》一文中肯定了杜甫集大成的诗学地位,认为后世诗人无能出杜诗范围:"自唐以降,诗家之途辙,总萃于杜氏。大历后以诗名家者,靡不繇杜而出。"③ 所以钱诗注意学习杜甫咏怀感叹、锤字炼句方面的风格与技巧。明朝覆亡以后,钱谦益感时哀世,将反映世运、抒写悲情作为诗歌主题,并在顺治、康熙年间(1644—1723)提出了灵心(才气个性)、学问、世运、性情相结合的文学主张,将杜诗的沉郁顿挫与自身的现实境况相结合,真切表达了易代之后的精神痛苦。就这样,钱谦益把七子派的复古思想和公安派性灵思想联结起来,实现了对明代诗学理论的有机整合。另外,由于宋代江西诗派(黄庭坚、陈师道、陈与义)与杜甫有密切的师承关系,所以说杜诗是宋代诗歌发展的一个源泉。钱谦益对杜诗的喜爱,大力促进了清诗走上学宋的道路,是清初诗歌处于探索、变化阶段的一种反映。朝鲜诗家最推崇的中国诗人是杜甫,因此他们对钱谦益诗风学杜这一现象自然很感兴趣。

---

① 〔清〕乔亿:《剑谿说诗》(顾廷龙主编:《续修四库全书》第1701册),上海,上海古籍出版社,2002年,第230页。

② 〔朝〕李学逵:《洛下生集》(《影印标点 韩国文集丛刊》第290辑),汉城,韩国民族文化推进会,2002年,第212页。

③ 〔清〕钱谦益:《牧斋初学集》(一)(顾廷龙主编:《续修四库全书》第1389册),上海,上海古籍出版社,2002年,第549页。

柳得恭的《燕台再游录》收录了他与中国学者陈鳣（字仲鱼）的笔谈，其间柳氏谈到了钱谦益的诗风学杜："仲鱼曰：'本朝诗当推梅村否？'余曰：'诗各有门户，梅村从元、白来，惟牧翁却从韩杜、苏黄来。'"① 徐宗泰《晚静堂集》卷十一的"书后"（写在他人著作后面，对其进行说明或评论的文体）类文章有一篇专门评论钱谦益的著作，此文作于1713年（癸巳）3月："牧斋凡于寿序、堂记等漫散文字，辄举天下事，以建奴、闯贼邦国之忧为言，扼腕感咤，娓娓弗自已，盖积诸中而自随笔溢发也。甲申春间，燕都岌岌垂没，而牧斋邈在吴中大江之南。文字之间（三月所作）以'闯贼庶几悬首藁街'为辞，词人之迂于事甚矣。然触事咏物、感奋时事是杜老之遗韵，其忠忱则至矣。"（《钱牧斋集》）②"闯贼庶几悬首藁街"出自《初学集》卷四十四《莱阳姜氏一门忠孝记》的结尾，其原文为："自今以往，忠义之气昌，国家之元气日固。叛臣贼子，当胥伏独树之诛，而奴、闯之悬首藁街也不远矣。余为书其事以俟之，且以谂于国史之传忠义者。崇祯甲申三月记。"③ 徐宗泰指出钱谦益"迂于事"，批评其作为一个政治人物缺乏政治眼光和把握时局的能力，对形势的估计不准确，但同时也肯定了钱谦益的记、序等文体中有杜甫爱国篇章的遗韵。朴汉永（1870—1948）的《石林随笔》"阮堂诗评敢下顶针"条也赞同徐宗泰的观点，不过略微含蓄一些：

  清初诗人，以钱谦益、吴伟业为最。二人皆明遗臣，而尝仕清，然其诗在启、祯之际，实可称为大家，即清诗人中亦未能或之先也。牧斋明末为礼部尚书，仕清为礼部侍郎，兼秘书院学士，已而以疾归江南十余年。其诗出入李杜、韩白、苏陆、元虞之间，才力富健，学问鸿博。所著者有《初学》、《有学》二集。乾隆朝诏毁其集，以励臣节，故沈归愚《清诗别裁》忌讳而不录其一首。然其诗沈郁而藻丽，高情逸致，或以为在梅村之右，固不可以人废言也。陈碧城文述诵传蒙叟逸诗："桃叶春流亡国恨，槐花秋蹈故宫烟"、"烟月

---

  ① 〔韩〕林基中编：《燕行录全集》（第60册），汉城，东国大学校出版部，2001年，第294页。
  ② 〔朝〕徐宗泰：《晚静堂集》（《影印标点 韩国文集丛刊》第163辑），汉城，韩国民族文化推进会，1996年，第238页。
  ③ 〔清〕钱谦益：《牧斋初学集》（二）（顾廷龙主编：《续修四库全书》第1390册），上海，上海古籍出版社，2002年，第14页。

扬州如梦寐,江山建业又清明"、"南渡衣冠非故国,西湖烟水是清流"、"沧桑朝市开新局,烽火边关覆旧棋"、"神愁玉玺归新室,天哭铜人别汉家"、"文章金马霜前泪,故国铜驼劫后人"、"老有心情依佛火,穷无涕泪洒神州"、"停云家世红阑里,邀笛风流白下门"。继云:"句法沈博绝丽,足以压倒一世也。"①

朴汉永的这段描述借鉴了清人陈文述(1771—1843)的观点。陈文述,字谱香,别号退庵,又号碧城外史、颐道居士,其《颐道堂文钞》卷十《书无名氏诗后》一文评价了钱谦益的诗风,列举了钱氏的一些佳句:

  尝于废纸中见钞本无名氏诗一册,古诗未入门,七律亦少完善之作,惟句法则沈博绝丽,足以压倒一切也。如"桃叶春流亡国恨,槐花秋踏故宫烟"、"明日孔融应便去,当年王式悔轻来"、"烟月扬州如梦寐,江山建业又清明"、"一生花月张三影,两鬓沧桑郭四朝"、"南渡衣冠非故国,西湖烟水是清流"、"沧桑朝市开新局,烽火边关覆旧棋"、"神愁玉玺归新室,天哭铜人别汉家"、"文章金马霜前泪,故国铜驼劫后人"、"老有心情依佛火,穷无涕泪洒神州"、"停云家世红阑里,邀笛风流白下门"、"金爵舰棱红烛里,玉杯繁露绿尊前"、"岂应沧海扬尘日,重话蓬莱献赋时"、"天下安危两司马,人间出处一飞鸿"、"云从石磴中间出,月向香台下界生"、"西陵古驿连残烧,南渡行宫入暮云"、"句曲园林藏地肺,茅家供撰出天厨"、"芳草未知为客意,暮云偏领渡江愁",沈郁藻丽,原本杜陵,逸情高致远在梅村祭酒之上。或云虞山蒙叟作也。②

通过对比可以看出,朴汉永对钱诗句法、风格方面的评述明显引用了陈文述的观点。朴汉永引陈文述所列的部分诗篇,其诗题分别为《病榻消寒杂咏四十六首》(其十七)(《有学集》卷十三)、《吴门春仲送李生还长干》(《有学集》卷一)、《西湖杂感》(其十八)(《有学集》卷三)、

---

① 〔韩〕赵锺业编:《修正增补 韩国诗话丛编》(第13册),汉城,太学社,1996年,第303—304页。
② 〔清〕陈文述:《颐道堂文钞》(顾廷龙主编:《续修四库全书》第1506册),上海,上海古籍出版社,2002年,第51页。

《戊寅九月初三日奉谒少师高阳公于里第，感旧述怀，即席赋诗八章》（其七）（《初学集》卷十四）①、《病榻消寒杂咏四十六首》（其十八）（《有学集》卷十三）、《送黄生归岭南》（《有学集》卷九）、《燕子矶舟中作》（《有学集》卷八）、《文三启美次余除夕元旦诗韵见寄，叠韵奉答兼简文起状元》（《初学集》卷四），主要突出了钱谦益的遗民情怀，反映了朝鲜诗家对遗民诗的钟爱。朴汉永认为钱谦益的诗歌出入李杜、韩白诸家之间，但从"沉郁"一词可知，其认为钱谦益的主要创作倾向是学杜。

2. 钱诗学陆游、元好问

钱谦益早年模拟李梦阳、王世贞，中年以后接触归有光的作品，并接受了汤显祖的劝告，从而冲破了七子派的藩篱，由宗唐折而入宋、元。在这个过程中，学者程嘉燧起了重要作用。程嘉燧（1565—1643），字孟阳，号松圆、偈庵居士，工诗文书画，与李流芳、唐时升、娄坚并称"嘉定四先生"，著有《松圆集》。在程嘉燧的影响下，钱谦益对陆游、元好问的诗歌产生了兴趣。李学逵《春日读钱受之诗绝句九首》（其五）就专门探讨了这个问题，诗曰："北地公安韵未亡，松圆异日独专场。想来正法无当眼，只许溪南程孟阳。"作者诗后有注："先生诗：'范叟论文更不疑，孟阳诗体是吾师。溪南诗老今程老，莫怪低头元裕之。''溪南老'，用元遗山《自题〈中州集〉后》诗语。"② 李学逵诗后注所引用的是钱谦益作于崇祯十三年（1640）的《姚叔祥过明发堂共论近代词人，戏作绝句十六首》的第一首，载于《牧斋初学集》卷十七的《移居诗集》，个别字词与原诗稍有不同。钱谦益在这首诗中表达了对程孟阳诗学的赞美："姚叟论文更不疑，孟阳诗律是吾师。溪南诗老今程老，莫怪低头元裕之。"诗后自注："元裕之谓辛敬之论诗如法吏断狱，如老僧得正法眼。吾于孟阳亦云。"③ 这与李学逵的观点恰好互相参看。钱谦益认为："孟阳论诗，自初、盛唐及钱、刘、元、白诸家，无析骨杂刻髓，尚

---

① "沧桑朝市开新局"一句，《初学集》写作"沧桑朝市论新局"（钱谦益：《牧斋初学集》（一），顾廷龙主编：《续修四库全书》第1389册，上海，上海古籍出版社，2002年，第362页）。

② 〔朝〕李学逵：《洛下生集》（《影印标点 韩国文集丛刊》第290辑），汉城，韩国民族文化推进会，2002年，第212页。

③ 〔清〕钱谦益：《牧斋初学集》（一）（顾廷龙主编：《续修四库全书》第1389册），上海，上海古籍出版社，2002年，第391页。

未能及六朝以上，晚始放而之剑川、遗山。"(《复遵王书》)① 他主要从三个方面接受了程孟阳文学思想的影响：一是强调诗歌对社会压迫的消解排泄、重视诗歌社会性、现实性的诗歌本质论，二是"知古人之为人"、"知古人之所以为诗"的诗法论，三是鄙薄前、后七子和竟陵派。② 而效仿陆游、元好问则是其中的一个具体体现。钱谦益门人瞿式耜的《〈牧斋先生初学集〉目录后序》也可以证明这一点："先生之诗，以杜、韩为宗，而出入于香山、樊川、松陵，以迨东坡、放翁、遗山诸家，才气横放，无所不有。忠君忧国，感时叹世，采苓之怀美人，风雨之思君子，饮食燕乐，风怀谑浪，未尝不三致意焉。"③

忠君忧国、感时叹世是钱谦益与陆游、元好问的精神相通之处，也是钱谦益倾向于宋、元诗的内在动力。可以看出，朝鲜诗家肯定了钱谦益诗学多家、自成风格的创作观念。

另外，也有一些朝鲜诗家注意到了钱诗从禅学中吸取了一些养料。如徐滢修诗《山斋烧香，与绚上人演佛乘》云："我闻三教皆吾师，心性精神同所治。往往末流失其真，入主出奴纷相嗤。佛犹近儒道则远，道盖自私佛慈悲。是以儒者喜谈佛，坡翁牧老一斑窥。我亦粗窥佛家说，得未曾有频耽奇。"④ 诗中所言的"坡翁、牧老"即苏东坡、钱牧斋。徐滢修认为儒释道三教都关注人的心性、精神，有相通之处，这是儒者（诗人）喜谈佛的主要原因，钱谦益就是一个例证。许薰《〈牧斋集抄〉序》亦云："惜乎！末路逃禅，《有学》一集，空门文字十居六七。然尝自云学殖日落，间资内典，以为谈助，其志可知也。"⑤ 他认为钱谦益从佛经中汲取了创作的营养，间接抒发了遗民之哀音。

（二）论钱谦益的《初学集》、《有学集》

《初学集》、《有学集》是钱诗的精华，所以朝鲜诗家对其进行了积

---

① 〔清〕钱谦益：《牧斋有学集》（顾廷龙主编：《续修四库全书》第1391册），上海，上海古籍出版社，2002年，第397页。
② 孙之梅：《钱谦益与明末清初文学》，济南，齐鲁书社，1996年，第86—88页。
③ 〔清〕钱谦益：《牧斋初学集》（一）（顾廷龙主编：《续修四库全书》第1389册），上海，上海古籍出版社，2002年，第233—234页。
④ 〔朝〕徐滢修：《明皋全集》（《影印标点 韩国文集丛刊》第261辑），汉城，韩国民族文化推进会，2001年，第32页。
⑤ 〔朝〕许薰：《舫山集Ⅱ》（《影印标点 韩国文集丛刊》第328辑），汉城，韩国民族文化推进会，2004年，第56页。

极的接受和评论。

1. 论《初学集》

李学逵《春日读钱受之诗绝句九首》(其二) 从总体上赞扬了《初学集》的成就。其诗曰:"绛云红豆尽悲哀,《霖雨》、《归田》体未裁。至竟良工心独苦,可知《初学》不凡才。"① 诗里的"《霖雨》、《归田》"指《初学集》中的《霖雨诗集》和《归田诗集》。"绛云红豆"指钱谦益晚年校书、著述的场所——绛云楼和居住的红豆山庄。钱谦益博览群书,特别珍爱绛云楼的藏书。绛云楼毁于火灾后,钱谦益痛心不已,故李学逵有"尽悲哀"之语。在诗中,绛云楼已成为钱谦益渊博学识的象征。李学逵认为,钱谦益有学识,又工于诗,而《初学集》正显示了他的不凡才华。

李德懋从修辞的角度评价了《初学集》。其《清脾录》"古语凑合"条曰:"为诗善用古语凑合,东坡公亦未知其趣耳。臣今时复一中之,钱牧斋'吾道非欤何至此,臣今老矣不如人',高丽牧隐'山川信美非吾土,岁月如流观我生'、'后生可畏吾衰矣,至道难闻子慎之'、'月独有情从我蔡,山多不俗起予商'、'木铎二三何患子,舞雩六七咏归童'、'王风幸矣兴于鲁,女乐胡然至自齐'。"② 这里所说的"古语凑合",相当于引用(化用)修辞格。此条目所列的钱诗题为《十一月初六日召对文华殿,旋奉严旨革职待罪,感恩述事凡二十首》(其六)(《初学集》卷六),分别引用了《论语》、《左传》中的诗句;所列的牧隐(李穑)诗题分别为《山驿》、《自咏》、《次韵田御史禄生》、《自咏》、《雀噪》,引用了潘岳《在怀县作诗二首》(其二)、南朝徐陵《与齐尚书仆射杨遵彦书》、《论语》、《史记》中的词句。李德懋从诗歌修辞的角度肯定了钱诗善引古语而形成的独特情趣,其《婴处杂稿·琐雅》亦云:"苏黄诗,用古事仍成变化者。后世有钱受之能及焉,而但局小耳。"③ 虽然钱谦益善用古事而能出新意的规模、气度不及苏黄,但这样的评价也是对《初

---

① 〔朝〕李学逵:《洛下生集》(《影印标点 韩国文集丛刊》第290辑),汉城,韩国民族文化推进会,2002年,第212页。
② 〔朝〕李德懋:《青庄馆全书Ⅱ》(《影印标点 韩国文集丛刊》第258辑),汉城,韩国民族文化推进会,2000年,第15页。
③ 〔朝〕李德懋:《青庄馆全书Ⅰ》(《影印标点 韩国文集丛刊》第257辑),汉城,韩国民族文化推进会,2000年,第101页。

学集》的一种肯定。

对《初学集》具体篇什的评价,以南公辙所下的工夫最大。其《天都峰瀑布立轴(绡本)》一文曰:

> 钱牧斋《天都峰瀑布歌》,余尝爱其雄壮健丽,略诵其一二句,语曰:"天都诸峰遥相从,连绵绎属无隙缝。山腰白云出衣带,云生迭迭山重重。""初疑渴龙甫喷薄,抉石投奇声轰隆。复疑水激龙拗怒,掉尾下拔百丈洪。更疑群龙互转斗,移山排谷矗圆穹。人言水借风力横,那知水急翻生风。激雷狂电何处起,发作亦在风水中。""愕眙莫讶诗思穷,老夫三日犹耳聋。"天都瀑布雄肆奔放,奇观壮游,而非牧斋无以发之于诗如此,非石田无以发之于画又如此。①

文中所引之诗作于崇祯十四年(1641)三月八日,原名《天都瀑布歌》(《初学集》卷十九),南公辙选取了全诗34句中的16句,"绎"、"隙"、"迭迭"等个别字词与原诗略有不同。程嘉燧《〈耦耕堂集〉自序》曰:"仲冬,过半野堂,方有文酒之燕,留连惜别,欣慨交集,且约偕游黄山。"② 此时,程孟阳的诗学思想已经深深影响了钱谦益,这首诗就是一个例证。此诗没有单纯写瀑布的壮美形态,而是时空交错,将瀑布与大雨互相映衬,呈现出天都峰瀑布的独特奇伟景观,清新可诵,是不可多得的佳作。钱谦益用龙喻瀑布,生动形象,表现了瀑布的气势随着急雨降落而逐渐增强的动态过程,从而赋予了瀑布以无穷的生命力,突出了天都峰瀑布的个性与强大的劲势。全诗恢宏大气,层次繁复,变幻莫测,有唐宋诸名家的风采。南公辙以钱谦益诗配画,进一步突出了诗歌的表现力,"雄壮健丽"的评语也较为贴切。

南公辙的另一篇文章《董太史万卷楼立轴真迹(绡本)》曰:"郭髯为松谈阁印史,钱牧斋为歌行一篇,全篇皆言先朝玺宝盛衰兴废之迹,至欲访问于礼官尚方而屡致意焉。余健忘不能记一二,而其怀思则与此

---

① 〔朝〕南公辙:《金陵集》(《影印标点 韩国文集丛刊》第272辑),汉城,韩国民族文化推进会,2001年,第454页。

② 〔明〕程嘉燧:《耦耕堂集》(顾廷龙主编:《续修四库全书》第1386册),上海,上海古籍出版社,2002年,第3页。

诗同，故并识之。"① 文中所谈的钱氏歌行即《松谈阁印史歌为郭胤伯作》②（《初学集》卷十三）。南公辙指出，钱谦益诗中"怀思"即"《春秋》之义"，这种思想借"先朝玺宝盛衰兴废之迹"而彰显无遗。可见，南公辙抓住了此诗的要旨，其观点较为客观。

另外，诗人徐滢修以读后感的形式评价了《初学集》中的诗作。其诗《读牧斋〈送刘念台客林铨之〉诗有感于怀，书赠李生》曰：

> 古人以客重主人，皇朝近俗犹先秦。
> 屦满户外庄何讥，锥处囊中赵有臣。
> 椎埋陆博与洗削，世所卑夷吾不嚬。
> 驶雪多积荒城外，急风每起沙河滨。
> 真才岂在轩冕种，蚌珠梗瘤结之因。
> 密若静女洁如玉，无愧吾门入幎宾。
> 刘家高客竟谁是，穷庐相守同一伦。
> 飞蓬毁誉曷足较，岁寒襟期聊共亲。
> 两对已忘饥与渴，肯数甑釜生埃尘。
> 君不见今世儒名者，晋家四伯何诜诜。③

诗题所言钱诗即《短歌送林铨之吴门》④（《初学集》卷十七）。比较二

---

① 〔朝〕南公辙：《金陵集》（《影印标点 韩国文集丛刊》第272辑），汉城，韩国民族文化推进会，2001年，第443页。
② 〔清〕钱谦益《松谈阁印史歌为郭胤伯作》："六书缪篆用摹刻，大者符玺细印章。崩崖古隧取次出，镂金琢玉争弆藏。关中郭髥最好古，十年收讨盈箧箱。部居州乱作谱牒，编次缃帙盛缥囊。……紫泥封坼青囊解，金银滕组开辉煌。临轩手持四寸玺，俯示陛城周两旁。盘龙纽螭弄掌握，衫袖照烛回虹光。侍臣代奉传国宝，殿中不用尚玉郎。鸿胪传制百僚贺，文曰受命寿永昌。朝罢君臣咸燕喜，南面并进南山觞。岂知瑞应不虚见，中兴天以授我皇。郭君此书精且良，曷不首勒玉玺图，访问礼官摹尚方？ 如服有冕网有纲，蝇头细字注几行。吾诗附玺垂久长，命曰印史非夸张，春秋之义微而彰。"（钱谦益：《牧斋初学集》（一），顾廷龙主编：《续修四库全书》第1389册，上海，上海古籍出版社，2002年，第351页）
③ 〔朝〕徐滢修：《明皋全集》（《影印标点 韩国文集丛刊》第261辑），汉城，韩国民族文化推进会，2001年，第34页。
④ 〔清〕钱谦益《短歌送林铨之吴门》："君不见山阴刘念台，横经籍书门不开。白袍生徒户屦接，釜甑亭午生浮埃。又不见闽客林六长，手持刘札来相访。经年卧病虞山头，三旬九食断还往。林君穷饿良可惜，多君不愧山阴客。萧条襆被何所之？况值天高风急时。昨夜邮中传片纸，清漳孤臣幸不死。君闻此言挥手别，一笑眉间黄色起。"（钱谦益：《牧斋初学集》（一），顾廷龙主编：《续修四库全书》第1389册，上海，上海古籍出版社，2002年，第393页）

诗可以发现,徐滢修以钱诗真挚友情和高洁人格的情感主线为基调,沿用了钱诗的叙事手法,并加入了自己的议论、描写,赠勉李生弃名利以成真儒。

《初学集》中的诗歌多用古语、典故,得到了一些朝鲜诗人的肯定。而对此,也有少数诗人表达了相反的观点。如洪奭周《答舍弟宪仲书》云:

> 示及吾抵醇溪书中,有云钱氏《初学集》步趋庐陵为失言,甚当甚当。十年前,尝得是集一寓目,颇爱其纡余婉丽,大与历下、太仓异轨。其论文章,又能深喻利病,而平生所心折,唯归熙甫一人,遂意其真有所得于欧、曾。当抵书时,率尔有是言。后复得其书读之,已自悔其不审矣。唐、宋以来,能言之士亦至众矣,独推庐陵为正宗者,以其辞必己出、文必征实,而未尝为雕镂涂泽之习也。钱氏之书,信手开卷,藻缋满眼,徐而察之,殆无一篇无陈言。若使古人无"年经月纬"、"州次部居"、"草亡木卒"、"骨腾肉飞"等成语,不知此老将何以充其卷帙?庐陵即无论,试观方希直、王伯安集中,曾有一语似此者否?此吾所以深自悔其失辞也。①

洪奭周两次阅读《初学集》间隔了十年,感受也完全不同。十年前,他十分欣赏这部作品,认为其主要学习欧阳修,风格"纡余婉丽",与此前流行的李攀龙、王世贞的模拟创作完全不同,其中还有深刻的理论剖析。于是洪奭周断定这是一部优秀的作品并极力向朋友推荐。十年之中,洪奭周又读了很多中国各代的作品,当他回头再读《初学集》时,又有了完全不同的认识:其辞采虽华丽,但"无一篇无陈言",蹈袭严重。于是他后悔当初对《初学集》所下的结论,又写信向朋友说明、更正。这说明朝鲜诗家对《初学集》的阅读与接受是持久的,所形成的认识也逐步深入。

2. 论《有学集》

首先,朝鲜诗家多从总体上肯定《有学集》的成就和意义。如李喜

---

① 〔朝〕洪奭周:《渊泉集Ⅰ》(《影印标点 韩国文集丛刊》第293辑),汉城,韩国民族文化推进会,2002年,第368页。

之（1681—1722）特作《〈钱牧斋文抄〉序》云：

> 余读明钱牧斋谦益《有学集》，未尝不歔欷沾洒，惜其人、悲其文，而叹其世也。公生于万历壬午，没于崇祯甲辰，此集皆甲申以后之作，所以别《初学集》者也。余未及读《初学集》，而今以明末诸史及此集观之，盖其师则孙文正承宗，其门人则瞿留守式耜若缪昌期。当时李应升次见、李文水邦华、黄陶庵淳耀，则其友也。此皆眉目清流、砥柱狂澜，或縻身北寺，或抗节止水，或争义致命于申酉南北之难者也。况刻名于端礼之碑，推卜于毅宗之初，齮齕阁讼，株连复社。而缪、李之篝灯夜话，稼轩之拂水春游，河上执手之别，虞山国史之托，诸君子推重期许，惓惓反复者若此。此其人亦岂非君子中人耶？……直欲以寸管弱毫，挽颓运荡胡氛，鼓三户忠义之思。而有不能毕其说者，是以其文纡而曲，其指诞而微。回互连比，恢诡谲怪，如魇如幻，如醉如醒，如磨垒之兵，如迷藏之戏，使人自求于声音笑貌之外。此诚《匪风》、《下泉》之余思，《九歌》、《天问》之末流也。……公之遭难也，不事北朝胜庚开府，不忘旧国似谢皋羽，急征生还如杨维祯，著述自放如郑所南。而其诗文，固相伯仲于四子之间。盖迫于时命者切，动于天机者深，病而嚬伤虎而惧者也。又其才具识力，充拓宛转，绝无强容矜重之迹。要以冲心矢口，烂熳纵横，能极其意之所至而后已。是以其论诗文，坛墠震川，舆儓王李，宁奖元季之猪肉，不取盛唐之木偶，别具手眼，亦可以矫弊而开人。余抄此集，一以此数者为准。凡得文若干首，艰于传写，遗落极多。①

李喜之曾手抄钱谦益的《有学集》，并认真作了序。在这一段中，李喜之满怀深情，对钱谦益的生平经历和创作感慨颇多。首先，他为钱谦益所处的时代和遭遇而惋惜，接着梳理了钱谦益的门派，指出其师友、门人及本人均为君子。然后，作者着重就《有学集》论述了钱谦益复杂多变的创作风格，从"挽颓运荡胡氛，鼓三户忠义之思"可见其肯定了《有学集》所包含的爱国情感，从《匪风》、《下泉》、《九歌》、《天问》

---

① 〔朝〕李喜之：《凝斋集》（《影印标点 韩国文集丛刊（续）》第62辑），首尔，韩国古典翻译院，2009年，第524—525页。

可见其肯定了《有学集》的艺术成就。此外，李喜之对钱谦益的才力、学识和诗文理论也给予了褒奖，认为其诗学主张具有独创性又可矫正此前模拟之文风。可见李喜之对钱谦益其诗其人都十分敬重，又对其曲折不幸的遭遇和遗落的诗文而感伤、悲叹。

和李喜之同时代的南克宽也十分关注《有学集》，其《谢施子》一文写道："虞山文多啮决而自足致远，诗寡过而不及。"① 他认为钱氏诗不如文，但他又从总体上称赞了钱谦益《有学集》中蕴含的爱国情怀："牧斋晚年，明统犹寄南徼，故《有学集》诗文多隐寓蕲祝之意。《〈列朝诗集〉序》、《杜弢武寿序》其一端也。"② 他还指出，《有学集》中的诗歌要胜于钱谦益早期的诗歌，《谢施子》又曰："《有学集》气焰顿替，牙角独存，诗却胜少日。"③

很多朝鲜诗家评价钱谦益诗文，都异口同声地赞扬其中的遗民情志，这也主要是针对《有学集》中的诗作而言的。如以下诗歌或评论：

> 皇明宫阙老胡栖，易水金台气惨凄。
> 事去英雄循发算，文垂天地照星奎。
> 铅光雨堕铜人泪，陵响风悲石马嘶。
> 柴市若留衣带赞，鸿名桑海昔贤齐。
> （金夏九《书〈牧斋集〉后》）④

> 余尝好钱牧斋文章，慷慨悲壮，而喀喀有燕赵扼腕之气，但苦其句读太博而极精。（申龙达《〈裘庵先生〉祭文》）⑤

> 先生报国以文章，黼黻光华极灿煌。

---

① 〔朝〕南克宽：《梦呓集》（《影印标点 韩国文集丛刊》第209辑），汉城，韩国民族文化推进会，1998年，第319页。
② 〔朝〕南克宽：《梦呓集》（《影印标点 韩国文集丛刊》第209辑），汉城，韩国民族文化推进会，1998年，第312页。
③ 〔朝〕南克宽：《梦呓集》（《影印标点 韩国文集丛刊》第209辑），汉城，韩国民族文化推进会，1998年，第319页。
④ 〔朝〕金夏九（1676—1762）：《裘庵集》（《影印标点 韩国文集丛刊（续）》第61辑），首尔，韩国古典翻译院，2009年，第62—63页。
⑤ 〔朝〕金夏九：《裘庵集》（《影印标点 韩国文集丛刊（续）》第61辑），首尔，韩国古典翻译院，2009年，第135页。

> 桎梏残年何敢死，名山实录未珍藏。
> 还朝亦有在山情，一代词坛久主盟。
> 笔下当时多少事，汉家三史可并名。
>
> （朴允默《读钱牧斋诗偶书》）①

> 呜呼！天使斯人以文章鸣世者，不独盛时为然，于沦革之际尤致意焉。何也？夫麦秀黍离之悲、铜驼金狄之感、沧桑陵谷之变，其将寂寂焉已乎？天固不忍泯也。彼金元之末，犹有元遗山、王梧溪之徒张胆鼓吻，以鸣其愤郁不平之气。况皇明之礼乐文教培养三百年之久，讵欠一牧斋乎？然则虽巨珰射弩、权奸下石，终不能挤此老而致之死耳。所以诗文之发于臆窍恨腔者，厥有春鸟之血、秋猿之泪，与西台晋井之号咷于羊之年、犬之日者凄惋同调。……呜呼！余所取者，非特文辞之工而已。读是集，而万历、崇祯间事历历如见，有不禁《匪风》、《下泉》之思，不忍竟读，亦不忍释手也。（许薰《〈牧斋集抄〉序》）②

这几位诗人、批评家对钱谦益的文学才华、"报国以文章"、于困境中坚持创作的精神表达了敬佩之情，更对其慷慨悲壮之诗风赞赏不已。

诗人李学逵也十分欣赏《有学集》中的诗歌，其《春日读钱受之诗绝句九首》（其八）云："鬓丝禅榻送生涯，五度江南花落时。为是秦淮旧游伴，未能磨灭是情痴。"诗后注曰："先生《送王郎北游，寄使家故妓冬哥》诗：'凭将红泪裹相思，多恐冬哥漫见期。相见只烦传一语，江南五度落花时。'"③ 此注所载诗见于《有学集》卷四，题为《辛卯春尽，歌者王郎北游告别，戏题十四绝句以当折柳赠别之外，杂有寄托，谐谈无端，睹谜间出，览者可以一笑也》（其十）④，其第二句作"多恐

---

① 〔朝〕朴允默：《存斋集》（《影印标点 韩国文集丛刊》第292辑），汉城，韩国民族文化推进会，2002年，第197页。
② 〔朝〕许薰：《舫山集Ⅱ》（《影印标点 韩国文集丛刊》第328辑），汉城，韩国民族文化推进会，2004年，第56页。
③ 〔朝〕李学逵：《洛下生集》（《影印标点 韩国文集丛刊》第290辑），汉城，韩国民族文化推进会，2002年，第212页。
④ 〔清〕钱谦益：《牧斋有学集》（顾廷龙主编：《续修四库全书》第1391册），上海，上海古籍出版社，2002年，第33页。

冬哥没见期"。在这组诗的第五、七首中,李学逵均称钱谦益为"先生",此处又称"先生",可见其尊重之意。李学逵认为,钱谦益在诗中表达了对故人的思念,情真意切,是其诗学体系中重"性情"一面的真实反映。

值得注意的是,在对《有学集》的众多赞美之中,也出现了不同的声音,如安重观(1683—1752)的《书钱虞山〈有学集〉》曰:

> 夫治平之音,安乐冲旷;乱亡之音,悲愤切感。声音之道,与政通也尚矣。……钱虞山《有学集》出于明后。余观其诗若文,大都气轻而促,言戚而厖,哀之固也。何其泥也耶?尝考皇朝遗史,虞山其人,虽以东林之淑类称,而所性儇躁,矜其小慧,闇于大道。于其阁讼,可见侏儒之一节矣。而况尝位大臣之列,而不能一死于国破君亡之余,落发披条,窜身丛林,此其心之先身而死久矣。是安得不易乎世而卓然自立者耶?故其文澜才焰,虽王长当世,自以高出本朝,远绍唐、宋,而卒与夫《水调》、《八》、《破》之流,烂熳同归也无怪矣。呜呼!彼固不祥之人,而词又不祥之音也,谓宜斥以远之,惟恐或似。而顾今之人,方且赏爱之、拟议之,惟恐其不能似也。抑又何也?岂其文澜才焰,能使人易眩耶?将时变所渐,有不约而同者存耶?呜呼殆矣! ①

安重观的这段评论,论人多于论诗,言辞激烈,观点明确。他将《有学集》之诗文视为"乱亡之音",完全否定了其思想价值和艺术成就,认为其绝无可取之处。持此观点的原因很明显,即钱谦益"尝位大臣之列,而不能一死于国破君亡之余",却苟活于世上。因此,他是"不祥之人",而他的诗歌自然也是"不祥之音"。安重观还忧心忡忡地指出,时下有些人可能受到钱谦益"文澜才焰"的蛊惑而学习效仿之,这是极其危险的错误倾向。很明显,安重观完全站在"一臣不事二君"的儒家正统思想的立场上来评价钱谦益其人其诗,态度不够客观,有失公允。

从以上所引材料可知,朝鲜诗人、批评家有的认可《初学集》,有的欣赏《有学集》,而金时敏(1681—1747)则将二集进行了客观地比

---

① 〔朝〕安重观:《悔窝集》(《影印标点 韩国文集丛刊(续)》第65辑),首尔,韩国古典翻译院,2008年,第335页。

较,他的《题〈钱牧斋集〉后》曰:

> 钱牧斋,明季文章一大家也。其文自谓根乎经,而余不知其经也。盖子、史是其祖宗也,取法不一,规模不严。其序、记可观者绝少,虽或有之,荡词冶情,如时花美女,使人可悦而不可敬。独墓表、志铭,叙事、议论淋漓综错,究极人情。描写景色,有时俯仰感慨,风神气调,恰似乎欧公。弇州、太函辈安敢窥其藩篱哉?世谓《有学集》胜《初学集》,而余则谓不必然也。大抵文章,气为之主,气馁则非文章也。《初学集》气自好,笔势遒迈,藻彩随生。千载之下,可像想其人。虽以墓志言之,《王季木》、《宋比玉》两表是《有学集》中所无者。《有学集》流离困顿,其气欲索然矣,精芒销落,色泽憔悴。惟其意趣较长,低徊婉嬺,曲折往复,其深处刺骨,没半分余憾。是则《初学集》之所未及,而顾安可得《初学集》好个豪逸气来耶?然味《有学》之趣,从可局得《初学》之气也。①

金时敏首先否定了钱谦益所谓的取材于"经",认为其著作主要来源于"子"和"史",且在形式和内容上都存在一些问题。不过,他又客观地指出二集中也有恰似欧阳修的优秀作品,这是王世贞、汪道昆等无法企及的。接下来金时敏对二集进行了比较,他认为"《有学集》胜《初学集》"的观点不够客观。原因是《初学集》"气自好",而《有学集》以"趣"胜,二者各有千秋,所以不应笼统地得出孰优孰劣的结论。

正如朝鲜诗家对《初学集》、《有学集》的态度不同,他们对钱谦益的诗体、诗风和一些具体诗作的态度也是褒贬不一。

著名诗论家申纬在 1820 年(庚辰)年底作诗一首,名为《腊十九,儿子命准拜坡有诗,秋史内翰甚激赏,余又和之,以示秋史》,前两句曰:"对商十二家诗榖,前削初唐后黜明。"句下有注:"时余手选《七律榖》,始以杜文贞、白文公、李义山、苏文忠、陆剑南、元遗山、虞文靖、钱虞山、王文简、翁北平十家质之于秋史。秋史曰:'虞山则滥矣,杜樊川、黄文节、朱竹垞皆不可阙。'余于诗道笃信秋史,故再以十三家

---

① 〔朝〕金时敏:《东圃集》(《影印标点 韩国文集丛刊(续)》第62辑),首尔,韩国古典翻译院,2009 年,第 464 页。

厘正。"① 秋史，即金正喜。彀，即诗歌的程式。申纬计划择取七律的典范之作而编成一部诗选，他听取了金正喜的建议增补了一些内容。② 15年后，他又赋诗谈及此事："复初一集十年毕，余十三家未易完。六代词宗眉目选，七言律彀腑心刊。传灯解脱循环际，摹画经营惨憺间。他日诗人奉圭臬，黄河于水泰于山。"(《余选〈复初斋诗〉之役已过十年，迄未告竣。竹垞进士赠是集，原刊合续刻重装本，而前阙陆序、后缺俪笙，续刻甲戌至丁丑之作，此亦未可谓完本也。但题余小照之什宛在续刻中，差幸挂名其间。所可恨者，题拙画墨竹诗则竟逸而不见耳，书此以示竹垞五首》其五）诗后亦有注："余拟选《七律彀》：王右丞、杜文贞、白文公、杜樊川、李义山、苏文忠、黄文节、陆剑南、元遗山、虞文靖、钱牧斋、王文简、朱竹垞、翁文达。"③ 随着翁方纲《复初斋诗集》的编选完毕，《七律彀》择选十四家七律诗的工作已经基本完成。申纬将其视为延续诗道薪火的神圣事业，倾注了巨大的心血和热情进行选刊，并期望这部诗选产生重要的影响。尽管金正喜认为"虞山则滥矣"，但是申纬还是将钱谦益置于"六代词宗"之列，并认为其七律足为诗坛圭臬。这是对钱氏的极大肯定。

另一些诗家则毫不留情地指出钱谦益诗歌的瑕疵甚至对其诗歌予以全盘否定。金迈淳（1776—1840）在《阙余散笔》中论述了钱谦益诗中用词的欠妥之处：

> 京邑之通称"长安"、"洛阳"，《农岩杂识》尝论其非，而明清间文字多犯此忌，未可专咎东人。钱牧斋诗追咏弘光时事，云"奸佞不随京洛尽，尚留余毒蛰丹青"，是以南京为洛阳也。记升平旧事，云"长安九九消寒夜，罗褥丹衣迭几层"，是以北京为长安也。（《文王第五》）④

---

① 〔朝〕申纬：《警修堂全藁》(《影印标点 韩国文集丛刊》第291辑)，汉城，韩国民族文化推进会，2002年，第173页。
② 〔朝〕李裕元《林下笔记》之《玉磬觚賸记》记为"再以十二家厘正"，有误。
③ 〔朝〕申纬：《警修堂全藁》(《影印标点 韩国文集丛刊》第291辑)，汉城，韩国民族文化推进会，2002年，第515页。
④ 〔朝〕金迈淳：《台山集》(《影印标点 韩国文集丛刊》第294辑)，汉城，韩国民族文化推进会，2002年，第641页。

文中所引诗句出自钱谦益的《一年》(《有学集》卷八)① 和《病榻消寒杂咏四十六首》(其二)②(《有学集》卷十三)。当然,金迈淳的这种观点也并不完备。因为出于声韵、意蕴、创作环境等多种因素的限制,一些专有名词、意象的彼此置换在诗歌当中是行得通的。洪奭周对钱谦益的不良诗风进行了批评,他在给中国学人费兰墀的信中说:

> 挽近作家,指不胜搂。而汪苕文学曾,邵子相学欧,魏冰叔学大苏,余子纷纷,盖亦自郐以下耳。诗道尤丛杂不堪言:靡浮谲诡,铁崖之余派也;虚憍浮夸,济南之遗响也;凄清噍杀,竟陵之促调也;粉泽刻镂,虞山之别裁也。出主入奴,要不出此四家。(《与费吉士书》)③

洪奭周认为,"粉泽刻镂"这种刻意雕饰的诗风偏离了正道,对诗歌创作产生了很大的消极影响。这种看法不无道理,相比之下,金正喜的观点则过于偏激。他在《与申威堂观浩》一文中说:

> 诗道之渔洋、竹垞门径不误。渔洋纯以天行,如天衣无缝,如华严楼阁,一指弹开,难以摸捉;竹垞人力精到,攀缘梯接,虽泰山顶上可进一步。须以竹垞为主,参之以渔洋色香声味,圆全无亏缺。至如牧斋魄力特大,然终不免天魔外道,其最不可看;专从渔洋、竹垞下手为妙。④

他将钱谦益的诗歌视为破坏正统诗教的"天魔外道",认为其毫无可取之处。此说法明显不够客观。

---

① 〔清〕钱谦益:《牧斋有学集》(顾廷龙主编:《续修四库全书》第1391册),上海,上海古籍出版社,2002年,第70页。
② 〔清〕钱谦益《病榻消寒杂咏四十六首》(其二):"长安九九消寒夜,黑褥丹衣叠几层。"(钱谦益:《牧斋有学集》,顾廷龙主编:《续修四库全书》第1391册,上海,上海古籍出版社,2002年,第110页)金迈淳的记述与此略有不同。
③ 〔朝〕洪奭周:《渊泉集Ⅰ》(《影印标点 韩国文集丛刊》第293辑),汉城,韩国民族文化推进会,2002年,第358页。
④ 〔朝〕金正喜:《阮堂全集》(《影印标点 韩国文集丛刊》第301辑),汉城,韩国民族文化推进会,2003年,第47页。

三、论钱谦益的《列朝诗集》

《列朝诗集》是钱谦益根据自己的诗学思想和审美标准所选的一部诗集,记录了有明一代的诗歌文献,具有诗史、诗学的双重价值。而且,《列朝诗集》"存故国之思"的编纂意图也得到朝鲜诗家的赞同。他们对《列朝诗集》的接受与批评也蕴含了自己的故国之思和自立之义。而当时钱谦益倡导的宋代诗风也切合朝鲜汉诗的创作方向。此外,《列朝诗集》受到朝鲜诗家的好评还有另外一个原因,那就是钱谦益将朝鲜42位诗人的174首诗歌列入了《列朝诗集》的《闰集》(取滋润补充之意),这无疑是对朝鲜诗歌创作的肯定,极大鼓舞了朝鲜诗家的创作热情和民族自豪感。

(一) 对《列朝诗集》文本的接受和好评

多数朝鲜诗家对《列朝诗集》的评价很高。南克宽将《列朝诗集》称为最完善的诗歌选集,他的《谢施子》云:"选诗至虞山,评文至圣叹,可谓尽善矣,古未尝有也。"[①] 李宜显《陶峡丛说》的两段文字更加具体地肯定了《列朝诗集》:"选明诗者亦多,钱牧斋《列朝诗集》当为一大部书。盖自元末明初至明之末叶,大篇小什无不搜罗尽载,而旁采僧道、香奁、外服之作,亦无所遗,实明诗之府库也。"[②] "《列朝诗集传》,尤系有明三百年人物事迹,其嬉笑怒骂之态宛然如见,亦可以凭此考证史传是非,实欲求明遗事者不可不见者。"[③] 朝鲜诗家不仅仔细赏读《列朝诗集》中的诗歌,也非常关注钱谦益为诗人们作的《小传》,关注《小传》中那些人和事。

很多民族意识强烈的朝鲜诗家认为朝鲜诗歌能入选《列朝诗集》是人生之幸、国家之幸,同时也赞叹了钱谦益这种不轻视海外偏邦的做法。《列朝诗集》录高丽诗人郑梦周(1337—1392)诗歌16首[④],《列朝诗集小传》"守门下侍中郑梦周"条也对其人其诗进行了高度评价:"为人豪

---

① 〔朝〕南克宽:《梦呓集》(《影印标点 韩国文集丛刊》第209辑),汉城,韩国民族文化推进会,1998年,第319页。
② 〔朝〕李宜显:《陶谷集Ⅱ》(《影印标点 韩国文集丛刊》第181辑),汉城,韩国民族文化推进会,1997年,第438页。
③ 〔朝〕李宜显:《陶谷集Ⅱ》(《影印标点 韩国文集丛刊》第181辑),汉城,韩国民族文化推进会,1997年,第451页。
④ 数量仅次于许筠及其姐姐许楚姬。许氏姐弟入选诗作偏多,其中有一些公关因素。

迈绝伦，负忠孝大节。诗文奔放峻洁，精研性理之学。"① 朝鲜诗家言及此事都颇有感触。黄景源的《集清亭记》曰："始，文忠公事王氏为益阳伯，置学校、明儒术，用中国礼。王氏将亡，守大义，至死不变。后中国得其遗稿而录之，《列朝诗集》又书其大义甚详，行于天下，于是天下士大夫知文忠公之为仁贤也。夫君子出于四海之外，声名达于中国者，诚寡矣。"②《列朝诗集》还选录了朝鲜文人俞汝舟妻子的三首诗——《别赠》、《贫女吟》、《贾客词》，这个女子在朝鲜也鲜为人知，因此，朝鲜诗家论及此事时认为"牧斋词伯之具眼"、"事尤奇而遇尤幸"（南龙翼《金氏林碧堂诗卷跋》）③，甚至有些受宠若惊。南九万（1629—1711）《题〈林碧堂七首稿〉后》云："夫人以海外偏邦、林居寒士之妻，乃为上国文苑诸公所称道，编录传于天下后世，是为盛也。"④ 宋征殷（1652—1720）《题义城金氏林碧堂诗后》曰："我国僻在海外，虽操觚之士搯肾擢胃、刻意推敲，其得传于中华者甚鲜，而况林下一妇人遣怀于闺阃之内，而乃为大朝词伯之所赏，编入于诸名家诗选，岂不奇且幸哉？"⑤

朝鲜诗家不仅以本国诗作入选《列朝诗集》为骄傲，也对钱谦益指出的朝鲜诗人的抄袭现象痛心疾首，非常惭愧，同时认为钱谦益在这件事上独具慧眼。金万重《西浦漫笔》云："兰雪轩许氏诗出自李荪谷及其仲荷谷。……海东闺秀，惟此一人。独恨其弟筠颇采元明人佳句丽什所罕见者，添入集中，以张声势。以此欺东人可矣，而乃复传入中国。……又不幸遇着钱牧斋只眼，如陶公之识武昌官柳者，发奸追赃，底蕴毕露，使人大惭。惜哉！"⑥ 所言"钱牧斋只眼"，指的就是《列朝诗集·闰集》揭露了许楚姬（1563—1589，号兰雪轩）因袭中国文人曹

---

① 〔清〕钱谦益：《列朝诗集小传》，台北，明文书局，1991年，第840页。
② 〔朝〕黄景源：《江汉集Ⅰ》（《影印标点 韩国文集丛刊》第224辑），汉城，韩国民族文化推进会，1999年，第203页。
③ 〔朝〕南龙翼：《壶谷集》（《影印标点 韩国文集丛刊》第131辑），汉城，韩国民族文化推进会，1994年，第347页。
④ 〔朝〕南九万：《药泉集Ⅱ》（《影印标点 韩国文集丛刊》第132辑），汉城，韩国民族文化推进会，1994年，第454页。
⑤ 〔朝〕宋征殷：《约轩集Ⅱ》（《影印标点 韩国文集丛刊》第164辑），汉城，韩国民族文化推进会，1996年，第78页。
⑥ 〔韩〕赵锺业编：《修正增补 韩国诗话丛编》（第5册），汉城，太学社，1996年，第518—519页。

唐、王建、王涯、裴说之等人诗句之事。① 李德懋《清脾录》"云江小室"条云："兰雪许氏为钱虞山、柳如是所摘发，真赃狼藉，几无余地，可谓剽窃者之炯戒。"② 朴趾源《热河日记·避暑录》曰："在在见录，千载难洗。"③ 可见，许楚姬（或是许筠）的抄袭行为在朝鲜的负面影响很大。这一方面说明朝鲜的大部分诗家都有端正的创作态度，痛恨抄袭风气，另一方面也说明了朝鲜诗家赞同钱谦益这种严谨的批判精神。

（二）对《列朝诗集》选录、考证的指瑕和修正

明代文人吴明济（字子鱼）于1598年、1599年赴朝，分别从许筠、尹根寿、李德馨（1561—1613）处得到新罗至朝鲜朝共百余家诗人的作品，历时数月辑成《朝鲜诗选》。当然，在这种特殊的条件下，准确、客观、公平地选录诗歌、评价诗人是很难做到的。钱谦益编选《列朝诗集》"朝鲜诗"这一部分时，用了很多笔墨叙述这个过程，所以他选诗的过程中很有可能重点参考了《朝鲜诗选》，或者部分诗歌以《朝鲜诗选》为底本，这就难免会出现错误。正是因为重视，朝鲜诗家才会严格要求，指出了《列朝诗集》在选录、考证方面的一些不足。

南九万《题〈林碧堂七首稿〉后》一文认为，《列朝诗集》所选的俞汝舟妻的三首诗不是其佳作，并顺势指出了《列朝诗集》和《名媛诗归》"张冠李戴"的问题：

> 俞君又寄示《林碧堂七首稿》一册。首书七言绝二首，即《枕角诗》也。……末书五言律一首、五言绝二首，出皇明遗老钱牧斋谦益所辑《列朝诗集》。《枕角诗》词致最雅正。……至若牧斋所编三首，声响稍促、辞采稍浮，且《贫女吟》、《贾客词》皆蹈袭古人之陈语。其视《枕角诗》即事赋怀、悠然自得者，不啻径庭矣。且余曾入燕馆，得《名媛诗归》一帙。其中亦载夫人《杨柳词》二首，流于巧丽，殊乏风雅本色，固已疑之矣。更考《列朝诗集》，词之其一"条妒纤腰叶妒眉"则以为朝鲜妇人成氏之作，其二"不

---

① 金万重认为是其弟许筠编辑许楚姬诗歌时所为，而钱谦益不知此事。
② 〔朝〕李德懋：《青庄馆全书Ⅱ》（《影印标点 韩国文集丛刊》第258辑），汉城，韩国民族文化推进会，2000年，第27页。
③ 〔朝〕朴趾源：《燕岩集》（《影印标点 韩国文集丛刊》第252辑），汉城，韩国民族文化推进会，2000年，第280页。

解迎人解送人"则以为兰雪轩许氏之作,而又讥其偷取裴说之词。据此,则其非出于夫人决矣。未知编《诗归》者从何得之,有此错置也。①

李德懋在给李调元的信中也有近似观点:"大抵中国之书,于海外之事,每患纰缪。《列朝诗集》、《明诗综》、《东国小传》考证非不该洽,而亦多颠错。"(《雅亭遗稿》)② 遗憾的是李德懋没有具体指出《列朝诗集》的纰缪还表现在哪里。《列朝诗集》载,许筠(1551—1588)的《感遇》诗曰:"君好堤边柳,妾好岭头松。柳絮忽飘荡,随风无定踪。不如岁寒姿,青青傲穷冬。好恶苦不定,忧心徒忡忡。"③《荷谷集》此诗后注曰:"右诗载明人《列朝诗集》,而不见于遗稿中,姑未可考信。但诗集所附《牵情引》及《镜囊》等词俱在文集,此为可证,然明人之叙官迁、评题多妄云。"④ 因此,这首诗的作者究竟是谁,还是个谜。这样的疑问表明,朝鲜诗家对入选《列朝诗集》的每一首诗都仔细考证过。

一些朝鲜诗家还对入选《列朝诗集》的诗作及作者信息进行了补充或修正,欲与钱氏"共同完善"这部诗集。朝鲜诗人李婷(1454—1488)的七绝《寻花古寺》⑤,《列朝诗集》记作《古寺寻花》,作者记作"婷"⑥。李婷的作品集《风月亭集》1727年刊印时,注者就对作者及诗中的个别字进行了考证与记录,具有版本学和文学史的价值。其曰:

> 春深古寺燕飞飞,深院重门客到稀。我昨(《诗删》作"自",《列朝诗集》作"正")寻花花尽(《诗删》作"已",《列朝诗集》作"尽")落,寻花还为(《诗删》作"作")惜花归。虞山小序

---

① 〔朝〕南九万:《药泉集Ⅱ》(《影印标点 韩国文集丛刊》第132辑),汉城,韩国民族文化推进会,1994年,第454页。

② 〔朝〕李德懋:《青庄馆全书Ⅰ》(《影印标点 韩国文集丛刊》第257辑),汉城,韩国民族文化推进会,2000年,第268页。

③ 〔清〕钱谦益:《列朝诗集》(三)(顾廷龙主编:《续修四库全书》第1624册),上海,上海古籍出版社,2002年,第416页。

④ 〔朝〕许筠:《荷谷集》(《影印标点 韩国文集丛刊》第58辑),汉城,韩国民族文化推进会,1990年,第386页。

⑤ 题下注:"又出《续东文选》、《国朝诗删》及中原钱虞山《列朝诗集》。"

⑥ 〔清〕钱谦益:《列朝诗集》(三)(顾廷龙主编:《续修四书全书》第1624册),上海,上海古籍出版社,2002年,第419页。

曰："《诗选》不载姓氏，应是朝鲜女子云。"《诗选》，即明人吴明济所著《朝鲜诗选》也。盖公之讳似女名，而国朝文字，宗室例不书姓，仍以流入中国，故耳。①

钱谦益没有仔细考证，因此在介绍作者信息时，误将李婷当成了女子，所选之诗也和朝鲜许筠《国朝诗删》的记载有较大出入。对此，《风月亭集》的注者李绹甫、李后夏有理有据地对钱谦益的记载进行了修正（具体经过详载于俞崇《题〈风月亭集〉后》）②。这种修正弥补了钱谦益选诗的不足，也表现了朝鲜诗家对本国文学遗产的负责态度。

朝鲜诗家对《列朝诗集》选录、考证的指瑕和修正，反映了他们对钱谦益这部诗选研究的全面、透彻及一丝不苟的态度。

四、论钱谦益的诗学思想

钱谦益不仅是一位诗文大家，也是一位诗论大家，他的《列朝诗集小传》和散见于文集中的对各代诗歌的评价即是证明。"他在这些诗人小传中也时常表露出他对诗作的深刻理解"（《列朝诗集小传·出版说明》）③，可以说《列朝诗集小传》也包含了钱谦益的诗学思想。朝鲜诗家对此也非常关注，既有积极的肯定，也有严厉的指责。

（一）对钱谦益诗论的肯定

钱谦益的诗学思想是明末清初诗史上的一大关键，他"在诗坛大力导入宋代诗风，融铸异质，求变创新。以沉潜深厚改变浮薄肤浅，以性情为本取代唯务格调，从而形成宏衍阔大的气局，使诗歌创作具有多元组合的美质。钱氏的这一诗学选择开启了清代新诗风"④。因此人们一直视钱谦益为清代宋诗风的先导。此时的朝鲜诗坛，也面临着诗风转换的问题。朝鲜朝初期到中期的诗风经历了由学宋向学唐的演进，18世纪以后，朝鲜汉诗又一次面临着向何处去的抉择。面对中国明清易代、诗风

---

① 〔朝〕李婷：《风月亭集》（《影印标点 韩国文集丛刊（续）》第1辑），首尔，韩国古典翻译院，2005年，第352页。
② 〔朝〕李婷：《风月亭集》（《影印标点 韩国文集丛刊（续）》第1辑），首尔：韩国古典翻译院，2005年，第359页。
③ 〔清〕钱谦益：《列朝诗集小传》，上海，上海古籍出版社，1983年，第2页。
④ 罗时进：《钱谦益唐宋兼宗的祈向与清代诗风新变》，《杭州师范学院学报（人文社会科学版）》2001年6期。

更替的政治和文学格局，朝鲜诗家受国内北学派思想的影响，也开始有意识地学习清诗。作为清代开风气之先的诗人、诗论家，钱谦益的诗学观点和诗论理所当然成为了一些朝鲜诗家关注并积极学习效仿的焦点。

李夏坤《次士复赠别韵寄示》曰："诗道从君细讨论，严刘绳尺幸犹存。评来万古谁能绝，话出深心不肯吞。手眼另将生死判，魔狐终不路歧昏。悠悠江海还孤卧，回首终南月在门。"诗后注曰："近代评诗之善者，莫过严羽卿、刘辰翁。诗家有生话死话者，自元裕之创说，至明钱牧庵尤相述此论，士复深以牧斋所论为诗家之要旨。"① 士复，即李喜之。联系诗作和附注可知：朝鲜诗家李喜之深得钱谦益诗论精髓，主"诗有本"的真情论，性情、世运、学养三者并举，重视诗人学问和真实情感的抒发。从"诗家之要旨"的评价看，李夏坤和李喜之对钱谦益的诗论是肯定的。朴胤源（1734—1799）《杂识》曰："钱牧斋序《大育头陀诗集》：'在其国变后所吟诗曰："满地芦花和我老，旧家燕子傍谁飞。"又一诗曰："宁可枝头抱香死，何曾吹陨北风中。"'其词悲，其节苦，诵之令人感慨。"②《牧斋有学集》的《大育头陀诗序》称："头陀诗《山居》二十首最佳，鲜妍清切，骎骎得剑南句法。衰望巢居，老嘱家祭，亦有放翁之遗忠焉。"③ 朴胤源在称赞诗僧张印顶（大育头陀）的忠孝大节的同时，也间接赞赏了钱谦益的正义情怀和深刻见解。

诗人李学逵肯定了钱谦益对柳如是（1618—1664）、王微（1600—1647）诗歌的评价："新春肠断柳河东，半野探梅笔墨工。更爱王微好诗句，桃花得气美人中。"（《春日读钱受之诗绝句九首》其三）诗后注曰："河东君柳是，字如是，有《半野堂初赠》、《山庄探梅》等诗。递相倡酬，又与姚叔祥论近代词人艳句：'草衣家住断桥东，好句清如湖上风。近日西陵春柳隐，桃花得气美人中。'王微自称草衣道人，其《西湖》诗：'垂杨小苑绣帘东，莺阁残枝蝶趁风。最是西陵寒食路，桃花

---

① 〔朝〕李夏坤：《头陀草》（《影印标点 韩国文集丛刊》第191辑），汉城，韩国民族文化推进会，1997年，第219页。
② 〔朝〕朴胤源：《近斋集》（《影印标点 韩国文集丛刊》第250辑），汉城，韩国民族文化推进会，2000年，第465页。
③ 〔清〕钱谦益：《牧斋有学集》（顾廷龙主编：《续修四库全书》第1391册），上海，上海古籍出版社，2002年，第511页。

得气美人中。'"① 柳如是与王微才色齐名，均名列"秦淮八艳"，钱谦益对她们的诗作评价很高。"草衣家住断桥东"一诗为《姚叔祥过明发堂论近代词人，戏作绝句十六首》的第十二首，钱谦益在此诗的前两句称赞了王微（"草衣道人"），后两句则称赞了柳如是，并直接引用了她的名句"桃花得气美人中"。此句出自柳如是《西湖八绝句》的第一首，李学逵引用时题为《西湖》，而且前两句稍有不同，原诗为"垂杨小苑绣帘东，莺阁残枝未思逢"②。顺治七年（1650）五月，钱谦益作组诗《西湖杂感》，其八曰："西泠云树六桥东，月姊曾闻下碧空。杨柳长条人绰约，桃花得气句玲珑。笔床研匣芳华里，翠袖香车丽日中。今日一灯方丈室，散花长侍净名翁。"其"桃花得句气玲珑"句自注："'桃花得气美人中'，西泠佳句，为孟阳所赏。"③ 可见钱谦益对此句的钟爱。李学逵的诗中直接引用了这句名诗，也是对钱谦益诗鉴水准的肯定。

另外，李学逵的《春日读钱受之诗绝句九首》（其四）云："埽花删竹语常庸，食叶游鱼致暂工。何限名家似此作，错将佳什谱屏风。"④ 此诗针对钱谦益《姚叔祥过明发堂论近代词人，戏作绝句十六首》第十三首⑤（《初学集》卷十七）而发。钱谦益诗作的第一、二句下分别有注："范质公诗'埽花便欲亲苔坐，删竹尝防碍月行'，最为清绝。""余爱杨无补诗'闲鱼食叶如游树，高柳眠阴半在池'之句，尝书之便面。"⑥ "埽花删竹"语出明代诗人范景文（河北吴桥人）的七律《斋中》，"闲鱼食叶"为杨无补警句。钱谦益在诗中称赞了范、杨二人的诗作，而李学逵也用相似的语句（"错将佳什谱屏风"），显然赞同钱谦益的看法。

作为清初诗风的改革者，钱谦益排斥甚至否定了明代的复古派、公

---

① 〔朝〕李学逵：《洛下生集》（《影印标点 韩国文集丛刊》第290辑），汉城，韩国民族文化推进会，2002年，第212页。
② 全国公共图书馆古籍文献编委会编：《柳如是诗文集》，北京，中华全国图书馆文献微缩复制中心，1996年，第133页。
③ 〔清〕钱谦益：《牧斋有学集》（顾廷龙主编：《续修四库全书》第1391册），上海，上海古籍出版社，2002年，第29页。
④ 〔朝〕李学逵：《洛下生集》（《影印标点 韩国文集丛刊》第290辑），汉城，韩国民族文化推进会，2002年，第212页。
⑤ 〔清〕钱谦益《姚叔祥过明发堂论近代词人戏作绝句》（其十三）："埽花删竹吴桥句，食叶游鱼杨补诗。安得屏风谱佳什，且将团扇写清词。"（钱谦益：《牧斋初学集》（一），顾廷龙主编：《续修四库全书》第1389册，上海，上海古籍出版社，2002年，第392页）
⑥ 〔清〕钱谦益：《牧斋初学集》（一）（顾廷龙主编：《续修四库全书》第1389册），上海，上海古籍出版社，2002年，第392页。

安派、竟陵派的创作。如他对竟陵派锺惺的评价：

> 当其创获之初，亦尝覃思苦心，寻味古人之微言奥旨，少有一知半见，掠影希光，以求绝出于时俗。久之，见日益僻，胆日益粗，举古人之高文大篇铺陈排比者，以为繁芜熟烂，胥欲扫而刊之，而惟其僻见之是师。其所谓深幽孤峭者，如木客之清吟，如幽独君之冥语，如梦而入鼠穴，如幻而之鬼国，浸淫三十余年，风移俗易，滔滔不返。余尝论近代之诗，抉擿洗削，以凄声寒魄为致，此鬼趣也；尖新割剥，以噍音促节为能，此兵象也。鬼气幽，兵气杀，著见于文章，而国运从之，以一二轻才寡学之士，衡操斯文之柄，而征兆国家之盛衰，可胜叹悼哉！（《列朝诗集小传》"锺提学惺"条）①

正如沈德潜《清诗别裁集》卷一所概括的那样，钱谦益"天资过人，学殖鸿博，论诗称扬乐天、东坡、放翁诸公，而明代如李何、王李概挥斥之；余如二袁、锺谭在不足比数之列。一时帖耳推服，百年以后，流风余韵犹足眘人也"②。而这种倾向也影响到了朝鲜的诗人和批评家。如正祖李祘论诗曰：

> 诗者，关世道、系治忽。隽永冲瀜者，治世中和之音也；春容典雅者，冠冕佩玉之资也；琐碎尖斜者，乱世烦促之声也；幽险奇巧者，孤臣孽子之文也。唐之郊、岛，明之锺、谭，岂非杰然者，而皆予所不取。宋之韩琦，说诗家所不与，而予独取焉。触类于此，则《诗观》所取舍之意可见。……而若孟郊、贾岛、徐、袁、锺、谭四子则不与焉，以其体法寒瘦、音韵噍杀，实非治世之希音。故存拔笔削之际，自以锤秤衮钺寓于其间，此意不可以不知。（《日得录·文学》）③

---

① 〔清〕钱谦益：《列朝诗集小传》，台北，明文书局，1991年，第611页。
② 〔清〕沈德潜：《清诗别裁集》，北京，中华书局，1975年，第7页。
③ 〔朝〕李祘：《弘斋全书Ⅵ》（《影印标点 韩国文集丛刊》第267辑），汉城，韩国民族文化推进会，2001年，第189—193页。

> 明诗取十三人，如徐、袁之尖新巧靡，锺、谭之牛鬼蛇神，固所显黜而痛排。(《〈诗观〉五百六十卷》)①

很明显，李祘所谓的"琐碎尖斜"、"乱世烦促"、"幽险奇巧"、"音韵噍杀"、"尖新巧靡"、"牛鬼蛇神"等对明诗的评语都来源于钱谦益的评价。

一向欣赏钱谦益的李学逵也认为钱谦益对王李、锺谭的批评是比较公正的："列朝诗体近污隆，深识先生笔削工。树帜跨坛病王李，虫吟鬼语谢谭锺。"(《春日读钱受之诗绝句九首》其七)诗后有注："先生选定《列朝诗集》，上自洪武，下逮崇祯，二百七十年中凡以诗名者无不入选。"② 这段话以明诗的不足为大背景称赞了钱谦益对明代复古派的批判，认为它涵盖范围广、见解深刻、爱憎分明，反映了钱谦益诗评的独到。

李学逵作此诗后的第 4 年（1803 年，癸亥），洪奭周也充分肯定了钱谦益对竟陵派的批判："虞山笔下竟陵评，击节令人碎玉壶。离娄不失秋毫末，问尔能看眉睫无？"③（《读书偶题八首》其六）《孟子·离娄上》云："孟子曰：'离娄之明，公输子之巧，不以规矩，不能成方圆。'"焦循《正义》："离娄，古之明目者，黄帝时人也。黄帝亡其玄珠，使离朱索之。离朱，即离娄也，能视于百步之外，见秋毫之末。"④ 洪奭周认为钱谦益对竟陵派的批判大快人心，其诗歌批评建立在细致观察的基础上，不作空谈，故鲜有人及。

（二）对钱谦益诗论的指责

毫无疑问，钱谦益论明诗的重心是对复古派前后七子和反复古的公安派、竟陵派的批判甚至否定。朝鲜的一些诗人、评论家对此表示理解，但更多诗家则认为钱谦益的批评尺度过严、过于尖锐，甚至有些极端，于是，他们对此提出了异议。

---

① 〔朝〕李祘：《弘斋全书Ⅵ》(《影印标点 韩国文集丛刊》第267辑)，汉城，韩国民族文化推进会，2001年，第512页。
② 〔朝〕李学逵：《洛下生集》(《影印标点 韩国文集丛刊》第290辑)，汉城，韩国民族文化推进会，2002年，第212页。
③ 〔朝〕洪奭周：《渊泉集Ⅰ》(《影印标点 韩国文集丛刊》第293辑)，汉城，韩国民族文化推进会，2002年，第27页。
④ 〔清〕焦循：《孟子正义》(《诸子集成》本)，北京，中华书局，1978年，第278页。

徐宗泰在读过钱谦益的文集后总结说:

> 文有波澜,肆笔成章,且善于形似、曲尽事情,自是皇朝末叶救得文章极弊之大家也。然笔路所溢,喜用古文陈言全句,且多奇僻、鬼怪之语,不可为则。且一生趣向务在轧斥两李与王,故推许荆川与归熙甫固宜,而崇重李西厓过当。如袁小修辈纤靡之文,亦不知其可厌,其见褊矣。论人善则辄以道德称之,序人诗则皆以《风》、《雅》归之,全无绳尺斟裁,此欧、曾诸家所未有也。以是令人见之,只赏其造语文辞而已,自不得信其语。文章虽美,何能信于后世哉?然则殆无异于弇山之浮侈矣。大抵皇明文人习气,夸且尚谀甚,都不免此。(《钱牧斋集》)①

徐宗泰的这段评论较为客观。他首先肯定了钱谦益是矫正明末文风之弊的大家,但也指出了钱氏创作的瑕疵。接下来,徐宗泰指出了钱谦益论诗论人方面尺度不精的问题,或者推崇过当近乎奉承,或者贬抑过低一概抹杀,两种态度都不够准确客观。因此,徐宗泰尽管比较欣赏钱谦益的诗文,但对其评诗论人却不认同。

李宜显和柳得恭对钱谦益论诗也提出了异议。李宜显直接指出钱谦益对前后七子"掊击过酷":"……牧斋素不喜王、李诗学,掊击过酷,故北地、沧溟、弇园诸作所录甚少。"(《陶峡丛说》)② 柳得恭《题沈碻士〈国朝诗别裁〉四首》(其一)曰:"绛云楼选太昂低,同辈锺谭抹杀齐。半句自家书得否,姓名留冠别裁题。"③ "绛云楼选"指钱谦益的《列朝诗集》。柳得恭的态度也很明确,他认为钱氏选诗尺度过严,对竟陵派锺、谭的创作完全抹杀不够恰当。

1783 年(朝鲜正祖七年,清乾隆四十八年)8 月 27 日,朝鲜文人李晚秀(1752—1820)与中国文人张裕昆笔谈,问答中提及钱谦益:

---

① 〔朝〕徐宗泰:《晚静堂集》(《影印标点 韩国文集丛刊》第 163 辑),汉城,韩国民族文化推进会,1996 年,第 238—239 页。
② 〔朝〕李宜显:《陶谷集Ⅱ》(《影印标点 韩国文集丛刊》第 181 辑),汉城,韩国民族文化推进会,1997 年,第 450—451 页。
③ 〔朝〕柳得恭:《泠斋集》(《影印标点 韩国文集丛刊》第 260 辑),汉城,韩国民族文化推进会,2000 年,第 24 页。

余阅案上有沈碻士《说诗粹语》（注："粹"当作"晬"）一卷，问曰："沈是近来人否？"书答曰："归愚江南老名士，论诗颇好。"张指卷中语牧斋处书曰："牧斋持论不公，专为门户起见。"余答曰："牧斋每诋王李，而李则未可知，王则何可当也？弇山虽在唐宋，必不可寂寥。"（《輶车集》）①

李晚秀赞同张裕昆对钱谦益"持论不公"的评价，认为钱谦益对王世贞的诋毁有门户之见，因为在李晚秀看来，王世贞即使在唐宋也应是一位引人注意的诗文大家。朝鲜朝后期诗人洪翰周在送别友人出使中国时也说："虞山选笔亦阿私，掊击弇沧不复疑。自是世间无绝响，清词丽句属南施。"（《送权史野大肯以副行人赴燕》其九）② 洪氏认为钱谦益对王世贞、李攀龙批评过于严格，已经转变为了压制、打击，这种批评导向使得此后再也没有出现后七子那样的佳作，而清词丽句派施闰章却成了诗坛的主宰。

朱彝尊、四库馆臣等早已指出钱谦益论诗"多主门户之见"（《跋〈名迹录〉》）③，朝鲜诗家的观点也是如此。这些对钱谦益的指责说明，朝鲜诗家推崇但不迷信钱谦益这样的权威，他们亦具只眼，亦有公正的诗心。由此，朝鲜诗坛的批评特色也可见一斑。

朝鲜诗家一向主张"知人论世"，他们在接受与评论钱谦益的作品时尤其注意了这一点。多数诗人因钱谦益明亡后事清的行为而失望，认为他没有民族气节，人格低下。从前面所引的几则资料可以看出，钱谦益的诗歌也因此受到朝鲜诗人的指责甚至否定。而还有诗家认为钱谦益贬低了朝鲜诗人的创作，不希望中国诗人与之交流，这也是其人品低下的表现。鉴于这两方面原因，以下几位诗人的批评更为激烈。

李夏坤首先对钱谦益看不起朝鲜诗人表示不满，他的《送日本上使洪士能致中序》曰："昔钱虞山戒皇朝学士，勿轻与东人酬答。夫以我朝事大之礼，东槎诸公慕华之诚，中州人尚疑之如此，况岛夷诡诈百出

---

① 〔韩〕林基中编：《燕行录全集》（第60册），汉城，东国大学校出版部，2001年，第423页。
② 〔朝〕洪翰周：《海翁藁》（《影印标点 韩国文集丛刊》第306辑），汉城，韩国民族文化推进会，2003年，第377页。
③ 〔清〕朱彝尊：《曝书亭集》，上海，世界书局，1937年，第528页。

者乎？"① 李夏坤就事论事，没有提及钱谦益降清之事。而实学派人物朴趾源在《热河日记》中不仅认为钱谦益的人格低下，也将批判范围扩展到钱谦益对朝鲜诗文成就的鄙薄与抹杀：

> 钱牧斋谦益，字受之。其身世半华半胡，其文章半儒半佛。其名节扫地，终不免浪子之号。上愧其师孙高阳承宗，下愧其弟子瞿留守式耜，中愧其妻河东君柳如是。……我朝忠顺皇明，且将三百年，一心慕华，尤贤于胜国。而东林一队辄不悦朝鲜，钱牧斋为东林党魁，则以鄙夷我东为清论，可胜愤惋耶？至于东国诗文，则尤为抹杀。其跋《皇华集》曰："本朝侍从之臣奉使高丽，例有《皇华集》。此则嘉靖十八年己亥，上皇天上帝泰号、皇祖皇考圣号，锡山华修撰察颁诏、播谕而作也。东国文体平衍，词林诸公不惜贬调就之，以寓柔远之意，故绝少瑰丽之词。若陪臣篇什，每二字含七字意，如'国内无戈坐一人'者，乃彼国所谓'东坡体'耳。诸公勿与酬和，可也。"我东文体，诚如所论，而何乃卑薄若是？吾故详录之，以见牧斋毁我异于东坡。（《铜兰涉笔》）②

朴趾源首先指责了钱谦益不保名节、投降清朝的行为，认为其愧对于师友、亲人，然后又对钱谦益基于政治立场贬低朝鲜文人的创作表示了极大的不满。此后的朝鲜文人也基本持这一观点，如洪直弼《答李子冈》一文云：

> 斯人也，以堂堂天朝之大臣，年位俱高，余生何惜？而不能办一死，苟活空门，至受伪爵，竟至于千亿化身，安得免法义之诛乎？其师则孙高阳、其弟则瞿稼轩也，两公杀身成仁，其名争光日月，而斯人处两者之间，丧义失节至于斯极，独不愧师生乎？大质既亏，其雕虫小技亦曷足道哉？③

---

① 〔朝〕李夏坤：《头陀草》（《影印标点 韩国文集丛刊》第191辑），汉城，韩国民族文化推进会，1997年，第490页。
② 〔朝〕朴趾源：《燕岩集》（《影印标点 韩国文集丛刊》第252辑），汉城，韩国民族文化推进会，2000年，第330—331页。
③ 〔朝〕洪直弼：《梅山集Ⅰ》（《影印标点 韩国文集丛刊》第295辑），汉城，韩国民族文化推进会，2002年，第238—239页。

洪直弼犀利地批评了钱谦益的丧义失节，进而否定了钱氏的创作成就。

比较而言，下面几位诗家对钱谦益虽然不满，但对其人其诗的态度相对温和一些，表述也甚为理性。金泽荣（1850—1927）《和黄瑷季方（梅泉弟）赠诗》曰："呜呼万事皆有命，勿用恻恻烦中腔。且须拣兄好著作，蝇头速写晖连缸。使我洗手传天下，虞山诸人折慢幢。"诗后有注："钱谦益送钦使至朝鲜文曰：'慎勿与高丽人作诗。高丽诗每三字含七字意，渠所谓学"东坡体"者是也。'盖钱偶见东诗之恶者，而不知东诗不尽如此也。"① 金泽荣首先勉励黄瑷要向其兄黄玹（梅泉）学习，努力创作，争取使钱谦益等傲慢之人改变对朝鲜汉诗的态度和看法，甚至折服于朝鲜的汉诗。在诗后注中，他又比较客观地分析了钱谦益贬低朝鲜文人创作的原因，表现了一位出色评论家的气度。

朝鲜朝后期诗人李建昌在《题〈有学集〉后》组诗中，首先明确了钱谦益对自己创作的影响，然后客观描述了钱谦益的创作和失节的始末：

> 四十年来苦学诗，何曾梦见杜陵为。
> 剑南广博遗山峻，不讳钱翁是本师。
>
> 岂必文章异立身，故应德艺不相伦。
> 可怜得失千秋事，付与悠悠咏史人。
>
> 大洪党籍稚绳门，后出堂堂又稼轩。
> 可是皇天遗此老，长教一笑满乾坤。
>
> 文华殿里抗乌程，宗伯园中媚士英。
> 半壁山河王气尽，那能不急要功名。
>
> 老年丝竹似无愁，婢作夫人且莫羞。
> 但使周侯能骂贼，凤衰河曲尽风流。
>
> 手写降书墨未干，一番僧服一番官。

---

① 〔朝〕金泽荣：《韶濩堂集》（《影印标点 韩国文集丛刊》第347辑），汉城，韩国民族文化推进会，2005年，第202页。

两朝领袖犹奢阔，止竟袈裟罩得难。

憍气浮名易被谩，自知更较识人难。
江河不废虞山集，留作谁家榜样看。①

他认为钱谦益的变节丧义有着深刻、复杂的背景和原因，评论者不能因人格问题而抹杀了其文学功绩。这说明朝鲜诗家对钱谦益及其诗歌的评价越来越理性，具有辩证的色彩。

总而言之，钱谦益的诗学思想和诗歌创作在中国文学史上具有重要的地位，并对朝鲜的汉诗创作和诗歌理论产生了很大影响。总体上，朝鲜诗家没有因人废文，而是关注其诗歌蕴藏的真情实感，对他的优秀诗歌持肯定态度，并对其诗选、诗论进行了较为客观的褒贬。这种接受与评价对两国的诗学发展都有积极的促进作用。

第二节　朝鲜诗家论神韵派王士禛诗歌

随着康熙帝的文治武功，清朝日趋兴盛，新一代诗人也逐渐登上诗坛。他们大多成长在清初，或者在清代步入仕途，其政治立场大都在清王朝一边，是真正意义上的"国朝"诗人。这些诗人以"清初六大家"为代表，包括"南施北宋"（施闰章、宋琬）、"南朱北王"（朱彝尊、王士禛）、"南查北赵"（查慎行、赵执信）。在"六大家"中，朝鲜诗家对神韵派王士禛诗歌的关注和评论最多。

王士禛（1634—1711），因避讳当时也写作"王士祯"，字子真，一字贻上，号阮亭，别号渔洋山人、蚕尾老人，山东新城人。他出身世代仕宦之家，顺治进士，官至刑部尚书。一生创作诗歌三千余首，分别收录于《渔洋集》、《渔洋续集》、《南海集》、《蚕尾集》、《蜀道集》、《蚕尾后集》等诗集。他在诗歌理论和创作实践上以神韵为宗，创立了清前期的"神韵派"，在很大程度上摆脱了"唐宋之争"。继钱谦益倡导宋元诗风、促进明诗风气转变之后，王士禛的"神韵说"又使清诗朝着自由

---

① 〔朝〕李建昌：《明美堂集》（《影印标点 韩国文集丛刊》第349辑），汉城，韩国民族文化推进会，2005年，第79页。

抒发个性的方向进一步发展。康熙看准了"神韵"诗对淡化家国之恨、缓和民族对立情绪的微妙作用,对王士禛的诗作褒奖有加,因此神韵诗被视为"盛世元音"的象征。王士禛本人自然也就成了康熙时代文学的"一代正宗",主持文坛数十年。

在朝鲜各类文献中,论及王士禛及其诗歌、理论的内容非常多。朝鲜诗家极力推重王士禛的地位和作用,对其诗歌境界和技法赞叹不绝,和韵、效仿之作也不计其数。其根本原因是,"神韵"诗保存了汉文化的传统,维护了汉族文人的自尊与自信,同时又没有直接对清朝的统治提出异议,这也十分符合此时朝鲜士人的心态。明朝覆亡之后,随着清代社会的安定繁荣,国力日益强盛,朝鲜统治集团内部"北伐"动议渐弱、"北学"的呼声日高。此时,王士禛标举"神韵"诗风,其诗清远冲淡、自然入妙,对学唐宋诗不得要领的错误倾向起到了很强的纠正作用。在厌倦了明代后期纤弱诗风的朝鲜诗家看来,王士禛的诗作代表了中华传统诗歌的正脉。于是,他们在欣赏明清之际激越啸呼的遗民诗篇之后,又继而推许康熙诗坛恬淡清响的"神韵"之音。

一、王士禛诗作的东传及影响

《带经堂集》是王士禛神韵说的代表作,是其一生诗作的精华荟萃。该集包括《渔洋集》、《蚕尾集》、《蚕尾续诗文》三部分,共 92 卷,于康熙五十年(1711)由王士禛的弟子程哲刻成。王士禛诗作的东传就以《带经堂集》为标志,朝鲜诗家对这部诗集非常关注。

(一) 王士禛诗作东传的大体时间

李德懋《清脾录》"王阮亭"条云:"《陶谷李相国集》始现《蚕尾集》(王士禛著),而不知其诗之如何。李槎川尝得邵子相选本三册,而为帐中之秘。故槎川之诗能脱凡陋之习,良有以也。槎川没后数十年,其书流落,为薑山所藏。《带经堂全集》之来东才二十余年,而藏之者不过二三家,亦不识其为何人。"①"《陶谷李相国集》始现《蚕尾集》",此语可能源于李宜显《壬子燕行杂识》或《陶峡丛说》中的相关记载。李宜显 1732 年赴北京,购回图书多部,《壬子燕行杂识》对此有详细

---

① 〔朝〕李德懋:《青庄馆全书Ⅱ》(《影印标点 韩国文集丛刊》第 258 辑),汉城,韩国民族文化推进会,2000 年,第 47 页。

记载：

> 所购册子：《宋史》一百卷，《纪事本末》六十四卷，《凤洲纲鉴》四十八卷，《元史》五十卷，《太平广记》四十卷，《元文类》、《三国志》并二十四卷，《草庐集》二十卷，《西陂集》十六卷，《古今人物论》十四卷，《陆宣公集》、《宗忠简集》、《许文穆集》并六卷，《高皇帝集》五卷，朱批《诗经》、《蚕尾集》并四卷，《岳武穆集》三卷，《罗昭谏集》、《万年历》并二卷。①

这可能是朝鲜官方购买王士禛著作的最早记录。而李宜显的《陶峡丛说》则可能是私人收藏王士禛著作的最早记录："清人文不多见，大率诗文绵弱，余已论之于前矣。文集之在余书橱者：尤侗《西堂集》、宋荦《西陂集》、王士禛《蚕尾集》、徐嘉炎《抱经斋集》，又有《愚斋集》、《稼书集》入《理学全书》中。"② 据李德懋所说 "《带经堂全集》之来东才二十余年"，而《清脾录》初稿约成于 1777 年③，可见王士禛《带经堂全集》刻成约 40 年后（18 世纪 50 年代初期或中期）传入了朝鲜，而在此之前的 20 年（即 1732 年），《蚕尾集》就传到了朝鲜。而作于 1691 年（康熙三十年）的《池北偶谈》、成书于 1705 年（康熙四十四年）的《香祖笔记》也很可能在这一时期传入了朝鲜。

在此后的一百多年里，王士禛的诗集、诗话通过朝方购买、抄写以及中方赠送等方式大量传入朝鲜半岛。如朝鲜后期诗人申纬 1827 年（丁亥）曾作诗《次韵南雨村进士寄示春日山居绝句十五首》，其八曰："香初刘勰笈，茗半阮亭诗。非为奇书故，难忘美人贻。"诗后注曰："往年入燕，吴中书思权赠刘勰《文心雕龙》四册，周教习达赠王贻上《蚕尾集》一部。"④ 申纬深情回忆了当年（1812，清嘉庆十七年）中国学者赠给自己《蚕尾集》一事。我们据此可以想象王士禛作品在朝鲜文人中的

---

① 〔朝〕李宜显：《陶谷集Ⅱ》（《影印标点 韩国文集丛刊》第 181 辑），汉城，韩国民族文化推进会，1997 年，第 502 页。
② 〔朝〕李宜显：《陶谷集Ⅱ》（《影印标点 韩国文集丛刊》第 181 辑），汉城，韩国民族文化推进会，1997 年，第 452 页。
③ 张伯伟：《清代诗话东传略论稿》，北京，中华书局，2007 年，第 110 页。
④ 〔朝〕申纬：《警修堂全藁》（《影印标点 韩国文集丛刊》第 291 辑），汉城，韩国民族文化推进会，2002 年，第 321 页。

深远影响。

（二）王士禛在朝鲜的影响

王士禛的诗集传入朝鲜半岛后，很快在那里广泛传播和流行起来，受到文人的热切关注，对朝鲜的汉诗发展产生了很大影响。

1. 李德懋与朝鲜的"王士禛热"

王士禛在朝鲜的影响首先应归功于学者李德懋，他既是王士禛的崇拜者，又是王士禛诗歌的推介者。在朝鲜，"王士禛的诗作与诗论产生巨大影响是从李德懋开始，即李德懋是'神韵说'的重要传播者"①。

李德懋受王士禛的影响非常大，"为诗文以摹拟蹈袭为耻，抒情、造辞惟期毋俗"（李书九《李懋官墓志铭》）②。在题材方面，他的《有怀潘秋庨》（注：潘庭筠亦号"秋䨲居士"，朝鲜文人往往将"䨲"简写作"庨"。又因为"庨"古同"楼"，因此朝鲜文人也称潘作"秋楼"）、《有怀李墨庄》、《有怀李凫塘》、《有怀唐鸳港》等诗仿王士禛的"怀人诗"，他的《论诗绝句三首》③、《论诗绝句，有怀筱饮、雨村、兰坨、薑山、泠斋、楚亭十首》④ 以及《绝句二十二首》⑤ 中的部分诗作模仿了王士禛的"论诗绝句"（《戏仿元遗山论诗绝句三十六首》）。在诗论方面，李德懋也接受了王士禛的影响，主张融通古今，肯定宋元时代的文学。他"接受王士禛的诗评观念并巧妙地运用到对朝鲜诗人诗作的评论"⑥：对高丽时代著名诗人，他肯定李齐贤，否定李奎报（1168—1241）；对本朝诗人，他热情地将李书九比作"朝鲜的王士禛"，将柳得恭比诸清初的"江左三大家"。

李德懋的诗话《清脾录》专设"王阮亭"条，详细描述了王士禛及

---

① 徐东日：《李德懋文学研究——兼与中国文学相比较》，延边大学博士学位论文，2002年，第103页。
② 〔朝〕李书九：《惕斋集》（《影印标点 韩国文集丛刊》第270辑），汉城，韩国民族文化推进会，2001年，第200页。
③ 〔朝〕李德懋：《青庄馆全书Ⅰ》（《影印标点 韩国文集丛刊》第257辑），汉城，韩国民族文化推进会，2000年，第191页。
④ 〔朝〕李德懋：《青庄馆全书Ⅰ》（《影印标点 韩国文集丛刊》第257辑），汉城，韩国民族文化推进会，2000年，第192页。
⑤ 〔朝〕李德懋：《青庄馆全书Ⅰ》（《影印标点 韩国文集丛刊》第257辑），汉城，韩国民族文化推进会，2000年，第193页。
⑥ 徐东日：《李德懋诗歌与中国文学关系探析》，《外国文学研究》2005年第4期。

其诗作在朝鲜的具体影响：

> 余酷嗜贻上诗，尝以为非徒有明三百年无此正声，求诸宋、元，亦罕厥俦，虽上跻唐家极盛之际，必不下于岑、储、韦、孟之席，知诗者亦不以为过也。薑山为诗，心摹力追，登堂入室，余尝推毂为"东国渔洋"，以赠诗曰："薑山明澹且研哀，伪体诗家别有裁。眉宇上升书卷气，渔洋流派海东来。"……《带经堂全集》之来东才二十余年，而藏之者不过二三家，亦不识其为何人。余尝从人借读，洋洋巨观，目瞠舌呿，自恨相见之苦晚。于是有诗曰："好事中州空艳羡，尧峰文笔阮亭诗。"遂詑张夸震于泠斋、薑山、楚亭诸人，举皆咀嚼浓郁，耳濡目染。流波所及，能知有王渔洋于天壤间者亦稍稍相望也。今仅五六年，其表章之功余亦不让焉。故薑山有诗曰："俗子雌黄巧索瘢，风怀萧飒不成看。中州胜事谁空羡，愁杀东邻李懋官。"①

李德懋认为王士禛之诗是有明三百年来无人可比的诗坛正声，优于宋元，甚至可以和唐诗相媲美。他借阅了王士禛的作品后被深深折服而由衷赞叹，于是称王士禛为"海内诗宗"（《清脾录》"王阮亭"条）② 和"清初第一大家"（《天涯知己书》）③。他还和诗友潜心研摩，细细体味，有"好事中州空艳羡，尧峰文笔阮亭诗"（《秋日读〈带经堂集〉》）④ 之共同感慨。当发现朋友李书九"心摹力追"王士禛时，李德懋便赞其为"东国渔洋"。

李德懋不仅将王士禛的诗歌视为珍宝，还抓住一切机会积极向友人柳得恭（泠斋）、李书九（薑山）、朴齐家（楚亭）等人推介。他在致李书九的诗中就提及并推荐了王士禛的创作：

---

① 〔朝〕李德懋：《青庄馆全书Ⅱ》（《影印标点 韩国文集丛刊》第 258 辑），汉城，韩国民族文化推进会，2000 年，第 47—48 页。
② 〔朝〕李德懋：《青庄馆全书Ⅱ》（《影印标点 韩国文集丛刊》第 258 辑），汉城，韩国民族文化推进会，2000 年，第 46 页。
③ 〔朝〕李德懋：《青庄馆全书Ⅲ》（《影印标点 韩国文集丛刊》第 259 辑），汉城，韩国民族文化推进会，2000 年，第 132 页。
④ 〔朝〕李德懋：《青庄馆全书Ⅰ》（《影印标点 韩国文集丛刊》第 257 辑），汉城，韩国民族文化推进会，2000 年，第 171 页。

> 扶桑若荠国如萍，幸为识字男儿身。
> 玩亭偏锺英秀气，无乃长白山降神。
> 新城带经堂潇洒，秀水曝书楼嶙峋。
> 登楼上堂步武高，惟君庶几斯二人。
> 由来嚆矢即老夫，窃比雪楼之谢榛。
> 近闻吴蜀出才子，宗王祢朱坛坫新。
> 前茅博洽雨村李，后劲俊逸秋庫筠。
> 左拍右把两词伯，遮莫退让甘仆臣。
> 锡鬯贻上合为一，快倒书廪倾诗囷。
> 亭林逸民夷齐流，榕村学士程朱邻。
> 我爱伊人读其书，津津又向知己陈。
> 子试心摹手追来，莫恨枯死沧海滨。
> 海滨僻矣云谁知，慎勿夸人人应嗔。

(《长句赠薑山》)①

从"玩亭②偏锺英秀气"、"新城带经堂潇洒"可知李德懋十分欣赏王士禛的创作。从"我爱伊人读其书，津津又向知己陈"可见李德懋也很愿意向知己李书九推荐王士禛的作品。而朋友们也非常愿意接受李德懋的建议，纷纷阅读、研习王士禛的诗歌，效仿王士禛的韵律、诗境（风），并和李德懋一起，以王士禛为参照系，展开了对中朝诗歌的热烈讨论。他们在当时的朝鲜诗坛具有很大的影响，正是他们的努力形成了半岛评述、模仿王士禛诗歌的潮流，形成了"王士禛热"。

2. 众多的集句、次韵和引用

李学逵以集句诗的形式向王士禛致敬，他的《感事集句》③诗其四、其五、其八曰：

---

① 〔朝〕李德懋：《青庄馆全书Ⅰ》（《影印标点 韩国文集丛刊》第257辑），汉城，韩国民族文化推进会，2000年，第195页。
② 李书九号"惕斋"、"薑山"，又号"席帽山人"、"素玩亭"。
③ 〔朝〕李学逵：《洛下生集》（《影印标点 韩国文集丛刊》第290辑），汉城，韩国民族文化推进会，2002年，第393页。

> 堁地烧香闭合眠（宋秦观），暗虫唧唧夜绵绵（唐白居易）。
> 似闻一语分明寄（清王士禛），只是当时已惘然（唐李商隐）。
>
> 一错谁能铸九州（清王士禛），多悲多恨谩悠悠（唐权审）。
> 凭谁解释春情重（元杨维桢），只有空床敌素秋（唐李商隐）。
>
> 无计忘忧只杜康（清王士禛），离人到此倍堪伤（唐罗邺）。
> 此情不语何人会（唐白居易），只有醒时觉异乡（宋李觏）。

其中"似闻一语分明寄"、"一错谁能铸九州"、"无计忘忧只杜康"三句诗依次出自王士禛的《花烛词三首戏为钝翁赋》（其三）（《渔洋续集》卷十二）①、《悼亡诗三十五首（哭张宜人作）》（其一）（《渔洋续集》卷十）②、《祁县饮酒》（《渔洋续集》卷三）③。

李德懋等人及其之后的一些诗人广泛学习王士禛，次韵也是重要的方式之一。如朴齐家的《纶庵兄弟及鹿隐来访，次渔洋》曰：

> 方袍潇洒倚松根，痴对秋空去雁痕。
> 公道分明惟白发，夕阳惆怅近黄昏。
> 数家砧杵连沙岸，几树垂杨护石门。
> 笑拂书尘迎旧雨，晴窗脉脉蠹鱼奔。④

此诗次王士禛的《晚登焦山》（《渔洋诗集》卷八），王诗曰：

---

① 〔清〕王士禛《花烛词三首戏为钝翁赋》（其三）："嬴女吹箫引凤雏，莫将缣素怨狂夫。似闻一语分明寄，我见犹怜况老奴。"（王士禛：《渔洋诗集》，《四库全书存目丛书》编纂委员会编：《四库全书存目丛书》集部第226册，济南，齐鲁书社，1997年，第816页）

② 〔清〕王士禛《悼亡诗三十五首（哭张宜人作）》（其一）："一错谁能铸六州，藁砧无复忘刀头。当年对泣人何在，独卧牛衣哭暮秋。"（王士禛：《渔洋诗集》，《四库全书存目丛书》编纂委员会编：《四库全书存目丛书》集部第226册，济南，齐鲁书社，1997年，第787—788页）原句为"六州"，李学逵作"九州"。

③ 〔清〕王士禛《祁县饮酒》："种秫常思住醉乡，葡萄未肯博伊凉。拍浮便可称名士，潦倒真须号渴羌。投老欲从田父饮，开封聊对马军尝。滑稽莫作鸱彝笑，无计忘忧只杜康。"（王士禛：《渔洋诗集》，《四库全书存目丛书》编纂委员会编：《四库全书存目丛书》集部第226册，济南，齐鲁书社，1997年，第731页）

④ 〔朝〕朴齐家：《贞蕤阁集》（《影印标点 韩国文集丛刊》第261辑），汉城，韩国民族文化推进会，2001年，第507页。

长松古竹覆山根,小艇探幽破藓痕。
枯木堂中斋磬晚,水晶庵外大江昏。
洞开三诏临青壁,浪打双峰蠚海门。
醉下高岩寻瘗鹤,寒涛激石暮崩奔。①

此外,赵秀三有《晓日用渔洋〈竹林寺〉韵》,此诗次王士禛的《竹林寺》(《渔洋诗集》卷八)②;李学逵有《西园小集,次王阮亭〈岳下〉韵》,此诗次王士禛的《岳下作二首》(其二)(《渔洋诗集》卷二十二)③;赵寅永有《夏日吟病,遇终南诗友拈王渔洋韵》(其三),此诗次王士禛的《丙子春奉命祭告西岳、西镇、江渎,出都却寄李容斋相国、郑说崿司徒、彭羡门少宰四首》(其四)(《雍益集》)④;洪翰周有《州西十里有南长寺,携衙中诸君往游赏春,次王渔洋韵》,此诗次王士禛的《山中寄子侧,时阻雨浒墅舟次》(《渔洋诗集》卷九)⑤;申佐模(1799—1877)有《东峡纪行,赏雪轩拈渔洋韵,韩老樵、石蕉共赋》,此诗次王士禛的《寄严州》(《渔洋诗集》卷十一)⑥;他还有《江行,

---

① 〔清〕王士禛:《渔洋诗集》(《四库全书存目丛书》编纂委员会编:《四库全书存目丛书》集部第226册),济南,齐鲁书社,1997年,第623页。
② 〔清〕王士禛《竹林寺》:"迢迢夹山道,幽幽竹林寺。林公辟山处,泉涧饶古意。钟磬闻诸天,花药覆平地。森梢万竿竹,烟景满空翠。慈乌识禅心,清猿起愁思。平生江海情,萧然但高寄。回首礼白云,何时谢尘累?"(王士禛:《渔洋诗集》,《四库全书存目丛书》编纂委员会编:《四库全书存目丛书》集部第226册,济南,齐鲁书社,1997年,第622页)
③ 〔清〕王士禛《岳下作二首》(其二):"岳路清和候,氤氲望不稀。林园收宿雨,石濑溅人衣。班马红亭渡,溪禽白练飞。买山随处好,终日恋清晖。"(王士禛:《渔洋诗集》,《四库全书存目丛书》编纂委员会编:《四库全书存目丛书》集部第226册,济南,齐鲁书社,1997年,第706页)
④ 〔清〕王士禛《丙子春奉命祭告西岳、西镇、江渎,出都却寄李容斋相国、郑说崿司徒、彭羡门少宰四首》(其四):"年来有味是三乘,著紫伽梨苦未能。此日只如行脚去,归来应似罢参僧。百城烟水云随屦,方丈跏趺雪暗灯。五月岷江新涨阔,朝辞白帝暮江陵。"(王士禛:《雍益集》,《四库全书存目丛书》编纂委员会编:《四库全书存目丛书》集部第227册,济南,齐鲁书社,1997年,第401页)
⑤ 〔清〕王士禛《山中寄子侧,时阻雨浒墅舟次》:"平生兄弟远游心,世外玄栖约共寻。涧道名花任开落,湖天春水半晴阴。何山往事思求点,五岳前期负向禽。遥忆孤篷宿烟雨,青芝南望白云深。"(王士禛:《渔洋诗集》,《四库全书存目丛书》编纂委员会编:《四库全书存目丛书》集部第226册,济南,齐鲁书社,1997年,第629页)
⑥ 〔清〕王士禛《寄严州》:"秋水初波枕畔流,欲将情思寄严州。京江断雁随人远,杜曲浓花入梦愁。夜雨回眸留傅粉,清晨中酒看梳头。富春此去千余里,何处天边风露楼。"(王士禛:《渔洋诗集》,《四库全书存目丛书》编纂委员会编:《四库全书存目丛书》集部第226册,济南,齐鲁书社,1997年,第641页)

次王渔洋〈秦淮杂咏〉二十韵》,此诗次王士禛的《秦淮杂诗十四首》①;李裕元有《咏红蕉,次渔洋山人韵》,此诗次王士禛诗《立斋相国斋中蕉花开,索赋六首》(其一)(《蚕尾集》卷一)②。朝鲜诗人这些诗作所次之诗广泛分布于王士禛的《渔洋诗集》、《渔洋续集》、《雍益集》、《蚕尾集》等著作,由此能够看出他们对王士禛的诗作进行了广泛、深入的研读。

一些诗家对王士禛诗歌词句和典故的引用也是一种仰慕并愿意学习的表现。词句引用如金泽荣《酬沈友卿兼怀屠归甫三首》(其二)曰:"雪苑邹枚惊敏疾,玉台徐庾擅华轻。"③"玉台徐庾擅华轻"就化用了王士禛《催妆诗为屺瞻作二首》(其二)(《渔洋诗集》卷十二)④的"徐庾轻华体"一句。金进洙(1797—1865)的《燕都杂咏》(其十九)曰:"澹云疏雨小姑祠,袅娜轻清是绝奇。选六家中夸第一,果然东国解声诗。"⑤"果然东国解声诗"一句是王士禛《论诗绝句》的原文。

3. 对王士禛其诗其人的追慕

王士禛的诗一扫明季的颓风,给尚处于模拟唐宋阶段的朝鲜诗坛吹来了清新的空气,加上李德懋等著名文人的宣传和倡导,很多朝鲜诗人开始追随王士禛,具体表现为品读其诗篇、追慕其诗风,也关注其影响。如以下李德懋、洪翰周、申佐模几位诗人的学习经历即可证明:

---

① 〔清〕王士禛:《渔洋诗集》(《四库全书存目丛书》编纂委员会编:《四库全书存目丛书》集部第 226 册),济南,齐鲁书社,1997 年,第 227—229 页。
② 〔清〕王士禛《立斋相国斋中蕉花开,索赋六首》(其一):"汉主初开扶荔宫,甘蕉花入上林红。今朝独乐园中见,始信稣含状最工。"(王士禛:《蚕尾集》,《四库全书存目丛书》编纂委员会编:《四库全书存目丛书》集部第 227 册,济南,齐鲁书社,1997 年,第 205 页)
③ 〔朝〕金泽荣:《韶濩堂集》(《影印标点 韩国文集丛刊》第 347 辑),汉城,韩国民族文化推进会,2005 年,第 208 页。
④ 〔清〕王士禛《催妆诗为屺瞻作二首》(其二):"侬住青溪岸,新欢白石郎。魂销三阁曲,水学九曲肠。徐庾轻华体,齐梁浅淡妆。春来双燕子,先到莫愁堂。"(王士禛:《渔洋诗集》,《四库全书存目丛书》编纂委员会编:《四库全书存目丛书》集部第 226 册,济南,齐鲁书社,1997 年,第 648 页)
⑤ 〔朝〕金进洙:《莲坡诗钞》(《影印标点 韩国文集丛刊》第 306 辑),汉城,韩国民族文化推进会,2003 年,第 230 页。

> 顾影萧萧斗室空，阮亭冰叔对书中。
> 腐谭姑许虾髯客，呆态难禁鳌欸翁。
> 有口何尝餐细菊，开眸元不赏妍枫。
> 此君纵卤犹真意，胜似京城冶貌童。
>
> （李德懋《田舍读〈筪衍集〉》）①

> 久涝淋霪，起居万重。仆为盛燺所侵，形役少弛，辄颓卧噇呓，无所用心于诸家，独抱王阮亭、汪钝翁数诗以自遣，亦足适也。
>
> （洪翰周《与蕙泉书》）②

> 不复韶华映肉红，余生甘作啖书虫。
> 斋居似舫依萍上，世事如棋玩橘中。
> 老去浮沉情渐懒，向来得失境全空。
> 评诗且好闲消遣，看罢渔洋又石公。
>
> （申佐模《次北山轴中韵寄诸公·自属》）③

这三位诗人闲来读书，以赏读王士禛的诗歌作为消遣之乐，其对渔洋诗歌的心仪之情溢于言表。而更多的朝鲜诗人则在创作中进一步学习、借鉴王士禛的诗风，以下举数例。

李德懋认为李书九的诗明澹文雅，有别于当时朝鲜诗坛模拟唐宋的主调，开创了朝鲜汉诗的新局面，恰似王士禛诗歌在中国诗坛的崛起和示范作用。他的《雅亭遗稿》有诗曰《长句赠薑山》："新城带经堂潇洒，秀水曝书楼嶙峋。登楼上堂步武高，惟君庶几斯二人。由来嚆矢即老夫，窃比雪楼之谢榛。……锡邕贻上合为一，快倒书廪倾诗囷。"④ 其《清脾录》"薑山"条亦载："余尝叹其典裁如王渔洋，淹雅如朱竹坨。

---

① 〔朝〕李德懋：《青庄馆全书Ⅰ》（《影印标点 韩国文集丛刊》第257辑），汉城，韩国民族文化推进会，2000年，第180页。
② 〔朝〕洪翰周：《海翁藁》（《影印标点 韩国文集丛刊》第306辑），汉城，韩国民族文化推进会，2003年，第439页。
③ 〔朝〕申佐模：《澹人集》（《影印标点 韩国文集丛刊》第309辑），汉城，韩国民族文化推进会，2003年，第299页。
④ 〔朝〕李德懋：《青庄馆全书Ⅰ》（《影印标点 韩国文集丛刊》第257辑），汉城，韩国民族文化推进会，2000年，第195页。

余于薑山无间然云尔,则亦不固让,泠斋、楚亭皆推为铁论。"① 柳得恭也这样称赞李书九的诗作:

> 揭来论诗未曾有,帻沟娄东披荆榛。
> 就中谁欤执耳者,壁垒崭崭旌旗新。
> 渔洋竹坨共配食,快挑商隐与庭筠。
> 风骚博雅交相济,譬如药家参君臣。
> 《带经》、《曝书》君皆有,愿言沾灌时倾囷。
> ……
> 世人看此未必解,何怕之有无由嗔。
> （《懋官以渔洋、竹坨拟薑山,薑山谢不敢,作长歌一首,次其韵》）②

李德懋称誉李书九为"东国渔洋",认为其诗作乃"渔洋流派海东来"（《论诗绝句,有怀筱饮、雨村、兰坨、薑山、泠斋、楚亭》）③。李书九也希望自己的创作能延续王士禛的风格:"贻上、薑山俱生甲戌,故薑山有诗曰:'三回花甲始周天,金粟精神降后前。独抱新诗增怅望,奚囊羞写丙申年。'《带经堂集》其首卷所取,断自丙申;薑山《荳浦渔咏》适值丙申,故其诗云然也。"（李德懋《清脾录》"王阮亭"条）④ 另外,李调元认为李书九《望鸭鸥亭》诗"格调似渔洋"⑤。可见,当时王士禛的诗作对李书九产生了强大的吸引力,成为其品鉴、学习的典范。

柳得恭的诗歌创作也从王士禛那里受益很多。如朴趾源在北京琉璃厂与俞世琦的笔谈中所说:

---

① 〔朝〕李德懋:《青庄馆全书Ⅱ》(《影印标点 韩国文集丛刊》第258辑),汉城,韩国民族文化推进会,2000年,第56页。
② 〔朝〕柳得恭:《泠斋集》(《影印标点 韩国文集丛刊》第260辑),汉城,韩国民族文化推进会,2000年,第42页。
③ 〔朝〕李德懋:《青庄馆全书Ⅰ》(《影印标点 韩国文集丛刊》第257辑),汉城,韩国民族文化推进会,2000年,第192页。
④ 〔朝〕李德懋:《青庄馆全书Ⅱ》(《影印标点 韩国文集丛刊》第258辑),汉城,韩国民族文化推进会,2000年,第48页。
⑤ 《韩客巾衍集》卷四（韩国学术情报院藏本,线装,4卷2册,无丝栏,半叶10行21字,注双行）,1777年。

与俞笔语之际，为写柳惠风送其叔父弹素诗："佳菊衰兰映使车，澹云微雨九秋余。欲将片语传中土，池北何人更著书。"……余曰："……阮亭《论诗绝句》：'澹云轻雨小姑祠，菊秀兰衰八月时。记得朝鲜使臣语，果然东国解声诗。'惠风此作，仿阮亭也。"（《热河日记·避暑录》）①

柳得恭此诗完全是模拟王士禛所作，可见这位年轻诗人对王士禛的倾慕之情。此外，柳得恭有著名的《松京杂绝》九首：

门千户万总成灰，剩水残山春又来。
吹笛桥边踏青去，礼成江上打鱼回。

辇路依俙暗紫苔，行人尽解上荒台。
台前倘不徘徊去，只为松京噉炙来。

清溪曲曲石嵯嵯，知道宫中旧浣纱。
素手一双人去后，几番呜咽换新波。

苍苍终古几人看，一片嵯峨蜀莫山。
辽宋金元明使者，于今次第眼光寒。

獭户鹰房蔓草中，宋商蒙使趁烟空。
可怜齐国长公主，环佩声沈竹坂宫。

晚樵青石洞中归，凄咽寒山草叶吹。
犹似当年宵猎罢，一声胡笛凤加伊。

茜裙红袖太憨憨，装束行缠半学男。
误与商人持作妇，楼中夜夜梦江南。

---

① 〔朝〕朴趾源：《燕岩集》（《影印标点 韩国文集丛刊》第 252 辑），汉城，韩国民族文化推进会，2000 年，第 282 页。

爱侬双绶尺来垂，洽过田中白鹭鹚。
寒食归宁罋笠小，芜城疏雨不禁吹。

郎当征铎满通衢，店舍晨鸡喔喔呼。
午正门东灯影乱，小儿叫卖澹婆姑。①

松京（即今天朝鲜开城特级市）又称松都、松岳，曾经是高丽王朝的首都。那里自然景色优美，又有深厚的历史文化底蕴，是朝鲜许多诗人歌咏的对象。柳得恭的这组绝句就描写了那里的自然景观、人文景观和风土人情及生活场景，字里行间流露出对世事变迁以及松都昔日繁华与今日萧条的无限感慨。此前，王士禛曾作《秦淮杂诗》二十首（现存十四首)②，以下依次选录前十首：

年来肠断秣陵舟，梦绕秦淮水上楼。
十日雨丝风片里，浓春烟景似残秋。

结绮临春尽已墟，琼枝璧月怨何如。
惟余一片青溪水，犹傍南朝江令居。

桃叶桃根最有情，琅琊风调旧知名。
即看渡口花空发，更有何人打桨迎？

三月秦淮新涨迟，千株杨柳尽垂丝。
可怜一样西川种，不似灵和殿里时。

潮落秦淮春复秋，莫愁好作石城游。
年来愁与春潮满，不信湖名尚莫愁。

---

① 〔朝〕柳得恭：《泠斋集》（《影印标点 韩国文集丛刊》第 260 辑），汉城，韩国民族文化推进会，2000 年，第 12 页。

② 〔清〕王士禛：《渔洋诗集》（《四库全书存目丛书》编纂委员会编：《四库全书存目丛书》集部第 226 册），济南，齐鲁书社，1997 年，第 227—229 页。

青溪水木最清华,王谢乌衣六代夸。
不奈更寻江总宅,寒烟已失段侯家。

当年赐第有辉光,开国中山异姓王。
莫问万春园旧事,朱门草没大功坊。

新歌细字写冰纨,小部君王带笑看。
千载秦淮呜咽水,不应仍恨孔都官。

旧院风流数顿杨,梨园往事泪沾裳。
尊前白发谈天宝,零落人间脱十娘。

傅寿清歌沙嫩箫,红牙紫玉夜相邀。
而今明月空如水,不见青溪长板桥。

这是一组吟咏金陵古今兴衰及景物的优秀之作。作者借古讽今,有感于明末清初的政治变迁。不难看出,柳得恭的《松京杂绝》和王士禛的这组《秦淮杂诗》都着意感叹历史兴衰、人事变迁,都善用典故、借古讽今,且在题目、内容题材、写景抒情方面都比较相似。所以,《松京杂绝》受《秦淮杂诗》的影响毫无疑问,而柳诗也十分出色。因此,中国学者李调元在阅读《韩客巾衍集》时,评价这组诗作说:"《松京杂绝》凄迷哀艳,千秋绝调,王渔洋《秦淮杂诗》不得擅美于前。"(《〈泠斋集〉评》)① 可见,柳得恭学习王士禛成效显著。

朴齐家诗《嘉山诗姬六娥索诗走笔》曰:"不意勾栏籍,相逢闺集人。图成秋听久,堂号我闻新。锦瑟天边梦,桃花岭底春。风流非负腹,好事莫翻唇。"诗后有注:"余宿宁远州,炎林与驿丞泰(字岱瞻)联车夜至。索近藁,读前诗曰:'渔洋先辈若睹此作,定录上乘。弟等草茅下士,何足重君?'炎林走笔和之,略不构思,又赋一绝云:'客星万里过荒州,倾盖言欢愧莫酬。他日东逯应窃笑,中华二士欠风流。'亦楚楚成

---

① 〔朝〕柳得恭:《泠斋集》(《影印标点 韩国文集丛刊》第260辑),汉城,韩国民族文化推进会,2000年,第3页。

章。(蔡炎林，字曦照，浙江湖州人，时官宁远州佐。)"① 三位文人都倚重王士禛的论诗水准，真实反映了王士禛当时在两国诗坛的重要影响。朴齐家也往往将自己的创作与王士禛相比，如其《有旨书进屏风一事，柳寮为作长歌，遂和其意》一诗曰："渔洋诗句妙天下，信笔往往成诵忆。都将妍丑付来日，挥洒何曾费一刻。铿然掷笔时一笑，天趣还从忙处得。沾沾自喜近中华，掩口不向时人夸。"② 他认为自己的诗歌得王士禛诗之"天趣"，并因此而沾沾自喜。朴齐家曾有组诗《戏仿王渔洋岁暮怀人六十首》③，李德懋评其曰："楚亭之诗，才超而气劲，词理明白，亦能记实。尝仿渔洋山人《怀人绝句》例，为当世所见闻名流贤士作五十余绝句，各取所长，赞美停当。"(《清脾录》"楚亭"条)④ 这说明，朴齐家以王士禛为模仿对象而创作的诗歌在数量、质量上都是可观的。

南公辙也明确表示自己的创作有意模拟王士禛，其《与李元履显绥》一文曰："近读渔洋诗，酷好之，却欲把笔操墨模仿一二，譬如百丈之井，操寻常之绠以汲之，愈读愈不及喘、不可望也，乃知李杜之外别有如此奇种文字。近日学盛唐人何故伎俩如此迂阔，殊可怪叹。菽粟虽常嗜，不信有龙肝、凤髓耶？"⑤ 南氏称王士禛的创作为"李杜之外的奇种文字"，十分稀有，认为寻常的模仿手段不能得其妙处。

王士禛在如皋冒氏水绘园与杜于皇、陈其年等人诗词唱和一事也成为朝鲜诗家引用的典故。金泽荣《酬沙健庵翰林元炳》诗曰："爱君诗笔劲，大半似东坡。俗态羞金粉，高情酹绛河。木瓜难报得，梦锦奈还何。空羡渔洋老，淋漓水绘歌。"⑥ "水绘"即水绘园（庵），是著名文人冒襄的私人园林，清人李斗（1749—1817）《扬州画舫录》卷十《虹

---

① 〔朝〕朴齐家：《贞蕤阁集》(《影印标点 韩国文集丛刊》第261辑)，汉城，韩国民族文化推进会，2001年，第520—521页。
② 〔朝〕朴齐家：《贞蕤阁集》(《影印标点 韩国文集丛刊》第261辑)，汉城，韩国民族文化推进会，2001年，第488—489页。
③ 〔朝〕朴齐家：《贞蕤阁集》(《影印标点 韩国文集丛刊》第261辑)，汉城，韩国民族文化推进会，2001年，第469—474页。
④ 〔朝〕李德懋：《青庄馆全书Ⅱ》(《影印标点 韩国文集丛刊》第258辑)，汉城，韩国民族文化推进会，2000年，第63页。
⑤ 〔朝〕南公辙：《金陵集》(《影印标点 韩国文集丛刊》第272辑)，汉城，韩国民族文化推进会，2001年，第181页。
⑥ 〔朝〕金泽荣：《韶濩堂集》(《影印标点 韩国文集丛刊》第347辑)，汉城，韩国民族文化推进会，2005年，第217页。

桥录（上）》第二十二条云：（冒襄）"家有水绘园。园有逸园、梅塘、湘中阁、洗钵池、玉带桥、寒碧堂、小三吾、小浯溪诸胜。"① 金泽荣诗中所说的"水绘歌"，就是王士禛等人在此处的唱和之作。《同人集》（北京师范大学图书馆藏清康熙冒氏水绘庵刻本）卷三有《秋听图》一文曰："阮亭使君今春修禊水绘庵，倚马成七言古诗十首，中有'碧琉璃上双玉壶，兰桡宛转沿春芜'，又'回溪绿净不可唾，碧萝阴中棹船过'，又有'先生大隐隐城市，万壑千岩窗户里'、'花朝已过上巳来，日坐蜻蜓钓沙尾'诸句，皆洗钵池、小浯溪上一幅真影。新秋客邗，倩戴君葭湄写此清照，颇得余世外秋水神情，因题数语，以见二王诗中有画，并识世谊知己，以付后人。"② "二王"即王士禛及其兄王士禄。冒襄所说的王士禛的"七言古诗十首"③ 就是"水绘歌"的一部分，他在文中所列诗句分别出自此诗第三、第七首的首联以及第六首的颈联、尾联（其中的"蜻蜓"在《带经堂集》中作"蜻蛉"）。这些诗歌叙写了山水庭院之美，表现了与友人畅游吟诵的快意，"淋漓"二字可以说精确概括了其中的风神，朝鲜诗家的欣羡追慕之情也蕴于其间。

很多朝鲜文士将王士禛视为人生及创作的知音，在诗作中屡次提及。如柳得恭《题沈确士〈国朝诗别裁〉四首》（其二）写道："菊秀兰摧九月时，三韩使者等闲诗。沈阳狱里斜阳客，寄语新城知不知。"④ 新城即王士禛故里，诗中的"新城"指王士禛。朝鲜文人在中国也结交了陆飞、陶澍、龚荐庄等学习王士禛的诗友，间接地学习王士禛，可见王士禛在中朝两国文士中的强大号召力。

再如以下几段记载：

---

① 〔清〕李斗：《扬州画舫录》，汪北平、涂雨公点校，北京，中华书局，1997 年，第 225 页。
② 〔清〕冒襄：《同人集》（《四库全书存目丛书》编纂委员会编：《四库全书存目丛书》集部第 385 册），济南，齐鲁书社，1997 年，第 129 页。
③ 载于《同人集》卷七，冒氏家藏原刻本（十二卷）本题作《修禊水绘庵即席分体》，水绘庵刻本题作《如皋上巳，同巢民先生令子谷梁、青若、其年、亦史、山涛修禊水绘庵，即席分体》（〔清〕冒襄：《同人集》，《四库全书存目丛书》编纂委员会编：《四库全书存目丛书》集部第 385 册，济南，齐鲁书社，1997 年，第 288—290 页）。此诗在《带经堂集（十七卷）》题作《上巳，辟疆招同潜夫、其年、亦史、山涛修禊水绘园，即事十首》（〔清〕王士禛：《带经堂集》（一），顾廷龙主编：《续修四库全书》第 1414 册，上海，上海古籍出版社，2002 年，第 123 页）。
④ 〔朝〕柳得恭：《泠斋集》（《影印标点 韩国文集丛刊》第 260 辑），汉城，韩国民族文化推进会，2000 年，第 24 页。

> 筱饮斋诗一卷一百三十八首,柳泠庵选五十一首为《巾衍外集》。余又抄若干首……泠庵柳君评之曰:"清真澹远,洵为渔洋嫡派。"(李德懋《清脾录》"陆筱饮"条)①

> 荇庄诗有自,母家为渔洋。觞我天坛侧,蜡烛吐红芒。各赠通家谱,信誓无相忘。(朴齐家《怀人诗,仿蒋心余·龚荇庄协》)②

> 从子佑曾尝游燕,与陶澍熟。澍,渊明五十九世孙,居在江西,以诗名,学王渔洋者,而云汀其号也。(成海应《题陶澍〈云汀集〉后》)③

> 筠谷何所闻,来寻远方友。可怜悲秋士,萧瑟题秋柳。风调近渔洋,之子首肯否。(李尚迪《怀人诗·李筠谷荣竹》)④

对王士禛的追慕成为中朝两国文人相互交流、彼此认同的良好媒介,他们以渔洋诗风评价友人,共同体味王士禛诗风的巨大魅力,而中朝两国的诗风也在这个过程中悄然发生着变化。

朝鲜诗家对王士禛诗歌的追慕一直持续到朝鲜朝末期,如年轻诗人李夏源(1846—1874,字允三,号藕裳处士),其诗"清远警绝,往往非烟火人口气"(田愚《〈藕裳集〉序》)⑤,金允植(1835—1922)评曰:"藕裳生于黄涧万山之中,无师友讲论之益,宜不免拏陋之讥。而今观其所著遗稿:于文远祖子厚之峭洁,近祢清初诸名家之秀雅;于诗深得王渔洋、宋荔裳之遗则,骨节姗姗,风神翛然,陶洗烹炼,无苟且之

---

① 〔朝〕李德懋:《青庄馆全书Ⅱ》(《影印标点 韩国文集丛刊》第258辑),汉城,韩国民族文化推进会,2000年,第18页。
② 〔朝〕朴齐家:《贞蕤阁集》(《影印标点 韩国文集丛刊》第261辑),汉城,韩国民族文化推进会,2001年,第529页。
③ 〔朝〕成海应:《研经斋全集Ⅶ》(《影印标点 韩国文集丛刊》第279辑),汉城,韩国民族文化推进会,2001年,第238页。
④ 〔朝〕李尚迪:《恩诵堂集》(《影印标点 韩国文集丛刊》第312辑),汉城,韩国民族文化推进会,2003年,第181页。
⑤ 〔朝〕田愚:《艮斋集Ⅱ》(《影印标点 韩国文集丛刊》第333辑),汉城,韩国民族文化推进会,2004年,第200页。

意,岂不异哉?"(《〈李藕裳遗稿〉序》)① 李夏源的诗歌清警脱俗,风神洗练,颇有渔洋风貌,令人称奇。朝鲜末期著名诗人金泽荣的创作也深受渔洋诗风的影响。他的《书周晋琦诗集后》中谈到了中国学者周晋琦对他的评价:"昔余之与君日晤于其家蕉石山房也,谈论问答,乐不可胜。一日君谓余曰:'先生之诗专主生气。'又一日谓曰:'公之诗合王贻上、袁子才二家为一。'又曰:'《方山书寮记》大好。'盖此数言,即余所独自知于心中者。"② 另外,金泽荣《天磨山丹枫歌》诗后附录徐郁(颂阁)诗《题〈沧江稿〉》,徐郁在诗作中认为当时只有金泽荣的诗歌才能继承、发扬王士禛神韵之传统:"十斛珍珠一串成,江天为照笔纵横。砚山竹叶青如滴,五色花从梦里生。翩翩裙屐少年场,百幅诗成字有芒。老辈风流今闃寂,何人神韵继渔洋?"③

另外,这个时期的奎章阁本《东诗丛话(续)》④ 引述了王士禛的40余首诗及其评语,诗作如《葛洪移家图》、《虎丘》、《阊阎》、《题寒山寺(二首)》、《雨夜宿圣恩寺》、《题春申涧》、《秦淮杂绝》、《雨宿山家》、《题石溪和尚画幅》、《题秋柳》、《题香山寺月夜》、《翠微寺》、《题卧佛寺》、《题景陵怀古诗》、《裂帛湖杂咏绝句》、《徂徕怀古诗》、《题华州齐云楼》、《渡灞桥》、《题茂陵》、《马嵬怀古诗》、《题马伏波祠》、《题煎茶坪诗》、《草凉楼》、《题凤县驿》、《在南歧驿馆寄家人》、《故宫曲(二首)》、《题虚谷庵》、《拜杨伯起墓道》、《七盘岭》、《天柱峰》等等,内容准确,注解详细。从总体上看,这些诗歌都是王士禛诗歌的精品,是其诗歌风格的代表之作。

从《清脾录》到《东诗丛话》,从李德懋到金泽荣,朝鲜诗家对王士禛的诗歌非常推崇,留下了很多评论文字,这些都是王士禛诗歌在朝鲜半岛影响的重要证据。

---

① 〔朝〕金允植:《云养集》(《影印标点 韩国文集丛刊》第328辑),汉城,韩国民族文化推进会,2004年,第387页。
② 〔朝〕金泽荣:《韶濩堂集》(《影印标点 韩国文集丛刊》第347辑),汉城,韩国民族文化推进会,2005年,第500页。
③ 〔朝〕金泽荣:《韶濩堂集》(《影印标点 韩国文集丛刊》第347辑),汉城,韩国民族文化推进会,2005年,第150页。
④ 邝健行先生考证此书成于1910年之后(邝健行等选编:《韩国诗话中论中国诗资料选粹》,北京,中华书局,2002年,第326页)。

4. 王士禛和金尚宪的文坛佳话

出于对王士禛其诗其人的喜爱和仰慕以及对本国文学的赞美，朝鲜很多诗家在诗文中大力赞扬王士禛选录、褒奖金尚宪诗歌的这段佳话。

金尚宪（字叔度，号清阴）于天启七年（1627）在登州与中国文人吴大斌唱和，其《次吴晴川大斌韵三首·庙岛停舟》曰："澹云轻雨小姑祠，佳菊衰兰八月时。机石近依牛女渚，桂花低映广寒枝。梦回孤枕鲸涛撼，风散遥空雁列差。无限旅愁消不得，喜君诗句慰羁离。"① 王士禛后来在《论诗绝句》中引用了这首诗的首联，并就此高度评价了朝鲜的诗歌创作。金尚宪的一卷《朝天录》诗由中国文人张延登刊刻，其中一些诗句后来也收入王士禛《感旧集》。在金尚宪之后不久来到中国的诗人崔有海（1588—1641）次韵了这首诗："庙岛东瞻有小祠，明灵玄化赞天时。星槎人载支机石，庭树香飘得月枝。日彀上波金宛转，雪山撑地玉参差。仙区相对倾肝胆，笛里还愁远别离。"② 可见这首诗在当时就引起了朝鲜诗人的重视。

关于这段文坛佳话的前因后果，朝鲜文人的记述很完备。洪大容来华时（1766年）与中国文人严诚、潘庭筠笔谈问答，其中有这样一段：

> 潘生闻平仲之姓，问曰："君知贵国金尚宪乎？"余曰："金是我国阁老，而能诗能文又有道学节义。尊辈居八千里外，何由知之耶？"严生曰："有诗句选入中国诗集，故知之。"严生即往傍炕持来一册子示之，题云《感旧集》。盖清初王渔洋集明清诸诗，而清阴朝天时路出登、莱，与其人有唱酬，故选入律绝数十首焉。（《杭传尺牍·干净衕笔谈》）③

两人笔谈之时提及《感旧集》收金尚宪诗一事，这是关于此事较早的一则记载。但"选入律绝数十首"似不准确，《感旧集》卷十二收金尚宪

---

① 〔朝〕金尚宪：《清阴集》（《影印标点 韩国文集丛刊》第77辑），汉城，韩国民族文化推进会，1991年，第127页。
② 〔朝〕崔有海：《默守堂集》（《影印标点 韩国文集丛刊（续）》第23辑），首尔，韩国古典翻译院，2006年，第427页。
③ 〔朝〕洪大容：《湛轩书》（《影印标点 韩国文集丛刊》第248辑），汉城，韩国民族文化推进会，2000年，第129页。

诗六题共八首①,依次为《晓发平岛》、《登州夜坐闻击柝》、《登州次吴秀才韵》、《东方朔故里》、《次同行金御史韵》、《早春》。

在洪大容之后,李德懋的《清脾录》(1778年成书)"王阮亭"条对此事进行了详细记述:

> 贻上先室张氏,邹平人,江南镇江府推官万锺之女,都察院左都御史谥忠定公延登之孙。崇祯末,金清阴先生航海朝京,道出济南。时张御史罢官家食,先生因万锺得谒。御史一见倾倒,序刻其《朝天录》一卷,故贻上每表彰先生。尝著《论诗绝句》,历言古来诗人卅余首,而其论先生云:"澹云微雨小姑祠,菊秀兰衰八月时。记得朝鲜使臣语,果然东国解声诗。"其首两句盖先生诗。而考集中所载"微雨"作"轻雨","菊秀兰衰"作"佳菊衰兰"者,独少异也。夫贻上之于诗,一言足以轻重天下士,而嘉赏先生如此之多,则先生之风流文采亦可以想见于后世矣。
>
> 贻上所撰《池北偶谈》略记《朝鲜采风录》中诗。《采风录》者,康熙戊午命一等侍卫狼瞫使朝鲜,因令采东国诗,吴人孙致弥恺士为副,撰《朝鲜采风录》。……录中特抄先生诗载《偶谈》,如"三秋海岸初宾雁,五夜天文一客星"、"桥石已从秦帝断,星槎犹许汉臣通"、"五更残月水城头,咏史何人独倚舟。不向东溟觅归路,还倚北斗望神州"、"南商北客簇沙头,画鹢青帘几处舟。齐唱竹枝连袂过,满城明月似扬州"之类,皆其所谓清婉可诵者也。尝仿元裕之《中州集》例编《感旧集》八卷,亦收先生诗。②

需要说明的是,李德懋谈及《池北偶谈》所录的"三秋海岸初宾雁"等四首诗,分别是金尚宪的《晓发平岛》、《登蓬莱阁》、《次吴晴川大斌韵三首》之三《水城夜景》、《登州次去非韵》。李德懋说《朝鲜采风录》中有金尚宪的诗歌,显然是搞错了。因为《文津阁四库全书》收录的《池北偶谈》卷十八之《朝鲜采风录》条中抄录了林悌(1549—1587)、

---

① 〔清〕王士禛:《感旧集》(《四库禁毁书丛刊》集部第74册),北京,北京出版社,1997年,第379—380页。
② 〔朝〕李德懋:《青庄馆全书Ⅱ》(《影印标点 韩国文集丛刊》第258辑),汉城,韩国民族文化推进会,2000年,第47—48页。

白光勋、金宗直、郑道传（1342—1398）、鱼无迹、李达、郑士龙、崔庆昌、林亿龄（1496—1568）、郑知常、李植、许筠等31人的41首诗歌，其中并无金尚宪的诗歌；而此书卷十六的"朝鲜诗"条目中则抄录了金尚宪诗集《朝天录》中的《晓发平岛》、《初至登州》、《蓬莱阁》、《登州次吴秀才韵》、《水城夜景》、《夜坐闻击柝》、《九日》、《东方曼倩里》、《早春》等9题共10首诗。想必李德懋引用《池北偶谈》时发生了混淆。

朴趾源《热河日记·避暑录》（1784年成书）的相关记载与《清脾录》类似。另外，朴趾源《热河日记·杨梅诗话》亦载："天启中，金叔度由登州入贡，邹平张忠定公（按：名延登，士禛之妻祖）馆之于家，刻其诗一卷，颇多佳句。《感旧集》注云：'康熙己未，遣侍卫狼嘽、太学生孙致弥往朝鲜采诗，大抵律绝居十之九，古诗、歌行略见梗概而已。又曰：张华东公（延登号）刊金叔度《朝天录》一卷云。'"① 至此，这段文坛佳话的基本事实已经非常清楚。此后，学者成海应又在《风泉杂志·杂缀》引《兰室笔记》曰：

> 近者东人诗句为中国传诵者，唯清阴金先生"小姑祠"一绝。天启六年，辽左路梗，先生由海路朝天。至登州，与吴大斌、戚祚国、李衡、张一亨及其子延登（字济美）相识。大斌号晴川，越人，久居辽东，避乱来住登州。祚国，南塘之孙。衡，举人。一亨、延登世都御史，家在邹平城外。先生尝和晴川韵曰："澹云微雨小姑祠，佳菊衰兰八月时。机石近依牛女渚，桂花低发广寒枝。梦回孤枕鲸涛撼，风散遥空雁列差。无限旅愁消不得，喜君诗句慰羁离。"戚亦和之。延登尝制先生《朝天录》序曰："朝鲜箕子旧邦，袭冠带以藩诸华，世守忠义，入天朝尤为昵。就丁酉中，患于倭，我神祖皇帝遣重臣经略其地，倭是以不得逞志于鲜人，是我之成也。今建酋自宁远挫衂狡焉，寇掠江东，铁山不守，羽报狎至。叔度闻之，自乌蛮邸中上书，天子哀其意，为檄宁远抚臣，便宜行事，速以偏师尾其后。鲜人可恃，而借箸之臣，犹鳃鳃过计，思灭房之无时。"又曰："叔度归报命，其宣述圣天子怀远洪恩。君臣益自振励，练兵

---

① 〔韩〕赵钟业编：《修正增补 韩国诗话丛编》（第11册），汉城，太学社，1996年，第230页。

秣马，与宁远抚臣歼此恶奴，复通贡道，车书一家而朝食。手书以赠，今具在《清阴集》。"渔洋山人王士禛，山东名士也，其后妻为张之孙，因以得先生诗句载《感旧集》。但起句"佳菊衰兰"改"菊秀兰衰"，中二联删，落句"喜君"改"因君"，"诗句"改"好句"，"慰羁离"改"重相思"。其《渔洋诗话》曰："金叔度由登州入贡，邹平张忠定公馆之于其家，刻诗一卷，颇得佳句。余《论诗绝句》：'淡云微雨小姑祠。菊秀兰衰八月诗。记取朝鲜使臣语。果然东国解声诗。'"①

成海应在记述中补充了张延登为金尚宪《朝天录》所作的序言，以及《感旧集》中对金尚宪原诗的改动情况，从而使我们得以完整地了解了这段逸事。

王士禛对金尚宪的嘉许、赞赏使其在朝鲜和中国赢得了巨大的荣誉，甚至其后人来到中国也受到很高的礼遇和赞许。如李德懋《清脾录》"王阮亭"条曰："丙戌，谢恩使到燕。行中适有先生旁孙名在行，遇钱塘严诚、潘庭筠。先问'贵国知有金尚宪否'，遂以实对。潘感慨久之，赠其箧中所携《感旧集》一部，又次先生韵。临别相赆，在行亦赠诗，严大加叹赏曰：'此诗虽使王渔洋见之，不知其如何击节也。'"②

徐浩修《燕行纪》卷二"七月十八日丙申"条也记载：

> 宴退，访铁侍郎于寓馆。茶沸香清，帘几潇洒。……余曰："贵稿前夜略绰看过，气格遒隽、意致醇雅，句法字眼皆出性灵之自然。以渔洋之清切兼牧斋之绮丽，非俺等管见所可窥也。"铁曰："仆于诗学，志勤而才疏。果好王诗，而未蹑其藩篱。足下推奖太过，愧甚愧甚。"……余曰："合下与翁、李皆有雅分乎？"铁曰："俱亲熟矣。再昨，彭尚书所问声诗，贵国果无是书，则何为传名于中华？"余曰："王渔洋《诗话》有曰'记得朝鲜使臣语，果然东国解声诗。'或者因此附会声诗之名欤？康熙间孙公致弥东来时选进东诗，

---

① 〔朝〕成海应：《研经斋全集Ⅴ》（《影印标点 韩国文集丛刊》第277辑），汉城，韩国民族文化推进会，2001年，第91页。
② 〔朝〕李德懋：《青庄馆全书Ⅱ》（《影印标点 韩国文集丛刊》第258辑），汉城，韩国民族文化推进会，2000年，第48页。

此外别无诗选矣。"①

可以看到，中国文士相信王士禛，但是也曲解了王士禛的原意。朝鲜诗家念念不忘王士禛对金尚宪的褒奖，并进行了详细解释，可见他们对王士禛的尊崇程度，也可以看到这段佳话的影响之大。

此事典也频频进入中国和朝鲜诗人的诗文创作。如柳得恭来中国时，纪昀有诗相赠："古有鸡林相，能知白傅诗。俗原娴赋咏，汝更富文辞。序谢三都赋，才惭一字师。唯应期再至，时说小姑祠。"(《送朝鲜使臣柳得恭归国》)② 柳氏和曰："菊秀兰衰日，惭无可采诗。秩宗推雅望，昭代擅宏词。方曲公应记，曲台吾所师。为怜文物在，清淇绕箕祠。"(《和赠纪晓岚尚书》)③ 朴齐家燕行途中赋诗曰："广袖长衫前度客，澹云微雨旧题诗。"(《北平》)④ 陈鱣《〈贞蕤阁集〉序》曰："检书皇华载命，周爰谘诹，不愧九能之目。将见斯编一出，流布风行，脍炙人口，咸知崇实学、尚风雅，无间于绝域遐陬。岂不盛哉？岂不快哉？若夫'澹云'、'微雨'二语遂诧为东国解诗，抑亦浅已。海宁陈鱣序。"⑤ 金祖淳《读〈感旧集〉所载清阴先祖诗，感而恭赋》一诗云："澹云微雨小姑祠，菊秀兰衰八月时。先祖风流攀不得，屡孙徒诵阮亭诗。(阮亭有'果然东国解声诗'之句。)"⑥ 朴永元《用北州酬唱前韵，别经山尚书郑善之赴燕行》(其四)云："初雪长河片片飞，小姑祠下晓云微。衰兰秀菊应如故，作者沙翁以后稀。"⑦ 申佐模《赠海藏申尚书锡愚之燕》(其二)曰："三百声诗变七言，海东千载雅犹存。澹云微雨谁人赏，今

---

① 〔韩〕林基中编：《燕行录全集》(第51册)，汉城，东国大学校出版部，2001年，第56—59页。
② 《纪文达公遗集》(顾廷龙主编：《续修四库全书》第1435册)，上海，上海古籍出版社，2002年，第605页。
③ 〔朝〕柳得恭：《泠斋集》(《影印标点 韩国文集丛刊》第260辑)，汉城，韩国民族文化推进会，2000年，第72页。
④ 〔朝〕朴齐家：《贞蕤阁集》(《影印标点 韩国文集丛刊》第261辑)，汉城，韩国民族文化推进会，2001年，第518页。
⑤ 〔朝〕朴齐家：《贞蕤阁集》(《影印标点 韩国文集丛刊》第261辑)，汉城，韩国民族文化推进会，2001年，第596页。
⑥ 〔朝〕金祖淳：《枫皋集》(《影印标点 韩国文集丛刊》第289辑)，汉城，韩国民族文化推进会，2002年，第36页。
⑦ 〔朝〕朴永元：《梧墅集》(《影印标点 韩国文集丛刊》第302辑)，汉城，韩国民族文化推进会，2003年，第245页。

使清阴外后孙。"诗后注曰:"菊兰余韵定在后人,未知今时复有如阮亭赏音否也?"① 申纬诗《东人论诗绝句三十五首》(其三十五)亦曰:"淡云微雨小姑祠,菊秀兰衰八月时。心折渔洋谈艺日,而今华国属之谁。"② 李尚迪诗《江都符南樵葆森孝廉辑〈国朝正雅集〉,略载东国人诗,拙作亦在其中,题绝句五首》(其三)曰:"渔洋心折清阴何,池北论诗天下闻。"③ 金允植《〈古今诗钞〉序》曰:"周君采滢既举进士,乃西游汉师……耻诗道之不竞于古,乃手录古今诗篇。上自唐虞,下逮明清,靡不掇其菁英、搴其萧稂,合为若干卷。既而将南还,征序于余曰:'东国声诗之见称于华人久矣。三百年间寥寥无继响者,岂少"澹云微雨"二句而然哉?'"④ 由此可见,金尚宪的这首小诗及王士禛的评价已经成为两国诗人创作的素材,也表现了两国诗歌的友好交流。

另外,徐滢修的《刘松岚传》也记述了另外一件和王士禛有关的非常有意思的小故事:

> 刘大观,号松岚,山东临清人也。……今为奉天宁远州知州,能诗,善楷书。……余于己未赴燕时,行过宁远,见一官员乘檐顶太平车。……及抵客店,松岚蹑后来访,余即出门揖迎。引入炕对坐,相与问答姓名爵里,讫。……松岚曰:"仆是王渔洋先生姻家后进,年前过其家,拜其小像。今见阁下眉目风仪宛如渔洋,无毫发差爽,异代异国之人何如是酷相似也。"余曰:"渔洋号称一代名硕,然其学不越考证一步,其文亦仅以雅洁自持,诗特其所长。而先生以此望仆,仆未肯默受之也。"松岚大笑曰:"阁下之所自待,知应不止此,而仆亦以形貌之相似言耳。至如道德文章之成就地步,仆岂敢测海?而亦岂以渔洋望阁下哉?"余笑曰:"前言戏耳!渔洋

---

① 〔朝〕申佐模:《澹人集》(《影印标点 韩国文集丛刊》第309辑),汉城,韩国民族文化推进会,2003年,第320页。
② 〔朝〕申纬:《警修堂全藁》(《影印标点 韩国文集丛刊》第291辑),汉城,韩国民族文化推进会,2002年,第375页。
③ 〔朝〕李尚迪:《恩诵堂集》(《影印标点 韩国文集丛刊》第312辑),汉城,韩国民族文化推进会,2003年,第278页。
④ 〔朝〕金允植:《云养集》(《影印标点 韩国文集丛刊》第328辑),汉城,韩国民族文化推进会,2004年,第386页。

岂可易言哉?"①

两国文士交流时,以相貌酷似为由开了一个轻松的玩笑,为王士禛在朝鲜的影响增添了幽默的一笔。

二、论王士禛的"神韵说"

"神韵"是王士禛诗论的核心,他在《池北偶谈》卷十八"神韵"条曰:"'神韵'二字,予向论诗,首为学人拈出。"②"神韵说"的主要内容是追求诗歌的"韵外之致",反对重修饰、掉书袋、空发议论的风气,反对艳丽诗风。"韵外之致"大抵出于严羽"妙悟"、"兴趣"之说,以"不著一字,尽得风流"为诗的最高境界。王士禛作诗也追求神韵,他以王、孟、韦、柳等人为典范,诗境飘渺淡远,意味空灵含蓄。此外,他还以王维、孟浩然作品为主编选了学诗范本《唐贤三昧集》,集中反映了其标举"神韵"的诗学主张。从清诗发展的实际来看,王士禛的"神韵"说及其诗歌创作代表了一种回归纯真的风气。

《四库全书总目提要》卷一百七十三从文学流变的角度说明了王士禛倡导"神韵说"的原因:"平心而论,当我朝开国之初,人皆厌明代王李之肤廓、锺谭之纤仄,于是谈诗者竞尚宋、元。既而宋诗质直,流为有韵之语录;元诗缛艳,流为对句之小词。于是士禛等以清新俊逸之才,范水模山,批风抹月,倡天下以'不著一字,尽得风流'之说,天下遂翕然应之。"("《精华录》十卷"条)③清末民初学者易宗夔(1874—1925)在《新世说》卷二中进一步指出:

> 王阮亭以诗鸣海内,士大夫识与不识,皆尊为泰山北斗。时当开国,世人皆厌明季王李之肤廓、锺谭之纤仄。公以大雅之材,起而振之,独标神韵,笼盖百家,其声望足以奔走天下。虽身后訾謷者不少,然论者谓清之有公,如宋有东坡、元有道园、明有青邱,

---

① 〔朝〕徐滢修:《明皋全集》(《影印标点 韩国文集丛刊》第261辑),汉城,韩国民族文化推进会,2001年,第304—305页。

② 〔清〕王士禛:《池北偶谈》(影印本《文渊阁四库全书》第870册),台北,台湾商务印书馆,1986年,第258页。

③ 〔清〕永瑢等撰:《四库全书总目提要》(《万有文库》本第34册),上海,商务印书馆,1931年,第8—9页。

屹然为一代大宗,未有能易之者。(王名士禛,山东新城人,顺治十五年成进士。少游历下,集诸名士于明湖,赋《秋柳》诗,和者数百人。……迄官礼部,复与李湘北、陈午亭、宋牧仲、宋荔裳、施愚山、沈绎山等酬唱无虚日。又尝奉使南海、西岳,遍游秦晋、闽越、洛蜀、江楚间,所至,访其贤豪,考其风土,遇佳山水,必登临。融怿荟萃,一发之于诗,故其诗能尽古今之奇变,蔚然为一代风气所归云。)①

易宗夔从时代背景、个人经历等方面全面总结了"神韵说"的形成过程。对此,朝鲜文人的认识也比较接近,而且非常精辟,如金正喜曰:"古今诗法,至陶靖节为一结穴。……有明三百年,无一足称。至王渔洋,扫廓历下、竟陵之颓风,又能为一结穴,不得不推为一代之正宗。"(《杂识》)② 结穴,比喻文辞的归结要点。金正喜将王士禛的"神韵说"视为清代诗学正宗,这代表了朝鲜诗家对"神韵说"的基本态度。他们从文化心态和本国汉诗发展的需要出发,仰慕王士禛至高的诗坛地位,也重视其"神韵说",从而展开了热烈地评论。

朝鲜诗家从不同侧面肯定了王士禛的"神韵"说。如李德懋《清脾录》"鸟飞"条曰:"彭孙遹诗:'溪鱼时自掷,水鸟惯卑飞。'王士禛诗:'水花当昼净,鸥鸟入门飞。'皆具妙解。"③"水花当昼净"二句为王士禛五律《寄竟陵吴既闲兼怀胡君信二首》(其一)(《渔洋续集》卷十一)④ 的颔联。朴齐家《有旨书进屏风一事,柳寮为作长歌,遂和其意》一诗曰:"渔洋诗句妙天下,信笔往往成诵忆。……铿然掷笔时一笑,天趣还从忙处得。"⑤ 以上句中的"妙解"、"妙句"、"天趣"等评语都指向王士禛的神韵之诗,强调其妙趣和天成。稍后,学者李学逵从

---

① 〔清〕易宗夔:《新世说》(沈云龙主编:《近代中国史料丛刊》第十八辑),台北,文海出版社,1968年,第100页。
② 〔朝〕金正喜:《阮堂全集》(《影印标点 韩国文集丛刊》第301辑),汉城,韩国民族文化推进会,2003年,第134页。
③ 〔朝〕李德懋:《青庄馆全书Ⅱ》(《影印标点 韩国文集丛刊》第258辑),汉城,韩国民族文化推进会,2000年,第39页。
④ 〔清〕王士禛:《渔洋续集》(《四库全书存目丛书》编纂委员会编:《四库全书存目丛书》集部第226册),济南,齐鲁书社,1997年,第799页。
⑤ 〔朝〕朴齐家:《贞蕤阁集》(《影印标点 韩国文集丛刊》第261辑),汉城,韩国民族文化推进会,2001年,第488—489页。

诗歌内容的角度具体评论了"神韵说"。他在与友人权处一的信札中探讨了诗歌的"四声八病"问题:"僧皎然曰:'沈休文酷裁八病,碎用四声,风雅殆尽。后人天机不高,多为沈法所媚,溺而不返矣。'清人王士禛亦曰:'今日作诗,写意兴而已。宁使音律不叶,不可使词意不工。'皆至言也。"(《畣权处一》)① 李学逵论诗重情感内容,反对刻意追求音律,他在文中引用了皎然《诗式·明四声》、王士禛(伪托)《渔洋诗则·声调谱》的话语来强化自己的观点。从本质上看,"这也是把诗歌的意兴摆在第一位,而把声调放在第二位的。渔洋论诗以内容为丰,而不以形式为主,这种诗歌创作理论是具有进步意义的"②。可见,李学逵论诗也遵循了王士禛的原则。

至朝鲜朝后期,诗家们对"神韵说"的评论出现了一个高潮,形式上诗文并举,观点也褒贬不一。

申纬、金正喜、金泽荣等人重点强调"神韵"的出于天然及不可模拟。申纬诗曰:"论诗寄到为揩青,四杰沿洄迄四灵。两宋垒新千古帜,三唐纬密六朝经。风骚并驾怀工部,神韵拈花忆阮亭。和者无人争好处,恰如初本写《黄庭》。"(《今年春间,蒋秋吟寄示论唐宋人诗绝句三十首全本,以此为谢》)③ 洪翰周诗曰:"棹歌互答水云乡,悄倚阑干送夕阳。揭得《黄庭》新写处,怎将《秋柳》续渔洋?"(《夏日晦,西山堂有怀占七言十四绝,呈沆瀣、海居二兄》其十二)④ 二人引用《渔洋诗话》中陈伯玑(允衡)评价《秋柳》诗的语句⑤来强调王士禛"神韵说"的特征。金泽荣的《杂言》篇也说:"诗之理致精工者,苦思可以致之;至于神韵,非苦思之可致,虽作者亦有时乎不自知其所以然。余尝与尹愚堂赏峨嵋山红牡丹花六十一本,笑言曰:'彼其光气神采,可捉摸乎?

---

① 〔朝〕李学逵:《洛下生集》(《影印标点 韩国文集丛刊》第290辑),汉城,韩国民族文化推进会,2002年,第476页。

② 刘永平:《〈渔洋诗则〉及其在诗律学方面的贡献》,《文献》1982年第3期。

③ 〔朝〕申纬:《警修堂全藁》(《影印标点 韩国文集丛刊》第291辑),汉城,韩国民族文化推进会,2002年,第285—286页。

④ 〔朝〕洪翰周:《海翁藁》(《影印标点 韩国文集丛刊》第306辑),汉城,韩国民族文化推进会,2003年,第369页。

⑤ 《渔洋诗话》卷上:"余少在济南明湖水面亭,赋《秋柳》四章,一时和者甚众。后三年官扬州,则江南北和者,前此已数十家,闺秀亦多和作。南城陈伯玑允衡曰:'元倡如"初写《黄庭》,恰到好处。"诸名士和作皆不能及。'"(王夫之等撰:《清诗话》(上),上海,上海古籍出版社,1978年,第166页)

王贻上之诗似之。'愚堂闻之欣然，述为一说。"① 金泽荣以光采不可捉摸的红牡丹为喻，说明王士禛诗歌的神韵乃自然天成，并非苦思而致。洪翰周诗《送权史野大肯以副行人赴燕》（其八）曰："诗家神韵自天秀，四海风骚孰擅场。莫道《谈龙》公案在，莲洋那得并渔洋？"② 他否定了赵执信的观点，认为王士禛的"神韵"源自天授，连当时著名诗人吴雯（号莲洋）也达不到如此高的成就。金泽荣诗《寄郑葵园》其五、其六曰："诗边境界妙玲珑，一道虹光贯月宫。莫向世间容易说，恐教人骂系狂风。""渔洋夫子不弦琴，弹出松风万古心。何物酸寒赵秋谷，《谈龙》一笔枉相侵。"③ 他用自然物象作比，以"虹光贯月"、"弦琴松风"来描摹"神韵"，使之形象化，意在唤起人们的想象和悟性。李建昌也以形象化的方式肯定了"神韵说"，其《宁斋诗话》云："凡作书、为诗，须无意于佳乃佳，须以神韵意思为善。严沧浪论诗如'镜花水月，玲珑透彻，羚羊挂角，无迹可寻'。渔洋诗如五龙鳞爪，东现西没。"④ 王士禛认为"诗如神龙，见其首不见其尾，或云中露一爪一鳞而已"（赵执信《谈龙录》）⑤，这正是其"神韵说"的形象表达。李建昌以此为例并参照严羽的观点肯定了王士禛的诗论。

另一方面，黄玹等诗家则重点关注"神韵说"中的"性情"。黄玹的诗歌《丁橡日宅寄七绝十四首，依其韵戏作〈论诗绝句〉以谢》（其十二）曰："模山范水境生层，怜汝风骚绝世能。一部精华堪下拜，带经堂里炯孤灯。"⑥ 此诗虽短，但含义隽永：前两句说王士禛诗的"神韵"源于以才情摹画山水，当世无人能比；后两句则赞叹王士禛的学问渊深、文章鸿博，认为其创作精神值得后人效仿。这就道出了王士禛"神韵说"

---

① 〔韩〕韩国学文献研究所编：《金泽荣全集》（二），汉城，亚细亚文化社，1978年，第115页。
② 〔朝〕洪翰周：《海翁藳》（《影印标点 韩国文集丛刊》第306辑），汉城，韩国民族文化推进会，2003年，第377页。
③ 〔朝〕金泽荣：《韶濩堂集》（《影印标点 韩国文集丛刊》第347辑），汉城，韩国民族文化推进会，2005年，第200页。
④ 〔韩〕赵锺业编：《修正增补 韩国诗话丛编》（第13册），汉城，太学社，1996年，第330页。
⑤ 〔清〕赵执信：《谈龙录》，陈迩冬校点，北京，人民文学出版社，1981年，第5页。
⑥ 〔韩〕韩国学文献研究所编：《黄玹全集》（上），汉城，亚细亚文化社，1978年，第59页。

的基本内涵。朝鲜近代学者李升圭《东洋诗学源流·诗法论》①就此进行了详细解说：

> 王渔洋论学诗之法，当以性情、学问相辅。其言曰："司空表圣云：'不著一字，尽得风流。'此性情之说也。杨子云云：'读千赋则能赋。'此学问之说也。二者相辅而行，不可偏废。若无性情而侈言学问，则昔人有'点鬼簿'、'獭祭鱼'者矣。学力深，始能见性情。此一语是造微破格之论。"又曰："严仪卿所谓'如镜中花，如水中月，如水中盐味，如羚羊挂角，无迹可求。'皆以禅喻诗，《内典》所云'不即不离、不黏不脱'是也。"渔洋选《唐贤三昧集》，颇本此旨。故渔洋主神韵，亦即所谓性情之说也。②

此段论述分别引用了郎廷槐《师友诗传录》和刘大勤《师友诗传续录》中王士禛的观点（答语）。朝鲜诗家李升圭服膺王士禛的诗学理论，节抄了中国近代诗论著作《诗学指南》，以之为自己代言。李升圭也明确肯定性情、学问在王士禛"神韵"说中的重要地位和作用，并联系王士禛编选《唐贤三昧集》的举措，进而肯定了其在"神韵"理论方面所做出的继往开来的重要贡献。这段评论中已经包含了王士禛"神韵说"广义、狭义两个方面的内容③。

---

① 赵锺业先生编订《韩国诗话丛编》时所作的《题解》指出："本书系油印物。乃近代文学专门学校诗学教科科目教材。"赵季先生考证其作者为李升圭（《〈韩国诗话丛编〉诗话作者及成书时间补正》，王宝平主编：《东亚视域中的汉文学研究》，上海，上海古籍出版社，2013年）。笔者又考证发现，《东洋诗学源流》一书的目次、内容与中国近代学者谢无量（1884—1996）的《诗学指南》（1917年初版）基本相同。得出的初步判断是：李升圭二十世纪三四十年代在明伦专门学院任教时，以谢无量的《诗学指南》为底本，油印成讲义（教材），供学生使用。这也可以视作清代诗论在朝鲜半岛的后续传播。
② 〔韩〕赵锺业编：《修正增补 韩国诗话丛编》（第17册），汉城，太学社，1996年，第397页。
③ 客观上，王士禛的"神韵说"有广义、狭义之分。狭义的"神韵"论重视韵味、兴趣和才情，主张创造清远冲澹、含蓄蕴藉、自然天真的审美意境，这也是该学说最主要、最根本的内容，是人们最为熟知的部分。王士禛特别重视总结、继承盛唐诗歌尤其是王、孟诗派的艺术经验就是明证。广义的"神韵"论包含了王士禛的其他诗歌主张，如"发于性情"的"兴会"与"原于学问"的"根柢"的相结合，对"古澹闲远"、"沉着痛快"诗风的并重等。对于完整的"神韵说"来说，其狭义内涵是要点所在，其广义内涵则使其更加丰富和充实。而上文的开篇就从广义的角度下笔，而结尾则得出"神韵说"即性情之说的结论，正好体现了这种辩证关系。

奎章阁本《东诗丛话（续）》中还有一段文字以"性情"、"缥缈"、"清远"来阐释王士禛诗歌的"神韵"：

> 王渔洋士禛，明末清初人也。张吏部九征《题渔洋〈过江集〉》曰："笔墨之外，自具性情；登览之余，别深寄托。"此亦许其清远而不许其勍杰也。同时，施愚山有言："王渔洋论诗法，有如华严楼阁，弹指即现；又如仙人九城十二楼，缥缈俱在天际。"此亦许其清远而不许其勍杰也。张、施之论，不但不许别人之不能勍杰，在自家亦不能勍杰。张吏部之诗虽未得见，施诗略阅之耳。①

张九征的评价载于《渔洋诗话》卷上②，他认为王士禛的诗歌因性情而有寄托，肯定了其中所包含的神韵。从施闰章的话语来看，王士禛的顿悟是从诗歌的神韵处入手的，"清远"是其诗歌神韵的呈现形式。施闰章的评价载于《渔洋诗话》卷中③，他还写道："'余即不然，譬作室者，瓴甓木石，一一须就平地筑起。'洪曰：'此禅宗顿、渐二义也。'"④ 王士禛赞同严羽《沧浪诗话》"禅道惟在妙悟，诗道亦在妙悟"的观点，论诗也注重妙悟。因此，施闰章关于"华严楼阁"、"仙人九城十二楼"的比喻是恰当的。

当然，有些诗家也并不完全赞赏"神韵说"，他们提出了一定的质疑。如申纬认为"神韵说"不能涵盖唐诗的全部精华，王士禛《唐贤三昧集》多收王、韦一派诗歌的做法不够妥当。其《奉睿旨选全唐近体讫，恭题卷后，应令作八首》（其六）云："神韵论唐恐未臻，罔闻实事讵知真。王韦韩杜难偏废，共是开门合辙人。"⑤ "申纬直接接受清朝诗文学思想，坚信'由苏（苏轼）入杜（杜甫）'是诗学之正道，致力于诗学，终于成为朝鲜第一诗人。申纬特作了《论诗绝句》35首，其论点

---

① 〔韩〕赵锺业编：《修正增补 韩国诗话丛编》（第13册），汉城，太学社，1996年，第508页。
② 〔清〕王夫之等撰：《清诗话》（上），上海，上海古籍出版社，1978年，第183页。
③ 此段中的"九城"，《渔洋诗话》卷中作"五城"（〔清〕王夫之等撰：《清诗话》（上），上海，上海古籍出版社，1978年，第199页），"五城十二楼"是中国古代传说中神仙的居所，故奎章阁本《东诗丛话（续）》此处误抄。
④ 〔清〕王夫之等撰：《清诗话》（上），上海，上海古籍出版社，1978年，第199页。
⑤ 〔朝〕申纬：《警修堂全藁》（《影印标点 韩国文集丛刊》第291辑），汉城，韩国民族文化推进会，2002年，第332页。

接受了王士禛的论诗思想，所以申纬探讨王士禛的诗论，是很自然的。"① 申纬并未全盘否定"神韵说"，对其主体内容基本上持肯定态度。

曹兢燮将金泽荣与王士禛的诗歌进行比较，认为"神韵说"导致王士禛的诗作华而不实，缺乏真实情感。他在《与金沧江（庚申）》这封信中说：

> 大诗众体具备，实非渔洋之比。夫诗以言志，志立而后神韵方有所附丽。渔洋诗只是如镜花水月，可以眩人之眼，而不足以动人之心。即如大集中"双悬虽日月，再整讵乾坤"、"正叹眼中人已老，不知天下事何如"等语，渔洋何曾有此境耶？宁斋要为执事之锺子期，然其所津津不已者多在于"天星垂马齽"、"鸡鸣满江水"等空幻之音。区区独不甚喜此，惟如"墟落远无声，人家终日清。斜风吹穄雪，寒水赴空城"、"沧江天上落，飞阁镜中浮"、"眼明京邑出，愁尽大江流"等句乃为上乘耳。"鸿雁后飞"一绝举世所诵，非独壶山为然，然妄谓此等处，甘山、秋琴辈或能力造。至于"残雪欲明烟欲暗，却疑深处有梅花"方是唐人神品，非今人所可及尔。如何如何？②

曹兢燮指出，作诗首先要"言志"，然后才能进一步讲求所谓的"神韵"，而王士禛过分强调神韵，导致了其诗歌空有炫目的形式而内容空洞，缺乏感染力。他在信中赞誉有加的"双悬虽日月"、"正叹眼中人已老"二诗分别为金泽荣的《伏闻皇上内禅感赋》③、《上海晤张啬庵修撰有赠》（其二）④。他所言的宁斋（李建昌）所喜欢的"空幻之音"为金泽荣的《细

---

① 〔韩〕柳晟俊：《朝鲜王朝后期清诗研究概况——以王士禛为中心》，《苏州大学学报（哲学社会科学版）》2007年第3期。
② 〔朝〕曹兢燮：《岩栖集》（《影印标点 韩国文集丛刊》第350辑），汉城，韩国民族文化推进会，2005年，第115页。
③ 〔朝〕金泽荣《伏闻皇上内禅感赋》："太息东天事，神尧让至尊。双悬虽日月，再整讵乾坤。黄伞愁云色，青班泣雨痕。小臣今至此，何以拜修门。"（金泽荣：《韶濩堂集》，《影印标点 韩国文集丛刊》第347辑，汉城，韩国民族文化推进会，2005年，第195页）
④ 〔朝〕金泽荣《上海晤张啬庵修撰有赠》（其二）："那堪回首结交初，二十三年一梦虚。正叹眼中人已老，不知天下事何如。危机屡削藩篱势，妙算空呈改革书。教育知君心胆热，英才他日总璠玙。"（金泽荣：《韶濩堂集》，《影印标点 韩国文集丛刊》第347辑，汉城，韩国民族文化推进会，2005年，第192页）

柳店》①、《花石亭述怀，因赠亭主李景会兄弟》②。比较后，他认为金泽荣的"上乘"之作有《溪行》③、《矗石楼》（其二）④、《还渡铜雀江》⑤等，其"鸿雁后飞"一绝（即《闻雁》⑥）举世传诵，而《少林道中》⑦诗中句可称"唐人神品"。联系当时的社会现实，我们可以看到，曹兢燮所说的"志"，主要是指忧国忧民的情怀，所以金泽荣那些以爱国思绪为写景、抒情基调的诗作得到了曹氏的好评。曹兢燮对"神韵说"的批评是在特殊的历史环境下形成的，带有时代和个人的局限性。

总体看来，"神韵说"在朝鲜诗家心目中具有很高的位置，成为他们追慕、效仿的对象。很多朝鲜诗人的诗歌创作在艺术上向"神韵说"看齐，力图创作有如渔洋的神韵之作，这种努力为朝鲜汉诗的发展增添了一抹亮色。

三、论王士禛的诗歌创作

在追慕王士禛诗风，接受、探讨王士禛神韵说的同时，朝鲜诗家对

---

① 〔朝〕金泽荣《细柳店》："薄暮投山驿，萧条路易迷。天星垂马齕，枫露下鸡啼。药裹扶长道，烟煤感旧题。凌兢侵晓发，蟹火广滩西。"（金泽荣：《韶濩堂集》，《影印标点 韩国文集丛刊》第347辑，汉城，韩国民族文化推进会，2005年，第170—171页）

② 〔朝〕金泽荣《花石亭述怀，因赠亭主李景会兄弟》："迢迢花石亭，锦壁是其趾。绿波天际来，春风一万里。蒙蒙生草芽，稍稍动犁耜。幽窗晓色青，鸡鸣满江水。青青陇坂草，是走京城道。古来名利人，于此几番老。行藏自有时，得失终同归。愿似寥天凤，终日不言饥。昔诵董生行，思与其人友。君家好兄弟，气味同八九。上堂问亲疾，医方殚肘后。年年瑞云山，一别三回首。"（金泽荣：《韶濩堂集》，《影印标点 韩国文集丛刊》第347辑，汉城，韩国民族文化推进会，2005年，第170页）

③ 〔朝〕金泽荣《溪行》："墟落远无声，人家终日清。斜风吹稷雪，寒水赴空城。罨画溪中见，山阴道上行。断桥不多路，终胜坐南荣。"（金泽荣：《韶濩堂集》，《影印标点 韩国文集丛刊》第347辑，汉城，韩国民族文化推进会，2005年，第159页）

④ 〔朝〕金泽荣《矗石楼》（其二）："黄竹萧萧雨，催余到晋州。沧江天上落，飞阁镜中浮。战苦云垂地，时平月在舟。所思方未足，寒日下空洲。"（金泽荣：《韶濩堂集》，《影印标点 韩国文集丛刊》第347辑，汉城，韩国民族文化推进会，2005年，第164页）

⑤ 〔朝〕金泽荣《还渡铜雀江》："地局穷环辙，游多足弊裘。眼明京邑出，愁尽大江流。风旆催沽酒，霜花近入舟。遥怜诸弟妹，团坐说南州。"（金泽荣：《韶濩堂集》，《影印标点 韩国文集丛刊》第347辑，汉城，韩国民族文化推进会，2005年，第166页）

⑥ 〔朝〕金泽荣《闻雁》："明河初滟别书堂，锦水边山驿路长。鸿雁后飞过我去，秋风秋雨满江乡。"（金泽荣：《韶濩堂集》，《影印标点 韩国文集丛刊》第347辑，汉城，韩国民族文化推进会，2005年，第163—164页）

⑦ 〔朝〕金泽荣《少林道中》："天风钟磬近僧家，翠羽双飞水见沙。残雪欲明烟欲暗，却疑深处有梅花。"（金泽荣：《韶濩堂集》，《影印标点 韩国文集丛刊》第347辑，汉城，韩国民族文化推进会，2005年，第180页）

其诗歌创作也展开了热烈的讨论。他们的讨论基本上坚持了艺术性第一的准则。以李德懋为例，他在《清脾录》"王阮亭"条中说：

> 李薑山之言曰："东国人心粗眼窄，类不能知诗。而至于清，则不问其人之贤否、诗之高下，动辄以'胡人'二字抹杀之。果如是，则党、赵、吴、杨俱不得为中原风雅之主，终未免于蒙古、女真之产矣。故地之相去隔一衣带，而如贻上者至今犹不识其为何状人也。假使贻上出自满洲，身隶八旗之统，善于诗，则爱其诗而已，何必摒其胡而及于诗也哉？"①

李德懋转引李书九的观点，认为有些朝鲜诗家只凭诗人出身论诗，动辄因胡人出身就将其诗歌抹杀掉。而当时李德懋等人只看重王士禛之诗十分优秀，却不问他的出身，即"爱其诗而已"，没有"摒其胡而及于诗"，这才是一种公正客观的论诗态度。李德懋的《奉次洪落木庵希泳韵，兼示曾若舜徒二首》之二有"翁惟慧眼评《蚕尾》，儿亦英才读马蹄"②之句，他对友人能够准确评价王士禛的《蚕尾集》表示赞赏，所谓的"慧眼"也当指对方的艺术准则。另外，丁若镛《菜花亭新成，权左衡适至，次韵东坡聊试老笔》之"四叠"也写道："榕村渔洋颇煜霎，非关额上貂镶红。"③丁若镛认为王士禛、李光地的文学影响与其出身、仕途都没有必然的联系，而是因为其诗歌创作十分优秀。这也代表了多数朝鲜诗家的观点。朝鲜诗家论王士禛诗歌创作主要从以下几方面着眼。

（一）承认王士禛的诗坛领袖地位

洪大容《杭传尺牍·与秋庫书》抄录了天启四年（1624）朝鲜使团书状官洪翼汉在中国经历的片段，其后附潘庭筠的答语："潘答曰：'……阮亭诗名、品望为国朝第一，学者多宗之，其言足以征信。'"

---

① 〔朝〕李德懋：《青庄馆全书Ⅱ》（《影印标点 韩国文集丛刊》第258辑），汉城，韩国民族文化推进会，2000年，第47页。
② 〔朝〕李德懋：《青庄馆全书Ⅰ》（《影印标点 韩国文集丛刊》第257辑），汉城，韩国民族文化推进会，2000年，第176页。
③ 〔朝〕丁若镛：《与犹堂全书Ⅰ》（《影印标点 韩国文集丛刊》第281辑），汉城，韩国民族文化推进会，2002年，第156页。

(《洪花浦〈奏请日录〉略》)① 这是朝鲜关于王士禛诗坛地位的较早记载。

其后,李德懋著《清脾录》,称王士禛为"海内诗宗",此说遂为定论。其"王阮亭"条曰:

> 王士禛,字贻上,号阮亭。后避雍正讳,改名士正(案,亦曰"士贞"、"士澄"),亦号"渔洋山人",济南新城人。顺治乙未进士,康熙朝官至刑部尚书。善为诗,大率清秀闲雅,澹静流丽,淹洽宏肆,其老来诸作尤磊落槎牙,为"海内诗宗"者,迄今百余年无一人异辞。尊敬之极,书尺笔话"渔洋"二字,必跳行而书。惟赵秋谷执信(案,字伸符,山东益都人,官左春坊左赞善)以冯定远诗为宗匠,著《谈龙录》诋谋渔洋。雍正、乾隆之间,亦有王峻业(字次山,江南常熟人,官御史)者时时侵斥。此直蜉蝣辈耳,何足撼渔洋也哉?②

李德懋将王士禛奉为"海内诗宗",还指出其总体诗风为"清雅淹丽",并且注意到了其晚年诗风的变化。在《天涯知己书》中,李德懋也表达了类似观点:"王渔洋名士禛,字贻上,一号阮亭。济南人,官至尚书。其诗和婉沉郁,为清初第一大家,且淹雅好古,著书皆传。"③ "清初第一大家"与"海内诗宗"的称誉相互映衬,表明李德懋对王士禛诗坛领袖的地位毫无质疑。而"和婉沉郁"与"清雅淹丽"都很好地体现了王士禛所倡导的"神韵",可见李德懋的见解非常精准。

另外,李德懋在《清脾录》"王阮亭"条中还写道:"夫贻上之于诗,一言足以轻重天下士……"④ 朴趾源《热河日记·避暑录》曰:

---

① 〔朝〕洪大容:《湛轩书》(《影印标点 韩国文集丛刊》第248辑),汉城,韩国民族文化推进会,2000年,第113页。
② 〔朝〕李德懋:《青庄馆全书Ⅱ》(《影印标点 韩国文集丛刊》第258辑),汉城,韩国民族文化推进会,2000年,第46页。
③ 〔朝〕李德懋:《青庄馆全书Ⅲ》(《影印标点 韩国文集丛刊》第259辑),汉城,韩国民族文化推进会,2000年,第132页。
④ 〔朝〕李德懋:《青庄馆全书Ⅱ》(《影印标点 韩国文集丛刊》第258辑),汉城,韩国民族文化推进会,2000年,第48页。

"……贻上为海内诗宗,而士大夫于贻上只字片言,如茶饭津津牙颊间……"① 此后,学者李圭景也借鉴了祖父李德懋的观点,其《诗家点灯》卷五"《无题》戏效温李体"条载:"王渔洋士禛,中原称为'海内宗匠',其诗可学。"② 他又引用具体诗篇来证明自己的观点:"王渔洋赠林翁茂之长篇,豪健悲壮,令人超爽:'一月淹留邀笛步,泥滑天阴春欲暮。山人忽自乳山来,芒鞋访我青溪路。爱君坐君朝爽阁,叙述同游慨今昨。……'有诗如此,安得免'海内宗匠'之名乎?"(卷五"渔洋赠林茂之诗"条)③ 李圭景所录的这首诗是王士禛的《长歌赠林茂之先生》。他认为王士禛在诗中回忆了明遗民诗人林茂之的坎坷一生,激赏其笑隐山林、不仕新朝的高洁精神,对山水风光的描写也较为成功,所以这首诗堪称杰作,王士禛不愧为"海内宗匠"。

(二) 肯定王士禛转益多师的创作方法

王士禛一生创作了大量诗歌,又形成了独具特色的诗歌理论,二者成就都很高。在朝鲜诗家看来,这是他转益多师的结果。对此,李德懋的《清脾录》"王阮亭"条多有讨论:

> 少时见重于牧斋,学殖日富,声望日高。牧斋曰:"贻上之诗,文繁理富,衔华佩实。感时之作,恻怆于杜陵;缘情之什,缠绵于义山。其谈艺四言,曰典、曰远、曰谐、曰则。沿波讨源,平原之遗则也;截断众流,杼山之微言也。别裁伪体,转益多师,草堂之金丹大药也。"
>
> 徐憺圃乾学曰:"先生于诗,择一字焉必精,出一辞焉必洁。虽持论广大,兼取南北宋元明诸家之诗,而选练矜慎,仍墨守唐人之声格。"
>
> 施愚山闰章曰:"先生论诗,于其乡不尸祝于鳞,于唐人亦不踵袭子美。其诗举体遥隽,兴寄超逸,殆得三唐之秀,而上溯于晋魏,

---

① 〔朝〕朴趾源:《燕岩集》(《影印标点 韩国文集丛刊》第252辑),汉城,韩国民族文化推进会,2000年,第289页。
② 〔韩〕赵锺业编:《修正增补 韩国诗话丛编》(第12册),汉城,太学社,1996年,第247页。
③ 〔韩〕赵锺业编:《修正增补 韩国诗话丛编》(第12册),汉城,太学社,1996年,第260—261页。

傍采于齐梁者；又延接众流，喜事奖借，单词之善，辄嗟咏不辍口。"①

在这里，李德懋主要引用了中国学者钱谦益《〈渔洋诗集〉序》、徐乾学《〈渔洋续集〉序》、施闰章《〈渔洋山人续集〉序》等几篇序言中的评语，肯定了王士禛转益多师的创作方法。他认为王士禛在诗歌创作上以学唐为主，同时广取魏晋、宋元明等历代各家之长，使得自己的诗作"举体遥隽，兴寄超逸"。

此外，李德懋又在《清脾录》"渔洋论诗"条中借自己的亲历趣事进一步论述：

> 王渔洋《论诗绝句》："铁厓乐府气淋漓，渊颖歌行格尽奇。耳食纷纷说开宝，几人眼见宋元诗。"余尝爱此诗之公平博雅。暮秋获稻南郡，归路雨中，入白云山中谒本庵，龙村在坐。本庵曰："败菊寒雨，草堂孤烛，绰有清致。子有秋诗，使我听之。"余于袖中出诗卷，一一读之，两长老有时颔可。读到"痴人谈古诗，喜斥元明代。何如是元明，茫然失所对。"本庵微哂曰："政道吾辈也。"顾谓龙村曰："何如是元明？"龙村即对曰："格律非唐配。"本庵曰："何如非唐配？"龙村呵呵而笑曰："茫然失所对。"余诗偶与渔洋相符，而两长老雅谑，足使余诗发光一时。②

王士禛的这首《论诗绝句》为其《戏仿元遗山论诗绝句三十二首》之十六。他所谓"宋元"者，乃偏指元朝，因为他所举"铁厓"（杨维桢）和"渊颖"（吴莱）都是元代诗人。云"几人眼见"，说明王士禛肯定了元诗的价值。申纬《再题〈中州集〉二首》（其一）写道："雄词沥液于群编，摹写三唐岂偶然。记得渔洋心印处，鹊山寒食泰和年。"申纬此

---

① 〔朝〕李德懋：《青庄馆全书Ⅱ》（《影印标点 韩国文集丛刊》第258辑），汉城，韩国民族文化推进会，2000年，第46—47页。
② 〔朝〕李德懋：《青庄馆全书Ⅱ》（《影印标点 韩国文集丛刊》第258辑），汉城，韩国民族文化推进会，2000年，第15页。

诗末句引自元好问（1190—1257）《咏鹊山》①诗，诗后还引翁方纲《小石帆亭著录》注曰："渔洋平生追摹元遗山，只在'鹊山寒食'一句。"②的确，王士禛的多首诗作中均有"鹊山寒食"的词句、主旨及意象③，体现了他对元好问的崇敬。李德懋崇仰王士禛，平素尽力学习渔洋风格，其"痴人谈古诗"一诗（《绝句二十二首》其二十）④中的诗论观点虽称不上"公平博雅"，但是也与王士禛的主张较为相符，是其学习王士禛转益多师的表现。

（三）对王士禛具体诗作的探讨

朝鲜诗家不仅认同王士禛的"神韵说"，肯定其广泛学习的创作态度，更对其具体诗作展开了细致入微的评论。如：

> 王渔洋诗曰："新月初黄迎客出，乱山一碧送船归"，警句也。今文画得此诗意，故书之。（南公辙《文嘉〈远山暮景图〉（绢本）》）⑤

> 渔洋诗多出妙解神悟，能作人所难道语，如《题豹人小像》："绝涧长松不世情，斜头箕踞一先生。胸中垒块无人语，落落琴声大蟹行。"《咏二月八日雪》诗："晓梦剡溪行，黄昏雪意成。不愁三径没，只爱小窗明。映月鹇无色，爬沙蟹有声。"（李圭景《诗家点

---

① 〔金〕元好问《济南杂诗十首》（其四）："吴儿洲渚是神仙，罨画溪光碧玉泉。别有洞天君不见，鹊山寒食泰和年。"（元好问：《遗山集》，影印本《文渊阁四库全书》第1191册，台北，台湾商务印书馆，1986年，第138页）

② 〔朝〕申纬：《警修堂全藁》（《影印标点 韩国文集丛刊》第291辑），汉城，韩国民族文化推进会，2002年，第97页。李裕元《林下笔记》卷三十三也引用了申纬的这段评语，不过将"鹊山"误作"鹃山"。

③ 如《冶春绝句二十首》（其十九）（《渔洋诗集》卷十六）："故国风流在眼前，鹊山寒食泰和年。邢沟未似明湖好，名士轩头碧涨天。"（王士禛：《渔洋诗集》，《四库全书存目丛书》编纂委员会编：《四库全书存目丛书》集部第226册，济南，齐鲁书社，1997年，第667页）《忆明湖》（《渔洋诗集》卷十六）："一曲明湖照眼明，越罗吴縠剪裁轻。烟岚浓澹山千叠，荷芰扶疏水半城。历下亭中坐怀古，水西桥畔卧吹笙。鹊山寒食年年负，那得樵风引棹行。"（〔清〕王士禛：《渔洋诗集》，《四库全书存目丛书》编纂委员会编：《四库全书存目丛书》集部第226册，济南，齐鲁书社，1997年，第676页）

④ 〔朝〕李德懋：《青庄馆全书Ⅰ》（《影印标点 韩国文集丛刊》第257辑），汉城，韩国民族文化推进会，2000年，第193页。

⑤ 〔朝〕南公辙：《金陵集》（《影印标点 韩国文集丛刊》第272辑），汉城，韩国民族文化推进会，2001年，第454页。

灯》卷五"弹琴洒雪譬蟹行"条)①

又,刘吏部体仁论渔洋诗"如仙人啸树,其异在神骨之间,又如天女微妙,偶然动步,皆中奇舞之节"。按《香祖笔记》,全椒人吴国对论渔洋诗,以为"少陵云'一洗万古凡马空'、东坡云'笔所未到气已吞',才人须具此胸次,落笔自而不凡,惟阮亭可以语此"。(奎章阁《东诗丛话(续)》)②

凡诗得境难矣。得境则情生,情生则语到。王阮亭诗四律中《题虎丘》及《图墓》诗俱得悲迥。如《虎丘》诗:"阖闾霸业夕阳沉,钟梵空山自古今。……"(奎章阁《东诗丛话(续)》)③

阮亭《通天坮》诗颇有唐人气格:"通天台畔望咸京,秋入秦川雨半晴。御宿不来仙掌散,宫车已往露盘倾。神光遥指虚无影,渭水长流日夜声。此去西风茂陵路,只应肠断沈初明。"通天坮在长安。汉武帝所筑仙掌、露盘俱指承露盘,而魏明帝命宫官牵车取承露盘。盘折临行,铜仙垂泪,唐人诗"魏宫牵车指千里",又"忆君清泪如铅水"。初明,沈炯字。过通川台为表,以陈思乡之意。(奎章阁《东诗丛话(续)》)④

阮亭绝句之结语多得潇洒,如《雨中度关》诗:"西风忽送潇潇雨,满路槐花出故关。"读至王渔洋诗"花辰逢暮雨,寒食减征衣"之句,内仗只是平格,外仗方可谓王渔洋句。语每得如此,则何恨不若陶、谢辈?又,王渣洋《岳下作》结联"买山随处好,终日恋清晖。"此语虽涉平淡无警,自有咀嚼生香。又,《徂徕怀古

---

① 〔韩〕赵锺业编:《修正增补 韩国诗话丛编》(第12册),汉城,太学社,1996年,第262页。
② 〔韩〕赵锺业编:《修正增补 韩国诗话丛编》(第13册),汉城,太学社,1996年,第508页。
③ 〔韩〕赵锺业编:《修正增补 韩国诗话丛编》(第13册),汉城,太学社,1996年,第509页。
④ 〔韩〕赵锺业编:《修正增补 韩国诗话丛编》(第13册),汉城,太学社,1996年,第516页。

诗》:"子孙留伏蜡,水石映茅茨。"读之如见其须眉。

明清人以王阮亭长歌推为近古,而殊不知《竹枝词》、《怀古》等绝冲艳无比也。如《骊山怀古八绝》尤属清旷雅博。其一曰:"鹦鹉何年问上皇,野棠风折绮垣长。销魂此日朝元阁,亲试华清第二汤。"鹦鹉,一名阿苏,唐玄宗养宫中,问"思乡否?"对曰"思乡",遂放还。其后,鹦鹉见陇西使,问"上皇安否?"华清宫有莲花汤,即杨贵妃沐浴之所。其二曰:"满路香尘拾坠钿,诸姨五队夹城边。花开绣岭看调马,雪下难宫有赐钱。"玄宗幸华清宫时,车骑以五色作队。诸姨,八姨也。(奎章阁《东诗丛话(续)》)①

阮亭在金陵挽陈先生(士业),有五律二首。其第二首:"板荡崇祯末,先生宰晋州。中山翻得谤,孟博竟同牧。归隐康王谷,读书章贡楼。悲哉耆旧尽,流水咽三洲。"中山谤,引乐羊古事也。陈士业官晋州,被谗系狱,州民讼冤,得解。孟博,范滂字也。言其被系如孟博被党锢同政。康王谷,谷名。章贡楼,陈士业书楼名。古人以诗家之善用人名者为鬼谱,今阮亭诗一部鬼谱,又一部地志。(奎章阁《东诗丛话(续)》)②

阮亭《竹枝词》多得媚体,如《邓尉竹枝词》:"枫桥估客入山来,蝶子多从木渎开。玛瑙冰盘堆万颗,西林五月熟杨梅。"木渎,港名。西林,地名。(奎章阁《东诗丛话(续)》)③

王阮亭《题寒山寺诗二首》:"日暮东塘正落潮,孤篷泊处雨潇潇。疏钟夜火寒山寺,记过吴枫第几桥。"枫桥,在吴县西。东塘,在枫桥之东。王阮亭此绝脍炙古今,殊不知下绝不让四绝一头也。其第二绝曰:"枫叶萧条水驿空,难居千里怅难同。十年旧约江南

---

① 〔韩〕赵锺业编:《修正增补 韩国诗话丛编》(第13册),汉城,太学社,1996年,第515页。

② 〔韩〕赵锺业编:《修正增补 韩国诗话丛编》(第13册),汉城,太学社,1996年,第512页。

③ 〔韩〕赵锺业编:《修正增补 韩国诗话丛编》(第13册),汉城,太学社,1996年,第510页。

梦，独听寒山半夜钟。"阮亭此二绝乃寄赠西樵、礼吉而作。故此绝三、四及之。按《诗话》，张继《枫桥夜泊》诗有"姑苏城外寒山寺，夜半钟声到客船"之句，后人为"半夜钟声"。《诗话》辨之曰："姑苏寺钟声鸣于夜半。"又云："有姑苏之承天寺至夜半则鸣钟，其他皆五更钟也。"（奎章阁《东诗丛话（续）》）①

王渔洋诗"九疑泪竹娥皇庙，字字离骚屈宋心"。使今人为之，当曰"屈子"而不能曰"屈宋"，盖屈、宋同倡词赋，二人而一体也。又其音调，"屈子"与"屈宋"大有间，非渔洋之才识超绝，其孰能知此而胆敢之乎？（金泽荣《杂言》）②

这几位诗家主要以摘句法对王士禛的一些诗作进行了点评。在他们看来，王士禛"才识超绝"，所以其诗多出警句，"妙解神悟"、落笔不凡、情境相生、语多潇洒、"清旷雅博"、"长歌近古"，"颇有唐人气格"，因此"咀嚼生香"，不逊于陶、谢，足以"脍炙古今"。这是王士禛努力追求神韵的结果，也反映了朝鲜诗家对王士禛"神韵说"的肯定。在这几段评论中，作者不仅从思想、艺术上探讨，还对王士禛诗歌中的典故进行了注释、考证，足见其对这些诗歌研究之全面、透彻。当然，从朝鲜诗家对王士禛诗歌中重点词语、典故的详细注释来看，他们不仅关注王士禛的"性情"，也很关注其诗歌中的"学问"。同时，他们还认为王士禛敢于道常人所不敢道之语，而且能够以地名、人名入诗，明于事、合于情，手法高妙。这种细致的解读，既说明王士禛诗歌的文化蕴涵丰厚，也说明了朝鲜诗家文化功底的深厚。

也有些朝鲜诗家凭借着深厚的文化功底和诗学素养，指出了王士禛诗歌中的一些瑕疵，如：

四律与长篇不同。四律自有森严科条，长篇自有科外游衍。读王阮亭《五华寺寻水源》律诗，已服其大作，而聊不越长篇口气

---

① 〔韩〕赵锺业编：《修正增补 韩国诗话丛编》（第13册），汉城，太学社，1996年，第510—511页。

② 〔韩〕韩国学文献研究所编：《金泽荣全集》（二），汉城，亚细亚文化社，1978年，第129—130页。

也。其四律曰:"退翁亭子苍崖前,五华古寺当其颠。残僧雪夜煨芋火,童子开门寻涧泉。石壁空青散云锦,金沙照耀浮清涟。何时把酒萝阴下,风堕岩花乌帽偏。"第三"残僧煨芋"见称《明史》。按,此诗端的以四律指目,而说者以为三、四"雪夜"、"开门"作对,恐非四律体制。然岂可以一字改换通篇体制乎?元来"雪"字、"开"字必有一字之讹梓也。假说,阮亭老人无意于体制,信口号作,则此亦不近人情之说也。每常,阮亭老人不无泥古之想,一句一语,元无错范者也。又审读第一句,其气以长篇发起。若云四律,则较诸杜草堂一句"郑玄亭子洞之滨",殊可破惑也。其气格当云何如哉?退翁,谷名。(奎章阁《东诗丛话(续)》)①

阮亭长歌元有长处,或以短词用长歌体,尤得艳绝。如《馆娃宫歌》:"馆娃宫中花蕊红,美人白苎娇春风。馆娃宫中烟草绿,蝴蝶双双井栏宿。回首秾华能几时,羡君一舸逐鸱夷。五湖淼淼烟波阔,何处黄金铸范蠡?"杜牧诗有"西子下姑苏,一舸逐鸱夷。"鸱夷乃范蠡,而此结又用范蠡,殊可疑。(奎章阁《东诗丛话(续)》)②

沈归愚德潜曰:"或谓渔洋獭祭之工太多,性灵反为书卷所掩。故尔雅有余,而莽苍之气、遒折之力往往不及古人。老杜之悲壮沉郁,每在乱头粗服中也。"应之曰:"是则然矣,然独不曰欢娱难工,愁苦易好,安能使处太平之盛者强作无病呻吟乎?"(李德懋《清脾录》"王阮亭"条)③

前两段中,朝鲜诗家指出王士禛诗歌存在对仗不工和重复用典的不妥之处。因为王士禛是清代一流的诗歌大家,所以他们只是委婉地质疑,而没有坚决地否定,这也体现了朝鲜诗家态度的诚恳和论诗的谨慎。最后,

---

① 〔韩〕赵锺业编:《修正增补 韩国诗话丛编》(第13册),汉城,太学社,1996年,第513页。
② 〔韩〕赵锺业编:《修正增补 韩国诗话丛编》(第13册),汉城,太学社,1996年,第512页。
③ 〔朝〕李德懋:《青庄馆全书Ⅱ》(《影印标点 韩国文集丛刊》第258辑),汉城,韩国民族文化推进会,2000年,第46—47页。

李德懋借沈德潜《清诗别裁集》中的一段话指出王士禛诗歌书卷气较浓,有堆砌典故(獭祭之工)的弊病,妨碍了真情的抒发。同时,李德懋又指出,由于身处太平盛世,王士禛的显露才学不等同于无病呻吟,有其存在的合理性,这既指出了王士禛创作的缺点,又为其进行了辩护。

以下几段记载也能体现朝鲜诗家论诗的谨慎与客观。金正喜认为:

> 文章论定,古今所难。袁子才以阮亭诗为才力薄,而不得不推为一代正宗,是终不得掩其所占地位而并夺之也。假使若自反,才力与正宗俱难议到耳。蒋心余又以唐临晋帖譬之,亦微词。但今日若得唐摹一字,其宝重亦不下真迹,岂可与宋元以后赝刻论哉?每盛名人皆忌之,此俱存深戒者。然至其不能副其实,鬼然自傲者,盗思夺之,袁、蒋固当时只眼,犹未免于盗之招。况下此者耶?此所以少陵诗"文章千古事,得失寸心知"一语浑全、贯穿古今耳。(《杂识》)①

金正喜能够辩证地看待王士禛的作品:一方面,他同意袁枚的观点,认为王士禛诗尚缺才力,并非真正的"一代正宗";同时,他也反对了袁枚、蒋心余的偏颇观点,认为人无完人,诗歌也无法达到完美,王士禛的"神韵"之作尽管有缺点,但是也明显强于那些生硬模拟之作。金泽荣也认为:"王贻上诗自是后代诗之偏调,不可得列于大家之数。然格法既极脱洒,而调律之妙尤不可及,其调律之妙袁随园已说之详矣。"(《杂言》)②尽管金泽荣认为王士禛诗歌是"偏调",称不上大家,但同时又称赞了王士禛诗歌在格法、调律方面的优势。

奎章阁《东诗丛话(续)》亦云:

> 曹祭酒谓王渔洋曰:"杜、李、韩、苏四家歌行,千古绝调,然语句时有利钝。先生长句,乃句句用意,无瑕可攻。拟之前人,殆无不及。"渔洋曰:"此其所以不及前人也。四公之诗,如万斛泉

---

① 〔朝〕金正喜:《阮堂全集》(《影印标点 韩国文集丛刊》第 301 辑),汉城,韩国民族文化推进会,2003 年,第 148—149 页。

② 〔韩〕韩国学文献研究所编:《金泽荣全集》(二),汉城,亚细亚文化社,1978 年,第 120 页。

源,不择地而出,行乎其所不得不行,止乎其所不得不止。余诗如鉴湖一曲,放翁、遗山已下,或庶几耳。"说者以为曹禾此论恐涉过。倘置渔洋于杜、李之间,而又许以无瑕可攻,则岂非反有逾于利钝者乎?余解之曰:"曹论非以渔洋诸作论也,特以歌行论。又非以歌行尽皆如是也,必有指定而法也。"按清人杂录:康熙初,王渔洋在京师与人唱和,有歌行等作,有评之曰:"阮亭诗别有西川织锦匠,他人不得效之。"又,叶认庵谓曰:"兄歌行,他人不能到,只是熟得《史记》、《汉书》。"据此,则曹禾盖指此时所作长歌,而恐《葛洪移家图》等篇是也。然未敢确证,故述此一篇而作东诗之别案。①

这段文字引用了王士禛的《分甘余话》② 和《古夫于亭杂录》③ 中的观点,详细探讨了他的歌行。清代曹颂嘉(禾)笼统地说王士禛的歌行体完美无瑕,可比杜、李、韩、苏四家,而有人则认为曹禾此说太过。朝鲜诗家没有盲从任何一方的观点,而是通过解析曹禾、清人杂录的观点,得出了更加客观公正的结论,即曹禾之说有一定道理但过于笼统,因为王士禛歌行中仅个别篇目可与四大家相比。尽管如此,这段诗论最后还谨慎地注明"未敢确证"。即使没有确证,朝鲜诗家提出的这一问题也非常值得后人关注。

总而言之,王士禛是朝鲜诗家最重视的清朝诗人。他们或描述,或议论,或抒情,对王士禛其诗、其人持续关注,同时展开了多方位、深层次

---

① 〔韩〕赵锺业编:《修正增补 韩国诗话丛编》(第13册),汉城,太学社,1996年,第508—509页。
② 〔清〕王士禛《分甘余话》卷三:"曹颂嘉禾祭酒常语余曰:'杜、李、韩、苏四家歌行,千古绝调,然语句时有利钝。先生长句,乃句句用意,无瑕可攻。拟之前人,殆无不及。'余曰:'惟句句作意,此其所以不及前人也。四公之诗,如万斛泉源,不择地而出,行乎其所不得不行,止乎其所不得不止。余诗如鉴湖一曲,放翁、遗山已下,或庶几耳。'"(王士禛:《分甘余话》,影印本《文渊阁四库全书》第870册,台北,台湾商务印书馆,1986年,第576页)
③ 〔清〕王士禛《古夫于亭杂录》卷五:"康熙丁未、戊申间,余于苕文、公戭、玉虬、周量辈京师为诗倡和,余诗字句或偶涉新异,诸公亦效之。苕文规之曰:'兄等勿效阮亭。渠别有西川织锦匠作局在。'又,叶文敏认庵云:'兄歌行,他人不能到,只是熟得《史记》、《汉书》耳。'余深愧两兄之言。"(王士禛:《古夫于亭杂录》,赵伯陶点校,北京,中华书局,1997年,第135页)

的探讨。朝鲜诗家肯定了王士禛的诗风，认可了他的诗坛地位，很多诗人愿意接受、学习他的理论和创作。从朝鲜诗家的探讨和评论可知，王士禛的"神韵说"理论和诗作对朝鲜后期诗风的改革具有很大的促进作用。

第三节 朝鲜诗家论朱彝尊、查慎行、李锴等人诗歌

在"江左三大家"、"国朝六大家"以外，朝鲜诗家对李锴、毛奇龄、李光地、王士禄等清前期诗人也非常关注。尽管他们的成就和影响不及前者，但是其诗作有较强的个性。对他们的关注，体现了朝鲜诗家全面把握清前期诗歌的意图和努力。

一、论朱彝尊诗歌

朱彝尊（1629—1709），字锡鬯，号竹垞，晚号小长芦钓鱼师，又号金风亭长，清代著名学者和诗人。他青年时逢明清易代，遂居家治经史、古文辞，曾载书客游南北。康熙十八年（1679），朱彝尊举博学鸿词科，任翰林院检讨，参与《明史》的修纂工作。朝鲜诗家柳得恭诗《题沈碻士〈国朝诗别裁〉四首》（其四）就描述了朱彝尊的这段人生历程："零落东林几楚材，百年钩党荡寒灰。依然博学鸿词在，总向康熙己未来。"① 罢归后，他专心著述，博学多识，诗词均有盛名。朱彝尊的诗清新浑朴，与王渔洋并称为"南朱北王"或"南北二宗"，诗文汇为《曝书亭集》。朱彝尊前期诗歌以宗唐为主，内容丰富充实、声调较为激越，仕清后转学宋诗，主张歌颂太平，重格律，诗风趋于平和、空廓，带有形式主义倾向。他的创作轨迹是清初顺康诗坛演变的缩影，具有典型意义。

（一）论朱彝尊的诗歌理论

朝鲜诗家高度评价了朱彝尊的诗论主张，并且关注他明清易代时期诗风的兼学唐宋，基本上把握了他的理论和创作。

朱彝尊与钱谦益一样，反对模拟剽窃的风气，主张抒写真性情，强调"诗言志"，要求诗歌创作恢复"常态"和"正道"。朝鲜诗家金正喜历数中国诗歌演变的各个重要环节，强调了朱彝尊在清理明末颓败诗风、

---

① 〔朝〕柳得恭：《泠斋集》（《影印标点 韩国文集丛刊》第260辑），汉城，韩国民族文化推进会，2000年，第24页。

开创清初雅健诗风方面的杰出成就，认为他可与王士禛并称："古今诗法，至陶靖节为一结穴。唐之王右丞、杜工部各为一结穴……白香山又为一结穴……宋之苏、黄又为一结穴……有明三百年，无一足称。至王渔洋，扫廓历下、竟陵之颓风，又能为一结穴，不得不推为一代之正宗。朱竹垞如太华双峰并起，又以甲乙外，此皆旁门散圣耳。"（《杂识》）① 这种褒奖比较符合客观现实。明末清初诗坛风尚错综复杂：既有"七子"复古派"空疏肤廓"的积习，又有公安派、竟陵派"浅俗"、"晦涩"的流弊。云间派、西泠派推尊汉魏，师法盛唐；钱谦益承公安派余绪，在学杜的同时又师法宋、元；顾炎武、黄宗羲等人也开始推崇宋诗，而朱彝尊则持"唐正宋变"的观点，将唐诗的"情"与宋诗的"理"结合起来，追求"雅正"、"中和"，持论公允。金正喜综观清诗，进一步阐释了朱彝尊的作诗之道："诗道之渔洋、竹垞门径不误。渔洋纯以天行，如天衣无缝，如华严楼阁，一指弹开，难以摸捉；竹垞人力精到，攀缘梯接，虽泰山顶上可进一步。须以竹垞为主，参之以渔洋色香声味，圆全无亏缺。"（《与申威堂观浩》）② 虽然以朱为主、以王为辅的诗道不完全准确，但金氏认为二者互为补充才能体现清诗集大成的创作特色和成就还是颇有道理的。

李圭景在《诗家点灯》卷三"缘情为诗"条引用了朱彝尊《钱舍人诗序》③ 一文的观点，支持朱彝尊"缘情为诗"的主张：

> 朱竹垞序钱舍人诗曰："缘情以为诗。诗之所由作，其情之不容己者乎？其感春萌思、遇秋而悲，蕴于中者，深斯出之也。善长言之，不见其多；约言之，不见其不足。情之挚者，诗未有不工者也。后之称诗者，或漫无所感，于中取古人之声律字句而规仿之，必求其合。好奇之士则又务离乎？古人以自名其异，均之为诗，未有无情之言可以传后者也。惟本乎自得者，其诗乃可传焉。盖古人多，吾辞之工者，未有不合乎古人；非先求合古人而后工者也。"云。竹

---

① 〔朝〕金正喜：《阮堂全集》（《影印标点 韩国文集丛刊》第301辑），汉城，韩国民族文化推进会，2003年，第134页。
② 〔朝〕金正喜：《阮堂全集》（《影印标点 韩国文集丛刊》第301辑），汉城，韩国民族文化推进会，2003年，第47页。
③ 〔清〕朱彝尊：《曝书亭集》（二）（影印本《文渊阁四库全书》第1318册），台北，台湾商务印书馆，1986年，第71—72页。

垞非徒贯穿古今，以淹博为事，其于诗道论断如衡，学诗者宜可准则，不失为诗之规矩矣。①

李圭景所抄部分序文与原文语句略有不同。"其感春萌思"一句，原文为"夫其感春而思"，"盖古人多"一句，句末较原文脱一"矣"字。李圭景抄录时稍有更改或遗漏，但不影响文意，其目的非常明确，即朱彝尊的理论是学诗者的重要准则。

朱彝尊的诗论强调"根本经史"与"出乎性情"相结合，体现在诗歌创作中，不仅注重情感的抒发，而且坚持向宋人学习，以学问为诗，精心雕琢。这对朝鲜诗家很有启发，所以他们对朱彝尊的诗论持肯定态度。

(二) 论朱彝尊的诗歌创作

朝鲜诗家从兼学唐宋的角度对朱彝尊的诗歌进行了探讨，评价很高。前文已述，朝鲜诗家申纬编选《七律彀》时，金正喜曾提出"杜樊川、黄文节、朱竹垞皆不可阙"②的建议，申纬据此最终遴选十四家诗人的七律典范之作，其中就包括朱彝尊的七律。而且，申纬在诗中写道："六代词宗眉目选，七言律彀腑心刊。"（《余选〈复初斋诗〉之役已过十年，迄未告竣。竹垞进士赠是集，原刊合续刻重装本，而前阙陆序、后缺俪笙，续刻甲戌至丁丑之作，此亦未可谓完本也。但题余小照之什宛在续刻中，差幸挂名其间。所可恨者，题拙画墨竹诗则竟逸而不见耳，书此以示竹垞五首》其五）③ 申纬将朱彝尊置于"词宗"之列，充分说明了朝鲜诗家对朱彝尊诗坛地位的肯定以及对其诗歌的欣赏。

朝鲜诗家认为朱彝尊诗学李、杜并取得了很好的效果。李圭景《诗家点灯》卷二"竹垞《集杜》"条以抄录集杜诗的形式赞扬了朱彝尊的学杜成就：

---

① 〔韩〕赵锺业编：《修正增补 韩国诗话丛编》（第12册），汉城，太学社，1996年，第95页。
② 〔朝〕申纬：《警修堂全藁》（《影印标点 韩国文集丛刊》第291辑），汉城，韩国民族文化推进会，2002年，第173页。
③ 〔朝〕申纬：《警修堂全藁》（《影印标点 韩国文集丛刊》第291辑），汉城，韩国民族文化推进会，2002年，第515页。

朱竹垞锡鬯《集杜》："虾菜忘归范蠡传，断肠分手各风烟。更为后会知何地，自断此生休问天。从酒欲谋良夜醉，席谦不见近弹棋。江山路远羁离日，郭外谁家负郭田。""寂寞书斋里，幽偏得自怡。美花多映竹，小水细通池。丘壑曾忘返，招邀屡有期。论文或不愧，步屣过东篱。""简易高人意，村花不扫除。日长惟鸟雀，客至罢琴书。晒药安垂老，钞书听小胥。由来意气合，岁晚莫情疏。"使少陵复起，亦当尔尔。①

此文收录的朱彝尊的三首集杜诗均载于《曝书亭集》卷三。第一首为七律《得谭七表兄吉璁西陵书集杜》②，诗句依次集自杜诗《赠韦七赞善》、《公安送韦二少府匡赞》、《送路六侍御入朝》、《曲江三章》（其二）、《腊日》、《存殁口号二首》（其一）、《重赠郑炼》、《惠义寺园送辛员外》。不过，李圭景所记的第六句诗"席谦不见近弹棋"与原诗有所不同，朱彝尊作"将诗不必万人传"（杜甫《公安送韦二少府匡赞》）。第二首为五律《俞汝言移居八首集杜》（其二）③，诗句依次集自杜诗《寂寞书斋里》、《独酌》、《奉陪郑驸马韦曲二首》（其二）、《过南邻朱山人水亭》、《大历三年春白帝城放船出瞿塘峡久居夔府将适……凡四十韵》、《陪李七司马皂江上观造竹桥即日成往来之……简李公二首》（其二）、《范二员外邈、吴十侍御郁特枉驾阙展待，聊寄此》、《重过何氏五首》（其二）。第三首为五律《俞汝言移居八首集杜》（其四）④，诗句依次集自杜诗《观李固请司马弟山水图三首》（其一）、《寄李十四员外布十二韵》、《春远》、《过客相寻》、《独坐》（其二）、《赠李八秘书别三十韵》、《赠王二十四侍御契四十韵》、《寄高三十五詹事》。其第六句"钞书听小胥"，朱彝尊作"钞诗听小胥"（《赠李八秘书别三十韵》）。朱彝尊早年抗清时胸怀壮志，渴望恢复，最推重的诗人是杜甫。他认为杜诗"无一

---

① 〔韩〕赵锺业编：《修正增补 韩国诗话丛编》（第12册），汉城，太学社，1996年，第28—29页。
② 〔清〕朱彝尊：《曝书亭集》（一）（影印本《文渊阁四库全书》第1317册），台北，台湾商务印书馆，1986年，第416页。
③ 〔清〕朱彝尊：《曝书亭集》（一）（影印本《文渊阁四库全书》第1317册），台北，台湾商务印书馆，1986年，第416页。
④ 〔清〕朱彝尊：《曝书亭集》（一）（影印本《文渊阁四库全书》第1317册），台北，台湾商务印书馆，1986年，第416页。

不关乎纲常伦纪之目,而写时状景之妙,自有不期工而工者。然则善学诗者,舍子美其谁师也欤?"(《与高念祖论诗书》)① 因此他以集杜诗的形式学杜,而李圭景也敏锐地看到了这一点,并给予了极高的评价,认为他的集杜诗已经达到了杜甫的水准,手法、意境不足多让,故曰"使少陵复起,亦当尔尔。"

与此同时,李圭景也肯定了朱彝尊偶学李白之浪漫的成就,认为朱彝尊的这类诗作也颇得李之神髓:

> 朱竹垞彝尊《赠郑簠》:"金陵郑簠隐作医,八分入妙堪吾师。揭来卖药长安市,诸公衮衮多莫知。伊余闻名二十载,今始邂逅嗟何迟。自从鸿都石经后,工者疏密无定姿。任城学官阙里庙,罗列不少汉人碑。簠也幽寻遍摹揭,羲娥星宿摅无遗。邰阳酸枣法尤备,心之所摹手辄追。……迩来孟津数王铎,流传恨少无人披。太原傅山最奇崛,鱼颅鹰跱势不羁。临清周之恒,委曲也得宜。勾吴顾苓粤谭汉,暨歙程邃名相持,未若簠也下笔兼经奇。……无锡城边见严四,示我长歌一和之。"其挥洒之状,真所谓"兴酣落笔摇五岳"者也。(《诗家点灯》卷六"竹垞《赠郑簠》诗"条)②

"兴酣落笔摇五岳"出自李白的乐府诗《江上吟》,是李白豪放飘逸之浪漫诗风的代表。李圭景认为朱彝尊的这首《赠郑簠》③挥洒自如,将遗民郑簠的隐居生活描写得古韵盎然,清丽雅致,有诗仙风韵,这是一种极高的赞誉。

朱彝尊的后期诗歌吸取了宋诗的特点,议论和学问的成分增多。赵执信《谈龙录》曰:"王才美于朱,而学足以济之;朱学博于王,而才足以举之。"④《曝书亭集》卷首四库馆臣引此亦曰:"国朝之诗以彝尊及

---

① 〔清〕朱彝尊:《曝书亭集》(二)(影印本《文渊阁四库全书》第 1318 册),台北,台湾商务印书馆,1986 年,第 4 页。
② 〔韩〕赵锺业编:《修正增补 韩国诗话丛编》(第 12 册),汉城,太学社,1996 年,第 381—382 页。
③ 〔清〕朱彝尊:《曝书亭集》(一)(影印本《文渊阁四库全书》第 1317 册),台北,台湾商务印书馆,1986 年,第 505 页。
④ 〔清〕赵执信:《谈龙录》,陈迩冬校点,北京,人民文学出版社,1998 年,第 15 页。

王士禛为大家，谓王之才高而学足以副之，朱之学博而才足以运之。"①朝鲜诗家李德懋颇认同这一说法，他从本国诗人李书九的诗歌中看到了朱彝尊的影响，进而认为朱彝尊的诗论有沾溉后世的积极作用："锡鬯贻上合为一，快倒书廪倾诗囷。"(《雅亭遗稿·长句赠薑山》)②"薑山妙年英才，闻学日富。其为诗也，根据乎全经全史，篆籀分隶以秀其气，卉木禽虫以致其才，运之以性灵，会之以鉴识，古澹幽洁，高亮闲远。余尝叹其典裁如王渔洋，淹雅如朱竹垞。余于薑山无间然云尔，则亦不固让，泠斋、楚亭皆推为铁论。"(《清脾录》"薑山"条)③

李圭景《诗家点灯》卷二"竹垞惜老叹吝诗"条还选录了朱彝尊的《杂诗》一首："其《杂诗》：'衡必锱铢争，钱必子母权。佳梨钻及核，曲防遏其泉。不屑一毛拔，而况千金捐。举世皆杨朱，方思墨翟贤。'此叹世厄塞、鄙人吝也。夫身老则无用，世吝则难容，古今何殊？"④ 这首诗为朱彝尊的《杂诗十五首》(其十二)⑤(《曝书亭集》卷二十)，明显带有宋诗说理的特点。而李圭景的结语更是以反问形式鲜明突出了朝鲜诗家对朱氏学宋的肯定和赞扬。

当然，朝鲜诗家对朱彝尊诗歌也略有指瑕。如李尚迪诗《江都符南樵葆森孝廉辑〈国朝正雅集〉，略载东国人诗，拙作亦在其中，题绝句五首》(其三)曰："博综艺林朱竹垞，如何巾帼月山君。(竹垞《明诗综》载朝鲜月山大君诗，误称闺媛。)"⑥ 他首先承认朱彝尊的学问博深，然后批评了他编纂的《明诗综》将朝鲜月山大君李婷误称为闺媛的错误（当然，这也可能是受了《列朝诗集》的影响）。毋庸讳言，中国诗选所收录的朝鲜汉诗，在诗歌字句、作者信息等方面难免会出现一些差错，选诗和评价标准也可能与朝鲜诗家有所不同。

---

① 〔清〕朱彝尊：《曝书亭集》(一)（影印本《文渊阁四库全书》第1317册），台北，台湾商务印书馆，1986年，第390页。
② 〔朝〕李德懋：《青庄馆全书Ⅰ》(《影印标点 韩国文集丛刊》第257辑)，汉城，韩国民族文化推进会，2000年，第195页。
③ 〔朝〕李德懋：《青庄馆全书Ⅱ》(《影印标点 韩国文集丛刊》第258辑)，汉城，韩国民族文化推进会，2000年，第56页。
④ 〔韩〕赵锺业编：《修正增补 韩国诗话丛编》（第12册），汉城，太学社，1996年，第85页。
⑤ 〔清〕朱彝尊：《曝书亭集》(一)（影印本《文渊阁四库全书》第1317册），台北，台湾商务印书馆，1986年，第625页。（补：朱彝尊原句为"佳李钻及核"。）
⑥ 〔朝〕李尚迪：《恩诵堂集》(《影印标点 韩国文集丛刊》第312辑)，汉城，韩国民族文化推进会，2003年，第278页。

从总体上看，朝鲜诗家对朱彝尊的诗学理论和诗歌创作还是非常认同的，评价较高。

二、论查慎行诗歌

查慎行（1650—1727），原名嗣琏，字夏重，号他山，晚号初白翁，浙江海宁人，清初"宗宋派"大家。清初诗人承明代中后期复古派影响，诗多学唐。而查慎行则兼学唐宋，其效法宋诗的作品成就很高，在诗坛的影响很大。赵翼《瓯北诗话》卷十"查初白诗"条曰："故梅村后，欲举一家列唐、宋诸公之后者，实难其人。惟查初白才气开展，工力纯熟……要其功力之深，则香山、放翁后一人而已。"① 的确，"他的诗近宋朝的陆游，古体源于苏东坡。神采奕奕，辞意均达，才气展开，技巧很纯熟。"② 这也是朝鲜诗家关注查慎行诗歌的主要原因。

朝鲜使臣徐滢修在《纪晓岚传》中记载，纪晓岚曾经向他称许了洪良浩（号耳溪）的诗文，并以查慎行比之："余曰：'耳溪诗文何如？在中国则可方何人否？'晓岚曰：'耳溪诗文独来独往，不甚依门傍户，所以为佳。其文在中国则魏叔子之流亚，诗在中国则施愚山、查初白之伯仲也。'"③ 查慎行及其诗学由此全面进入了朝鲜诗家的批评视野。

金正喜高度评价了查慎行的诗学成就和地位："诗道之渔洋、竹垞门径不误。……专从渔洋、竹垞下手为妙。下此又有查初白，是两家后门径最不误者也。由是三家，进以元遗山、虞道园溯洄东坡、山谷，为入杜准则，可谓功成愿满、见佛无怍矣。"（《与申威堂观浩》）④ 由于金正喜所处的时代朝鲜诗坛正处于诗学多家的状态，所以他对查慎行的诗学很感兴趣。他赞同查慎行兼宗唐宋的学诗之法，将其与宗唐的王士禛、朱彝尊并列为"三家"。

查慎行论诗崇尚"空灵"，他强调："诗之厚，在意不在辞；诗之

---

① 郭绍虞编选：《清诗话续编》（上），富寿荪校点，上海，上海古籍出版社，1983年，第1299—1300页。
② 〔日〕泽田总清原：《中国韵文史》，北京，商务印书馆，1937年（1998年重印），第511页。
③ 〔朝〕徐滢修：《明皋全集》（《影印标点 韩国文集丛刊》第261辑），汉城，韩国民族文化推进会，2001年，第302页。
④ 〔朝〕金正喜：《阮堂全集》（《影印标点 韩国文集丛刊》第301辑），汉城，韩国民族文化推进会，2003年，第47页。

雄，在气不在直；诗之灵，在空不在巧；诗之淡，在脱不在易；须辨毫发于疑似之间。"（查为仁《莲坡诗话》）① 朝鲜著名诗人申纬于1825年（乙酉）秋曾次查慎行诗韵而咏诗八首，践行了查慎行的诗学思想。其《落叶诗五首，借查初白韵》曰：

> 以此地上厚，验彼林间薄。落叶落如花，簌簌红雨作。
> 风霜岂欺汝，慨此萚兮萚。夕阳写乔木，竦枝摇立鹊。
> 幽人出户看，晚景殊不恶。且可观物化，何遽叹摇落。

> 或于丹黄内，先萎未渝绿。五色滚一团，走地以绚目。
> 试此青女手，惨淡诗人屋。憔悴无美恶，艾与兰同族。
> 尚可艾化薪，奈汝兰委谷。

> 聚散不自由，西风刮地狂。谁言摧拉余，更作一飞扬。
> 飞扬如有凭，敲碎读书窗。我有天籁耳，端坐一张床。

> 天地大染局，幼化何太遽。丹黄点飘萚，红素吹花絮。
> 春秋迭代谢，光景两无处。空色颠倒间，冉冉流年去。

> 我恐叶落尽，无处着秋风。树端鸣不已，汹若驾海中。
> 闻声劳感心，聪本不如聋。烈士例悲秋，万古何时穷。②

这组诗次查慎行《敬业堂诗集》卷十三的《落叶诗五首和赵渔玉、范用宾》③。

---

① 〔清〕王夫之等撰：《清诗话》（上），上海，上海古籍出版社，1978年，第482页。
② 〔朝〕申纬：《警修堂全藁》（《影印标点 韩国文集丛刊》第291辑），汉城，韩国民族文化推进会，2002年，第263页。
③ 〔清〕查慎行《落叶诗五首和赵渔玉、范用宾》："静中初有声，策策起林薄。俄闻响檐瓦，急点疑雨作。开门日满庭，始悟风陨箨。徐行踏残叶，仰见巢枝鹊。鹊噪一何喜，鸦鸣一何恶。客绪本无端，谁禁对摇落。""好景忽潜移，丹黄换青绿。丹黄亦随尽，假以绚吾目。失荫无密林，蔀家有丰屋。严霜挟时令，憔悴非一族。何殊百万师，委甲填坑谷。""摧坏宁自主，出林竟如狂。初来聚堆阜，倏忽还飞扬。不妨穿我篱，慎莫打我窗。篱穿可徐补，窗破风满床。""春花得人怜，飘荡尚苦遽。天公肯汝惜，狼籍等败絮。从来择庇群，多在成蹊处。君看西家去，又过东家去。""荒居环杂木，最怕冬来风。如驾一芥舟，震撼惊涛中。幸赖杜陵老，前月已耳聋。人生有闻见，荣悴方无穷。"（查慎行：《敬业堂诗集》，影印本《文渊阁四库全书》第1326册，台北，台湾商务印书馆，1986年，第176页）

申纬还有《后落叶诗三首初白韵（同李景博阁学双桧亭看红叶作）》① 曰：

> 白云岭上迭，小车林间停。人生各转蓬，偶然如聚萍。
> 仰羡红叶盛，俯惭银发星。何必我泉石，天地一虚亭。
> 箕踞秋色里，共视融神形。

> 丘壑本泓峥，林树值萧槭。凭高俯城郭，人鸦不可别。
> 曳地夕阳烟，平沉车马跡。心目一何旷，磴径一何窄。
> 相顾笑而起，落叶衣间积。

> 谁向青山里，静听落叶语。刁刁复调调，于喁相尔汝。
> 凄风卷东冈，洒作西岩雨。人人耳有得，秋声本无主。
> 每嗟易失去，追觅似行旅。今秋真不负，杖策携仙侣。

这组诗次查慎行《敬业堂诗集》卷十三的《后落叶诗三首》②。申纬的这些次韵诗设色清淡、意味深厚、气韵流丽，具有"雄厚灵淡"之美，有查慎行诗的"空灵"韵味。由此可见，查慎行的诗学主张和诗歌创作在朝鲜诗家当中产生了模范作用。

另外，李圭景《诗家点灯》卷二"查慎行咏白杜鹃"条载："咏白杜鹃者甚稀。偶阅《别裁集》，查慎行独咏之诗亦佳丽。诗曰：'蜀魄何因冷不飞，空山一片影霏微。那须带血依芳树，自可梳翎羡雪衣。细雨春波愁素女，轻风明月泣湘妃。江南寒食催花候，肠断无声莫唤归。'"③李圭景认为查慎行借用杜鹃泣血之事，巧妙运用设问口气，描绘出了这

---

① 〔朝〕申纬：《警修堂全藁》（《影印标点 韩国文集丛刊》第291辑），汉城，韩国民族文化推进会，2002年，第264页。

② 〔清〕查慎行《后落叶诗三首》："众叶四散飞，狞飙亦暂停。枯丛剩数点，有如块粘萍。又如將曙天，尚带三五星。鸟雀聚疏影，夕阳到空亭。时还堕一片，梦化蘧蘧形。""向荣既欣欣，黄落亦槭槭。却将傍观意，为尔生分别。何如两相忘，造化本无迹。山僧拨叶至，或嫌门径窄。吾懒不出门，门前任堆积。""我吟落叶诗，如与落叶语。年年走关塞，摇荡愁见汝。马头声萧萧，打面风带雨。吴霜点两鬓，归作故林主。故林岂无春，过眼同逆旅。后时感独立，孰是岁寒侣。"（查慎行：《敬业堂诗集》，影印本《文渊阁四库全书》第1326册，台北，台湾商务印书馆，1986年，第177页）

③ 〔韩〕赵钟业编：《修正增补 韩国诗话丛编》（第12册），汉城，太学社，1996年，第84页。

种杜鹃花的素淡洁白,故称之为"佳丽"。需要指出的是,这首诗题为《白杜鹃花》,但作者不是查慎行,而是陈至言(?—1712)。极有可能的原因是,《清诗别裁集》卷二十所载的陈至言诗紧随查慎行诗之后,李圭景参考《清诗别裁集》进行抄录时误记。

相对于钱谦益、王士禛、朱彝尊等人来说,朝鲜诗家对查慎行的评价文字较少。客观来说,查慎行的声望不如钱、王等人,这是最主要的原因。

三、论施闰章、宋琬诗歌

与论查慎行的情况基本相同,朝鲜诗家对施闰章、宋琬的评述也比较集中而简略。如柳得恭的《题沈碻士〈国朝诗别裁〉四首》(其三)写道:"南施北宋逼唐真,明季噍音一变新。略带金源方旺气,要非大历以还人。"① 柳得恭认为"南施北宋"的诗作学中唐以上诗歌,并且略带金元诗歌的豪迈之气,一洗明代的急促纤弱之诗风,给清前期诗坛带来了清健之气。柳得恭的话语虽不多,但是评价很高。其《恭呈家叔父游燕六首》(其四)曰:"杭州才子潘香祖,可怜佳句似南施。"② 他欣赏潘庭筠的才华,以施闰章比之。李德懋《清脾录》"泠斋"条云:"潘秋厍见此诗亦为之推奖,且喜'似南施'之语,手自誊写而去。"③ 可见中国诗人也认同这种评价。李书九诗《成书状种仁回自燕,闻其渡江,却寄六首》(其五)云:"诗家伪体许君裁,谁是中原大雅才。北宋南施今在否,盛名曾说一袁枚。"④ 诗中称许施、宋、袁枚为"中原大雅才",并殷勤致意,询问施、宋二人的诗歌影响,话语虽不多,但也是对两位诗家的肯定。

四、论李锴诗歌

李锴(1686—?),字铁君,号鹰青,又号焦明子、豸青山人,辽宁

---

① 〔朝〕柳得恭:《泠斋集》(《影印标点 韩国文集丛刊》第260辑),汉城,韩国民族文化推进会,2000年,第24页。
② 〔朝〕柳得恭:《泠斋集》(《影印标点 韩国文集丛刊》第260辑),汉城,韩国民族文化推进会,2000年,第30页。
③ 〔朝〕李德懋:《青庄馆全书Ⅱ》(《影印标点 韩国文集丛刊》第258辑),汉城,韩国民族文化推进会,2000年,第54页。
④ 〔朝〕李书九:《惕斋集》(《影印标点 韩国文集丛刊》第270辑),汉城,韩国民族文化推进会,2001年,第13页。

铁岭人，隶属汉军正黄旗，先祖出于朝鲜。李锴是清代著名历史学家和田园诗人，与同时文人戴亨、陈景元并称"辽东三老"①。金毓黻（1887—1962）《〈李铁君先生文钞〉叙》曰："铁岭李铁君先生为'辽东三老人'之一，以诗鸣于雍乾之盛。"②李锴"家世贵盛，其于荣利泊如也。性友爱"（《清史稿·文苑·李锴传》）③，是朝野相闻的著名隐士，有《睫巢集》（初名《含中集》）、《春秋通义》、《南史稿》等著作。他的诗不仅在当时很有名气，而且对辽东地区的诗歌发展也有一定影响。如咸丰年间的著名诗人魏燮均（1812—1889）评曰："辽东以诗名著者，国朝自三老始。三老者，李铁君（锴）、陈石闾（景元）、戴遂堂（亨）皆吾乡先哲也。余幼时读其诗，窃慕其为人，恨生晚也，不获亲炙三老之教聆。"（《静观斋丛录》）④

朝鲜诗家对李锴的了解始于1740年。这一年，金尚宪的玄孙金益谦（号潜斋）出使中国，路遇李锴，与之有诗歌唱和。李德懋《清脾录》"农岩、三渊慕中国"条载："清阴先生玄孙潜斋益谦日进入燕，逢豸青山人李锴铁君，相与啸咤慷慨于燕台之侧。"⑤其后不久，《睫巢集》就传到了朝鲜。1776年，柳琴赴中国前夕，其侄柳得恭作诗《恭呈家叔父游燕六首》相送，其三曰："看书泪下染千秋，临水骚人无限愁。碻士编诗嫌草草，豸青全集若为求。"⑥李锴诗作很多，沈德潜《清诗别裁集》（1759年初刻）只选五首，柳得恭希望叔父此去中国能将李锴的全部作品带回。而且，这首诗的前两句化用了李锴七律《临水》的颔联"看书忽下千秋泪，临水翻增万里愁"⑦。可见柳得恭要得到李锴诗集的迫切心情。李德懋《清脾录》"泠斋"条中也谈到了这一点："其叔父几

---

① 《清史稿·文苑·李锴传》载，陈景元（字石闾）、戴亨（字遂堂）、长海为"辽东三老"。〔清〕赵尔巽等撰：《清史稿》（第44册），北京，中华书局，1977年，第13378页。
② 金毓黻主编：《辽海丛书》，沈阳，辽沈书社，1986年，第1955页。
③ 〔清〕赵尔巽等撰：《清史稿》（第44册），北京，中华书局，1977年，第13378页。
④ 李本达、张乐依、顾太主编：《汉语集称文化通解大典》，海口，南海出版公司，1992年，第70页。
⑤ 〔朝〕李德懋：《青庄馆全书Ⅱ》（《影印标点 韩国文集丛刊》第258辑），汉城，韩国民族文化推进会，2000年，第53页。
⑥ 〔朝〕柳得恭：《泠斋集》（《影印标点 韩国文集丛刊》第260辑），汉城，韩国民族文化推进会，2000年，第30页。
⑦ 金毓黻主编：《辽海丛书》，沈阳，辽沈书社，1986年，第2022页；《睫巢集》（《四库全书存目丛书》编纂委员会编：《四库全书存目丛书》集部第282册），济南，齐鲁书社，1997年，第399页。

何室弹素丙申随副使入燕,泠斋以诗赠别曰:'……看书泪下染千秋,临水骚人无限愁。碻士编诗嫌草草,豸青全集若为求。'此用豸青山人李铁君诗语也。"① 1780年,朴趾源在北京琉璃厂同中国书商俞世琦笔谈,再一次提到了《豸青全集》,其《热河日记·避暑录》载:"余又写'看书泪下染千秋,临水骚人无限愁。碻士编诗嫌草草,豸青全集若为求。'黄圃摇手,笔指《豸青全集》曰:'有禁。铁君祖系贵国人。'余问缘何有禁,黄圃不答。"② 这说明朝鲜诗家对李锴的诗作一直很有兴趣,可惜当时未能得到全集。

朝鲜诗家对李锴其人其诗的评述主要见于李德懋《清脾录》的"豸青山人"条:

> 豸青山人李锴,字铁君,奉天人。王渔洋士祯撰锴父兵部侍郎李辉祖《神道碑》有曰:"铁岭李氏,自宁远伯成梁以阀阅显胜国。至本朝,其门益大。入参帷幄,出为将帅。李之先出于朝鲜,其徙襄平自英始。英以军功授铁岭卫都指挥使。子文彬,文彬子五人。长春美,春美子泾,生宁远。次春茂,春茂子润,润子成功。成功三子,长曰如梴,知太原府。三曰如梓,如梓子恒忠,官副都统,世袭一等阿达哈哈番。子三人,长辉祖,辉祖三子:锟、鋐、锴。皆官。"碑止此。案,恒忠始降于清,为旗人。宁远之派死于国事,故独陵替。如松之裔流落朝鲜,至今为官。如梴子哈哈番思忠《墓志》,汪尧峰琬著。盖锴,如松之族曾孙也。故近世沈归愚德潜编《国朝诗别裁集》有曰:"豸青山人系勋臣后,当得大官,乃偕其配隐于盘山,有武攸绪风。既老,岁至京师,然一二日即归,人罕见其面。诗古奥峭削,自辟门径,高者胎源杜陵,次亦近东野。"归愚之言颇寄微意。岁庚申,金潜斋益谦入燕,遇铁君于旅次,相视莫逆,证为知音。尝扫席焚香,出示一诗,嘘唏感叹,自不能已。其题为《秋山旧作》:"几上残编倦不收,溪边沙鸟默相求。看书忽下千秋泪,临水翻增万里愁。老去襟怀偏忆远,古来词赋已悲秋。墊

---

① 〔朝〕李德懋:《青庄馆全书Ⅱ》(《影印标点 韩国文集丛刊》第258辑),汉城,韩国民族文化推进会,2000年,第53页。

② 〔朝〕朴趾源:《燕岩集》(《影印标点 韩国文集丛刊》第252辑),汉城,韩国民族文化推进会,2000年,第280页。

中同学今谁在，独许青山照白头。"其手书者今藏于宋注书俊载家，李槎川作跋，笔法磊磊劲遒，当在逸品。《睫巢集》若干卷亦来东国。其《闻雁感赋》："毕竟家何处，而云北是归。高城残照下，万里一行飞。风急毋相乱，沙寒定有依。畸人方失序，缘汝泪沾衣。"《月》："清绝自成照，何曾桂树生？有时通夜白，一片得秋明。远水若相接，浮云或并行。年年圆便缺，谁悟善持盈？"《新秋雨中，寒晓亭侍郎招饮署斋》："飞鸟无心惜羽翰，游鱼随处狎波澜。于人岂敢行藏异，好我何妨礼数宽。头白亲知稀握手，酒深风雨一凭栏。年光尚晚贪高会，已醉辽东管幼安。"《次韵答刘东郊》："名刺消磨短袖中，疏狂真与古人同。独来穷巷知何好，深喜清樽且未空。一夕寒灯无梦寐，十年长剑哭英雄。惊乌断雁休相乱，好听邻鸡唱晓风。"口里之石阙嶙峋，肠中之车轮辘辘。家风陇西，耻少卿之坠声。故里辽东，慕幼安之韬迹。(潜斋，清阴先生之玄孙)。①

需要说明的是，李德懋所记的《秋山旧作》在《含中集》卷四题作《临水》，《闻雁感赋》在沈德潜《清诗别裁集》中题作《闻归雁感赋》②，《新秋雨中，寒晓亭侍郎招饮署斋》一诗的题名和部分词句也有误，北京大学图书馆藏清乾隆刻本《睫巢集》卷六载此诗，题为《新秋雨中，塞晓亭侍郎招饮署斋，即席分赋》，其第六、七句诗原作"酒深风雨一凭阑"、"年光向晚贪高会"。③

在这段话中，李德懋首先借王士禛所作的碑文追溯了李锴的家世，指出其祖上源于朝鲜，又借沈德潜之语指出李锴不仕隐居的高洁品格。李德懋重点概括了李锴的诗歌创作情况及成就。沈德潜认为李锴诗总体风格"古奥峭削"，源出于唐诗，"高者胎源杜陵（杜甫），次亦近东野（孟郊）"，并以《闻归雁感赋》为例做了具体分析："竟似出杜陵人手，所云四十字，字字皆君子也。能事全在起结。"④徐世昌《晚晴簃诗汇》卷七十二所载秦蕙田（树峰）的观点与此一脉相承："《睫巢集》渊然以

---

① 〔朝〕李德懋：《青庄馆全书Ⅱ》（《影印标点 韩国文集丛刊》第258辑），汉城，韩国民族文化推进会，2000年，第13—14页。
② 〔清〕沈德潜：《清诗别裁集》，北京，中华书局，1975年，第544页。
③ 〔清〕李锴：《睫巢集》（《四库全书存目丛书》编纂委员会编：《四库全书存目丛书》集部第282册），济南，齐鲁书社，1997年，第427页。
④ 〔清〕沈德潜：《清诗别裁集》，北京，中华书局，1975年，第544页。

古,炳然以则,浸淫乎汉魏、初盛唐诸家,而归宿于少陵。其品亮以洁,其志宏以远,其气廉以平,其诣邃以深。"① 在这里,李德懋赞成沈德潜的论断。

接下来,李德懋又叙述了朝鲜文人金尚宪的后人金益谦得到李锴诗一事,以此来证明李锴在朝鲜的影响:金益谦在中国期间与李锴成为莫逆,并得到其《秋山旧作》(即《临水》)诗,遂视为珍宝,请人作跋后珍藏起来。中国各代诗歌传到朝鲜的数量众多,李锴的这首诗能受到如此重视,一方面是因为李锴祖上是朝鲜人,而且李锴又亲自手书相送,包含着深厚的情意;另一方面也是因为其"笔法磊磊劲遒,当在逸品"。然后,李德懋还指出,李锴的《睫巢集》已经传到了朝鲜。为了证明其诗歌的优秀,也为表达自己的喜爱之情,李德懋选录了其中的《闻雁感赋》、《月》等诗作。

最后,李德懋自己对李锴其人其诗做了评价,他认为李锴继承祖上遗风,不恋位禄,而心怀社稷,其歌咏饱含沧桑,愁苦难当,诗品、人品俱佳。《四库全书总目提要》第一百八十五卷评曰:"锴卜居盘山,优游泉石以终。故其诗意思萧散,挺然拔俗,大都有古松奇石之态,而刻意求高,务思摆脱,亦往往有剽削骨立、斧凿留痕。"("《睫巢集》六卷《后集》一卷"条)②《晚晴簃诗汇》卷七十二亦曰:"诗朱弦疏越,时存雅音。海峰论选历朝诗,持择颇严,而七言古诗录鹰青之作,盖以其力趋正轨,可与入作者之林也。"③ 可见李德懋对李锴诗风的描述是准确的。在对李锴家世及其诗品、人格的详细评述中,李德懋也透露出内心的民族自豪感。

另外,成海应的《研经斋诗话》"铁岭李氏家言"条也间接提及了李锴的诗风:

> 李总兵如梅后孙多在我国,有李著者常从使臣入燕,得见其族人。既归,李宗德有书于著曰:"宗德字芳林,乃太傅宁远伯银城公

---

① 徐世昌:《晚晴簃诗汇》(二)(顾廷龙主编:《续修四库全书》第1630册),上海,上海古籍出版社,2002年,第512页。
② 〔清〕永瑢等撰:《四库全书总目提要》(《万有文库》本第37册),上海,商务印书馆,1931年,第75页。
③ 徐世昌:《晚晴簃诗汇》(二)(顾廷龙主编:《续修四库全书》第1630册),上海,上海古籍出版社,2002年,第512页。

之六世孙,辽东总兵官景城公讳如桢之元孙,曲靖太守素园公讳率祖之孙,信阳刺史慕园公讳廷基之子也。……宗德并检奉先君遗笔,睹物思人,千古一日也。感今思昔,实有不能释诸怀者,爰为略陈梗概,以订后会。乾隆辛酉春二月。宗德拜识。"

李锴即宁远之后,而伐著诗曰:"禹甸期无外,天心协大同。载施亭毒意,毕囿幅员中。有土承要服,维藩障国东。八条殷教远,五部汉仪通。包匭琛频献,干旌使岁充。鱼龙随变化,文物冷昭融。蔼尔吾宗秀,居然吉士风。紫萍今偶聚,丹桂昔分丛。久客忘羁旅,何年继武功。仰山迷旧垄,浿水寄微躬。襟领轻貂解,危冠雾縠蒙。官程宜蹇蹇,归恨复匆匆。春草伤心绿,斜阳作意红。旗亭尊酒尽,马首故人空。海气森长徼,金飙触断蓬。再拖青玉佩,还认白头翁。送别折冲侄孙东归,得十六韵,廌青山人锴,乾隆六年岁次辛酉春王正月二十有七日,书识不忘也。"

李廷基诗亦凄凄易感,盖汉人之自伤如此。"'鬓忽频年白,花仍昔日红。四经端午节,十换主人翁。溉自沾新泽,栽曾忆旧功。今朝重见尔,惆怅雨声中。物色荒园畔,芳菲独出群。根移春半雨,叶斗槛前云。令节虚蒲酿,红颜冷夕曛。年年埋蔓草,青眼又逢君。'榴葵虽乏雅淡丰姿,午日用以插瓶,颇供清赏。申阳署中无戎葵,壬寅年,余于署外废圃中移千叶红白二本,植两相堂侧。次年,根枝蔓延数十本。午日,张宴堂中,缤纷触目。迨余甲辰罢官以来,寄居民舍,卧病四载,无一花一卉又以娱目。时值端五,独坐苦雨,家童持千叶戎葵数枝插案头。询之,童过两相堂折取而归,即余向日手植葵也。因叹铜章十易,花之阅人多矣,为衰为盛,花亦如人。予别葵既久,不期无意中复见,忆旧感时,乌能去诸怀耶?为赋问答答诗。雍正六年戊午日,寓申城柿叶堂,雪村老人廷基记。"①

李如松、李如桢、李如梅分别为李成梁的长子、三子、五子。李如梅曾经助其兄李如松援朝抗倭。此后,李如梅后人多居于朝鲜半岛。其后人李著曾出使中国,其间找到了同族人李宗德和李锴,并得到了二人所赠

---

① 〔朝〕成海应:《研经斋全集Ⅴ》(《影印标点 韩国文集丛刊》第277辑),汉城,韩国民族文化推进会,2001年,第499—500页。

诗文。李宗德是李如桢玄孙，其父李廷基（1622—1701，名之铉，字子金）与李锴为同辈，也是一位诗人。李宗德在给李著的信中追述了父亲李廷基与居于朝鲜的族人之间的密切往来，字里行间流露了浓厚的家族意识。对此，成海应颇有感慨，将书信全文收录。1741 年春，李著即将回国之际，李锴也赠诗一首，即成海应引文中所录之诗。成海应没有直接评价这首诗，随后又录李廷基诗一首。比较之后，他认为李廷基诗亦"凄凄易感"，充满了自我伤悼的情味。从"亦"字可知李廷基、李锴诗风颇近，所以"凄凄易感"也是对李锴诗歌的评价。由此亦可见，李德懋、成海应对李锴诗歌的评价基本相同，均突出了沧桑悲凉之感。

客观地说，与"江左三大家"、"国朝六大家"等相比，李锴的诗坛地位相对较低。尽管他的诗歌成就和影响不及前者，但是他的诗作有较强的个性，其愁苦之情、清高之志得到了朝鲜诗家的赞赏。朝鲜诗家对李锴及其诗歌的积极接受，反映了他们的开放心态，也见证了当时中朝文人交流的盛况。李德懋在《清脾录》"农岩、三渊慕中国"条中谈及朝鲜金氏家族与中国文人的积极交流：

> 清阴先生水路朝京，于济南逢张御史延登。后七十余年癸巳，曾孙稼斋入燕，逢扬澄证交，望见李榕村光地。后二十有八年，清阴先生玄孙潜斋益谦日进入燕，逢豸青山人李锴铁君，相与啸咤慷慨于燕台之侧。后二十有六年，清阴先生五代族孙养虚堂在行平仲逢浙杭名士陆飞起潜、严诚力闇、潘庭筠香祖，握手投契，淋漓跌宕，为天下盛事。自清阴以来，百有四五十年。金氏文献甲于东方者，未必不由于世好中原，开拓闻见，遗风余音至今未泯也。①

李德懋的观点很明确：朝鲜金氏家族的几代文人与李光地、李锴、潘庭筠的交往，对促进金氏家族文学发展起到了较大的作用。这个观点也代表了朝鲜诗家对李锴及其诗歌的态度。

总之，作为一个具有鲜明地域特色的诗人，李锴为中朝诗歌交流事业做出了自己的贡献。朝鲜诗家对李锴诗歌的接受较为深入，给予了较高的评价，这也为"辽东三老"的研究添加了新的文学史料。

---

① 〔朝〕李德懋：《青庄馆全书Ⅱ》（《影印标点 韩国文集丛刊》第 258 辑），汉城，韩国民族文化推进会，2000 年，第 53 页。

五、论毛奇龄诗歌

毛奇龄（1623—1716），字大可，号秋晴，浙江萧山人，人称"西河先生"，清代学者、文学家。康熙十八年（1679），毛奇龄举博学鸿儒科，授翰林院检讨，参与修纂《明史》；二十四年（1685）引疾归里，专事著述。其论诗大抵尊唐抑宋，主"涵蕴"，以"能尽其才"为妙。清人郑方坤《清名家诗钞小传》记曰：（毛西河）"尝自言'酬应者十九，宴游者十一，登临感寄无闻焉。'工拙概可知矣。"① 而《晚晴簃诗汇》卷四十四的记述则相对全面、客观一些："西河天才仡丽，诗多伫兴而成，然格律严、骨韵隽，思力亦沉。中年以前所作豪宕哀感，多见性情；通籍后庄雅近台阁体，意境一变。要皆一守唐格，不作宋以后语。集中存诗既多，自云：'酬应者十九，宴游者十一。'或以猥杂病之，殆未观西河之深。"② 诚然，毛奇龄诗歌注重用典和辞藻，显示了渊博的学识，同时也暴露了内容、手法方面的一些弱点。

关注毛奇龄的朝鲜诗家主要是李德懋，其《清脾录》"毛西河"条曰：

> 毛西河奇龄全集诗文高华逸宕。今若摘句："平田千蝶舞，深店一驴鸣。""柴门啼鸟细，村径覆萝长。""靡草生皆洁，藤花落自闲。""石亭秋未暮，溪阁自生阴。""日斜回地薄，云影渡溪无。""大江通夜落，高阁近天清。""绯花娇映面，黄蝶小随人。""暗星流地湿，夜水到门凉。""赋成天汉绕，笔落海涛回。""路僻州城白，村孤庙壁红。""水木干云乱，沙禽拂浪寒。""晓树迷三楚，春潮渡伍胥。""塞雁乾将度，原鸽暖自呼。""啼鸟一声静，梅花万树繁。""山门今又到，涧水旧曾听。""晚云浓过树，积雨暗流柯。""晓日千岩立，春风众鸟鸣。""图史长年静，琴樽入夏寒。""暝鸟枝头啧，春花石上斑。""啼鸟听幽谷，流泉绕夕阳。""碧乳倾蒲琖，红舡载苣娘。""江阔流宵露，衣寒覆曙星。""柳塘倾晚涨，草

---

① 舒位、汪国垣、钱仲联等原著：《三百年来诗坛人物评点小传汇录》，程千帆、杨杨整理，杨杨编校，郑州，中州古籍出版社，1986年，第202页。
② 徐世昌：《晚晴簃诗汇》（二）（顾廷龙主编：《续修四库全书》第1630册），上海，上海古籍出版社，2002年，第56页。

屋闭朝烟。""宿鸟盈巢遮叶暗,晴蜂绕地恋花残。""鸡鸣晓日黄沙动,雁阵秋阴紫塞空。""霜高一榻横清汉,岁晚双樽傍落晖。""寒风绝塞吹青雁,霜月横空击皂雕。""东流水色清堪恋,北地晴光浅亦佳。""酒旆碧垂丹枣下,庙门红闭绿杨边。"皆佳句也。①

李德懋所摘诗句均为律诗,诗题依次是《雨过》、《山行过美施闸》(其二)、《和顾织帘斋居同令子伊人倡和遗册原韵》、《游青原十三首》(其二)、《游青原十三首》(其七)、《月》、《碧玉》、《饮黄园过宿马西樵听山草堂》、《赠王孙晋四首》(其一)、《憩颖州城东庙》、《赴新安至七里滩作》、《早渡扬子》、《江阁新晴即事寄伯兄》、《杂诗》、《重过净居》、《雨后饮黄兵部园林留咏并与黄二之翰林》(其三)、《送虎丘僧游天台》(其三)、《尤司理园林饮次和韵四首》(其四)、《登箕山》、《题眷西堂》(其二)、《柬黄二之翰》(其一)、《发茱萸湾并寄徽之大敬南士桐音》、《阻水小浇津馆怀徽之》、《春尽林亭书事和吴水部韵》、《少年》、《客舍赠建康胡公子以宁》、《送骆叔夜北行》、《上巳易园修禊奉和益都夫子原韵二首》(其二)、《平原道中示仲山诸同行作》。其中,五律分布在文渊阁四库本《西河集》第168—171卷,七律分布在第174—179卷。需要指出的是,"溪阁自生阴"一句四库本《西河集》作"溪阁昼生阴"②,"琴樽入夏寒"一句四库本《西河集》作"琴樽入夏闲"③,"鸡鸣晓日黄沙动"一句四库本《西河集》、《清诗别裁集》均作"鸡鸣晓日黄河动"④。另外,《上巳易园修禊奉和益都夫子原韵二首》(其二)⑤ 一诗,清人戴璐(1739—1806)《藤阴杂记》卷六题

---

① 〔朝〕李德懋:《青庄馆全书Ⅱ》(《影印标点 韩国文集丛刊》第258辑),汉城,韩国民族文化推进会,2000年,第26—27页。
② 〔清〕毛奇龄:《西河集》(二)(影印本《文渊阁四库全书》第1321册),台北,台湾商务印书馆,1986年,第718页。
③ 〔清〕毛奇龄:《西河集》(二)(影印本《文渊阁四库全书》第1321册),台北,台湾商务印书馆,1986年,第746页。
④ 〔清〕毛奇龄:《西河集》(二)(影印本《文渊阁四库全书》第1321册),台北,台湾商务印书馆,1986年,第785页;〔清〕沈德潜:《清诗别裁集》,北京,中华书局,1975年,第190页。
⑤ 〔清〕毛奇龄:《西河集》(二)(影印本《文渊阁四库全书》第1321册),台北,台湾商务印书馆,1986年,第826页。

作《亦园修禊》①。

从李德懋所摘的这些诗句来看,"高华逸宕"的评价是恰当的。毛奇龄的这些诗句设色艳丽,境界旷远,对仗精严,与王士禛的"神韵"有几分相似。这也可能是朝鲜诗家喜欢这些诗作的原因之一。

六、论李光地诗歌

李光地(1642—1718),字晋卿,号厚庵,又号榕村,福建安溪人。康熙九年(1670)进士,改庶吉士,受编修官,官至文渊阁学士,谥"文贞",有《榕村集》存世,录诗五卷。

李德懋《清脾录》"李榕村"条曰:

> 李榕村光地,近世之醇儒也。康熙朝入阁,其诗朴而奇,如《重阳前晴暖》诗:"九月难逢妍暖时,庭花蓓蕊紫黄枝。新霜霢霂轻涂屋,微月清冷缓照楣。"《恭和圣制》:"翻书五夜希停手,任道千秋独存肩。"《编纂〈朱子〉》:"王淮阴毁毒,侂胄显排挤。林栗攻堪笑,季通别不啼。"②

李德懋所记后两首诗的全名分别是《恭和圣制汤泉应候诗》、《编纂〈朱子全书〉,仍用七夕韵》;而且,据《榕村集》载,"任道千秋独存肩"应为"任道千秋独仔肩","仔肩"意为"担当"、"负责"。

《榕村集》前有《四库》馆臣评语,说李光地"数十年来,屹然为儒林巨擘,实以学问胜,不以词华胜也"③。李绂(1675—1750)《〈榕村集〉序》亦曰其"偶为诗、古文辞,亦遂蔚然奇秀,盎然深醇,复乎其莫可及。先生之文,固先生之道也"④。李德懋认为"醇儒"之品性使其诗不甚措意,有"朴而奇"的独特美感。对照中朝两国诗家的评论,能够发现他们的观点基本一致,而李德懋参考了《四库》馆臣和李绂的

---

① 〔清〕戴璐:《藤阴杂记》,石继昌点校,北京,北京古籍出版社,1982年,第56页。
② 〔朝〕李德懋:《青庄馆全书Ⅱ》(《影印标点 韩国文集丛刊》第258辑),汉城,韩国民族文化推进会,2000年,第21页。
③ 〔清〕李光地:《榕村集》(影印本《文渊阁四库全书》第1324册),台北,台湾商务印书馆,1986年,第526页。
④ 〔清〕李光地:《榕村集》(影印本《文渊阁四库全书》第1324册),台北,台湾商务印书馆,1986年,第526页。

观点并加以提炼，指出了李光地诗歌的主要特色。

七、论王士禄诗歌

王士禄（1626—1673），号西樵，王士禛之兄，也是其导师。王士禄曾选出王孟、韦柳诸家诗让少年王士禛抄录、揣摩，这对王士禛"清远"诗风的形成具有重要的导向作用。王士禄的山水诗颇有大历诗风，还有豪放宏肆、笔力劲健的一面，这对王士禛总体诗风的形成也产生了积极影响。因此，朝鲜诗家对王士禄也比较重视。

李德懋《清脾录》"西樵"条载："西樵王士禄，渔洋之兄也。赠冒巢氏诗有'姬人水槛焚香侍，秋响扁舟抱膝听'之句，杜茶村赏之，冒巢氏因作《秋听图》。余尝爱此诗潇朗妍澹，恨不读其全集，《别裁集》所载零星。沈归愚曰：'阮亭诗学所从出也。'"① 李德懋所记的"冒巢氏"即冒襄（1611—1693，字辟疆），他与王士禄的诗歌交往很多，彼此十分欣赏。"姬人水槛焚香侍"两句为王士禄《客冬赠辟疆先生作比过邗江录寄》②（《同人集》卷七）第一首之颔联。《同人集》卷三有冒襄《秋听图》一文，此文对这首诗的评价很高："王西樵司勋怀余二诗中有'姬人水槛焚香侍，秋响扁舟抱膝听'之句，杜茶村亟赏之，谓'宜作《秋听图》'。……新秋客邗，倩戴君葭湄写此清照，颇得余世外秋水神情，因题数语，以见二王诗中有画，并识世谊知己，以付后人。"③ 紧随其后的杜濬（1611—1687，号茶村）在《秋听图像赞》一文中进一步评曰："此西樵山人诗中画也。乃洗钵池上之景中人，方辣听乎千古，而忽有得于秋响之清真，彼横琴与抱膝，岂缱绻于情尘？盖所谓秋士善悲、秋女善怨者，不可为世俗人言也。"④ 他们对王士禄诗歌的评价都很高，都欣赏其清朗闲远的格调。

"姬人水槛焚香侍"二句有山色清华、相思情深之美，韵味颇浓，

---

① 〔朝〕李德懋：《青庄馆全书Ⅱ》（《影印标点 韩国文集丛刊》第258辑），汉城，韩国民族文化推进会，2000年，第54页。
② 〔清〕冒襄：《同人集》（《四库全书存目丛书》编纂委员会编：《四库全书存目丛书》集部第385册），济南，齐鲁书社，1997年，第285页。
③ 〔清〕冒襄：《同人集》（《四库全书存目丛书》编纂委员会编：《四库全书存目丛书》集部第385册），济南，齐鲁书社，1997年，第129页。
④ 〔清〕冒襄：《同人集》（《四库全书存目丛书》编纂委员会编：《四库全书存目丛书》集部第385册），济南，齐鲁书社，1997年，第129页。

是王士禄的名句之一。正如《清史稿·文苑传》所云:"王士禄,字子底,济南新城人。少工文章,清介有守。……其文去雕饰,诗尤闲澹幽肆。"①《清诗别裁集》卷三评曰:"诗以才情擅长,运古而不见使事之迹,一时名家故应敛手。"② 由此可见,李德懋"潇朗妍澹"的评语还是十分精当的。而且,他还引用沈德潜的话,认为此诗可证王士禛的"神韵说"得益于家兄的培养。事实的确如此,《清史稿·文苑传》载:"弟士祜、士禛从之学诗。士禛遂为诗家大宗,官尚书,自有传。"③ 王士禛在《蚕尾续文》卷三《抱山堂诗序》中也说:"长兄考功先生嗜为诗,故予兄弟皆好为诗。尝岁莫(通'暮',笔者注)大雪,夜集堂中置酒,酒半,出王、裴《辋川集》,约共和之,每一诗成,辄互赏激弹射,诗成酒尽,而雪不止。"④ 从李德懋称赏西樵之诗句及引用中国诗家的观点可以看出,朝鲜诗家对王士禄培养王士禛之功的肯定。

另外,一个小故事还可以帮助我们了解王士禄在朝鲜诗家心目中的地位。朴趾源在丰润遇到了一位山东少年客商,两人的一番对话很有趣:"少年颇解文字,而面目可憎,自言身是新城人,姓王名龙标。余问:'君岂非王西樵士禄先生后孙否?'答曰:'否也,俺是民家做卖买少年。'"(《热河日记·关内程史》)⑤ 朴趾源由郡望、姓氏进而关注少年人的身份,尽管答案令人失望甚至有些可笑,但王士禄的影响由此也可见一斑。

八、论康熙诗歌

康熙皇帝是一代英主,也有不少诗作传世。出于等级观念的制约,中国文人不敢批评本朝帝王的诗文。而朝鲜诗家朴趾源则明言康熙诗作的缺点,并批判了当时臣子广为笺注的错误做法。他在《热河日记·避暑录》中写道:

---

① 〔清〕赵尔巽等撰:《清史稿》(第44册),北京,中华书局,1977年,第13329页。
② 〔清〕沈德潜:《清诗别裁集》,北京,中华书局,1975年,第58页。
③ 〔清〕赵尔巽等撰:《清史稿》(第44册),北京,中华书局,1977年,第13329页。
④ 〔清〕王士禛:《带经堂集》(二)(顾廷龙主编:《续修四库全书》第1415册),上海,上海古籍出版社,2002年,第29页。
⑤ 〔朝〕朴趾源:《燕岩集》(《影印标点 韩国文集丛刊》第252辑),汉城,韩国民族文化推进会,2000年,第194页。

康熙《山庄诗》共三十六首，皆陋拙无致。盖多勉强咏哦，以示素抱，而群下必搜罗群书，以广笺注。如《烟波致爽》曰："山庄频避暑，静默少喧哗。"此何足多费训释？而为注者引梁萧统诗"命驾出山庄"、刘禹锡诗"绿萝阴下有山庄"、戴叔伦诗"芝田枣径往来频"、孙逖诗"地胜林亭好，时清宴赏频"、魏征《九成宫醴泉铭》"皇帝避暑乎九成之宫"、梁简文帝《纳凉诗》"避暑高梧侧，轻风时入襟"、白居易诗"望春花景暖，避暑竹风凉"、《南史·沈麟士传》"年过八十，耳目犹聪明，人以为养身静默所致"、皇甫曾诗"草长光风里，莺啼静默间"、何逊诗"视听绝喧哗"。此才两句，无不可解，安用许多笺注？帝庸作歌，亦安用许多出处？朱子曰："关关雎鸠，出在何处？"此可为诗学之大戒。①

朴趾源观点明确，论述犀利，无需多言。而需要指出的是，朴趾源秉承实学思想，热衷学习中国文化，并能比较客观地评价中国各种现象和事物。在热河期间，他详细记录了热河三十六景的名称，还特地抄录了康熙的《避暑山庄记》，而且还敢于"大不敬"，批驳了康熙的御制诗，与朝鲜诗家称扬明代帝王诗形成了鲜明对比。朴趾源所记的三十六首《山庄诗》即康熙的《热河三十六景诗》，这些诗载于《圣祖仁皇帝御制文集》第三集第五十卷。其第一首为《烟波致爽》："山庄频避暑，静默少喧哗。北控远烟息，南临近壑嘉。春归鱼出浪，秋敛雁横沙。触目皆仙草，迎窗遍药花。炎风昼致爽，绵雨夜万赊。土厚登双谷，泉甘剖翠瓜。古人成武备，今卒断鸣笳。生理农商事，聚民至万家。"② 这首诗在意境、技法方面确有可观之处，表现了康熙的真实情怀（"素抱"）。此诗即使不算上乘之作，也绝非朴趾源所说的"陋拙无致"、"勉强咏哦"，因此朴趾源下此评价与他心底的"华夷"观念有很大关系。但同时，朴趾源认为康熙的这首诗浅显易懂，而臣下竟不厌其烦地进行笺注，引经据典，故弄玄虚，这种不良学风应该受到批判。从这一点上看，朴趾源基于实学思想的批评较为中肯。

---

① 〔朝〕朴趾源：《燕岩集》（《影印标点 韩国文集丛刊》第252辑），汉城，韩国民族文化推进会，2000年，第284页。
② 《圣祖仁皇帝御制文集》（影印本《文渊阁四库全书》第1299册），台北，台湾商务印书馆，1986年，第370页。

第四节　朝鲜诗家论季文兰题壁诗

季文兰是明末清初的江西籍女子,被旗兵掳掠北上,康熙十七年(1678)一月二十一日途经河北丰润榛子店时,题诗于旅店壁间。此后数百年间,途经此地的朝鲜使节、文士屡屡和诗、感怀,从而形成了一个独特的文化现象。葛兆光《想象异域悲情——朝鲜使者关于季文兰题诗的两百年遐想》(《中国文化》2006年第1期)、杨海英《朝鲜士大夫的"季文兰情结"和清初被掳妇女的命运》(《清史论丛》2007年号)、杨雨蕾《明清朝鲜文人的江南意象》(《浙江大学学报(人文社会科学版)》2010年第6期)等文对此均有较为深入的探讨。这些学者认为朝鲜士大夫的"季文兰情结"是其"故国之思"的一种体现。

一、记述季文兰事迹

申晸是最早记载季文兰事迹的朝鲜文人。康熙十九年(1680),朝鲜陈慰兼陈奏行副使申晸途经榛子店,见季文兰诗有感,歌咏其事。诗题为《书状睦君则于丰润榛子店壁上见一诗,向余说道:"其诗曰:'椎髻空怜昔日妆,征裙换尽越罗裳。爷娘生死知何处,痛杀春风上沈阳。'其下又书曰:'奴,江州虞尚卿秀才妻也。夫被戮,奴被掳,今为王章京所买,戊午正月念一日洒涕挥壁书此。唯望天下有心人见此怜而见拯,奴亦不自惭其鄙谤也。吁嗟!伤哉!伤哉!奴年二十有一,父季某,秀才,母陈氏,兄名国,府学秀才。季文兰书。'"余闻而悲之曰:"此是闺秀中能诗者所为也。海内丧乱,生民罹毒,闺中兰蕙之质亦未免沦没异域。千古怨恨,不独蔡文姬一人而已。"为赋一绝,以咏其事》,诗曰:"壁上新诗掩泪题,天涯归梦楚云西。春风无限伤心事,欲奏琵琶音转凄。"① 此诗题近似于序言,记载了季文兰其事其诗及自己的创作目的。而申晸在诗中将季文兰的不幸遭遇与蔡文姬联系起来,表现了伤于故国、悲悯苍生的心怀。

传播季文兰事迹最著名的朝鲜文人,当属康熙二十一年(1682)来

---

① 〔朝〕申晸:《汾厓遗稿》(《影印标点 韩国文集丛刊》第129辑),汉城,韩国民族文化推进会,1994年,第424页。

中国的使节金锡胄（字清城）。其诗曰："绰约云鬟罢旧妆，胡笳几拍泪盈裳。谁能更有曹公力，迎取文姬入洛阳。"（《榛子店主人壁上有江右女子季文兰手书一绝，览之凄然，为步其韵》）① 他不仅引用了蔡文姬的典故，还记录了季文兰原韵及其小序："奴年二十有一，（缺三字），秀才女也，母李氏，兄名（缺□）字国，府学秀才，（下缺亦不可记），末书云季文兰书。副使柳公招主媪问之，媪俱言五六年前沈阳王章京用白金七十买此女过此，悲楚黯惨之中姿态尚娇艳动人，扫壁垂泪书此，右手稍倦，则以左手执笔疾书云。"金锡胄的记载和申晸有些不同，他不仅询问了事件的目击者，还描述了季文兰的出众容貌和才华及其作诗的一些细节场景。

另外，成大中（1732—1809）《青城杂记》云："洪世泰少以《鹧鸪词》见知于清城金锡胄，至许以高、岑者流。……《鹧鸪词》者，清城为季文兰作也。兰，江南良家女也，家覆于虏，被掠而北，路出榛子店，题诗店壁，叙其冤苦之辞，而终曰'天下有心男子见而怜之。'清城奉使之燕，过而见焉，墨痕故未渝也，问诸店人，道其书时事甚悉，曰'骑者立门促行，佳人掩泪题壁，右手倦则左手接而书之。'清城怜之，为赋七绝，命世泰和之，果绝唱也。诗曰：'江南江北鹧鸪啼，风雨惊飞失故栖。一落天涯归不得，沈阳城外草萋萋。'"（《醒言》"洪世泰"条）② 此诗在洪世泰的文集《柳下集》中题作《题季文兰诗后》，第二联为"风雨惊飞失旧栖。"③ 可以说，这首诗的创作与金锡胄的细致描述分不开，也更加凸显了金锡胄记述的价值。

1684 年，朝鲜文人南九万燕行途中作诗《榛子店壁上次季文兰韵》，此诗前序曰："滦州榛子店壁上尘暗中有题诗曰：'椎髻空怜昔日妆，征裙换尽越罗裳。爷娘生死知何处，痛杀春风上沈阳。'其下书曰：'奴，江州虞尚卿妻也。夫被戮，奴被虏，今为王章京（章京，胡人将兵之任，若我国哨官云）所买。戊午正月廿一日，洒涕拂壁书此。惟望天下有心人见此怜而见拯，奴亦不自惭其鄙谚也。吁嗟伤哉！吁嗟伤哉！奴年廿

---

① 〔朝〕金锡胄：《息庵遗稿》（《影印标点 韩国文集丛刊》第 145 辑），汉城，韩国民族文化推进会，1995 年，第 206 页。
② 韩国学中央研究院图书馆藏笔写本（原稿本），不分卷，1 册
③ 〔朝〕洪世泰：《柳下集》（《影印标点 韩国文集丛刊》第 167 辑），汉城，韩国民族文化推进会，1996 年，第 310 页。

有一,季(下二字浼)秀才女也,母陈氏,兄名国库,府学秀才。季文兰(下字浼)。'余见而伤之,次其韵。"①

百余年后,著名学者成海应在《研经斋诗话》"季文兰"条中对金、南二人的记述做了详细对比,认为"金、南二公所录微有详略,癸亥与甲子岁之间不应有所异也"②。综合金、南二者的记述,我们基本上可以还原当时的情境。清咸丰七年(1857),朝鲜使臣徐庆淳(1804—?)赴燕,记此事曰:"相传以为,文兰书此时右手稍倦,则以左手执笔疾书云,其亦奇才也。其后乾隆闻之,特命立碑,去此二十里。自此东人习知文兰事,过此必有题咏。"(《梦经堂日史》)③ 此处所说的"相传"的源头,指的应是金锡胄的记述。

二、次韵、唱和季文兰诗歌

朝鲜文人、使臣路经榛子店,多有次韵、唱和之作,以下举数例:

剩教清泪洗红妆,不禁腥尘污锦裳。
北漠茫茫南国远,归心空羡雁随阳。(一)

文姬词翰息妫妆,饮泣题诗血染裳。

---

① 〔朝〕南九万:《药泉集Ⅰ》(《影印标点 韩国文集丛刊》第131辑),汉城,韩国民族文化推进会,1994年,第445页。

② 〔朝〕成海应《研经斋诗话》"季文兰"条:"季文兰,江右女子也。吴三桂叛清于江右,六年戊午而为清所灭。文兰被俘过榛子壁,题诗而去。又六年癸亥,金清城奉使入燕,过此店而录以归。又明年甲子,南药泉亦入燕,见而和之。后三十年,金稼斋过之,则壁间题墨犹在云。第金、南二公所录微有详略,癸亥与甲子岁之间不应有所异也。金公录中文兰诗小序云:'奴,江右(南公所录"右"作"州")虞尚卿秀才(南公所录无此二字)妻也,夫被戮奴被虏,今为王章京所卖。戊午正月十一日,洒泪拂壁书此。惟望天下有心人见此,怜而见拯。(此下南公所录,有"奴亦不自惭其鄙谚也。吁嗟伤哉!吁嗟伤哉!"十七字)奴年二十有一(缺三字,南公所录有"季"字),秀才女也。母李(南公所录作"陈")氏,兄名(缺数字)国,府与(当作"学",笔者注)秀才(此下缺,亦不可记。南公所录作"兄名国库,府学秀才"),季文兰书(南公所录无"书"字)。'招主妇问之,俱言五六年前沈阳王章京用白金七十买此女,遇此悲楚黯惨之中,娇艳动人,右手稍倦,以左手执笔疾书云。戊午十月,三桂孙世璠诛死,文兰当于其前被俘而入沈阳。清人讨世璠者久,而侵掠楚省,士女之横被残贼可知。"(成海应:《研经斋全集Ⅴ》,《影印标点 韩国文集丛刊》第277辑,汉城,韩国民族文化推进会,2001年,第486页)

③ 〔韩〕林基中编:《燕行录全集》(第94册),汉城,东国大学校出版部,2001年,第288页。

只恨江州虞氏宅，楼高不及古河阳。（二）
（南九万《榛子店壁上次季文兰韵》）①

翠幕宁论少日妆，天涯空自泪沾裳。
琵琶一曲人休奏，此地从来号沈阳。
（李选《沈阳次桂娘、文兰榛子店韵》）②

羞向毡车理靓妆，身边犹着旧衣裳。
回瞻南国迷天外，马首胡山已夕阳。（一）

壁上题诗泣旧妆，此行犹胜赋褰裳。
江州城外殇魂哭，时逐边风访沈阳。（二）

看花无语楚宫妆，谁信宫中泪满裳。
从古事夫如事主，莫教葵藿变倾阳。（三）
（李世华《榛子店次季文兰壁上韵》）③

纤眉宝髻为谁妆，泪染潇湘六幅裳。
却羡春鸿归塞远，秋来犹得更随阳。
（崔锡鼎《榛子店次季文兰壁上韵》）④

风尘万里换新妆，客舍题诗泪满裳。
可惜蛾眉多苦怨，琵琶千古忆昭阳。（一）

少学阿娘抹晓妆，越罗新作嫁时裳。

---

① 〔朝〕南九万：《药泉集Ⅰ》（《影印标点 韩国文集丛刊》第131辑），汉城，韩国民族文化推进会，1994年，第445页。
② 〔朝〕李选：《芝湖集》（《影印标点 韩国文集丛刊》第143辑），汉城，韩国民族文化推进会，1995年，第358页。
③ 〔朝〕李世华（1630—1701）：《双柏堂集》（《影印标点 韩国文集丛刊（续）》第39辑），首尔，韩国古典翻译院，2007年，第378页。
④ 〔朝〕崔锡鼎：《明谷集Ⅰ》（《影印标点 韩国文集丛刊》第153辑），汉城，韩国民族文化推进会，1995年，第473页。

惊魂未逐檀郎去，羁梦归宁汉水阳。（二）
（李颐命《榛子店次副使次季文兰韵》）①

掩抑娇姿泪裹妆，不堪燕雪扑征裳。
名花已被狂风乱，羞向东君詑艳阳。
（李宜显《榛子店追次季文兰诗韵》）②

嫁房深羞泣汉妆，文兰千古更沾裳。
至今哀玉留遗恨，古壁尘埋怨夕阳。
（李时恒《榛子店续和季文兰诗》）③

桃花艻面洗残妆，泣尽香罗旧着裳。
薄命较多商妇恨，琵琶斜抱过浔阳。
（申纬《榛子店吊季文兰》）④

高髻弓鞋汉样妆，青娥犹是旧衣裳。
秋风歇马文兰店，皱绿前山怨夕阳。
（洪奭周《榛子店次季文兰韵》）⑤

滦河骤雨洗残妆，蓟树寒烟拂满裳。
却羡古来征妇怨，只将魂梦度辽阳。
（李建昌《沙河次季文兰韵》）⑥

---

① 〔朝〕李颐命：《疏斋集》（《影印标点 韩国文集丛刊》第172辑），汉城，韩国民族文化推进会，1996年，第65页。
② 〔朝〕李宜显：《陶谷集Ⅰ》（《影印标点 韩国文集丛刊》第180辑），汉城，韩国民族文化推进会，1996年，第352页。
③ 〔朝〕李时恒：《和隐集》（《影印标点 韩国文集丛刊（续）》第57辑），首尔，韩国古典翻译院，2008年，第443页。
④ 〔朝〕申纬：《警修堂全藁》（《影印标点 韩国文集丛刊》第291辑），汉城，韩国民族文化推进会，2002年，第15页。
⑤ 〔朝〕洪奭周：《渊泉集Ⅰ》（《影印标点 韩国文集丛刊》第293辑），汉城，韩国民族文化推进会，2002年，第47页。
⑥ 〔朝〕李建昌：《明美堂集》（《影印标点 韩国文集丛刊》第349辑），汉城，韩国民族文化推进会，2005年，第15页。

金锡胄对季文兰故事的描述及其对季文兰的怜惜和同情在朝鲜士大夫中产生了很大的影响，朴齐家《榛子店》诗曰："狐裘满女不知寒，韩使来时倒屣看。一自息庵诗话后，人人都说季文兰。"① 很多朝鲜文人作诗歌咏其事，或同情这个弱女子的不幸遭际，或借此感慨明清易代的变迁，抒发家国翻覆的遗民心曲。这些诗歌如：

  天山积雪带斜晖，故国茫茫信息稀。
  惆怅世无拯济手，剩教哀泪浪沾衣。
      （李选《沈阳，次桂娘、文兰榛子店韵》）②

  万事伤心孰怨嗟，悠悠天意欲如何。
  惨看民物罹锋镝，忍使腥膻污绮罗。
  女子能诗还有此，男儿全节尚无多。
  都将哀恨凭篇什，义士今谁古押衙。（其一）

  万般哀怨一篇诗，壁上题来说向谁。
  司马青衫知几湿，佳人红袖去无归。
  啼残妆泪空余血，写出芳心谩寓悲。
  十八胡笳千古恨，伤心不独蔡文姬。（其二）
      （申琓《邦均店壁上见季文兰诗有感》）③

  美人南国字文兰，何事飘零到玉关。
  总为英雄无一个，从教哀怨及红颜。
      （赵圣期《闻季文兰诗有感》）④

  江西夔峡古今村，罗绮千秋共断魂。
  镜匣残香余翠黛，碧窗明月自黄昏。

---

① 〔朝〕朴齐家：《贞蕤阁集》(《影印标点 韩国文集丛刊》第 261 辑)，汉城，韩国民族文化推进会，2001 年，第 523 页。
② 〔朝〕李选：《芝湖集》(《影印标点 韩国文集丛刊》第 143 辑)，汉城，韩国民族文化推进会，1995 年，第 358 页。
③ 〔朝〕申琓：《絅庵集》(《影印标点 韩国文集丛刊（续）》第 47 辑)，首尔，韩国古典翻译院，2007 年，第 210 页。
④ 〔朝〕赵圣期：《拙修斋集》(《影印标点 韩国文集丛刊》第 147 辑)，汉城，韩国民族文化推进会，1995 年，第 164 页。

珠词尚带当时泪，玉骨应留异地冤。
莫把琵琶和此曲，向来人事不堪论。
　　　　　　　　　　（宋相琦《榛子店次上使韵》）①

马首入榛店，芳尘见壁词。琅琅哀玉动，个个苦心知。
青冢昭君怨，胡笳蔡女悲。嗟嗟非独尔，天下尽为夷。
　　　　　　　　　　（李时恒《读文兰诗》）②

貂裘乱扑雪花斑，日黑风悲山海关。
关外锦车流不断，哀歌谁问季文兰。
　　　　　　　　　　（李麟祥《送金进士日进益谦游燕》其五）③

娇花劲竹各冬春，才貌难兼节义真。
一死从来唯在己，不关天下有心人。
　　　　　　　　　　（徐命膺《榛子店》）④

红妆白貌染黄尘，壁上哀词怨恨新。
天若有情天亦老，世间谁是有心人。
明妃哀怨上琵琶，乐谱留传泣绮罗。
千古蛾眉一般恨，驿亭诗句又兰娥。
　　　　（金熤《榛子店旧有季文兰壁上诗，今则无矣，
　　　　　　　　　　为之一诵，殊令人悲咤》）⑤

偶过榛子店，遥忆季文兰。古驿春重到，辽城鹤未还。

---

① 〔朝〕宋相琦：《玉吾斋集》（《影印标点 韩国文集丛刊》第 171 辑），汉城，韩国民族文化推进会，1996 年，第 269 页。
② 〔朝〕李时恒：《和隐集》（《影印标点 韩国文集丛刊（续）》第 57 辑），首尔，韩国古典翻译院，2008 年，第 443 页。
③ 〔朝〕李麟祥（1710—1760）：《凌壶集》（《影印标点 韩国文集丛刊》第 225 辑），汉城，韩国民族文化推进会，1999 年，第 462 页。
④ 〔朝〕徐命膺（1716—1787）：《保晚斋集》（《影印标点 韩国文集丛刊》第 233 辑），汉城，韩国民族文化推进会，1999 年，第 88 页。
⑤ 〔朝〕金熤：《竹下集》（《影印标点 韩国文集丛刊》第 240 辑），汉城，韩国民族文化推进会，1999 年，第 293 页。

空留题壁字，何处望夫山。蔡女无人赎，遥瞻汉月弯。
(洪良浩《榛子店》)①

征裙换尽越罗裳，江右文兰满店香。
唯有东韩编艳史，城寒榛子带斜阳。
(朴趾源《绝句》)②

荒园金御林，古冶汉铁官。可怜榛子壁，谁识季文兰。
(成海应《送柳惠甫得恭、朴次修齐家之燕》)③

胡笳遥忆蔡文姬，马上琵琶更可悲。
一种红颜今古恨，人间又有季兰诗。
天南地北杳风尘，春雨凄凄夜向晨。
惜玉怜香娘自苦，世间元少有心人。
(赵斗淳《榛子店，忆季文兰诗》)④

落花风雨怨天涯，留得长亭幼妇辞。
马上琵琶千古恨，汉家犹是太平时。
(李尚迪《榛子店，怀季文兰》)⑤

战地惊灰阋刦寒，竟无人赎季文兰。
伤心独有青城笔，留得千秋古艳看。
(金青城相国锡胄奉使过此店，录诗东来，距题诗时五六年。)
(姜玮《榛子店，奉和上行人》)⑥

---

① 〔朝〕洪良浩：《耳溪集Ⅰ》(《影印标点 韩国文集丛刊》第241辑)，汉城，韩国民族文化推进会，2000年，第101页。
② 〔朝〕朴趾源：《燕岩集》(《影印标点 韩国文集丛刊》第252辑)，汉城，韩国民族文化推进会，2000年，第93页。
③ 〔朝〕成海应：《研经斋全集Ⅰ》(《影印标点 韩国文集丛刊》第273辑)，汉城，韩国民族文化推进会，2001年，第27页。
④ 〔朝〕赵斗淳：《心庵遗稿》(《影印标点 韩国文集丛刊》第307辑)，汉城，韩国民族文化推进会，2003年，第83页。
⑤ 〔朝〕李尚迪：《恩诵堂集》(《影印标点 韩国文集丛刊》第312辑)，汉城，韩国民族文化推进会，2003年，第189页。
⑥ 〔朝〕姜玮(1820—1884)：《古欢堂收草》(《影印标点 韩国文集丛刊》第318辑)，汉城，韩国民族文化推进会，2003年，第443页。

> 壁诗哀艳墨华残,塞上行人拭泪看。
> 练练半规榛店月,可怜犹似季文兰。
>
> (金允植《榛子店》)①

在众多此类诗歌中,可以说,李德懋的《榛子店忆季文兰》一诗表达了朝鲜诗家的共同心声:"野风开落最红花,歇马残阳过客嗟。榛子荒凉犹有店,兰姬憔悴昔离家。悲词自拟胡笳拍,薄命难逢古押衙。幸有知音东国使,流传哀怨到天涯。"②李德懋事先必定也从一些朝鲜文人口中或诗中了解到了季文兰的事迹,并和这些文人产生了同感。所以李德懋认为他们都是季文兰身后的知音。他在诗歌中还代季文兰抒发了失去家国的哀怨,并且将其与蔡文姬作比,反映了朝鲜诗家对季文兰遭遇的同情,以及对其诗歌主题、表现手法的激赏。

三、成海应对季文兰故事的演绎与想象

学者成海应不仅撰写诗文来描述季文兰的故事、同情其遭遇,还作有《续季文兰行》、《季文兰词》,对季文兰(及其有相似命运的江南女子)的不幸遭遇进行了扩展描述,添加了艺术想象,对其婚后短暂的幸福生活及悲惨结局和坚贞不屈的精神大加点染,突出细节,把以往的片断追忆演绎为一个完整的故事,其批判矛头直指清朝。此时,朝鲜诗家"季文兰情结"的本质不言自明。《续季文兰行》诗曰:

> 胡虏耽杀戮,生民视鱼肉。芟夷既厌足,乃复分卤获。
> 男子拣壮佼,奔走任丁役。女子选婵娟,调笑事欢乐。
> 念彼在闺中,动静维法则。端严施粉泽,委蛇事刀尺。
> 出门怕人窥,必用帟车饰。今乃与虏手,累累就束缚。
> 髻鬟任捽曳,襦褌被解剥。露面军伍侧,杂处因寝宿。
> 群胡列似鬼,往往事逼迫。箠杖威或烈,腥膻气甚逆。
> 缠绕动非理,愁毒徒默默。只缘惜腰领,不免受污辱。

---

① 〔朝〕金允植:《云养集》(《影印标点 韩国文集丛刊》第 328 辑),汉城,韩国民族文化推进会,2004 年,第 530 页。
② 〔朝〕李德懋:《青庄馆全书 I》(《影印标点 韩国文集丛刊》第 257 辑),汉城,韩国民族文化推进会,2000 年,第 198 页。

纵有义人赎，玷缺宁复涤。谅尔才思妙，佳句徒感激。
毡裘即异类，荏苒遂烂熟。蔡琰昔失节，流传凭笳拍。
念昔流寇乱，豫变为最酷。妇女纷树节，举其尤凛烈。
不知谁家妇，独值群贼卒。遂自据地坐，众手驱不得。
贼言汝不从，宁可全尔节。数贼压娘手，数贼据娘脚。
娘身既到此，孰能葆贞白。愈益骂死贼，奋舌声不息。
举头抵贼鼻，鼻裂血注射。贼怒缚高树，二卒捉藁索。
反复锯下体，要娘饫痛毒。血肉虽狼籍，奋骂犹促促。
旁贼忽挺刃，刃胭胭已落。孰谓纤弱质，终能志节暴。
始知彝伦性，不待名教笃。村女有何识，树立超末俗。
谅彼失身人，辄云力不敌。苟非处至难，何以着赫赫。
娘心欲速死，所以挑毒螫。得免俄忽辱，英声越古昔。
视彼钱王辈，才名早卓荦。读书穷典坟，节义辄扬摧。
终竟果何许，后人亦惭忸。①

其《季文兰词》② 曰：

……后三十余年，老稼斋金公昌业又过此店，则壁间题墨犹在，今则已泯灭云。余用颜光禄《秋胡诗》而为八解：

奴家名文兰，生在江右村。父母顾养我，骄痴难具论。插花窥宝镜，斗草向芳园。年长将及笄，容貌颇婵媛。芳岁易晼晚，择对结婚姻。（一解）

嫁我向何处，同省虞秀才。丰茸好容仪，人道夫婿佳。宛转同枕席，本图百年偕。燕婉情不释，黾勉才所该。何意吴家乱，北风扬尘埃。（二解）

吴家实叛逆，错道扶义起。长驱入荆州，兵革斗未已。北人事杀掠，兵燹荡闾里。一家共提挈，窜伏荒谷里。缕命岂望全，誓同郎生死。（三解）

---

① 〔朝〕成海应：《研经斋全集Ⅰ》(《影印标点 韩国文集丛刊》第273辑)，汉城，韩国民族文化推进会，2001年，第13—14页。

② 〔朝〕成海应：《研经斋全集Ⅰ》(《影印标点 韩国文集丛刊》第273辑)，汉城，韩国民族文化推进会，2001年，第11—13页。

兵戈果难保,相与被系虏。阿郎复被戮,痛恨彻厚土。白骨不得收,终竟委草莽。自顾志节弱,未能同碪斧。漂泊更何之,默默徒愁苦。(四解)

顽胡不离侧,悦我美容色。安得似嫫母,免为人所乐。刀剑复恐人,薄躯宁自惜。不惯与虏宿,日夕空愁毒。悠悠复行役,倏已背乡国。(五解)

沈阳王章京,道是何物胡。怀中饶白金,卖我相与俱。时来纵谑浪,自为易罗襦。茌弱诚自愧,褰裳又殊涂。征马日促驾,山川竟何徂。(六解)

迢迢榛子店,杳杳天一涯。辽山望渐迫,楚水今已遐。女子一失所,流落竟谁家。父母隔生死,眼泪空复斜。安得化鸿鹄,高飞云路赊。(七解)

奴年二十一,切望有心济。店壁字不灭,义人眼不眯。千金倘一掷,此身得昭洗。题诗诉既遍,论心笔又泚。不知蔡文姬,终得故乡抵。(八解)

成海应在这些诗歌中,将史实与想象结合起来,广引典故,详细叙述了故事的时代背景、季文兰的出身、成长过程以及不幸遭遇。在叙述、议论、抒情中对季文兰的遭遇表达了深切的同情,当年的蔡文姬尚能回到故乡,而季文兰的命运最终如何呢?这一点让作者无法释怀。同时,成海应还怒斥了造成季文兰不幸的"胡虏",指责了他们鱼肉生民、残酷杀戮的野蛮恶行,表达了愤怒和鄙夷之情。

由这大量的朝鲜文人诗可知,季文兰壁上题诗后来虽已消失①,但是"通过明末以来'千古伤心'的榛子店,朝鲜士大夫有意无意间将季文兰塑造成一个明清易代时期怀念明朝的女子形象,寄托自己的故国之思,表达对清朝异族色彩的不认同,凝聚他们对乱世人生的不尽悲叹"②。这已成为朝鲜使臣的一个习惯、一项任务、一个心结。朴思浩

---

① 〔朝〕李宜显《庚子燕行杂识》:"到榛子店汉民陈琪家。曾见《息庵集》,此地有江右女子季文兰壁上所题诗,而寻觅不得。意秀才辈或可知之,使主胡招一秀才至,名马倬,问之不知。……有一人在傍言其女子诗曾果有之,而五六年前改墁其壁,仍致泯灭云。"(李宜显:《陶谷集Ⅱ》,《影印标点 韩国文集丛刊》第181辑,1997年,第472—473页)

② 杨海英:《朝鲜士大夫的"季文兰情结"和清初北掳妇女的命运》,《清史论丛》2007年号。

《心田稿》云:"金清城入燕,见而传之。金稼斋过此和之曰:'江南女子洗红妆,远向燕云泪满裳。一落殊方何日返,定怜征雁每随阳。'余亦黯然怀古,和之曰:'塞天漠漠晓啼妆,尚忆阿娘作嫁裳。梦里江南春草绿,芳心应羡雁随阳。'足可为燕槎诗话也。"① 这个论断适用于此方面的全部诗作,这种现象已经成为一个特别的文学、文化现象。

季文兰的这首题壁诗罕见于中国典籍,在朝鲜的知名度却非常高。一方面,多情善感的朝鲜文人对季文兰的不幸遭遇表示同情,对一个年轻的生命被摧折而感到悲痛,也对一个女子的能诗善文表示钦佩。另一方面,在朝鲜诗家看来,造成季文兰悲剧的元凶正是让朝鲜也痛失父母之邦(明朝)的清政权,这也是他们极度痛恨的。所以他们马上与季文兰形成了共鸣,并付诸行动,借这一主题寓意以次韵、赋诗等形式抒发了内心的故国情思。因此,这种现象成为两国文化交流史上一道独特的风景。

四、对桂香、宋蕙湘等诗歌的关注

受到季文兰事迹的感染,其后的桂香、宋蕙湘等不幸女子的相似遭遇和诗作也陆续进入了朝鲜诗家的视野。如金景善(1788—?)《燕辕直指》卷二曰:

> 中火后,副正使先行。余与圣申将踵发,忽见壁间有题诗曰:"天涯沦落又惊秋,欲抱琵琶诉旧愁。谁是多情白司马,夜深灯火到江州。"其下书桂香题。招店主问之,答以为月前有过去女子手题云。辞语凄惋,笔体亦妍妙。默究其景像,亦一季文兰之流也。遂戏次其韵三首,圣申亦和之。一行诸人,亦多追和。②

朝鲜末期诗人姜玮有诗《新民屯有题壁截句,末署桂香,不知是何人,盖女流也,多载东人燕槎录,与榛子店季文兰诗并传,其辞甚佳。今录

---

① 〔韩〕林基中编:《燕行录全集》(第85册),汉城,东国大学校出版部,2001年,第286页。
② 〔韩〕林基中编:《燕行录全集》(第71册),汉城,东国大学校出版部,2001年,第23—24页。

于左,仍次其韵》①,诗曰:

> 琵琶弦冷荻花秋,江上无人话旧愁。
> 爱咏新词题处处,一时哀艳满边州。
>
> 片梦消春两鬓秋,红颜从古易为愁。
> 双行清泪燕云湿,欲诉无情十六州。
>
> 邮灯瑟瑟满江秋,壁上人留去后愁。
> 商女琵琶司马句,今宵与我唱江州。

姜玮所录的桂香诗为:"天涯沦落几经秋,欲抱琵琶诉别愁。谁是多情白司马,夜深灯火照江州。"而他次韵的三首诗与前代朝鲜诗家咏季文兰的诗作一样,悲愤哀怨,心绪难平。姜玮与金景善所录的桂香诗作不尽相同,但他们的情感是相通的。

成海应《研经斋诗话》"季文兰"条还记载了秦淮女子宋蕙湘的经历和诗作:

> 又,女子宋蕙湘者,为清人所掳,至河阳卫辉城,题诗云:"盈盈十五破瓜初,已作明妃别故庐。谁散千金同孟德,镶黄旗下赎文姬。"后云:"被难而来,野居露处,即欲效章嘉故事,稍留翰墨以告君子,不可得也。偶居邸舍,索笔漫题,以冀万一之遇。命薄如此,想亦不可得矣。秦淮乱女苏蕙兰,和血题于古汲县前潞王城之东。"②

成海应怀着无限同情记载了宋蕙湘与季文兰类似的遭遇,但落款处的"苏蕙兰"应是作者的误记。

---

① 〔朝〕姜玮:《古欢堂收草》(《影印标点 韩国文集丛刊》第318辑),汉城,韩国民族文化推进会,2003年,第449页。
② 〔朝〕成海应:《研经斋全集Ⅴ》(《影印标点 韩国文集丛刊》第277辑),汉城,韩国民族文化推进会,2001年,第486页。

第七章　朝鲜诗家论清中后期诗歌

乾隆、嘉庆至道光前期的百余年（1736—1840）是清代诗歌发展的中后期阶段，此时，国力逐渐强大，社会比较稳定和繁荣，诗歌创作也日益进展，迎来了又一个繁盛期。"乾、嘉之际，海内诗人相望，其标宗旨，树坛坫，争雄于一时者，有沈德潜、袁枚、翁方纲三家。枚诗主性灵，新奇轶荡，不守前人矩矱，得名最盛，而其品最下。与之齐名者，为蒋士铨、赵翼。二家诗真率，枚虽卑视之，论者以为气体尚在其上也。方纲病士禛一派之流为空调，特拈肌理二字，欲以实救虚。然言言征实，亦非诗家正轨，故其时大宗，不能不推德潜。"（《清稗类钞》"诗学名家之类聚"条）① 在王士禛的"神韵说"之后，文人们广泛探索，各持己见，形成了百家争鸣的景象，沈德潜的"格调说"、袁枚的"性灵说"、翁方纲的"肌理说"就是重要的代表。

但是，清朝对汉族知识分子一直采取笼络与镇压的两手政策，连王士禛也险些因《秋柳》诗而获罪。中朝两国文人笔谈时也加倍小心，如李德懋《入燕记》载："（正祖二年六月）初六日……往潘兰坨之馆。时颇静寂，论文章绰有来历，犁然相契。……又撰余诗集序以赠之。……与东方人相交情甚敦挚，有恋恋不能相舍之意，亦畏约瑟缩，盖谨慎之极也。"② 由此可见当时的文禁甚严。于是，知识分子不得不避灾远祸，学术界考据之风盛行，而诗风也趋于平淡。"格调说"、"性灵说"、"肌理说"就集中体现了这一时期的理论和诗风。朝鲜诗家也对沈、袁、翁

---

① 〔清〕徐珂编：《清稗类钞》，北京，中华书局，1986年，第3900页。
② 〔朝〕李德懋：《青庄馆全书Ⅲ》（《影印标点 韩国文集丛刊》第259辑），汉城，韩国民族文化推进会，2000年，第227页。

这三家诗较为重视,如李圭景《诗家点灯》中的"清诸名家绝句选"①这一条目就摘录了三人的多首诗句。

乾嘉时期的诗坛虽也名家辈出,但整体成就远不如顺治、康熙朝,无人能与钱谦益、王士禛相比,能与施闰章、朱彝尊、查慎行抗衡的诗人也不多。而朝鲜诗家之所以对这一时期诗歌的关注度不减,与当时中朝宗藩体系的稳定、两国文人交流的频繁有直接关系。刘为《清代中朝使者往来研究》一书的《序论》谈到了当时的情形:

> 康熙朝以降,清朝皇帝继承儒家礼治思想,逐渐重视大一统局面下的藩属国的政治意义,由此开始大量裁减朝鲜岁贡,并在其他许多方面着意优待朝鲜这个首先臣服的藩属国。……乾隆朝以后,清廷刻意追求所谓"厚往薄来"。经过清廷多年的努力,朝鲜不再仇视清廷。更重要的是,朝鲜有识之士鼓吹的北学思潮得到广泛认同,清朝的大国地位得到承认,双方最终形成了稳定的宗藩关系。②

朝鲜《备边司誊录》"正祖十年三月初三"条也记载:"使行到彼时,军官书记诸人中,或有稍解文字者,则必以寻访彼人为高,致笔谈,或唱和,甚至于求得诗稿弁首之文。及其出来之后,必因使行、历行,往复书札,彼以香茶,此以楮管,语言不择于忌讳,赠遗殆同于馈问,互相效尤,转辗成习。"③ 这是乾隆末期两国交流盛况的写照,也是清朝中期两国文人频繁交往的一个缩影。

18 世纪后期到 19 世纪初,中朝两国文人、学者之间的接触和交流愈加频繁和深入,洪大容、朴趾源、李德懋、柳得恭、朴齐家、金正喜、申纬等人先后随使团来到中国,同清代文士孙有义(蓉洲)、潘庭筠、李调元、李鼎元、翁方纲、纪昀、阮元、铁保等数十位著名文人、学者建立了亲密的友谊。两国诗人在诗歌、诗论方面的交流成果也十分喜人,有力带动了朝鲜诗家对清诗的接受与评论,也促进了朝鲜汉诗的发展。

---

① 〔韩〕赵锺业编:《修正增补 韩国诗话丛编》(第12册),汉城,太学社,1996 年,第 325—328 页。
② 刘为:《清代中朝使者往来研究》,哈尔滨,黑龙江教育出版社,2002 年,第 8 页。
③ 〔韩〕韩国国史编纂委员会编:《备边司誊录》(第十六册)(影印本),汉城,韩国国史编纂委员会,1982 年,第 638 页。

鸦片战争之后，中朝两国都面临着严重的政治危机，文人之间的交流也大为减少，加上中国古诗在清代后期的衰颓，所以朝鲜诗家对清诗的集中关注、评述实际上已基本结束了。

第一节　朝鲜诗家论格调派沈德潜诗歌

格调派是乾嘉时期的重要诗歌流派，因代表人物沈德潜作诗主张格调而得名。"格调说"主张"温柔敦厚"、"怨而不怒"，强调格律、声韵并重，复古倾向非常明显，是乾隆盛世的产物。这一派的理论主张因符合正统封建统治的要求且自由灵活，所以影响很大，"从之游者，类皆摩取声调，讲求格律，而真意渐漓"（洪亮吉《西溪渔隐诗序》）①，这种炒作倾向也给清诗发展带来了消极影响。

沈德潜（1673—1769），字确士，号归愚，江南长洲（今江苏苏州）人，是王士禛之后的诗坛领袖，"海内之士尊若山斗，奉为圭臬"（王豫《群雅集》卷一）②。这种荣誉和地位也和他长期与乾隆皇帝过从甚密有关。特殊的身份和地位使他的诗歌创作多有封建卫道的特色，只有少数篇章能够反映现实，清新可读。因此，朝鲜诗家对其诗歌的评价也褒贬不一。

朝鲜诗家直接评论沈德潜诗歌的资料很少。文人沈乐洙（1739—1799）于正祖十年（1786）来华，批读沈德潜的文集后十分赞赏。他在《燕行日乘》的七月二十五日和闰七月初九日这两天分别写道："为消日，求新刊书籍，得《归愚集》，尚书长洲人沈德潜所著，诗文俱成一家。"③"余问陈木曰：'馆中偶得归愚沈公全集批读，诗文俱成一家，果是近世宗匠耶？抑或有胜于此者耶？'答曰：'可谓一时宗匠。……'"④沈乐洙从艺术角度出发，不仅得出沈德潜"诗文俱成一家"的结论，而且认为他可能是"近世宗匠"，并向中国学者求证，这本身就是对沈德

---

① 〔清〕洪亮吉：《卷施阁集》（顾廷龙主编：《续修四库全书》第1467册），上海，上海古籍出版社，2002年，第339页。
② 〔清〕王豫：《群雅集》，清嘉庆十二年（1807）刻本
③ 〔韩〕林基中编：《燕行录全集》（第57册），汉城，东国大学校出版部，2001年，第41页。
④ 〔韩〕林基中编：《燕行录全集》（第57册），汉城，东国大学校出版部，2001年，第80—81页。

潜的高度评价。

由于沈德潜的《明诗别裁集》、《国朝诗别裁集》（即《清诗别裁集》）中记载了明遗民的诸多事迹及诗作，所以朝鲜诗家对沈德潜也颇有好感。

李德懋的《入燕记》载：

> （正祖二年五月）二十二日辛巳，夕雨，留馆。《〈国朝诗别裁集〉御制序》曰："沈德潜选国朝人诗，而求序以光其集。德潜老矣，且以诗文受特达之知，所请宜无不允，因进其书而粗观之，列前茅者，则钱谦益诸人也。不求朕序，朕可以不问，既求朕序，则千秋之公论系焉，是不可以不辨。夫居本朝而妄思前明者，乱民也。有国法存，至身为明朝达官，而甘心复事本朝者，虽一时权宜，草昧缔构所不废，要知其人，则非人类也。其诗自在，听之可也，选以冠本朝诸人则不可，在德潜则尤不可。且诗者何？忠孝而已耳。离忠孝而言诗，吾不知其为诗也。谦益诸人为忠乎？为孝乎？德潜宜深知此义，今之所选，非其宿昔言诗之道也。岂其老而耄荒，子又不克，家门下士依草附木者流，无达大义具巨眼人捉刀所为，德潜不及细检乎？此书出，则德潜一生读书之名坏，朕方为德潜惜之，何能阿所好而为之序！又钱名世者，皇考所谓名教罪人，是更不宜入选；而慎郡王则朕之叔父也，虽诸王自奏及朝廷章疏署名，此乃国家典制，然尚不忍名之。德潜本朝臣子，岂宜直书其名？至于世次前后倒置者，益不可枚举。因命内廷翰林为之精校去留，俾重锓以行于世，所以栽培成就德潜也，所以终从德潜之请而为之序也。乾隆二十有六年岁在辛巳仲冬月御笔。"德潜字确士，一字归愚，长洲人，官礼部尚书，卒年百三。初著《别裁集》，多载明末遗民，坐载两钱并及于他人。今本不足观，序文太苛，德潜之心其能安乎？不及幸矣。①

在这一段中，李德懋全文抄录了乾隆为《国朝诗别裁集》所作的序，但认为"序文太苛"而为沈德潜鸣不平并表达了遗憾之情。这说明李德懋

---

① 〔朝〕李德懋：《青庄馆全书Ⅲ》（《影印标点 韩国文集丛刊》第259辑），汉城，韩国民族文化推进会，2000年，第221—222页。

赞同沈德潜的选诗标准,从前文所引资料也可见李德懋并不否定钱谦益的创作,这也是他支持沈德潜的一个证据。另外,沈乐洙《燕行日乘》所载其与中国文人陈木的笔谈也表达了同样的认识:(陈木)"答曰:'可谓一时宗匠。近因其别集中欠点检处,已仆其墓碑矣。'……余曰:'圣朝宽大,何至以文字罪及泉壤?'陈曰:'我不敢言。'"① 抄录乾隆御制《别裁集》序、质疑文字狱的举动也反映了朝鲜诗家对当时文网森严的不满,间接表达了他们对沈德潜诗作的认可。

成海应则对沈德潜的选诗和诗作进行了批判,其《燕中杂录》载:

> 沈德潜与钱陈群,乾隆所称"江浙二老"。德潜以吴中诸生久困场屋,乾隆戊午举于服,年已七十。其成进士、选词林,皆由物色而得之。授职甫三年,即擢至詹事,再迁礼部侍郎,命在尚书房授诸皇子读。戊辰秋,乞休淮致仕。辛未南巡,命在籍食俸。丁丑,加礼部尚书衔。乙酉,赐其孙淮熙为举人。己丑秋,卒于家,入祀服贤祠。生前身后,宠荣极矣。辛巳,尝来京,以选刻《国朝诗别裁集》乞序,乾隆以钱谦益辈为之冠,其人皆士类所不齿,其他序次亦多踳误。乾隆意德潜耄荒,或其门下士依草依木者流所为,而德潜未及,旋因命内廷翰林重为精校,以定在留,并序而还之。戊戌秋,徐述夔词案发。德潜曾为作传,称其品行文章皆可法。因下廷臣议,佥云应削夺所有阶衔祠谥,并仆其墓碑,并从之。述夔家饶于财,德潜为之作传,不过图润笔矣。②

其《复雪议》一文又载:

> 顾皇朝之故老遗民皆已零落,中国之人被其煦濡之恩,休养生息且二百年矣。四方安乐无事,虏亦暇逸,以酣乐为事。……端歙之品、和阗之玉无不搜剔穷索,以侈耳目之玩。……周鼓汉碑,屈曲奇变,弄阁嵌壁。其金石之美,宣和之所不及也。张照之笔、张

---

① 〔韩〕林基中编:《燕行录全集》(第57册),汉城,东国大学校出版部,2001年,第81—82页。
② 〔朝〕成海应:《研经斋全集Ⅵ》(《影印标点 韩国文集丛刊》第278辑),汉城,韩国民族文化推进会,2001年,第273—274页。

宗苍之画、沈德潜之诗,以纤丽称。设曲宴、开宝书,淋漓跌宕,唱酬交错,艳词华藻,动人心志。其词律之盛,亦足方于陈、李二后主也。①

成海应的尊明意识极强,对清朝的统治很反感(见第六章)。在描述沈德潜选诗及乾隆作序一事上,他只是客观叙述,没有表达自己的见解。但在评论沈德潜的诗作时,他则将其置于康乾之世耽于享乐的文化背景下,批评沈诗有"纤丽"之风,不够醇厚、缺乏气势,甚至将其比作亡国之君陈、李两后主时期的作品,这明显是儒家正统文艺思想的体现。

朝鲜诗家立足于时代环境和具体创作,能够对沈德潜及其诗歌做出比较恰当的论断。尽管相关的评论资料较少,也能看出朝鲜诗家的严谨以及对清代文化的兴趣。

第二节　朝鲜诗家论性灵派袁枚、张问陶诗歌

性灵派是清中叶著名的文学流派,与晚明公安派"独抒性灵,不拘格套"的主张一脉相承,强调文学创作要直接抒发人的性灵,表现真情实感,追求个性风格。性灵派代表人物有袁枚、赵翼、张问陶等。其中,袁枚和张问陶是朝鲜诗家重点关注和评论的对象,张问陶还与朝鲜文人有过亲密的交往和诗文交流。

一、论袁枚诗歌

袁枚(1716—1797),字子才,号简斋,晚年又号随园老人,浙江钱塘(今杭州)人,有《小仓山房诗文集》、《随园诗话》等著述。他是"性灵派"的代表作家,受公安派理论和李贽思想的影响,倡导"性灵说",主张诗歌要突破传统的束缚,独抒性灵,强调真情实感的自然流露,重视轻灵活泼的韵味,这对当时囿于"唐宋之争"的清诗创作来说是一种解放。朝鲜诗家对袁枚的创作及"性灵说"都很重视。由于袁枚没有编选诗集,又不在北京活动,受当时交通、印刷等条件的限制,朝鲜学者无法与其直接结交,只能间接了解袁枚的一些情况。因此,他们

---

① 〔朝〕成海应:《研经斋全集Ⅱ》(《影印标点 韩国文集丛刊》第274辑),汉城,韩国民族文化推进会,2001年,第215—216页。

对袁枚的关注比较集中于其诗歌和理论。

(一) 袁枚在朝鲜诗人中的影响

袁枚成名后,朝鲜诗家尽其所能,利用各种方式获取他的作品以及和他有关的信息。《随园诗话补遗》卷四曰:"方明府于礼从京师来,说高丽国史臣朴齐家以重价购《小仓山房集》及刘霞裳诗,竟不可得,怏怏而去。亡何,金畹香秀才来,又说此事,与前年方公维翰所云相同;但使者姓名不同耳。"① 其卷六亦载:"方藕舡明府云:'高丽进士李承薰、孝廉李喜明、秀才洪大荣等,俱在都中购《随园集》,问余起居、年齿甚殷。'嘻,余愧矣!"② 蒋敦复(1808—1867)《随园轶事》"高丽使臣购《随园集》"条对此事的记载更为详细:"高丽使臣李诚薰、洪大荣等,奉使来华,读先生集,竞相倾倒,各以重金购数十部,归国分赠侪辈。逾年,又特派人来购倍前数。嗣是络绎来购者不绝于时。是真所谓纸贵洛阳,而价重鸡林者。"③ 张伯伟先生也考证:"……正祖七年(1783),当时'亦未尝知有枚。'不过,也是从那时开始,袁枚的作品在朝鲜逐步流行开来。"④《随园诗话》的正编成书于1790年,《补遗》成书于嘉庆年间,朴齐家、洪大容等人的购书推动了朝鲜学界对袁枚的持续关注。

1778年,李德懋、柳得恭等人来中国,与潘庭筠、李调元等人结识,因此了解了袁枚的为人与作品,袁枚在朝鲜名声大噪由此开始。李德懋在给潘庭筠的一封信中谈到:"尝闻袁子才先生文苑主盟,先生绍介之,则或有序记可得之端耶?"(《雅亭遗稿·潘秋庼庭筠》)⑤ 柳得恭在乾隆五十五年(1790)与中国学者陈鳣(字仲鱼)笔谈,其间也提到了袁枚:"仲鱼又曰:'近代诗如袁、蒋诸公如何?'余曰:'当推首选,然比古人却可议。'"(《燕台再游录》)⑥ 因此可以肯定,袁枚的作品在其

---

① 〔清〕袁枚:《随园诗话》(下),顾学颉校点,北京,人民文学出版社,1982年,第675页。
② 〔清〕袁枚:《随园诗话》(下),顾学颉校点,北京,人民文学出版社,1982年,第711页。
③ 王英志:《袁枚全集》(第八册),南京,江苏古籍出版社,1993年,第50—51页。
④ 张伯伟:《清代诗话东传略论稿》,北京,中华书局,2007年,第142—143页。
⑤ 〔朝〕李德懋:《青庄馆全书Ⅰ》(《影印标点 韩国文集丛刊》第257辑),汉城,韩国民族文化推进会,2000年,第263页。
⑥ 〔韩〕林基中编:《燕行录全集》(第60册),汉城,东国大学校出版部,2001年,第294页。

健在的时候就传入了朝鲜。

此后,袁枚的作品持续受到了朝鲜诗家的关注,次韵、引用、评论之作很多。如沈象奎诗《书李墨庄〈登岱图〉,次韵袁随园枚七十八岁旧题》曰:

> 诗人有神力,遇物皆蹈抗。寸聿扫万群,物巨力随王。
> 青莲昔登岱,绝顶无与向。搔首问青天,醉傲相谑浪。
> 墨庄定后身,才气欲不让。生长峨嵋侧,岩壑胸中荡。
> 又来蹻泰观,俯笑尘蚁漾。九烟点匹练,万瞩绝纤障。
> 倏倏诗有助,仙仙身无傍。归来为图画,朋知竞欣访。
> 我本海上人,五岳心未忘。君怜一隅见,出图许暂望。
> 对之如身到,君在此山上。①

这首诗虽言说与李鼎元(墨庄)的交往,但是关于泰山、李白及作者内心情感的描写均气势充沛,自然真率,确有袁枚诗的风范。需要说明的是,沈象奎所次的"七十八岁旧题"尚不清楚是袁枚的哪首诗,在现存的袁枚诗集中也没有找到与此诗韵脚相同的诗作。如果沈象奎没有搞错,那么这首诗可能是袁枚的一首佚诗。

赵寅永《读〈随园诗话〉有感》一诗曰:"匆匆车笠蓟门行,万里东还尚系情。谁料小仓诗话里,白门司马是君名。"② 此诗作于1817年,诗前有序:"直庐无寐,偶阅袁枚《随园诗话补遗》,第三卷有云'白下秀才司马章,字石甫,风神萧丽,年少多情。'而仍记其词曲数阕。此人今现任蓟州知府,余燕路相遘,与之酬唱者也。惊喜如对,以诗志之。"中朝两位诗人路上邂逅,进而结缘、酬唱,《随园诗话》在这个过程中充分发挥了媒介作用,而这段交往也见证了《随园诗话》论人论诗的准确性。

申纬《随园琐记》诗曰:"笔头五色花交放,天付文人结栜来。若

---

① 〔朝〕沈象奎:《斗室存稿》(《影印标点 韩国文集丛刊》第290辑),汉城,韩国民族文化推进会,2002年,第20页。
② 〔朝〕赵寅永:《云石遗稿》(《影印标点 韩国文集丛刊》第299辑),汉城,韩国民族文化推进会,2002年,第30页。

使圣门征此梦,不应浮海叹无材。"① 诗后有注:"《随园琐记》:'余幼时,梦束数百万笔为大桴,身坐其上,浮于江,至今无验。'"在诗和注中,申纬描述了阅读《随园琐记》②(《子不语》卷十七)这篇短文后的感受,并以之为典故,间接抒发了他对袁枚的尊崇之意。

朝鲜朝后期诗人金泽荣《贺郑泽庭生男》诗中有曰:"雌风几度叹输棋,蓦地祥云绕绣帏。"③ 句下注曰:"随园《生女》诗曰:'雌风吹不清',又曰'棋输刲屡惊'。"很明显,"雌风几度叹输棋"一句化用了袁枚《生女诗》(即《十一月十八日又生一女》④,载于《小仓山房诗集》卷十八)的语句,也毫不掩饰地表达了对女孩出生的厌恶与懊恼,为祝贺友人喜添男丁提供了极好的铺垫和对照。

总体上,朝鲜诗家基本认可袁枚的诗坛主导地位。如李德懋致潘庭筠的书信(《雅亭遗稿》)、柳得恭与陈鳣的笔谈(《燕台再游录》)中就称袁枚是"文苑主盟",近代"当推首选,然比古人却可议";李书九亦云:"诗家伪体许君裁,谁是中原大雅才。北宋南施今在否,盛名曾说一袁枚。"(《成书状种仁回自燕,闻其渡江,却寄六首》其五)⑤ 这些说法肯定了袁枚在中原诗坛的重要影响。朴趾源《绝句四首》(其三)写道:"六王才毕一椎来,山鬼无声白璧哀。《蔗尾闲谈》推第一,几人中土似袁枚。"⑥ 他引袁枚《博浪城》诗句入诗,借鉴李调元《尾蔗轩闲谈》的观点,也将袁枚列为中土第一诗人。

(二)认同袁枚的诗歌理论

朝鲜诗家也很赞同袁枚的诗学理论。袁枚主张"诗写性情,惟吾所

---

① 〔朝〕申纬:《警修堂全藁》(《影印标点 韩国文集丛刊》第291辑),汉城,韩国民族文化推进会,2002年,第290页。
② 王英志:《袁枚全集》(第四册),南京,江苏古籍出版社,1993年,第320页。
③ 〔朝〕金泽荣:《韶濩堂集》(《影印标点 韩国文集丛刊》第347辑),汉城,韩国民族文化推进会,2005年,第440页。
④ 〔清〕袁枚《十一月十八日又生一女》:"真是庶人命,雌风吹不清。缘何长至日,转报一阴生?客厌来偏数,棋输劫屡惊。呱呱双瓦响,添作恼公声。"(袁枚:《小仓山房诗集》,顾廷龙主编:《续修四库全书》第1431册,上海,上海古籍出版社,2002年,第415页)
⑤ 〔朝〕李书九:《惕斋集》(《影印标点 韩国文集丛刊》第270辑),汉城,韩国民族文化推进会,2001年,第13页。
⑥ 〔朝〕朴趾源:《燕岩集》(《影印标点 韩国文集丛刊》第252辑),汉城,韩国民族文化推进会,2000年,第93页。

适"①，反对拟古主义和形式主义诗风，追求个性自由，直抒感兴。朝鲜诗家对袁枚这种颇具人性化的诗论很有同感，在理论和创作上都有所受益。

朝鲜诗论家李钰（1760—1813）真正弘扬了袁枚的诗学观，他编纂的《百家诗话抄》② 共236则，所抄录的内容均来自《随园诗话》。著名诗人金正喜（号秋史）也接受了袁枚的创作观念，诗作也以抒发性灵为主，其门生姜玮评曰："秋翁一瓣香，先自五言入。性灵有孤诣，始与众贤立。"（《述言示同学》）③

在19世纪末到20世纪初的朝鲜诗坛，袁枚的诗论仍然是批评家的热议对象之一，此时朝鲜诗家对袁枚的认识已经相当成熟。金泽荣旅居中国南通时，友人陆景千（骞）在南通寓所新治小楼，取先人陆游"小楼一夜听春雨"诗意，欲命名为"听春雨之楼"，以此征求金泽荣的意见。金泽荣曰：

> 否否唯唯，此可以卒子之诗说乎？袁子才之论诗曰："不学古人，法无一可。竟似古人，何处著我！字字古有，言言古无。吐故吸新，其庶几乎？"夫放翁公之诗，所以记其一时实境之所遇者也。今子从而雷同之，则是子之楼但宜于春之雨，而不宜于他时之雨。其景也悴，其义也狭，而其词也窘。似古之害，孰甚于此？今若从吾之言，不附于古，自我为古，就其名而删去"春"之一字，则自兹以往，子之楼于四时之雨无之不可，小沾大润，淅沥淋浪，潇然洒然闃然悠然之景概不可穷极，而子之文思亦将与之俱酿于四时沾润、淅沥淋浪之中，故之吐、新之吸，而超超然自为一家之我，不亦远乎？不亦善乎？（《听雨楼记》）④

---

① 〔清〕袁枚：《随园诗话》（上），顾学颉校点，北京，人民文学出版社，1982年，第3页。
② 〔韩〕赵锺业编：《修正增补 韩国诗话丛编》（第11册），汉城，太学社，1996年，第235—272页。
③ 〔朝〕姜玮：《古欢堂收草》（《影印标点 韩国文集丛刊》第318辑），汉城，韩国民族文化推进会，2003年，第397页。
④ 〔朝〕金泽荣：《韶濩堂集》（《影印标点 韩国文集丛刊》第347辑），汉城，韩国民族文化推进会，2005年，第508页。

金泽荣引用袁枚《续诗品·著我》(《小仓山诗集》卷二十)① 的观点,以"听雨楼"取名为例阐述了自己的诗学思想。其"不附于古,自我为古"、"故之吐、新之吸,而超超然自为一家之我"的辩证观念,与袁枚的诗学理念如出一辙。

这一时期的其他诗论家对《续诗品》亦十分重视。如奎章阁本《东诗丛话》抄录《续诗品》32 则中的前 28 则②,朴汉永《石林随笔》也把《续诗品》作为诗歌评论的依据,其"及到上乘,诗禅一揆"条曰:

> 及若宋元明清之代,诗或品尚小异;然上乘诗禅,何独专推于盛唐?沧浪辈不及知之。东坡《罗汉颂》句句见谛,王阳明诗之"幽人月出每孤往,好鸟山空时一鸣"、"夜静海涛三万里,月明飞锡下天风"者,得不为最上乘禅乎?是以,袁子才亦云"江海虽大,不无潇湘"也。然而向下文长,付在他日。③

其中的袁枚语出自《续诗品·戒偏》。另外,朴汉永还以袁枚诗作为例,阐述了精密工巧的人力所营造的"人籁"境界:"袁随园《赠人诗》曰:'倚马休夸速藻佳,相如终竟压邹枚。物须见少方为贵,诗到能迟转是才。清角声高非易奏,优昙花好不轻开。须知极乐神仙境,修炼多从苦处来。'是可以证人籁之精工也。"(《石林随笔》"天籁叶人籁,诗道方圆"条)④ 句中所说的《赠人诗》为袁枚的《箴作诗者》⑤(《小仓山房诗集》卷二十三)。这首诗以历史人物、音乐、植物及禅宗为基础,总结了刻苦锤炼的为诗之道。这种注意营造"人籁"之境的观点也体现了

---

① 〔清〕袁枚《续诗品·著我》:"不学古人,法无一可。竟似古人,何处著我!字字古有,言言古无。吐故吸新,其庶几乎?孟学孔子,孔学周公。三人文章,颇不相同。"(袁枚:《小仓山房诗集》,顾廷龙主编:《续修四库全书》第1431 册,上海,上海古籍出版社,2002年,第441 页)

② 〔韩〕赵锺业编:《修正增补 韩国诗话丛编》(第13 册),汉城,太学社,1996 年,第491—493 页。

③ 〔韩〕赵锺业编:《修正增补 韩国诗话丛编》(第13 册),汉城,太学社,1996 年,第287 页。

④ 〔韩〕赵锺业编:《修正增补 韩国诗话丛编》(第13 册),汉城,太学社,1996 年,第313—314 页。

⑤ 〔清〕袁枚:《小仓山房诗集》(顾廷龙主编:《续修四库全书》第1431 册),上海,上海古籍出版社,2002 年,第468 页。

袁枚注重抒发性情的诗论精神。

（三）论袁枚的诗歌创作

在诗歌创作方面，朝鲜诗家赞赏袁枚诗歌的总体成就，肯定其诗歌的积极影响，同时也批评其一些诗作流于浅浮绮靡。

申纬《赠别藕船入燕二首》（其二）曰："此集人间已不挑，云松一语每魂销。愿收全笈愁无价，时诵名篇气欲飘。富贵金貂辞北阙，风流红粉爱南朝。君归倘许牙签赠，快读香灯手自挑。"① 诗句下有注："赵云松翼《题随园诗集》有'不须伯道愁无子，此集人间已不挑'之句，故云。"又云："随园老人《小仓山房全集》入函并《州县心书》一编，是余平生渴想者。藕船此次能携归偿余夙愿否？"申纬对袁枚诗作的推崇之情以及获得原著的迫切心情可见一斑。

金泽荣1922年（壬戌）所作的《〈陆王二家诗钞〉序》写道：

> 江之北有一奇人曰陆景骞，江之南有一奇人曰王冰史。二人者，皆以诗游于市井店铺之间，相交、相爱、相唱和为乐陶陶也。……王君少陆十余岁，为诗多主工妍，取的在袁子才。若而人其锋皆可谓铦矣，然独其所处之境，非所谓吸纳沉瀣、闭门蒙被者，则以至于炎炎大成也。不或难耶？此余所以惊爱其才，而旋又不胜其私悯者也。②

金泽荣看到王冰史的诗歌学习袁枚，工整妍丽，非常高兴，爱其诗作也悦其性情。这显然是对袁枚诗风及其影响的间接肯定。

朝鲜诗家还对袁枚的怀古诗情有独钟。李德懋《清脾录》"袁子才"条曰：

> 袁枚字子才，李雨村称之曰："子才，当今第一才人。子才著述甚富，今年七十余。以庶吉士改上元知县，官止于此，然天下知与不知，皆称道。余《尾蕉轩闲谈》备言其事。最工怀古，其《博浪

---

① 〔朝〕申纬：《警修堂全藁》（《影印标点 韩国文集丛刊》第291辑），汉城，韩国民族文化推进会，2002年，第531页。
② 〔朝〕金泽荣：《韶濩堂集》（《影印标点 韩国文集丛刊》第347辑），汉城，韩国民族文化推进会，2005年，第271页。

城》诗云：'真人采药走蓬莱，博浪沙连望海台。九鼎尚沉三户起，六王才毕一椎来。虎龙有气黄金尽，山鬼无声白璧哀。大索一旬还撒手，此君终竟是奇才。'《杜牧墓》云：'萧郎白马远从军，落日樊川吊紫云。客里莺花逢杜曲，唐朝春恨属司勋。高谈泽潞兵三万，论定扬州月二分。手折芙蓉来酹酒，有人风骨类夫君。'"雨村又曰："袁子才、蒋士铨俱翰林，而高蹈不立朝，放荡于山水江湖。"①

朴趾源《热河日记·避暑录》云：

> 余问尹卿曰："当世诗人海内称首者，可得闻名欤？"尹卿曰："以海内之大，固不乏鸿匠妙才。而敝年老，断置人世事，年少才子未能相识。敝老友袁太史枚，字子才，高蹈不羁之士也。不乐仕宦，放迹山水，最工怀古之作。"因高咏数句，余未晓听，请书示。其《博浪城》诗曰："真人采药走蓬莱，博浪沙连望海台。九鼎尚沉三户起，六王才毕一椎来。虎龙有气黄金尽，山鬼无声白璧哀。大索十日还撒手，如君终古尽奇才。"观其诗，可占中原士大夫之心，而亨山之独咏此篇，其意尤著，然不讳于奇丽川，何也？②

此处，两位朝鲜诗家都借中国人之口肯定了袁枚的怀古之作，同时也赞誉了袁枚高蹈不羁、不乐仕宦的高洁品格。在他们眼中，袁枚堪称中原士大夫诗人的杰出代表，为天下人所称道。且二人都记录了袁枚《博浪城》一诗，但二人所记载的后四句有所不同，且又都不同于光绪壬辰刻本《小仓山房诗集》卷一、周本淳标校《小仓山房诗文集》、王英志主编《袁枚全集》中的记载，后者皆曰："黄金宫阙神仙远，白璧光阴山鬼催。此日西风如力士，当车还击布帏开。"③ 朝鲜古籍所载的这首《博浪城》诗是否是袁枚当时的初稿抑或另一个版本，都需要进一步研究。

---

① 〔朝〕李德懋：《青庄馆全书Ⅱ》（《影印标点 韩国文集丛刊》第258辑），汉城，韩国民族文化推进会，2000年，第58—59页。

② 〔朝〕朴趾源：《燕岩集》（《影印标点 韩国文集丛刊》第252辑），汉城，韩国民族文化推进会，2000年，第284页。

③ 光绪壬辰刻本《小仓山房诗集》（《续修四库全书》第1431册，上海古籍出版社，2002年，第245页）、周本淳标校《小仓山房诗文集》（上海古籍出版社，1988年，第12页）、王英志主编《袁枚全集》（第一册）（江苏古籍出版社，1993年，第11页）。

袁枚还有一首著名的咏史诗《杜牧墓》:"萧郎白马远从军,落日樊川吊紫云。客里莺花逢杜曲,唐朝春恨属司勋。高谈泽潞兵三万,论定扬州月二分。手折芙蓉来酹酒,有人风骨类夫君。"① 朴齐家读此诗后有感而发,其《戏仿王渔洋岁暮怀人六十首·袁庶常枚》诗云:"消息天涯返辀轩,莺花杜曲一消魂。何人解上司勋墓,只有江东咏史袁。"② 朴诗称赞了袁诗的精当深刻,称赞了袁枚高超的咏史之才,且第二句"莺花杜曲"也来源于袁诗。另外,"柳得恭1796年编纂的清朝诗人诗歌选集《并世集》,除了两首已在《清脾录》记载的怀古诗以外,还记载了袁枚的《谢太傅祠》、《罗昭谏墓》、《武后乾陵》、《戏马台吊宋武帝》四首诗,这也都是怀古诗"③。

美国美学家桑塔耶那说过:"旅行的益处和一切可见的古迹的非凡魅力,都在于获得集中了许多散漫知识于其间的种种形象,否则就不会一起联想到。此种形象是许多潜伏的经验之具体象征,联想的深根使得它们能够吸引我们的注意,正如一个侥幸获得的形式或一种富丽堂皇的材料肯定会吸引我们的注意一样。"④ 历代兴亡(尤其是明清易代)、昔日豪杰的壮举和残破寂寥的古迹,记忆中的材料与现实场景在诗人头脑中产生猛烈撞击,最大程度地激起了诗人的兴致。袁枚《随园诗话》卷六云:"怀古诗,乃一时兴会所触,不比山经地志,以详核为佳。"⑤ "景从外来,目之所触,留心便得;情从心出,非有一种芬芳悱恻之怀,便不能哀感顽艳。"⑥ 的确如此,袁枚远离仕途,忘情于山水,借古抒怀,其诗歌中悲凉慷慨的情韵正是他所说的"真性情"。朝鲜诗家也正是因此而赞美其怀古诗作。

---

① 〔清〕袁枚:《小仓山房诗集》(顾廷龙主编:《续修四库全书》第1431册),上海,上海古籍出版社,2002年,第313页。
② 〔朝〕朴齐家:《贞蕤阁集》(《影印标点 韩国文集丛刊》第261辑),汉城,韩国民族文化推进会,2001年,第473页。
③ 〔韩〕崔日义:《韩国朝鲜后期诗坛接受袁枚诗学之状况》,《苏州大学学报(哲学社会科学版)》2010年第2期。
④ 〔美〕桑塔耶那:《美感》,缪灵珠译,北京,中国社会科学出版社,1982年,第143页。
⑤ 〔清〕袁枚:《随园诗话》(上),顾学颉校点,北京,人民文学出版社,1982年,第187页。
⑥ 〔清〕袁枚:《随园诗话》(上),顾学颉校点,北京,人民文学出版社,1982年,第183页。

当然，朝鲜诗家也认为袁枚诗歌存在一些不足，如金正喜受翁方纲诗论的影响，因而批评袁枚性灵诗为"淫放鬼怪"（《题彝斋东南二诗后》）①。随着袁枚在朝鲜的影响不断扩大，越来越多的诗论家指出其诗歌的弱点。

朴汉永《石林随笔》"天籁叶人籁，诗道方圆"条指出："山东王阮亭非不名家，学之者易坠空疏之坑而已。褊于精工而未成，则流乎轻俗与纤巧，而未超上乘。江南袁简斋非不名家，学之者易罹绮靡之网而已。是以不落左、不落右，蹈大方之诗规，岂不唱天籁叶人籁，然后诗道方圆之要诀乎？"②朴汉永认为，袁枚虽然是诗歌名家，但其诗易使学诗者陷于"绮靡之网"。这说明他注意到了袁诗"绮靡"的一面，认为这是一大缺点，有损于"天籁"、"人籁"之建构，偏离了诗道正宗。

李升圭《东洋诗学源流》则从具体诗作出发，批评袁诗的流于浅俚：

《游庐山观瀑》（袁枚）："黄厓天上生，对面作浪起。我头不敢昂，诚恐浪压已。岂知下望深，青天反作底。山外有山立，山内有山倚。颇类人衣裳，幅幅有表里。忽然暴雨来，人天一齐洗。彼登千寻塔，正对一条水。瀑沛从高看，匹练更长矣。始知开先寺，相离咫尺耳。只为绝巘遮，纡行十余里。"随园诗肤浅佻巧，风韵索莫，无足可取，而特选此诗以见古今诗道之变，而且为后人鉴戒耳。③

朝鲜诗家所抄录的这首诗在袁枚诗集中题为《行十里至黄厓再登文殊塔观瀑》④（《小仓山房诗文集》卷三十），个别词句与原诗不同，原句分别为"避登千寻塔"、"瀑布从高看"、"纡行十余里"。在这段文字里，

---

① 〔朝〕金正喜：《阮堂全集》（《影印标点 韩国文集丛刊》第 301 辑），汉城，韩国民族文化推进会，2003 年，第 119 页。
② 〔韩〕赵锺业编：《修正增补 韩国诗话丛编》（第 13 册），汉城，太学社，1996 年，第 314 页。
③ 〔韩〕赵锺业编：《修正增补 韩国诗话丛编》（第 17 册），汉城，太学社，1996 年，第 412 页。
④ 〔清〕袁枚：《小仓山房诗文集》，周本淳标校，上海，上海古籍出版社，1988 年，第 780 页；〔清〕袁枚：《小仓山房诗集》（顾廷龙主编：《续修四库全书》第 1431 册），上海，上海古籍出版社，2002 年，第 557 页。

朝鲜诗家言辞犀利，直指袁诗浅白无味的硬伤，并以此告诫后人，今诗与古诗不可同日而语。

在诗歌发展史上，王士禛的"神韵说"促进了清诗朝着自由抒发个性的方向发展，而袁枚则将主要描写对象由山水景观扩展到诗人的个性情怀，诗风也由温婉含蓄变为豪爽奔放。与钱谦益、王士禛等大家相比，朝鲜诗家对袁枚诗歌、诗论的评价虽不多，但是抓住了关键点，承认其诗人名家的地位，欣赏其追求个性自由的诗风和豪迈的怀古诗创作，同时也指出其一些诗作的弱点。

二、论张问陶诗歌

张问陶（1764—1814），字仲冶，号船山，四川遂宁人，乾隆五十五年（1790）进士。他有诗歌3000余首，收入《船山诗草》及《船山诗草补遗》。袁枚称许张问陶，认为其诗沉郁空灵，为清代蜀中诗人之冠。而张维屏（1780—1859）《国朝诗人征略》引《听松庐诗话》云："船山诗生气涌出，生趣飞来，古体中时有叫嚣剿滑之病。当时随园名盛，以游戏为诗，船山亦未免染其习气。至近体则极空灵，亦极沉郁；能刻入，亦能清超，……几欲于从前诸名家外又辟一境。"① 日本学者泽田总清原的观点可能受张维屏的影响，他在《中国韵文史》中写道："他的诗，生气涌出，趣味津津无穷；近体，空灵而沉郁。"② 作为后辈，张问陶对袁枚极为崇敬，曾将自己的诗集命名为《推袁集》。张问陶虽服膺袁枚，与之同为性灵派主将，但本人却申明只是艺术观念相同，并非在创作上对其亦步亦趋，其《船山诗草》卷十一的《颇有谓予诗学随园者，笑而赋此》一诗曰："诗成何必问渊源，放笔刚如所欲言。汉魏晋唐犹不学，谁能有意学随园！"③

在朝鲜诗家中，朴齐家与张问陶的关系最为密切，有共进蟹餐、题赠书画之谊，相处颇为融洽。朴齐家曾云："忽惊蒲苇梦，公馆酒帆秋。自信无肠客，翻愁有监州。榴房堆半壳，雀矢起双眸。不是彭蜞误，须

---

① 钱仲联主编：《清诗纪事·乾隆朝卷》，南京，江苏古籍出版社，1989年，第6751页。
② 〔日〕泽田总清原：《中国韵文史》，北京，商务印书馆，1937年（1998年重印），第518—519页。
③ 〔清〕张问陶：《船山诗草》（顾廷龙主编：《续修四库全书》第1486册），上海，上海古籍出版社，2002年，第334页。

君任去留。"(《翰林馆同张船山问陶、熊吉士介兹方受、石修撰琢庵韫玉、蒋丹林祥墀食蟹共赋》)① 他的《燕京杂绝》中也有回忆张问陶的诗句:"遥忆张船山,如今诗更好。蟹黄酒熟时,梦落黏蝉道。"(《燕京杂绝,赠别任恩叟姊兄,追忆信笔,凡得一百四十首》)② 诗后注曰:"张船山名问陶,文端公鹏翮曾孙。尝邀余食蟹于翰林馆中,南进士德新最嗜食,李十三次之。余书示云:'南为蟹元,李为螃眼,余却在八股外也。'船山拊掌大笑。"③ 从这段记载可知朴、张二人的交情不浅。目前找到的关于船山诗的评论也大多出自朴齐家之手。现列于下:

> 船山貌可狎,介然中有铁。习静椒山寺,萧然禅味悦。
> 传家有清白,相期在名节。
> 　　　　　(《怀人诗,仿蒋心余·张船山问陶》)④

> 每因清范想文端,此是先生旧种兰。
> 莫把诗人看不朽,须知名节到头难。
> 　　　　　(《续怀人诗十八首·张船山问陶》)⑤

> 惭愧多情鬓易华,可堪斜日照三叉。
> 离心脉脉依风纛,绮语霏霏落粲花。
> 古雨今云如梦里,澹烟乔木是天涯。
> 君归试向醒园宿,《函海》篇中说四家。
> 　　　　　(《别船山、吉士》)⑥

> 蜀客题诗问碧鸡,行人驱马出黏蝉。

---

① 〔朝〕朴齐家:《贞蕤阁集》(《影印标点 韩国文集丛刊》第261辑),汉城,韩国民族文化推进会,2001年,第516页。
② 〔朝〕朴齐家:《贞蕤阁集》(《影印标点 韩国文集丛刊》第261辑),汉城,韩国民族文化推进会,2001年,第550页。
③ 〔朝〕朴齐家:《贞蕤阁集》(《影印标点 韩国文集丛刊》第261辑),汉城,韩国民族文化推进会,2001年,第550页。
④ 〔朝〕朴齐家:《贞蕤阁集》(《影印标点 韩国文集丛刊》第261辑),汉城,韩国民族文化推进会,2001年,第530页。
⑤ 〔朝〕朴齐家:《贞蕤阁集》(《影印标点 韩国文集丛刊》第261辑),汉城,韩国民族文化推进会,2001年,第541页。
⑥ 〔朝〕朴齐家:《贞蕤阁集》(《影印标点 韩国文集丛刊》第261辑),汉城,韩国民族文化推进会,2001年,第516页。

相思总有回头处，江水东流日向西。

             （《赠张船山归四川》）①

有美船山子，来从剑阁西。才堪用修敌，句欲道园齐。
自爱依人鸟，偏怜照影鸡。江南聚头扇，珍重数行题。

             （《题扇山书扇见赠》）②

酒即杯中水，能含天地意。不知雪何能，使人堂户邃。
世人见其卧，强名谓之醉。试看树头白，玲珑有奇致。

            （《题船山〈雪中狂饮图〉》）③

  朴齐家在诗中多谈及张问陶的清白品格和名节，也谈及他参禅一事。他虽然没有直接概括出船山诗歌的风格、特征，但是从"介然中有铁"、"萧然禅味悦"、"才堪用修敌"、"句欲道园齐"、"如今诗更好"等诗句的描述来看，朴齐家对张问陶诗歌比较欣赏。

  另外，《船山诗草补遗》卷四载诗曰："性灵偶向诗中写，名字宁防海外传。从此不妨焚剩草，郁陵岛上有遗篇。"（《正月十八日，朝鲜朴检书宗善从罗两峰山人处投诗于予曰："曾闻世有文昌在，更道人将草圣传。珍重鸡林高纸价，新诗愿购若干篇。"时两峰处适有予近诗一卷，朴与尹布衣仁泰遂携之归国。朴字菱洋，尹字由斋，戏用其韵作一绝句志之》）④ 从张问陶与朝鲜文人朴宗善（1759—?，字菱洋）的唱和之中可窥见船山诗歌在海外具有一定的影响。需要说明的是，胡传淮先生认为："乾隆六十年（1795）正月十八日，韩国文学家朴齐家（1750—1805）在罗聘（扬州八怪之一）寓所见到船山诗一卷，爱不释手，并投诗船山云：'曾闻世有文昌在，更道人间草圣传。珍重鸡林高纸价，新诗愿购若

---

① 〔朝〕朴齐家：《贞蕤阁集》（《影印标点 韩国文集丛刊》第261辑），汉城，韩国民族文化推进会，2001年，第517页。
② 〔朝〕朴齐家：《贞蕤阁集》（《影印标点 韩国文集丛刊》第261辑），汉城，韩国民族文化推进会，2001年，第516页。
③ 〔朝〕朴齐家：《贞蕤阁集》（《影印标点 韩国文集丛刊》第261辑），汉城，韩国民族文化推进会，2001年，第524页。
④ 〔清〕张问陶：《船山诗草补遗》（顾廷龙主编：《续修四库全书》第1486册），上海，上海古籍出版社，2002年，第496页。

干篇.'诗人将张船山类比为文昌,可见评价之高。船山和诗云:'性灵偶向诗中写,名字宁防海外传。从此不防焚剩草,郁陵岛上有遗篇。'"① 他将投诗者"朴宗善"误作为"朴齐家",而且把朴、张二诗中的"人将"、"不妨"误抄作"人间"、"不防"。朴齐家曾四度来华,分别是在乾隆四十三年(1778)、五十五年(1790)、五十六年(1791)和嘉庆六年(1801),前两次担任检书官,其中与朴宗善作为检书官一同来中国的时间是1790年。

另外,朝鲜其他诗家也评论过张问陶。金命喜《题经畹诗卷》曰:"晓岚已逝船山老,海内相逢孰爱才。"句下注曰:"君尝屡入燕,为晓岚、船山诸名辈所推重。今年又将北行,故末句及之。"② 申纬《题蔡逸史诗帖后四首》(其一)曰:"鼓吹休明正始音,船山期待一何深。"句下注曰:"张船山问陶诗存序文,有'力追正始,鼓吹休明'等语。"③ 他们与朴齐家一样,没有明确评价张问陶的诗歌,而是通过叙述友情、赞赏人品、渴慕交往等方式,或借他人之口间接表达了对其诗歌的喜爱之情。柳得恭《并世集》收录了张问陶的《次修再入京师,正月四日访我松筠庵。酒半挥毫,文词娓娓,读其〈寄怀〉、〈出关〉之作,率吟二绝答之》,其二曰:"闲寻古寺问松筠,走笔留题捷有神。我在中原如虮虱,何须高许作传人。"④ 但此诗未载于《船山诗草》。综合这些间接评论和诗歌入选《并世集》,可以看出,朝鲜诗家比较认同张问陶诗歌中的率真性情。

第三节 朝鲜诗家论肌理派翁方纲、吴嵩梁诗歌

肌理派是清中期以翁方纲为首的一个诗歌流派,因翁方纲提倡"肌理说"而得名。"肌理说"把义理和文理统一起来,即义理要符合儒家

---

① 胡传淮:《简论张问陶在清诗史上的地位》,《聊城大学学报(社会科学版)》2006年第4期。
② 〔朝〕赵秀三:《秋斋集》(《影印标点 韩国文集丛刊》第271辑),汉城,韩国民族文化推进会,2001年,第345页。
③ 〔朝〕申纬:《警修堂全藁》(《影印标点 韩国文集丛刊》第291辑),汉城,韩国民族文化推进会,2002年,第525页。
④ 〔韩〕林基中编:《燕行录全集》(第60册),汉城,东国大学校出版部,2001年,第159页。

经术，文理须合于诗法准绳，以义理为本，强调以学问、考据、训诂内容入诗，故此派又被称为"学问诗派"。这一诗派明显受宋代江西诗派的影响，而乾嘉时期盛行的经学、考据之风也推动了这一诗派的发展。总的来看，翁方纲主张诗人要"由性情而合之学问"（《复初斋文集》卷八《徐昌谷诗论（一）》）[1]，甚至将经史考据和金石研究方面的内容也写进诗歌，以此充分表现儒家的思想和性情，把文学艺术作为经学考据的附庸，这就从根本上违背了文学艺术的本质。这一派在清中期影响很大，对清末宋诗运动也有直接的影响。而这种诗风和诗法也非常符合当时朝鲜的实学派诗人改革诗风的需要，因此备受朝鲜诗家瞩目。

一、论翁方纲诗歌

翁方纲（1733—1818），字正三，号覃溪，又号苏斋，北京大兴人，其著作主要有《复初斋诗集》、《复初斋文集》、《石洲诗话》、《苏诗补注》等。翁方纲虽是王士禛的再传弟子，但其诗学理论不同于"神韵说"。此外，翁方纲亦博通经术，对金石、书画都颇有造诣，又与朴齐家、金正喜、申纬等朝鲜著名文人建立了深厚友谊，因此翁方纲在朝鲜诗坛的影响很大。

（一）朴齐家论翁方纲

朴齐家曾四次出使中国，在中国结识了翁方纲并与之交好，翁方纲还把他介绍给当时的画家罗聘（1733—1799）等人。在了解了翁方纲其人其诗后，朴齐家折服于他的学识和诗才，作有多首诗歌表达了赞美之意，如："金石正三翁，丹青罗两峰。清修比部衍，巨丽北江洪。（翁侍郎方纲字正三，罗两峰名聘，孙比部名星衍，字渊如，洪翰林亮吉博学，工骈俪之文。）"（《燕京杂绝，赠别任恩叟姊兄，追忆信笔，凡得一百四十首》）[2] 在这首小诗中，朴齐家一起赞美了翁方纲、画家罗聘、藏书家兼书法家孙星衍（1753—1818）、文学家洪亮吉（1746—1809）等四位文学家、艺术家，他将翁方纲置于首位，突出了其金石学方面的成就。翁方纲《石洲诗话》卷二说王建《宫词》："其词之妙，则自在委曲深挚

---

[1] 〔清〕翁方纲：《复初斋文集》（顾廷龙主编：《续修四库全书》第1455册），上海，上海古籍出版社，2002年，第427页。

[2] 〔朝〕朴齐家：《贞蕤阁集》（《影印标点 韩国文集丛刊》第261辑），汉城，韩国民族文化推进会，2001年，第550页。

中，别有顿挫，如仅以就事直写观之，浅矣!"① 可知翁方纲比较欣赏这首诗委曲深挚的表现方法。所以他可能将这首诗写进了自己的书法作品中且被朴齐家得到。因为朴齐家作有《次韵翁覃溪落叶诗帖》，诗曰："爱汝题诗不减红，多情还是各西东。何由化作王维石，吹落扶桑万里风。"② 从题目上看，朴齐家或许以为这首诗就是翁方纲的作品，当然也有可能是翁方纲先次韵了《宫词》制成诗帖，然后朴齐家又次韵了翁方纲的次韵诗。总之，不管从题目还是诗歌内容看，朴齐家对翁方纲多才多艺的欣赏之情都是非常明显的。而朴齐家的另一首《寄翁侍郎》诗曰："萧然金石出风尘，落笔长歌句有神。不觉清谈高一格，苏斋门下瓣香人。"③ 该诗分别从金石学、文学、培养人才等方面赞扬了翁方纲。此外，朴齐家还注意到翁方纲对苏轼诗、书、画的喜好，其诗曰："覃溪学士癖于苏，燕处长悬笠屐图。宛转人行金石里，恰如九曲蚁穿珠。"(《续怀人诗十八首·翁覃溪方纲》)④ "覃溪洪赵流，金石穷锱铢。丑月日十九，瓣香祭髯苏。引我上清闷，高会参文殊。"(《怀人诗，仿蒋心余·翁覃溪方纲》)⑤ 朴齐家不仅对翁方纲学苏、祭苏颇为赞许，还认为翁方纲的喜好也影响了自己，将自己带入了文学艺术的殿堂。

（二）金正喜论翁方纲

朴齐家的弟子金正喜也与翁方纲一见如故，交往密切。金正喜在北京期间，得到了翁方纲的很多帮助和指点，后来成为朝鲜著名的金石大家。金正喜对此铭记在心，赋诗追忆了二人往日的倾心交往："十年覃老想，忽若现须眉。定结三生业，翻从万里知。诗龛香瓣古，书帕石帆迟。佛墨参禅罢，幽情更凑时。"(《秋夜与莲生共赋二首》其二)⑥ 其《送

---

① 〔清〕翁方纲：《石洲诗话》，陈迩冬校点，北京，人民文学出版社，1981 年，第 64 页。
② 〔朝〕朴齐家：《贞蕤阁集》(《影印标点 韩国文集丛刊》第 261 辑)，汉城，韩国民族文化推进会，2001 年，第 524 页。
③ 〔朝〕朴齐家：《贞蕤阁集》(《影印标点 韩国文集丛刊》第 261 辑)，汉城，韩国民族文化推进会，2001 年，第 520 页。
④ 〔朝〕朴齐家：《贞蕤阁集》(《影印标点 韩国文集丛刊》第 261 辑)，汉城，韩国民族文化推进会，2001 年，第 540 页。
⑤ 〔朝〕朴齐家：《贞蕤阁集》(《影印标点 韩国文集丛刊》第 261 辑)，汉城，韩国民族文化推进会，2001 年，第 528 页。
⑥ 〔朝〕金正喜：《阮堂全集》(《影印标点 韩国文集丛刊》第 301 辑)，汉城，韩国民族文化推进会，2003 年，第 169 页。

紫霞入燕》诗前序言又高度评价了翁方纲的影响:"紫霞前辈涉万里入中国,瑰景伟观,吾不如其千万亿,而不如见一苏斋老人也。"① 由此,我们也就能够理解金正喜赏识翁方纲"学问诗"的具体原因了。

金正喜在《与申威堂观浩》一文中赞扬了翁方纲"以学问入诗"的做法:

> 覃集果难读,经艺文章、金石书画打成一团,非浅人所得易解。然细心读过,线路脉络灿然具见。特世人不以用心,外舐无味,不知谏果之回甘、蔗境之转佳耳。以鄙见闻,乾隆以来,诸名家项背相连,未有如钱箨石与覃溪者,蒋铅山可得相埒,而如袁随园辈不足比拟矣。不佞曾从覃诗之人人易解者,仿佛摘句图例拈录近百句,当一为之奉览也。②

金正喜从亲身经历出发,对翁诗学问精深、肌理分明的特点推崇备至,共同的兴趣、爱好也使他摘录了很多翁方纲的诗句,可见其敬重、喜爱之情。此外,他还创作了很多具有"学问"倾向的诗作,如《题梁左田钺书法时帆西涯诗卷后(左田是翁覃溪先生壻也,书法大有覃溪风致)》、《归画于紫霞,仍题》、《奇赵君秀三催砚》、《覃溪书藏之北笈,扁其斋曰"宝覃",仍次覃溪宝苏斋韵》、《题罗两峰梅花帧》、《题梅花小扇赠高阳使君》、《题李墨庄独行小照,即寄赠小蕤朴君者也》、《走题覃翁〈石钟山记〉帖面》、《作槐根小筑图寄张茶农,图作雪意》、《为彝斋题黄山画石》、《题小痴指画》、《尤斋遗墟碑》等等。由于金正喜十分推崇翁方纲,他的朋友申纬也受其影响愈发敬重翁氏,曾有诗曰:"秋史宝覃何所宝,苦心吾亦宝覃人。"(《再题小照呈覃溪老人》)③

(三) 申纬论翁方纲

对翁方纲评价最高、最多、最细的朝鲜诗人是申纬。申纬与柳得恭、

---

① 〔朝〕金正喜:《阮堂全集》(《影印标点 韩国文集丛刊》第301辑),汉城,韩国民族文化推进会,2003年,第182页。
② 〔朝〕金正喜:《阮堂全集》(《影印标点 韩国文集丛刊》第301辑),汉城,韩国民族文化推进会,2003年,第47页。
③ 〔朝〕申纬:《警修堂全藁》(《影印标点 韩国文集丛刊》第291辑),汉城,韩国民族文化推进会,2002年,第18页。

丁若镛、金正喜等人同为实学大家,这也是他们一致推崇翁方纲的原因之一。作为一名实学派诗人,申纬与翁方纲父子有着长期的深厚交往,所以他的观察更为细致,评价也更具体准确。

申纬对翁方纲赠送书画、题诗的情谊念念不忘,所以在诗中大力称赞这位前辈的学问、诗文和人品,如:

> 阎毛王汪擅场殊,唯有兼工竹坨朱。
> 近日覃溪比秀水,更添金石别工夫。
> （《次韵筱斋,夏日山居杂咏二十首》其十三）①

> 老坡禅偈答周郃,取做斋名写作真。
> 问五百间几第榻,清风净扫置斯人。
> （《次韵翁覃溪方纲题余小照》其一）②

> 书到香光救弊难,故须力斡一重关。
> 青蓝忠惠翁师际,圭臬僧虔子敬间。
> 古法收归珠黍妙,今人揣作盫盘看。
> 双钩未可轻凭眼,明月神来涌指端。
> （《覃溪书"清风五百间"、"警修堂"
> 二匾双钩摹成,喜题四首》其一）③

在这几首诗中,申纬分别从诗歌成就、金石功夫、仰慕苏轼、书法造诣等方面表达了对翁方纲的赞许之情和感激之情。申纬拜访翁方纲期间,翁方纲也有诗相送:"净慈禅偈答周郃,未得周郃自写真。袖里青苍云海气,篆香特为补斯人。（君取坡公答周长官诗'清风五百间'以颜其斋,故云尔。）"(《复初斋诗集》卷六十五《朝鲜申紫霞学士来小斋坐,有汪

---

① 〔朝〕申纬:《警修堂全藁》(《影印标点 韩国文集丛刊》第291辑),汉城,韩国民族文化推进会,2002年,第155页。
② 〔朝〕申纬:《警修堂全藁》(《影印标点 韩国文集丛刊》第291辑),汉城,韩国民族文化推进会,2002年,第28页。
③ 〔朝〕申纬:《警修堂全藁》(《影印标点 韩国文集丛刊》第291辑),汉城,韩国民族文化推进会,2002年,第168页。

生为写小照,属题其帧》)① 翁方纲还应邀为申纬书斋题写"清风五百间"及"警修堂"的匾额,申纬与友人李尚迪等人均有诗作歌咏此事,其中流露出自豪之感。

多数朝鲜诗家对翁方纲的印象是:"文章、笔法颇有盛名,与东人酬唱亦多,而专尚苏学。"(朴思浩《心田稿》)② 如果说申纬追思、赞美翁方纲是中朝文人交流盛况的一个缩影,那么申纬对翁方纲诗歌宗苏倾向的挖掘进而诗作学苏,则反映了朝鲜诗家的敏锐眼光,这也是中朝文人深度交流的具体体现。

申纬在诗歌中反复表达了对翁诗的钟爱,认为翁方纲是清代的苏轼("尝以覃溪为东坡后身")③,其诗深得大苏精髓。如:

苏黄神髓到覃翁,我亦微闻夫子风。
(《昌溪喜得山谷像重摹本,有二绝,故余亦次韵》其二)④

坡翁转世得覃老,后五百年无此人。
(《题翁星原小照》)⑤

句髓遥传苏入杜,宝苏名室义尤深。
(《"宝苏"二字印,竹垞进士自燕携归者。问庵秘书摹刻,转归于仆,遂与"石楼"、"书楼"印同为斋中之用。是不可无诗,拈韵赋示问庵》)⑥

---

① 〔清〕翁方纲:《复初斋诗集》(二)(顾廷龙主编:《续修四库全书》第1455册),上海,上海古籍出版社,2002年,第282页。
② 〔韩〕林基中编:《燕行录全集》(第85册),汉城,东国大学校出版部,2001年,第440页。
③ 〔朝〕申纬:《警修堂全藁》(《影印标点 韩国文集丛刊》第291辑),汉城,韩国民族文化推进会,2002年,第88页。
④ 〔朝〕申纬:《警修堂全藁》(《影印标点 韩国文集丛刊》第291辑),汉城,韩国民族文化推进会,2002年,第484页。
⑤ 〔朝〕申纬:《警修堂全藁》(《影印标点 韩国文集丛刊》第291辑),汉城,韩国民族文化推进会,2002年,第29页。
⑥ 〔朝〕申纬:《警修堂全藁》(《影印标点 韩国文集丛刊》第291辑),汉城,韩国民族文化推进会,2002年,第489页。

复初宝笈原兼续,补注苏诗更苦心。
倘得邮签随鹰使,争如白集到鸡林。
(《寄呈覃溪老人》其三)①

栽应是子瞻之邻,公与子瞻孰幻真。
是幻是真方未定,清风无迹本无人。
(《次韵翁覃溪方纲题余小照》其二)②

遽闻骑箕析木边,旁人怪我涕潸然。
忽诸古北平乡祀,已失小蓬莱阁仙。
佛灭三千大法界,苏亡七百有余年。
问津从此渔郎远,奈汝秦碑又汉笺。
(《覃溪以今年正月廿七日亡,讣至,以诗悼之》其一)③

少系浮槎碧汉边,先生顾笑梦依然。
东京世远难征古,南极星漂已葬仙。
翰墨缘深庚午后,儒林运厄戊寅年。
谷园秘妙传苏脉,诗旨微茫刺刷笺。
(《覃溪以今年正月廿七日亡,讣至,以诗悼之》其三)④

津莨遥遥到岸边,苏门称弟隔晨然。
谁知内翰元非梦,难道毗陵不是仙?
系跋故禧施宿本,扪香嘉粢绍兴年。
幽吟泪洒东风便,《天际乌云》泼彩笺。
(《覃溪以今年正月廿七日亡,讣至,以诗悼之》其五)⑤

---

① 〔朝〕申纬:《警修堂全藁》(《影印标点 韩国文集丛刊》第291辑),汉城,韩国民族文化推进会,2002年,第74页。
② 〔朝〕申纬:《警修堂全藁》(《影印标点 韩国文集丛刊》第291辑),汉城,韩国民族文化推进会,2002年,第18页。
③ 〔朝〕申纬:《警修堂全藁》(《影印标点 韩国文集丛刊》第291辑),汉城,韩国民族文化推进会,2002年,第88页。
④ 〔朝〕申纬:《警修堂全藁》(《影印标点 韩国文集丛刊》第291辑),汉城,韩国民族文化推进会,2002年,第88—89页。
⑤ 〔朝〕申纬:《警修堂全藁》(《影印标点 韩国文集丛刊》第291辑),汉城,韩国民族文化推进会,2002年,第89页。

"苏黄神髓到覃翁"、"坡翁转世得覃老"、"宝苏名室"、"补注苏诗"、"传苏脉"、"收藏苏轼书法《天际乌云帖》",这是细心的申纬观察或研究得来的有关翁方纲学习、仰慕苏轼的一些现象或细节。申纬能够从多个角度、如此执着地讨论翁方纲的学苏倾向和具体表现,一方面是为了更好地纪念他,另一方面也反映了申纬对苏轼、翁方纲诗歌以及清诗发展规律有着清楚的认识。

申纬不仅赞赏翁方纲慕苏、学苏,他自己也追随翁方纲开始慕苏、学苏。比如他也效仿翁方纲每年为苏轼做生日会并作诗纪念;翁方纲自号"苏斋",他也为自己的书房取名"苏斋",还想方设法收集苏轼的画像并挂在书房里。申纬诗风也因学苏发生了变化,如金泽荣说:"惟申公之生,直接薑山诸家之踵,以诗、书、画三绝闻于天下,而其诗以苏子瞻为师,旁出入于徐陵、王摩诘、陆务观之间,莹莹乎其悟彻也,焱焱乎其驰突也。"(《申紫霞诗集序》)① 诚然,学习苏诗使申纬在诗歌创作上取得了更高的成就,而这一点与翁方纲的影响有不小的关系,如李建昌评曰:"紫霞之诗,其始盖出于吾家参奉君,其后入中国服事翁覃溪,始自命由苏入杜,然去杜益远矣。"(《〈紫霞诗钞〉跋》)②

综观申纬的诗歌创作,的确能看到他学苏的诸多痕迹。比如他经常在研习苏诗之后有感而作,如《题东坡逸诗后》、《读东坡〈和陶诗〉》等。他也经常以苏诗为韵作次韵诗,如《五月九日雨后,草坪至林溪看水田,次东坡韵》、《涵恩堂,用东坡韵》、《闲步亭歌,送李鲁卿赴任象山,次东坡韵》、《赵衢亨哀辞,用苏文忠东坡八首韵》等等。这些次韵诗不仅用苏诗韵脚,还多用苏诗典故,诗歌情感和意境也往往有苏诗风范。此外,他也如苏轼一样有很多"以学问入诗"的作品,如《题李北海书大照禅师碑》、《题汉隶,凡得十首》、《题虞注杜诗后》、《蒋秋吟诗画砚歌》、《为竹垞进士题黄山尚书写意石》、《古东尚书以王石谷羣真迹帖属题十二首》、《和蕉砚题鸳鸯舄铭后诗四首》、《江南鼍鼓》、《新得颜鲁公多宝塔感应碑全拓本,从秋吟来者喜述》、《内下定武兰亭帖,有松雪十三跋本,承命题跋,因题一绝句》、《题吴翁载恒独宜亭遗帖》

---

① 〔朝〕金泽荣:《韶濩堂集》(《影印标点 韩国文集丛刊》第347辑),汉城,韩国民族文化推进会,2005年,第251—252页。
② 〔朝〕李建昌:《明美堂集》(《影印标点 韩国文集丛刊》第349辑),汉城,韩国民族文化推进会,2005年,第173页。

等等。

申纬一直非常关心翁方纲的情况，回国后仍不忘搜集翁方纲诗的续集，其《送岁币尹书状秉烈入燕》（其三）云："陈篇插架非难事，只有新书渴我情。恨未《复初》收续刻，凭君搜索向东卿。"诗后注曰："《复初斋集》原书十三册外，又有续刻二册，访问于叶东卿可得。"① 申纬委托朝鲜使臣搜集翁方纲诗作，还选编翁方纲诗歌，并由金正喜校勘②，汇成《复初斋集选本》。此外，申纬还历经10余年拣选《复初斋集》中的七律佳作，与钱谦益、王士禛、朱彝尊等三位清代诗家的作品一道入选《七律縠》。对此，他不无感慨地说："入杜由苏幸不绝，裕之传到伯生完。大兴老手勤镕铸，实境浮华尽剔刊。顿悟面论琴指后，一生心折瓣香间。为公耿耿千秋业，选本家藏副在山。"（《余选〈复初斋诗〉之役已过十年，迄未告竣。竹垞进士赠是集原刊合续刻重装本，而前阙陆序、后缺俪笙续刻甲戌至丁丑之作，此亦未可谓完本也。但题余小照之什宛在续刻中，差幸挂名其间。所可恨者，题拙画墨竹诗则竟逸而不见耳。书此以示竹垞五首》其三）③ "大兴老手"即翁方纲。申纬认为翁方纲继承了苏诗的余脉，为诗歌发展做出了重要贡献，他编选《复初斋诗集》就是要歌颂翁方纲的业绩。同时，他还指出，得益于翁方纲的教诲，自己也对苏诗产生了极大兴趣。友人李尚迪在诗中也明确提到这一点："笠屐图中见替人，苏斋题句补前因。文章一代开生面，邱壑千秋借置身。诗佛曾参闻绮语，画师更妙得天真。及门亦有苔岑卷，肯许风流与结邻。"（《题申紫霞侍郎戴笠小照（图为汪载青作，有翁覃溪题句）》）④ 两人诗中谈及的申纬与翁方纲交流的往事，已经成为申纬甚至东国文人的口边佳话和美好回忆。

当得到翁方纲去世的消息，申纬悲恸不已，即赋诗五首，题为《覃溪以今年正月廿七日亡，讣至，以诗悼之》，（其一、三、五首前文已

---

① 〔朝〕申纬：《警修堂全藁》（《影印标点 韩国文集丛刊》第291辑），汉城，韩国民族文化推进会，2002年，第198页。

② 〔朝〕申纬《题复初斋集选本二首》题下注曰："此本余所选，而金秋史自满节覆校，至荷花生日者也。"（申纬：《警修堂全藁》，《影印标点 韩国文集丛刊》第291辑，汉城，韩国民族文化推进会，2002年，第394页）

③ 〔朝〕申纬：《警修堂全藁》（《影印标点 韩国文集丛刊》第291辑），汉城，韩国民族文化推进会，2002年，第514页。

④ 〔朝〕李尚迪：《恩诵堂集》（《影印标点 韩国文集丛刊》第312辑），汉城，韩国民族文化推进会，2003年，第179页。

引）其第二首、第四首分别写道：

> 不以外交修襏边，北平父子即犂然。
> 客儿天上先成佛，元礼舟中尚有仙。
> 万里无端传讣日，千秋在后自今年。
> 清风五百间楣字，许否金泥洒碧笺。①

> 光岳英灵起北边，词宗四海一辞然。
> 古今流派偕之道，门户平除别是仙。
> 地脉堪征姬氏色，天心不偶永和年。
> 枕中八字传鸿宝，谈草披看泪溃笺。②

诗歌仍提及翁方纲为自己题字一事，并称翁方纲为"词宗"，可见翁在申纬心中的地位。申纬十分怀念翁方纲，并认为经常揣摩其书画、诗作是最好的纪念方式。《清稗类钞》"朝鲜人重翁覃谿诗"条载："道光朝，鹤汀相国赛尚阿尝出使朝鲜，携彼国申纬《紫霞诗翰》一册，以归示朝士。笔墨闲雅，称覃谿曰'翁文达公'，盖朝人私谥也。"③这也充分体现了申纬对翁方纲的仰慕和缅怀之情。

为了纪念与翁方纲的深切交往，申纬在1816—1817年间将自己的诗歌结集为《苏斋拾草》、《苏斋二笔》、《苏斋续笔》，将1821年间的诗歌结集为《花径剩墨》。另外，申纬还先后创作了50多首与翁方纲及其师友、子弟有关的诗作。这些诗歌为两国文人的友好往来增添了光辉的一笔。

此外，柳得恭亦与翁方纲相交甚欢，将其《己酉十二月十九日，诸公集苏斋，作坡公生日，观商丘宋漫堂小像及〈西陂草堂图〉，同用〈西陂集〉中祭坡公诗韵》（《复初斋诗集》卷三十九题作《腊月十九日，诸公集苏斋，作苏轼生日，观宋漫堂小像及〈西陂草堂图〉，同用

---

① 〔朝〕申纬：《警修堂全藁》（《影印标点 韩国文集丛刊》第291辑），汉城，韩国民族文化推进会，2002年，第88页。
② 〔朝〕申纬：《警修堂全藁》（《影印标点 韩国文集丛刊》第291辑），汉城，韩国民族文化推进会，2002年，第89页。
③ 〔清〕徐珂编：《清稗类钞》，北京，中华书局，1986年，第3937页。

〈西陂集〉中祭苏轼韵》)、《题贞蕤检书所藏〈芦洲雪雁图〉(罗两峰定为元人笔者)》(《复初斋诗集》卷四十题作《〈芦雁图〉为两峰题所藏高丽人画二首》)这2题3首诗收入《并世集》。①

朴齐家、金正喜、申纬等人对翁方纲诗歌的评价都很高，这源于他们对翁方纲的敬重和彼此的友好交往，以及当时朝鲜汉诗发展面临的具体困境，所以其中必然含有一些溢美的成分，但他们的评价从总体上来说是比较公正的。当然，后来的朝鲜诗家对翁方纲"以学问为诗"的做法就不再推崇了。《清史稿·文苑传》认为，翁方纲"所为诗，自诸经注疏，以及史传之考订，金石文字之爬梳，皆贯彻洋溢于其中。论者谓能以学为诗"②。清人洪亮吉也不看好这种诗法，认为"翁阁学方纲诗，如博士解经，苦无心得"(《北江诗话》卷一)③。朝鲜诗家朴汉永也持这种看法："惟覃磎诗也，病夫新城派之流为空疏，特拈'肌理'二字，欲以征实救虚，然言言征实，亦非诗家正轨，犹如博士解经，苦无心得已，惟秋史笃好之。"(《石林随笔》"秋推覃磎为广大教主"条)④ 他认为翁方纲虽欲纠王士禛诗歌之偏，却以金石学问为诗情，枯燥乏味，也偏离了诗歌创作的正轨。此外，朴汉永还指出，朝鲜诗人金正喜(秋史)非常崇拜翁方纲的"学问诗"，与其喜好金石书法、与翁方纲交往密切有很大关系。可见，朴汉永能够一分为二地看待问题，既指出了翁诗的缺点，也能看到翁诗在朝鲜获得欢迎的具体原因。

二、论吴嵩梁诗歌

吴嵩梁(1766—1834)，字子山，号兰雪，晚号澈翁，别号莲花博士、石溪老渔，江西东乡人，嘉庆五年(1800)举人，曾任黔西知州。吴嵩梁时以诗名，与龚自珍等人号称"薇垣五名士"，其诗远播海外，获得好评，桐城人姚莹(1785—1853)在《〈香苏山馆诗集〉后序》中写道："兰雪自弱冠至京师，王述庵、翁覃溪、秦小岘、法梧门诸公盛相推重，自是遍交海内名士，酬唱四十余年，未有或先之者。至于篇什传

---

① 〔韩〕林基中编：《燕行录全集》(第60册)，汉城，东国大学校出版部，2001年，第142—143页。
② 〔清〕赵尔巽等撰：《清史稿》(第44册)，北京，中华书局，1977年，第13395页。
③ 〔清〕洪亮吉：《北江诗话》，陈迩冬校点，北京，人民文学出版社，1983年，第4页。
④ 〔韩〕赵锺业编：《修正增补 韩国诗话丛编》(第13册)，汉城，太学社，1996年，第289页。

播海外者尤多：朝鲜侍郎申纬推为'诗佛'；吏部判书金鲁敬父子以梅花一龛供其像及诗，尝于道光丙戌三月二十五日集其国之名宿，置酒梅龛，为兰雪遥祝六十初度，好事传为画图；琉球陪臣向邦正等以嘉庆十六年奏请入监，肄业出兰雪门下，及学成归国、奉使来朝者，皆欲得其赠诗为荣。甚矣，兰雪才名之盛也！"① 吴嵩梁诗名远播海外，主要得力于朝鲜文人的推重和宣传。

（一）朝鲜诗家关注吴嵩梁及其诗歌且评价极高的原因

第一，吴嵩梁师从翁方纲。前文已述，翁方纲创立了"肌理说"，主张诗人要"由性情而合之学问"（《徐昌谷诗论（一）》）②，这很符合当时朝鲜实学派的文学理念。因此朝鲜诸多诗人与翁方纲交好或努力向翁方纲学习，如金正喜和申纬等。金正喜非常推崇翁方纲的诗作，有吴嵩梁的诗为证："负笈苏门久，赓酬四十年。谁知东海客，家奉北平编。三岛云蒸合，千潭月印圆。清风余笠屐，中外瓣香虔。"（《朝鲜金秋史阁学属题苏斋图临本》其一）③ 申纬的诗风也受到翁方纲的重要影响，不仅学诗于翁方纲，也和吴嵩梁成为了知己。其《诗梦室小草》曰："竟就澈翁诗弟列，不虚苏室瓣香人。"（《寄集兰雪属和》）④ 以金正喜、申纬等人在朝鲜后期诗坛的地位，吴嵩梁在朝鲜文人当中的影响自然大了很多。

第二，吴嵩梁的诗风和诗学主张对朝鲜中后期汉诗发展具有一定的启发性。清代评论家洪亮吉认为："诗必有珠光剑气，始信其不可磨灭。兰雪诗珠光七分，剑气三分，仲则亦然；……"（《〈香苏山馆诗集〉评跋》）⑤ 王昶（兰泉，1724—1806）认为吴嵩梁"诗如天风海涛，苍苍

---

① 〔清〕吴嵩梁：《香苏山馆诗集》（一）（顾廷龙主编：《续修四库全书》第1489册），上海，上海古籍出版社，2002年，第644页。
② 〔清〕翁方纲：《复初斋文集》（顾廷龙主编：《续修四库全书》第1455册），上海，上海古籍出版社，2002年，第427页。
③ 〔清〕吴嵩梁：《香苏山馆诗集》（二）（顾廷龙主编：《续修四库全书》第1490册），上海，上海古籍出版社，2002年，第309页。
④ 〔朝〕申纬：《警修堂全藁》（《影印标点 韩国文集丛刊》第291辑），汉城，韩国民族文化推进会，2002年，第322页。
⑤ 〔清〕吴嵩梁：《香苏山馆诗集》（一）（顾廷龙主编：《续修四库全书》第1489册），上海，上海古籍出版社，2002年，第645页。

浪浪，足以推倒一世豪杰"（《〈香苏山馆诗集〉评跋》）①。他们的评价充分说明了吴诗的特色和影响。在诗学方面，吴嵩梁看重诗家人品与才气，主张"诗以忠孝为根本，义兼风雅赅群经"（《香苏山馆诗集·自序》）②，重视学诗门径与诗歌之正，强调打破唐宋藩篱，尊李杜而兼采百家，诗风可以多样，注意真性情的抒发，这种开阔、灵活的创作态度对朝鲜后期汉诗诗风转换具有一定的推动作用。正如韩国当代学者李家源《玉溜山庄诗话》所云："李韩中叶以前，诸家盖多学唐；而英、正以后，诗体一变，如雅亭李德懋、楚亭朴齐家、泠斋柳得恭、薑山李书九四家，及惠寰李用休、锦带李家焕父子，皆专事宋理，参以明、清之声色矣。"③ 可以说，吴诗是朝鲜后期诗歌、诗学发展的一个重要启示和良好样本。

第三，吴嵩梁与朝鲜文人缔结了深厚的诗文友谊。吴嵩梁与朝鲜多位著名文人交往深厚，如金鲁敬（1766—1840）、金正喜、申纬、李尚迪、朴思浩、赵秀三等人，彼此诗歌往来很多。申纬将其称为"通家好"④，感谢吴嵩梁在《石溪舫诗话》中屡次提及他的诗歌⑤。赵秀三《和吴兰雪二首》云："他生愿结同窗伴，此日难为隔世分。"⑥ 沈象奎《次韵吴兰雪〈载书图〉，为卢容菿学士之作，柬呈渊泉阁学赴燕之行四首》（其四）的诗注曰："澈翁与仆齐年，虽未会面，久与会心，殆所谓遥闻声而相求者也。今恨其宦在滇中，地角天涯，徒令人神驰耳。"⑦ 这

---

① 〔清〕吴嵩梁：《香苏山馆诗集》（一）（顾廷龙主编：《续修四库全书》第1489册），上海，上海古籍出版社，2002年，第645页。

② 〔清〕吴嵩梁：《香苏山馆诗集》（二）（顾廷龙主编：《续修四库全书》第1490册），上海，上海古籍出版社，2002年，第150页。

③ 〔韩〕赵锺业编：《修正增补 韩国诗话丛编》（第17册），汉城，太学社，1996年，第677页。

④ 〔朝〕申纬《阅吴兰雪旧所赠琴香阁梅画山水、岳绿春画兰诸幅，感题四绝句》（其三）："殊邦有此通家好，情赠偏多画幅传。"（申纬：《警修堂全藁》，《影印标点 韩国文集丛刊》第291辑，汉城，韩国民族文化推进会，2002年，第586页）

⑤ 〔朝〕申纬《见心用余别诗韵，一时出五篇求和，故走笔就和》（其四）："金貂玉佩阑珊迹，画录诗林位置身。（不佞姓名，屡见于陈云伯《画林新咏》、吴兰雪《诗话》等书。）"（申纬：《警修堂全藁》，《影印标点 韩国文集丛刊》第291辑，汉城，韩国民族文化推进会，2002年，第411页）

⑥ 〔朝〕赵秀三：《秋斋集》（《影印标点 韩国文集丛刊》第271辑），汉城，韩国民族文化推进会，2001年，第440页。

⑦ 〔朝〕沈象奎：《斗室存稿》（《影印标点 韩国文集丛刊》第290辑），汉城，韩国民族文化推进会，2002年，第81页。

也从一个侧面反映了吴嵩梁与朝鲜诗人的深情厚谊。

第四，吴嵩梁的先祖吴名扬为宋遗民。吴名扬（字叔瞻）曾追随文天祥抗击元军，被文天祥擢为礼、兵二部架阁，金丞相幕府军事。文天祥给吴名扬的信被吴氏后人视为墨宝，后不幸失去。吴嵩梁于乾隆五十四年（1789）请翁方纲模仿文天祥笔法缮写成卷，并请师友、同僚赋诗、题跋，汇刻为《表忠录》。朝鲜信仰儒家学说，尊奉春秋大义，对宋、明遗民非常敬重。申纬就有诗《题吴架阁〈表忠录〉四首》①，其四云："东乡逸史压东船，不比寻常翰墨缘。此仅寥寥一录耳，令人孝悌起油然。"其《寄谢吴兰雪》（其一）中也有"清门架阁宋遗民"②的诗句，表达了对吴氏高洁品性的钦佩。

这些因素综合起来，就是朝鲜诗家喜爱吴嵩梁诗歌的原因，当然吴诗的不凡成就和独特风格是关键因素。

朝鲜诗家对吴嵩梁诗歌的评论以综合评价为主，兼及人品、书画。吴嵩梁与朝鲜诗家接触颇多，就连其妻妾也与之有书画往来，因此朝鲜诗家对其诗作的评论正是在这种友好和谐的氛围中展开的。他们欣赏吴嵩梁高洁的人格和清雅的生活方式，赞赏其诗才，如申纬曰："曾见琴香阁里梅，琼枝拗铁点冰苔。不堪万玉倏倏影，送与纱窗印月来。"（《自题墨竹寄燕中四家·吴兰雪》）③ 李尚迪曰："见把阳春下里传，庐山苍翠武溪烟。七分颜发图中佛，四字头衔梦里仙。古屋生香梅树合，空盘对酒荔枝圆。匆匆凫舃天涯去，小别那堪五百年。"（《访吴兰雪嵩梁中翰小酌，书赠扇头（时兰雪将之任黔州）》）④ 吴嵩梁与朝鲜诗家的交往，多以诗、书、画方面的交流为主，这为交往活动增添了很多文雅气息。因此，不少朝鲜诗家将品画、评诗与论人结合起来，对吴嵩梁诗歌的间接评价也更多一些。

---

① 〔朝〕申纬：《警修堂全藁》（《影印标点 韩国文集丛刊》第291辑），汉城，韩国民族文化推进会，2002年，第262页。
② 〔朝〕申纬：《警修堂全藁》（《影印标点 韩国文集丛刊》第291辑），汉城，韩国民族文化推进会，2002年，第284—285页。
③ 〔朝〕申纬：《警修堂全藁》（《影印标点 韩国文集丛刊》第291辑），汉城，韩国民族文化推进会，2002年，第319—320页。
④ 〔朝〕李尚迪：《恩诵堂集》（《影印标点 韩国文集丛刊》第312辑），汉城，韩国民族文化推进会，2003年，第172页。

（二）论吴嵩梁诗歌风格、师承、地位

朝鲜诗家对吴嵩梁的评论散见于一些题画诗、赠答诗、次韵诗、怀人诗和燕行笔记当中。这些诗文从风格、师承、诗坛地位等方面高度评价了吴嵩梁的诗歌，并记叙了与吴嵩梁的亲切交往，表达了敬慕、思念之情。

1. 风格近禅、"清艳"

通过与吴嵩梁的密切交往，朝鲜诗家一致认为吴嵩梁常于自然山水、人生百态中求得顿悟，因此诗作禅意很浓，有空灵之境、清艳之美。金正喜评曰："迦叶拈花诗髓求，旧从放翁梦境游。"（《次韵答吴兰雪蘽》）① 申纬也写道："不有江潭迹，谁知汉月庵。各天禅梦唤，佳句妙香参。"（《兰雪集中有"诗酬汉月庵"之句，若与余相酬和于此地者，即用原韵，谶诗梦而慰宝苏也，二首》其一）② 金正喜父子设梅龛供奉吴嵩梁画像及诗歌，申纬称其为"诗佛"，这种赞誉、崇敬在中朝诗歌交流史上是不多见的。中国诗人王以昌（小湖）云："朝鲜名士说金（鲁敬）申（纬），生日重教翰墨陈。诗佛一龛梅万朵，瓣香争拜谪仙人。"（《〈香苏山馆诗集〉评跋》）③ 王仪鸿（风山）赞曰："朝鲜判书奇复奇，供像梅龛及诗词。侍郎申纬更殊绝，奉诗为佛佛即诗。"（《〈香苏山馆诗集〉评跋》）④ 光绪七年刊本《江西通志》卷一百五十四较为详细地记载了这两段文坛佳话。吴嵩梁在《自题〈梅龛诗佛图〉，寄答朝鲜诸君》这首诗中，明确提到自己的诗语多涉禅理："瀛海诗人善琢磨，结龛新奉病头陀。十年面壁心同苦，一笑拈花悟已多。金铸居然推贾岛，瓣香难得配东坡。冰衔愈愧称梅隐，合画桐江旧钓蓑。"⑤ 他虽然表示愧对"诗佛"这个称号，但能看出其内心已欣然接受了朝鲜诗家的

---

① 〔朝〕金正喜：《阮堂全集》（《影印标点 韩国文集丛刊》第 301 辑），汉城，韩国民族文化推进会，2003 年，第 164 页。
② 〔朝〕申纬：《警修堂全藁》（《影印标点 韩国文集丛刊》第 291 辑），汉城，韩国民族文化推进会，2002 年，第 439 页。
③ 〔清〕吴嵩梁：《香苏山馆诗集》（一）（顾廷龙主编：《续修四库全书》第 1489 册），上海，上海古籍出版社，2002 年，第 649 页。
④ 〔清〕吴嵩梁：《香苏山馆诗集》（一）（顾廷龙主编：《续修四库全书》第 1489 册），上海，上海古籍出版社，2002 年，第 648 页。
⑤ 〔清〕吴嵩梁：《香苏山馆诗集》（二）（顾廷龙主编：《续修四库全书》第 1490 册），上海，上海古籍出版社，2002 年，第 329 页。

赞誉。

在诗歌史上，只有王维、袁枚、吴嵩梁有过"诗佛"的称号，袁、吴当然无法和王维相比，空灵淡远只是吴诗特色的一个方面。朝鲜诗家急于吸收更多的先进文化要素，求知若渴，加之与吴嵩梁交往密切，了解相对更多，所以"诗佛"之称显然是过于推重的结果。

比照中朝两国历史上的诗歌交流状况，"梅龛"、"诗佛"可以说是两段佳话、两件幸事。梁绍壬（1792—?）《两般秋雨盦随笔》卷二"梅龛诗佛"条云："西江吴兰雪中翰嵩梁工诗，高丽使臣得其所著诗，称为'诗佛'，而筑一龛以供之，种万树梅云。"① 徐珂（1869—1928）《清稗类钞》"朝鲜人称吴兰雪为诗佛"条也有类似记载："西江吴兰雪中翰嵩梁工诗，朝鲜使臣得其所著诗，称为'诗佛'，筑一龛以供之，并种梅花万树于其左右。"② 以梅作龛，以诗辅谊，反映了朝鲜诗家对吴嵩梁其人其诗的敬重。"诗龛"之风推动了诗歌交流，也反映了当时中朝诗歌交流的热度。还有一件很有意思的事情，朝鲜文人徐淇修（1771—1834）也称申纬为"诗佛"。申纬有诗曰："结跏不枉呼诗佛"（《重九日，荷裳诸人分潘邠老"满城风雨近重阳"为韵，各得诗七首。荷裳之从弟陶山云永复从吾游，故次韵为答》其三），句下有注："昔筱斋侍郎呼我以'诗佛'。"③ 筱斋，即徐淇修。此诗作于 1832 年 9 月，结合申纬的交游经历可知，"诗佛"之称当是受了吴嵩梁事的启发，中朝两"诗佛"相知相交，又活跃在各自的诗坛上，这的确是诗歌史上的美谈。

朝鲜诗家还认为吴嵩梁的诗歌有"清艳"的特点。其实，禅意和"清艳"之诗风也有相通之处：高洁而美丽的事物往往可与禅机相伴相生，也符合吴嵩梁师法多家的事实，梅龛一事亦是极好的证明。正如王仪鸿诗曰："我诵君诗如餐梅，齿牙清芬惬溯洄。我诵君诗如面佛，邪魔妖魅尽蒭拂。安得拈花微笑发，君为世尊我迦叶。"（《〈香苏山馆诗集〉

---

① 〔清〕梁绍壬：《两般秋雨盦随笔》（顾廷龙主编：《续修四库全书》第 1263 册），上海，上海古籍出版社，2002 年，第 55 页。
② 〔清〕徐珂编：《清稗类钞》，北京，中华书局，1986 年，第 3933 页。
③ 〔朝〕申纬：《警修堂全藁》（《影印标点 韩国文集丛刊》第 291 辑），汉城，韩国民族文化推进会，2002 年，第 493 页。

评跋》)① 王仪鸿从读诗感受的角度指出吴诗具有"清芬"特色。朝鲜诗人朴永辅（1808—1872）则明确提出吴诗具有"清艳"的风格。1832年（壬辰）末，申纬在《锦舲书推挹逾分，更以一诗交勉》的诗题下作注曰："锦舲书云：'窃尝论公之诗：有简斋之神慧而温厚过之，有藏园之闳雅而奇警过之；精酣似覃溪而无其晦涩，清艳是（笔者注：当为"似"）兰雪而去其冗滑；大含细入于杜、苏、香山、玉溪之间。公之于诗，可谓至矣而尽矣。'"② 锦舲，即朴永辅。他率先提出了吴诗"清艳"说，并指出了吴诗的一些弊端，这是非常难得的。《续修四库全书》收录了《香苏山馆诗集》古今诗体共60卷，其《提要》借鉴了清国史馆本《清史列传》和《四库全书总目提要》卷一百七十三评吴梅村诗的一些内容，文字上略有增改，即："西江灵秀之气，代毓闻人。自明以来，称诗者众，而卓然杰出，号大家者，蒋士铨后，嵩梁起而继之。……盖其诗沿六朝，规格则似唐之温李，其清婉处与长庆为近，而下匹梅村。才华艳发，吐纳风流，有藻思绮合、清丽芊眠之致，而无江西生硬羸犷之习。"③ 又查《香苏山馆诗集》的序跋，只有"清婉"、"清丽"、"清壮……明丽"、"清思丽句"等评语，并无"清艳"。朝鲜年轻诗人朴永辅在充分借鉴中国文人评论的基础上提炼出了这一观点，比日本学者泽田总清原早了100年。④ 当然，吴嵩梁诗歌风格多样，非"清艳"一词所能涵盖。但是，"清艳"这一评语毕竟首次由朝鲜诗人提出，是对吴嵩梁诗风的一种独到认识，也充分显示了朴永辅的诗评水准。同时，朴永辅还认为吴诗有"冗滑"之弊，直到百余年后，近人沈其光（1888—1970）《瓶粟斋诗话》（1948年出版）中才有类似的批评："然余观兰雪古诗，笔虽纵恣，每多题外铺叙，颇嫌词费。近体则试帖气未尽，未能

---

① 〔清〕吴嵩梁：《香苏山馆诗集》（一）（顾廷龙主编：《续修四库全书》第1489册），上海，上海古籍出版社，2002年，第648页。
② 〔朝〕申纬：《警修堂全藁》（《影印标点 韩国文集丛刊》第291辑），汉城，韩国民族文化推进会，2002年，第433页。
③ 中国社科院图书馆整理：《续修四库全书总目提要》（四），济南，齐鲁书社，1996年，第629页。
④ 〔日〕泽田总清原《中国韵文史》："他的诗名满天下，甚至朝鲜人都尊他为'诗佛'。他的诗，才秾清艳，有六朝的风习，似温李的规格。"（北京，商务印书馆，1937年（1998年重印），第521页）

臻开阖驾构之妙。"① 通过比较可以看出，朴永辅关于吴诗"清艳"、"冗滑"的批评形成时间最早，结论明确，这说明当时的朝鲜诗坛对吴诗的认识已较为全面和深入，这样的评价无疑是对吴嵩梁诗歌批评的补充和丰富。

朝鲜诗家说吴嵩梁的诗有"禅意"、有"清艳"之风，依据的不仅是时论，更主要的是吴诗的文本。他们注重那些反映吴嵩梁生活、性情、人生态度的诗歌，并以梅、莲、画、梦题材诗歌为切入点，从而准确把握了吴诗的精髓。

吴嵩梁自称有"山水癖"，姚莹的《〈香苏山馆诗集〉后序》也说他"遨游吴越、齐楚、燕赵之区，名山大川既足以助发其奇，又与海内贤豪长者定交，故其名益盛，而所造益深"②。金正喜曾作组诗《题吴兰雪嵩梁〈纪游十六图〉》③，其二《栖霞献赋》、其十五《净业莲因》、其十六《富春梅隐》分别有"梅花卅载梦，明月千佛偈"、"吟诗何处好，诗境梦无边。天上真腴宦，税诗兼税莲"、"桐水君之因，梅龛我即果"之句。申纬《寄谢吴兰雪》（其一）曰："分身鹤影追前梦，并蒂兰盟结净因。不比世间官职贱，莲花仍是补衔人。"④ 这些诗句都认为吴嵩梁的诗歌超凡脱俗。申纬又写道："人生如梦枉劳形，业海浮沉苦未醒。齐物庄周元蛱蝶，悟缘兰雪即蜻蜓。黄粱才熟公侯乐，白骨终归蝼蚁腥。到底征心无见处，是身天地一长亭。"（《和吴兰雪记梦诗》）⑤ 他对吴嵩梁颇为熟识，对其参透人生奥义、任天而动的言行非常钦佩，也对其诗歌中的超脱达观、妙悟山水表示了由衷的赞叹。

吴嵩梁《自题香苏山馆内集图》诗云："我家香苏山，门临溪水隈。荒园不数亩，嘉树多手栽。花时风日和，红白参差开。鸳鸯泛浦溆，蛱

---

① 张寅彭主编：《民国诗话丛编》（第五册），上海，上海书店出版社，2002年，第587页。
② 〔清〕吴嵩梁：《香苏山馆诗集》（一）（顾廷龙主编：《续修四库全书》第1489册），上海，上海古籍出版社，2002年，第643页。
③ 〔朝〕金正喜：《阮堂全集》（《影印标点 韩国文集丛刊》第301辑），汉城，韩国民族文化推进会，2003年，第174页。
④ 〔朝〕申纬：《警修堂全藁》（《影印标点 韩国文集丛刊》第291辑），汉城，韩国民族文化推进会，2002年，第284—285页。
⑤ 〔朝〕申纬：《警修堂全藁》（《影印标点 韩国文集丛刊》第291辑），汉城，韩国民族文化推进会，2002年，第393页。

蝶飞庭阶。"① 朝鲜诗人申纬、李尚迪也赋诗描述了吴嵩梁的雅居及诗趣:"九里梅花天下稀,渔翁渔妇憺忘归。唾绒窗里丹青湿,结网灯前暖翠飞。"(《吴兰雪信回,得琴香阁山水立轴,题此为谢》)② "余闲筑室贮经史,百盦分供万梅蕊。上仙才福几生修,花气书香入骨髓。胜事曾闻吴澈翁,九里洲民梅为农。"(《圭斋南尚书梅花书屋》)③ 可以看到,这些诗歌中的景致、色彩、情调都指向了吴诗的"清艳"风格,再与吴诗相比较,不难发现朝鲜诗家的这种评价是间接而巧妙的。

2. 诗承翁方纲

翁方纲在《赠吴生嵩梁》一诗中写道:"百五人中补此人,始知庐岳最嶙峋。莲洋得髓他年喻,迦叶拈花现在因。"④ 清初诗人吴雯(1645—1704,号莲洋)才情高超、气韵飘逸,被王士禛称为"仙才",翁方纲认为吴嵩梁在才气方面很像吴雯("莲洋得髓"),值得培养。朝鲜诗家也深有同感,申纬的"四海莲洋属望新,量才玉尺是君身"(《寄集兰雪属和》)⑤、李尚迪的"妙得莲洋髓,苏斋为心折"(《怀人诗·吴兰雪嵩梁》)⑥ 说的都是这个意思。吴嵩梁对此也欣然承认,他说:"苏斋衣钵平生旧,愿与莲洋作替人。"(《朝鲜申紫霞侍郎书来,推挹逾分,并以〈紫霞山庄〉、〈碧芦吟舫〉二图及哲嗣小霞画梅见寄次韵四章》其一)⑦

在确认吴嵩梁有吴雯之才华的基础上,朝鲜诗家进一步评说吴诗受翁方纲的影响,言简意赅。申纬认为吴嵩梁真正继承了翁方纲的诗学:"迦叶拈花一笑新,由苏入杜是知津。外无浮响中充实,大有延陵朴学

---

① 〔清〕吴嵩梁:《香苏山馆诗集》(二)(顾廷龙主编:《续修四库全书》第 1490 册),上海,上海古籍出版社,2002 年,第 127 页。
② 〔朝〕申纬:《警修堂全藁》(《影印标点 韩国文集丛刊》第 291 辑),汉城,韩国民族文化推进会,2002 年,第 301 页。
③ 〔朝〕李尚迪:《恩诵堂集》(《影印标点 韩国文集丛刊》第 312 辑),汉城,韩国民族文化推进会,2003 年,第 287 页。
④ 〔清〕翁方纲:《复初斋诗集》(二)(顾廷龙主编:《续修四库全书》第 1455 册),上海,上海古籍出版社,2002 年,第 20 页。
⑤ 〔朝〕申纬:《警修堂全藁》(《影印标点 韩国文集丛刊》第 291 辑),汉城,韩国民族文化推进会,2002 年,第 322 页。
⑥ 〔朝〕李尚迪:《恩诵堂集》(《影印标点 韩国文集丛刊》第 312 辑),汉城,韩国民族文化推进会,2003 年,第 180 页。
⑦ 〔清〕吴嵩梁:《香苏山馆诗集》(二)(顾廷龙主编:《续修四库全书》第 1490 册),上海,上海古籍出版社,2002 年,第 317 页。

人。"(《南雨村进士从鹅溪院判入燕,话别之次杂题绝句,多至十三首,太半是怀人感旧之语。雨村此次与诸名士游到酣畅,共出而读之,方领我此时心事》其四)① 诗后注曰:"吴兰雪,覃溪先生及门高弟,刻集有《再生小草》。"申纬以《再生小草》为例,明确点出了吴嵩梁诗学翁方纲后在文采、内容、风格方面发生的可喜变化,言之有据,见解深刻。这一观点可以和王仪鸿(凤山)的观点相参照:"覃溪怜君踰骨肉,独以诗髓相受授。君传其传气愈雄,高凌云汉深泉宝。能放能收兼华朴,超从真出都参透。"(《〈香苏山馆诗集〉评跋》)② 另外,金正喜还在信中与吴嵩梁交流了诗歌创作的体会,对翁方纲也多有赞誉,正如吴嵩梁所说:"昨接蓬莱信,天涯德未孤。梅花吟入卷,兰雪写成图。诗梦参禅梦,《香苏》即《宝苏》。与君期得髓,一笑认衣珠。"(《朝鲜金秋史阁学属题苏斋图临本》其二)③ 《香苏》,即吴嵩梁的《香苏山馆诗集》;《宝苏》,即翁方纲的诗集《宝苏室小草》。吴嵩梁认为金正喜是自己的挚友,真正懂得诗学,并期望自己原有的诗风("禅梦")能在翁方纲的引领下进一步发展。"一笑认衣珠",既表现了吴嵩梁对他日相见、倾心论诗的期待,也间接展示了金正喜诗论的妥当。

3. "当世诗宗"

朝鲜诗家肯定了就学于翁方纲后吴诗的变化,对其诗歌风格、成就和地位都给予了极高的评价,并与中国诗人的观点多有契合。中国诗人王昶认为:"江西为文士之薮,我于吴氏得三人焉,一为南丰进士吴子云衣,一为南城明经吴子照南,一为东乡吴子子山。两吴子皆以博学能诗称,子山尤雄深雅健。"(《〈香苏山馆诗集〉序》)④ 姚莹认为吴嵩梁在诗坛具有重要的地位,与黄仲则堪称"一时之二杰"(《〈香苏山馆诗集〉后序》)⑤;而朝鲜诗家则将吴嵩梁的诗坛地位抬得更高,认为他是"领

---

① 〔朝〕申纬:《警修堂全藁》(《影印标点 韩国文集丛刊》第291辑),汉城,韩国民族文化推进会,2002年,第268页。
② 〔清〕吴嵩梁:《香苏山馆诗集》(一)(顾廷龙主编:《续修四库全书》第1489册),上海,上海古籍出版社,2002年,第648页。
③ 〔清〕吴嵩梁:《香苏山馆诗集》(二)(顾廷龙主编:《续修四库全书》第1490册),上海,上海古籍出版社,2002年,第309页。
④ 〔清〕吴嵩梁:《香苏山馆诗集》(二)(顾廷龙主编:《续修四库全书》第1490册),上海,上海古籍出版社,2002年,第148页。
⑤ 〔清〕吴嵩梁:《香苏山馆诗集》(一)(顾廷龙主编:《续修四库全书》第1489册),上海,上海古籍出版社,2002年,第644页。

袖"、"诗宗"。赵秀三与吴嵩梁友情深厚,吴嵩梁将《自题诗》寄给赵秀三,赵遂以诗纪之,诗题为《吴兰雪嵩梁,当今诗家领袖也。与余订交于燕馆。今春以香苏山馆自题诗寄余,余读而有感,遂用丙寅酬唱旧韵以识之》,很明确地将吴嵩梁定位为"诗家领袖"。其诗曰:"博士诗名天下闻,兰雪斋中我见君。……来时有求归时得,门前日出客如云。……判袂东还二十年,今日尺褋悲契阔。梦里逢君亦欢忻,书中念我如饥渴。……我亦攻诗嗟穷老,苦吟矻矻忘饥疲。"① 在诗中,赵秀三以比喻、对比、夸张、白描等艺术手法,对彼此交往的经历、感受以及吴嵩梁的诗歌进行了高度评价,将感激、思念、同情、赞誉等情感都发挥到了极致,与"当今诗家领袖"的称誉相吻合。朴思浩《心田稿》则以"诗宗"称吴嵩梁:"文章笔格,为当世诗宗。"②"仆生海外,幸睹中华文明。先生,今世诗宗也,幸赐一诗,以贲山房,毕生难谖。"③ 李尚迪也有类似的说法,其诗曰:"延陵世胄多吾友,兰雪曾主骚坛盟。"(《亦梅回自燕京,传示吴子珍怀珍《朝鲜李君歌》……词致清隽,奖许逾分,赋此以谢之》)④ "三吴江西派,巨擘推兰雪。"(《怀人诗·吴兰雪嵩梁》)⑤ 诸多赞誉反映了朝鲜文人对吴诗的喜好。

与此同时,朝鲜诗家也形象化地肯定了吴嵩梁的诗坛地位,如申纬的"良朋自有闺房秀,丽句真惊异代才"(《吴兰雪属哲配琴香阁于扇面画山水寄余,以诗答谢》)⑥、"诗成莫问无双价,论定何须待百年"(《寄谢吴兰雪》其二)⑦、金正喜的"朱碧银槎杯,万里余香泡"(《题

---

① 〔朝〕赵秀三:《秋斋集》(《影印标点 韩国文集丛刊》第271辑),汉城,韩国民族文化推进会,2001年,第419页。
② 〔韩〕林基中编:《燕行录全集》(第86册),汉城,东国大学校出版部,2001年,第45页。
③ 〔韩〕林基中编:《燕行录全集》(第86册),汉城,东国大学校出版部,2001年,第54页。
④ 〔朝〕李尚迪:《恩诵堂集》(《影印标点 韩国文集丛刊》第312辑),汉城,韩国民族文化推进会,2003年,第269页。
⑤ 〔朝〕李尚迪:《恩诵堂集》(《影印标点 韩国文集丛刊》第312辑),汉城,韩国民族文化推进会,2003年,第180页。
⑥ 〔朝〕申纬:《警修堂全藁》(《影印标点 韩国文集丛刊》第291辑),汉城,韩国民族文化推进会,2002年,第333页。
⑦ 〔朝〕申纬:《警修堂全藁》(《影印标点 韩国文集丛刊》第291辑),汉城,韩国民族文化推进会,2002年,第284—285页。

吴兰雪嵩梁〈纪游十六图·康山秋燕〉》)①、赵秀三的"黄锺大吕中和律，碧树珊瑚错落枝"(《寄吴兰雪》)② 等。读者从"异代才"、"无双价"、"论定何须待百年"、"万里余香"、"黄锺大吕"、"碧树珊瑚"等词语可以想象吴诗的魅力，也能看出朝鲜诗家对吴嵩梁诗坛地位的认可。

还要说明一点，朝鲜诗家与吴嵩梁的书信来往和诗歌交流很多，在这个过程中，唱和与诗歌评价是同步、交互进行的。如朴思浩《心田稿·应求漫录》载，申纬曾抄录朝鲜汉诗请吴嵩梁选录。吴嵩梁对朝鲜的一些诗作评价较高，尤其喜欢申纬的诗，认为其也得到了翁方纲的真传："海东知己若比邻，同是苏斋得髓人。"(《寄答朝鲜申紫霞侍郎》)③ 他还将金鲁敬、金正喜、金命喜父子三人比作"海东三苏"："金刚云气接匡庐，奇句飞来梦亦符。天下几人宗老杜，海东今日又三苏。"(《朝鲜金西堂判书及其子秋史、山泉置酒梅龛，为余遥祝六十初度，寄此奉酬》其一)④ 这样的评价无疑让朝鲜诗人十分欣喜，创作热情更高，创作水平也自然不断提高。

尽管朝鲜诗家对吴嵩梁诗歌的评价还有些零散、不成完整体系，很多属于间接的评价，也未能全面概括吴嵩梁的诗歌创作，但是不乏真知灼见，在诗运衰微、两国交流逐渐减少的清代中后期，这种交流具有很强的时代、文化特色。这些交往和评价从域外视角证明了吴嵩梁在嘉庆、道光诗坛的重要地位，也是当时中朝两国诗歌、诗学交流的成果，具有重要的文学、文化意义。

第四节　朝鲜诗家论"钱塘三名士"、李调元、郭执桓诗歌

洪大容、李德懋、柳得恭等当时志于变革的朝鲜文人非常看重与清

---

① 〔朝〕金正喜：《阮堂全集》(《影印标点 韩国文集丛刊》第301辑)，汉城，韩国民族文化推进会，2003年，第174页。
② 〔朝〕赵秀三：《秋斋集》(《影印标点 韩国文集丛刊》第271辑)，汉城，韩国民族文化推进会，2001年，第419页。
③ 〔清〕吴嵩梁：《香苏山馆诗集》(二)(顾廷龙主编：《续修四库全书》第1490册)，上海，上海古籍出版社，2002年，第324页。
④ 〔清〕吴嵩梁：《香苏山馆诗集》(二)(顾廷龙主编：《续修四库全书》第1490册)，上海，上海古籍出版社，2002年，第317页。

朝文人的即时讨论和交往，因为这样可以切实地掌握最新的文化动态，学到更多的知识、经验。如李德懋在《清脾录》"农岩、三渊慕中国"条中说：

> 清阴先生水路朝京，于济南逢张御史延登。后七十余年癸巳，曾孙稼斋入燕，逢扬澄证交，望见李榕村光地。后二十有八年，清阴先生玄孙潜斋益谦日进入燕，逢豸青山人李锴铁君，相与啸咤慷慨于燕台之侧。后二十有六年，清阴先生五代族孙养虚堂在行平仲逢浙杭名士陆飞起潜、严诚力闇、潘庭筠香祖，握手投契，淋漓跌宕，为天下盛事。自清阴以来，百有四五十年。金氏文献甲于东方者，未必不由于世好中原，开拓闻见，遗风余音至今未泯也。①

李德懋以"金氏文献甲于东方"的事实说明了朝鲜文人与清朝文人名士交往所得到的好处。此后很多朝鲜文人纷纷以各种名义随使团来华，更为广泛地接触各级学者、诗人，如朴齐家在《怀人诗，仿蒋心余》一诗的题注中写道："余以不才，三入燕京，中朝人士不鄙而与之倾倒焉。倦游既罢，怅触于中，追述旧事，得知名五十人。"② 李光葵的《李德懋年谱》载："戊戌，公三十八岁。三月十七日随使价游燕京。……公与中州人潘秋庐庭筠、李墨庄鼎元、祝芷塘德麟、唐鸳港乐宇诸人谈论唱酬，有《入燕记》。"(《先考积城县监府君年谱》)③ 李德懋《入燕记》亦曰："(正祖二年五月二十三日)与在先访李鼎元、潘庭筠于潘之寓舍。舍与吏部邻近，潘设盛馔待之。笔谈如飞，可补晋人清谈。"④ 当时中朝两国文人交流繁荣的景象由此可见一斑。

在这样的背景下，朝鲜文人在与潘庭筠等三位钱塘名士、西蜀才子李调元、山西青年诗人郭执桓的诗文交流中留下了许多生动、感人或有

---

① 〔朝〕李德懋：《青庄馆全书Ⅱ》(《影印标点 韩国文集丛刊》第258辑)，汉城，韩国民族文化推进会，2000年，第53页。
② 〔朝〕朴齐家：《贞蕤阁集》(《影印标点 韩国文集丛刊》第261辑)，汉城，韩国民族文化推进会，2001年，第527页。
③ 〔朝〕李德懋：《青庄馆全书Ⅲ》(《影印标点 韩国文集丛刊》第259辑)，汉城，韩国民族文化推进会，2000年，第284页。
④ 〔朝〕李德懋：《青庄馆全书Ⅲ》(《影印标点 韩国文集丛刊》第259辑)，汉城，韩国民族文化推进会，2000年，第223页。

趣味的故事和场景,朝鲜诗家对他们的诗歌也极为关注,并多有评论。

一、论"钱塘三名士"诗歌

1766 年,洪大容以"子弟军官"的身份随叔父洪檍(朝鲜使团书状官)来到北京,同众多的中国文人学者相接触,彼此进行了深入的思想、文化交流。在华的两个多月里,他先后结交了 20 多位中国文人。洪大容不仅与他们有别具一格的笔谈交流和书信往来,还相互交换书籍、诗文及书画,结下了真挚深厚的友谊。其中洪大容与钱塘三位名士陆飞、严诚、潘庭筠的交往最为密切。洪大容在京期间和回国后,都与他们保持了书信联系,相互通信达 70 余封,其与严诚的生死之交也成为一段文坛佳话。受其影响,朝鲜其他诗人也结识、结交或关注了这几位名士并评论了他们的诗歌。

(一) 论陆飞诗歌

在钱塘三位名士中,陆飞、严诚的成就和名气虽不如潘庭筠,但由于朝鲜诗家与他们的诗文友谊都非常深厚,所以对其诗歌的评价也较高。

陆飞(1719—?),字筱饮,号解元、起潜,钱塘著名诗人、画家。与其最早结识的朝鲜诗人洪大容极力赞扬了他的诗作和画功:"筱饮……诗文、书画俱极其高妙,惟任真陶泻而已,不事雕饰以求媚于世,亦未尝以此加诸人。"(《杭传尺牍·干净录后语》)[①] 他认为陆诗求真尚朴,陶泻性情,是高妙之词,并且在赠诗中也以形象的语言表达了这一看法,同时称赞了陆飞的深厚学识。其《寄陆筱饮飞》[②] 曰:

人心湛无迹,定静发灵窬。万化相寻绎,烛微有余裕。
玄圣垂大猷,紫阳有笺注。俗儒忘本领,营营死章句。
终身钻故纸,彼哉真一蠹。

夕霁生秋气,金风决阴云。月出天地白,万井息游氛。

[①] 〔朝〕洪大容:《湛轩书》(《影印标点 韩国文集丛刊》第 248 辑),汉城,韩国民族文化推进会,2000 年,第 173 页。

[②] 〔朝〕洪大容:《湛轩书》(《影印标点 韩国文集丛刊》第 248 辑),汉城,韩国民族文化推进会,2000 年,第 78 页。

繁虑荡无迹，幽兴自欢欣。瑶琴二三曲，满堂炉烟熏。
对景发深省，肃然事天君。

落日沦西河，明月生东岭。阴魄本幽晦，虚白传日影。
圆光恒如镜，盈亏在人境。分合有常度，薄蚀非灾眚。
法象人鲜知，陋见乃坐井。

云林动秋声，空翠湿人衣。行歌发清商，心事叹乖违。
暑运不我与，寒暑无停机。良朋在万里，驿使近复稀。
何以慰相思，梦魂无是非。

这组诗歌通过写景、抒情、议论表达了洪大容对陆飞诗歌、人品的赞赏以及回国后对陆飞的思念之情。诗歌写得情深意切，令人动容。

李德懋的《清脾录》"陆筱饮"条记述了洪大容、金在行与陆飞的交往过程，并抄录了陆飞的几首酬赠诗作：

乾隆丙戌，洪湛轩大容随其季父书状官檍、金养虚在行随其宗人副使善行入燕京。适遇钱塘名士严诚、潘庭筠俱以举人计偕来燕京。湛轩、养虚与之证交甚欢。陆为同年解元，后数日而至。始闻之，大喜。即夜剔烛草画，五绡画竟，漏下已三鼓，并筱饮斋稿五册以代羔雁，仍贻书于洪、金二公曰："生平以朋友为命，况值海外奇士不止一人，如竟不获附严、潘两友之末，则飞抱终身不解之妒。"其后与严、潘会金、洪于邸舍，把臂引觞，欢笑淋漓。起潜为人长者，疏髯蟠腹，磊砢可观。……起潜曰："湛轩、养虚厎然一以我为弟、一以我为兄，以此生此世、生生死死、不可再见之人，作此杳冥恍惚之绸缪，岂非痴绝？"《赠养虚》诗有曰："别愁千斛斗难量，不得临歧尽一觞。直恐酒悲多化泪，海风吹雨湿衣裳。"又于便面墨画荷花，题诗以赠曰："开宜明月下，种爱碧池深。清旷有如许，谁知多苦心。"养虚归国后，起潜寄书曰："一时萍聚，淋漓跌宕，忽而庄语，忽而谐语，极天下之至文。尝谓'真气不死、真情不断。千里万里，窈窈默默，流丝袅空，不可踪迹，皆情境也。'非阿兄绝妙文心不足以状之。"起潜与养虚肮脏不羁，气味吻合，故尤相好云。①

李德懋没有具体评价陆飞的诗歌如何，不过从其对洪大容、金在行与陆飞交往细节的描述上可知，他也非常赞赏陆飞其人其诗的"真气"与"真情"，赞赏他与洪大容、金在行交往的深情厚谊。接着李德懋又在《清脾录》"陆筱饮"条中抄录了陆飞的若干首诗：

> 丁酉春，柳琴弹素入燕，遇锦州李雨村，闻起潜已举进士，未官家食。筱饮斋诗一卷一百三十八首，柳泠庵选五十一首为《巾衍外集》。余又抄若干首，《无锡》："九龙山色好，一塔逞孤清。酒肆陶家并，桥门渔火明。行舟穿近郭，流水泻高城。渐入丹阳路，微闻淮楚声。"《燕子矶》："葭菼萧萧山鹊飞，水纹滑笏晚风微。南朝画轴余金粉，落日寒烟燕子矶。"《湖上晚归》："挂策荒村日脚低，桑颠叶脱见鸣鸡。闲门狼藉枯荷叶，自荡西风看圈泥。"《山行》："翠屏徐上杖扶身，落叶萧萧欲垫巾。樵磴萦纡飞鸟外，白云如海不逢人。"《彭念堂小影》："以喧聊避俗，出处两逡巡。书卷贫逾富，交情老更真。江山拥茅屋，风雨属诗人。自结论心侣，何尝识要津？"《题黄未称画册》："薄暮江溟溟，故渔亦成侣。寒塘兔鸭静，烟际闻人语。"其友汪沆序之曰："风韵道上，神锋标映。古来贤哲能诗不尽工画，能画又不皆尽工诗。君乃艺擅双绝，可以远蹑王郑、近推文沈。"泠庵柳君评之曰："清真澹远，洵为渔洋嫡派。"②

受《韩客巾衍集》的启发，柳得恭将陆飞诗歌的近半数选入《巾衍外集》，并认为其诗有王士禛的神韵。能够看出，李德懋很欣赏柳得恭的做法和观点，也趁势抄录了一些陆诗。最后李德懋还抄录了陆飞之友汪沆对陆诗的一段评价，其实是借汪沆之言表达自己对陆飞诗画双绝的赞叹。

此外，柳得恭还在《并世集》中选录了陆飞的《便面荷花赠养虚》、《丙戌二月送养虚兄别》、《哭严力闇寄示养虚》、《无锡》、《丹徒》、《扬

---

① 〔朝〕李德懋：《青庄馆全书Ⅱ》（《影印标点 韩国文集丛刊》第258辑），汉城，韩国民族文化推进会，2000年，第17—18页。
② 〔朝〕李德懋：《青庄馆全书Ⅱ》（《影印标点 韩国文集丛刊》第258辑），汉城，韩国民族文化推进会，2000年，第18页。

州》、《蒙山》、《燕子矶》、《浔阳舟中》、《山行》、《汉口秋夜》、《彭念堂小影》、《遇汉阳蔡明府迁任黄冈》、《楚行绝句》、《常山放舟连日雨雪途中即目》、《山阴》、《七里泷》、《入邓尉》、《南屏山司马温公摩崖隶书歌，用昌黎石鼓歌韵》、《和丁敬身丈观忠天庙画壁歌》等20题26首诗作。①

李德懋的孙子李圭景也十分欣赏陆飞的诗歌，他在《诗家点灯》卷六"陆筱饮佳句"条也记载了陆飞的多首诗作：

> 仁和陆筱饮飞，字起潜，清乾隆时人。《冬日斋居杂咏》："年光不可执，元化无时消。芸生若流水，天地为桔槔。流水去不息，桔槔何太劳？君看剥复际，不容能秋毫。"《同苏崑璠、吴颖超星岩兄弟饮吴山酒楼》："别有旗亭兴，相携上翠微。暮潮浮槛外，黄叶入城飞。老大常为客，艰难更一归。吴山旧游地，向日酒徒稀。"《山行》："翠屏徐上杖扶身，落叶萧萧欲垫巾。樵磴萦纡飞鸟外，白云如海不逢人。"《楚行绝句》："篱根迷离烟痕薄，竹里分明雪影斜。行尽江南一千里，却于人日见梅花。""危矶岬屼水花粗，雾里行舟一物无。昨夜西风尚有尾，今朝初日又生须。"（注：舟人占风，有曰"南风头、西风尾"。又，日生不高、云气缕缕曰"日生须"。）《种鱼》："江上鱼蛮子，小网星葱记。"《插标》："此日东风初破冻，澄江如练未分苗。"（苗鱼，苗即鱼雏也。）《题黄未称画册》："寒烟迷谷口，渔归青山暮。不辨烟中居，但识谷口树。""高岩转樵径，古寺出松桧。人归青林端，钟敲白云外。""薄暮江溟溟，归渔亦成侣。寒塘凫鸭静，烟际闻人语。"《常山放舟连日雨雪途中即目》："沙清湍驶石渐渐，捩舵采流兴自添。水碓连云双杵急，江船浮月两头纤。雨昏山郭归渔户，雪霁人家出酒帘。犹有富春看不厌，试灯风好未妨淹。"《汉口秋夜》："江头夜市散初更，醉帽欹斜白袷轻。采丽珠香兰满路，一街灯火卖花声。"《彭念堂小影》："以谊聊避俗，出处两逡巡。书卷贫逾富，交情老更真。江山拥茅屋，风雨属诗人。自结论心侣，何尝识要津？""身世惟高枕，乾坤筮括囊。忌才真有物，养拙讵无乡。自著艺兰诀，闲抄酿酒方。

---

① 〔韩〕林基中编：《燕行录全集》（第60册），汉城，东国大学校出版部，2001年，第56—68页。

苍茫看意象，独咏兴何长？"《送汉阳蔡明府迁任黄冈》："茂宰移官日，羁人动别愁。柳条新上巳，山色古黄州。去鹢浮春水，鸣琴上竹楼。江浔独悽怅，讵止为依刘？"《湖上晚归》："挂策荒村日脚低，桑颠叶脱见鸣鸡。闲门狼藉枯荷叶，自荡西风看鬝泥。"《望天平》："春山过微雨，竹柏益苍茂。烟中开翠黛，林表皱远皱。衙衙万笏立，矗矗群峰凑。鸣泉噬危磴，迸笏裂危窦。雕镌见天匠，刚耿露神秀。绝壁无寸土，孤松挂腾狖。仰视石骨秋，坐令草木瘦。吴山如好女，姚冶成邂逅。森然忽动魄，岩冷施砭灸。会须凌卓笔，亦足小宇宙。"《再至木渎及灵岩而返》："招邀趁春晴，重泛横塘渡。沿回惬所适，木渎欣已遇。隔陂荞麦稠，近市人烟聚。新榆舒故绿，浓阴傍船逐。回桥依曲岸，辍棹寻幽步。隐侯祠已荒，明月寺何处？矫首企灵山，落日孤鸢赴。"《同凌紫云、沈溶江、王茨檐饮湖上酒楼，因棹舟至孤山》："步履春风侣，囊携买酒钱。小楼微雨后，孤屿早梅前。白鹭忽招客，斜阳更放船。笙歌返城郭，相背入人烟。"《无锡》："九龙山色好，一塔逞孤清。酒肆陶家并，桥门渔火明。行舟穿近郭，流水穿高城。渐入丹阳路，微分淮楚声。"《邹县》："余冬邾子国，驱马独踟蹰。海日生残梦，冰霜耐老饥。荒城传鲁柝，孤嶂失秦碑。自把征裘拂，冲寒拜孟祠。"《燕子矶》："葭菼萧萧山鹃飞，水纹滑笏晚风微。南朝画轴余金粉，落落寒烟燕子矶。"《金山》："楼观冯虚迥，何年倚断鳌？风烟销蜃气，战鼓入秋涛。日午江心丽，霜清塔影高。从来沧海兴，滋欲谢尘劳。"①

在这一条下，李圭景共收录陆飞诗歌 21 首，包括五言绝句、七言绝句、五言律诗、七言律诗、五言排律等各种形式。对其中的个别词句，李圭景还稍做注释，可见他不仅自己欣赏这些诗歌，还希望别人也能读到并读懂这些诗。值得注意的是，这些诗歌连中国人都少有关注，而李圭景能够详细抄录甚至注释，可见朝鲜诗人对陆飞的了解之深，对清诗的了解之广。

综合洪大容、柳得恭、李德懋、李圭景各种形式的评述，我们可以发现，朝鲜诗家一致认为陆飞的诗歌以神韵取胜，清真雅淡，有渔洋

---

① 〔韩〕赵锺业编：《修正增补 韩国诗话丛编》（第 12 册），汉城，太学社，1996 年，第 334—336 页。

风韵。

(二) 论严诚诗歌

严诚(1733—?),字力闇,号铁桥。洪大容《杭传尺牍·干净录后语》曰:"铁桥……才识超诣,信笔成文,辞理畅快,灿然如贯珠,其志亦未尝以此自多也。"① 可见其诗理路畅达,文采斐然,而多志不得伸之嗟叹。在《寄严铁桥诚》一诗中,洪大容对严诚精于思悟、悠然自得的精神境界和生活方式十分欣赏,对其时运不济的遭遇也非常同情,并好言宽慰:

疏雨响庭梧,高斋生夕凉。古鼎香烟歇,清琴自横床。
炎暑忽已徂,时物增感伤。沉吟不能寐,悠悠思远方。
洪涛隔沧海,万里空相望。

宴坐息机事,悠然心自闲。浮云任舒卷,飞鸟亦往还。
形神双寂寞,万象有无间。筋骸各安宅,淑气登容颜。
苟能存此境,至道可跻攀。

悠悠积雨霁,爽气濯炎燠。月出群动息,天地净如扫。
林园响虚籁,清露结幽草。宴坐且忘言,披襟息烦恼。
此中有深省,真意谁共讨。

楞严妙心相,黄庭固真元。主敬与养浩,吾道有本源。
志士或外慕,速成乃厌烦。圣训有至要,万径终一门。
岂若夸毗子,呫嗫逞巧言。

神明寓匡郭,万象随烛照。民动纷如烟,滓秽荡灵窍。
精英内自蕴,缘业苦缠绕。洗濯亦多术,息养乃要妙。
鉴沼静不浪,犁然成独笑。②

---

① 〔朝〕洪大容:《湛轩书》(《影印标点 韩国文集丛刊》第248辑),汉城,韩国民族文化推进会,2000年,第173页。
② 〔朝〕洪大容:《湛轩书》(《影印标点 韩国文集丛刊》第248辑),汉城,韩国民族文化推进会,2000年,第78页。

通过这几首诗歌，洪大容对严诚的思念之情、赞赏之情、宽慰之情清晰可感。受"严洪之交"的感召，李德懋、柳得恭等人对严诚也非常敬重。李德懋在《清脾录》"严铁桥"条中详载了严诚与金在行、洪大容的交往过程，并摘录了严诚所作的赠诗多首：

  严诚字力闇，号铁桥，浙江钱塘人。雍正壬子生，深于性理之学，工文章，善隶书，画亦入品。金养虚、洪湛轩入燕时，铁桥与陆筱饮、潘秋庌证交于金、洪。铁桥资甚醇美，初嗜禅，悦王阳明，好读《楞严》。……每与湛轩书必曰："天涯知己，千古所无。感激之极，手为之颤。惟有彼此默默，鉴此孤忱。"其笃于朋友之际，盖亦知性人也。……与金君嚣嚣然、陶陶然于其间也。于其将归，书以为赠。……又《酬养虚留别》云："轻映微寒酿好春，灯前孤客最伤神。天涯意气存吾党，海外文章见此人。豪兴拟陪千日醉，深情共寄一诗新。分襟草草无他语，隔岁音书莫忘频。"《敬次清阴先生韵，和答养虚尊兄》："客心无定似悬旌，孤馆荒寒味乍经。揽镜怯连双鬓白，摊书愁树一灯青。天涯我幸追词伯，人海谁能识酒星。惆怅相逢即相别，不堪兀坐思冥冥。"《又赠》："高斋不见一尘飞，古貌深情世所稀。安得随君航海去，顿空眼界不思归。"《又题画以赠》："茆堂入翠微，永与俗情违。好客偶相访，朝阳初上衣。松间残露滴，岭外孤云飞。余亦怀长往，山中采蕨薇。"《赠湛轩》："惊心十日返行旌，烈士遗墟此暂经。官道渐看新柳绿，旅怀同忆故山青。从今燕雁成千里，终古参商限两星。纵说神州无间隔，离忧如醉日沈冥。"《次和洪书状》："白石清泉媚好秋，天然画本说吾州。生绡半幅间皴染，忽忆龙泓寺里游。"《简寄养虚》："素书读罢无他说，只余一斗千秋血。相逢都是好男儿，从此朱弦为君绝。（丁亥岁，游闽中为馆师，病疟，寄书及诗于金、洪二公，因还家而殁。书甚凄恻，盖绝笔也。）"《南闽馆寄养虚》："闻道金平仲，年来病且贫。著书余老屋，调药倚佳人。（案，自注：此二字湛轩所题，匪敢相谑。）白发哀时命，青山狎隐沦。骅骝多失路，谁是九方歅。一别成千古，生离是死离。书来肠欲断，梦去泪先垂。豪士中原少，清辞两晋宜。百年吾与尔，泉下尽交期。"《寄湛轩》："京国传芳信，遥遥大海东。斯文吾辈在，异域此心同。情已如兄弟，交真善始终。相思不相见，恸哭向秋风。见面悲无日，论心喜有书。来从万里外，到及一年余。激厉烦良友，衰迟感独居。无闻将四十，忍使寸阴虚。"筱饮寄书养虚传铁桥讣曰："铁桥今春忽有闽中之行，弟苦口力阻，而迫于父命，竟不用吾言，泣嗟何及。电光石火，倏忽便尽，想海东故人均为之长号也。"因挽之曰："千里无端赋远游，吾谋不用更谁尤。遗笺剩笔都成谶，瘴雨盲风未是愁。竟夭王濛堪恸哭，难携谢眺只搔头。一书真个关生死，魂断句骊朔雁秋。"养虚登万里峰，西望恸哭，闻者悲动。铁桥兄九峰名果，高雅绝俗，与弟齐名，时人比之机云、轼辙。湛轩编陆、严、潘三公笔谈书尺为《会友录》，又于录中抄铁桥语及诗若干首，使余校勘，藏于家。柳惠风又辑三人诗为《巾衍外集》。①

从这段记述可知，李德懋对严诚的学问、人品、诗、书、画都很青睐，而从其收藏严诚诗作并摘录进自己的著作来看，李德懋对严诚的诗作更加珍爱。他详述了严诚与朝鲜文人的交往过程，所收严诚诗作也都是其赠与朝鲜诗人的作品。而从李德懋录其诗之后又追述了严诚去世后金在行的悲痛和作挽诗的往事，可见其为中朝文人交往的浓情所感动。最后，李德懋还顺带提及了严诚兄长严果的"高雅绝俗"，并恭敬地将严家兄弟比作"（陆）机（陆）云"和"（苏）轼（苏）辙"。从李德懋的这段记载，读者还能够了解到洪大容和柳得恭均有收录陆、严、潘三人笔谈和诗歌的作品集。

南公辙对严诚的诗也有独到见解：

> 严诚力闇各体诗九首、书牍七道，与朝鲜使臣相问答者也。幅上称正使李大人，李不知何人也。诗皆清古，与香祖《和鹦鹉》诗尤妙，今识于此："回首故山远，陇头今又春。羽毛谁假尔，饮啄此依人。慧性宜防口，高情爱洁身。奉邀兰殿宠，燕雀敢相亲。"又，"东风吹暖律，众鸟咔晴春。谁似绿衣使，偏随金屋人。解语翻巧舌，学舞堕轻身。一种翩翩态，依依自可亲。"与香祖同是杭人，时并赴举燕京，云其七绝有曰："复见东风柳絮飞，故山云树梦依稀。

---

① 〔朝〕李德懋：《青庄馆全书Ⅱ》（《影印标点 韩国文集丛刊》第258辑），汉城，韩国民族文化推进会，2000年，第33—35页。

自缘奉檄平生志,要待官花插帽归。"尤可验也。(《潘、严二名士诗牍(纸本)》)①

南公辙所选的几首诗都是严诚与潘庭筠(香祖)往来的作品,被南氏誉为"清古"之作。

此外,柳得恭的《并世集》也收录了严诚的《养虚尊兄过访寓庐即事有作,敬次原韵》、《敬次清阴先生韵和养虚尊兄兼请教定》、《养虚偕湛轩再造寓庐,剧谈竟日,仍次清阴韵》、《奉答养虚后作》、《醉养虚》、《简寄养虚》、《次韵洪书状》、《题画赠养虚》、《次清阴先生韵赠湛轩》、《南闽馆寄湛轩》、《南闽馆寄养虚》等11题14首诗作。②李圭景《诗家点灯》卷六"铁桥诗"条也抄录了严诚的几首诗作:

> 杭州严诚字力闇,号铁桥。其《山楼古琴》:"幽人惜遥夜,起居理朱弦。楼高万籁静,响与空山连。悠悠念皇古,兹意谁能传。"《虚桥弄月》:"略彴通夜气,晚步意超忽。林影荡寒波,得见太古月。不惜露沾衣,孤吟到明发。"《灵龟古筶》:"灵龟有何灵?借问乞灵者。吉凶论是非,趋避敢苟且。居易以俟命,枯草行可舍。"③

(三)论潘庭筠诗歌

潘庭筠(1742—?),字兰公、香祖,号德园,浙江钱塘人,乾隆四十三年(1778)进士,曾任文渊阁检阅充方略馆总校官、《四库全书》分校官、内阁中书舍人,著有《稼书堂集》。

1. 朝鲜诗家与潘庭筠的诗文交往

朝鲜诗家对潘庭筠诗歌的热切关注,源于他对收录了朝鲜后四家诗人(李德懋、柳得恭、朴齐家、李书九)的《韩客巾衍集》的好评。柳琴将《韩客巾衍集》带到中国后,潘庭筠曾为其作序曰:"于李吏部雨

---

① 〔朝〕南公辙:《金陵集》(《影印标点 韩国文集丛刊》第272辑),汉城,韩国民族文化推进会,2001年,第451—452页。
② 〔韩〕林基中编:《燕行录全集》(第60册),汉城,东国大学校出版部,2001年,第68—73页。
③ 〔韩〕赵锺业编:《修正增补 韩国诗话丛编》(第12册),汉城,太学社,1996年,第376—377页。

村斋头得读柳君弹素所录海东四家之诗，多刻画景物、抒写襟抱、妍妙可喜之作，讽诵数四，不忍释手。余虽未悉四人之生平，而因诗以想其为人，大抵高旷恬淡之士也。"① 在评点过程中，潘庭筠说李德懋的诗"落想不凡"、"对仗工而自然"、"运事巧合"、"体物之工，不减放翁"②；说柳得恭"泠斋才情富有，格律独高，时露鲸鱼碧海之观。至于怀古登临，尤多杰作。……又曰：《二十一都怀古诗》兼竹枝、咏史、宫词诸体之胜，兼广异闻，必传之作"③。他对朴齐家的诗作也非常欣赏，认为"楚亭诗出手如弹丸，不为僻涩之音，所谓文人妙来无过熟耳，襟期磊落如见其人。颉颃四家，未易定王、卢前后"④。潘庭筠又评李书九诗曰："薑山五言冲淡闲远，王、韦门庭中人，视王渔洋格调尤近。七律参以宋体，亦多新颖之思。年才二十余，真天才也。"⑤ 这样的褒奖使四家诗人喜出望外，极大鼓舞了他们的创作热情，他们也因此格外关注潘庭筠及其诗歌。李德懋给潘庭筠写信说："兹因友生柳弹素接见雨村先生，评序《巾衍集》。忽又见先生手笔评序，茫然失魄，如从天降，无中生有，绝处逢生，铺张震耀，令人颠倒，此振古之奇事、天下之壮观。矧又评品精确，眼光如月。四人合席，感泪横集。"(《雅亭遗稿·潘秋库庭筠》)⑥ 可以说，"《韩客巾衍集》在清代文坛的传播和潘庭筠、李调元对它的评论具有重大的意义。从交流史的角度看，《韩客巾衍集》的传播有力地促进了中朝文学的双向交流。通过它的传播，使清代作家能够较系统地了解'四家诗人'的诗歌，并且通过李调元、潘庭筠对它的评论，使朝鲜北学派文学在清代和朝鲜文坛上享有很高的地位。从接

---

① 〔朝〕柳得恭：《泠斋集》(《影印标点 韩国文集丛刊》第260辑)，汉城，韩国民族文化推进会，2000年，第3页。
② 《韩客巾衍集》卷四 (韩国学术情报院藏抄本，线装，4卷2册，无丝栏，半叶10行21字，注双行)，1777年。
③ 〔朝〕柳得恭：《泠斋集》(《影印标点 韩国文集丛刊》第260辑)，汉城，韩国民族文化推进会，2000年，第3页。
④ 《韩客巾衍集》卷三 (韩国学术情报院藏抄本，线装，4卷2册，无丝栏，半叶10行21字，注双行)，1777年。
⑤ 《韩客巾衍集》卷四 (韩国学术情报院藏抄本，线装，4卷2册，无丝栏，半叶10行21字，注双行)，1777年。
⑥ 〔朝〕李德懋：《青庄馆全书Ⅰ》(《影印标点 韩国文集丛刊》第257辑)，汉城，韩国民族文化推进会，2000年，第262—263页。

不仅如此,潘庭筠还与"四家诗人"有诗文往来,进一步赞扬了他们的诗作,也表达了思念之苦。如《专晤次修口号三首寓存殁之感》一诗就如此称誉朴齐家:"不见炯菴逾十载,怀人常在海东头。诗名官职今何似,要是新罗第一流。"② 成大中《李懋官哀辞》亦载,李德懋"尝入燕都,遇其才俊则无不倾心结交,欣若建睹。而浙江潘庭筠相其眉目,谓之异人,后复寄诗,许以'东溟第一流'也"③。作为感谢,李德懋《题香祖评批诗卷》一诗曰:"专门汉魏损真心,我是今人亦嗜今。晚宋晚明开别径,兰公一语托知音。"④ 对此,友人李书九评曰:"萍流蓬转各迢遥,四海论交只一朝。望断天涯何处是,峨嵋山月浙江潮。"(《懋官入燕遇浙蜀文士,归后思之,谈次偶及,漫赋以示》)⑤ 柳得恭的几首诗也表达了对潘庭筠抄录自己诗歌的欣慰,同时表达了对潘的赞许和思念,如:

金台柳色玉河月,飘落东韩七字诗。
海外岂无知己泪,沉香椅上手抄时。

天寒鲁酒小醺余,闲阅君家四库书。
吏部斋头来往否,因风想不惜琼琚。
(《闻秋庼手抄余诗,感而作二首》)⑥

何年桃柳句,惆怅忆杭州。塞雁书初寄,林莺语复流。

---

① 金柄珉:《〈韩客巾衍集〉与清代文人李调元、潘庭筠的文学批评》,《外国文学》2001年第6期。
② 〔韩〕林基中编:《燕行录全集》(第60册),汉城,东国大学校出版部,2001年,第80页。
③ 〔朝〕成大中:《青城集》(《影印标点 韩国文集丛刊》第248辑),汉城,韩国民族文化推进会,2000年,第548页。
④ 〔朝〕李德懋:《青庄馆全书Ⅰ》(《影印标点 韩国文集丛刊》第257辑),汉城,韩国民族文化推进会,2000年,第189页。
⑤ 〔朝〕李书九:《惕斋集》(《影印标点 韩国文集丛刊》第270辑),汉城,韩国民族文化推进会,2001年,第10页。
⑥ 〔朝〕柳得恭:《泠斋集》(《影印标点 韩国文集丛刊》第260辑),汉城,韩国民族文化推进会,2000年,第37页。

青山同客梦，芳草古离愁。忽若千秋上，无因续壮游。

（《次潘秋庐中书〈元夕〉韵》）①

由于潘庭筠的诗作、诗评均有较高水平，加上他对"四家诗人"褒奖有加，所以成为"钱塘三名士"中最受朝鲜诗家关注的诗人。朝鲜诗家认为潘庭筠的诗作情真景美，俊逸而不失柔婉，兼有王士禛和施闰章的诗风，不可多得。由于受学识、交往等因素的影响，他们的评论不都是直接针对诗歌而言，很多时候是由人及诗。

洪大容来华期间，除了和严诚结下著名的"湛轩铁桥之契"外，与潘庭筠的交情最深，曾有多首诗作赠与潘庭筠。其中两首通过与中国文士孙有义（蓉洲）的相逢、笔谈来回忆潘庭筠，兼论其诗歌创作。第一首是《寄潘秋庐庭筠语，三河归路，逢人酬诗》：

眼中东海小如杯，鲲生起灭同蜉蝣。
穷庐濩落意不适，尚友千载思前修。
单车直北成远游，岁暮悲歌燕市秋。
煌煌宝顶映绣毂，九街甲第皆王侯。
男儿四方志远图，风尘文貌非所求。
临朐高士宛清扬，自言心裁号蓉洲。
黄昏相逢市门内，秉烛一笑心相投。
浑忘鸭水天有限，四海同胞无薰莸。
即席清篇若有神，笔下峡水惊倒流。
是日霜风扑窗鸣，新知未洽还离愁。
从古倾盖如旧识，出门握手情悠悠。
东来踪迹隔云泥，谩托双鲤伸绸缪。
愿君努力崇令德，莫向名场空白头。
迩来节义在穷士，衡门蔬褐非我羞。
相思百年关山月，神交万里君知不。②

---

① 〔朝〕柳得恭：《泠斋集》（《影印标点 韩国文集丛刊》第 260 辑），汉城，韩国民族文化推进会，2000 年，第 34 页。

② 〔朝〕洪大容：《湛轩书》（《影印标点 韩国文集丛刊》第 248 辑），汉城，韩国民族文化推进会，2000 年，第 78 页。

第二首是《次孙蓉洲有义寄秋庩诗韵，仍赠蓉洲》：

> 人文积有弊，薄俗争奢诩。同心就若兰，异趣弃如土。
> ……
> 京华搜奇士，七旬劳旅食。芒鞋遍九街，惆怅情靡极。
> 眼穿狗屠间，涕洒金台侧。闻有西湖客，蜚英誉茂实。
> 香祖美潇洒，铁桥耸嶒直。筱饮亦豪爽，并是百夫特。
> 南城酌春酒，樽彝多宣德。纵谈各忘形，笔舌不暂息。
> 思古而伤今，谁知我心恻。亹亹千百言，缠绵到日昃。
> 各言相别后，此心矢不忒。尺书通精诚，朝暮若相即。
> 褆身务时省，殖学贵自得。良诲已相说，我言非巧饰。
> 三子虽异撰，高朗略相似。惟有铁桥子，昭融忘汝尔。
> 东风潞河柳，暮雨南郭市。呜咽半袂泪，归鞭已东指。
> ……
> 佳辰倍怀思，花月当庭除。便身紫貂裘，半臂青葱裾。
> 潘郎美如玉，韶颜今何如。悠悠梦不飞，郁郁气难嘘。
> 忽闻严公讣，书来不忍舒。天涯结知己，信誓有日白。
> 中途竟短折，此君真可惜。恸哭向吴山，我怀何时释。
> 哀乐在须臾，化翁真戏剧。秋庩亦多故，赤牍不复掷。
> 食言岂其然，素心应不怿。失意常八九，人生非千百。
> 弃捐虽不道，清泪时沾席。洗手读君诗，使我心踧踖。
> 七百四十言，谆谆复刺刺。高风出真意，雅言远便僻。
> 欸欸终无报，惜哉彼不迹。……①

洪大容不能忘怀与潘庭筠等人交往的情景，所以在诗中极力铺叙了彼此相知相交的背景和过程，表达了对潘庭筠人品、学识的仰慕，也表达了与潘分别时的不舍与别后的思念，并为其不幸遭际而扼腕。前面已经提过，这种交往建立在汉文化认同的基础上，政治意味浓了一些，谈友谊的内容多了一些，所以诸如"秋庩……词翰英达，操笔如飞，直翩翩佳

---

① 〔朝〕洪大容：《湛轩书》（《影印标点 韩国文集丛刊》第248辑），汉城，韩国民族文化推进会，2000年，第79—80页。

子弟尔"(《杭传尺牍·干净录后语》)①这样对诗歌的直接评价较少,涉及诗作时或一笔带过,或曲折暗示。

洪大容的《又寄秋庍》一诗也以象征手法对彼此情谊进行了描述:

> 爱此合中梅,玄冬发素萼。清标迥自持,暗香浮帘箔。
> 潜藏能及时,孤根幸有托。穷阴闭九野,窗外风雪虐。
> 卓哉孤山子,静观心澹泊。

> 白雪下庭树,寒沍凝作花。桃李不敢言,枝枝扬素葩。
> 折之将有赠,故人在天涯。晴旭忽相照,古楂空枒槎。
> 浮华谅难久,掷地仍咨嗟。

> 上山采薇蕨,入谷折幽兰。故人在万里,关河行路难。
> 芳馨日消歇,临风每长叹。不怨终相别,但恨初结欢。
> 惟有海上月,长照两心肝。②

在朝鲜诗家看来,"凡取友之道,先看其品,后看其材"(《雅亭遗稿》)③。诗品即人品,爱其人进而喜其诗。按照这个逻辑,洪大容对潘庭筠(也包括陆飞、严诚)的诗作进行了感悟式的评价,并未提炼出比较明确的观点,而且有称誉过度的倾向。

2. 论潘庭筠诗歌

相比之下,李德懋、柳得恭等人更多地从专业角度出发,以比喻、比较等形式肯定了潘庭筠诗歌的成就和风格,多有警策之语。

首先,朝鲜诗家高度评价了潘庭筠的诗作成就,认为他在中国诗坛具有重要地位,并促进了朝鲜汉诗的发展。李德懋在《论诗绝句,有怀筱饮、雨村、兰坨、薑山、泠斋、楚亭》诗中认为潘庭筠的成就可以比

---

① 〔朝〕洪大容:《湛轩书》(《影印标点 韩国文集丛刊》第248辑),汉城,韩国民族文化推进会,2000年,第173页。
② 〔朝〕洪大容:《湛轩书》(《影印标点 韩国文集丛刊》第248辑),汉城,韩国民族文化推进会,2000年,第78—79页。
③ 〔朝〕李德懋:《青庄馆全书Ⅰ》(《影印标点 韩国文集丛刊》第257辑),汉城,韩国民族文化推进会,2000年,第266页。

肩后七子领袖李攀龙："百年交契马牛风，香祖醒园暨筱翁。七子诗坛如更筑，不知谁是李攀龙。"① 其《长句赠薑山》曰："近闻吴蜀出才子，宗王祢朱坛坫新。前茅博洽雨村李，后劲俊逸秋庼筠。左拍右挹两词伯，遮莫退让甘仆臣。……我爱伊人读其书，津津又向知己陈。"② 李德懋又将潘庭筠与王士禛、朱彝尊相比，认为他在诗坛具有重要地位，并愿意向朋友们介绍、共同学习。其《有怀潘秋庼》诗云："翰苑名流即马枚，鲰生何幸共衔杯。从今海左开文运，自古江南出异才。白雪诗声增价返，青云气义结交来。愿言没齿无相忘，玄晏佳篇一诺裁。"③ "从今海左开文运"表明了潘庭筠对李德懋甚至朝鲜的诗歌创作产生了积极影响。李德懋的《洪湛轩大容园亭》和《题湛轩藏〈杭士墨戏帖〉》两诗既是对潘庭筠诗歌水平的赞扬，同时也是对"钱塘三名士"的巡礼：

> 所思遥难即，漫把浙杭书。温温严夫子，素心雅而疏。
> 磊砢陆孝廉，燕吴遍名誉。文藻潘香祖，灿灿气笋蔬。
> 天涯结知己，存没多悲嘘。④

> 不愿中书不愿仙，孤怀偪侧井蠡天。
> 一生堪羡湛轩老，陆海潘江独遡沿。
> 画里桃林玩至今，因花明澹恋疏襟。
> 三吴才子三韩士，地角天涯照片心。⑤

李德懋对"钱塘三名士"都十分景仰，在诗中突出了每个人的特点，提到潘庭筠时，他强调了其文学造诣。另外，朴齐家《戏仿王渔洋岁暮怀人六十首·潘秋庼庭筠》也曰："潘郎文采出东吴，价重鸡林折扇面。

---

① 〔朝〕李德懋：《青庄馆全书Ⅰ》(《影印标点 韩国文集丛刊》第257辑)，汉城，韩国民族文化推进会，2000年，第192页。
② 〔朝〕李德懋：《青庄馆全书Ⅰ》(《影印标点 韩国文集丛刊》第257辑)，汉城，韩国民族文化推进会，2000年，第195页。
③ 〔朝〕李德懋：《青庄馆全书Ⅰ》(《影印标点 韩国文集丛刊》第257辑)，汉城，韩国民族文化推进会，2000年，第198—199页。
④ 〔朝〕李德懋：《青庄馆全书Ⅰ》(《影印标点 韩国文集丛刊》第257辑)，汉城，韩国民族文化推进会，2000年，第178页。
⑤ 〔朝〕李德懋：《青庄馆全书Ⅰ》(《影印标点 韩国文集丛刊》第257辑)，汉城，韩国民族文化推进会，2000年，第175—176页。

料道春来频锁直，可应风月忆西湖。"① 这些诗句都极力称赞了潘诗在半岛的影响，强调了其对朝鲜汉诗的积极借鉴意义。对此，韩国当代诗论者李家源先生曾精辟指出："李韩中叶以前，诸家盖多学唐，而英正以后，诗体一变，如雅亭李德懋、楚亭朴齐家、泠斋柳得恭、薑山李书九四家，及惠寰李用休、锦带李家焕父子，皆专事宋理，参以明、清之声色矣。"（《玉溜山庄诗话》）② 其中的"明、清声色"自然包括了潘庭筠的诗作。

其次，朝鲜诗家仔细归纳了潘庭筠诗歌的风格。柳得恭送叔父柳琴赴中国，作诗《恭呈家叔父游燕六首》相赠，其四曰："浅碧深红二月时，软尘如粉梦如丝。杭州才子潘香祖，可怜佳句似南施。"③ 他明确指出潘庭筠诗歌最大的特点是柔婉明媚，与施闰章的诗风有相似之处。李德懋和朴趾源对此事情都有记述，也同意柳得恭的观点：

> 泠斋……其叔父几何室弹素丙申随副使入燕，泠斋以诗赠别曰……"浅碧深红二月时，软尘如粉梦如丝。杭州才子潘香祖，可怜佳句似南施。"（此用潘秋庫语也。）南施，施愚山闰章也。……潘秋庫见此诗亦为之推奖，且喜"似南施"之语，手自誊写而去。（《清脾录》"泠斋"条）④

> 琉璃厂中六一斋，初遇俞黄圃。……及与俞笔语之际，为写柳惠风送其叔父弹素诗。……黄圃……曰："去岁秋间，潘移寓于此，先生缘谁识他？"余曰："敝邦洪大容乾隆丙戌随贡使入都，遇潘，其后继有相交者，仆虽未见，神情默契。潘工书画，尝自写桃柳，题诗赠洪曰：'吾家西子湖边树，浅碧深红二月时。如此江南归不得，软尘如粉梦如丝。'"黄圃大加墨圈曰："愿闻贵友洪秀才佳句。"余曰："未曾有记。惠风送弹素诗：'浅碧深红二月时，软尘

---

① 〔朝〕朴齐家：《贞蕤阁集》（《影印标点 韩国文集丛刊》第261辑），汉城，韩国民族文化推进会，2001年，第473页。
② 〔韩〕赵锺业编：《修正增补 韩国诗话丛编》（第17册），汉城，太学社，1996年，第677页。
③ 〔朝〕柳得恭：《泠斋集》（《影印标点 韩国文集丛刊》第260辑），汉城，韩国民族文化推进会，2000年，第30页。
④ 〔朝〕李德懋：《青庄馆全书Ⅱ》（《影印标点 韩国文集丛刊》第258辑），汉城，韩国民族文化推进会，2000年，第53—54页。

如粉梦如丝。杭州举子潘香祖,可怜佳句似南施。'吾东艳慕中州名士如此。"黄圃复圈之曰:"潘,诚名士,然惠风亦自大佳。"黄圃即收其纸,纳怀中曰:"仆方录《球堂诗话》,幸得一段佳话。"(《热河日记·避暑录》)①

其实,潘庭筠的这首诗题为《题桃柳赠养虚》,赠诗的对象不是洪大容而是金在行。无论是潘庭筠亲手抄录"似南施"之语,还是俞黄圃将此佳话录入《球堂诗话》,这两则诗话都说明柳得恭的评价确有见地,得到了中国文人(包括潘庭筠本人)的认同。

李德懋《清脾录》"潘秋庐"条云:

> 丁酉春,柳几何琴入燕,遇李吏部调元,问知潘生否。李曰:"潘与吾最相好。辛卯会试已定会元,既而以同号人袭其文,遂皆点落,天下惜之。现官中书舍人。"雨村壁上粘兰公《元夕》诗一首,几何传之曰:"人生几元夕,留滞尚皇州。月是千山隔,星仍万户流。浙灯乡国梦,鲁酒岁时愁。耿耿高堂烛,频年忆远游。"诗盖清妍新警,恨不读其全集。②

根据柳得恭的《并世集》记载,潘庭筠此诗题为《李吏部斋中元夕》。诗歌既描述了光阴的飞逝、宇宙的永恒,也有对亲人的思念、对处境的忧虑,构思精巧新颖,含义深远。"清妍新警",反映了李德懋对潘庭筠诗风的准确把握。

朝鲜诗家还从《咏鹦鹉》、《衰柳》二诗出发,揭示了潘庭筠一些诗篇的清爽风格。如朴趾源《热河日记·避暑录》载:"余于高太史械生坐,诵潘庭筠《次王秋史寒柳诗》,坐客皆称善。余仍问王秋史谁也。冯明斋秉健曰:'此历城王进士,名苹,字秋史,自号七十二泉主人。潘诗所谓"七十泉声乱石春"是也。'"③ 中朝文人雅集,读潘庭筠《衰

---

① 〔朝〕朴趾源:《燕岩集》(《影印标点 韩国文集丛刊》第252辑),汉城,韩国民族文化推进会,2000年,第282页。
② 〔朝〕李德懋:《青庄馆全书Ⅱ》(《影印标点 韩国文集丛刊》第258辑),汉城,韩国民族文化推进会,2000年,第50页。
③ 〔朝〕朴趾源:《燕岩集》(《影印标点 韩国文集丛刊》第252辑),汉城,韩国民族文化推进会,2000年,第291页。

柳》(全名《恽铁箫〈寒柳册子〉,王秋史苹题四诗于后,为明殷相国通乐园旧植感而有作,即次王韵》)①诗后"皆称善",但遗憾的是朴趾源没有记录大家的具体评价。而南公辙《潘、严二名士诗牍(纸本)》一文的评述则颇为详细:

> 余尝从人借见洪知县大容家所藏潘庭筠书画数十余本。洪曾随使入燕京,潘亦以举人来旅邸相遇,茶场酒楼,过从酬唱,归后亦不绝书札往复。笔墨动荡,风彩雅丽,尚想其为人也。又后惠甫赠余潘诗一卷,余为序以见其中心爱好之意。今此幅乃《咏鹦鹉》二首,笔意从苏入董,尖超可爱。诗亦清爽,多有悲苦之情,今识于此。其一曰:"月残珠户晓,花满绣帘春。慧性嗔娇婢,香喉学美人。聪明红玉喙,下上绿衣身。少饲相思子,雕笼镇日亲。"其二曰:"犹忆长安乐,心惊万里春。日高回蝶梦,客到语茶人。薄口轻微命,殊乡绊此身。何时奋双翮,长与凤鸾亲。"盖寓意作也。记昔得见他《衰柳诗》四首(柳在明殷相国旧园),有曰:"海内亭荒名士散,天涯木落废园存。""可怜碧叶鸣蝉地,不见红栏系马人。"(一句缺)"静中黄叶无多响,远处昏鸦数点还。"知君本以汉人仕于清,其心常自慷慨悲恨,故发于诗者,亦有怀古伤今之意也欤?字香祖,一字兰公,杭州人,今至翰林庶吉士云尔。②

南公辙对潘庭筠两诗的评价比较具体,"诗亦清爽"、"悲苦之情"、"慷慨悲恨"、"怀古伤今"的评语基本概括了两诗的特色。其中"海内"、"数点还"在柳得恭《并世集》中分别作"海右"、"数点归"。成海应的《研经斋诗话》则进一步详细记录了潘庭筠四首《衰柳》诗的创作背景和具体内容,二文可以比照、参看:

> 青庄李公德懋入燕都,访李鼎元墨庄。……座上征诗潘秋庐。(秋庐,潘庭筠号,吴人也。)潘曰:"吾前为诗,颇费思索苦困作,

---

① 〔韩〕林基中编:《燕行录全集》(第60册),汉城,东国大学校出版部,2001年,第77—78页。
② 〔朝〕南公辙:《金陵集》(《影印标点 韩国文集丛刊》第272辑),汉城,韩国民族文化推进会,2001年,第451页。

故诗苦未多。"比览《恽铁箫〈寒柳册子〉,王秋史题四诗于后,柳为明殷相国通乐园旧植,感而有云》:"愁心都付画工论,凄绝长条梦水村。海右亭荒名士散,天涯木落废园存。半规残月春留别,一冽斜阳暮敛魂。六十年来看粉本,墨香笺色又尘昏。"……其四:"七十泉声乱石春,两株憔悴野霜浓。前朝台榭沙痕在,晚岁关河树影重。偶为士流青眼放,恰如女伎白头逢。桐花零落山姜老,谁识王郎濯濯容。"即此可见汉人之触处兴感。①

南公辙和成海应都认为《咏鹦鹉》和《衰柳》这两首诗是潘庭筠的借物咏怀和怀古伤今之作,表达了汉人仕清的无奈和悲苦,从艺术上看,两诗都有"清爽"之风格。他们的论断是比较客观的,而对潘庭筠遭遇的同情则又体现了朝鲜文人尊明贬清的强烈情绪。

洪亮吉认为:"潘侍御庭筠诗,如枯禅学佛,情劫未忘。"(《北江诗话》卷一)② 朝鲜诗家也对潘庭筠礼佛和诗歌中的禅意十分感兴趣,多有诗文论及,如柳得恭《潘秋庐御史》诗曰:"人海人城拟一寻,传闻御史礼观音。端门执手猜相视,谁识平生一片心。"诗下注曰:"潘庭筠,字香祖,号秋庐,浙江钱塘人,陕西道观察御史。丁酉春,家叔父入燕时,序《巾衍集》。戊戌夏,懋官、次修入燕,定交,又序《洌上周旋集》,遂致书于余。至是,次修先访之,香祖方深居谢客,挂观音像,朝夕顶礼,言及时事,果(笔者注:应作'畏')约弥深。八月十三日太和殿宴礼,与之相逢于午门前,引席并坐,谈笑叙旧。满洲人来觇,作初逢高丽人问姓问名状,其实非冷人也。"(《滦阳录》卷二)③ 成海应为此诗作注时也强调了这一细节,说潘庭筠"谢客深居,挂观音像,朝夕顶礼。言及时事,畏约弥甚"(《兰室谈丛·柳惠风热河诗注》)④,二者的记述基本相同,看来都比较关注潘庭筠礼佛一事。以下几位诗人也都说到了这一点:

  日晏薇郎退食初,名香手爇勘新书。

---

① 〔朝〕成海应:《研经斋全集Ⅴ》(《影印标点 韩国文集丛刊》第277辑),汉城,韩国民族文化推进会,2001年,第496—497页。
② 〔清〕洪亮吉:《北江诗话》,陈迩冬校点,北京,人民文学出版社,1983年,第5页。
③ 金毓黻主编:《辽海丛书》,沈阳,辽沈书社,1986年,第327页。
④ 〔朝〕成海应:《研经斋全集Ⅵ》(《影印标点 韩国文集丛刊》第278辑),汉城,韩国民族文化推进会,2001年,第103页。

笔端舍利含桃大，散落天东塔畔庐。
（李德懋《寄潘香祖》）①

兰公凤缘重，万里三相见。渐看禅理精，偏怜宦游倦。
拈花送远客，经声度深院。
（朴齐家《怀人诗，仿蒋心余·潘德园庭筠》）②

千花成墉礼瞿昙，忆共观音寺里谭。
闻说长斋潘御史，乞携野笠过江南。
（朴齐家《续怀人诗十八首·潘香祖庭筠》）③

秋庳耽佛律耶禅，北秀南能总幻筌。
何似吾儒洁净地，新书几种足穷年。
（徐滢修《忆中州三君子三首》其二）④

由此可知，潘庭筠礼佛和写禅入诗在朝鲜诗家中较有影响。他们对此褒贬不同，有的欣赏，认为其可以修身养性，丰富创作，如李德懋；有的反对，认为其不符合儒家的诗教，如徐滢修。

柳得恭的《并世集》也选录了潘庭筠的《奉和养虚硕士城南见访之作》、《次清阴先生韵赠湛轩》、《次韵奉赠养虚吟长兄》、《题桃柳赠养虚》、《又题画赠养虚翁》、《简养虚》、《李吏部斋中元夕》、《恽铁箫〈寒柳册子〉王秋史苹题四诗于后，为明殷相国通乐园旧植感而有作，即次王韵》、《桂贞曲》、《专晤次修口号三首寓存殁之感》等10题16首诗作。⑤

---

① 〔朝〕李德懋：《青庄馆全书Ⅰ》（《影印标点 韩国文集丛刊》第257辑），汉城，韩国民族文化推进会，2000年，第189页。
② 〔朝〕朴齐家：《贞蕤阁集》（《影印标点 韩国文集丛刊》第261辑），汉城，韩国民族文化推进会，2001年，第528页。
③ 〔朝〕朴齐家：《贞蕤阁集》（《影印标点 韩国文集丛刊》第261辑），汉城，韩国民族文化推进会，2001年，第540—541页。
④ 〔朝〕徐滢修：《明皋全集》（《影印标点 韩国文集丛刊》第261辑），汉城，韩国民族文化推进会，2001年，第19页。
⑤ 〔韩〕林基中编：《燕行录全集》（第60册），汉城，东国大学校出版部，2001年，第73—80页。

总的看来，朝鲜诗家基于潘庭筠的赏识和彼此深厚的诗文友谊，肯定了他的诗坛地位和影响，也评述了其诗歌的独特风格和悲苦之情，切实推动了中朝诗歌的深层交流。

二、论西蜀才子李调元诗歌

与潘庭筠交往情深的李调元继"钱塘三名士"之后也进入了朝鲜诗家的批评视野，受到更多的关注。李调元（1734—1802），字羹堂、杭塘，号雨村，又号云龙山人，著名戏曲理论家、诗人，四川罗江人，乾隆二十八年（1763）进士。其著作颇丰，有《童山诗集》、《童山文集》、《雨村诗话》、《雨村曲话》、《函海》、《续函海》、《粤东皇华集》、《蠢翁词》、《蜀雅》等，袁枚赞美他"西蜀多才君第一，鸡林合有绣图供"（《奉和李雨村观察见寄原韵》其一）①。李调元与很多朝鲜文人相知相惜，诗文交流频繁。其作品集也传到了朝鲜，受到了朝鲜诗家的好评，他的著作中也选录了一些朝鲜诗人的作品。因此李调元无论在朝鲜的影响还是在两国文化交流中的作用均超过了其友潘庭筠。

（一）李调元与朝鲜诗家的亲切交往

李调元在朝鲜诗家当中产生的重要影响，以及朝鲜诗家对其诗歌的积极评价，与他们之间的亲密交往有很大关系。这些朝鲜诗家包括柳琴、柳得恭、李德懋、朴齐家等等。

1776年，柳得恭的叔父柳琴出使中国，与李调元相识。李德懋的《清脾录》"李雨村"条记载了具体经过：

> 李雨村调元，字羹堂，一字杭塘，四川罗江人。……乾隆癸未进士，见官吏部考功司员外郎兼文选司事，僦屋居燕京顺城门外。丁酉春，柳琴弹素随谢恩使入燕。弹素，奇士也，欲一交天下文章博洽之士。尝于端门外见羹堂，仪容甚闲雅。直持其襟请交，遂画砖书其姓名及字。羹堂一见投契，称其名字之甚奇。弹素屡造其室，谆谆善接人，呈露心素，有长者风。见弹素兄子得

---

① 〔清〕李调元：《童山诗集》（顾廷龙主编：《续修四库全书》第1456册），上海，上海古籍出版社，2002年，第416页。

恭惠风别诗,大加称赏。临别赠以诗曰:"有客飞乘过海车,玄谈天外乍逢初。自言不学张津老,绛帕蒙头读道书。""平生皮里有阳秋,时抱虞卿著述愁。谁把诗名传海外,看云楼集客来求。""长衫广袖九衢喧,避怪多蒙暂驻轩。他日寄书传小阮,有诗付雁与吾看。""天寒风劲扑窗纱,佳客论心细煮茶。日暮归怀留不得,惟将明月托天涯。"仍馈其广东主考时所作《粤东皇华集》及松下看书小照。嗟乎!中国人之于友朋交际,情真语挚,有如此者。①

柳琴虽然不能与李调元直接交谈,只能将自己的名字写在地上告诉李调元,但两人一见如故,成为至交。临别之际,二人不仅互有赠诗,李调元还把自己的作品集和画像送给柳琴。这种情谊让李德懋非常感动,也对结识、结交这样的朋友充满了渴望。李德懋所录李调元临别赠诗四首,今见于柳得恭《并世集》,前三首为李调元的次韵诗。柳琴来中国前夕,柳得恭作《恭呈家叔父游燕六首》,即引文所说的"惠风别诗",李调元在称赏之余也和诗六首,题为《次柳泠菴韵(有序)》。李调元的次韵诗有六首,李德懋选录了其中的第一、三、六首。《童山诗集》卷十九将第三首题为《漫言》,首句为"漫言皮里有阳秋"②,其余五首均不载。李调元的第四首诗题为《几何再访》,专门写给柳琴。此间,李调元还为柳琴作《几何主人歌》③(《童山诗集》卷十九),叙写彼此的倾慕和分别的不舍。

柳琴还选订、抄录柳得恭、李德懋等四人的诗作,编成《韩客巾衍集》,奉送给李调元,并请其作序。李调元读后欣然提笔作序,随后又介绍名士潘庭筠撰写前言。次年9月,李调元作《落花生歌(为柳几何及

---

① 〔朝〕李德懋:《青庄馆全书Ⅱ》(《影印标点 韩国文集丛刊》第258辑),汉城,韩国民族文化推进会,2000年,第57页。
② 〔清〕李调元:《童山诗集》(顾廷龙主编:《续修四库全书》第1456册),上海,上海古籍出版社,2002年,第291页。
③ 〔清〕李调元《几何主人歌》:"几何主人身姓柳,自言乐浪少知友。偈来随使到中华,独与余逢开笑口。以指画地琉璃东,衣冠虽异文字同。试酌新年椒柏酒,颇觉唾咳生清风。胸蟠万卷罗星宿,落笔霏霏如屑玉。可怜握手意无穷,落日催过西山角。二月春城花乱飞,天津冰泮黄华肥。如此风光欲归去,蓟门柳色空依依。几何子,归何速,人生最苦天一方,那堪见面情初熟。几何子,归何迟,家有小阮正相忆,唱和还应胜此时。"(李调元:《童山诗集》,顾廷龙主编:《续修四库全书》第1456册,上海,上海古籍出版社,2002年,第291页)

其侄蕙风作）》①和《寄柳几何》②（《童山诗集》卷十九），表达了对柳琴的相知、思念之情。柳得恭也随即欣然和诗《落花生歌寄李雨村吏部》③和《次雨村几何歌韵》④，称赞了李调元的人品与才华。之后，柳得恭又给李调元写过多首诗歌，两人关系更加密切。这些诗歌如：

> 鱼雁沉沉十二年，一天明月共婵娟。
> 数行秋柳朝阳寺，忽见罗江浣壁篇。

> 淡云微雨旧诗情，萧瑟辎轩万里行。
> 燕邸何人谈竟夕，满盘愁对落花生。

---

① 〔清〕李调元《落花生歌（为柳几何及其侄蕙风作）》："我闻黄梅四祖偈，无人下种华无生。独此花生即为种，花落结实如坻京。其生滋蔓若藤菜，细叶牵露朝含英。金丝飞堕轻无语，沙中甲拆春雷鸣。以花为媒非以母，媒即其母实其婴。此种粤蜀贱非贵，北人包裹遗公卿。今春柳子来过访，屠苏正熟相欢迎。坐间花果细辨证，一一多识吾所兄。就中独此诧未睹，特与觑缕诠物情。怀归戏载果下马，要试友辈猜相腥。昨者长须投翠织，开缄骚句兼屈平。本草图经补未备，异邦小阮重留名。目中有果人何在，相思但愿身翩轻。可怜困钝真老矣，何时再与鸥相盟。"（李调元：《童山诗集》，顾廷龙主编：《续修四库全书》第1456册，上海，上海古籍出版社，2002年，第292—293页）

② 〔清〕李调元《寄柳几何》："秋从昨夜来，举头见飞雁。如何春水波，人去长不见。去年篱下菊，今复掇其英。如何白衣人，不复门前迎。思君令人老，思君令人瘦。人老尚可支，人瘦不可救。故乡在西蜀，时于梦中望。及梦翻在东，常若来君旁。风摇梧桐影，雨动芭蕉叶。谓是君忽来，不见君步屧。只此白硾纸，曾为君所遗。还以书赠君，寄我长相思。"（李调元：《童山诗集》，顾廷龙主编：《续修四库全书》第1456册，上海，上海古籍出版社，2002年，第293—294页）

③ 〔朝〕柳得恭《落花生歌寄李雨村吏部》："有果有果落花生，从何得之得燕京。燕中扰扰人似海，雨村先生秀而英。先生蜀士工诗笔，攀苏提杨大厥鸣。如今暂为红尘客，归梦夜夜迷青城。正阳门外绳匠巷，寓居著书同虞卿。门有杨太渡口客，剥剥啄啄朝起迎。把臂一笑绝畦畛，薄海内外皆弟兄。猩红纸面霏谈屑，虾青砚池湛交情。馈此南方之异果，稽合闵默陆玑瞠。其形仿佛挟剑荁，味类瓜子辨甘平。本草一百廿七果，搜图验经茫无名。先生微笑取笔注，细琐恢复加证明。四月花开飒然坠，沙上点点风吹轻。入土结果吁可怪，不在根又不在茎。我今作诗因风去，飘落君前铿有声。有如此果别处结，池北书里为刊行。本身兀兀纵未觉，千秋足为东土荣。"（柳得恭：《泠斋集》，《影印标点 韩国文集丛刊》第260辑，汉城，韩国民族文化推进会，2000年，第32页）

④ 〔朝〕柳得恭《次雨村几何歌韵》："三清阁前万株柳，绕枝嘤鸣鸟求友。白云千重复万重，蜀山翠滴蜀江口。望之不见倚天东，欲话怀抱无人同。画栏缃帘隐寂寞，红药花飘澹夕风。相思昨夜山中宿，我梦见之人如玉。觉来月堕西峰前，一在天涯一地角。叹无羽翼因风飞，汉山丛丛汉水肥。汉水西流入沧海，天涯地角两依依。蜀江水，归莫速，燕云他日竟夕谈，瓮中木瓜酒应熟。汉江水，去莫迟，一朝盍簪讵无日，千里命驾应有时。"（柳得恭：《泠斋集》，《影印标点 韩国文集丛刊》第260辑，汉城，韩国民族文化推进会，2000年，第33页）

捐酒沉冥缓客愁，翰林诗史竟悠悠。
连绵一路秋山好，磊落人归磊落州。
　　　　　　　（《寄李雨村〈绵州闲居三首〉》）①

韩使鸣回记里车，金台烟柳又春初。
一包红纸霏霏字，胜读人间万卷书。

名实悠悠都付宾，天涯地角和阳春。
等闲梅李休题品，《巾衍》人同《箧衍》人。

虽云并世即千秋，叵耐逢前有别愁。
荒僻无闻曾失语，《看云楼集》未先求。

无因望见捧噀时，西子湖头锁柳丝。
东丑早愁南绝世，先生蜀士又何施。

唾壶敲缺气桓桓，不愿封侯愿识韩。
余否奶酥茶一碗，燕中他日御奇寒。

春城几处闹娥喧，独著新书满蔗轩。
后世子云今果有，未必方言胜谰言。
　　　　　　　（《雨村和余六首绝句见寄，复次其韵》）②

从诗题可知，柳得恭和李调元有过多回合的诗歌交流，互相应和、次韵，谈得非常投机，相处十分融洽。柳得恭在这些诗中将李调元当作知己，对其磊落人品及优秀的诗篇表达了思慕之意。

柳琴回国后，一直感念与李调元的情谊，并邀集朝鲜文人遥祝其生辰。柳得恭《叔父几何先生墓志铭》曰："……柳弹素……游燕中，与

---

① 〔朝〕柳得恭：《泠斋集》（《影印标点 韩国文集丛刊》第 260 辑），汉城，韩国民族文化推进会，2000 年，第 72 页。
② 〔朝〕柳得恭：《泠斋集》（《影印标点 韩国文集丛刊》第 260 辑），汉城，韩国民族文化推进会，2000 年，第 33 页。

绵州李调元深相交而归。遇其生朝，挂其像而酹之酒，闻之者或笑之。"① 李德懋《读李雨村〈粤东皇华集〉》题下注曰："雨村，名调元，字羹堂，号云龙山人，四川罗江人。与柳弹素相识，寄其《粤东皇华集》及小影。又闻公深于《尔雅》之学，另寄落花生一包。十二月初五为羹堂生朝，弹素每集亲知，西向沥酒。"② 当时参加祝会的有李德懋、朴齐家、柳得恭、徐滢修等人。他们了解了柳琴与李调元交往的经过，读过李调元的诗集，也瞻仰了李调元的画像，感慨良多，于是在席间留下了很多诗作。如：

澹红口角赛频婆，卷里乌丝烁眼花。
奕奕装池呼欲出，神怡心醉奈侬何。
　　　　（李德懋《题云龙山人小影松下看书》）③

绵州万里看比邻，自定神交意转真。
岁岁余冬初五届，遥飞一盏贺生辰。
　　　　（李德懋《云龙山人生朝，为柳弹素作》）④

山气巃嵷郁苍芊，松风谡谡来寥天。
红栏屈缭抱岸逈，奔流碧玉琤琤泉。
石床静兀茶具阁，翠壁迭皱苔纹延。
云龙山人手一卷，方袍赤履真天仙。
吾闻云龙之山在西蜀，云龙山人客幽燕。
燕三千里蜀万里，安得此山此人在眼前。
　　　　（柳得恭《云龙山人松下读书小照》）⑤

---

① 〔朝〕柳得恭：《泠斋集》（《影印标点 韩国文集丛刊》第260辑），汉城，韩国民族文化推进会，2000年，第108页。
② 〔朝〕李德懋：《青庄馆全书Ⅰ》（《影印标点 韩国文集丛刊》第257辑），汉城，韩国民族文化推进会，2000年，第189页。
③ 〔朝〕李德懋：《青庄馆全书Ⅰ》（《影印标点 韩国文集丛刊》第257辑），汉城，韩国民族文化推进会，2000年，第189页。
④ 〔朝〕李德懋：《青庄馆全书Ⅰ》（《影印标点 韩国文集丛刊》第257辑），汉城，韩国民族文化推进会，2000年，第189页。
⑤ 〔朝〕柳得恭：《泠斋集》（《影印标点 韩国文集丛刊》第260辑），汉城，韩国民族文化推进会，2000年，第35页。

> 岷峨碧天下，江水所自出。长庚照李树，闲气挺豪杰。
> 胸次蟠竹石，词源贯天地。常存遐举情，肯为簪组累。
> 前日遇吾友，片言输真意。中外即一家，群议不足道。
> 鸡林一卷诗，木瓜琼瑶报。诗中有知己，珍重一言付。
> 小照来飒爽，迢迢鸭水渡。万里悬弧日，人间蜡月五。
> 生死结寸心，酒一香一炷。未登清閟阁，欲绣宛陵句。
> 拜像如拜佛，闺集堪千古。
> （朴齐家《题几何室所藏云龙山人小照》）①

在这几位诗人看来，李调元是一个姿容美好、胸次磊落、情深义厚、文才卓越的中国诗人，最重要的是他没有小视海外偏邦，愿意与朝鲜文人结交往来，所以这几位诗人便如拜佛一样敬拜李调元的画像，为其庆祝生日。为一个不在场甚至多数参加者与之素未谋面的异国人过生日，这本身就是一件奇事，足见这些朝鲜文人对李调元的景仰，也可见他们对李调元、柳琴那段交往的珍视和纪念，同时也说明他们对能与中国文人进行文学交流的自豪与渴慕。

朴齐家后来回忆起这件事，仍然饱含深情："小照东来洌水堂，松风谡谡读书床。天涯词伯无人识，独爇名香画味长。"（《戏仿王渔洋岁暮怀人诗六十首·李雨村调元》）② 这段佳话也被袁枚写入诗中："《童山》集著山中业，《函海》书为海内宗。西蜀多才今第一，鸡林合有绣图供。"（《奉和李雨村观察见寄原韵》其一）③ 可见，两国诗人都十分看重这段往事。

李调元对《韩客巾衍集》的评价很高，认为其中古风犹存，他写道："今观四家之诗，沉雄者其才，铿锵者其节，浑浩者其气，郑重者其词。"（《〈韩客巾衍集〉序》）④ 他还分别对四位诗人给予了好评：李德

---

① 〔朝〕朴齐家：《贞蕤阁集》（《影印标点 韩国文集丛刊》第261辑），汉城，韩国民族文化推进会，2001年，第461页。
② 〔朝〕朴齐家：《贞蕤阁集》（《影印标点 韩国文集丛刊》第261辑），汉城，韩国民族文化推进会，2001年，第473页。
③ 〔清〕李调元：《童山诗集》（顾廷龙主编：《续修四库全书》第1456册），上海，上海古籍出版社，2002年，第416页。
④ 《韩客巾衍集》序（韩国学术情报院藏抄本，线装，4卷2册，无丝栏，半叶10行21字，注双行），1777年。

懋"造句坚老,立格浑成,随意铺排而无俗艳,在四家中尚推老手"①;朴齐家"工于七律,梦得、香山,其鼻祖也,而瞵崎历落之气则似过之无不及也"②;柳得恭"诗才气纵横,富于书卷,如入五都之市,珍奇海错无物不有。加以天姿胜人,锻炼成奇,故足令观者眩目。此真东国之文风也!……《松京杂绝》凄迷哀艳,千秋绝调,王渔洋《秦淮杂诗》不得擅美于前"③;李书九"诸集皆工而尤娴五言,原本陶、谢而时泛舫于储、孟之间,诗品为最高矣。落日不逢人,长歇白石涧。此人此品安得朝暮遇之?"④ 这种褒奖是柳得恭等人意想不到的,他们甚至有些受宠若惊。李德懋《雅亭遗稿》云:

> 去年冬,友人柳弹素赍《韩客巾衍集》入燕京也。不佞辈日屈指待其归来,不知遇何状名士以评以序。心焉悬悬,无以为喻。弹素之归,自詑遇天下名士,仍出《巾衍集》,使不佞辈读之,果然朱墨煌煌,大加嘉奖。序文评语尔雅郑重,真海内之奇缘而终古之胜事也。顾此下土小生,何以得此于大君子?相顾错愕,如出天外,心不自定。不佞辈四人好古读书,时有著述而不入时眼,性嗜韬晦,名不出里闾,晨夕过从,聊以相晤而已。⑤

朴齐家也致信李调元说:

> 不意今者,因敝友柳君弹素所抄《巾衍集》见赏于中朝之大人,倾倒淋漓,不啻若合席谈而倾盖遇也。此固毕生之大幸、不世之奇缘也。始而听之,惊疑失当,以为此特大君子包容之盛心耳。及观其评点之语,深入腠理,历历有当于心,决非寻常过去

---

① 《韩客巾衍集》卷一(韩国学术情报院藏抄本,线装,4卷2册,无丝栏,半叶10行21字,注双行),1777年。
② 《韩客巾衍集》卷三(韩国学术情报院藏抄本,线装,4卷2册,无丝栏,半叶10行21字,注双行),1777年。
③ 〔朝〕柳得恭:《泠斋集》(《影印标点 韩国文集丛刊》第260辑),汉城,韩国民族文化推进会,2000年,第3页。
④ 《韩客巾衍集》卷四(韩国学术情报院藏抄本,线装,4卷2册,无丝栏,半叶10行21字,注双行),1777年。
⑤ 〔朝〕李德懋:《青庄馆全书Ⅰ》(《影印标点 韩国文集丛刊》第257辑),汉城,韩国民族文化推进会,2000年,第266页。

之比。(《与李蔓堂调元》)①

可以说，李调元的褒奖使得李德懋、朴齐家等"四家诗人"更增强了创作的信心。

而且，令他们更为意外的是，李调元还在《函海》、《雨村诗话》等集中收录了李德懋《清脾录》以及朴齐家等人的诗作，这就极大地扩大了朝鲜诗人及其汉诗在中国的传播和影响，也是朝鲜文学史上的一件幸事。徐浩修《热河纪游》卷一"七月九日"条云："余到燕后，闻诸雨村从父弟鼎元，则雨村著刻《函海》一部，凡一百八十五种、二十套，而中有杨升庵所著四十种，雨村所著四十种。其诗话三卷，详记往复事，且载李侍郎书九、柳得恭、李德懋三检书佳句。"② 柳得恭《燕台再游录》对此也有记载："《雨村诗话》四卷，携归馆中见之，记近事特详，李懋官《清脾录》及余旧著《歌商楼稿》亦多收入。中州人遇东士辄举吾辈姓名者，盖以此也。"③ 柳得恭《叔父几何先生墓志铭》："李调元著《雨村诗话》，选入公诗若干首。呜呼！此可以传于天下也欤？"④ 对于李调元的褒奖和推介，"四家诗人"感到无比自豪和欣慰，屡作诗文以示感谢和敬意。如朴齐家诗曰：

蔓堂罢官去，多作成都游。猖狂意殊得，绝似杨用修。
欲闻二三子，须从《函海》求。

(《怀人诗，仿蒋心余·李雨村调元》)⑤

成都雨村叟，放浪今何如。万里归舟重，千秋《函海》书。

(《燕京杂绝，赠别任恩叟姊兄，

---

① 〔朝〕朴齐家：《贞蕤阁集》(《影印标点 韩国文集丛刊》第261辑)，汉城，韩国民族文化推进会，2001年，第663页。
② 〔韩〕林基中编：《燕行录全集》(第51册)，汉城，东国大学校出版部，2001年，第407页。
③ 〔韩〕林基中编：《燕行录全集》(第60册)，汉城，东国大学校出版部，2001年，第275—276页。
④ 〔朝〕柳得恭：《泠斋集》(《影印标点 韩国文集丛刊》第260辑)，汉城，韩国民族文化推进会，2000年，第108页。
⑤ 〔朝〕朴齐家：《贞蕤阁集》(《影印标点 韩国文集丛刊》第261辑)，汉城，韩国民族文化推进会，2001年，第528页。

追忆信笔,凡得一百四十首》)①

> 知己天涯自有邻,诗名远落蜀江滨。
> (《戏仿王渔洋岁暮怀人六十首·柳泠斋得恭》)②

> 名区剩有追游地,长路弥深去住情。
> 近得天涯消息否,雨村诗话久刊行。
> (雨村著《函海》,内收升庵四十种,自著杂作四五十部,有我辈语)
> (《过泸水望见药山东台,寄薑山仙吏》)③

这件事的影响很大,朝鲜后期学者李尚迪有诗云:"三入春明遍所知,至今人说朴贞蕤。蜀中吴下诸名辈,争采新诗付枣梨。"(《江都符南樵葆森孝廉辑〈国朝正雅集〉,略载东国人诗,拙作亦在其中,题绝句五首》其四)诗后注曰:"朴楚亭尝三游燕台,而所著有《贞蕤稿略》,陈仲鱼为序而刻之,李雨村《函海》及吴泉之《艺海珠尘》诸书并有收录。"④朝鲜诗家将自己的诗歌能进入中国选集并获得好评视为人生美事,因此对中国的知音、知己自然非常敬重。

正因为李调元对几位朝鲜诗人奖掖有加,并与之交往过厚,李德懋等人才会加倍思慕李调元。如:

> 消遣闲愁付太空,灵犀秖信炯然通。
> 三秋独送东方月,万里长临北地风。
> 日出汉城占语鹊,天低浿水忆归鸿。

---

① 〔朝〕朴齐家:《贞蕤阁集》(《影印标点 韩国文集丛刊》第261辑),汉城,韩国民族文化推进会,2001年,第551页。
② 〔朝〕朴齐家:《贞蕤阁集》(《影印标点 韩国文集丛刊》第261辑),汉城,韩国民族文化推进会,2001年,第470页。
③ 〔朝〕朴齐家:《贞蕤阁集》(《影印标点 韩国文集丛刊》第261辑),汉城,韩国民族文化推进会,2001年,第520页。
④ 〔朝〕李尚迪:《恩诵堂集》(《影印标点 韩国文集丛刊》第312辑),汉城,韩国民族文化推进会,2003年,第278页。

向谁说此缠绵意，暗祝寒宵见梦中。
(李德懋《奉和素玩亭怀雨村之韵》)①

燕邸灯青人语喧，江南江北几辎轩。
众中间有成都客，始赠朝鲜洌水言。
(柳得恭《恭呈家叔父游燕六首》其六)②

沉沉圆树一蝉遥，萱草萱花雨未消。
万里知名犹外事，一身多病又今朝。
侨居恰送秋千月，客路频从第五桥。
独有伊人忘不得，阜城门外雁迢迢。
(朴齐家《病中有怀雨村先生》)③

萍流蓬转各迢遥，四海论交只一朝。
望断天涯何处是，峨嵋山月浙江潮。
(李书九《懋官入燕遇浙蜀文士，
归后思之，谈次偶及，漫赋以示》)④

"四家诗人"都将李调元奉为师长、挚友，感念他的赏识和鼓励，所以经常借助相关的风物、场景来抒发相思之情，甚至渴望梦中相见。

(二) 朝鲜诗人论李调元的地位、诗风

在交往过程中，朝鲜诗家熟读李调元诗歌并对其诗坛地位、诗风做出了很高的评价，也详细赏析了他的诗作。他们首先称赞了李调元的诗才，将其与蜀中先辈相比，如以下诗歌和记载：

---

① 〔朝〕李德懋：《青庄馆全书Ⅰ》(《影印标点 韩国文集丛刊》第257辑)，汉城，韩国民族文化推进会，2000年，第192页。
② 〔朝〕柳得恭：《泠斋集》(《影印标点 韩国文集丛刊》第260辑)，汉城，韩国民族文化推进会，2000年，第30页。
③ 〔朝〕朴齐家：《贞蕤阁集》(《影印标点 韩国文集丛刊》第261辑)，汉城，韩国民族文化推进会，2000年，第461页。
④ 〔朝〕李书九：《惕斋集》(《影印标点 韩国文集丛刊》第270辑)，汉城，韩国民族文化推进会，2001年，第10页。

生来不见《看云楼》,万里人归磊落州。
蜀道青天嗟远别,秦风白露又深秋。
才闻宦迹追赒上,还把文章配用修。
留得十年香一瓣,乐浪西畔梦悠悠。
(朴齐家《寄李雨村》)①

先生蜀士工诗笔,攀苏提杨大厥鸣。
(柳得恭《落花生歌寄李雨村吏部》)②

(调元)二十余岁,尝谒大司寇钱香树、陈群于嘉禾,进《春蚕作茧诗》,有"不梭还自织,非弹却成圆"之句。香树嘉叹,谓"曾侍上于乾清宫,元宵联句,上思如涌泉,言言珠玉。仆得一联云:'风团谢家絮,霜点洞庭橙。'一时同辈推为五言长城。今见君'圆'字诗,瓣香当在是矣。"后又序《看云楼集》,历说蜀之诗人如唐之太白、拾遗、宋之眉山、元之道园、明之升庵以接于羹堂,仍推奖以为奇气蓬勃,骎骎乎泝汉魏而上,而古歌行在其乡先哲中,亦几直接大苏云。香树,艺园之宗匠,而其所赏许如此,则决知为今世之大雅也。盖香树作序于己丑,时年八十四,亦奇事也。(李德懋《清脾录》"李雨村"条)③

四川自古人杰地灵,诗人辈出,李调元也是四川人,故几位朝鲜诗人或将李调元比于杨慎(用修),或认为其诗才可以追攀苏东坡。在《清脾录》中,李德懋引用了《雨村诗话》中一段李调元的逸事④,借中国文

---

① 〔朝〕朴齐家:《贞蕤阁集》(《影印标点 韩国文集丛刊》第261辑),汉城,韩国民族文化推进会,2001年,第520页。
② 〔朝〕柳得恭:《泠斋集》(《影印标点 韩国文集丛刊》第260辑),汉城,韩国民族文化推进会,2000年,第32页。
③ 〔朝〕李德懋:《青庄馆全书Ⅱ》(《影印标点 韩国文集丛刊》第258辑),汉城,韩国民族文化推进会,2000年,第57—58页。
④ 〔清〕李调元《雨村诗话(十六卷本)》卷一:"大司寇嘉兴钱文端公香树,诗名与长洲尚书沈归愚齐驱。以老告休,在籍食俸,异数也。丙子,先北路公为秀水令,文端见余,器之,命受业门下。时召试迎銮献诗赋,诸生题为《春蚕作茧》,先生在金陀坊宅,命余与诸公子同作。余得一联云:'不梭还自织,非弹却成圆。'先生极赏之,谓曰:'曾忆十年前,侍上于乾清宫,联句。上思如泉涌,言言珠玉。仆得一联云:"风团谢家絮,霜点洞庭橙。"一时王公大臣以仆为五字长城,固不敢当。今见足下"圆"字一联,与前足印证也,他年成进士,入翰林,声名鹊起,余企望之。'自是遂授以诗法。后予以己卯乡试第五名,癸未会试第二名,入翰林,报到,公笑曰:'余所赏识,固不谬也。'"(李调元著,詹杭伦、沈时蓉校正:《雨村诗话校正》,成都,巴蜀书社,2006年,第27页)

人钱香树的评价肯定了李调元诗歌之优秀,并将其与李白、苏轼、虞集、杨慎这些四川著名诗人相提并论,认为其在几位大家之后承续了四川诗人的辉煌。

对于李调元的诗坛地位,朝鲜诗家也给予了充分肯定,朴齐家称李调元为"天涯词伯",其诗曰:"小照东来冽水堂,松风谡谡读书床。天涯词伯无人识,独爇名香画味长。"(《戏仿王渔洋岁暮怀人诗六十首·李雨村调元》)① 李圭景甚至将其与钱谦益、王士禛并称为"海内宗匠":"愚按:牧斋之后,有王渔洋士禛;渔洋之后,有李雨村调元;并称'海内宗匠'云。"(《历代诗体辨证说》)② 李圭景是李德懋的后人,李德懋曾有言:"今即为先生及潘秋庌先生所知,毕生之恨,庶可少展。"(《雅亭遗稿》)③ 加之当时四家诗人等的交口称誉,所以李圭景才可能下此结论。但是无论如何,他的这种评价中掺进了比较强烈的个人情感因素,与事实有一定的出入。

朝鲜诗家对李调元诗歌的评价非常细致,反映了其诗歌的基本风貌,其中以李德懋的评价最为丰富。如"蜀产伊来足胜流,杨云太白亦君俦。命辞真得诗人意,卉木禽虫笔底收"(《论诗绝句,有怀筱饮、雨村、兰坨、薑山、泠斋、楚亭》)④,又曰:"鼎元……从兄雨村调元字羹堂,以吏部员外郎出为广东学政,著书工诗,诗有名于世。见其诗卷,赡博宏达,可想其为人。"(《入燕记》)⑤ 李德懋认为李调元的诗歌吟咏万物,内容题材丰富,有风人情志,具有"赡博宏达"的特点,由其诗可想见其人。上文所引的《清脾录》还引用钱香树的观点,高度赞赏了李调元的古歌行成就,认为其水准接近苏轼。

李德懋非常熟悉和喜爱李调元的诗歌,经常摘录并仔细研读。如《清脾录》"李雨村"条曰:

---

① 〔朝〕朴齐家:《贞蕤阁集》(《影印标点 韩国文集丛刊》第261辑),汉城,韩国民族文化推进会,2001年,第473页。

② 〔朝〕李圭景:《五洲衍文长笺散稿》(上),汉城,明文堂,1982年,第927页。

③ 〔朝〕李德懋:《青庄馆全书Ⅰ》(《影印标点 韩国文集丛刊》第257辑),汉城,韩国民族文化推进会,2000年,第266页。

④ 〔朝〕李德懋:《青庄馆全书Ⅰ》(《影印标点 韩国文集丛刊》第257辑),汉城,韩国民族文化推进会,2000年,第191页。

⑤ 〔朝〕李德懋:《青庄馆全书Ⅲ》(《影印标点 韩国文集丛刊》第259辑),汉城,韩国民族文化推进会,2000年,第223页。

羹堂家在罗江之云龙山下,名其园曰"醒园",池塘竹树,葱蒨幽深,下临潺江,为一县之胜。栖栖软红,每有飘然霞举之想,作《忆醒园》诗以见其志,曰:"车家山下老农夫,走上长安十二衢。昨夜乡愁眠不得,呼灯起看醒园图。""烦恼诗人二月天,长安买酒日高眠。不须怪我朝参懒,梦里醒园只枕边。""故山茅屋傍云龙,欲寄新诗再拆封。寄语儿童墙角外,明年添种几株松。"……羹堂诗步武腾骧,边幅展拓。每一读之,襟抱豁如,雄秀博达,浩无端倪。……尝与程吏部晋芳、祝编修德麟有诗襟之契,想见其风流之弘长。其诗《秋兴》:"叩山雪下姜维庙,泸水烟生孟获城。张骞槎上葡萄少,马援囊中薏苡多。垂杨绿倒花卿庙,市杖青连竹女溪。"《黄鹤楼》:"徒闻帝子骑黄鹄,不见仙人跨白羊。"《溪口远眺》:"祢衡才子当衰汉,崔颢词人压盛唐。"《钱塘怀古》:"王师不抵黄龙府,帝子空望白马潮。"《春兴》:"苜蓿即今肥牧马,苇穷自昔悯河鱼。"《奉和芷塘》:"得句每从秋色里,著书多在雨声中。""乾坤老客花光里,今古来人柳影中。""一檐草色疏烟外,三径苔痕细雨中。""蚁垤种瓜棚滴翠,蜂粮捣药杵扬尘。""献书莫似妄男子,作赋须是亡是公。"《感兴》:"失意韩樊羞等伍,得时韦杜近魁三。"《白鹭州书院》:"一林蕉雨侵窗绿,四面书灯映水红。"《梅关》:"人拨乱云驴背上,僧敲古月鸟栖边。"《三水县》:"夕阳人在千峰外,夜雨猿啼万树西。"《潜山》:"皖山似展倪迂画,潜水惭无许浑诗。"皆可以传诵也。①

李德懋先描写了李调元居住、创作的优美、清幽的环境,然后选录了其《忆醒园》、《秋兴》、《黄鹤楼》等诗作,认为这些诗歌境界开阔,有"步武腾骧,边幅展拓"的不凡气势。接着,他又谈到了读诗的独特感受,即"每一读之,襟抱豁如,雄秀博达,浩无端倪。"这也可以看作是李德懋对李调元人品、性情、生活情趣的欣赏。最后,李德懋的结论是这些诗歌都是"可以传诵"的经典之作。这样的评述全面而细致,结论也比较恰切。

《粤东皇华集》是李调元的重要代表作之一,成于乾隆三十九年

---

① 〔朝〕李德懋:《青庄馆全书Ⅱ》(《影印标点 韩国文集丛刊》第258辑),汉城,韩国民族文化推进会,2000年,第57—58页。

(1774)李调元出任广东副主考期间,1776年刊行。李调元曾将此书赠给柳琴,柳琴将其带回朝鲜。朝鲜诗家对《粤东皇华集》的评论,也是对李调元诗歌评论的重要部分。

李德懋《读李雨村〈粤东皇华集〉》一诗曰:"梅花岭外五羊天,到处珠娘乐府传。珍重星桥评隲好,诗情清丽断霞妍。"① 他说自己借鉴了"星桥"(即顾宗泰)的观点,认为李调元的诗歌有"清丽"之美。关于"星桥"评李调元,李德懋《清脾录》的记载颇为详细:"中书舍人顾星桥宗泰《题〈皇华集〉》曰:'罗江才子今词客,玉署仙郎作使臣。花满越王台畔路,一编收拾五芊春。''岳转湘飞未许夸,番禺不数旧三家。鹧鸪岭接梅花岭,清丽诗情似断霞。'可见同辈推许之深也。"② 两相对比,可以看到李德懋化用了顾宗泰(字星桥)的诗句,所持观点也基本相同。顾宗泰题《粤东皇华集》诗(《童山诗集》卷十六)共四首,李德懋引用了其第一、四首,其第二、三首依次是:"七十二峰何处好,白云山外白云多。琼杯如海看朝日,榕树阴中发浩歌。""校士余闲寄古情,珠州翠浦晚风清。艳歌小作琵琶怨,子夜犹传乐府声。(集中小乐府最工)"③ 可见,李德懋整合了顾宗泰的这四首诗,从中提炼了自己的观点和诗句。除"清丽"的特征外,李德懋还发现了《粤东皇华集》诗歌的另一特色:"今读《粤东皇华集》,渊博韶颖,乃其余事,窃自庶几想象先生之万一也。"(《雅亭遗稿》)④

朴齐家也读过《粤东皇华集》,亦大有感慨。他在《与李羹堂调元》一文中写道:"窃观先生著书满家,其未见者姑不论,试取其《皇华集》一二读之,韬光敛彩,斲雕归真,不为浮夸矜止之色,而渢渢然见其元气之鸣于纸上也。信乎!大家之音也。"⑤ 徐浩修也曾盛赞这部诗集。《丛书集成初编》本《粤东皇华集》的程晋芳《序》后,附有朝鲜使臣

---

① 〔朝〕李德懋:《青庄馆全书Ⅰ》(《影印标点 韩国文集丛刊》第257辑),汉城,韩国民族文化推进会,2000年,第189页。
② 〔朝〕李德懋:《青庄馆全书Ⅱ》(《影印标点 韩国文集丛刊》第258辑),汉城,韩国民族文化推进会,2000年,第57页。
③ 〔清〕李调元:《童山诗集》(顾廷龙主编:《续修四库全书》第1456册),上海,上海古籍出版社,2002年,第278—279页。
④ 〔朝〕李德懋:《青庄馆全书Ⅰ》(《影印标点 韩国文集丛刊》第257辑),汉城,韩国民族文化推进会,2000年,第266页。
⑤ 〔朝〕朴齐家:《贞蕤阁集》(《影印标点 韩国文集丛刊》第261辑),汉城,韩国民族文化推进会,2001年,第663页。

徐浩修的一篇启辞,其中写道:"以《皇华》诸篇观之:超脱沿袭之陋,一任淳雅之真,非唐非宋,独成执事之言。而若其格致之苍健,音韵之高洁,无心于山谷、放翁而自合于山谷、放翁,亦可谓欧阳子之善学太史公。三复之余,不胜敬叹。……丁酉上元,朝鲜国副使徐浩修拜。"(《朝鲜国副使启》)① 应当说,"淳雅"、"苍健"、"高洁"也是对《粤东皇华集》诗风的准确概括,而"大家"这一称号则是朝鲜诗家对李调元的主流评价。

另外,柳得恭将李调元的《几何柳公来访》、《几何再访》、《怀几何子》、《次柳泠菴韵有序》、《几何主人歌送弹素归国并寄贤侄泠(原文误作"冷")菴》、《七月初五立秋日奉寄几何主人》、《次韵寄李炯菴》、《落花生韵和柳惠风》、《和寄朴楚亭》、《和寄席帽山人》、《桐城道中绝句》、《南唐后主祠》、《临江府》、《吉安太守卢介轩招游白鹭州书院,院已久圮,时初落成,为题一律示诸生,从介轩所请也》、《梅关和德定圃座师题壁韵》、《英德县喜雨》、《飞来山题飞泉亭示怀远长老》、《南海竹枝词》、《中宿硤》等 19 题 33 首诗作收入《并世集》②,肯定了李调元诗歌的价值。

综合来看,李调元是清代的一位重要诗人。程晋芳《〈童山诗集〉序》曰:"吾友李君雨村,生峨嵋秀异处,卓荦自负,于书无所不读。发为诗歌,崟崯磊落,肖其为人。……合观全集,大矣美矣。"③ 李调元与朝鲜诗人的密切交往,极大影响了朝鲜诗家对他的认识和评价。他们怀着无比敬重和感激,将李调元尊为诗歌"大家"、"天涯词伯",认为其诗"雄秀博达"、"渊博韶颖"、"元气沨沨",把握了李调元诗歌的基本特征。今人认为:"李调元的诗歌美学重视自然平易之美,但又强调工丽、典丽,称许阳刚之美,但也称引标举清远闲放、清倩秀艳一类的以优美为特点的阴柔之美,综合看来是他在美学上追求雅俗共赏,刚柔兼济,没有偏至。"④ 对比后可以发现,朝鲜诗家对李调元诗歌的评价还是

---

① 〔清〕李调元:《粤东皇华集》,北京,中华书局,1991 年,第 6—8 页。
② 〔韩〕林基中编:《燕行录全集》(第 60 册),汉城,东国大学校出版部,2001 年,第 81—94 页。
③ 〔清〕李调元:《童山诗集》(顾廷龙主编:《续修四库全书》第 1456 册),上海,上海古籍出版社,2002 年,第 149 页。
④ 郑家治、李咏梅主编:《明清巴蜀诗学研究》(下册),成都,巴蜀书社,2008 年,第 631 页。

比较恰当的。

三、论山西青年诗才郭执桓诗歌

18 世纪中后期到 19 世纪初，是中朝两国文化交流的一个繁荣期。这一时期，洪大容、李德懋、金正喜等人先后随朝鲜使团来到中国，同潘庭筠、李调元、翁方纲等数十位著名文人、学者建立了亲密友谊，进行了深入的文化交流。值得注意的是，朝鲜诗家还与当时名气很小的山西青年诗人郭执桓有频繁的诗文往来。

郭执桓（1750—1775），字封圭，又字觐廷，自号半迁，又号东山，亦曰绘声园，山西平河人，诗作收入乾隆三十四年（1769）刊刻的《绘声园诗钞》（放春阁藏板）。他是一位早逝的青年诗才，在当地也鲜为人知，而其诗名与人品却得到了朝鲜诗家的认可，如朴趾源《热河日记·避暑录》记载：

> 山西人郭执桓，字封圭……乾隆丙寅生，能诗，工书画。家素封，宅枕虎山，门当芦泉。其父泰峰，字青岭，号锦衲，诰授中宪大夫，例晋资政大夫。锦衲日与沈德潜、贾洛泽诸名流倡酬其中，封圭尝介。自弱冠时，藉父绪业，招延海内词客，为文酒之会。杨维栋、卢秉纯之徒皆为序。其《怀津门西亭》曰："香散花残小院秋，西亭帘角月如钩。北来一雁横空碧，影下东南入海流。"其《题袁耀山水小幅》曰："蟹舍渔湾水色明，烟条露叶半阴晴。云间天际孤帆远，寂寞斜阳一雁声。"其《有感》曰："壕梁月色照清秋，梦绕淮南芦荻洲。雨暗楚原连浦静，风催古木杂江流。孤舟无依乾坤阔，只影空持云水浮。最是萧条极目处，迢遥万里使人愁。"①

由此可知，朝鲜文人对郭执桓的基本情况比较了解，也非常欣赏其才华、品性。郭执桓与一些朝鲜诗人有"澹园联唱"的诗歌交流经历，其诗作也得到朝鲜诗家很高的评价。"澹园联唱"后，郭执桓仍与朝鲜诗家保持着密切的诗书往来。在中朝两国文化交流的繁荣时期，郭执桓以才学、

---

① 〔朝〕朴趾源：《燕岩集》（《影印标点 韩国文集丛刊》第 252 辑），汉城，韩国民族文化推进会，2000 年，第 283 页。

人品赢得了朝鲜诗家的好感和尊重。

(一)"澹园联唱"

"澹园联唱"是郭执桓与朝鲜诗家交流的缩影,也是中朝文化交流史上的一段佳话。王振忠《朝鲜燕行使者所见十八世纪之盛清社会——以李德懋的〈入燕记〉为例》(《韩国研究论丛》)、金柄珉《朝鲜诗人朴齐家与清代文坛》(《社会科学战线》)、《〈韩客巾衍集〉与清代文人李调元、潘庭筠的文学批评》(《外国文学》)、徐东日《李德懋文学研究——兼与中国文学相比较》(博士学位论文)、《李德懋诗歌与中国文学关系探析》(《外国文学研究》)、朴现圭《朝鲜使臣与北京琉璃厂》(《文献》)等几篇论文对此有约略描述。

洪大容1766年来华期间,与山西文人邓汶轩定交并有书信往来,几年后(1772或1773年)邓汶轩把友人郭执桓的诗集《绘声园稿》一册寄给洪大容,并托洪大容、李德懋、朴趾源、朴齐家、柳得恭等人加以评点、唱和。洪、李等人或撰写序跋,或酬和其《澹园八咏》,连篇累牍,共同成就了著名的"澹园联唱"。李德懋的《清脾录》"泠斋"条对"澹园联唱"做了注释:"此用洪湛轩得《绘声园诗集》事也。"① 朴趾源在《热河日记》中对唱和的背景、原因也有所记载:"其同郡邓汶轩师闵要《澹园八咏》于东国名士。澹园,锦衲所居。盖为其父寿传也。"② 李德懋、柳得恭在和诗的序言中也写道:"执桓因同邑人邓师闵寄其《绘声园诗集》于洪湛轩,属公为序,又与泠斋、楚亭次其集中八咏以送。"③ "洪湛轩大容游燕中,多友其名士而归,寻有汾河郭执桓字封圭付寄其《澹园八咏》求和。"④

郭执桓在《绘声园诗稿》的《自序》中说到自己的创作态度:"心拙好吟,随意所向,矢口而出,非敢谓天籁之自鸣也。……如今人之泛泛然,寻一题目,不过月下花前、烟云竹树而已。……一再读之,但觉

---

① 〔朝〕李德懋:《青庄馆全书Ⅱ》(《影印标点 韩国文集丛刊》第258辑),汉城,韩国民族文化推进会,2000年,第54页。
② 〔朝〕朴趾源:《燕岩集》(《影印标点 韩国文集丛刊》第252辑),汉城,韩国民族文化推进会,2000年,第283页。
③ 〔朝〕李德懋:《青庄馆全书Ⅰ》(《影印标点 韩国文集丛刊》第257辑),汉城,韩国民族文化推进会,2000年,第175页。
④ 〔朝〕柳得恭:《泠斋集》(《影印标点 韩国文集丛刊》第260辑),汉城,韩国民族文化推进会,2000年,第15页。

古人之意深，今人之意浅。……要之，总非古人之为心也。"① 他还在《绘声园记》中表达了自己的创作目的和主要内容：

> 谷中起小园，名绘声。盖创自先大夫乾隆丁卯三月也。地广不逾亩，依山环流，取其自然之势……虽无绮缩绣错之华，然亦可以供登眺容坐，托迹得地，幸矣哉！夫鱼鸟悠悠，自适其性，而乐其乐，而不知余即以其乐为乐也。然余之乐又不仅此也。当升平之世，耕凿无扰，民物熙皞，余有是园，朝夕与二三友放浪形骸，啸傲其中，得承先大夫之所贻也。……吾感吾先，吾记吾园，正以记太平之世云尔。时乾隆己丑菊月也。②

而这正是洪大容、李德懋、朴趾源等人感兴趣的，如洪大容在诗题中说："因邓文（汶）轩语次，闻山右郭青岭先生旷识清才，享有园池之胜，每为之神往。及得其嗣君澹园所为诗数篇，并观诸名胜题语，然后益征中华人文之盛，而澹园之雅意萧疏，真是神仙中人也。"③ 因此，他们读过《绘声园诗稿》，深感郭执桓及其庭园之魅力，纷纷唱和，从而缔造了两国文化交流的一段美好往事。

郭执桓的《澹园八咏》④ 作于1768年，载于《绘声园诗钞》的《戊子稿》，原文如下：

> 素心居：枝枝花未开，暗香已盈屋。何缘识东君，素性偏宜竹。
> 来青阁：素琴试一弹，清风来何处。放眼看青山，不知白云去。
> 鉴影池：凿石引山泉，活泼随机转。水中人自知，自笑自疏懒。
> 飞霞楼：急雨湿晴云，危檐挂瀑布。霁日满秋山，返景在其户。
> 松荫亭：苍苍四枝垂，几欲成浓雨。不见倚亭人，夜静空弹曲。

---

① 〔清〕郭执桓：《绘声园诗钞》（《清代诗文集汇编》第799册），上海，上海古籍出版社，2010年，第445页。
② 〔清〕郭执桓：《绘声园诗钞》（《清代诗文集汇编》第799册），上海，上海古籍出版社，2010年，第446页。
③ 〔朝〕洪大容：《湛轩书》（《影印标点 韩国文集丛刊》第248辑），汉城，韩国民族文化推进会，2000年，第79页。
④ 〔清〕郭执桓：《绘声园诗钞》（《清代诗文集汇编》第799册），上海，上海古籍出版社，2010年，第460页。

语花轩：寂寂春无声，春花送人老。春鸟知相思，春梦做不了。
啸月台：天空白云闲，秋风拂碧落。四野无人声，明月出东郭。
留春洞：春花爱少年，少年爱花好。人花两悠然，洞里春不老。

以下为朝鲜文人的和诗。李德懋《澹园八咏（为平河郭封圭执桓作）》①：

素心居：梅妍助幽独，竹静铺空绿。虚室无余氛，揽兹当眷属。
来青阁：眼去青峰未，青峰来眼么。无论去与来，且放双扉閜。
鉴影池：莲房绿鸟翻，苔带红鱼迅。映发玻璃堆，鳞翎一揭印。
飞霞楼：寒空收急雨，斜沫初蒙蒙。日出联余映，虚楼彩翠中。
松荫亭：凉影浓于酒，憧憧十笏地。起居饮食中，所见无非翠。
语花轩：香国一生住，怜伊姊妹嫣。为修瓶史赠，十幅冷金笺。
啸月台：那能无碨礧，秋士当寒宵。试学空林鬼，寥天月动摇。
留春洞：花繁不须喜，花堕未为愁。愿脱缘情见，跳跳活着眸。

柳得恭《澹园八咏》②：

素心居：素履非为往，素琴何必音。素心无他虑，白云横我襟。
来青阁：可道山翠来，为缘眼光去。不去复不来，相逢是那处。
鉴影池：因水得我影，见影知我笑。问我笑何为，晴云更绝妙。
飞霞楼：山颜化轻碧，松身露半红。尽日无住着，何树不微风。
松阴亭：松为何代树，屋因今人有。黄粉盖茅檐，绿涛倾纸牖。
语花轩：不识花何物，元是美人魂。石刻延年妹，默默那得言。
啸月台：登台一长啸，望月徘徊久。余响迟如何，世人才回首。
留春洞：花残蜨不住，叶暗莺初稀。春光似刘阮，只思出洞归。

朴趾源《澹园八咏》③：

---

① 〔朝〕李德懋：《青庄馆全书Ⅰ》(《影印标点 韩国文集丛刊》第 257 辑），汉城，韩国民族文化推进会，2000 年，第 175 页。
② 〔朝〕柳得恭：《泠斋集》(《影印标点 韩国文集丛刊》第 260 辑），汉城，韩国民族文化推进会，2000 年，第 15 页。
③ 〔朝〕朴趾源：《燕岩集》(《影印标点 韩国文集丛刊》第 252 辑），汉城，韩国民族文化推进会，2000 年，第 91—92 页。

来清阁：红蕉绿石出东墙，一树梧桐窈窕堂。
　　　　傲骨平生迎送懒，丈人惟拜暮山光。
鉴影池：南陀竟日影婆娑，耐可呼吾亦唤他。
　　　　乍缀微风凫鹭去，不禁撩乱百东坡。
素心居：已观微白鼻端依，欲辨脏神掩两扉。
　　　　独有暗香侵梦冷，罗浮明月弄辉辉。
松阴亭：松覆深深卍字栏，垂萝敆石翠相攒。
　　　　一任画舫风吹去，尽夜寒声泻作滩。
飞霞楼：噢轻堪醒醉魂花，天马行空翠鬣髣。
　　　　采药将寻刘阮去，路迷廉闪赤城霞。
留春洞：花似将归强挽宾，嘱他风雨反逢嗔。
　　　　自从洞里修瓶史，三百六旬都是春。
啸月台：玉麈清宵独上台，杞棚霜落雁流哀。
　　　　一声划裂秋云尽，万里瑶空皓月来。
语花轩：花蕊夫人初入宫，含羞将语脸先红。
　　　　鹦哥舍利元非妙，谁识阿难悟道功。

从原诗与和诗的内容、风格可见，中朝诗人珠联璧合，诗作交相辉映，给读者绘制了一片幽美、清净、可爱的小园林，而主人及应和者的情趣、爱好亦蕴含其中。需要说明的是，朴趾源的和诗与原诗顺序不同，且不是五绝而是七绝。尽管这些酬和之作与原诗体例或景点名称及次序略有差异，但这些诗篇仍然是原诗的极好唱和与映衬，使我们进一步领略了"澹园八景"的无限魅力。因此"澹园联唱"之作不仅是园林诗歌的精品，也是不可多得的园艺文献。

（二）论郭执桓诗风、人品

除了吟诗之外，郭执桓与朝鲜文人还通过互求笔墨的方式来表达相知、相遇之情。郭执桓曾请朴趾源作序，朴趾源自然非常高兴而欣然命笔。朴齐家也写信向郭执桓求印章、诗作："又闻诸人或有请堂额记文者，仆亦欲与有所恳。愿得汾晋间名士之手刻，寄'尚友中原　卧游古人'之印章一枚，使海外穷巷书帙生辉，则非徒观美于研北，亦足断案于身后矣。如或迭赐高吟，因风寄音，永示不谖，则只取其相好之意而已,又何必以记事之文,仿佛而遥度也哉?"(《与郭澹园执桓》)① 洪大容在信中也说:"澹园郭公近况佳否?爱而不见,相思弥襟。曾请小像,勿令落莫。其书画手迹多赐几幅,得与诸友分作宝藏。"(《与汶轩书》)② 此时,朝鲜诗家的所求、所取是表达敬意、增进友谊、促进交流的最佳方式,属文人雅事,并无功利成分在内。

随着这种交往的逐渐深入,郭执桓的其他诗作也成为朝鲜诗家的评价对象。杨维栋为《绘声园诗钞》所作的《序言》说:"半迁年弱冠,遂有诗成册,不轻以示人,盖其诗散诞闲远,如着意如不着意,触境自怡,神机天籁。"③ 师东山《序》曰:"击节之下,觉洒脱而来,奔放而去。有声有色,亦淡亦趣。其名贵则拔剑起舞,临风舒啸;其轻嫩则落花一瓣,新月一钩。"④ 可见郭执桓的诗歌发自性情,意境悠远,追寻古人,颇有可观之处。朝鲜诗家的观点也与杨、师二人相近。

洪大容首先在诗中对郭执桓其人、其诗大加赞扬:"芦泉灌腴壤,虎岳耸纤峰。灵根毓英秀,艳藻播正宗。栖息岩宙间,幽思妙何穷。观物赞飞鹏,研易玩潜龙。鸣佩响洞阴,道心静而工。形影托豪素,洒泣向西风。"(《次郭澹园执桓赠师鲁诗韵,遥寄邓汶轩师闵,以资替书,亦望转示澹园》)⑤ 洪大容认为郭执桓乃高雅之人,学识渊博,诗作得江山之助,清静自然。

李德懋在《清脾录》"郭封圭"条中将郭诗的主要特色概括为"清虚洒脱",并指出这种风格学自李白:

> 封圭早岁席青岭之余业,招延诗人,为文酒之会。父执杨维栋、卢秉纯之徒推毂,序其集夸耀之。其同邑汶轩邓师闵,乃洪湛轩游燕时所交也,尝寄封圭《绘声园诗集》。余尝评批:"清虚洒脱,学

---

① 〔朝〕朴齐家:《贞蕤阁集》(《影印标点 韩国文集丛刊》第261辑),汉城,韩国民族文化推进会,2001年,第662页。
② 〔朝〕洪大容:《湛轩书》(《影印标点 韩国文集丛刊》第248辑),汉城,韩国民族文化推进会,2000年,第127页。
③ 〔清〕郭执桓:《绘声园诗钞》(《清代诗文集汇编》第799册),上海,上海古籍出版社,2010年,第443页。
④ 〔清〕郭执桓:《绘声园诗钞》(《清代诗文集汇编》第799册),上海,上海古籍出版社,2010年,第444页。
⑤ 〔朝〕洪大容:《湛轩书》(《影印标点 韩国文集丛刊》第248辑),汉城,韩国民族文化推进会,2000年,第79页。

李供奉者也。"其《古意》曰:"千树万树桃花红,高楼一望春水平。邻家女儿琵琶好,隔墙如闻私语声。"其《春日北上》曰:"石溪日映已成绿,两三人家未有桑。郊外斜阳人独坐,青山缺处见牛羊。"……如"影寒月欲瘦,香静菊将阑。""春花烂漫同争艳,好鸟参差各自飞。""淡淡寒烟山外雁,深深落叶雨中灯。""云薄日亭午,风微花片轻。""鸟入青空阔,云孤一片闲。""高阁层云上,遥山细雨中。""黄鹤楼空今古梦,落梅调入水云间。""青山积深翠,红树出微黄。"皆韵清调高。其友龙门师东山序之曰:"洒脱而来,奔放而去。其名贵则拔剑起舞,临风舒啸;其轻嫩则落花一瓣,新月一钩。"又论其人品曰:"性若幽兰,情如逸鹤。流水桃花,清回绝致。云蒸霞举,澹远宜人。"南溪朱佐汤跋尾曰:"或时序之警心,则所以惜分阴者有在,非徒月华自娱而已。或友朋之持赠,则所以资丽泽者有在,非徒金兰相得而已。"信如二君之言,封圭之人与诗可想也。①

从"清虚洒脱"、"学李供奉"已可见李德懋对郭诗的赞赏,从李德懋所引师东山的评价又可见他对郭执桓其人的好评。据洪大容《绘声园诗跋》所言:"邓汶轩寄其友郭澹园诗稿,使余批之。余素不学诗,不敢妄论。炯庵李懋官为之评阅而题其下曰:'澹园承先大夫富有之业,吟放于池台水竹之间。今见其诗而想其人,冰月之姿、秋水之神。'固吾愿言,则于澹园不待交臂而已犁然心会矣。"② 由此可知,洪大容请李德懋评过郭诗。《李德懋年谱》也记载,1773 年(癸巳)"六月二十六日,评《绘声园诗稿》。先是,洪湛轩大容游燕京,遇尧都邓骞如,与之交。邓子寄其友郭执桓封圭诗《绘声园稿》一册。封圭,平河人也,时年二十四,诗品精妙。湛轩托公评之,凡一百六十余段,又有序。"③ 可见李德懋对郭执桓其诗其人的评述非常丰富,可惜传世甚少。

在上段引文中,李德懋所引"影寒月欲瘦"等诗句未标注诗题,查

---

① 〔朝〕李德懋:《青庄馆全书Ⅱ》(《影印标点 韩国文集丛刊》第 258 辑),汉城,韩国民族文化推进会,2000 年,第 55 页。
② 〔朝〕洪大容:《湛轩书》(《影印标点 韩国文集丛刊》第 248 辑),汉城,韩国民族文化推进会,2000 年,第 74 页。
③ 〔朝〕李德懋:《青庄馆全书Ⅲ》(《影印标点 韩国文集丛刊》第 259 辑),汉城,韩国民族文化推进会,2000 年,第 283 页。

《绘声园诗钞》,其诗题依次是:《秋夜闷极遣怀》、《春日作》、《秋日南归过太行二首》(其二)、《春日寄意峰兼示同人》、《面山园题壁二什》(其二)、《春日楼居喜雨》、《五月二十四日雨晴楼居偶赋》、《秋夜绘声园即事》①。在引用郭执桓的《春日北上》(原题作《春日北上途次口占》)(其二)时,李德懋的记录与原诗略有不同。原诗为"石溪日暖已成绿,三两人家未有桑。郊外斜阳人独立,青山缺处见牛羊"。② 引用师东山《序》时,李德懋从"洒脱而来,奔放而去"一段摘出"有声有色,亦淡亦趣"两句,从"性若幽兰,情如逸鹤"一段摘出"仿姑射之仙姿,拟武陵之年少"两句,化为"冰月之姿、秋水之神"的评语,颇具匠心。

朴趾源也赞许过郭执桓的诗风,其《热河日记·避暑录》曰:"封圭寄其所著《绘声园集》刻本一卷,请余序之。观其集,清虚洒脱,类不火食者。"③ 其《〈绘声园集〉跋》又进一步评曰:"吾读《绘声园集》,不觉心骨沸热,涕泗横流⋯⋯封圭之诗盛矣哉,其大篇发韶護,短章鸣琼玕;其窈窕温雅也,如见洛水之惊鸿;泓渟萧瑟也,如闻洞庭之落木。"④ 他列举了郭执桓长篇短章中"窈窕温雅"、"泓渟萧瑟"等风格,补充了对郭诗"清虚洒脱"风格的认识,并形象表达了自己读郭诗的那种感动、震撼之情。

朴齐家对郭执桓的评价也近于李、洪、朴三人,他在《与郭澹园执桓》这封信中赞扬了郭诗中所涌动的"磊落不磨"之气:

> 仆点检身心,无一善之可指,而至于友朋一节,钟情独深。见古人之最重知己,或千里命驾,片言相合者辄感激不能自定。自得足下诗,知足下胸中有磊落不磨之气,环顾一世,不屑与龌龊者游。故观其所语,思其所友,一日之内,神精百往。窃念生平慕中国如

---

① 以上八首诗分别出自《绘声园诗钞》(《清代诗文集汇编》第799册)的第451页、第455页、第464—465页、第469页、第471页、第472页、第472页、第476页。
② 〔清〕郭执桓:《绘声园诗钞》(《清代诗文集汇编》第799册),上海,上海古籍出版社,2010年,第464页。
③ 〔朝〕朴趾源:《燕岩集》(《影印标点 韩国文集丛刊》第252辑),汉城,韩国民族文化推进会,2000年,第283页。
④ 〔朝〕朴趾源:《燕岩集》(《影印标点 韩国文集丛刊》第252辑),汉城,韩国民族文化推进会,2000年,第70页。

慕古人，而山河万里、日月千古，则每与炯庵诸人论此事，未尝不浩叹盈襟，弥日而不释也。初欲构呈《绘声园集序》，兼寄拙诗数册，聊充纼缟。缘儿忧浃月，笔研无暇。顷于湛轩席上，只将《澹园八绝》草草书过。昨闻炯庵诸人序草，皆就封裹已讫，使价将发，势不得罄竭愚诚，欷恨良多。①

朴齐家首先肯定自己对朋友的笃诚之意，接着真诚、中肯地评价了郭执桓其诗、其人。由于朴齐家刚失去爱子，无暇酬和太多，所以他也表示了诚恳的歉意。不过，他对郭执桓诗歌与人品的真心羡慕之情仍然可见可感。

正是由于郭执桓的人品、诗品俱佳，又工书画，愿意结交海内外文友，所以朝鲜诗家均视之为天涯知己。既然彼此视为莫逆，自然无话不谈。洪大容不仅说郭执桓诗歌的多与美，也从朋友的角度提醒其重"文"更应重"道"。

既心会矣，将友之矣；既友之矣，将爱重之矣；既爱重之矣，将不愿其益进于道乎？人莫尊于孔、周，而鲍、谢为卑，事莫切于身心而骚墨为下。以澹园之才，早耽词律，用心良苦，非不美且盛矣。吾恐其沾沾于小道而终泥于致远也。夫辞章吾所不能，诙说吾所不忍，爱之勉以身心，重之进以孔周。惟曰敛华而就实，舍文藻以明道术。吾所愿于澹园者庶在于此矣。(《绘声园诗跋》)②

惟《绘声园八咏》，已征青岭先生雅怀厚福，今其佳胤发辉藻饰，罩及海隅，开卷惨然，如见其人。嗟乎！为人子当如觐廷，鲜民之生，真欲愧死也。且其年才弱冠，诗学已炼达如此，大邦逸才真不可及也。惟其天机清高，大有远到之气。人生达材，理难具体。以觐廷之才，耗力文艺，甘心于四杰脚下，岂不可惜？(《与邓汶轩

---

① 〔朝〕朴齐家：《贞蕤阁集》(《影印标点 韩国文集丛刊》第261辑)，汉城，韩国民族文化推进会，2001年，第662页。
② 〔朝〕洪大容：《湛轩书》(《影印标点 韩国文集丛刊》第248辑)，汉城，韩国民族文化推进会，2000年，第74页。

师闵书》)①

洪大容首先肯定了郭执桓的年少才高，接着以劝勉的语气指出郭诗的发展方向应是"明道"，言辞恳切。这个建议蕴含着深刻的文化渊源，"朝鲜自古以来就属于儒家文化圈的范围之内，尚儒尊孔，乃是朝鲜古代文化的基调。因而朝鲜人的诗学观念和审美理想，始终打上中国儒家文化的烙印"②。洪大容的勉励恰好体现了儒家文化的深远影响。

另外，柳得恭的《并世集》收录了郭执桓的《春上北上途次口占》（"石溪日映已成绿"）、《秋望》（"濠梁月色照"）③这二首诗歌。

（三）思忆、缅怀郭执桓

澹园景色优美，雅致清幽，郭执桓人品、诗品俱佳，所以"澹园联唱"之后，朝鲜诗家对澹园心驰神往，渴望与郭执桓当面交流。李德懋曰："宅枕虎山之趾，门当芦泉之流，娓嬺云树，纡回岩谷。起探秋楼、放春阁，姑射、汾水无不隐约檐下。"（《清脾录》"郭封圭"条）④洪大容曾做三首《望仙词》，抒发了欣羡郭执桓却不得见的失落和郁闷，诗前小序中谈到："顾身在下土，望汾晋如天上，愤懑之极，辄成《望仙词》三首以寄之。"其诗曰：

> 蓬莱消息水云遥，何处仙人弄玉箫。
> 空遣楼船横极浦，凌波谁起步虚桥。
>
> 麻姑书信近来稀，春晚蟠桃花乱飞。
> 尘网半生双鬓白，上清归梦转依依。
>
> 天台万丈入云霄，香袂飘风渡石桥。

---

① 〔朝〕洪大容：《湛轩书》（《影印标点 韩国文集丛刊》第248辑），汉城，韩国民族文化推进会，2000年，第118页。
② 蔡镇楚、龙宿莽：《比较诗话学》，北京，北京图书馆出版社，2006年，第275页。
③ 〔韩〕林基中编：《燕行录全集（第60册）》，汉城，东国大学校出版部，2001年，第113页。
④ 〔朝〕李德懋：《青庄馆全书Ⅱ》（《影印标点 韩国文集丛刊》第258辑），汉城，韩国民族文化推进会，2000年，第55页。

>珠宫尚闭青铜锁，瑶海那闻黄竹谣。①

洪大容将澹园描写成人间仙境，以仙游的幻想来弥补现实的缺憾，反映了朝鲜诗家对澹园的向往，对澹园生活的渴望。另外，朴齐家的诗作《雨中》（《韩客巾衍集》题作《睡起读汾河郭封圭执桓〈绘声园集〉》）曰：“虚帘浪影度微风，雨冷桃花不放红。思入天涯身在此，研山苍翠闭门中。”②潘庭筠对此诗的品评是"玩物奇（寄）情，颇臻妙境"③。朴齐家《与郭澹园执桓》云："嗟乎嗟乎！从今以往，我知有子，子知有吾，则百千万日，皆与足下相思之日也。生生死死，何忍忘之？"④他将郭执桓视为千里知音、生死之交。柳得恭曾作诗《恭呈家叔父游燕六首》，其第四首也表达了对郭执桓的思念："有个诗人郭执桓，澹园联唱遍东韩。至今三载无消息，汾水悠悠入梦寒。"⑤此时郭执桓已经去世，而柳得恭并不知情。全诗平白如话，而情谊绵长。不难看出，这些朝鲜诗家称赞美景的感情是真实的，希望借此加强交流、扩大自身影响的意愿也是迫切的。

"澹园联唱"之后两年，年仅25岁的郭执桓病故。朝鲜诗家知道后纷纷沉痛哀悼缅怀。洪大容曰："澹园苗而不秀，名园胜赏，文艺清缘，奄成泡幻，殊为悼叹。且弟等虽未见其面，诵其诗慕其人，遥结情根，遽闻愕报，令人气短，九原何可作也？"（《与邓汶轩书》）⑥柳得恭也作《挽汾河郭封圭》一诗，寄托哀思："永托天涯契，临风八咏余。文章今海内，消息彼汾沮。梦已惊玄冕，人今隔素车。年年惟有雁，宁带故人

---

① 〔朝〕洪大容：《湛轩书》（《影印标点 韩国文集丛刊》第248辑），汉城，韩国民族文化推进会，2000年，第79页。
② 〔朝〕朴齐家：《贞蕤阁集》（《影印标点 韩国文集丛刊》第261辑），汉城，韩国民族文化推进会，2001年，第456页。
③ 《韩客巾衍集》卷三（韩国学术情报院藏抄本，线装，4卷2册，无丝栏，半叶10行21字，注双行），1777年。
④ 〔朝〕朴齐家：《贞蕤阁集》（《影印标点 韩国文集丛刊》第261辑），汉城，韩国民族文化推进会，2001年，第662页。
⑤ 〔朝〕柳得恭：《泠斋集》（《影印标点 韩国文集丛刊》第260辑），汉城，韩国民族文化推进会，2000年，第30页。
⑥ 〔朝〕洪大容：《湛轩书》（《影印标点 韩国文集丛刊》第248辑），汉城，韩国民族文化推进会，2000年，第128页。

书。"① 二人追忆了"澹园联唱"的盛事,并对诗名远播海外的郭执桓英年早逝深感遗憾。李德懋《清脾录》"郭封圭"条云:"余读封圭《自题画像赞》,固疑非寿耇之征。汶轩寄湛轩书曰:'封圭于乙未八月奄然长逝云。'噫!余言果验。其赞曰:'笑不是笑,悭不是悭。看得破处,万物自然。'"② 以现在的眼光看,李德懋是唯心的,但是由此可以看出朝鲜诗家研读郭执桓诗作的仔细程度,也可说明朝鲜诗家对郭执桓的思念情深。朴齐家还作诗《闻澹园郭氏入道山七首》③,对郭执桓的家世、人品、诗画才华进行了全面总结,也深表缅怀之意:

> 汾河仙子白云乡,何处青山古锦囊。
> 一点人间知己泪,应随流水到榑桑。
>
> 北方诗句语还高,嶙崒家园倚彩毫。
> 上党元来天下脊,封圭自是一时豪。
>
> 庭树花肥踏月归,入门如见羽人衣。
> 分明忆得诗中景,似此胸襟烟火非。
>
> 山西家世振文风,杨贾诗名遍海东。
> 日下争传先爻记,江南首数别裁翁。
>
> 青绫手榻米元章,深箧犹传万里香。
> 坡老当年心似铁,白头那得记筼筜。
>
> 三绝平生两得之,翩翩更忆画兰时。
> 闲将诗笔推余意,想见翻风泣露姿。

---

① 〔朝〕柳得恭:《泠斋集》(《影印标点 韩国文集丛刊》第260辑),汉城,韩国民族文化推进会,2000年,第37页。
② 〔朝〕李德懋:《青庄馆全书Ⅱ》(《影印标点 韩国文集丛刊》第258辑),汉城,韩国民族文化推进会,2000年,第55页。
③ 〔朝〕朴齐家:《贞蕤阁集》(《影印标点 韩国文集丛刊》第261辑),汉城,韩国民族文化推进会,2001年,第463页。

神交枉被俗人惊，落地人生总弟兄。
欲向斜阳西岘望，养虚前日哭严诚。

朴齐家将自己与郭执桓的友谊和苏东坡、文与可以及金养虚、严诚之间的友情作比，极言这份友情之淳厚。此篇亦可视为朝鲜诗家对郭执桓的共同赞许、哀悼之辞。

郭执桓去世六年后，朴趾源来到中国，他仍然关心《绘声园诗集》的刊刻情况，其《热河日记·避暑录》中有这样两段记载：

> 琉璃厂中六一斋，初遇俞黄圃世琦字式韩，目清眉秀，疑其为潘庭筠、李调元、祝德麟、郭执桓诸名士也。此诸人者，有先余交游者，故名芬牙颊，若数须眉。及与俞笔语之际，为写柳惠风送其叔父弹素诗……"有个诗人郭执桓，澹园联唱遍东韩。至今三载无消息，汾水悠悠入梦寒。"黄圃批之，问郭是何地诗人。余曰："郭是太原人。"问师东望、杨维栋何如人，对皆不知。问书肆中有新刻《绘声园集》否，卷首有师、杨两序，亦有仆序。黄圃即书"绘声园集"四字，送入文粹堂求之，还言"无有"。①

> 余尝徜徉于金鳌玉蝀之间，而雨村李调元、秋楼潘庭筠、芝塘祝德麟诸名流庶几可遇，然郭氏执桓没已六年矣。（闻执桓死于乾隆乙未八月云。）《绘声集》当有更刻之本，而求之厂中竟未得，可恨可恨。②

朴趾源此行，很希望得到《绘声园诗集》的新刻本，但是京城中的书商、文士对郭执桓竟一无所知，更没有新刻的诗集，他只得失望而归。

柳得恭"澹园联唱遍东韩"的说法固然有些夸张，但是从洪大容、朴趾源和"后四家"等诗界和学界佼佼者的赞美来看，郭执桓在朝鲜的影响的确很大。从文学史以及朴趾源的记载来看，郭执桓在中国并不是

---

① 〔朝〕朴趾源：《燕岩集》（《影印标点 韩国文集丛刊》第252辑），汉城，韩国民族文化推进会，2000年，第282页。
② 〔朝〕朴趾源：《燕岩集》（《影印标点 韩国文集丛刊》第252辑），汉城，韩国民族文化推进会，2000年，第283页。

有名的诗人,而朝鲜诗家对其却颇为赏识。这种特殊的现象十分值得玩味,一方面说明了朝鲜诗家对中国诗坛的密切关注,另一方面也说明了清代中期两国诗歌交流的深入和繁荣。

第五节 朝鲜诗家论乾嘉名臣纪昀、铁保诗歌

朝鲜使臣在中国期间,也经常有机会接触一些朝中大臣(尤其那些文化名臣)或地方高级文官,双方往往因共同的兴趣爱好而成为长期交往的挚友。纪昀、铁保就是朝鲜诗家接触较多、与之往来长久的一汉一满两位文化名臣。

一、论纪昀诗歌

纪昀(1724—1805),字晓岚,一字春帆,晚号石云。乾隆十九年(1754)进士,官至礼部尚书,曾任《四库全书》总纂官。纪昀是当时世人瞩目的学者,也是著名诗人。其诗多为随驾吟咏的御览诗或应酬、写景之作,收入《纪文达公遗集》。洪亮吉评曰:"纪尚书昀诗,如泛舟苕、霅,风日清华。"(《北江诗话》卷一)①

作为一位博雅通儒,纪昀也乐于交往朝鲜文人,对朝鲜诗文的评价很高,如他评朝鲜的诗作:"其同文之国,纳贽献琛、得簪笔彤墀、赓飏天藻者,惟朝鲜、琉球、安南,而篇什华赡、上邀睿赏,惟朝鲜为多。其诗文集传入中原者,亦朝鲜为最伙。余两掌春官,职典属国,所见不能缕数也。"(《〈耳溪诗集〉序》)② 评洪良浩诗曰:"大抵和平温厚,无才人妍媚之态;又民生国计念念不忘,亦无名士放诞风流之气。"(《〈耳溪诗集〉序》)③

他曾与李调元等人一道高度评价了柳得恭的《泠斋集》,认为"泠斋诗天骨秀拔,味含书卷,语出性灵,与贞蕤一时之瑜、亮"④。况且纪

---

① 〔清〕洪亮吉:《北江诗话》,陈迩冬校点,北京,人民文学出版社,1983年,第4页。
② 《纪文达公遗集》(顾廷龙主编:《续修四库全书》第1435册),上海,上海古籍出版社,2002年,第377页。
③ 《纪文达公遗集》(顾廷龙主编:《续修四库全书》第1435册),上海,上海古籍出版社,2002年,第377页。
④ 〔朝〕柳得恭:《泠斋集》(《影印标点 韩国文集丛刊》第260辑),汉城,韩国民族文化推进会,2000年,第3页。

昀性格随和，平易近人，这使得朝鲜诗人更愿意与之交往，更愿意与之谈论诗文。经过长期的交往，朝鲜文人更加推崇纪昀的才学和人品。如《李朝实录》载，正祖时期的燕行使臣回国后所进的《闻见别单》有两处提及纪昀的地位和学识：

> （书状官郑东观）："中朝人物。……文学则礼部尚书纪均（昀）、翰林学士彭元瑞，博雅赡敏，最于廷臣。凡有考试之事、编辑之役，两人必在其间云。"（正祖18年3月24日）①

> （进贺使赵尚镇、副使徐滢修）："朝臣中一辞公论，刚方正直推刘镛，风流儒雅推纪匀（注：当作'昀'，下同）。……匀，则近则中原学术，类皆以声律书画为粉饰涂泽之具，而稍进于是者，不过丛书、小品之博洽而已。今行购求时，当世所称藏书名儒多与之往复质问，则自内阁书下之书目，间或不辨其何等义例，何人编刻，而独匀一人取诸腹笥，年经月纬、始终源流，洞如烛照。所著《古文》本之以经术，绳之以检押，纯正优余，无愧为当世名家。"（正祖23年11月17日）②

"博雅赡敏"、"风流儒雅"、"纯正优余"、"当世名家"是朝鲜文人对纪昀人品、才学、地位的准确描述。

朝鲜文人叙写与纪昀交往过程的诗文很多。他们首先盛赞了纪昀的诗歌成就和诗坛地位，如柳得恭《滦阳录》卷二曰："纪昀，号晓岚，直隶献县人，礼部尚书，海内推为'词林宗匠'。"③ 他的《叔父几何先生墓志铭》曰："纪昀为尚书，名重海内，世所称晓岚大宗伯者也。"④ 他还将纪昀的《庚戌秋送惠风检理东归》（原题作《送朝鲜使臣柳得恭归国》）、《送次修检理归国》（原题作《送朝鲜使臣朴齐家归国》）这两

---

① 〔日〕末松保和编：《李朝实录》（第49册），东京，学习院东洋文化研究所，1966年，第88页。
② 〔日〕末松保和编：《李朝实录》（第49册），东京，学习院东洋文化研究所，1966年，第541页。
③ 金毓黻主编：《辽海丛书》，沈阳，辽沈书社，1986年，第326页。
④ 〔朝〕柳得恭：《泠斋集》（《影印标点 韩国文集丛刊》第260辑），汉城，韩国民族文化推进会，2000年，第108页。

首诗收录进《并世集》①，这也是对其诗坛地位的认同。

洪良浩《赠礼部尚书纪晓岚匀》曰："宗伯声名高北斗，清风难和颂昌辰。"②《玉如意歌》曰："晓岚先生文章伯，手握权衡临讲肆。"③《送曹学士锡中以书状赴燕》："海内文宗纪晓岚，春官瀛阁坐潭潭。"④成海应《兰室谭丛·柳惠风热河诗注》云："纪大宗伯名昀，直隶献县人，海内推为词林宗匠。"⑤朴思浩《燕蓟纪程》曰："纪尚书昀号晓岚，汉人也。乾隆、嘉庆之际，为文章宗匠，与东人酬唱最多。"⑥

这些朝鲜诗家将纪昀誉为"词林（文章）宗匠"、"海内词（文）宗"、"大宗伯"、"文章伯"，很明显将其推为文坛盟主。能与这样的中国文人交往和唱和，朝鲜诗家自然非常乐意并深感荣幸。

（一）朴齐家、柳得恭与纪昀

1791年，朴齐家、柳得恭随使团出访中国，纪昀曾主动登门回访。成海应《〈朴在先诗集〉序》曰："在先好游燕中，与纪晓岚、潘秋廎之徒相为跌宕。彼大邦人也，不设畦畛，以文章相推许。晓岚以内阁学士，自访在先于邸，蒙古诸王、安南使臣亦为在先倾倒。"⑦遗憾的是当时朴齐家与柳得恭恰好外出，未能见面。柳得恭《滦阳录》卷二对此有详细描述：

> 圆明园东门外接驾时见，与侍郎沈初同坐序，各国使就与略谈。及到城里，访其第，延之上座，恪执宾主之礼。……晓岚曰……又曰："朴次修携《泠斋集》到，已拜读矣。天骨秀拔，与次修一时

---

① 〔韩〕林基中编：《燕行录全集》（第60册），汉城，东国大学校出版部，2001年，第132—133页。
② 〔朝〕洪良浩：《耳溪集Ⅰ》（《影印标点 韩国文集丛刊》第241辑），汉城，韩国民族文化推进会，2000年，第128页。
③ 〔朝〕洪良浩：《耳溪集Ⅰ》（《影印标点 韩国文集丛刊》第241辑），汉城，韩国民族文化推进会，2000年，第144页。
④ 〔朝〕洪良浩：《耳溪集Ⅰ》（《影印标点 韩国文集丛刊》第241辑），汉城，韩国民族文化推进会，2000年，第145页。
⑤ 〔朝〕成海应：《研经斋全集Ⅵ》（《影印标点 韩国文集丛刊》第278辑），汉城，韩国民族文化推进会，2001年，第103页。
⑥ 〔韩〕林基中编：《燕行录全集》（第85册），汉城，东国大学校出版部，2001年，第439页。
⑦ 〔朝〕成海应：《研经斋全集Ⅰ》（《影印标点 韩国文集丛刊》第273辑），汉城，韩国民族文化推进会，2001年，第184页。

之瑜、亮。昨与次修集俱品,以味含书卷,语出性灵,不胜佩服之至。连日官政冗忙,稍迟当赴馆畅谈。"后数日,晓岚命驾到馆,问柳、朴两检书在否。余与次修适出游未归,提督、通官惶忙酬接,晓岚留红纸小刺而去。提督者,提督会同四译馆、礼部仪制司郎中兼鸿胪寺少卿来住馆中,通官辈附丽称衙门,妄自尊大。及逢尚书,惶忙膝跪之状人皆见之,以此为耻,半日虚喝未已。后余与次修归馆,首译来见,颇以为忧。余笑之曰:"吾不请,礼部尚书来。彼自来,亦且奈何?"其后,晓岚书五律一首于扇以寄之,曰:"古有鸡林相,能知白傅诗。俗原娴赋咏,君更富文辞。序谢三都赋,才惭一字师。惟应传好句,时说小姑祠。"①

正如成海应所言,作为大国的高官,纪昀"不设畦畛",亲自去馆驿看望两位较自己年轻二十多岁的朝鲜使臣,没能见面亦不介意,还能以诗相赠,体现了一个学者、长者的风范。这也是朝鲜诗人崇拜纪昀的一个原因。纪昀送给柳得恭的这首五律题为《送朝鲜使臣柳得恭归国》,《纪文达公遗集》中末两句为"唯应期再至,时说小姑祠"②。柳得恭收到此诗后异常欣喜,和诗曰:"菊秀兰衰日,惭无可采诗。秩宗推雅望,昭代擅宏词。方曲公应记,曲台吾所师。为怜文物在,清泪绕箕祠。"(《和赠纪晓岚尚书》)③ 他还专门作诗一首以咏此事:"海内词宗藉藉名,萧然来访两书生。朱轮驻处留红刺,提督衙门半日惊。"(《纪晓岚大宗伯》)④

1801 年,柳得恭再到北京,次日即去拜访纪昀,受到年逾古稀的纪昀的热情接待。据柳得恭《燕台录》载:

> 入燕京之次日,拜访纪晓岚尚书昀,引入书堂中。……余曰:"《滦阳销夏录》(注:'销'当作'消')及他盛作,可以一寓敝目

---

① 金毓黻主编:《辽海丛书》,沈阳,辽沈书社,1986 年,第 326 页。
② 《纪文达公遗集》(顾廷龙主编:《续修四库全书》第 1435 册),上海,上海古籍出版社,2002 年,第 605 页。
③ 〔朝〕柳得恭:《泠斋集》(《影印标点 韩国文集丛刊》第 260 辑),汉城,韩国民族文化推进会,2000 年,第 72 页。
④ 〔朝〕柳得恭:《泠斋集》(《影印标点 韩国文集丛刊》第 260 辑),汉城,韩国民族文化推进会,2000 年,第 76 页。

否?"晓岚曰:"近有人合刻五种为一编,稍迟取来可以奉赠请教。"余曰:"近作二卷请教。"晓岚曰:"谨当拜读。数日内典礼繁重,须至册立礼成,方有稍暇也。"余见纪公年逾七十,不挂暖腱镜,亦作蝇头细字,天气颇热,对椅酬酢,鼻端有汗。久坐不安,请退与令郎令孙话。晓岚曰:"此皆豚犬,不足仰扳大贤也。"余闻纪公嗜烟,烟杯之大几如小钟,终日不离口,殆过韩慕庐先生,尤爱东烟云,故送致关西香烟。晓岚以《花王阁剩稿》一卷示余,乃其高祖名坤号厚斋所著。坤系崇祯间诸生,其诗峭洁,多忧时感事之作。①

这次拜访,柳得恭与纪昀更为熟识了,所以他直接向纪昀请求其《阅微草堂笔记》之《滦阳消夏录》等作品,纪昀非常爽快地答应了。柳得恭也把自己的作品赠与纪昀,请其指教,纪昀欣然应允。柳得恭再次见识了纪昀的平易随和。此外,柳得恭对纪昀辛苦写蝇头小楷以及不让子孙陪自己说话两件事又颇为感动,还特为纪昀献上本国特产名烟。

朴齐家归国之时,纪昀仍赋诗相送:"贡篚趋王会,诗囊贮使车。清姿真海鹤,秀语总天葩。归国怜晁监,题诗感赵骅。他年相忆处,东向望丹霞。"(《送朝鲜使臣朴齐家归国》)② 此诗高度评价了朴齐家的创作,并表示别后会思忆对方。果然,朴齐家回国后又收到了纪昀的诗作:"偶然想见即相亲,别后匆匆又几春。倒屣常迎天下士,吟诗最忆海东人。关河两地无书札,名姓频年问使臣。可有新篇怀我未,老夫双鬓渐如银。"(《怀朴齐家》)③ 在诗中,纪昀深情地表达了别后对朴齐家的思念。每有使臣来中国,他都会询问起朴齐家的情况,因为在纪昀所接触的外国诗人中,他最欣赏的就是朝鲜诗人。这关切的问候和褒奖令朴齐家十分感动,他亦有次诗:"白鸥何意绝还亲,惯遣秋筇集里春。佳句自无霜后杰,好音偏向日边人。云山万解新螺子,沧海千秋古雁臣。忽梦

---

① 〔韩〕林基中编:《燕行录全集》(第60册),汉城,东国大学校出版部,2001年,第196—201页。
② 《纪文达公遗集》(顾廷龙主编:《续修四库全书》第1435册),上海,上海古籍出版社,2002年,第605页。
③ 《纪文达公遗集》(顾廷龙主编:《续修四库全书》第1435册),上海,上海古籍出版社,2002年,第608页。

顾然观奕叟,床前月色烂如银。"(《追次晓岚见寄诗韵》)① 朴齐家还另作两诗深情回顾了两人的友情:"纪公三达尊,乙巳千叟一。奚取于我哉,年年寄文笔。"(《燕京杂绝,赠别任恩叟姊兄,追忆信笔,凡得一百四十首》)② "执贽由来遍九州,鸡林弟子亦蒙求。翻惊岁暮怀人作,玉井珠泉万斛流。"(《续怀人诗十八首·纪晓岚昀》)③

(二) 洪良浩与纪昀

洪良浩在中国期间也与纪昀有亲密往来和诗文交流。其《燕云续咏》载《纪晓岚宗伯以清白文章冠冕一世,实有知音之感,出都门,聊赋倦倦之意》诗二首:

> 东国书生好大谈,奇材何处见樟楠。
> 中州人物称渊海,稀世文章有晓岚。
> 知己难逢天下一,大观方尽域中三。
> 行行万里频回首,魂梦应悬北斗南。

> 河间生杰富文章,博雅儒林擅大方。
> 足蹑河源二万里,手缉天禄三千箱。
> 百年双眼明如镜,诸子迷津摄有航。
> 白首相逢宁偶尔,一言契合示周行。④

这两首诗不仅叙述了二人的深厚友情,也赞美了纪昀的创作,赞其"博雅"、"富文章",称其作品为"稀世文章"。

乾隆五十九年(1794),纪昀受洪良浩之托为其《耳溪诗集》作序,他盛赞洪诗"近体有中唐遗响;五言吐词天拔、秀削绝人,可位置马戴、刘长卿间;七言亮节微情,与江东丁卯二集亦相伯仲;七言古体纵横似

---

① 〔朝〕朴齐家:《贞蕤阁集》(《影印标点 韩国文集丛刊》第261辑),汉城,韩国民族文化推进会,2001年,第590页。
② 〔朝〕朴齐家:《贞蕤阁集》(《影印标点 韩国文集丛刊》第261辑),汉城,韩国民族文化推进会,2001年,第550页。
③ 〔朝〕朴齐家:《贞蕤阁集》(《影印标点 韩国文集丛刊》第261辑),汉城,韩国民族文化推进会,2001年,第540页。
④ 〔朝〕洪良浩:《耳溪集Ⅰ》(《影印标点 韩国文集丛刊》第241辑),汉城,韩国民族文化推进会,2000年,第129页。

东坡，而平易近人，足资劝戒，又多如白傅。大抵和平温厚，无才人妍媚之态。又民生国计念念不忘，亦无名士放诞风流之气"(《〈耳溪诗集〉序》)①。纪昀指出洪良浩各体诗歌均有造诣，可以和马戴、刘长卿、罗隐、许浑、苏轼、白居易这些中国一二流诗人相比。这样的评价实在很高，可见纪昀对洪良浩的偏爱。洪良浩回国后，两人诗文、书札来往不断。1796年夏，纪昀作诗《寄怀洪良浩》，并托朝鲜使臣带给洪良浩。此诗载于《纪文达公遗集》卷十二，诗曰："金门握别惜匆匆，白首论交二老翁。圣代原无中外别，迂儒恰喜性情同。长吟消夜青灯下，远梦怀人紫瀣东。两遇归鸿都少暇，缄情惟藉一诗筒。"② 洪良浩立即回信，赞此七律"词旨温厚，精神灌注，音节疏亮，擎读珍玩，如获拱璧"(《与纪尚书书》)③。纪昀又马上回信，时在1797年(丁巳)正月二十四日。纪昀的这封回信在洪良浩《耳溪集》和纪昀《纪文达公遗集》中均有收录，前者题曰《答书》，后者曰《与朝鲜洪耳溪书》。纪昀写道：

> 夫人不相知，日接膝而邈若山河；苟其相知，则千万载如朝夕，千万里如庭除。清风朗月，傥一相思，但展卷微哦，即可作故人对语矣。前两接手书，俱已装潢成轴，付小孙树馨收贮。兹拜读华藻，亦并付珍弆。此孙尚能读书，俾知两老人如是之神交，亦将来佳话也。兹因郑同知归轺之便，附上水蛙砚一方(上有拙铭)、白玛瑙搔背一件、郎窑(康熙中御窑，今百年矣)水中丞一件、葛云瞻茶注一件(宜兴之名工)，各系以小诗。先生置之几右，时一摩挲，亦足关远想也。④

纪昀在信中表示，即使相隔万里、多年不见，也不能影响知己间的情谊。他已将洪良浩的来信交由孙子装裱珍藏，并认为与洪良浩的这段友情可

---

① 《纪文达公遗集》(顾廷龙主编：《续修四库全书》第1435册)，上海，上海古籍出版社，2002年，第377页。
② 《纪文达公遗集》(顾廷龙主编：《续修四库全书》第1435册)，上海，上海古籍出版社，2002年，第615页。
③ 〔朝〕洪良浩：《耳溪集Ⅰ》(《影印标点 韩国文集丛刊》第241辑)，汉城，韩国民族文化推进会，2000年，第266页。
④ 《纪文达公遗集》(顾廷龙主编：《续修四库全书》第1435册)，上海，上海古籍出版社，2002年，第421页；〔朝〕洪良浩：《耳溪集Ⅰ》(《影印标点 韩国文集丛刊》第241辑)，汉城，韩国民族文化推进会，2000年，第266—267页。

以传为佳话。纪昀还随信托送文房用具等珍贵之物,并分别赋了咏物诗。诗的题目是《以水蛙砚、水中丞、搔背、茶注赠朝鲜国相洪良浩,各系以诗》,包括以下四首五绝:

> 紫云割下裁,水蛙穴如蠡。锋芒虽欲平,贵尔形模古。
>
> 哆腹水易容,缩口尘不染。久贮仍清泉,君子悟防检。
>
> 指爪肖麻姑,藉以搔背痒。铦利彼所能,操纵仍吾掌。
>
> 老披一品衣,能无劳案牍。香茗时一浇,亦足涤烦溽。①

这些诗歌无疑使得礼物更加珍贵、更有意义。洪良浩又回信表示感谢并褒奖了这几首诗:"昨年贡使之回,郑同知赍来华牍。……至于文房各种,个个珍美,盥手爱玩,益感中心之贶也。五绝诸篇,韵格逼古,庄诵不已。况教以前后拙笔付诸令孙,使之藏箧而传家,此何等至意盛眷耶!"(《与纪尚书书》)②

此外,洪良浩还在《宣德砚歌》中高度评价了彼此的友谊:"千载知音今并世,山海迢迢独不见。"③ 李晚秀的《洪尚书叔艺羲臣以上价赴燕,短律为别》、申纬的《送洪兰塾尚书义臣使燕》(其三)也提及此事:"海内今无晓岚老,燕人谁识耳溪贤。"④"昭代拈香数耳溪,晓岚宏博尽攀提。"⑤ 可见二人的友情一如纪昀所希望的那样传为佳话了。

(三)徐滢修与纪昀

1799 年,以副使身份出使中国的徐滢修也拜访了纪昀,并在《纪晓

---

① 《纪文达公遗集》(顾廷龙主编:《续修四库全书》第 1435 册),上海,上海古籍出版社,2002 年,第 615 页。
② 〔朝〕洪良浩:《耳溪集Ⅰ》(《影印标点 韩国文集丛刊》第 241 辑),汉城,韩国民族文化推进会,2000 年,第 267 页。
③ 〔朝〕洪良浩:《耳溪集Ⅰ》(《影印标点 韩国文集丛刊》第 241 辑),汉城,韩国民族文化推进会,2000 年,第 144 页。
④ 〔朝〕李晚秀:《屐园遗稿》(《影印标点 韩国文集丛刊》第 268 辑),汉城,韩国民族文化推进会,2001 年,第 53 页。
⑤ 〔朝〕申纬:《警修堂全藁》(《影印标点 韩国文集丛刊》第 291 辑),汉城,韩国民族文化推进会,2002 年,第 137 页。

岚传》中详细记载了这段亲切的交往：

> 纪昀号晓岚，直隶献县人也。……官至光禄大夫、经筵讲官、礼部尚书兼文渊阁直阁事。提调四库馆三十余年，撰简明书目，又有所著五种书合刻者，而《滦阳销夏录》（注："销"当作"消"）尤称博物巨观。我正宗己未，余以谢恩副使赴燕。时上欲购朱子书徽闽古本，俾臣访求于当世之文苑宗工。故自山海关以后，路逢官人、举人之稍解文字者，辄问经术文章之为天下第一流者，则无不一辞推晓岚。余于入燕后，先以书致意，并送抄稿请序。继以小车造其门，则晓岚颠倒出迎，欢然如旧。……余曰："耳溪诗文何如？在中国则可方何人否？"晓岚曰："耳溪诗文，独来独往，不甚依门傍户，所以为佳。其文在中国则魏叔子之流亚，诗在中国则施愚山、查初白之伯仲也。"……余遂揖别而出，晓岚送之门外，握手恋恋，见上车然后乃入。①

在这段文字中，徐滢修表示，自己一路上经过反复确认，肯定了纪昀是当时"天下第一流"学者，于是入京后马上求见。纪昀平易近人、热情好客、"颠倒出迎"，与之畅谈诗文，谈笑间充分肯定了朝鲜诗人的创作。当徐滢修告辞，纪昀又出门远送。徐滢修对纪昀这种不轻视小国士人及其诗歌的态度大为赞赏，并特作《纪晓岚传》。徐滢修这次出使的任务之一是购买朱子诸书，但没有买到，于是托请纪昀代购。纪昀当时也没有买到，但一直记着这件事，买到后于1802年交与柳得恭带回朝鲜转交给徐滢修。如此守信也让朝鲜文人十分感动。

（四）尹仁泰、徐长辅与纪昀

1791年，朝鲜文人尹仁泰（自号远照老人）随使节到中国时，将自己的诗集《松园诗草》赠与纪昀。纪昀遂作诗《松园诗学放翁，为题八韵，以质东国之作者》评之：

> 屈宋联镳后，文章几巨公。一编今日在，千载此心通。

---

① 〔朝〕徐滢修：《明皋全集》（《影印标点 韩国文集丛刊》第261辑），汉城，韩国民族文化推进会，2001年，第300—301页。

> 客有居员峤，吟多似放翁。迢遥随使节，宛转寄诗筒。
> 展卷微哦久，挑灯对语同。谁云高寡和，吾爱淡弥工。
> 弱水粘天白，阳冰映日红。成连琴自鼓，远想海山中。①

尹仁泰以此为宝，临终前将这些诗寄给申纬，申纬遂作诗咏怀，诗前有小序，详细介绍了作诗缘起。尹仁泰"燕行时遇晓岚，出示《松园诗草》，晓岚即有诗。年前暂阅《纪文达公集》，此诗亦载刊本。病蛰昏昏中，犹有老骥伏枥之心，默念旧游，如梦依依。偶检得晓岚此诗，不堪独看，兹用尘览，并乞移写一本。诗韵墨妙，可以千古不朽，永珍箧笥，以遗子孙，不胜至愿也"。诗云："甫里传灯在，河间玉尺公。开门车辙合，异域性情通。自失松园老，弥怜远照翁。有书枝旧箧，无地寄邮筒。忆事凭谁说，怀人与我同。文章元淡古，题品亦精工。洒泪秋云白，幽吟烛影红。向来风雅盛，依约见诗中。"（《远照老人病中检箧，得纪晓岚题松园集八韵诗，寄示仆，以仆亦松园客故耳，感旧次其韵》）② 从小序可见，申纬既欣赏纪昀的诗歌，更看重尹仁泰与纪昀的这份情谊。

又据徐长辅（1767—?）《蓟山纪程》"纪晓岚尚书宅"条载："余欲一见晓岚，遣人探候，约与今日会话。故从崇文门出，曲转而过五里许，至其门。门小，仅容客一人，遂入其坐外炕。其管家数人劝茶虚座，为主客之礼，曰：'大人今日在家等候，俄被皇帝召命，才离驾矣，可于一二日后再枉否？'余遂惟惟而还。……'春官钟鼎蔚名华，余事文章做大家。怊怅玉河南馆客，朱门如海奈人遐。'"③ 此段记载及诗作，除了认同纪昀为文章大家外，对我们了解纪昀居所及其待客之道也有一定帮助。

纪昀是清代中后期汉族文化名臣的代表，他以自己丰富的学识、儒雅的性格、谦逊平易的人品赢得了朝鲜诗人的尊重和好评，他们之间的友好往来和诗文交流是中朝文化交流的典型代表，纪昀因此成为文化交流的光辉使者。

---

① 《纪文达公遗集》（顾廷龙主编：《续修四库全书》第1435册），上海，上海古籍出版社，2002年，第624页。
② 〔朝〕申纬：《警修堂全藁》（《影印标点 韩国文集丛刊》第291辑），汉城，韩国民族文化推进会，2002年，第224页。
③ 〔韩〕林基中编：《燕行录全集》（第66册），汉城，东国大学校出版部，2001年，第350—351页。

二、论铁保诗歌

朝鲜文人洪大容、朴趾源、李德懋、朴齐家、柳得恭等人随朝鲜使团来京,与清朝文士进行了深入的文化交流活动,结下了深挚的诗文友谊。值得注意的是,朝鲜文人所交往的大部分为汉族人,主要原因是朝鲜文人从小接受中华正统文化,而汉族文人学者更多、更好地保存着深厚的中国文化传统,和他们有共同的文化观念。如柳得恭《〈并世集〉序》曰:

> 诗从何兴乎?非二南、十三国之地之兴乎?夫土有所宜,物有所自,美玉云蓝田,丹砂说勾漏,参称上党,茶言顾渚。今独言诗而不求诸中国,是犹思鲈鱼而不知松江,得金橘而不泛洞庭,未知其可也。……十数年来同志数子莫不涉马訾、踔辽野而游乎燕中,所与游者皆二南、十三国之地、之人,或翱翔馆阁,或放浪江湖,其风流文物足以掩映当世。而其为诗也,渢渢然《雅》、《颂》遗音,必传于后。四杰、七子何独于今而无其人乎?此所谓蓝田之玉、勾漏之砂、上党、顾渚之参与茶也。言诗而不求诸中国,恶乎可哉?辄录其唱酬篇章及因风寄声流传海外者,手自点定为二卷。①

不过,他们也没有排斥那些学识丰富、才艺出色、人品优秀的满族文人、学者,如铁保、玉保等。因此朝鲜文人与铁保的诗文友谊也值得两国文人永远珍视。

铁保(1752—1824),字冶亭,一字铁卿,号梅庵(菴),正黄旗人,是历经乾、嘉、道三朝的重要满洲大臣,曾任兵部、吏部、礼部侍郎、礼部尚书等官职。任职期间,"铁保慷慨论事,高宗谓其有大臣风"(《清史稿·铁保传》)②。铁保还是著名的诗人、书法家,"优于文学,词翰并美"(《清史稿·铁保传》)③,"古今体诗久为艺林传诵"(《惟清

---

① 〔朝〕柳得恭:《泠斋集》(《影印标点 韩国文集丛刊》第260辑),汉城,韩国民族文化推进会,2000年,第110—111页。
② 〔清〕赵尔巽等撰:《清史稿》(第37册),北京,中华书局,1977年,第11281页。
③ 〔清〕赵尔巽等撰:《清史稿》(第37册),北京,中华书局,1977年,第11282页。

斋全集》汪廷珍序)①,与百龄、法式善并称"北方三才子",有诗文集《惟清斋全集》。

任职期间,铁保多次接待或接触朝鲜文臣并与之有诗文交往。如柳得恭在《叔父几何先生墓志铭》中说:"友人李德懋及同志数辈踵入燕,因吏部之弟中书舍人鼎元,以游乎吏部之友,当世鸿儒纪昀、祝德麟、翁方纲、潘庭筠、铁保诸人之间,与之扬扢风雅,始得歌行韵四声迭用之妙。今之人稍稍闻而为之,非复前日之陋矣。铁保,满洲人,蒙古镶黄旗副都统兼礼部侍郎,十余年宠任隆赫。"② "朝鲜一向只尊中华文化为正统,对中华以外的文化往往不屑一顾"③,况且出于对自己的父母之邦——天朝大明的眷恋,他们在清朝建立后很长一段时间都不能从心理上承认这个非正统的宗主国。他们认为自己是与中华有着共同的文化渊源、仅次于中华的"小中华",而满洲人只不过是夷人而已,可这蒙昧的夷人却破坏了自古以来的"华夷秩序",以下犯上,取代了天朝之位,这是他们不能接受的。然而,从上面柳得恭这段话可知,他们交往的圈子并没有排斥铁保这个地道的满族人。因为经过接触,朝鲜文臣发现铁保是个正人君子。首先,他人品刚正,不依附权贵。如《李朝实录·正祖实录》记载,书状官徐有闻(1762—1822)曾进《闻见别单》说:"和珅专权数十年,内外诸臣无不趋走,惟王杰、刘墉、董诰、朱珪、纪昀、铁保、玉保等诸人终不依附。"④ 其次,铁保性格开朗、平易近人,"性博达,当事敢为,无少顾忌,与人交和易可亲"(《惟清斋全集》刘凤诰序)⑤,因此"名卿士大夫缟纻之欢遍海内"(《惟清斋全集》阮元序)⑥。更重要的是,铁保不仅和他们一样热爱和熟悉中华文化,对待被

---

① 〔清〕铁保:《惟清斋全集》(顾廷龙主编:《续修四库全书》第1476册),上海,上海古籍出版社,2002年,第139页。
② 〔朝〕柳得恭:《泠斋集》(《影印标点 韩国文集丛刊》第260辑),汉城,韩国民族文化推进会,2000年,第108页。
③ 孙德彪:《朝鲜诗人对元好问诗词、诗选的接受与评价》,《民族文学研究》2010年2期。
④ 〔日〕末松保和编:《李朝实录》(第49册),东京,学习院东洋文化研究所,1966年,第495页。
⑤ 〔清〕铁保:《惟清斋全集》(顾廷龙主编:《续修四库全书》第1476册),上海,上海古籍出版社,2002年,第141页。
⑥ 〔清〕铁保:《惟清斋全集》(顾廷龙主编:《续修四库全书》第1476册),上海,上海古籍出版社,2002年,第141页。

很多中国人小看的朝鲜使者也十分友好、亲近。据朴思浩的《燕蓟纪程》记载：

> 铁保，嘉庆时权宠臣也，文笔有盛名，官至吏部尚书，中国寺刹庙院，笔迹遍揭。曾闻年前使行马头崔云泰遇铁尚书于路中，问候乞书。铁保微笑点头，使之明朝来待。翌日云泰往见，则以极品各种纸、书给十余张。夫云泰，遐方一贱隶也，唐突乞书于上国权宠之大臣，其微笑点头乃包容之量，而于渠何诛之意也？大抵中州士大夫，多是唐之崔卢、晋之王谢、宋之程朱，文章衣钵，学问渊源。而我东下隶，不分汉人、满人，统称胡人，待之以犬羊，极可笑也。①

铁保送书给朝鲜小民崔云泰这件事让朝鲜文臣进一步了解了铁保的为人，也改变了朝鲜文臣对满族官员的一些偏见。更多酷爱文学、书法的朝鲜文臣仰慕铁保出众的诗文、书法等才艺，并在交往的过程中与之结下了深厚的诗文友谊，也对铁保的诗歌创作给予了很高的评价。

（一）李德懋与铁保

李德懋 1778 年出使北京期间，有幸得到了铁保的书法作品。据李德懋给李调元的信记载：

> 嗟乎！如从先生入著书之堂，得衬耿光，周旋左右，校雠五岳之丛书，编摩五代之诗讨，闻见日新，恢拓胸次，则平生之至愿毕矣，天下之壮观极矣。虽出情真，还属空言，命也奈何？不佞近得一号，曰"端坐轩"，窃慕宋之隐逸杜五郎之洁已。先生既许我以逸作，一记以阐之如何？铁冶亭先生书法妙天下，今者欲移书，请得墨迹，以作世宝。匪惟唐突不敢，堪恨悾惚难办。幸以此意传致冶亭先生，得"青庄馆"扁额。先生作《端坐轩记》，亦请冶笔，以为刻本。至祝千万。（《雅亭遗稿·李雨村调元》）②

---

① 〔韩〕林基中编：《燕行录全集》（第 85 册），汉城，东国大学校出版部，2001 年，第 440—441 页。
② 〔朝〕李德懋：《青庄馆全书Ⅰ》（《影印标点 韩国文集丛刊》第 257 辑），汉城，韩国民族文化推进会，2000 年，第 268 页。

李德懋首先结识了李调元,也很想认识铁保并向他请求书法作品,但怕自己直接找铁保太唐突,于是请李调元帮自己向铁保表达了意愿。铁保爽快地给李德懋的书斋"青庄馆"题了匾额,还帮他抄录了李调元赠予的《端坐轩记》。对此,李德懋十分高兴,对二人千恩万谢。

(二) 朴齐家与铁保

朴齐家也是铁保的挚友之一。他在1778年第一次来华居于承德滦河馆时,就与铁保有过书法交流,据《题李士秋书幅后》一文记载:"余素不解楷书,又厌急迫,恒以行草副急。若有人赠钱厚镜面氚,适饮名酒微醺,配以异香新茗,韵娥襞笺,胜夋磨墨,始可一为之,如暑月尤非所堪。曾于滦河馆为铁冶亭侍郎作蝇头小真书数十行,下十斛汗。冶亭为之顶礼致谢。"① 朴齐家原本不善于写楷书,却在大热天破例为铁保作蝇头小楷,且态度极其认真,铁保则真心诚意地表达自己的谢意,此后两人一直保持诗文往来。朴齐家有组诗《燕京杂绝,赠别任恩叟姊兄,追忆信笔,凡得一百四十首》,其中有一首曰:"盛典迎藩国,铁卿来客星。不知东海眼,到日为谁青。"② 铁卿即铁保。前两句中,诗人表示在中国盛典之时感受到了铁保的热情好客。后两句中,诗人又用阮籍"青白眼"(看喜欢之人以青眼,看厌恶之人以白眼)的典故表达了对铁保的尊敬之情。诗后还注曰:"铁保,礼部侍郎,尝谓余曰:'东国诏使须用满洲科甲大臣,我兄弟或当出也。'盖其弟玉保亦学士,有文学名。"这一注表达了铁保希望朝廷能派满族大臣出使朝鲜以改变朝鲜人对满族人的偏见、改善两国关系的愿望,也表达了诗人渴望铁保兄弟能有机会出使朝鲜,而自己能再次与故人叙旧的心情。

值得称道的是,两个人的友谊没有因分别而中断。别后,朴齐家创作了多首诗歌表达对铁保的思念,也顺带赞扬了铁保的创作,而铁保则经常向朝鲜使臣询问朴齐家的情况。朴齐家的《怀人诗仿蒋心余·铁冶亭保》诗曰:"轩轩铁冶亭,弱冠交有神。草隶既擅场,骑射复绝伦。

---

① 〔朝〕朴齐家:《贞蕤阁集》(《影印标点 韩国文集丛刊》第261辑),汉城,韩国民族文化推进会,2001年,第610页。
② 〔朝〕朴齐家:《贞蕤阁集》(《影印标点 韩国文集丛刊》第261辑),汉城,韩国民族文化推进会,2001年,第550页。

谁知十年后,暂结滦阳邻。"① 诗人指出,铁保气宇轩昂,文武全才,自己在弱冠之年就与之有过神交,没想到十年后出使中国在滦阳(即承德)与之见面并结下友谊。另一首《戏仿王渔洋岁暮怀人六十首·铁虚闲堂保》诗曰:"长白千年积气深,冶亭诗句发鸿音。燕京酒后千书纸,那识儒衣里侠心。"② 在诗人看来,千年的长白满洲文化积淀使得铁保的诗作气势不凡,儒雅中透着满族人刚猛任侠的豪情。这种说法和铁保的个性与创作是相一致的,铁保虽自幼习文,却一直"自觉地保持着满洲民族的尚武传统。……基于此,这位游牧民族的后人,在歌咏尚文精神的同时,也不禁对民族尚武精神大加颂扬"③。在开心智、广耳目的朝鲜诗人眼里,铁保的诗歌虽名气不如当时的一些汉族儒者,但是比较特别,所体现的民族特质非常珍贵,朝鲜的汉诗创作或许可以从中借鉴一些宝贵的经验。在《续怀人诗十八首·铁冶亭保》诗中,朴齐家更进一步表达了与铁保的真挚友情。其曰:"联辉棣萼盛门阑,异国人携草圣看。自笑诗名惊老铁,每逢东使问平安。"④ "老铁",只有挚友才可以有如此亲切的称呼。朴齐家称赞铁保的书法,更感怀铁保对其诗歌的赏识以及分别后的无限挂念。可见他们之间的交往、交流是默契的、真诚的。

此后二十多年,铁保也一直挂念着朴齐家。1801 年,朴齐家最后一次来中国时,铁保特意作两首诗赠给他,其二曰:"一卷童时草,狂名落海东。廿年逢故我,万里驻飞蓬。交通远人重,文章弱冠雄。山房书席帽,忆否寄朱蒙。"(《柳泠斋、朴明农两先生述余初作〈虚间堂稿〉,感赋二律并正》)⑤ 铁保赞扬了朴齐家自年轻时就文才众,并借传说中高句丽的建国者朱蒙之名表达了对朴齐家的思忆之情。朴齐家收到以后非常欣喜,马上作《热河次铁侍郎保寄示韵》一首以表谢意,诗曰:"绕出秦城背,相逢我自东。契曾先缟纻,游不负桑蓬。落落谈诗快,翩翩上

---

① 〔朝〕朴齐家:《贞蕤阁集》(《影印标点 韩国文集丛刊》第 261 辑),汉城,韩国民族文化推进会,2001 年,第 528 页。
② 〔朝〕朴齐家:《贞蕤阁集》(《影印标点 韩国文集丛刊》第 261 辑),汉城,韩国民族文化推进会,2001 年,第 473 页。
③ 李金希:《清代满族诗人铁保》,《民族文学研究》1998 年第 3 期。
④ 〔朝〕朴齐家:《贞蕤阁集》(《影印标点 韩国文集丛刊》第 261 辑),汉城,韩国民族文化推进会,2001 年,第 540 页。
⑤ 〔韩〕林基中编:《燕行录全集》(第 60 册),汉城,东国大学校出版部,2001 年,第 173 页。

马雄。别来逾廿载，援笔愧吴蒙。"① 诗中朴齐家以季札子送子产缟带、子产回赠纻衣的典故表达了与铁保的深厚情谊，又以吴下阿蒙的典故谦虚地表示别后二十年自己仍然才学疏浅。这一来一往既表现了两人别后的互相挂念，也是一次中朝文化的友好交流。

（三）柳得恭与铁保

柳得恭于1790年作为徐浩修的副使从官也见到了铁保，还得到了铁保的赠诗。他的《滦阳录》卷二特意记载了此事：

> 铁保号冶亭，满洲正黄旗人，礼部右侍郎。李雨村尝称之曰：'善书《淳化帖》，旗下人不可多得。'余曾见其《虚闲堂集》，冶亭亦闻余名。热河行宫阁门之右有军机房，余与次修入其中，有内阁学士玉保、翰林章煦、理藩院侍郎巴忠、理藩院员外郎湛润堂、中书舍人文某、鱼某诸人据椅而坐，与之语，应接不暇。诸中书或治文书，或接京信开读，扰扰未已。少焉，有一人入来，即铁侍郎，叙话欢若平生。归寓后，冶亭赠诗曰：'公燕联私觌，新交识旧游。'余亦和赠。后闻之，则玉保即冶亭之弟，亦有诗名。兄弟俱以词臣出入禁密。冶亭又带蒙古副都统，宠荣方隆云。②

见面之前，柳得恭首先借李雨村（李调元）之口赞美了铁保精湛的书法，还指出自己与铁保虽未谋面但互有所闻，因此在军机房见面时两人都倍感亲切。铁保首先赠诗给柳得恭，题为《柳泠斋、朴明农两先生述余初作〈虚间堂稿〉，感赋二律并正》，其中第一首的颈联为"公燕联私觌，新交识旧游"③，大意是两人不仅能在国事上友好往来，且彼此早有耳闻，因此一见如故。而柳得恭也恭敬地以原诗为韵回赠一诗曰："十年知己在，来问古营州。朔野停车骑，秋河望女牛。弱冠思北学，匹马又

---

① 〔朝〕朴齐家：《贞蕤阁集》（《影印标点 韩国文集丛刊》第261辑），汉城，韩国民族文化推进会，2001年，第515页。
② 金毓黻主编：《辽海丛书》，沈阳，辽沈书社，1985年，第329—330页。
③ 全诗为："凤耳耆卿号，心倾柳柳州。官宜通主客，踪欲合风牛。公燕联私觌，新交识旧游。海邦存四子，邂逅得吾俦。"（〔韩〕林基中编：《燕行录全集》（第60册），汉城，东国大学校出版部，2001年，第173页）

西游。朗咏容台①作，风流迥莫俦。"（《热河馆中和赠冶亭侍郎》）② 柳得恭表示自己早把未曾谋面的铁保当成了知己，自弱冠以来就一直希望有机会到中国拜见他，现在终于如愿以偿了。当自己当面拜读了铁保的大作后更觉其无人可比。后来柳得恭又作《热河纪行诗四十九首·铁冶亭侍郎》云："满汉文书尽日忙，阁门西转是机房。正黄旗下逢名士，玉侍郎兄铁侍郎。"③ 诗人将铁保和玉保兄弟并称满族名士，表达了敬慕之情。

在朝鲜文人看来，铁保是极其平易近人的，因此如柳得恭次子县监柳本艺这样的朝鲜小官也将自己的诗歌拿来请教，而铁保总是耐心阅读，准确评价。从朴齐家给柳本艺的一句诗"君似白燕惊老铁"（《书扇赠柳本艺·附三答柳二（男长稔）》其四）④ 可知，铁保认为柳诗有明初袁凯（袁白燕）诗歌之风致，这对柳本艺来说是极高的评价，也表明了铁保对朝鲜年轻诗人的鼓励态度。

柳得恭《并世集》卷二收铁保的《暮望》、《晚行山中》、《采莲曲》、《柳泠斋、朴明农两先生述余初作〈虚间堂稿〉，感赋二律并正》共4题5首诗⑤。

（四）徐浩修与铁保

1790年，朝鲜学者徐浩修作为恭贺乾隆寿辰副使到中国时结识了铁保。他在《燕行纪》中回忆道："铁侍郎示其热河诗一卷求评，且索余所著书，行中无他携带者，以《浑盖图说集笺》二卷送之。"⑥ 在国事之余，徐浩修还曾于七月十七日到寓所拜见过铁保：

> 宴退，访铁侍郎于寓馆。茶沸香清，帘几潇洒，架有《明诗

---

① 容台指礼部，此处指礼部右侍郎铁保。
② 〔朝〕柳得恭：《泠斋集》（《影印标点 韩国文集丛刊》第260辑），汉城，韩国民族文化推进会，2000年，第71页。
③ 〔朝〕柳得恭：《泠斋集》（《影印标点 韩国文集丛刊》第260辑），汉城，韩国民族文化推进会，2000年，第76页。（《辽海丛书》的《滦阳录》卷二记作"正旗黄下逢名士"）
④ 〔朝〕朴齐家：《贞蕤阁集》（《影印标点 韩国文集丛刊》第261辑），汉城，韩国民族文化推进会，2001年，第545页。
⑤ 〔韩〕林基中编：《燕行录全集》（第60册），汉城，东国大学校出版部，2001年，第172—173页。
⑥ 〔韩〕林基中编：《燕行录全集》（第51册），汉城，东国大学校出版部，2001年，第54页。

综》、《佩文韵府》。……余曰:"贵稿前夜略绰看过,气格遒隽,意致醇雅,句法字眼,皆出性灵之自然。以渔洋之清切,兼牧斋之绮丽,非俺等管见所可窥也。"铁曰:"仆于诗学,志勤而才疏。果好王诗,而未蹑其藩篱。足下推奖太过,愧甚愧甚。"余曰:"昨所奉质《浑盖图说集笺》,果无疵类否?"铁曰:"仆粗解词章而已,至于律历,真是瞽者丹青,何敢以叩盘而扪烛之见,强为之评乎?第观其绘图立说,亦可知专门绝艺也。"……铁曰:"……再昨彭尚书所问声诗,贵国果无是书,则何为传名于中华?"余曰:"王渔洋《诗话》有曰:'记得朝鲜使臣语,果然东国解声诗。'或者因此傅会声诗之名欤?康熙间孙公致弥东来时,选进东诗,此外别无诗选矣。《牧斋集》方为禁书,合下何从得见?"铁曰:"凡禁书之法,止公府所藏而已,天下私藏,安能尽去?牧斋大质已亏,人固无足观,而诗文则必不泯于后也。"(《燕行纪》)①

一进门,徐浩修就被铁保寓所的书香气感染。接着他高度赞扬了铁保的诗歌,认为其兼具王士禛、钱谦益两位大家的诗歌之长,铁保则谦虚地表示自己确实喜欢王诗,但相差太远。徐浩修又问起铁保对《浑盖图说集笺》的看法,铁保谦虚地表示自己不懂律历,不敢妄加评论。接着他也问起朝鲜人是否懂得"声诗"这个中国文人比较关心的问题。徐浩修认为传说朝鲜人懂得"声诗"可能是和王士禛《论诗绝句》②的记载有关。而对于清朝学者很少注意东国之诗,徐浩修似乎有些遗憾。最后两人又谈起钱谦益的人品和作品。徐浩修也喜欢钱谦益的诗歌,当他得知铁保读过钱诗便试探着问他是如何得到的。而铁保也毫不避讳,认为虽然钱谦益人品不佳但诗文优秀,而禁书也只能是禁公难禁私,所以钱氏诗文必能流传于世。这种观点正与徐浩修等朝鲜文人不谋而合,所以二人的谈话就更加和谐、随意。这也为两人日后进一步交往打下了基础。

一个月后的八月二十日午后,徐浩修等使臣"因礼部指挥,入南馆,城内外道旁点缀,方次第撤归。去馆后,赠铁侍郎五言律一,兼致野笠

---

① 〔韩〕林基中编:《燕行录全集》(第51册),汉城,东国大学校出版部,2001年,第56—59页。
② 〔清〕王士禛《戏仿元遗山论诗绝句三十二首》(其二十九):"澹云微雨小姑祠,菊秀兰衰八月时。记得朝鲜使臣语,果然东国解声诗。"

一顶、诗笺三十叶、竹清纸一百叶、雪花纸二束。诗曰:'妙龄驰翰墨,海内仰高名。交为论诗重,官仍掌礼清。陪班联属国,走马出长城。一副鬓丝笠,萧疏寄野情。'"(徐浩修《燕行纪》)① 徐浩修认为铁保才学出众,海内驰名,自己能与之谈诗论文很是荣幸,因此送上自己的诗笺和朝鲜的特产纸张和斗笠。铁保也是极重礼节之人,于八月二十七日回赠了徐浩修一些书画及文房用品,《燕行纪》又载:"铁侍郎书送鹤山'见一亭'扁额及对联三轴,且伴徽墨一匣、贡砚一方、兰笺四束,笔法苍健,极可爱。"② 这些都是朝鲜文臣每次来中国梦寐以求的珍贵之物,因此徐浩修十分欢喜。在这一来一往中,徐浩修既了解了铁保的为人,也了解了他的诗文。九月二十六日去沈阳途中,徐浩修和使臣们又谈起铁保:"近来满洲文学反胜于中华,如铁侍郎亦其一也。"(《燕行纪》)③

(五)其他朝鲜诗人与铁保

洪良浩曾于1782年和1794年两次出使中国。据其《燕云续咏》记载,1794年,他以冬至兼谢恩正使赴燕,李参判义弼为副使,沈学士兴永为书状官。铁保亲手写诗以表达对朝鲜文臣的友好,洪良浩感激不尽,在回赠诗中表达了谢意,其诗曰:"近读《涉江草》④,惊看倒海澜。南宫宾远国,东阁抗词坛。玉帛登嘉会,文章尽大观。辉光生一顾,笔下耀琅玕。"(《礼部侍郎铁保手写一联诗见赠,诗以谢之》)⑤ 洪良浩盛赞了铁保诗歌,并展示了双方诗文唱和的盛况。

还有些朝鲜文臣并未与铁保有过直接的诗文往来,甚至没有见过面,但也颇了解其人其诗,将他当作神交的对象,并以诗文的形式表达了对他的敬重。

赵秀三1803年出使中国时与铁保有过一面之缘,后曾作有《借书》

---

① 〔韩〕林基中编:《燕行录全集》(第51册),汉城,东国大学校出版部,2001年,第211—212页。
② 〔韩〕林基中编:《燕行录全集》(第51册),汉城,东国大学校出版部,2001年,第242页。
③ 〔韩〕林基中编:《燕行录全集》(第51册),汉城,东国大学校出版部,2001年,第312—313页。
④ 此句后注:"《涉江草》,即铁保游江淮诗卷。"遗憾的是洪良浩弄错了,铁保游江淮时的诗卷名为《淮西小草》。
⑤ 〔朝〕洪良浩:《耳溪集Ⅰ》(《影印标点 韩国文集丛刊》第241辑),汉城,韩国民族文化推进会,2000年,第128页。

一诗,最后一句为"顷年铁学士,十乘伴东游"①。诗后注曰:"嘉庆癸亥,余入燕路,逢冶亭学士以沈阳刑侍出来,载书十车。"虽然二人没有深入地交往,但铁保的携书出行在赵秀三看来是文化修养深厚的表现,因此将此事写入诗中以勉励自己用心读书。

没有见过铁保的申纬也对铁保多有耳闻,读过他的诗歌。他为缅怀铁保,曾于1824年(即铁保去世的那一年)至1825年之间作有《读〈梅荟诗钞〉》曰:"质厚沉雄格力臻,诗随境变验身亲。贤如老铁犹才尽,七律当家定几人。"② 为了让读者更明白自己的诗作,申纬在第一联后注曰:"梅荟自序曰:'诗随境变,境迁则诗亦迁。'大是经历语,余有味乎斯言也。"在第二联后注曰:"梅荟诸体,各有胜处,唯七律少逊耳。"铁保有一首《早赴西园》诗甚为出色:"寒柝惊残梦,春灯堕翠虫。栖禽酣抱树,落月冷摇风。石路车声涩,村庐炊火红。西园急封事,晓色破鸿蒙。"③ 1833年,申纬又作了三首次韵诗。其中《秋夜读书感怀,用铁梅荟韵》曰:"蟾蜍既望月,机杼小窗虫。夏历三秋节,幽诗大国风。流年余发白,初学读灯红。对越时清坐,存神夜气蒙。"④ 虽然和诗与铁保原诗描写的季节、环境不同,但清冷、幽静的意境却有几分相似。申纬的这些诗作直接或间接肯定了铁保诗歌"质厚沉雄"的风格,认同其"诗随境变"的诗歌理论,同时也指出了铁保诗歌之优与人品之贤是相一致的。

由以上所引诗文可知,铁保与朝鲜文臣唱和往来的诗文重在表达彼此的友好、赞美和敬重,以及交流过程中愉快、和谐的氛围和别后的思念之情,在艺术上没有很高的成就,在文学史上没有很大的影响。但他们的交流却有着重大的政治意义。铁保是满族大臣的代表,原本是朝鲜文臣政治、文化上的敌视对象,但从铁保与朝鲜文臣的交往经过以及朝鲜文臣对他的评价看,他们之间是平等的,他们的相处是和谐的。铁保

---

① 〔朝〕赵秀三:《秋斋集》(《影印标点 韩国文集丛刊》第271辑),汉城,韩国民族文化推进会,2001年,第413页。
② 〔朝〕申纬:《警修堂全藁》(《影印标点 韩国文集丛刊》第291辑),汉城,韩国民族文化推进会,2002年,第257页。
③ 〔清〕铁保:《惟清斋全集》(顾廷龙主编:《续修四库全书》第1476册),上海,上海古籍出版社,2002年,第311页。
④ 〔朝〕申纬:《警修堂全藁》(《影印标点 韩国文集丛刊》第291辑),汉城,韩国民族文化推进会,2002年,第462页。

对朝鲜文臣总是以礼相待,而朝鲜文臣也完全把铁保当成知己。铁保也是满人儒化的典型,是清朝接受并发扬光大中华传统文化的代表,而他的学问、言行在很大程度上转变了朝鲜人对满洲官员不满甚至敌视的态度。因此,他们的诗文往来不仅使双方更快熟识、理解,建立了个人友谊,也有利于两国政治外交和文化交流的进展,对改善朝鲜与清朝的关系起了一定的作用。

第八章　朝鲜诗家对明清诗歌评论的特点和价值

明清时代是中国古代诗歌发展的最后一个阶段，此时的诗歌随着中外政治、文化交流更快地传到周边国家和地区，受到域外诗人和批评家的研习和评论。其中，对明清诗歌的评论，无论在数量上、质量上还是形式上，朝鲜诗家的贡献无疑是最大的。虽然朝鲜诗家在创作上和理论上都有意紧跟中国的步伐，但毕竟跨越了民族和国家，其审美标准与中国诗家还存在一些差异。所以朝鲜诗家评论明清诗歌时也呈现出自己的一些特点，也具有独特的价值。

第一节　朝鲜诗家对明清诗歌评论的特点

一直以来，"朝鲜诗学的变化是深受中原影响的"①。朝鲜诗家在中国诗评、诗话的影响下评论明清诗歌，其内容和形式都明显有中国影响的痕迹，但也表现出不同于中国的鲜明的民族特色。因此，与中国的诗歌批评既有联系，又有差异，是朝鲜诗家对明清诗歌评论的总体特征。

一、引用或化用中国的评论

朝鲜诗家受中国诗学影响最鲜明的痕迹就是借用中国诗话或观点。明清时期，中国诗歌的总体成就不如唐宋，但此时的诗话和各种类型的诗评却空前繁荣，这些评论的范围很广泛，其中有一部分就是专门针对明清诗歌所著，如钱谦益的《列朝诗集小传》、朱彝尊的《明诗综》、沈

---

① 张伯伟：《朝鲜古代汉诗总说》，《文学评论》1996 年第 2 期。

德潜的《明诗别裁集》、《清诗别裁集》等等。此外更多诗评类著作如朱彝尊的《静志居诗话》、王士祯的《渔洋诗话》、《池北偶谈》、沈德潜的《说诗晬语》等也有很多评论明清诗歌的内容。朝鲜诗家在评论明清诗歌时对中国这些诗评著作多有参考和借鉴,通过直接引用或化用的方式来强化自己的观点。

(一) 引用中国评论

朝鲜诗家评论明清诗歌时经常直接引用中国评论的原话。引用有两种情况,一种是直接将引用内容放入自己的著作或评论中,和自己的评论融合在一起,没有标明出处,如南公辙的《李君诗序》曰:

> 李亶佃,闾巷人也。少学唐诗,既而尽焚其稿,下学徐、袁、钟、谭,曰:"诗莫盛于唐,而既不能得其情境之真,则为一摹拟钉饾襞积,才离笔研,已成陈言死句,宁以明以后诸子为师。"……其诗有灵心慧识,时又发之以困穷不平之言,故如嗔如笑,如寡妇之夜哭、羁人之寒起,虽未成一家,而亦自有可取焉。①

南公辙在序中这样评价李亶佃的诗:"时又发之以困穷不平之言,故如嗔如笑,如寡妇之夜哭、羁人之寒起。"这句话的后一半引自袁宏道对徐渭诗风的概括:"文长既已不得志于有司,遂乃放浪曲蘖,恣情山水,走齐、鲁、燕、赵之地,穷览朔漠……一切可惊可愕之状,一一皆达之于诗。其胸中又有勃然不可磨灭之气,英雄失路托足无门之悲,故其为诗,如嗔如笑,如水鸣峡,如种出土,如寡妇之夜哭,羁人之寒起。虽其体格时有卑者,匠心独出,有王者气,非彼巾帼而事人者所敢望也。"(《徐文长传》)② 因为李亶佃所学对象中有徐渭,其诗歌也受到徐渭的影响,"发之以困穷不平之言",所以南公辙直接引用了袁宏道的原话。

李德懋为明清诗人所作的小传里也多有这种情况,如《诗观小传·王世贞》云:"世贞弱冠登朝,与李攀龙修复西京、大历以上之诗文,以号令一时。攀龙既没,世贞著作日益繁富,体具百家,包括今古。而其地望之高,游道之广,声律气义,足以翕张贤豪,吹嘘才俊。操文章

---

① 〔朝〕南公辙:《金陵集》(《影印标点 韩国文集丛刊》第272辑),汉城,韩国民族文化推进会,2001年,第200页。
② 钱伯城:《袁宏道集笺校》,上海,上海古籍出版社,1981年,第716页。

之柄，登坛建帜，殆五十年，近古所未有也。"① 这段话借用了钱谦益《列朝诗集小传·王尚书世贞》中的评价，原文为："元美弱冠登朝，与济南李于鳞修复西京、大历以上之诗文，以号令一世。于鳞既没，元美著作日益繁富，而其地望之高、游道之广，声力气义，足以翕张贤豪、吹嘘才俊。于是天下咸望走其门，若玉帛职贡之会，莫敢后至。操文章之柄，登坛设墠，近古未有。"② 李德懋对王世贞、李攀龙的称呼不同于钱谦益，对王世贞的评论上只有个别字句不同。而"体具百家，包括今古"一句虽然不是钱谦益的评价，也是李德懋从别处引来，此语出自明人何白（字无咎）对王世贞的评论："弇州主大，直欲体具百家，包括今古。"（《明诗综》卷五十一）③ 到了李德懋之孙李圭景的文章中，《诗观小传》的这段话又被引用，但变成了对李攀龙的评价："李沧溟以文章雄视海内也，其著作繁富。而地望之高，游道之广，声律义气，有足以翕张贤豪，吹嘘才俊，号令一世。与弇州自以为宇宙之所未有，一何壮也。"（《叹沧溟后事辨证说》）④ 不管李圭景是亲自看了《列朝诗集小传》，还是只参考了祖父的《诗观小传》，都不可能误将对王、李的评价混淆。那么，很可能是因为王、李同为后七子领袖，在理论和创作上有共同之处，况且，王世贞"地望之高、游道之广"、"吹嘘才俊、号令一世"是在李攀龙之后，在一定程度上受到李攀龙的影响，所以李圭景认为此种评价也适合李攀龙，于是就借用了这段话。

另一种引用中国评论的情况是注明了原话作者或出处。如李圭景的《诗家点灯》"缘情为诗"条曰：

> 朱竹垞序钱舍人诗曰："缘情以为诗。诗之所由作，其情之不容已者乎？其感春萌思、遇秋而悲，蕴于中者，深斯出之也。善长言之，不见其多；约言之，不见其不足。情之挚者，诗未有不工者也。后之称诗者，或漫无所感，于中取古人之声律字句而规仿之，必求其合，好奇之士则又务离乎。古人以自名其异，均之为诗，未有无

---

① 〔朝〕李德懋：《青庄馆全书Ⅰ》（《影印标点 韩国文集丛刊》第257辑），汉城，韩国民族文化推进会，2000年，第378页。
② 〔清〕钱谦益：《列朝诗集小传》，台北，明文书局，1991年，第476页。
③ 〔清〕朱彝尊：《明诗综》（二）（影印本《文渊阁四库全书》第1460册），台北，台湾商务印书馆，1986年，第243页。
④ 〔朝〕李圭景：《五洲衍文长笺散稿》（下），汉城，明文堂，1982年，第516页。

情之言可以传后者也。惟本乎自得者，其诗乃可传焉。盖古人多吾辞之工者，未有不合乎古人；非先求合古人而后工者也。"云。竹垞非徒贯穿古今，以淹博为事，其于诗道论断如衡，学诗者宜可准则，不失为诗之规矩矣。①

李圭景要表达"缘情为诗"的观点，所以直接引用了朱彝尊为钱谦益所作诗序的内容。再如奎章阁本《东诗丛话（续）》中摘录了两段对王士禛诗歌的评价："刘吏部体仁论渔洋诗如'仙人啸树，其异在神骨之间；又如天女微妙，偶然动步，皆中奇舞之节'。按《香祖笔记》，全椒人吴国对论渔洋诗，以为少陵云'一洗万古凡马空'、东坡云'笔所未到气已吞'，才人须具此胸次，落笔自而不凡，惟阮亭可以语此。"② 刘体仁对王士禛的评价被王士禛收入《古夫于亭杂录》卷四，原文是："至吾阮亭，即使我更读书三十年，自觉去之愈远。正如仙人啸树，其异在神骨之间；又如天女微妙，偶然动步，皆中奇舞之节。当使千古后，谓我为知言。"③ 吴国对论王士禛的记载见于《香祖笔记》卷七，原文是："戊戌同年吴侍读默岩（国对），全椒人，榜眼及第，诗未入格，而颇有胜情。予官扬州时，常与共客仪真。一日，过予客园，置酒。酒间作擘窠大字及便面数事，皆即景漫兴之语，令人解颐。尚记其一则云：'少陵云"一洗万古凡马空"、东坡云"笔所未到气已吞"，才人须具此胸次，落笔自而不凡，惟阮亭可以语此。'"④ 在这两则材料中，作者首先说"朱竹垞序钱舍人诗曰"、"刘吏部体仁论渔洋诗"，意在告诉读者自己引用了别人的观点或论述，避免误会。

后世学者往往会根据某人的诗评来判断他的理论水平和鉴赏能力，如果不能分辨他的诗评是引用还是己出，就会影响判断和研究，进而影响结论的准确性。因此，比较而言，朝鲜诗家引用时标明作者、出处的做法更加科学合理，更能体现其态度的严谨，也更便于后世学者的研究。

---

① 〔韩〕赵锺业编：《修正增补 韩国诗话丛编》（第12册），汉城，太学社，1996年，第95页。
② 〔韩〕赵锺业编：《修正增补 韩国诗话丛编》（第13册），汉城，太学社，1996年，第508页。
③ 〔清〕王士禛：《古夫于亭杂录》，赵伯陶点校，北京，中华书局，1997年，第80页。
④ 〔清〕王士禛：《香祖笔记》（影印本《文渊阁四库全书》第870册），台北，台湾商务印书馆，1986年，第474页。

(二) 化用中国评论

化用原本是中国传统诗词创作的常用手法,即创作主体将喜爱的传统诗词文章的某些元素用到自己的作品之中。高超的化用往往既保留了原作的精辟之处,又赋予了其新的艺术生命,如苏轼《水调歌头》"明月几时有,把酒问青天"之句即化用了李白《把酒问月》的"青天有月来几时,我今停杯一问之"。后人不仅没有因此指责苏轼剽窃,还将其作为经典而大加赞赏,这就是化用的妙处。清人方东树说:"用事全贵能化"(《昭昧詹言》卷二十一)①,进一步肯定了化用的艺术功能。很多朝鲜诗家不仅在写诗时化用中国诗句,在评论明清诗歌时也化用了中国的评论,将其主要内容或观点、语词融于自己的评论中,这也是朝鲜诗评的一个鲜明特色。

在评论李攀龙的作品时,许筠《读〈沧溟集〉》一诗曰:"晨霞初绚阆风明,天半蛾眉积雪晴。试向汉庭司马道,几人能压济南生。"② 此处的"蛾眉"应作"峨眉"。李瀷《〈青泉集〉序》亦曰:"沧溟开晦,绚烂之至,云霞照灼。赋固然矣,诗文为甚。……而沧溟云霞,又可以助其变幻绚烂。"③ 两位诗家都是巧妙地化用了王世贞《艺苑卮言》卷五对李攀龙的评价:"李于鳞如峨眉积雪,阆风蒸霞,高华气色,罕见其比。"④ 但王世贞的"云霞"、"阆风"、"峨眉积雪"并非毫无变化地挪到朝鲜两位诗家的评论中,而是被赋予了新的形态和特色,以此来比喻李攀龙诗则更加形象。

钱谦益曾评价竟陵派诗歌说:

> 其所谓深幽孤峭者,如木客之清吟,如幽独君之冥语,如梦而入鼠穴,如幻而之鬼国,浸淫三十余年,风移俗易,滔滔不返。余尝论近代之诗,抉摘洗削,以凄声寒魄为致,此鬼趣也;尖新割剥,以噍音促节为能,此兵象也。鬼气幽,兵气杀,著见于文章,而国

---

① 〔清〕方东树:《昭昧詹言》,汪绍楹校点,北京,人民文学出版社,1984年,第502页。
② 〔韩〕成均馆大学校大东文化研究院编:《许筠全集》,汉城,成均馆大学校出版部,1981年,第29页。
③ 〔朝〕申维翰:《青泉集》(《影印标点 韩国文集丛刊》第200辑),汉城,韩国民族文化推进会,1997年,第216页。
④ 〔清〕丁福保辑:《历代诗话续编》(中),北京,中华书局,1983年,第1036页。

运从之，以一二轾才寡学之士，衡操斯文之柄，而征兆国家之盛衰，可胜叹悼哉！（《列朝诗集小传》"锺提学惺"条）①

朝鲜诗家李宜显评论竟陵派曰："一变而为徐、袁，再变而为锺、谭，转入于鼠穴蚓窍而国运随之，无可论矣。"（《云阳漫录》）② 正祖李祘亦曰：

> 诗者，关世道、系治忽。……幽险奇巧者，孤臣孽子之文也。唐之郊、岛，明之锺、谭，岂非杰然者，而皆予所不取。宋之韩琦，说诗家所不与，而予独取焉。触类于此，则《诗观》所取舍之意可见。……而若孟郊、贾岛、徐、袁、锺、谭四子则不与焉，以其体法寒瘦，音韵噍杀，实非治世之希音。故存拔笔削之际，自以锤秤衮钺寓于其间，此意不可以不知。（《日得录·文学》）③

"鼠穴蚓窍"、"国运随之"、"体法寒瘦"、"音韵噍杀"之说显然是从钱氏的评论化来的。

在评论王士禛诗歌时，朝鲜李建昌《宁斋诗话》说："……渔洋诗如五龙鳞爪，东现西没。"④ "五龙鳞爪，东现西没"之说亦是化用了赵执信（1662—1744）与王士禛等人论诗的内容。赵执信《谈龙录》载：

> 钱塘洪昉思（升），久于新城之门矣，与余友。一日，并在司寇宅论诗，昉思嫉时俗之无章也，曰："诗如龙然？首、尾、爪、角、鳞、鬣一不具，非龙也。"司寇哂之曰："诗如神龙，见其首不见其尾，或云中露一爪一鳞而已，安得全体！是雕塑绘画者耳。"余曰："神龙者，屈伸变化，固无定体；恍惚望见者，第指其一鳞一爪，而龙之首尾完好，故宛然在也。若拘于所见，以为龙具在是，

---

① 〔清〕钱谦益：《列朝诗集小传》，台北，明文书局，1991年，第611页。
② 〔朝〕李宜显：《陶谷集Ⅱ》（《影印标点 韩国文集丛刊》第181辑），汉城，韩国民族文化推进会，1997年，第429页。
③ 〔朝〕李祘：《弘斋全书Ⅵ》（《影印标点 韩国文集丛刊》第267辑），汉城，韩国民族文化推进会，2001年，第189—193页。
④ 〔韩〕赵锺业编：《修正增补 韩国诗话丛编》（第13册），汉城，太学社，1996年，第330页。

雕绘者反有辞矣。"昉思乃服。此事颇传于时。司寇以告后生，而遗余语。闻者遂以洪语斥余，而仍侈司寇往说以相难。惜哉！今出余指，彼将知龙。①

在这一段争论中，双方都将诗歌比为神龙，而争论的焦点是"首尾全露"为好还是"一爪一鳞"更妙。李建昌则巧妙地将这段话以"五龙鳞爪，东现西没"八个字概括出来，这说明他真正领悟了这段话的精髓，而他自己的观点也表达清楚了。

不管是引用还是化用，朝鲜诗家借中国诗论的观点以表达自己对明清诗歌的看法，这说明他们既关注明清诗歌，又对明清的诗歌理论感兴趣。

二、具有鲜明的儒学化特色

朝鲜是最早输入中国儒家文化的国家，儒家思想一直处于正统地位，"及李氏得政权……改国号曰朝鲜……以抑佛扬儒为主义，特奉程朱之学"②。"至第九代成宗时，文物制度皆已确立，儒教思想皆已普及于庶民阶层，奠定了朝鲜王朝五百年的基础。"③ 在当时的朝鲜，"辟异端、遵儒道，人皆以入孝出恭、忠君信友为职分事耳。若有髡首者，则并令充军"（崔溥《漂海录》）④。儒家思想在观念上和制度上都是神圣不可亵渎的。因此，"在某种意义上讲，它是比儒学的诞生地中国更加遵从儒家文化的国家"⑤。

儒家的文艺思想也很早就传到朝鲜半岛，从朝鲜的汉文学鼻祖崔致远（857—?）开始，就"不太欣赏那些歌颂自然山水和自由抒发个人感情的诗歌，而把《大雅》、《小雅》当作诗之最高典范。从而认为诗歌应

---

① 〔清〕赵执信：《谈龙录》，陈迩冬校点，北京，人民文学出版社，1998年，第5—6页。
② 〔韩〕李丙焘：《韩国儒学史略》，汉城，亚细亚文化社，1986年，第79—80页。
③ 〔韩〕柳承国：《韩国儒学史》，傅济功译，台北，台湾商务印书馆，1989年，第114页。
④ 〔韩〕林基中编：《燕行录全集》（第1册），汉城，东国大学校出版部，2001年，第405页。
⑤ 徐远和：《儒家思想与东亚社会发展模式》，南宁，广西人民出版社，2002年，第210页。

以'君臣礼乐为宏规',表达有益于教化的雅正内容"①。自此,这种儒家文学观念一直延续下来。到了朝鲜朝,文人在谈诗论文时,更以儒家的政治、道德教化为最高标准,注重诗歌的讽刺、谏诫、颂美的创作功用,强调"文以载道"、"诗关世教",不符合这些标准的,即使在艺术上很成功,也不能算作真正的好诗,是不可取的。朝鲜朝徐居正的《东人诗话》是朝鲜第一部以诗话命名的诗评著作,主要评论本国诗歌。徐居正在评诗时就"不徒取其文词之美,隐然以维持世教为本"(《〈东人诗话〉序》)②。

正是在朝鲜儒学最为兴盛、儒家文艺思想占据文坛主流的背景下,明清诗歌渐次进入了朝鲜批评家的视野。因此,他们对明清诗歌的接受与评论更表现出鲜明的儒学化特色。

(一) 以维护儒家政治统治、道德教化为最高标准

谨遵儒家思想的朝鲜朝时代,更加注重文学的教化功能。正祖李祘曰:"大抵《诗》所以成孝敬、厚人伦、美教化、移风俗,而列国之君臣世次、山川封域、鸟兽草木、器用服饰,与夫方言训诂、盛衰治乱之迹,无一不该载。"(《诗》)③ 大意是内容丰富的《诗经》承担着教化的责任。朝鲜朝的很多文人在接受与批评明清诗歌时,也将维护儒家的政治统治、道德教化作为最高标准,认为符合这一标准的就是优秀之作,值得学习和推广,反之则不予接受。

正祖李祘在选编和评论明代诗歌时,就首先看其是否有助于政治统治和道德教化。他取袁宏道的诗歌,不取竟陵派锺、谭的诗歌都与此有关。他在《题〈律英〉》一文中对此各有解释:"诗者,言之英也;律者,诗之英也。唐取四十九人,宋取十三人,明取六人,而俱所谓杰然驰声者。若彼袁宏道何为而取之哉?盖亦《三百篇》之《郑》、《卫》也。诗教莫善于惩创,故《桑间》、《濮上》,夫子不删。"④ 李祘强调自己编选《诗观》所取之诗多是杰出之作,而取袁宏道律诗则另有用意,

---

① 李岩:《崔致远文学观念简析》,《当代韩国》2001年夏季号。
② 〔朝〕姜希孟:《私淑斋集》(《影印标点 韩国文集丛刊》第12辑),汉城,韩国民族文化推进会,1988年,第118页。
③ 〔朝〕李祘:《弘斋全书Ⅱ》(《影印标点 韩国文集丛刊》第263辑),汉城,韩国民族文化推进会,2001年,第294页。
④ 〔朝〕李祘:《弘斋全书Ⅱ》(《影印标点 韩国文集丛刊》第263辑),汉城,韩国民族文化推进会,2001年,第370页。

那是因为袁诗正如《诗经》之《郑风》、《卫风》一样。虽然"郑声淫"（《论语·卫灵公》）①，而卫国的"《桑间》、《濮上》之音，亡国之音也"（《礼记·乐记》）②。但孔子删诗时保留了《郑风》和《卫风》，原因是其内容对后人有惩罚鉴戒的作用，而这正是儒家诗教所需要的。正祖是朝鲜的国王，发言行事自然要维护自己的政治统治。而袁宏道作诗又恰恰主张"独抒性灵，不拘格套"③，强调写诗要全从胸中自然流出，不可矫情造作。加之袁宏道生活放浪，有时"把轻率、肤浅、庸俗也当成了'性灵'"④，因此作诗难免有时粗疏，不合儒家诗教。所以袁宏道部分律诗入选《律英》并不是因为写得出色，而是正祖将其作为反面教材以警示后人。同样，李祘排斥明代徐渭、公安派、竟陵派也是因为其诗歌有悖于教化，他说：

> 诗者，关世道、系治忽。隽永冲瀜者，治世中和之音也；春容典雅者，冠冕佩玉之资也；琐碎尖斜者，乱世烦促之声也；幽险奇巧者，孤臣孽子之文也。……文章有道有术，道不可以不正，术不可以不慎。学文者，当宗主六经，羽翼子史，包括上下，博极今古，而卒之会极于朱子书。然后其辞醇正，而道术庶几不差误。况文章之道大矣，治教之污隆也，风俗之醇漓也，人心之正伪也。……又就明清诸子，蹈袭奇僻，自为标寘。曰我学先秦两汉，而非先秦两汉矣。曰我学唐宋，而非唐宋矣。都是假骨董、赝法帖之锢人赏鉴者也。以是之故，世道日就浇漓，士风日趋浮薄。……而若孟郊、贾岛、徐、袁、钟、谭四子则不与焉，以其体法寒瘦，音韵噍杀，实非治世之希音。故存拔笔削之际，自以锤秤衮钺寓于其间，此意不可以不知。（《日得录·文学》）⑤

李祘指出文学的教化作用在于"治教之污隆也，风俗之醇漓也，人心之

---

① 〔清〕刘宝楠：《论语正义》，高流水点校，北京，中华书局，1990年，第624页。
② 李学勤主编：《十三经注疏·礼记正义》，北京，北京大学出版社，1999年，第1080页。
③ 钱伯城：《袁宏道集笺校》，上海，上海古籍出版社，1981年，第187页。
④ 周伟民：《明清诗歌史论》，长春，吉林教育出版社，2006年，第286页。
⑤ 〔朝〕李祘：《弘斋全书Ⅵ》（《影印标点 韩国文集丛刊》第267辑），汉城，韩国民族文化推进会，2001年，第189—193页。

正伪也",而明代的许多诗文没有做到这一点,因此导致了"世道日就浇漓,士风日趋浮薄",所以他选诗就格外仔细,剔除了那些不利于治国教民之作。如何判断是否有利于治国教民呢?《礼记·乐记》给出了一个标准:"凡音者,生人心者也。情动于中,故形于声。声成文,谓之音。是故治世之音,安以乐,其政和。乱世之音,怨以怒,其政乖。亡国之音,哀以思,其民困。声音之道,与政通矣。"① 正祖论诗谨遵这一评价标准,他认为徐、袁、锺、谭之诗或者"琐碎尖斜"、"幽险奇巧",或者"体法寒瘦,音韵噍杀",实乃孤臣孽子之文,正属乱世烦促之声、亡国之音,非常不利于世教和统治,故而剔除。

明朝灭亡后,不能接受满清统治的明代遗民诗人创作了不少"悲愤国事、叙写遭遇、痛心民瘼、表露志节"② 的诗歌。朝鲜诗家认为这些诗歌关注国家、民族的前途和命运,表达了复国拯民思想,能够对明代遗民甚至朝鲜人(很多朝鲜人认为自己也是明代遗民)起到鼓舞和教化作用,能够时刻提醒他们勿忘国耻,伺机复明。因此他们大量辑录明遗民诗歌并给予了高度评价。如成海应《研经斋诗话》曰:"吕晚村罹曾静狱,覆其家,诗集中《如此江山图》及《钱墓松歌》皆思明室而作,感慨悲恻。"③ 另外,朝鲜文人虽然多欣赏钱谦益的诗歌,却也批判了他投降清朝的失节之举,认为此举不仅辱没了他儒家学者的风范,也不利于后世的政治统治和道德教化,这多少也影响了他们对钱谦益作品接受与评价的全面性与客观性。

朝鲜诗家洪大容曾对清代乾隆年间山西诗人郭执桓的诗作高度赞扬,说其诗"芦泉灌腴壤,虎岳耸纤峰。灵根毓英秀,艳藻播正宗。"(《次郭澹园执桓赠师鲁诗韵,遥寄邓汶轩师闵,以资替书,亦望转示澹园》)④ 但他为郭诗所作的《〈绘声园诗〉跋》却说:

---

① 李学勤主编:《十三经注疏·礼记正义》,北京,北京大学出版社,1999 年,第 1077 页。
② 张宇声:《归庄——明遗民诗学理论的杰出代表》,《淄博学院学报(社会科学版)》2001 年第 4 期。
③ 〔朝〕成海应:《研经斋全集 V》(《影印标点 韩国文集丛刊》第 277 辑),汉城,韩国民族文化推进会,2001 年,第 503 页。
④ 〔朝〕洪大容:《湛轩书》(《影印标点 韩国文集丛刊》第 248 辑),汉城,韩国民族文化推进会,2000 年,第 79 页。

> 既心会矣，将友之矣；既友之矣，将爱重之矣；既爱重之矣，将不愿其益进于道乎？人莫尊于孔、周，而鲍、谢为卑，事莫切于身心而骚墨为下。以澹园之才，早耽词律，用心良苦，非不美且盛矣。吾恐其沾沾于小道而终泥于致远也。夫辞章吾所不能，诙说吾所不忍，爱之勉以身心，重之进以孔周。惟日敛华而就实，舍文藻以明道术。吾所愿于澹园者庶在于此矣。①

洪大容在肯定郭执桓其人其诗的同时，还不忘劝勉其要认清诗文与儒家之道的主次关系，即诗文为小技，儒家之道才应是他一生追求的神圣使命。郭执桓如果能以自己的诗歌创作来彰显儒家之道就完美了。

（二）以能够颂美和适度讽刺者为优秀之作

"美刺"是中国古代儒家关于文学社会功用的一个术语。"美"即歌颂，"刺"即讽刺。能否在创作中美刺，也是儒家文艺批评的标准之一。但在实际的批评中，美颂往往言过其实，讽刺则要保持一定的度，即"主文而谲谏，言之者无罪，闻之者足以戒"②。朝鲜的批评家也继承了儒家文艺批评的美刺传统。如张维的《书厨铭》强调进行文学批评时要看其是否反映了"君臣得失"，是否做到了"微显美刺"③。丁若镛写给儿子的书信《寄渊儿》曰："《三百篇》者，皆忠臣孝子、烈妇良友、恻怛忠厚之发。不爱君忧国，非诗也；不伤时愤俗，非诗也；非有美刺劝惩之义，非诗也。故志不立、学不醇，不闻大道、不能有致君泽民之心者，不能作诗。"④ 在欣赏和评论明清诗歌时，朝鲜诗家自然也很关注其是否做到了颂美和适度的讽刺。

明初的台阁体，是以文臣杨士奇、杨荣、杨溥等为代表的一个文学流派，以诗歌创作为主，多为应制、题赠、酬应而作，典雅雕琢、华艳富贵，以称颂帝王圣德、歌唱太平盛世以及表达诗人的耿耿忠心为主要内容，成就平平。而有些朝鲜诗家却对三杨及其诗歌大加赞赏，如黄景

---

① 〔朝〕洪大容：《湛轩书》(《影印标点 韩国文集丛刊》第 248 辑)，汉城，韩国民族文化推进会，2000 年，第 74 页。
② 李学勤主编：《十三经注疏·毛诗正义》，北京，北京大学出版社，1999 年，第 13 页。
③ 〔朝〕张维：《谿谷集》(《影印标点 韩国文集丛刊》第 92 辑)，汉城，韩国民族文化推进会，1992 年，第 44 页。
④ 〔朝〕丁若镛：《与犹堂全书Ⅰ》(《影印标点 韩国文集丛刊》第 281 辑)，汉城，韩国民族文化推进会，2002 年，第 453 页。

源《颂〈猗兰操〉敕》曰:"当是时,海内清平,朝无失政,中外翕然。称三杨以居第……溥质直廉静,无城府,性恭谨。每入朝,循墙而走。诸大臣论事争可否,或至违言,溥平心处之,诸大臣皆叹服。世称士奇有学行,荣有才识,溥有雅操,皆非人所能及。此三人者,诚可谓宿德之臣也,天下岂有遗贤乎?"①那么,这样兼具学识、雅操、宿德的贤人之创作自然值得称颂。于是黄景源极尽赞美之能事,以五言排律《中州感怀赠伯玉三十首》(其十)为三杨的美化盛世而高唱赞歌:

> 吾闻时雨降,云气出山川。上有盛天子,公孤无不贤。
> 三杨命世材,内阁得君专。士奇驯行笃,弘济饬躬虔。
> 帷幄赞鸿谟,勉仁识最渊。协恭政初成,休养德方宣。
> 明兴六十载,始见景星天。共贺泰阶平,西苑钟鼓悬。②

士奇、弘济、勉仁分别指杨士奇、杨溥、杨荣。在黄氏看来,盛天子在上,大臣们无不贤能。三杨各有命世之才,是辅政的贤臣,对明初的兴盛功不可没。洪奭周也指出三人的创作既美颂了太平盛世,又做到了文辞优美,他在《读明文一百二十韵》中曰:"三杨赍升平,润色在东里。"③润色是创作的最后一个阶段,润色之后的作品才更有感染力。可知,洪奭周分别从内容和形式上肯定了三杨的颂美之作。李裕元也曾专门作诗赞美杨士奇的创作和功勋,其论人、论诗之作《皇明史咏四十五首·杨士奇》曰:"杜房姚宋比三杨,史笔堂堂众美芳。通达事机相藉力,一家靡懈四朝良。"④作者认为明代三杨堪比唐代的四位贤相,因为他们都能以史家之笔歌颂盛世之治,而历事四朝的杨士奇更是帝王的好助手,功劳更高。

《皇华集》是明代使臣在朝鲜期间与朝鲜文臣的唱和之作,艺术价

---

① 〔朝〕黄景源:《江汉集Ⅰ》(《影印标点 韩国文集丛刊》第224辑),汉城,韩国民族文化推进会,1999年,第490页。
② 〔朝〕黄景源:《江汉集Ⅰ》(《影印标点 韩国文集丛刊》第224辑),汉城,韩国民族文化推进会,1999年,第11页。
③ 〔朝〕黄景源:《江汉集Ⅰ》(《影印标点 韩国文集丛刊》第224辑),汉城,韩国民族文化推进会,1999年,第27页。
④ 〔朝〕李裕元:《嘉梧藁略Ⅰ》(《影印标点 韩国文集丛刊》第315辑),汉城,韩国民族文化推进会,2003年,第94页。

值并不高，但主要内容是感谢皇恩浩大，歌颂盛世太平以及盛赞中国文教远播，因此也受到一些朝鲜诗家的盛誉。如姜希孟的《〈祁皇华集〉跋》曰："于时，吏部郎中东广祈先生顺、行人司左司副张先生瑾衔命到国，遇物兴怀，辄有所作。文涵众妙，诗神七步，鋾轰乎大篇，蕴顺乎短章。其导宣皇恩、嘉惠远人之意，蔼然溢于言外。岂非所谓骋《大雅》之雄，鸣国家之盛者乎！"① 因为两位使臣的诗歌能够"导宣皇恩"、"鸣国家之盛"，所以被提升到了《大雅》的地位。

同样，朝鲜诗人对明清诗歌中能适度讽刺者也给予了肯定，如李德懋《诗观小传》评李东阳的诗曰："所为《乐府》，别创一格，风刺并见，涵蓄可味。有《怀麓堂集》。"② 朝鲜诗家虽然能够接受过度的溢美之词，却主张讽刺要适度，对讽刺形式不当或讽刺太过者提出了指责。如张维很欣赏王阳明的诗歌，但不满于王阳明诗中托梦的讽刺方式，他的《谿谷漫笔》中有这样一段：

> 阳明有《记梦诗》，自序曰："正德庚辰八月二十八夕，卧小阁。忽梦晋忠臣郭景纯氏以诗示予，且极言王导之奸，谓世人徒知王敦之逆，而不知王导实阴主之。其言甚长，不能尽录，觉而书其所示诗于壁，复为诗以记其略。"其诗及所谓郭景纯诗者，皆载集中。考郭诗体裁与景纯他诗不相似。余窃疑此诗作于宸濠变后，无乃方濠盛时，朝中大臣或有主其谋而竟幸免者，故阳明记此以风刺之也。然事涉语怪，恐非儒者所当道。③

张维认为王阳明的《记梦诗》很可能是对当时丑恶政治现象的讽刺，值得肯定，但不能接受这种荒诞不经的表现形式，因为儒者"不语怪、力、乱、神"（《论语·述而》）④，即使讽刺也要符合儒家的文艺批评标准。

后七子领袖王世贞是在朝鲜影响最大的一位明代作家，他的大部分

---

① 〔朝〕姜希孟：《私淑斋集》（《影印标点 韩国文集丛刊》第 12 辑），汉城，韩国民族文化推进会，1988 年，第 139—140 页。
② 〔朝〕李德懋：《青庄馆全书Ⅰ》（《影印标点 韩国文集丛刊》第 257 辑），汉城，韩国民族文化推进会，2000 年，第 377 页。
③ 〔韩〕赵锺业编：《修正增补 韩国诗话丛编》（第 2 册），汉城，太学社，1996 年，第 673—674 页。
④ 〔清〕刘宝楠：《论语正义》，高流水点校，北京，中华书局，1990 年，第 272 页。

诗文和理论著作都得到了朝鲜诗家的高度认可,但有一首《拟古诗》却受到了众多指责,原因就是讽刺太过,有侮辱圣人之嫌。李晬光原本非常赞赏王世贞的作诗之法,并提醒朝鲜学者学习借鉴,但对他的《拟古诗》也非常不满,批评他说:"王弇州《拟古诗》略曰:'虞帝小鳏夫,虚名攘唐祚。西伯老秃翁,脱身美人赂。垂死窜苍梧,荐禹如有负。戎马践幽王,实以妖姬故。寄声谢时达,毋为圣贤误。'其侮圣人,亦甚矣。"(《芝峰类说》卷十二)① 其《秉烛杂记》又说:"王世贞曰:'王充,贱儒也,哓哓然敢于非圣,是宁免于先王之诛。'愚谓弇州之罪王充,似矣。而观其《拟古诗》云……其敢于非圣,孰甚焉?"② 在李晬光看来,王世贞的这首诗是对圣人的大不敬,这比王世贞指责过的王充更加过分。尹愭在《峡里闲话》中也气愤地说:"明弇州王世贞,亦以文章称,其《拟古诗》略曰……若此者类,其侮圣横议,要皆庄周之流。而庄周则处于战国纵横之世,自以愤世激荡之心,恣为谬悠荒唐之说。其绝圣去智,自为异端。"③ 尹愭是一位地道的儒家学者,对庄子思想极为排斥,认为其即使在百家争鸣的战国时期也属异端,而身处大明盛世、在正统儒家思想浸润下的王世贞也如此侮辱圣人就太不应该了。从正统观念的角度看,虞舜和周文王都应是历代诗人美颂的对象,王世贞恰好相反,这当然不符合儒家"主文而谲谏"的讽刺标准,因此在朝鲜诗家看来是绝对不可取的。

(三)更愿意接受儒者形象的作品

朝鲜诗家也同意"诗品出于人品"(《艺概·诗概》)④ 的说法。他们认为一个思想纯正、人品高洁的诗人才能写出好的诗歌,而最纯正的思想莫过于正统儒家思想,最高洁的品格莫过于儒家的忠孝节义。所以,他们更愿意接受和赞许明清那些忠孝节义之儒者形象的作品。

前七子领袖李梦阳的诗歌就因此受到更多的关注。《李朝实录》宣祖32年(1599)闰4月13日有这样一段记载:"上曰:'天将来此,虽

---

① 蔡镇楚编:《域外诗话珍本丛书》(第九册),北京,北京图书馆出版社,2006年,第307—308页。
② 〔朝〕李晬光:《芝峰集》(《影印标点 韩国文集丛刊》第66辑),汉城,韩国民族文化推进会,1991年,第288页。
③ 〔朝〕尹愭:《无名子集》(《影印标点 韩国文集丛刊》第256辑),汉城,韩国民族文化推进会,2000年,第524页。
④ 〔清〕刘熙载:《艺概》,上海,上海古籍出版社,1978年,第82页。

有作弊之事，其气象浑厚老实，非我国人所及。'恒福曰：'地之所生，致使然矣。中朝人非但禀赋甚厚，其文章地步广阔，行文则论两汉以上，诗律则称苏武、李陵，宋朝之学，置而不论。其首倡者，李梦阳也。梦阳为尚古之学，为一代大儒。'"① 在此，宣祖和大臣们原本要讨论的是李梦阳的文学创作，最后也以"一代大儒"来作总结。《明史·李梦阳传》记载的李梦阳冒死弹劾嚣张外戚张鹤龄一事，使李梦阳的儒者形象更加光彩，也提升了他在朝鲜诗人中的地位。黄景源的《策进士制》记载："寿宁侯张鹤龄无人臣礼，梦阳上疏极言之。皇后母夫人金氏愬孝宗，遂系梦阳锦衣狱，止夺其俸。……有司请予梦阳杖，孝宗谓刘大夏曰：'朕岂杀朝廷直臣，快外戚心乎？'遂不许。……于君臣朋友之际，能致其义，则文章之精粗得失，不当论也。"② 此事和《明史·李梦阳传》的记载基本一致，突出了李梦阳忠君爱国的耿耿丹心以及和孝宗之间深厚的君臣情谊。直言敢谏正是一个文臣对儒家思想的践行，所以黄氏最后的结论是，能尽到君臣之义最重要，文章优劣甚至可以忽略不计。李梦阳进谏获罪于外戚，而孝宗得罪外戚极力保护李梦阳一事演绎了一段感人至深的君臣之谊，在朝鲜也传为佳话。朝鲜诗家因此更愿意接受李梦阳的诗歌，如他的七律《限韵赠黄子》就得到了高度的评价，其曰："十年放逐同梁苑，中夜悲歌泣孝宗。"③ 申钦《晴窗软谈》说："空同之'十年放逐同梁苑，中夜悲歌泣孝宗'，激昂顿挫，咏之泪下，后少陵也。"④ 赵泰亿在《辞判决事疏》中说："每诵明人李梦阳'十年放逐同梁苑，中夜悲歌泣孝宗'之句，未尝不三复流涕，适会此时，得睹当日云汉之章。"⑤ 李梦阳此诗当作于孝宗去世之后，表达了对孝宗去世的悲痛之情，因此引发了朝鲜诗人对二人君臣之谊的感动。李德懋在《耳目口心书》中也强调了李梦阳的儒者形象，他说："韩愈，唐之董仲

---

① 〔日〕末松保和编：《李朝实录》（第29册），东京，学习院东洋文化研究所，1961年，第476页。
② 〔朝〕黄景源：《江汉集Ⅰ》（《影印标点 韩国文集丛刊》第224辑），汉城，韩国民族文化推进会，1999年，第515页。
③ 〔明〕李梦阳：《空同集》（影印本《文渊阁四库全书》第1262册），台北，台湾商务印书馆，1986年，第264页。
④ 〔朝〕申钦：《象村稿Ⅱ》（《影印标点 韩国文集丛刊》第72辑），汉城，韩国民族文化推进会，1991年，第338页。
⑤ 〔朝〕赵泰亿：《谦斋集Ⅰ》（《影印标点 韩国文集丛刊》第189辑），汉城，韩国民族文化推进会，1997年，第465页。

舒。欧阳修,宋之韩愈。李梦阳,明之欧阳修。皆不独以文章比也,气节相似。而献吉不背朱子之学,不害为儒者也。"① 李德懋将李梦阳比作明代的"欧阳修",不仅因为二者文章相似,还因为二人儒者之气节相似,这也超出了文学的范畴,扩大了李梦阳在朝鲜的影响。

同样,因为明末清初爱国文人张溥、陈子龙、夏完淳等人的诗歌多以表达反对异族侵略、抒写爱国情怀为主题,也在朝鲜诗坛得到盛赞。朝鲜诗人指出他们将满腔的爱国情怀注入笔端,创作出光辉灿烂的诗词文赋。这些爱国文人或倡导复古、取法魏晋,或抒写时事、发身世之感,或作驯雅之章,或写芳华绮丽之词,感慨激楚、和平深婉,慷慨悲歌,一时间不仅惊动海内,而且扬名海外,故其作品将永远不朽。

反之,对明清诗人中不尊重儒家文化、不遵守儒家思想规范者,其诗歌即使很优秀,朝鲜诗家也不愿接受或评价明显降低。如前文提到的正祖李祘就不喜欢袁宏道的作品,仅选的几首也是作为反面典型以警示后人。这也和袁氏本人多违背儒家思想规范有关。袁宏道在思想上深受李贽影响,肯定人的欲望和性情,强调个性解放,不囿于儒家的道德规范,行为放荡不羁、生活不检点,追求及时行乐、尽情享受的生活方式。这一点,完全背离了儒家的美德。尽管有些朝鲜诗家承认他的创作成就,而另一些批评家却批判了他的离经叛道,因此贬低了他的诗歌,并认为他的作品对朝鲜诗歌创作也产生了不良影响。如朝鲜大儒丁若镛就视其为"狂夫荡子"(《苕上烟波钓叟之家记》)②,而不愿意接受其作品。金昌协《农岩杂识》也说:"今读《中郎集》,一边说禅谈佛,一边耽酒恋色,此如屠沽儿诵经,直是可笑。"③ 说禅谈佛,耽酒恋色,也与儒家思想和生活方式相违背,所以金昌协几乎完全否定了袁宏道的创作。

对于入清后钱谦益的创作,朝鲜多数诗家能够就诗论诗,客观评论。但也有诗家彻底否定了他这一时期的创作,如安重观的《书钱虞山〈有学集〉》曰:"余观其诗若文,大都气轻而促,言戚而庞,哀之固也。何其泥也耶?……而况尝位大臣之列,而不能一死于国破君亡之余。……

---

① 〔朝〕李德懋:《青庄馆全书Ⅱ》(《影印标点 韩国文集丛刊》第258辑),汉城,韩国民族文化推进会,2000年,第378页。
② 〔朝〕丁若镛:《与犹堂全书Ⅰ》(《影印标点 韩国文集丛刊》第281辑),汉城,韩国民族文化推进会,2002年,第301—302页。
③ 〔朝〕金昌协:《农岩集Ⅱ》(《影印标点 韩国文集丛刊》第162辑),汉城,韩国民族文化推进会,1996年,第395页。

呜呼！彼固不祥之人，而词又不祥之音也，谓宜斥以远之，惟恐或似。"① 这种全盘否定显然不够客观，其原因就是钱谦益"尝位大臣之列，而不能一死于国破君亡之余"，丧失了作为一个儒者应有的气节。

朝鲜文人以儒家的文艺思想和道德规范作为尺度接受与评论明清诗歌，鲜明体现了当时两国的政治关系和文化交往的特色，顺应了传统儒家文学批评的主流，有利于朝鲜诗歌创作和批评向着正统方向发展，也有利于诗人自我道德、社会道德的完善和统治的稳定。但是，这种严格的接受、批评标准也有负面影响，比如过分强调诗歌的政治、道德教化及颂美的功用，而忽视了文学本身抒写性情的功能以及辞采、意境等艺术性，以至于朝鲜的文艺批评出现了重教化、轻艺术的错误倾向，如对明初台阁体、《皇华集》的过高赞美和对公安派、竟陵派诗歌的否定，都偏离了文艺批评的正轨。而过高评价纯儒者形象的作品也使得朝鲜的部分文艺批评失之于偏颇，如将方孝孺推上明代文学首席地位以及完全否定袁宏道的创作就有失客观和公正。

三、评论角度、标准、形式、载体的多样性

从以上各章内容可知，朝鲜诗家评论明清诗歌的角度、方法灵活多样，评诗的形式不拘一格，呈现出丰富多彩的特色。

（一）评论角度各不相同

朝鲜诗家对明清诗歌的评论角度各不相同：或宏观批评，笼统分析；或微观品评，斟酌词句；或谈其主题思想，或论其艺术特征；或就诗论诗，或将诗歌与人品联系起来评说。也有些诗家选取多个角度，从不同侧面评论同一个作家或作品。多角度、多方面的评论可见朝鲜诗家对明清诗歌的全面把握和深入认识。

1. 宏观批评

朝鲜诗家的宏观批评即从总体上论述明清诗歌的特征、发展变化的过程，或笼统谈论某一流派、团体、某一诗人创作的规模、成就、风格等等。

首先，朝鲜诗家从总体上对明清诗歌进行了评论。如以下几处：

---

① 〔朝〕安重观：《悔窝集》（《影印标点 韩国文集丛刊（续）》第65辑），首尔，韩国古典翻译院，2008年，第335页。

> 大明文章，大抵务华采而少真实，此其所以反不及于宋也。然其评隲文词极其精确，寻源流、辨雅俗，毫发不爽。文以先秦为主，诗以汉魏为本，一篇之内规度森然，要非我国人所可企及也。（李宜显《陶峡丛说》）①

> 论诗，且休千言万语。惟知宋之猖狂、明之假饰为尽可戒而已。此其要法若夫性情才气，在乎其人焉耳。……明诗，大抵如美人障子，岂不眩目，无以致情。惟弇州稍黠，间有类子瞻者。（金春泽《论诗文》）②

> 清人文不多见，大率诗文绵弱。（李宜显《陶峡丛说》）③

以上几位诗家都将明朝和清朝的诗歌作为一个整体来观照，指出其总体特征。还有一些朝鲜诗家阐发了阅读明诗后的切身感受，其中即蕴含着自己对明诗的认识和评价。如姜锡圭（1628—1695）的《十五日咏明律寄呈》曰：

> 一部明诗万丈光，皇朝三百盛文章。
> 空同笔势追西汉，大复词华逼晚唐。
> 硬语横空孙处士，丽篇惊世李东阳。
> 愁来开卷高吟罢，赢得明珠照我肠。④

这首诗以"万丈光"和"明珠"来比喻明诗，抒发了自己阅读明诗后的畅快之感，表达了朝鲜诗家接受、评论明诗的主要基调和最切身的感受，代表了大部分朝鲜诗家对明诗的态度。

---

① 〔韩〕赵钟业编：《修正增补 韩国诗话丛编》（第6册），汉城，太学社，1996年，第237—238页。
② 〔朝〕金春泽：《北轩集》（《影印标点 韩国文集丛刊》第185辑），汉城，韩国民族文化推进会，1997年，第223页。
③ 〔朝〕李宜显：《陶谷集Ⅱ》（《影印标点 韩国文集丛刊》第181辑），汉城，韩国民族文化推进会，1997年，第452页。
④ 〔朝〕姜锡圭：《聱齾斋集》（《影印标点 韩国文集丛刊（续）》第38辑），首尔，韩国古典翻译院，2007年，第53页。

其次，对某一创作流派或诗人团体的创作进行笼统点评，如许筠评论前七子的诗曰："中原何李帜词场，江左徐郎亦雁行。应似开天推李杜，清高还有孟襄阳。"（《读〈徐迪功集〉》）① 对具体诗人进行宏观批评的也很多，如李裕元评李攀龙说："雪楼才士是其人，王李之中谁大宾。作诗成调文牙戟，一代词宗泣鬼神。"（《皇明史咏四十五首·李攀龙》）② 再如清中后期的纪昀是朝鲜诗人交往与热评的对象，柳得恭《叔父几何先生墓志铭》评曰："纪昀为尚书，名重海内，世所称晓岚大宗伯者也。"③ 其《热河纪行诗·纪晓岚大宗伯》亦曰："海内词宗藉藉名，萧然来访两书生。朱轮驻处留红刺，提督衙门半日惊。"④ 成海应《柳惠风热河诗注》也评曰："纪大宗伯名昀，直隶献县人，海内推为词林宗匠。"⑤ 几位诗家都没有评说纪昀的具体创作情况，而是对其诗坛的领袖地位进行了宏观的概括。

这种宏观的评论往往能抓住所评对象的总体特征或某一方面特征，让读者对其有个大概的了解，但这种评论也有一定的片面性，如明诗之"假饰"、清代"大率诗文绵弱"等说法就不够准确、不够全面。

2. 微观品评

微观品评即从细微处着眼，一般侧重于对某位诗人的具体作品以及作品中的某处细节展开批评，如摘句、注释等，这也是朝鲜诗家评论明清诗歌时最愿意选取的角度。

申钦《晴窗软谈》说："空同之'十年放逐同梁苑，中夜悲歌泣孝宗'，激昂顿挫，咏之泪下，后少陵也。"⑥ 针对这一联诗，申钦分析了其基调、风格，表达了读诗的感受，还指出了诗句有杜甫遗韵。

---

① 〔韩〕成均馆大学校大东文化研究院编：《许筠全集》，汉城，成均馆大学校出版部，1981年，第29页。
② 〔朝〕李裕元：《嘉梧稿略Ⅰ》（《影印标点 韩国文集丛刊》第315辑），汉城，韩国民族文化推进会，2003年，第96页。
③ 〔朝〕柳得恭：《泠斋集》（《影印标点 韩国文集丛刊》第260辑），汉城，韩国民族文化推进会，2000年，第108页。
④ 〔朝〕柳得恭：《泠斋集》（《影印标点 韩国文集丛刊》第260辑），汉城，韩国民族文化推进会，2000年，第76页。
⑤ 〔朝〕成海应：《研经斋全集Ⅵ》（《影印标点 韩国文集丛刊》第278辑），汉城，韩国民族文化推进会，2001年，第103页。
⑥ 〔朝〕申钦：《象村稿Ⅱ》（《影印标点 韩国文集丛刊》第72辑），汉城，韩国民族文化推进会，1991年，第338页。

金泽荣《杂言》评王士禛诗歌说:"王渔洋诗'九疑泪竹娥皇庙,字字《离骚》屈宋心',使今人为之,当曰'屈子'而不能曰'屈宋',盖屈、宋同倡词赋,二人而一体也。又其音调,'屈子'与'屈宋'大有间,非渔洋之才识超绝,其孰能知此而胆敢之乎?"① 此联出自王士禛《戏仿元遗山论诗绝句三十二首》的第二十八首,金泽荣仔细分析了作者用"屈宋"而不用"屈子"的原因,并大赞王士禛的诗才不凡。

曹兢燮《杂识》云:"予尝爱郑畋《马嵬坡》……于忠肃《咏石灰》云:'千椎万凿出深山,烈火丛中炼几还。粉骨碎身都不顾,只留清白在人间。'……此数诗可以见性情之正,能感动人心,而辞语亦警绝。"② 诗人从情感和言辞方面肯定了自己喜欢的《马嵬坡》、《石灰吟》等几首诗,从这简单的评价亦可见其对诗人正义清白品格的欣赏。

在以上几例中,诗评家各选李梦阳、王士禛、于谦等三人诗句进行品评,分别言及了诗句的风格、情感、选词、炼字方面的特色,对诗人的品格、才识、气节也一并点评,可谓细致入微。这样的微观品评一定是建立在熟读理解诗歌文本、了解作者诗风乃至学识的基础上,对后人读诗、评诗或创作也有一定帮助或启发。

3. 诗品与人品互相参看

朝鲜诗家也多认同"诗品出于人品"的观点,如申钦《象村漫稿·春城录》曰:"人心不同如面,诗文由乎人心而发。"③ 所以他们在评价明清诗歌时也往往将诗歌的特色、成就与作者的思想、人格甚至人生经历联系起来,认为好的人品才能创作出优秀的诗篇,而人品不佳,其诗歌成就必定受到不良影响。朝鲜诗家对明清诗人及诗歌发表评论时,就分别从正反两面表达了这种倾向。

袁宏道生活放荡、耽于酒色,受到朝鲜诗家的指责。丁若镛将其视为"狂夫荡子",不能接受他的人品及生活方式,自然也对他的"独抒性灵"的诗歌持反对态度;金昌协批判了袁宏道的诗歌在内容方面一边

---

① 〔韩〕韩国学文献研究所编:《金泽荣全集》(二),汉城,亚细亚文化社,1978年,第129—130页。
② 〔朝〕曹兢燮:《岩栖集》(《影印标点 韩国文集丛刊》第350辑),汉城,韩国民族文化推进会,2005年,第543页。
③ 〔朝〕申钦:《象村稿Ⅱ》(《影印标点 韩国文集丛刊》第72辑),汉城,韩国民族文化推进会,1991年,第365页。

谈禅一边耽恋酒色的矛盾；正祖李祘也将其诗歌比作淫靡、亡国的郑风、卫风，并以此作为反面的典型以警示后人。

相反，朝鲜诗家认为袁枚高蹈不羁的人品也促成了他诗歌的成就，反过来，其诗歌又是其人品的印证。如朴趾源《热河日记·避暑录》曰："尹卿曰：'……敝老友袁太史枚，字子才，高蹈不羁之士也。不乐仕宦，放迹山水，最工怀古之作。'因高咏数句，余未晓听，请书示。其《博浪城》诗曰……观其诗，可占中原士大夫之心。"① 因敬其人而爱其诗，因爱其诗而更加敬其人，二者相得益彰。

而对于诗品与人品以及二者的关系这个话题，朝鲜诗家对钱谦益及其作品的讨论最多，也出现了几种不同的观点和倾向。

其一，钱谦益诗品与人品俱佳。如李喜之《〈钱牧斋文抄〉序》首先指出钱谦益的人品佳，称其为"君子中人"，在品行上胜过庾信②、谢翱③、杨维桢④、郑思肖⑤，接下来又指出钱谦益作品出色，可以媲美于《匪风》、《下泉》、《九歌》、《天问》，与庾信、谢翱、杨维桢、郑思肖的成就不相上下。此外，李喜之对钱谦益诗学主张亦大加赞扬，认为其具有独创性又可矫正此前模拟之弊（见第六章第一节）。可见李喜之对钱谦益的诗品与人品都十分赞赏。

其二，钱谦益诗品与人品皆差。如安重观《书钱虞山〈有学集〉》完全否定了钱谦益的人品与诗品，说他是"不祥之人"，在明朝灭亡后已经成为行尸走肉，说他的作品是"不祥之音"，"气轻而促，言戚而厖"，对后人的创作将产生不良影响（见第六章第一节）。这种绝对的否定明显不够客观，表现出论诗者狭隘的一面。

---

① 〔朝〕朴趾源：《燕岩集》（《影印标点 韩国文集丛刊》第252辑），汉城，韩国民族文化推进会，2000年，第284页。

② 庾信（513—581），南北朝时期诗人、文学家，因任过开府仪同三司，故又称庾开府，南朝人。政局变换后，庾信被强留在北方。此后庾信一方面身居显贵，被尊为文坛宗师，一方面又深切思念故国乡土，为自己身仕敌国而羞愧、怨愤。

③ 谢翱（1249—1295），字皋羽，南宋爱国诗人，曾追随文天祥。文天祥兵败，其归乡务农、创作，写下大量缅怀故国和文天祥的诗文。尽管元人对其追缉甚紧，但他对宋室仍一片忠心，时常以诗言志。

④ 杨维桢（1296—1370），元末明初著名诗人、文学家、书画家和戏曲家。元亡后，隐居江湖，后朱元璋召其编纂礼乐之书，被严词拒绝。

⑤ 郑思肖（1241—1318），宋末诗人、画家，连江（今属福建）人。原名不详，宋亡后改名思肖（因肖是宋朝国姓赵的组成部分），字忆翁，表示不忘故国。

其三，钱谦益诗品佳，人品差。如朴汉永在《石林随笔》中认为钱谦益乃清初诗人之冠，其"才力富健，学问鸿博"，诗歌成就很高。但沈德潜的《清诗别裁集》却不录钱诗，这完全和钱谦益的失节仕清有关。对此，朴汉永的观点是"不可以人废言"，即不能因为钱谦益的人品而全部否定他的创作（见第六章第一节）。和前几位诗人相比较，朴汉永论诗的态度客观，结论也比较准确。

（二）论诗的双重标准

朝鲜诗家接受与评论明清诗歌的标准并不唯一，而是思想性与艺术性并举，二者交融，具体而全面地体现了"兼顾"的标准。无论是评论一个流派，还是评论一个诗人，他们总是既关注其思想是否纯正，内容是否充实，情感是否真挚，也会从音韵、格律、遣词造句、意境、风格等方面加以欣赏、评判。如对钱谦益诗作的评论，朝鲜诗家主要赞许其学杜甫、陆游的诗风，同时也关注并折服于其深邃的思想和真情实感。他们对前后七子、袁宏道、王士禛、李调元等人诗作的评价，也都兼顾思想与艺术方面的特点。

朝鲜朝时期，儒学思想是意识形态的主导思想，所以文学鉴赏和批评也具有鲜明的儒学化特色。朝鲜诗家评价一个诗人及其作品的标准往往看其是否符合儒家思想和道德规范。如朝鲜朝后期著名诗人、实学家丁若镛在评价于谦的《入京》时就以此为标准，其《牧民心书》曰："廉者，牧之本务，万善之源，诸德之根。不廉而能牧者，未之有也。……河南土产蘑菇、线香，宦游者每取以馈当路。于肃愍公巡抚其地，绝无所取。有诗云：'手帕蘑菇与线香，本资民用反为殃。清风两袖朝天去，免得闾阎话短长。'"① 丁若镛抄录、评论这首诗就因为其突显了于谦廉洁无私的清官形象。此外，朝鲜诗家对竟陵派、袁宏道、钱谦益作品的争议，对遗民诗的大量辑录和评论，对明末爱国诗歌的高度赞扬也都与此有关。本节"具有鲜明的儒学化特色"部分对此已经多有论证，此处不再赘述。

从马克思主义文学观的角度看，文学的思想性还体现在其具有丰富的认识价值方面，如恩格斯对巴尔扎克小说提供的经济细节和知识的充

---

① 〔朝〕丁若镛：《与犹堂全书Ⅴ》（《影印标点 韩国文集丛刊》第285辑），汉城，韩国民族文化推进会，2002年，第323页。

分肯定。朝鲜诗家在许多明清诗歌中也获得了各领域的知识，认为其具有较高的认识价值，如奎章阁《东诗丛话（续）》对王士禛五律的评价："'板荡崇祯末，先生宰晋州。中山翻得谤，孟博竟同收。归隐康王谷，读书章贡楼。悲哉耆旧尽，流水咽三洲。'中山谤，引乐羊古事也。陈士业官晋州，被谮系狱，州民讼冤，得解。孟博，范滂字也。言其被系如孟博被党锢同政。康王谷，谷名。章贡楼，陈士业书楼名。古人以诗家之善用人名者为鬼谱，今阮亭诗一部鬼谱，又一部地志。"① 王士禛在这首《金陵挽陈先生士业兼寄伯玑二首》（其二）② 中提到了鲜为人知的古事、人名、地名，涉及了多个领域的知识，使朝鲜诗家在得到审美享受的同时，还提高了历史、地理等方面的认识，因而博得了"鬼谱"和"地志"之称。

　　历代创作者和评论家多认为要把作品放进历史环境中进行阐释和评价。一部作品具有较大的思想深度和历史内容，才能以此衡定其历史作用和历史价值。朝鲜诗家吴光运《〈摅史俚唱〉跋》曰："诗与史，道通为一。……若诗者，里巷妇孺皆可作。里讴巷谣，皆可以史也。"③ 他们对明清诗歌的评价也符合这样的"历史观点"。他们很推崇明清时代那些反映历史、抒写历史，或者有厚重历史感和历史价值的诗作。如李宜显《陶峡丛说》评朱元璋的《新月》、《赐朝鲜国秀才权近》等诗曰："大率气力浑厚，真创业英主之文也。"④ 李宜显显然从朱元璋的诗歌读出了一种主宰一段历史的帝王气魄。再如明遗民诗既抒发了明遗民对时代变迁、民族兴亡的真实感受，又再现了明清易代的宏大历史场景，也从主客观方面构建了明遗民的伟大心灵史。明遗民诗人还提出了"史外传心之史"、"以诗补史"、"以诗正史"、"以心为史"等理念，因此朝鲜诗家认为其诗歌和诗论都具有很高的历史价值。

　　朝鲜诗家对明清诗歌的评论无论是肯定还是否定，都不是孤立地泛

---

① 〔韩〕赵锺业编：《修正增补 韩国诗话丛编》（第13册），汉城，太学社，1996年，第512页。
② 〔清〕王士禛：《渔洋诗集》（《四库全书存目丛书》编纂委员会编：《四库全书存目丛书》集部第226册），济南，齐鲁书社，1997年，第267页。
③ 〔朝〕吴光运：《药山漫稿Ⅱ》（《影印标点 韩国文集丛刊》第211辑），汉城，韩国民族文化推进会，1998年，第77页。
④ 〔朝〕李宜显：《陶谷集Ⅱ》（《影印标点 韩国文集丛刊》第181辑），汉城，韩国民族文化推进会，1997年，第451页。

泛而谈，总是将其功过得失放在诗歌发展的长河中去综合考察，紧扣明清诗歌所反映的历史内容及其产生的历史条件，更没有脱离自身所处的历史时代的现实要求和美学观念。他们旁征博引，纵横古今，在具体的历史、文化环境中全面评论明清诗歌，并进行了很多横向、纵向的比较与分析。而前后七子、钱谦益、王士禛、翁方纲等人的诗学理念对朝鲜汉诗、诗学的广泛影响，就是朝鲜诗家"历史观点"所产生的社会功能之一。

对文学作品的分析不仅要有"历史观点"，还要坚持"美学观点"。朝鲜诗家对艺术手段和尺度的强调，就突出了其对明清诗歌美感的充分认识。

他们重视明清诗歌在语言、形态、格律、意境、韵味、风格等方面的美感，寻找其中符合审美创造的规律。如他们这样评价何景明的创作："景明恬澹温逊，不露才美。……盖梦阳之雄厚，景明之逸健，宜学者之尊为宗匠。"（李德懋《诗观小传·何景明》）[1] "何景明清藻秀润，丰容雅泽，不作怒张之态。"（李祘《〈诗观〉五百六十卷（写本）》）[2] "余读何景明七言近体，爱其清炼。续以和之，录得若干首，传之吟社。"（李民宬次韵诗《送盛斯征巡抚四川》诗后注）[3] "逸健"、"清炼"、"清藻秀润，丰容雅泽"、"几乎唐样"，这显然都是在艺术上对何景明诗歌审美特质、艺术价值、结构形式的肯定。这样的例子还有很多。如李裕元的组诗《皇明史咏四十五首》评李攀龙及其诗曰："作诗成调文牙戟，一代词宗泣鬼神。"[4] 徐宗泰则认为"于鳞诗，隽拔有生色，语且多新。自宋元来，萎弱易厌者观之，孰不跃喜而慕。然一务生割而夸眩之，无浑雅流畅，流出性情之实。未知若使陶征君、韦左司辈见之，果以为如何？"（《札记录》）[5] 又如朝鲜诗家对王士禛"神韵诗"艺术成就的赞美，

---

① 〔朝〕李德懋：《青庄馆全书Ⅰ》（《影印标点 韩国文集丛刊》第257辑），汉城，韩国民族文化推进会，2000年，第367页。

② 〔朝〕李祘：《弘斋全书Ⅵ》（《影印标点 韩国文集丛刊》第267辑），汉城，韩国民族文化推进会，2001年，第509页。

③ 〔朝〕李民宬：《敬亭集》（《影印标点 韩国文集丛刊》第76辑），汉城，韩国民族文化推进会，1991年，第284页。

④ 〔朝〕李裕元：《嘉梧稿略Ⅰ》（《影印标点 韩国文集丛刊》第315辑），汉城，韩国民族文化推进会，2003年，第96页。

⑤ 〔朝〕徐宗泰：《晚静堂集》（《影印标点 韩国文集丛刊》第163辑），汉城，韩国民族文化推进会，1996年，第249页。

洪翰周《送权史野大肯以副行人赴燕》（其八）曰："诗家神韵自天秀，四海风骚孰擅场。"① 李建昌《宁斋诗话》云："渔洋诗如五龙鳞爪，东现西没。"② 再如朴齐家对李调元《粤东皇华集》的评论："韬光敛彩，斵雕归真，不为浮夸矜止之色，而泓泓然见其元气之鸣于纸上也。信乎！大家之音也。"（《与李羹堂调元》)③ 这里有对文体的外在形态及其内部结构的完美程度的分析，有对艺术形象是否鲜明、生动、独特的判断，也有对诗歌意蕴的深刻、丰富程度的评价。

需要指出的是，朝鲜文人与明清诗歌佳作的唱和、集句，以及编选诗（论）集（如朝鲜官修的《皇华集》、许筠的《明四家诗选》、正祖编选的《律英》和《诗观》、申纬编选的《复初斋集选本》和《七律彀》、柳得恭抄录的《并世集》、李钰纂录的《百家诗话抄》等），也都体现了他们对明清诗歌艺术性的认可。

通过上面的例子能够看出，朝鲜诗家对明清诗歌进行了多种形式的评论。他们虽然立足于域外视角，但是同文同种的文化渊源使朝鲜诗论打上了鲜明的中国烙印。他们使用的绝大部分批评文字、术语以及话语体系都受到了中国诗论的影响，体现出中国特色，而这些评论本身也体现了思想性和艺术性相统一的标准。具体表现为，论诗形式、体裁、修辞都较为恰当合理，观点也较为客观、全面、准确。从整体上说，朝鲜诗家论明清诗歌能够兼顾思想和艺术的双重标准。也可以说，他们已经坚持了历史的和美学的观点。

（三）论诗形式不拘一格

朝鲜诗家论明清诗歌的形式不拘一格，主要有简评、摘句、集句、比较、注释、编选、收录等等。

1. 简评

简评即对明清诗歌进行简单评析，或评内容题材，或论其风格特色，或论其成就，或指出其不足。如南龙翼《壶谷诗评》"明诗"条曰："明

---

① 〔朝〕洪翰周：《海翁藁》(《影印标点 韩国文集丛刊》第306辑)，汉城，韩国民族文化推进会，2003年，第377页。

② 〔韩〕赵锺业编：《修正增补 韩国诗话丛编（第13册）》，汉城，太学社，1996年，第330页。

③ 〔朝〕朴齐家：《贞蕤阁集》(《影印标点 韩国文集丛刊》第261辑)，汉城，韩国民族文化推进会，2001年，第663页。

诗格不及于唐，情不及于宋，惟以音响自高，观者多病焉。而其中亦有奇杰可取者存焉。"① "明诗如郭子章'家在淮南青桂老，门临湖水白苹深'，高太史《咏梅》'雪满山中高士卧，月明林下美人来'……宗方城'樽前明月双鸿暮，江上梅花一骑寒'等句，足以跨宋涉唐，而然亦有明调。"② 又如徐宗泰评李攀龙诗曰："于鳞诗，隽拔有生色，语且多新。自宋元来，萎弱易厌者观之，孰不跃喜而慕。然一务生割而夸眩之，无浑雅流畅，流出性情之实。"(《札记录》)③ 只短短几十个字，李攀龙诗歌创作的风格及优缺点就被概括出来了。再如成海应《复雪议》曰："沈德潜之诗，以纤丽称。"④ 李德懋评潘庭筠曰："诗盖清妍新警。"(《清脾录》"潘秋庳"条)⑤ 评王士禛曰："善为诗，大率清秀闲雅，澹静流丽，淹洽宏肆，其老来诸作尤磊落槎牙，为海内诗宗者，迄今百余年无一人异辞。"(《清脾录》"王阮亭"条)⑥ 这几处对明清诗歌的简评，都能以最简洁的语言概括出其最主要的风格或地位，观点明确、立场鲜明，可谓言简意赅。

2. 摘句

摘句法是我国古代文学批评中常用的一种手法，"这种批评是通过从一首完整的诗作当中摘出极有限的几个诗句（通常是一联，有时则只有一句）来进行的。这些被摘出的诗句一般都被认为是所谓的佳妙之句，并且它们之被看作批评对象，并不是因为它们是它们所由摘出的诗作的代表或者例示，而是因为它们自身就具有作为批评对象的、独立的审美价值"⑦。摘句法有时甚至只是摘出，没有评价，而摘句者的褒贬已经寓

---

① 〔韩〕赵锺业编：《修正增补 韩国诗话丛编》（第3册），汉城，太学社，1996年，第300页。
② 〔韩〕赵锺业编：《修正增补 韩国诗话丛编》（第3册），汉城，太学社，1996年，第301—303页。
③ 〔朝〕徐宗泰：《晚静堂集》（《影印标点 韩国文集丛刊》第163辑），汉城，韩国民族文化推进会，1996年，第248页。
④ 〔朝〕成海应：《研经斋全集Ⅱ》（《影印标点 韩国文集丛刊》第274辑），汉城，韩国民族文化推进会，2001年，第215—216页。
⑤ 〔朝〕李德懋：《青庄馆全书Ⅱ》（《影印标点 韩国文集丛刊》第258辑），汉城，韩国民族文化推进会，2000年，第50页。
⑥ 〔朝〕李德懋：《青庄馆全书Ⅱ》（《影印标点 韩国文集丛刊》第258辑），汉城，韩国民族文化推进会，2000年，第46页。
⑦ 曹文彪：《论诗歌摘句批评》，《文学评论》1998年第1期。

于所摘录的诗句中。摘句批评使得所摘之句流传更广,也往往使得全诗和作者更有影响。如欧阳修《六一诗话》云:"又若温庭筠'鸡声茅店月,人迹板桥霜',贾岛'怪禽啼旷野,落日恐行人',则道路辛苦,羁愁旅思,岂不见于言外乎?"① 这便是典型的摘句批评。再如谢灵运的"池塘生春草,园柳变鸣禽",陶渊明的"采菊东篱下,悠然见南山",王勃的"海内存知己,天涯若比邻",这些诗句就在历代评论家的摘句批评中流传不朽。

"摘句还对域外文学批评产生了影响。韩国诗论中多用摘句法……"② 朝鲜诗家在论明清诗歌时,摘句法用得很多。如:

> 每诵明人李梦阳"十年放逐同梁苑,中夜悲歌泣孝宗"之句,未尝不三复流涕,适会此时,得睹当日云汉之章。(赵泰亿《辞判决事疏》)③

> 熊化天使诗曰:"白日一花落,青天孤鸟飞。"人以为佳。然按李梦阳诗云:"白日孤帆隐,青天一鸟飞。"盖袭此句而为之。李梦阳亦全用李白"天清一雁远,海阔孤帆迟"句语尔。(李晬光《芝峰类说》)④

> 若大复之诗,几乎唐样。大复之"章华日暮春游尽,云梦天寒夜猎多"者,虽唐人岂易及也?(申钦《晴窗软谈》)⑤

> 阮亭绝句之结语多得潇洒,如《雨中度关》诗:"西风忽送潇潇雨,满路槐花出故关。"(奎章阁《东诗丛话(续)》)⑥

---

① 〔清〕何文焕编:《历代诗话》(上),北京,中华书局,1981年,第267页。
② 张伯伟:《中国古代文学批评方法研究》,北京,中华书局,2002年,第340页。
③ 〔朝〕赵泰亿:《谦斋集Ⅰ》(《影印标点 韩国文集丛刊》第189辑),汉城,韩国民族文化推进会,1997年,第465页。
④ 蔡镇楚编:《域外诗话珍本丛书》(第九册),北京,北京图书馆出版社,2006年,第311页。
⑤ 〔朝〕申钦:《象村稿Ⅱ》(《影印标点 韩国文集丛刊》第72辑),汉城,韩国民族文化推进会,1991年,第335页。
⑥ 〔韩〕赵锺业编:《修正增补 韩国诗话丛编》(第13册),汉城,太学社,1996年,第515页。

这几位朝鲜诗人分别摘录了李梦阳、熊化、何景明、王士祯的诗句，或概括诗句的风格特征，或指明其典故出处，或表达了读后的感受，使所摘之句给人留下深刻的印象。李德懋最喜此法，其《清脾录》摘录了大量的明清诗句，如"毛西河"条："毛西河奇龄全集诗文高华逸宕。今若摘句：'平田千蝶舞，深店一驴鸣。''柴门啼鸟细，村径覆萝长。'……'霜高一榻横清汉，岁晚双樽傍落晖。''寒风绝塞吹青雁，霜月横空击皂雕。''东流水色清堪恋，北地晴光浅亦佳。''酒旆碧垂丹枣下，庙门红闭绿杨边。'皆佳句也。"① 此段对毛奇龄诗歌的摘句批评以概括其诗风的"高华逸宕"领起，然后摘录了毛奇龄的29联诗句，最后以"皆佳句也"进行简单总结，是一段较为完整、典型的摘句批评，体现了摘句法的概括性和丰富性。这种评论的方法使得明清时期一些诗歌的名句、秀句在朝鲜广为流传。

3. 集句

集句是古人的一种特殊作诗法，就是从现成的诗篇中选取诗句，再巧妙集合而成为新诗。集句诗要求对原诗句融会贯通，如出一体，有完整的内容和崭新的主旨，且要符合格律。因此，作者只有博闻强记，掌握大量前人诗歌，才能集句成诗。在朝鲜汉诗中也有不少是选取明清诗句而成的集句诗，这虽然不是对明清诗歌的直接评价，但从朝鲜文人的精心集句、巧妙成诗来看，他们一定是在对明清诗歌烂熟于心、充分理解和喜爱的基础上才做到的。所以，这种集句诗可以说是对所选诗句的一种间接好评。以下是诗人李学逵的《感事集句》诗②：

　　眼意心期卒未休（唐韩偓），傍他门户倚他楼（唐李山甫）。
　　狂风落尽深红色（唐杜牧），任尔随波逐水流（明谢五娘）。

　　牡丹时月好清明（明张昱），归对黎涡却有情（宋朱文公）。
　　人世可怜惟有老（明刘基），已将嘲弄付诸生（宋陆游）。

---

① 〔朝〕李德懋：《青庄馆全书Ⅱ》（《影印标点 韩国文集丛刊》第258辑），汉城，韩国民族文化推进会，2000年，第26—27页。
② 〔朝〕李学逵：《洛下生集》（《影印标点 韩国文集丛刊》第290辑），汉城，韩国民族文化推进会，2002年，第393—394页。

一点残灯照药丛（明张红桥），穷冬相伴胜房空（明吴宽）。
猧儿撼起钟声动（唐元稹），已觉恩情逐晓风（唐崔涯）。

埽地烧香闭合眠（宋秦观），暗虫唧唧夜绵绵（唐白居易）。
似闻一语分明寄（清王士禛），只是当时已惘然（唐李商隐）。

一错谁能铸九州（清王士禛），多悲多恨谩悠悠（唐权审）。
凭谁解释春情重（元杨维桢），只有空床敌素秋（唐李商隐）。

桑榆元不补东隅（宋陆游），世好都归一懒除（明沈周）。
我本无家更安往（宋苏轼），郤须时到野人庐（同上）。

巾带凉生暮色虚（清吴省钦），此生有味在三余（宋苏轼）。
晚来怅望君知否（唐白居易），卧听邻斋夜读书（宋杨万里）。

无计忘忧只杜康（清王士禛），离人到此倍堪伤（唐罗邺）。
此情不语何人会（唐白居易），只有醒时觉异乡（宋李觏）。

人正忙时我正闲（宋杨万里），老怀多感自无欢（宋陆游）。
柴门尽日支颐坐（清邵长蘅），作意西风打面寒（清钱谦益）。

干戈不见老莱衣（唐杜甫），醉梦还家醒未归（明张以宁）。
毕竟林塘谁是主（唐白乐天），菘心青嫩芥苔肥（宋范成大）。

这十首诗歌中每首都有明代或清代的诗句，且在所有 40 句中有 13 句出自明清诗歌，这个比例是很大的，可见诗人在阅读、欣赏唐宋诗歌的同时也没有忽视了明清诗歌。

在一些朝鲜诗人的非集句诗歌中，有时也会出现明清诗人的原句，或化用明清人的诗句。如洪柱国《次滩翁题金山寺图长句》曰："九点齐州万劫尘，天又限以重溟涛。好事跻攀半帆风（李东阳诗曰：'金山寺里半帆风'），几多品题留诗骚。"[1] 诗人自注"好事跻攀半帆风"一

---

[1] 〔朝〕洪柱国：《泛翁集》（《影印标点 韩国文集丛刊（续）》第 36 辑，首尔，韩国古典翻译院，2007 年，第 257 页。

句来自李东阳诗句。又如徐滢修《拈韵得佣字》诗曰:"丁田十亩堪终岁,丙舍三椽足掩冬。"句下注:"牧斋诗'丁田自耕凿',谓一丁所受之田也。"①"丁田自耕凿"一句出自钱谦益诗《得卢德水宿迁书却寄六十四韵》。而这些诗家对明清诗人词句和典故的引用也是他们一种仰慕并愿意学习的表现。词句引用如金泽荣《酬沈友卿兼怀屠归甫三首》(其二)曰:"雪苑邹枚惊敏疾,玉台徐庾擅华轻。"②"玉台"句就化用了王士禛《催妆诗为屺瞻作二首》(其二)③的"徐庾轻华体"句。金进洙《燕都杂咏》(其十九)曰:"澹云疏雨小姑祠,袅娜轻清是绝奇。选六家中夸第一,果然东国解声诗。"④"果然东国解声诗"则引用了王士禛《论诗绝句》的原文。

此外,朝鲜诗家次韵明清诗歌的诗作也很多,这也算是一种特殊的评价形式。前面几章涉及较多,此处不再举例。

4. 比较

比较法也是朝鲜诗家论明清诗歌常用的一种方法,他们或在比较中突出某一流派、某一诗人的特色,或通过比较鉴别优劣。比较的内容包括各朝代、各流派以及诗人之间的比较,还有某一诗人不同时期或不同作品的比较。因为朝鲜诗家论明清诗歌是跨越国界的文学批评,所以他们也经常将中朝两国诗人的创作进行比较。

(1) 不同朝代诗歌的比较。如任璟《玄湖琐谈》曰:"开元之诗,雍容君子,端委庙堂也;宋人之诗,委巷腐儒,擎跽曲拳也;明人之诗,少年侠客,驰马章台也。亦可谓善喻也。"⑤再如李宜显《〈历代律选〉跋》曰:"唐以辞采为尚,而终和且平,绝无浮慢之态,所以去古最近。

---

① 〔朝〕徐滢修:《明皋全集》(《影印标点 韩国文集丛刊》第261辑),汉城,韩国民族文化推进会,2001年,第33页。

② 〔朝〕金泽荣:《韶濩堂集》(《影印标点 韩国文集丛刊》第347辑),汉城,韩国民族文化推进会,2005年,第208页。

③ 〔清〕王士禛《催妆诗为屺瞻作二首》(其二):"侬住青溪岸,新欢白石郎。魂销三阁曲,水学九曲肠。徐庾轻华体,齐梁浅淡妆。春来双燕子,先到莫愁堂。"(王士禛:《渔洋续集》,《四库全书存目丛书》编纂委员会编:《四库全书存目丛书》集部第226册,济南,齐鲁书社,1997年,第648页。

④ 〔朝〕金进洙:《莲坡诗钞》(《影印标点 韩国文集丛刊》第306辑),汉城,韩国民族文化推进会,2003年,第230页。

⑤ 〔韩〕赵锺业编:《修正增补 韩国诗话丛编》(第6册),汉城,太学社,1996年,第182页。

末流稍趋于下,则宋苏、陈诸公矫以气格,后又不免粗卤之病。而元人欲以华腴胜之,靡弱无力,愈离于古而莫可返。于是李、何诸子起而力振之,其意非不美矣。摹拟之甚,殆同优人假面,无复天真之可见。"①任璟和李宜显都从宏观的角度着眼,将唐宋元明四代诗歌进行比较,揭示了四代诗学的变迁情况,并突出了各代诗歌的特点。

(2)不同流派的比较。如李宜显《〈历代律选〉跋》曰:"于是李、何诸子起而力振之,其意非不美矣。摹拟之甚,殆同优人假面,无复天真之可见。钟、谭辈厌其然,遂揭'性灵'二字以哗世率众,而尤怪僻鄙倍,无可言矣。钱虞山至比天宝入破曲,以为国运兆于此,非过论也。"②李宜显对明清几个主要流派进行了比较,指出了各自的缺点。又如,南克宽在比较了公安派和竟陵派之后,得出了这样的结论:"公安、竟陵才具等耳,然论所就,锺殊胜之。"(《谢施子》)③

(3)不同诗人的比较。如金正喜就愿意用此法论诗:"诗道之渔洋、竹垞门径不误。渔洋纯以天行,如天衣无缝,如华严楼阁,一指弹开,难以摸捉;竹垞人力精到,攀缘梯接,虽泰山顶上可进一步。须以竹垞为主,参之以渔洋色香声味,圆全无亏缺。"(《阮堂诗话》)④ 朴汉永《石林随笔》"阮堂诗评敢下顶针"条也比较了两位诗人:"清初诗人,以钱谦益、吴伟业为最。二人皆明遗臣,而尝仕清,然其诗在启、祯之际,实可称为大家,即清诗人中亦未能或之先也。牧斋……其诗沉郁而藻丽,高情逸致,或以为在梅村之右,固不可以人废言也。……继云:'句法沉博绝丽,足以压倒一世也。'"⑤ 在这两段中,金正喜、朴汉永分别将王士禛和朱彝尊、钱谦益和吴伟业进行了比较:前者在比较中突出了王、朱二人各自的创作特色,并指出同时吸取二人优点来创作便完美了;后者通过比较,得出钱谦益诗歌总体成就高于吴伟业的结论。也有

---

① 〔朝〕李宜显:《陶谷集Ⅱ》(《影印标点 韩国文集丛刊》第181辑),汉城,韩国民族文化推进会,1997年,第403—404页。
② 〔朝〕李宜显:《陶谷集Ⅱ》(《影印标点 韩国文集丛刊》第181辑),汉城,韩国民族文化推进会,1997年,第403—404页。
③ 〔朝〕南克宽:《梦呓集》(《影印标点 韩国文集丛刊》第209辑),汉城,韩国民族文化推进会,1998年,第322页。
④ 〔韩〕赵锺业编:《修正增补 韩国诗话丛编》(第13册),汉城,太学社,1996年,第181页。
⑤ 〔韩〕赵锺业编:《修正增补 韩国诗话丛编》(第13册),汉城,太学社,1996年,第303—304页。

朝鲜诗家将不同诗人的具体诗作拿来比较，如李晬光曾将李攀龙和王世贞的诗歌做过比较："李攀龙《咏新河》一联曰：'春流无恙桃花水，秋色依然瓠子宫。'王世贞极称之以为不可及。而世贞亦有诗曰：'连山尽压支祈锁，逼汉疑穿织女机。'《尧山堂纪》以为此联在沧溟之上。余谓王诗气力固健，然句法未免矜持，恐不如李之全完也。"（《芝峰类说》卷九）① 李晬光不同意《尧山堂外纪》的说法，得出了相反的结论。

（4）中朝两国诗歌的比较。虽然朝鲜诗歌一直以中国诗歌为旗帜，但总体成就依然不能和中国诗歌相比，如李德懋就对王世贞的《哭于鳞一百二十韵》情有独钟，他说："元美之《哭于鳞一百二十韵》诗，瑰奇谲诡，灵气翕杂，盖大物也，而伟材欤？不让为大明文章也。顾东国无此制作，其他可类知矣。"② 不过，也有朝鲜诗人的创作在某些方面独具特色，甚至有超过中国诗歌的一面。如洪汝河《〈栢潭先生文集〉序》曰：

> 先生与王凤洲元美，生同嘉靖丙戌，文章气格真不相上下。盖独禀之才得于天者，同也，而其习气工程不囿于地之偏全，则未知如何尔。元美之文章满天下，家有人诵久矣，而栢潭之文何晚出而益少也。然观凤洲之学，而杂以纵横仙释，不醇乎儒者也。栢潭早而得老先生，为之依归，讲求朱门宗旨，故其平生撰述粹然一出于正。③

洪汝河将朝鲜诗人具凤龄与同时代的中国诗人王世贞做了比较，结论是二人"不相上下"。但他又进一步指出，王世贞的学问涉及百家，比较杂，而具凤龄的创作独尊儒术，更加正统。据此，读者可以看出，洪汝河的真正结论是具凤龄更胜一筹。

有比较才有鉴别，这种比较的批评方法使得评者的观点更鲜明，理

---

① 蔡镇楚编：《域外诗话珍本丛书》（第九册），北京，北京图书馆出版社，2006年，第65页。
② 〔朝〕李德懋：《青庄馆全书Ⅰ》（《影印标点 韩国文集丛刊》第257辑），汉城，韩国民族文化推进会，2000年，第103页。
③ 〔朝〕具凤龄：《栢潭集》（《影印标点 韩国文集丛刊》第39辑），汉城，韩国民族文化推进会，1989年，第4—5页。

由更充分，当然其结论多少也会受到个人喜好、学识、诗鉴水平或民族情感的影响，不一定完全准确。

5. 注释

注释即对一些诗歌中的典故、地名、人名、术语或其他影响阅读理解的难点的出处、意义等做出解释。有些学识渊博又比较细心的朝鲜诗家在细读明清诗歌后，认真做了一些注释。如李晬光《芝峰类说》卷十二载："明诗有曰：'堤柳欲眠莺唤起'。按《稗史》：'汉苑中有柳，状如人形，号"人柳"，一日三起三眠'云，'眠'、'起'二字出于此。"① 所引诗句出自明代诗人林鸿的《春日游东苑应制》："堤柳欲眠莺唤起，宫花乍落鸟衔来。"顾起纶评曰："并称警绝，信不在大历下也。"（《国雅品》）② 此句所用典故比较生僻，如果不加注解，读者恐怕就领会不到诗歌的妙处。李晬光能够对其出处、含义做出如此细致、合理的注释，对后人解读此诗很有帮助。

再看奎章阁《东诗丛话（续）》对王士禛五律的注释：

> 阮亭在金陵挽陈先生士业，有五律二首。其第二首："板荡崇祯末，先生宰晋州。中山翻得谤，孟博竟同收。归隐康王谷，读书章贡楼。悲哉耆旧尽，流水咽三洲。"中山谤，引乐羊古事也。陈士业官晋州，被赞系狱，州民讼冤，得解。孟博，范滂字也。言其被系如孟博被党锢同政。康王谷，谷名。章贡楼，陈士业书楼名。古人以诗家之善用人名者为鬼谱，今阮亭诗一部鬼谱，又一部地志。③

王士禛在这首《金陵挽陈先生士业兼寄伯玑二首》（其二）④ 中用了鲜为人知的古事、人名、地名，使得诗歌非常不容易阅读。注者对这些人物的经历和事迹、对这些地名所指的地理位置或和主人公的关系做了注释，结合这些注释，读者不必再费时费力查找资料就很容易读懂这首诗了。

---

① 蔡镇楚编：《域外诗话珍本丛书》（第九册），北京，北京图书馆出版社，2006年，第300页。
② 〔清〕丁福保辑：《历代诗话续编》（下），北京，中华书局，1983年，第1094页。
③ 〔韩〕赵钟业编：《修正增补 韩国诗话丛编》（第13册），汉城，太学社，1996年，第512页。
④ 〔清〕王士禛：《渔洋诗集》（《四库全书存目丛书》编纂委员会编：《四库全书存目丛书》集部第226册），济南，齐鲁书社，1997年，第267页。

对明清诗歌的注释既体现了朝鲜诗家认真求实的精神，也反映了其严谨的治学态度，而其学识渊博、对中国诗歌和传统文化的了解之深也由此可见。

6. 编选诗集

不少朝鲜诗家将明清诗歌收集、选编成作品集，以便于自己和后人阅读研习。如许筠的《明四家诗选》录了前后七子代表李梦阳、何景明、李攀龙、王世贞四家诗共1300篇，李祘的《诗观》录了明代13人的诗歌186卷25717首，柳得恭的《并世集》收录清代71人的诗歌2卷271首。另外，李德懋的《磊磊落落书》和成海应的《皇明遗民传》也辑录了大量的明遗民诗。这些选集所收录诗歌多是明清代表诗人的作品，或是收录者自己心仪的诗篇，也有在主题、风格方面适合朝鲜人阅读的内容，这样的选择本身就表达了肯定或褒奖的评价。但也不尽如此，如李祘选明代公安派、竟陵派的一些诗歌用以警示后人，代表的则是批判的态度和否定的评价。

（四）论诗载体丰富多彩

朝鲜诗家评论明清诗歌的载体有诗话、稗说野谈、书札、序跋、论诗诗、诗人小传等等，多种多样，丰富多彩。

1. 在诗话中论明清诗歌

受中国诗话文体的影响，朝鲜朝的诗话作品如雨后春笋般大量产生，如徐居正《东人诗话》、李晬光《芝峰类说》、张维《谿谷漫笔》、南龙翼《壶谷诗评》、李宜显《云阳漫录》、申昉《屯庵诗话》、金渐《西京诗话》、成海应《研经斋诗话》、金正喜《阮堂诗话》等等。这些诗话中保存了朝鲜诗家对明清诗人及诗歌的大量评价。如李晬光《芝峰类说》卷十二"文章部（五）"的"明诗"部分就有30条专对明代诗歌的评论，其卷九"文章部（二）"中的"诗法"、"诗评"部分也都有对明代诗歌的专门评价。再如李圭景的《诗家点灯》也对明清的许多诗歌进行了仔细的点评。南龙翼的诗话《壶谷诗评》中有这样一段：

> 李空同（梦阳）有大辟草莱之功，后来诗人皆以此为宗。而其前高太史（启）、杨按察、林员外（鸿）、袁海潜（凯）、汪右丞（广洋）、浦长海（源）、庄定山（昶）亦多警句。何大复（景明）

> 与空同齐名,欲以风调埒之,而气力大不及焉。……概论之,则空同、弇州如杜,大复、沧溟如李。论其集大成,则不可不归于王;而若其才之卓越,则沧溟为最。……川楼以下,地丑德齐,而吴体最备,宗才最高。①

作者在不到 400 字的篇幅中点评或提及了明代的 20 多位诗文大家,对明代文学的发展脉络进行了梳理,这也是以诗话为载体评论明清诗歌的一个典型。

2. 在稗说野谈、笔记中论明清诗歌

许多朝鲜诗家愿意收集、记录一些民俗风情、奇闻怪事、野史趣谈等等。于是,大量的野谈、笔记应运而生。在这类作品中也包含着不少对明清诗人生平、创作的记载。如柳梦寅的《於于野谈》中记载了有关王世贞的逸事:

> 王世贞一生攻文章,居家有五室。妻居中堂,四室各置一妾。其一室置儒家文籍,有儒客至,则见于其室讨论儒书,其室之妾备礼食待其客。……其一室置诗家书籍,有诗客至,见于其室,讨论诗家,其室之妾备诗人之食待其客。……翰林学士朱之蕃,其弟子也,尝在世贞客席,有人为其亲索碑文,其行状成一大册几至万言。世贞一读掩其卷,命书字的秉笔而呼之,未尝再阅其卷。既卒业,使之蕃读之,参诸行状,其人一生履历、年月、官爵无一事或差,其聪明强记如此,非独其文章横绝万古也。②

这段逸事以轻松幽默的形式肯定了王世贞"一生攻文章"、"聪明强记"以及重友情不重金钱的学识修养和高洁品格。再如权应仁的《松溪漫录》、鱼叔权的《稗官杂记》等也以这种形式轻松论诗。

3. 在书信中论明清诗歌

朝鲜诗家非常愿意与友人(包括中国文人)在书信中谈诗论文,在

---

① 〔韩〕赵锺业编:《修正增补 韩国诗话丛编》(第 3 册),汉城,太学社,1996 年,第 300—301 页。
② 〔韩〕赵锺业编:《修正增补 韩国诗话丛编》(第 2 册),汉城,太学社,1996 年,第 503—504 页。

现存朝鲜文人的文集中保存着很多探讨明清诗歌的书信,如金熤在《答徐生命寅书》中论竟陵派曰:

> 盛轴锺、谭,不复作矣。更谁有议论到者,若责之于此汉,不几为责者以评青丹耶?眼目未到而妄下唇舌,则是真不自量之甚矣。不敢不敢。然唐之诸子,间千载而始得锺、谭。亦安知不后此几年,又有如锺、谭者作乎?贤者何不少俟而若是汲汲耶。山自峨峨,水自洋洋,锺耳不在,何损于牙弦耶?况自批自评,满幅烂然,可谓自为牙弦、自为锺耳,亦何俟乎千载后锺、谭耶?①

金熤在众多对竟陵派的指责中坚持自己的观点,在给后生徐命寅回信时赞扬了锺惺、谭元春的创作。再如洪大容《与邓汶轩师闵书》云:

> 惟绘声园八咏,已征青岭先生雅怀厚福,今其佳胤发辉藻饰,覃及海隅,开卷慨然,如见其人。嗟乎!为人子当如觐廷,鲜民之生,真欲愧死也。且其年才弱冠,诗学已炼达如此,大邦逸才真不可及也。惟其天机清高,大有远到之气。人生达材,理难具体。以觐廷之才,耗力文艺,甘心于四杰脚下,岂不可惜?②

邓汶轩是洪大容在中国期间结识的一位山西文人,是他将郭执桓的诗歌交给洪大容,使得郭执桓的诗歌名扬海东。回国后洪大容写信给邓汶轩探讨郭执桓的创作,他一方面肯定了郭的诗歌才华,称其为"大邦逸才",另一方面又希望其不要只在文学上有所造诣,还要在"明道"和仕途上多加努力。

4. 在序跋中论明清诗歌

为明清诗歌作序跋也是朝鲜诗人对其评价的一种方式。他们有时为已有的明清诗集作序跋兼对其诗歌进行评论,如尹根寿的《〈李梦阳诗集〉跋》、李喜之的《〈钱牧斋文抄〉序》、许薰的《〈牧斋集抄〉序》、

---

① 〔朝〕金熤:《竹下集》(《影印标点 韩国文集丛刊》第240辑),汉城,韩国民族文化推进会,1999年,第494页。
② 〔朝〕洪大容:《湛轩书》(《影印标点 韩国文集丛刊》第248辑),汉城,韩国民族文化推进会,2000年,第118页。

洪大容的《绘声园诗跋》，再如众多朝鲜诗人都为《皇华集》作过序和跋，在序跋中评价中国使臣及其诗作等等。也有朝鲜诗家自己编选明清诗歌集并作序或跋，如许筠选编了《明四家诗选》并作序曰：

> 明人作诗者，辄曰吾盛唐也，吾李杜也，吾六朝也，吾汉魏也，自相标榜，皆以为可主文盟。以余观之，或剽其语，或袭其意，俱不免屋下架屋，而夸以自大。其不几于夜郎王耶？弘正之间，光岳气全，俊民蔚兴。时则北地（李梦阳）立帜，信阳（何景明）嗣筏，铿锵炳焜。殆与李唐之盛，争其铢累，讵不韪哉？流风相尚，天下靡然，遂有体无完肤之诮，是模拟者之过也，奚病于作者？历下生（李攀龙）以卓荦踔厉之才，鹊起而振之，吴郡（王世贞）遂继以代兴，岳峙中原，傲睨千古，直与汉两司马争衡于百代之下。吁亦异哉！之四巨公，实天畀之以才，使鸣我明之盛。其所制作，具参造化，足以耀后来而轶前人。夫岂与标榜窃袭者，并指而枚屈哉？仲默（何）之诗，畅而丽，虽病于蹈拟，而出入六朝、李、杜，藻范可爱。献吉（李）雄力揵闿，虽专出少陵，而滔滔莽莽，气自昌大。二君在唐，其亦开天间名家哉。于鳞峭拔清壮，论者以岷、峨积雪方之，殆足当矣。古乐府不免临摹，而数千年来人无敢效者，于鳞独肖之，即其所言"拟议以成变化"者，为非诬矣。五言破的，真沈、宋之清劲者也。至于元美，大海汪洋，蕴蓄至巨。虽间或格坠近世，而包含万代，囊括百氏，俯取三家，以鞭弭驱役之。比之武事，其霸王之战巨鹿也欤？即此四家而观之，则明之诗可以尽之。余所取四家诗凡千三百篇，卷凡二十四。其昌谷（徐祯卿）、庭实（边贡）、明卿（吴国伦）、子与（徐中行）诸人之作，亦可备药笼之收，卒卒无暇，请俟异日。（《〈明四家诗选〉序》）①

这是一篇结构完整的序文，主要评价了明诗的总体特征和前后七子四位领袖的创作特色、成就，最后还顺带提及了前后七子中的其他几位诗人。序文条理清晰、观点鲜明，是对明诗的一段非常有价值的评论。再如申钦曾将杨慎的选诗、评诗作品结集成《铁网余枝》，在序中以大篇幅论述

---

① 〔朝〕许筠：《惺所覆瓿稿》（《影印标点 韩国文集丛刊》第74辑），汉城，韩国民族文化推进会，1991年，第176页。

了杨慎的博学多才及其诗文的丰富多彩、成就卓著（见第二章第三节）。

除了为明清诗歌作序跋外，一些朝鲜诗家还在为本国诗人所作的序跋中探讨明清诗歌，如徐滢修的《〈西楼诗稿〉序》曰："然士章平生酷爱李于鳞诗，匠心师迹，若将朝暮遇焉。常诵其'振衣瀑布青云湿，倚剑明星白日寒'之句，曰：'其人不亦可想象乎？士君子胸次，当如是矣。'夫以士章之异世同调，诚能稍假其寿，充其操而展其才，则其追踪轶驾，与白雪争声价不难矣。"① 李瀰《〈青泉集〉序》亦曰："沧溟开晦，绚烂之至，云霞照灼。赋固然矣，诗文为甚。……而沧溟云霞，又可以助其变幻绚烂。"② 两序都指出了李攀龙对朝鲜诗人的影响。再如南公辙的《李君诗序》探讨了徐、袁、锺、谭对朝鲜诗人李亶佃创作的影响。

5. 在论诗诗中论明清诗歌

自从杜甫创作了《戏为六绝句》，论诗诗就成为一种流行的批评方式，许多诗人都愿意以诗论诗，如苏轼、陆游、元好问、赵翼等等。论诗诗"寓理于形象之中，寓理于韵调之中"，"情理交融、简括凝炼，富有韵味而又理性昭然"③。朝鲜诗家在论明清诗歌时也多用论诗诗，如许筠的《读〈徐迪功集〉》、《读〈沧溟集〉》、《读〈弇州四部稿〉》、徐宗泰的《题于鳞诗卷》、申纬的《论诗绝句三十五首》、《读江北七子诗》、姜锡圭的《十五日咏明律寄呈》、金锡胄的《读〈袁中郎集〉，仍用其体却赋二绝》、徐滢修的《读牧斋〈送刘念台客林铨之〉诗有感于怀，书赠李生》、徐荣辅的《对梅读林和靖、高季迪诸诗》、朴齐家的《寄翁侍郎》、李裕元的《皇明史咏四十五首》、尹定铉的《竟陵诗》、李明五的《金西堂尚书充上价赴燕，副行人即金侍郎启温也。湾上与上价子弟金山泉命喜、幕府金善臣迭相唱酬，殆近千余篇云。而见寄一轴诗，见甚宏丽，遂以七古走笔和寄》等等。

这些论诗诗包括绝句、律诗、排律、古体等。绝句如申纬的《论诗绝句三十五首》（其三十一）：

---

① 〔朝〕徐滢修：《明皋全集》（《影印标点 韩国文集丛刊》第261辑），汉城，韩国民族文化推进会，2001年，第142页。

② 〔朝〕申维翰：《青泉集》（《影印标点 韩国文集丛刊》第200辑），汉城，韩国民族文化推进会，1997年，第216页。

③ 童庆炳主编：《文学理论教程》，北京，高等教育出版社，1998年，第321页。

> 王李颓波日渐东，当时摹拟变成风。
> 性情流出于何见，只好千家轨辙同。①

再如朴齐家的《寄翁侍郎》：

> 萧然金石出风尘，落笔长歌句有神。
> 不觉清谈高一格，苏斋门下瓣香人。②

律诗如吴亿龄的《求王弇州集，赠圣节使》：

> 历数空同以后才，凤洲词藻最称魁。
> 极知文压先秦倒，可但诗追正始回。
> 只字堪为天下宝，全编尚少海东来。
> 愿携一帙相传阅，锄得心田旧草莱。③

排律如郑元容（1783—1873）的《余之赴燕也，曹尚书仪卿次余之在会宁时所赠五十韵赆行。今仪卿以冬至上使入燕，又步其韵，奉寄湾上》，以下截取论明清诗歌部分：

> 崇墉辟朝阳，皇途通八九。文章所聚会，颉颃莫沮忸。
> 考据本所长，识论多不苟。制作宜先详，笺注且细叩。
> 分门多大家，矻矻期不朽。晓岚高名古，覃溪陈迹久。
> 近时王与阮，海内知名否。朱蒋书法奇，落笔云烟黝。
> 相揖金台下，悲歌剑欲吼。抱管代挥麈，谈古悦开牖。
> 招要如旧雨，羁旅忘忧悐。缟纻追高风，披襟结契厚。
> 最爱吟诗癖，风流海帆叟。子弟皆聪明，秀润蚌珠剖。④

---

① 〔朝〕申纬：《警修堂全藁》（《影印标点 韩国文集丛刊》第291辑），汉城，韩国民族文化推进会，2002年，第375页。

② 〔朝〕朴齐家：《贞蕤阁集》（《影印标点 韩国文集丛刊》第261辑），汉城，韩国民族文化推进会，2001年，第520页。

③ 〔朝〕吴亿龄：《晚翠集》（《影印标点 韩国文集丛刊》第59辑），汉城，韩国民族文化推进会，1990年，第121页。

④ 〔朝〕郑元容：《经山集》（《影印标点 韩国文集丛刊》第300辑），汉城，韩国民族文化推进会，2002年，第63—64页。

古体诗如徐滢修的《读牧斋〈送刘念台客林铨之〉诗有感于怀，书赠李生》：

  古人以客重主人，皇朝近俗犹先秦。
  屦满户外庄何讥，锥处囊中赵有臣。
  椎埋陆博与洗削，世所卑夷吾不嚬。
  驶雪多积荒城外，急飔每起沙河滨。
  真才岂在轩冕种，蚌珠梗瘤结之因。
  密若静女洁如玉，无愧吾门入幎宾。
  刘家高客竟谁是，穷庐相守同一伦。
  飞蓬毁誉曷足较，岁寒襟期聊共亲。
  两对已忘饥与渴，肯数甑釜生埃尘。
  君不见今世儒名者，晋家四伯何诜诜。①

6. 在小传中论明清诗歌

  还有一些朝鲜诗家为明清诗人作小传或记录其生平、经历，以此为载体评其诗、论其人。如李德懋就曾经为唐宋元明四代共83位诗人作过小传，其中包括明代刘基、高启、宋濂、李东阳、陈献章、王守仁、李梦阳、何景明、杨慎、李攀龙、王世贞、吴国伦、张居正、徐石麒等诗人，清代袁枚、李绂、李调元、郭执桓等诗人，小传中都有评论其诗文的内容。如《诗观小传·吴国伦》云：

  吴国伦，字明卿，号川楼，嘉兴人。嘉靖庚戌，登进士第。历官贵州提学，移河南参政，卒。国伦之诗，雅炼流逸，情景相副。在七子之列，最为眉寿。王世贞既没，与汪道昆、季维桢狎主齐盟。刘凤、屠隆辈相与附和。有《甔甀洞稿》八十六卷。②

再如《清脾录·西樵》曰：

  西樵王士禄，渔洋之兄也。赠冒巢氏诗，有"姬人水槛焚香侍，

---

  ① 〔朝〕徐滢修：《明皋全集》(《影印标点 韩国文集丛刊》第261辑)，汉城，韩国民族文化推进会，2001年，第34页。
  ② 〔朝〕李德懋：《青庄馆全书Ⅰ》(《影印标点 韩国文集丛刊》第257辑)，汉城，韩国民族文化推进会，2000年，第378页。

秋响扁舟抱膝听"之句。杜茶村赏之，冒巢氏因作《秋听图》。余尝爱此诗潇朗妍澹，恨不读其全集。《别裁集》所载零星，沈归愚曰："阮亭诗学所从出也。"①

在这两篇小传中，作者以非常简洁的言辞"雅炼流逸，情景相副"、"潇朗妍澹"概括了吴国伦、王士禄诗歌的主要特色。

四、以主要流派和著名诗人为主，兼顾其他诗人

朝鲜诗家在评论明清诗歌时也和中国批评家一样重视大家，重视流派，主要探讨了明代台阁体三杨、茶陵派李东阳、复古派前后七子、公安派三袁、竟陵派锺谭、皇华使臣和清初明遗民、神韵派王士禛、格调派沈德潜、性灵派袁枚、肌理派翁方纲的诗歌创作，这说明他们对明清诗歌发展脉络和倾向的把握很到位。但朝鲜诗家对明清诗歌的探讨远不止于此，他们还关注了当时一些名气不大甚至毫无名气的诗人和一些非专业诗人的创作。

朝鲜诗家对明清主要流派和著名诗人的评论前面已经说得很多，此处不再赘述。下面主要看看他们对非著名诗人的关注和评论。

（一）对明清名气不大、影响较小诗人的关注和评论

高叔嗣，字子业，号苏门山人，是明代中期的一位官员、诗人。高叔嗣在中国诗坛的影响远不如前后七子、袁宏道、锺惺、谭元春等，但却引起了朝鲜一些诗家的注意，如金万重在《西浦漫笔》中说："皇明诗，济南、吴郡之七言律，信阳、武昌之五言律，北地之歌行，苏门之《选》体，皆其至者也。"②《选》体即五言古诗。再如金昌协、黄景源等大家也都对高叔嗣有较为详细的评论，认为其诗"隐约幽古，冲深温雅"，"自近唐人"，甚至认同其"为明世诗家第一"的观点（详见第二章第三节）。

郭执桓是清代乾隆年间山西的一位诗人，二十四岁即英年早逝，在中国文学史上几乎没有任何影响，但也同样受到朝鲜一些大家的重视。如李德懋、朴趾源、洪大容、朴齐家等都与其有诗文交往，唱和其《澹

---

① 〔朝〕李德懋：《青庄馆全书Ⅱ》（《影印标点 韩国文集丛刊》第258辑），汉城，韩国民族文化推进会，2000年，第54页。

② 〔韩〕赵锺业编：《修正增补 韩国诗话丛编》（第5册），汉城，太学社，1996年，第523页。

园八咏》并对其人其诗有很高的评价,认为其人有"冰月之姿、秋水之神",其诗"清虚洒脱,类不火食者"(详见第七章第三节)。

对于谦这样的名臣、民族英雄,朝鲜人自然有所关注,但他们不只关注其清正廉洁和民族气节,也关注了他的诗歌。如丁若镛在《牧民心书》中论及廉政时,就引了于谦的《入京》一诗:"手帕蘑菇与线香,本资民用反为殃。清风两袖朝天去,免得闾阎话短长。"诗人曹兢燮则赞赏了于谦的《石灰吟》:"予尝爱郑畋《马嵬坡》……于忠肃《咏石灰》云:'千椎万凿出深山,烈火丛中炼几还。粉骨碎身都不顾,只留清白在人间。'……此数诗可以见性情之正,能感动人心,而辞语亦警绝。"(《杂识》)①

朝鲜诗人在论及茶陵派诗歌时,不仅关注了代表人物李东阳,还谈到了李东阳的门生邵宝(字国贤),谈论了他的《乞终养未许》一诗并给予了高度评价(详见第一章第三节)。

(二) 对明清帝王诗的关注和评论

明清时期,不少帝王带头学习、弘扬中华文化,而诗歌无疑是中华文化的精华,因此受到帝王们的重视。连朱元璋这样文化水平不高的皇帝也在登基后开始学诗赋诗。到了清朝,帝王们更热衷于作诗以显示其热爱、熟稔中华文化,所以几乎每位皇帝都有自己的诗集。遗憾的是,和历代诗人相比,帝王们的诗歌成就明显逊色太多,少有精品。所以批评家们对帝王诗的探讨也相对较少。而朝鲜诗家在接受、评论明清诗歌时却注意到了几位帝王的诗歌并进行了分析和褒贬。他们关注的明代帝王诗主要有朱元璋的《新月诗》、《咏雪诗》、《征陈至潇湘》和《赐朝鲜国秀才权近》,建文帝朱允炆的《咏新月》、《逊国后赋诗》,成祖朱棣和大臣的对句,还有仁宗朱高炽的《观象奕》。朝鲜诗家或者从这些诗歌中看到了帝王气象,或者认为某些诗句一语成谶。出于政治原因,他们更欣赏《赐朝鲜国秀才权近》这组诗(详见第一章第一节)。对有清一代的帝王诗,朝鲜诗家朴趾源主要关注了康熙帝的《热河三十六景诗》,而其评价是"皆陋拙无致",且认为当时臣子广为笺注更没有必要(详见第六章第三节)。朝鲜诗家对明清帝王诗的关注有一定的政治原

---

① 〔朝〕曹兢燮:《岩栖集》(《影印标点 韩国文集丛刊》第350辑),汉城,韩国民族文化推进会,2005年,第543页。

因，但评价还算客观、中肯。

（三）对明清女诗人的关注和评论

明清时期的女诗人无论在数量上还是在成就上都无法和唐宋时代的女诗人相比，但朝鲜诗家也关注了她们的一些诗歌。如李学逵的《感事集句》诗①集了明代张红桥（林鸿外室）赠林鸿《留别子羽七绝句》诗中"一点残灯照药丛"②一句，集了明代谢五娘《感怀》诗中"任尔随波逐水流"③一句。方婉仪（1732—1779）是清代著名画家罗聘之妻，也是一位才女，据成海应的《柳惠风热河诗注》载："罗两峰名聘，江苏杨（注：当为'扬'）州府人。少年风流，晚年奉佛，携其子允缵，流寓琉璃厂之观音阁，落拓可怜。……妻桐城方氏名婉仪，号白莲女史，亦能诗序刻。"④注者在论及罗聘时也顺便提到了其妻方婉仪，指出她也是一位诗歌才女。朝鲜诗家也提到或评论了杨慎妻子黄安人、钱谦益妻子柳如是的诗文创作和季文兰的题壁诗（详见第六章第四节）等等。不管是详细评论还是顺便提及，他们都表达了对这些女诗人的赞许。

此外，朝鲜诗家还提到了一些明清官员、学者、画家、书法家兼诗人，如张昱、张以宁、林鸿、沈周、吴宽、徐石麒、邵长蘅、吴省钦、罗聘、陆飞、严诚、李绂、铁保等等，朝鲜诗家们或品评其诗歌，或引用其诗句，或传诵其逸事，或叙述与之交往的过程。这些引用、评论或叙述都为我们认识、研究这些诗人及其诗歌提供了新的视角或资料。

如果说朝鲜诗家对明清主要流派与诗人的关注和评论，基本上抓住了此时诗歌发展的主流，那么他们对这些非著名诗人的关注则说明他们对明清诗歌接受得更加广泛和深入。

---

① 〔朝〕李学逵：《洛下生集》（《影印标点 韩国文集丛刊》第290辑），汉城，韩国民族文化推进会，2002年，第393页。

② 张红桥《留别子羽七绝句》（其一）："床头络纬泣秋风，一点残灯照药丛。梦吉梦凶都不是，朝朝望断北来鸿。"（〔清〕钱谦益：《列朝诗集》，顾廷龙主编：《续修四库全书》第1624册，上海，上海古籍出版社，2002年，第356页）

③ 谢五娘《感怀》："百岁因缘一旦休，三生石上事悠悠。无梁双陆难归马，恨点天牌不到头。千里月明千里恨，五更风雨五更愁。东风去后花无主，任尔随波逐水流。"（〔清〕钱谦益：《列朝诗集》，顾廷龙主编：《续修四库全书》第1624册，上海，上海古籍出版社，2002年，第382页）

④ 〔朝〕成海应：《研经斋全集Ⅵ》（《影印标点 韩国文集丛刊》第278辑），汉城，韩国民族文化推进会，2001年，第100页。

五、所引少数诗歌与中国现存版本有出入

毫无疑问,在近代以前,朝鲜诗家是最了解明清诗歌的域外接受者和批评家,他们对明清诗歌接受得最全面深入、鉴赏评论最多。但出于各种原因,他们在接受与评论时所引用的明清诗歌有些和中国现存各版本的记载有出入。

(一)题目不同

题目不同是朝鲜诗家抄录、评论明清诗歌时出现较多的问题。如下表所列:

明清诗歌作者及原题	朝鲜诗人抄录题目及出处
朱元璋《又赓张翼韵》	《咏雪》(洪万宗《诗评补遗》)
高启《范蠡》	《咏范少伯》(李圭景《诗家点灯》)
刘基《题画红梅》	《红梅》(李健命《咏盆中白梅序》)
李攀龙《上朱大司空二首》	《咏新河》(李晬光《芝峰类说》)
王世贞《题王晋卿烟江迭嶂图苏子瞻歌后仍用苏韵》	《和烟叠嶂图》(金万重《西浦漫笔》)
钱谦益《天都瀑布歌》	《天都峰瀑布歌》(南公辙《天都峰瀑布立轴(绢本)》)
王士禛《题孙豹人小像》	《题豹人小像》(李圭景《诗家点灯》)
王士禛《汉武帝通天台址》	《通天坮》(奎章阁《东诗丛话(续)》)
王士禛《雨中度故关》	《雨中度关》(奎章阁《东诗丛话(续)》)
李锴《新秋雨中,塞晓亭侍郎招饮署斋,即席分赋》	《新秋雨中,寒晓亭侍郎招饮署斋》(李德懋《清脾录》)
袁枚《行十里至黄厓再登文殊塔观瀑》	《游庐山观瀑》(李升圭《东洋诗学源流》)
陆飞《汉皋夜市》	《汉口秋夜》(李圭景《诗家点灯》)
潘庭筠《李吏部斋中元夕》	《元夕》(李德懋《清脾录》)
李调元《题醒园图有感六首》	《忆醒园》(李德懋《清脾录》)
李调元《桐城道中》	《桐城道中绝句》(柳得恭《并世集》)

续表

明清诗歌作者及原题	朝鲜诗人抄录题目及出处
李调元《几何主人歌》	《几何主人歌送弹素归国并寄贤侄冷菴》（柳得恭《并世集》）
李调元《落花生歌（为柳几何及其侄蕙风作）》	《落花生韵和柳惠风》（柳得恭《并世集》）
李调元《梅关和德定圃座主题壁韵》	《梅关和德定圃座师题壁韵》（柳得恭《并世集》）《梅关》（李德懋《清脾录》）
李调元《飞来寺题飞泉亭示怀远长老四首》	《飞来山题飞泉亭示怀远长老》（柳得恭《并世集》）

（二）作者不同

朝鲜诗家在辑录和评价明清诗歌时也偶有与中国所载作者不同的情况，如下表中的几例：

明清诗歌作者	朝鲜诗家的记录
《白纻辞》：李梦阳	王世贞（申钦《象村稿》）
《怀麓堂集》：李东阳	李梦阳（李滉《退溪集》）
《太和即事四首》（其二）：王世贞	王守仁（郑必达《八松集》之《游鹤驾山录》）
《白杜鹃花》：陈至言	查慎行（李圭景《诗家点灯》）

（三）词句有出入

与中国所载的诗歌在词句上有出入是朝鲜诗家记录和评论明清诗歌时出现最多的现象，如下表所列：

明清诗歌原句及作者	朝鲜诗家抄录诗句及出处
知是人家花落尽，菜畦今日蝶来多。（高启《春暮西园》）	知是邻家花落尽，菜畦今日蝶来多。（李德懋《寒竹堂涉笔》未提诗名）
谢客只容风入户，卷帘闲放燕归梁。（于谦《平阳分司》）	谢客只容风入户，卷帘时放燕归梁。（朴琴轩《文章杂评》）

续表

明清诗歌原句及作者	朝鲜诗家抄录诗句及出处
都将治世安民策，散作裁冰剪雪辞。（于谦《题十八学士图》	都将治世安民业，散作裁冰剪雪词。（朴琴轩《文章杂评》）
侯归上天多旧伍，关为前驱张后拒。（李东阳《五丈原》）	侯归上天多旧伍，羽为前驱飞后拒。（李晬光《芝峰类说》）
乞归未许奈亲何，帝里风光梦里过。（邵宝《乞终养不许》）	乞归未许奈亲何，帝里风光梦一过。（曹兢燮《杂识》）
黄鹤楼前日欲低，汉阳城树乱乌啼。（李梦阳《夏口夜泊别友人》）	黄鹤楼前日欲低，汉阳城树乱鸦啼。（申钦《晴窗软谈》）
窗前百种鸟，为谁不安栖。（王世贞《夜度娘》）	窗前百种鸟，谁为不安栖。（申钦《象村稿》未提诗名）
小院炙瑶筝，红妆按队呈。（王世贞《小垂手》）	小院爇瑶筝，红妆按队呈。（申钦《象村稿》未提诗名）
欲问济南奇绝处，峨眉天半雪中看。（王世贞《漫兴》）	欲识济南奇绝处，峨眉天半雪中看。（李晬光《芝峰类说》）
幽人月出每孤过，栖鸟山空时一鸣。（王守仁《龙潭夜坐（滁州作）》）	幽人月出每孤过，好鸟山空时一鸣。（朴汉永《石林随笔》）
人人自有定盘针，万化根源总在心。（王守仁《咏良知四首示诸生》其三）	人人自有定盘针，万化根源本在心。（张维《谿谷漫笔》）
尊前浊酒憨憨醉，饱后青山慢慢登。（袁宏道《得罢官报》）	闲时浊酒憨憨醉，饭后青山缓缓登。（南鹤鸣《杂说》）
勿以独角麟，媲披万牛毛。（钱谦益《古诗赠新城王贻上》）	勿以独角麟，俪披万牛毛。（《东诗丛话》）
垂杨小苑绣帘东，莺阁残枝未思逢。（柳如是《西湖八绝》）	垂杨小苑绣帘东，莺阁残枝蝶趁风。（李学逵《洛下生集》）
从酒欲谋良夜醉，将诗不必万人传。（朱彝尊《集杜》）	从酒欲谋良夜醉，席谦不见近弹棋。（李圭景《诗家点灯》）

续表

明清诗歌原句及作者	朝鲜诗家抄录诗句及出处
石亭秋未暮,溪阁昼生阴。(毛奇龄《游青原十三首》其二)	石亭秋未暮,溪阁自生阴。(李德懋《清脾录》)
鸡鸣晓日黄河动,雁阵秋阴紫塞空。(毛奇龄《少年》)	鸡鸣晓日黄沙动,雁阵秋阴紫塞空。(李德懋《清脾录》)
避登千寻塔,正对一条水。(袁枚《行十里至黄厓再登文殊塔观瀑》)	彼登千寻塔,正对一条水。(李升圭《东洋诗学源流》)
漫言皮里有阳秋,时抱虞卿著述愁。(李调元《漫言》)	平生皮里有阳秋,时抱虞卿著述愁。(李德懋《清脾录》、柳得恭《并世集》)
白鹭飞翚讲院崇,牕轩暂过此观风。(李调元《吉安太守卢介轩崧招游白鹭州书院,院已久圮,时初落成,为题一律示诸生,从介轩所请也》)	白鹭洲长讲院崇,牕轩暂过此观风。(柳得恭《并世集》)
人拨乱云驴背上,僧敲古月鸟栖前。(李调元《梅关和德定圃座主题壁韵》)	人拨乱云驴背上,僧敲古月鸟栖边。(柳得恭《并世集》)
见客纤纤指红甲,一方洋帕献槟榔。(李调元《南海竹枝词》)	见客纤纤红指甲,一方洋帕献槟榔。(柳得恭《并世集》)
回望英州云尚湿,城边羃羃酒楼灯。(李调元《英德县喜雨》)	回首英州云尚湿,城边羃羃酒楼灯。(柳得恭《并世集》)
沙边持竿翁,舟如一叶耳。得鱼就我卖,此意未可鄙。白鹭不上滩,飞还知倦矣。岩影倒江中,我亦傍村艤。忽闻欸乃声,山青乃如此。(李调元《中宿硖》)	沙边持竿翁,舟真一叶耳。忽闻欸乃声,山青乃如此。(柳得恭《并世集》)

根据明清诗歌传到朝鲜半岛的时间、途径、方式等因素分析,朝鲜诗家的记载与中国记载的不同可能有这样几个原因。其一,传过去的诗集是较早的版本,而在中国重新刊印时,个别诗歌做了改动或刊刻时出

现了小失误。如李晬光《芝峰类说》载李东阳《五丈原》曰:"侯归上天多旧伍,羽为前驱飞后拒。"而《文渊阁四库全书》为"关为前驱张后拒"①,所以他依据的应是更早的《列朝诗集》的记载。其二,明清诗歌在刊刻成集以前以零散的方式传到朝鲜,后来刊刻前作者对一些诗歌的题目或词句略有改动,如下一节将详细探讨的李调元诗歌。其三,朝鲜诗家在传阅、抄录明清诗歌时出现失误,导致了记载不够准确。如申钦《晴窗软谈》曰:"空同之诗:'黄鹤楼前日欲低,汉阳城树乱鸦啼。……'"②而中国现存各版本的这首诗都记作"汉阳城树乱乌啼"。申钦对何景明《华容吊楚宫》的记载也不够准确:"若大复之诗,几乎唐样。大复之'章华日暮春游尽,云梦天寒夜猎多'者,虽唐人岂易及也?"③ 中国现存版本中有"日暖"(万历本《华容县志》)④、"日晚"⑤和"日顿"(乾隆、光绪本《华容县志》)⑥,却未见"日暮"的版本。

第二节　朝鲜诗家对明清诗歌评论的价值

朝鲜诗家论明清诗歌的角度、形式、方法、载体多种多样,异彩纷呈,令人瞠目,令人叹为观止,而这些评论的意义和价值更值得关注和研究。

文学活动是一个复杂的过程,既包括作者的创造活动,也包括读者的阅读、鉴赏和评论。只有经过这些步骤,文学作品才能真正实现其价值。文学评论是文学活动中一种动力性和规范性活动,既可以促进文学创造,又能够推动文学的传播和接受。因此,可以说,朝鲜诗家对明清诗歌的评论和中国的评论一起参与并促进了明清诗歌价值的实现,加速了明清诗歌传播和接受的进程,扩大了明清诗歌在中国和朝鲜的影响。

---

① 〔明〕李东阳:《怀麓堂集》(影印本《文渊阁四库全书》第1250册),台北,台湾商务印书馆,1986年,第10页。
② 〔朝〕申钦:《象村稿Ⅱ》(《影印标点 韩国文集丛刊》第72辑),汉城,韩国民族文化推进会,1991年,第338页。
③ 〔朝〕申钦:《象村稿Ⅱ》(《影印标点 韩国文集丛刊》第72辑),汉城,韩国民族文化推进会,1991年,第335页。
④ 〔明〕孙羽侯主修:《华容县志》,长沙,湖南人民出版社,1988年,第23页。
⑤ 《列朝诗集》、《文渊阁四库全书》、《四库禁毁书丛刊·明诗选》均作"日晚"。
⑥ 江苏古籍出版社编选:《华容县志》,南京,江苏古籍出版社,2002年,第474页;〔清〕孙炳煜等修:《华容县志》,台北,台湾成文出版社,1975年,第369页。

此外，朝鲜诗家对明清诗歌的评论中还包含着深厚的历史文化内容、丰富的信息，对研究明清诗歌以及两国的历史、政治、文化、文学交流都有重要的意义和价值。

一、有助于考证明清诗歌的东传时间及途径

受地域、信息等因素的影响，中国文学在朝鲜的传播和影响总体上具有明显的滞后性，如李德懋曾形象地说："大抵东国文教，较中国每退计数百年后始少进。东国始初之所嗜，即中国衰晚之所厌也，如岱峰观日，鸡初鸣，日轮已腾跃，而下界之人尚在梦中；又如峨眉山雪，五月始消。"（《寒竹堂涉笔·孤云论儒释》）① 而到了明代，情况则有所不同。当时，朝鲜是与中国关系最为亲密的藩属国，两国的政治交往达到高峰。政治上的友好也促进了文化交流，两国经常互派使臣，这些使臣在完成政治任务的同时也进行文学交流，交流中还将大量中国各代典籍带到朝鲜。到了清代，两国的政治往来虽有所减弱，但朝鲜文人仍然有很多机会出使中国，他们每次来都会想方设法带回去一些书籍。所以明清两代中国文学东传较前代更快。

对朝鲜文学的影响是明清诗歌研究的新领域，要研究这一课题，就有必要考证其东传的时间和途径。中国现有的资料对这方面的记载较少，而朝鲜文人在评论明清诗歌时往往会顺便提到，这对研究有重要的参考作用。如尹根寿在评论李梦阳和王世贞的诗歌时就捎带提及了他们的名声和作品东传的一些情况："辛巳年嘉靖登极，诏使唐修撰皋出来时，远接使容斋李公问于天使曰：'当今天下文章谁为第一？'唐答曰：'天下文章以李梦阳为第一。'其时崆峒致仕，家居汴梁，而名动天下。我国不知……"（《月汀漫笔》）② 据此可知，朝鲜最初了解李梦阳是在嘉靖登极年即1521年，此时距李梦阳去世还有十年。他又说："因赴京之行，而购得《四部稿》。"（《朝天录》）③ 尹根寿赴北京是在1589年，即王世贞去世的前一年。据此又可知，王世贞去世之前，他的大部分文集已经

---

① 〔朝〕李德懋：《青庄馆全书Ⅲ》（《影印标点 韩国文集丛刊》第259辑），汉城，韩国民族文化推进会，2000年，第245页。

② 〔朝〕尹根寿：《月汀集》（《影印标点 韩国文集丛刊》第47辑），汉城，韩国民族文化推进会，1989年，第369页。

③ 〔朝〕尹根寿：《月汀集》（《影印标点 韩国文集丛刊》第47辑），汉城，韩国民族文化推进会，1989年，第259页。

传到了朝鲜。李德懋《清脾录》"王阮亭"条云："《陶谷李相国集》始现《蚕尾集》（王士禛著），而不知其诗之如何。李槎川尝得邵子相选本三册，而为帐中之秘。故槎川之诗能脱凡陋之习，良有以也。槎川没后数十年，其书流落，为薑山所藏。《带经堂全集》之来东才二十余年，而藏之者不过二三家，亦不识其为何人。"①《清脾录》初稿约成于1777年②，可见王士禛《带经堂全集》（1711年刊刻）刻成约40年后传入了朝鲜。要考证明清时期其他著名诗人如袁宏道、锺惺、钱谦益等人诗作的东传时间，也都能从朝鲜诗家的评论中找到有力的证据。

朝鲜诗家论诗资料中还记录了明清诗歌东传朝鲜的多种途径。

其一，使臣个人购买或以特产交换。朝鲜使臣多利用购买或交换的形式获得中国书籍，如上文提到的尹根寿"因赴京之行，而购得《四部稿》"。李天辅《送金诚之致一燕行，乞购钱牧斋集》曰："人归易水几秋风，寂寞燕南侠窟空。钱氏文章如击筑，愿闻余响百年中。"③李天辅在高度评价钱谦益作品之后，恳求朋友出使中国期间帮自己购回《牧斋集》。许多朝鲜诗家也都在探讨明清诗歌时谈到自己或朋友在中国琉璃厂买明清诗集的情况或见闻。如洪大容"正月二十六日，往琉璃厂寻味经斋书坊。……问《牧斋续集》有无，周曰：'未出'"（《燕记·蒋、周问答》）④。也有些朝鲜诗家出使期间带着本国特产如高丽参、高丽纸、扇子、丸药等等，在中国换取明清诗人作品。如柳希春《眉岩日记》记载："（丁丑万历五年，我宣庙十一年）余以梁应鼎为圣节使将赴京，理山来人参二斤，可买中国书册。修简送之，令景濂持人参往谒托之。所最望者，《皇朝名臣编录》、《欧阳公集》、《空同集》（即李梦阳）、《致堂管见》，其次……"⑤

其二，官方采购。朝鲜官方派遣使臣到中国除了完成政治任务，还有一项十分重要的文化任务即购买中国各代的书籍，明清两代的诗歌也

---

① 〔朝〕李德懋：《青庄馆全书Ⅱ》（《影印标点 韩国文集丛刊》第258辑），汉城，韩国民族文化推进会，2000年，第47页。
② 张伯伟：《清代诗话东传略论稿》，北京，中华书局，2007年，第110页。
③ 〔朝〕李天辅：《晋庵集》（《影印标点 韩国文集丛刊》第218辑），汉城，韩国民族文化推进会，1998年，第137页。
④ 〔朝〕洪大容：《湛轩书》（《影印标点 韩国文集丛刊》第248辑），汉城，韩国民族文化推进会，2000年，第245—246页。
⑤ 〔朝〕柳希春：《眉岩集》（《影印标点 韩国文集丛刊》第34辑），汉城，韩国民族文化推进会，1989年，第407—408页。

多在购买之列。如李宜显 1720 年出使中国期间，就购得图书 50 余种 1300 余卷，其中有很多明代的诗集，他后来回忆说："所购册子：……《明诗综》三十二卷……《何大复集》八卷，《王弇州集》三十卷，《续集》三十六卷，《徐文长集》八卷……"① 这种官方的购买活动使得明清诗歌大量且快速地传到了朝鲜。

其三，中国文人赠送或和诗。朝鲜文臣在与中国文人的交流中，最希望得到的礼品就是书籍，所以他们在中国期间会收到中国文人的赠书，而中国文臣出使朝鲜期间，一般也会带去书籍作礼物。在这个过程中，许多明清诗人的作品传到了朝鲜。如闵仁伯（1552—1626）《龙蛇日录》记载："是年闰四月，丰屿王公亦启行，余送别于湾上。公以凤州（王世贞号）集一袭留别，余作十首诗谢之。"② 如此，王世贞文集就留在了朝鲜。李德懋《清脾录》"《晚村集》"条记录了俞汉萧获得吕留良诗集的过程：

> 康熙时既颁《觉迷录》，而吕留良《晚村集》不复传于天下。吴月谷琼入燕，潜求之不得。先王癸酉，俞参判汉萧以副使入燕求之。有一士怀《晚村诗集》抄本一册潜来馆中，泣而传之，仍持献于先王。自是士大夫家稍稍誊录，诗皆幼安、渊明之志，羽所南之悲，令人掩抑，涕泪横集。③

朝鲜诗家敬仰吕留良的诗品与人品，在评论其诗歌时顺便提到了获得吕留良《晚村集》的经过。当时吕留良的作品在中国被禁，而中国的一位无名文人潜入朝鲜使臣馆驿，含泪相赠，才使得《晚村集》传到朝鲜并在那里被视为珍宝而广为流传。那么这段记录就显得非常珍贵和难得。再如"执桓因同邑人邓师闵寄其《绘声园诗集》于洪湛轩，属公为序，

---

① 〔朝〕李宜显：《陶谷集Ⅱ》（《影印标点 韩国文集丛刊》第 181 辑），汉城，韩国民族文化推进会，1997 年，第 502 页。
② 〔朝〕闵仁伯：《苔泉集》（《影印标点 韩国文集丛刊》第 59 辑），汉城，韩国民族文化推进会，1990 年，第 43 页。
③ 〔朝〕李德懋：《青庄馆全书Ⅱ》（《影印标点 韩国文集丛刊》第 258 辑），汉城，韩国民族文化推进会，2000 年，第 23 页。

又与泠斋、楚亭次其集中八咏以送"(《澹园八咏为平河郭封圭执桓作》)①。郭执桓的诗歌被同乡、朋友邓师闵送给朝鲜诗人并请求和诗,此后其诗歌便在朝鲜流传开来。不管在中国还是在朝鲜,中朝文人交流时,经常会作诗互相应和。在这个过程中,朝鲜文人总会积极记录下中国文人的作品并留在或带回朝鲜。而明清时期,中朝文人不仅当面交流十分频繁,还多在分别后保持书信和诗文往来,故此时中国的诗歌也大量传到了朝鲜半岛。朝鲜诗家在探讨明清诗歌时还往往以能和中国诗人交流、切磋为荣,也更加珍视交流中双方创作的诗歌。如明代中国使臣在朝鲜期间和朝鲜陪臣互相酬唱的诗文,就被朝鲜方面收集整理成大规模的《皇华集》而传世;柳得恭与清代诗人李调元、郭执桓等人有诗文往来,所以他编选了《并世集》,收录了清代71位诗人的271首诗作。

因此,要考查中国明清诗歌在何时以何种途径传到了朝鲜半岛,在朝鲜诗家对明清诗歌的各种评论中能找到大量有用的信息和资料。

二、反映了明清诗歌在朝鲜的传播及影响盛况

关于明清诗歌在朝鲜传播及影响的具体情况,中国文献记载不多。甚至直到今天,还有很多人不知道明清诗歌曾经产生过重要的国际影响。而从朝鲜诗家大量的批评资料中,我们就可以了解其在朝鲜半岛传播及影响的盛况。明清诗歌传到朝鲜后,诗家们纷纷以传阅文本、口头吟诵、抄录、刊印等方式进行传播,还以次韵、模拟等方式学习,也有人读后赋诗以抒发感慨。这些方式使得明清诗歌在朝鲜的传播速度更快,影响更大。

任埅曾以借阅、手抄的方式密切接触了袁宏道的诗文,其《书〈石公尺牍〉卷首》曰:

> 昔亡友赵长卿为余言明《袁中郎集》可观,余今借得于农岩阅之。……其匠心铸辞,要自胸中流出,笔端鼓舞,不沿袭故套陈语,往往有脱洒可喜者,盖亦艺苑之一豪也。其中小札短简,虽多傲世玩人漫浪游戏之语,尽奇警,无凡笔,可想其为人之出尘。余绝爱

---

① 〔朝〕李德懋:《青庄馆全书Ⅰ》(《影印标点 韩国文集丛刊》第257辑),汉城,韩国民族文化推进会,2000年,第175页。

之，遂手录一小册，以为欹枕御睡之资，题曰《石公尺牍》。①

李德懋非常欣赏王士禛的诗文，其《清脾录》"王阮亭"条曰：

> 《带经堂全集》之来东才二十余年，而藏之者不过二三家，亦不识其为何人。余尝从人借读，洋洋巨观，目瞠舌咋，自恨相见之苦晚。于是有诗曰："好事中州空艳羡，尧峰文笔阮亭诗。"遂诧张夸震于泠斋、薑山、楚亭诸人，举皆咀嚼浓郁，耳濡目染。②

李德懋在借阅了王士禛的诗文后感觉颇好，于是大肆向柳得恭、朴齐家、李书九等友人宣传，这些朋友也借此机会领略了王士禛诗文的风采，并和李德懋一起宣传王士禛的诗歌，使得王士禛诗歌快速在半岛传播开来。

从任埅、李德懋的记述可知，明清诗集在朝鲜供不应求，而手抄则效率太低。为了解决这个难题，有人想到了刊印的方式，如尹根寿的《崆峒诗跋》就记载了自己刊印李梦阳诗集的事："右崆峒七言古诗六十一首，律诗一百五十首。余之居守松都，用活字印之。"③ 刊印后，明清诗歌在朝鲜传播范围更广，速度也更快了。

传播得越快，影响也就越大。崔锡鼎说："及至穆陵之世，文苑诸公，拟议修辞，学嘉隆诸子，一反正始。"（《〈东溟集〉序》）④ 明代中后期的徐、袁、锺、谭等诗人的作品传到朝鲜后，也出现了"诸贵游子弟靡然从之"（南公辙《从氏象灵居士墓志铭》）⑤ 的盛况。而那些著名的明清诗人如李梦阳、王世贞、李攀龙、王士禛等，更是朝鲜诗人追慕效仿的对象，如"中朝王李之诗，又稍稍东来，人始希慕仿效，锻炼精

---

① 〔朝〕任埅：《水村集》（《影印标点 韩国文集丛刊》第149辑），汉城，韩国民族文化推进会，1995年，第195页。
② 〔朝〕李德懋：《青庄馆全书Ⅱ》（《影印标点 韩国文集丛刊》第258辑），汉城，韩国民族文化推进会，2000年，第47—48页。
③ 〔朝〕尹根寿：《月汀集》（《影印标点 韩国文集丛刊》第47辑），汉城，韩国民族文化推进会，1989年，第239页。
④ 〔朝〕崔锡鼎：《明谷集Ⅰ》（《影印标点 韩国文集丛刊》第153辑），汉城，韩国民族文化推进会，1995年，第578页。
⑤ 〔朝〕南公辙：《金陵集》（《影印标点 韩国文集丛刊》第272辑），汉城，韩国民族文化推进会，2001年，第329页。

工。自是以后,轨辙如一,音调相似"(金昌协《农岩杂识》)①,"士章平生酷爱李于鳞诗,匠心师迹,若将朝暮遇焉"(徐滢修《〈西楼诗稿〉序》)②,明清诗歌受欢迎的程度由这些评论可见一斑。

次韵明清诗歌是朝鲜诗人常用的作诗方式,如金弘郁的《次于鳞凯歌韵》、赵泰采的《夜坐次李岷峒韵》、崔锡鼎的《次王元美春日郊游》、柳得恭的《次雨村几何歌韵》、朴齐家的《次韵翁覃溪落叶诗帖》、金正喜的《与今轩共拈锺竟陵韵十首》等,这些诗分别用了李攀龙、李梦阳、王世贞、李调元、翁方纲、锺惺诗作之韵。次韵诗一定是在非常喜爱、熟悉原作的基础上创作的,是一种间接的评论,所以这种方式也反映了明清诗歌在朝鲜的影响程度。

文人雅集是中朝文人的共同爱好。朝鲜诗家也经常在雅集时将明清诗歌作为吟赏、交流的对象,从而进一步扩大了明清诗歌的影响。如申靖夏曾记录了一次酒宴上,朝鲜诗家以中国历代大家的诗歌为范例次韵的事情:

> 酒半,客有出言者曰:"今日兴甚,不可不作诗。作诗亦不可少,必满十篇乃止。"二三子壮其言而许之。遂杂取杜甫、陈与义、范成大、袁凯、李梦阳诸集,各次其一诗而又迭之。或有染墨伸纸就灯挥洒者,或有遥吟抱膝意在云汉者,或有吻悲毫干欲写复止者,或有倚案击节快读成诗者,其状态不一,意兴益浓。而诸子之诗,几满于轴矣。(《绿槐槛夜集记》)③

明代袁凯、李梦阳的诗歌能够与唐宋大家一起出现在文人集会的场合,足以说明其受重视的程度。柳琴在中国期间与李调元交好,回国后每年在李调元生日时精心安排亲朋聚会。柳得恭《叔父几何先生墓志铭》曰:"……柳弹素……游燕中,与绵州李调元深相交而归。遇其生朝,挂

---

① 〔朝〕金昌协:《农岩集Ⅱ》(《影印标点 韩国文集丛刊》第162辑),汉城,韩国民族文化推进会,1996年,第377—378页。
② 〔朝〕徐滢修:《明皋全集》(《影印标点 韩国文集丛刊》第261辑),汉城,韩国民族文化推进会,2001年,第142页。
③ 〔朝〕申靖夏:《恕庵集》(《影印标点 韩国文集丛刊》第197辑),汉城,韩国民族文化推进会,1997年,第369页。

其像而酹之酒，闻之者或笑之。"① 李德懋《读李雨村〈粤东皇华集〉》题下注曰："雨村……与柳弹素相识，寄其《粤东皇华集》及小影。又闻公深于《尔雅》之学，另寄落花生一包。十二月初五为羹堂生朝，弹素每集亲知西向沥酒。"② 而当时参加聚会的李德懋、朴齐家、柳得恭、徐滢修等均是朝鲜一流文人，他们的推崇使李调元在朝鲜影响倍增。

还有一些朝鲜诗家连做梦都在阅读、学习明清诗歌或与明清诗人切磋，如郑弘溟《次韵张内翰维，梦月汀先生》的《引言》曰："上年八月十二日，弘溟方抱沉痾，晓头假寐，梦拜月汀尹相公于城西第。侍坐移时，言语颇多，公抽得《李沧溟文集》，披览久之，问于某曰：'近闻君读皇明文字，翻到几家？'某对以沧溟艰苦难晓。"③ 再如许筠的《〈续梦诗〉序》记载：

> 四月初五日，梦入大琳宫。上金殿，有僧二人曰："何仲默、徐昌谷、王元美当来，可留待见之。"良久，少年二人据上座，紫衣玉带者次坐，而招余坐其下。三人者求书籍甚款，俄而僧取回友，各置四人前，令各赋乐府四十首。元美先成，余诗次成，元美为改数诗，即《蹋铜鞮》第三及《上清辞》第二也。二少年亦踵成，俱书于笺，似主僧。既觉，只记元美所改二篇，而题目则了然，亟燃烛补作之，未曙而悉完，疑有神助，只恨草率也。名曰《续梦录》。④

日有所思，夜有所梦，以上两位诗人的梦境正说明了明清诗人及诗歌已经深入到朝鲜诗人的生活当中。

以上所引内容均选自朝鲜诗家对明清诗歌不同角度、不同形式的评论，从这些内容可知明清诗歌在朝鲜的传播之广、影响之深。

---

① 〔朝〕柳得恭：《泠斋集》（《影印标点 韩国文集丛刊》第260辑），汉城，韩国民族文化推进会，2000年，第108页。
② 〔朝〕李德懋：《青庄馆全书Ⅰ》（《影印标点 韩国文集丛刊》第257辑），汉城，韩国民族文化推进会，2000年，第189页。
③ 〔朝〕郑弘溟：《畸庵集》（《影印标点 韩国文集丛刊》第87辑），汉城，韩国民族文化推进会，1992年，第21—22页。
④ 〔韩〕成均馆大学校大东文化研究院编：《许筠全集》，汉城，成均馆大学校出版部，1981年，第44页。

三、补充了明清诗歌理论，促进了朝鲜诗学发展

朝鲜诗家论明清诗歌，一方面丰富、补充了中国明清的诗歌理论和诗评，另一方面也促进了朝鲜诗歌理论的丰富和发展，可以说对两国的诗学发展及交流都有重要的意义和价值。

邝健行先生《韩国诗话中论中国诗资料选粹》的《前言》说："韩国历代不少学者学养丰硕，诗学甚深，谈论诗歌问题时，往往能提出独特而可取的见解。这些见解或者中国学者从未提及；或者即使提及，也在韩人之后，可能又不如韩人的清晰完整。他们的独特而可取的见解，对我们的研究有极其重要的参考作用。"[①] 朝鲜诗家对明清诗歌的批评就是鲜明的例证。

自明代起，中国诗歌东传朝鲜及在朝鲜的传播速度明显加快，朝鲜诗家也和中国的评论家一样，立即对这些诗歌展开了研究和批评，并与中国评论家遥相呼应。朝鲜诗家在评论明清诗歌时受到了中国的影响，如朝鲜诗家对竟陵派的批评就受到钱谦益、朱彝尊、纪昀等人的影响。但有时也会提出和中国不同的意见甚至相反的观点，如中国评论家认为李攀龙在诗歌创作和理论上都不及王世贞，但朝鲜的一些诗家却不这样认为，李民宬、李裕元就将李攀龙分别称为"皇朝词伯"、"一代词宗"，而且都有一定的根据，他们的研究角度和观点也不容忽视。

朝鲜诗家对明清诗歌理论和诗评的丰富和补充主要体现在以下两个方面。

其一，对明清诗歌理论和诗评的研究、阐发、纠正或补充。朝鲜诗家接受明清诗歌的同时也十分关注并大量参考、借鉴了明清的诗歌理论和诗评，他们有时直接抄录，有时则阐发或补充了自己的认识，使之更细致、更形象，更容易理解和接受。

清代王士禛倡导的"神韵说"在朝鲜受到高度关注，一些诗人就此发表了议论或从某方面进行了解释。如李升圭《东洋诗学源流·诗法论》云：

> 王渔洋论学诗之法，当以性情、学问相辅。其言曰："司空表圣

---

① 邝健行等选编：《韩国诗话中论中国诗资料选粹》，北京，中华书局，2002 年，第 10 页。

云:'不著一字,尽得风流。'此性情之说也。杨子云云:'读千赋则能赋。'此学问之说也。二者相辅而行,不可偏废。若无性情而侈言学问,则昔人有'点鬼簿'、'獭祭鱼'者矣。学力深,始能见性情。此一语是造微破格之论。"又曰:"严仪卿所谓'如镜中花,如水中月,如水中盐味,如羚羊挂角,无迹可求。'皆以禅喻诗,《内典》所云'不即不离、不黏不脱'是也。"渔洋选《唐贤三昧集》,颇本此旨。故渔洋主神韵,亦即所谓性情之说也。①

王士禛在师友问答中阐发了自己的"神韵说"(见《师友诗传录》和《师友诗传续录》),扬雄、司空图、严羽的经典论断恰好是其支撑。李升圭抄录了谢无量《诗学指南》,也赞同其中的观点。他也认为王士禛所说的"神韵"即"性情"与"学问"的相辅相成,二者缺一不可。这既是对神韵的一种形象化解读和理解,也是对王士禛诗论的继承和传播。金泽荣也将诗歌的神韵具体化、形象化:"诗之理致精工者,苦思可以致之;至于神韵,非苦思之可致,虽作者亦有时乎不自知其所以然。余尝与尹愚堂赏峨嵋山红牡丹花六十一本,笑言曰:'彼其光气神采,可捉摸乎?王贻上之诗似之。'愚堂闻之欣然,述为一说。"(《杂言》)② 金泽荣将王士禛诗歌的神韵这一抽象的特征比作光采不可捉摸的红牡丹,以此说明神韵乃自然天成,并非苦思而致。洪翰周诗曰:"诗家神韵自天秀,四海风骚孰擅场。莫道《谈龙》公案在,莲洋那得并渔洋?"(《送权史野大肯以副行人赴燕》其八)③ 洪氏也认为王士禛的"神韵"源于自然。曹兢燮则阐述了神韵与诗歌之"志"的关系:"大诗众体具备,实非渔洋之比。夫诗以言志,志立而后神韵方有所附丽。渔洋诗只是如镜花水月,可以眩人之眼,而不足以动人之心。"(《与金沧江》)④ 这几位诗人关于作诗如何获得神韵以及神韵与诗歌其他要素的关系为后代诗

---

① 〔韩〕赵锺业编:《修正增补 韩国诗话丛编》(第17册),汉城,太学社,1996年,第397页。
② 〔韩〕韩国学文献研究所编:《金泽荣全集》(二),汉城,亚细亚文化社,1978年,第115页。
③ 〔朝〕洪翰周:《海翁藁》(《影印标点 韩国文集丛刊》第306辑),汉城,韩国民族文化推进会,2003年,第377页。
④ 〔朝〕曹兢燮:《岩栖集》(《影印标点 韩国文集丛刊》第350辑),汉城,韩国民族文化推进会,2005年,第115页。

人指明了方向,这对中国的诗人也有一定的启发作用。

而对于明清的一些诗学理论或观点,朝鲜诗家也予以指瑕或纠正。如明代后七子紧承前七子继续倡导"诗必盛唐",而完全否定了宋诗。对此黄玹提出了异议:"嘉隆七子漫纵横,赵宋无诗太不情。奈此嶙峋坡谷笔,中天万古两齐名。"(《丁稼日宅寄七绝十四首,依其韵戏作论诗杂绝以谢》其七)① 1783 年,朝鲜诗人李晚秀与中国文人张裕昆笔谈明清诗歌和诗论,二人都指出了钱谦益论诗不公的问题:

> 余阅案上有沈碻士《说诗粹语》(注:"粹"当作"晬")一卷,问曰:"沈是近来人否?"书答曰:"归愚江南老名士,论诗颇好。"张指卷中语牧斋处书曰:"牧斋持论不公,专为门户起见。"余答曰:"牧斋每诋王李,而李则未可知,王则何可当也?弇山虽在唐宋必不可寂寥。"(《辖车集》)②

李晚秀认同张裕昆的看法,认为钱谦益对王世贞、李攀龙的批评过于严苛,已经演变成诋毁或打压。他尤其为王世贞鸣不平。李晚秀作为一个国外的旁观者,能够客观、理性地看待中国理论界的纷争。

其二,朝鲜诗家对一些在中国没有受到重视或少有评论的诗人和诗歌给予了关注和评论。如现存的二十四部《皇华集》收录了中国明代景泰元年(1450)至崇祯六年(1633)近 200 年间中国使朝大臣的大量诗作,是中国明代诗歌的重要组成部分。而迄今为止,中国的研究者对这些诗歌却极少论及,也没有将其收入《全明诗》,甚至很多人根本就不知道它们的存在,令人遗憾。而在朝鲜,《皇华集》却曾受到高度的重视,不仅每一集在编订时都有著名文人为之作序,刊刻发行后还受到更多文人的关注,他们纷纷以各种形式展开了褒贬不一的评论。这无疑是对中国《皇华集》研究的补充。再如前文提到,有些诗人如高叔嗣、郭执桓、季文兰在中国没有受到足够重视,他们的诗作鲜为人知,更少有人评论。而朝鲜诗家却十分关注他们的诗歌,如黄景源说高叔嗣"为诗

---

① 〔朝〕黄玹:《梅泉集》(《影印标点 韩国文集丛刊》第 348 辑),汉城,韩国民族文化推进会,2005 年,第 415 页。
② 〔韩〕林基中编:《燕行录全集》(第 60 册),汉城,东国大学校出版部,2001 年,第 423 页。

清新婉约"①,甚至提出了他是"明世文人第一"②的观点。清代山西诗人郭执桓的诗歌在中国也几乎没有人注意,而朝鲜诗家却说其诗有"冰月之姿、秋水之神"(洪大容引李德懋语)③,乃"清虚洒脱,类不火食者"④。朝鲜诗家对明末清初女子季文兰的题壁诗多有次韵和评论,这也是对该诗评论空白的补充。可见,朝鲜诗家对明清诗歌的批评同样是中国明清诗歌研究的丰富和补充,有重要的参考价值,不容忽视。

　　此外,朝鲜诗家对明清诗歌的评论以及对明清诗歌理论、诗评的参考和借鉴也同样促进了朝鲜诗歌理论和诗学的发展。首先,朝鲜的一些批评家引用、抄录了很多中国明清的诗歌理论或诗评,如李钰编纂的《百家诗话抄》⑤共236则,所抄录的内容全来自袁枚的《随园诗话》。奎章阁本《东诗丛话》抄录了袁枚《续诗品》32则中的前28则。⑥李德懋论诗时引用或抄录了朱彝尊的《静志居诗话》、《明诗综》、沈德潜的《明诗别裁集》、王士禛的《池北偶谈》等大量内容。这些诗话既弘扬了明清两代的诗学理论,也丰富了朝鲜的诗歌理论和诗评,使得朝鲜朝时期也出现了大量的诗评著作。其次,朝鲜诗家在评论明清诗歌时也充分表达了自己的独到见解和观点,有些观点还反馈回中国,对明清的诗歌创作和批评也有不小的作用。因此,我们在研究这些评论的时候,还"应该从'求同'思维中走出来,从'变异'的角度出发"⑦,这样才能真正了解朝鲜诗学体系的建构过程,以及其中"变异"了的、具有独创性的评论。

---

①〔朝〕黄景源:《江汉集Ⅰ》(《影印标点 韩国文集丛刊》第224辑),汉城,韩国民族文化推进会,1999年,第528页。
②〔朝〕黄景源:《江汉集Ⅰ》(《影印标点 韩国文集丛刊》第224辑),汉城,韩国民族文化推进会,1999年,第528页。
③〔朝〕洪大容:《湛轩书》(《影印标点 韩国文集丛刊》第248辑),汉城,韩国民族文化推进会,2000年,第74页。
④〔朝〕朴趾源:《燕岩集》(《影印标点 韩国文集丛刊》第252辑),汉城,韩国民族文化推进会,2002年,第283页。
⑤〔韩〕赵锺业编:《修正增补 韩国诗话丛编》(第11册),汉城,太学社,1996年,第235—272页。
⑥〔韩〕赵锺业编:《修正增补 韩国诗话丛编》(第13册),汉城,太学社,1996年,第491—493页。
⑦ 曹顺庆主编:《比较文学概论》,北京,高等教育出版社,2015年,第164页。

四、对明清诗歌的校勘和辑佚有参考价值

明清时期的诗歌数量巨大,版本众多,一首诗歌在不同时代的不同版本中会出现题目不同、词句有出入等现象,这就增加了校勘的难度。传到朝鲜半岛的一些明清诗集,尤其是那些较早的版本很可能保留了诗歌的原貌,而朝鲜诗家在评论明清诗歌时所引用或参考的往往是这些版本,这就可能帮助我们解决一些校勘方面的问题。如李东阳有一首拟古乐府《五丈原》,李晬光《芝峰类说》卷十二曰:"李东阳《五丈原》词云:'侯归上天多旧伍,羽为前驱飞后拒。忠魂不逐降王车,长卫英孙朝烈祖。'意尤好矣。"① 这首古诗载于《四库全书》本《怀麓堂集》卷一,题作《五丈原》,其第二句为"关为前驱张后拒"②,而《列朝诗集》与李晬光的记载一致,为"羽为前驱飞后拒"(《列朝诗集》丙集第一)③。这种朝鲜诗家的记载和中国某一版本相同的现象就可以在校勘时适当参考。

还有一种情况,朝鲜诗人所记载的明清诗歌与中国现存各种版本均有较大的出入。如袁枚有一首《博浪城》诗,朝鲜的朴趾源和李德懋均抄录、探讨过。朴趾源《热河日记·避暑录》记载:

> 余问尹卿曰:"当世诗人海内称首者,可得闻名欤?"尹卿曰:"以海内之大,固不乏鸿匠妙才。而敝年老,断置人世事,年少才子未能相识。敝老友袁太史枚,字子才,高蹈不羁之士也。不乐仕宦,放迹山水,最工怀古之作。"因高咏数句,余未晓听,请书示。其《博浪城》诗曰:"真人采药走蓬莱,博浪沙连望海台。九鼎尚沉三户起,六王才毕一椎来。虎龙有气黄金尽,山鬼无声白璧哀。大索十日还撒手,如君终古尽奇才。"观其诗,可占中原士大夫之心,而

---

① 蔡镇楚编:《域外诗话珍本丛书》(第九册),北京,北京图书馆出版社,2006 年,第 245 页。
② 〔明〕李东阳:《怀麓堂集》(影印本《文渊阁四库全书》第 1250 册),台北,台湾商务印书馆,1986 年,第 10 页。
③ 〔清〕钱谦益:《列朝诗集》(二)(顾廷龙主编:《续修四库全书》第 1623 册),上海,上海古籍出版社,2002 年,第 198 页。

亨山之独咏此篇，其意尤著，然不讳于奇丽川，何也？①

李德懋《清脾录》"袁子才"条曰：

> 袁枚字子才，李雨村称之曰："子才，当今第一才人。子才著述甚富，今年七十余。以庶吉士改上元知县，官止于此，然天下知与不知，皆称道。余《尾蔗轩闲谈》备言其事。最工怀古，其《博浪城》诗云：'真人采药走蓬莱，博浪沙连望海台。九鼎尚沉三户起，六王才毕一椎来。虎龙有气黄金尽，山鬼无声白璧哀。大索一旬还撒手，此君终竟是奇才。'……"②

朴、李二人所记载的《博浪城》后四句词句有所不同，可能是抄录过程中的失误。但二者又都迥异于光绪壬辰刻本《小仓山房诗集》卷一、周本淳标校《小仓山房诗文集》、王英志主编《袁枚全集》中的记载，后者皆曰："黄金宫阙神仙远，白璧光阴山鬼催。此日西风如力士，当车还击布帏开。"③朴趾源的记载来源于尹嘉铨（？—1871，时任大理寺卿），李德懋的记载来源于李调元，尹嘉铨是袁枚的友人，与之有诗文往来，李调元和袁枚也熟识并多有唱和，所以朴、李的记载都有据可循，都可参考。于是，他们记录的这首《博浪城》是否是袁枚当时的初稿抑或另一个版本，就值得研究，这对袁枚诗集的校勘也有参考价值。

和前代相比，明清时期中朝两国诗人面对面的交往和书信往来都更加频繁，在交往的过程中他们经常互相唱和，留下了很多诗作。明清诗人的一些作品有的被作者本人记录下来，保存于自己的诗集之中，更多的诗歌自己则没有记录整理。而朝鲜诗人恰恰以这种诗歌交流为荣，于是他们总是精心记录并保存好这些中国诗人的只言片语或整首诗歌，并和自己的作品一并录入诗集，当然多数诗人会标明这些诗歌的作者。因

---

① 〔朝〕朴趾源：《燕岩集》（《影印标点 韩国文集丛刊》第252辑），汉城，韩国民族文化推进会，2000年，第284页。

② 〔朝〕李德懋：《青庄馆全书Ⅱ》（《影印标点 韩国文集丛刊》第258辑），汉城，韩国民族文化推进会，2000年，第58—59页。

③ 光绪壬辰刻本《小仓山房诗集》（《续修四库全书》第1431册，上海古籍出版社，2002年，第245页）、周本淳标校《小仓山房诗文集》（上海古籍出版社，1988年，第12页）、王英志主编《袁枚全集》（第一册）（江苏古籍出版社，1993年，第11页）。

此，在现存朝鲜诗人的诗集、书信和诗话作品以及序跋等评论性的文章中都能找到一些明清诗人的佚作。如成海应《研经斋诗话》载：

> 吕晚村罹曾静狱，覆其家，诗集中《如此江山图》及《钱墓松歌》皆思明室而作，感慨悲恻。尝赠漂海朝鲜人诗曰："矮矮茅檐可隐居，乾坤城郭非吾庐。囊里无钱可当酒，山中有客只烹蔬。天和日暖锄春韭，夜静风恬读古书。世事悠悠忘我老，看花随竹数游鱼。"其诗虽不甚佳，其义亦多郑思肖画兰之意。①

关于此诗，孙殿起（1894—1958）《贩书偶记》卷十四也有详细记载：

> 《吕晚村诗集二卷 文集八卷 附行略一卷》（石门吕留良撰 高丽人旧钞本）
> 目录第一页首行书名下有崇祯纪元后乙巳天盖楼镌十一字。文集卷一至四答复各书，皆注明与某姓某名号及某年某月日所作。至书中凡他刊本属墨钉未辨某字，皆一一写出。后有曾孙为景题识，并附高丽人补诗一首云："矮矮茅檐可隐居，乾坤城郭非吾庐。天和日暖锄春亩，夜静风恬读古书。囊里无钱可当酒，山中有客只烹蔬。世事悠悠忘我老，看花随竹数游鱼。"晚村诗集不载此诗，而浙江漂海人到我境，传诵此诗，曰"此晚村诗"云，故录之。②

吕留良的这首未载于《晚村集》的佚诗由于朝鲜人的抄录而得以保留下来，对研究吕留良的经历和遗民心态具有重要的意义。

沈象奎诗《书李墨庄〈登岱图〉，次韵袁随园枚七十八岁旧题》曰："诗人有神力，遇物皆蹈抗。寸聿扫万群，物巨力随王。……君怜一隅见，出图许暂望。对之如身到，君在此山上。"③ 沈象奎所次的袁枚"七十八岁旧题"在中国现存的袁枚诗集中没有收录，很可能是当时流传到

---

① 〔朝〕成海应：《研经斋全集 V》（《影印标点 韩国文集丛刊》第 277 辑），汉城，韩国民族文化推进会，2001 年，第 503 页。
② 孙殿起：《贩书偶记》，中华书局上海编辑所编辑，北京，中华书局，1959 年，第 337 页。
③ 〔朝〕沈象奎：《斗室存稿》（《影印标点 韩国文集丛刊》第 290 辑），汉城，韩国民族文化推进会，2002 年，第 20 页。

朝鲜但是后来袁枚没有将其收进自己的作品集。如果根据沈象奎这条线索深入查找，就有可能发现袁枚的一首佚诗。柳得恭《并世集》收录了张问陶的《次修再入京师，正月四日访我松筠庵。酒半挥毫，文词娓娓，读其〈寄怀〉、〈出关〉之作，率吟二绝答之》，其二曰："闲寻古寺问松筠，走笔留题捷有神。我在中原如虮虱，何须高许作传人。"① 而此诗也未载于《船山诗草》，可能是张问陶的一首佚作。

朝鲜诗家对李调元诗歌的评论所体现的校勘和辑佚价值较为明显。1776 年，柳琴出使中国，与李调元结识并多有唱和。李德懋的《清脾录》"李雨村"条记载了二人结识的具体经过和李调元的赠诗：

> 李雨村调元，字羹堂……丁酉春，柳琴弹素随谢恩使入燕。弹素，奇士也，欲一交天下文章博洽之士。尝于端门外见羹堂仪容甚闲雅，直持其襟请交，遂画砖书其姓名及字。羹堂一见投契，称其名字之甚奇。弹素屡造其室，谆谆善接人，呈露心素，有长者风。见弹素兄子得恭惠风别诗，大加称赏。临别赠以诗曰："有客飞乘过海车，玄谈天外乍逢初。自言不学张津老，绛帕蒙头读道书。""平生皮里有阳秋，时抱虞卿著述愁。谁把诗名传海外，看云楼集客来求。""长衫广袖九衢喧，避怪多蒙暂驻轩。他日寄书传小阮，有诗付雁与吾看。""天寒风劲扑窗纱，佳客论心细煮茶。日暮归怀留不得，惟将明月托天涯。"②

据李德懋的记载，李调元给柳琴的临别赠诗和给柳得恭的次韵诗共有四首，其第二首题为《漫言》（载于《童山诗集》卷十九），原诗首句为"漫言皮里有阳秋"③，其余三首均不载于《童山诗集》。那么这三首诗歌就应该是没有在中国保存下来的李调元的佚诗了。

柳得恭编选的《并世集》收录了李调元的 19 题共 33 首诗，其中很多诗歌是李调元与柳琴、"四家诗人"的唱和之作，经过与朝鲜诗人所

---

① 〔韩〕林基中编：《燕行录全集》（第 60 册），汉城，东国大学校出版部，2001 年，第 159 页。
② 〔朝〕李德懋：《青庄馆全书Ⅱ》（《影印标点 韩国文集丛刊》第 258 辑），汉城，韩国民族文化推进会，2000 年，第 57 页。
③ 〔清〕李调元：《童山诗集》（顾廷龙主编：《续修四库全书》第 1456 册），上海，上海古籍出版社，2002 年，第 291 页。

作原韵诗歌的比照，可以确认其中的 7 题 17 首次（和）韵之作都不载于《童山诗集》和国内其他文献，应该属于李调元的佚诗（包括以上说的三首）。这些佚诗包括《几何柳公来访》、《几何再访》（二首）、《怀几何子》、《次韵寄李炯菴》（四首）、《和寄朴楚亭》、《和寄席帽山人》（三首）、《次柳冷庵韵（有序）》（五首）。朝鲜诗家评论李调元诗歌时所引用的很多诗句与收录在李调元《童山诗集》（《文渊阁四库全书》本）的记载也有较多出入，如李德懋《清脾录》"李雨村"条说李调元"作《忆醒园》诗以见其志，曰……'烦恼诗人二月天，长安买酒日高眠。不须怪我朝参懒，梦里醒园只枕边'"①，而《童山诗集》则为"长安买醉日高眠"（《题醒园图有感六首》其五）②。再如与李调元过从甚密的柳得恭所记录的李调元诗歌也多与《童山诗集》的记载不同。李调元曾作《落花生歌（为柳几何及其侄蕙风作）》，柳得恭将此诗精心抄录并作了和诗。柳得恭抄录的这首诗与和诗均为 34 句，而《文渊阁四库全书》版的《童山诗集》所记录的只有 28 句，且词句也有多处不同。李调元的另外一首共 22 句的《几何主人歌》，在柳得恭《并世集》中不仅题目与《童山诗集》的记载不同，诗句也有 10 句不同，下面列表比对：

《几何主人歌送弹素归国并寄贤侄冷菴》（柳得恭《并世集》）	《几何主人歌》（李调元《童山诗集》）
自言一生少朋友	自言乐浪少知友
独于余交开笑口	独与余逢开笑口
以指画地琉璃东	天隔三韩大海东
共醉新年柏酒	试酌新年椒柏酒
高谈落笔生清风	颇觉唾咳生清风
脑藏万卷罗星宿	胸蟠万卷罗星宿
唾咳霏霏如屑玉	落笔霏霏如屑玉
可怜辞尽意无穷	可怜握手意无穷
落日已挂西山角	落日催过西山角
蓟门烟柳空依依	蓟门柳色空依依

---

① 〔朝〕李德懋：《青庄馆全书Ⅱ》（《影印标点 韩国文集丛刊》第 258 辑），汉城，韩国民族文化推进会，2000 年，第 57 页。

② 〔清〕李调元：《童山诗集》（顾廷龙主编：《续修四库全书》第 1456 册），上海，上海古籍出版社，2002 年，第 252 页。

柳得恭与李调元的交往十分频繁，李调元的赠诗也多是直接寄给柳得恭本人的，因此，柳得恭的记载应该是比较准确的。而《童山诗集》与柳得恭的记载出入较多，很可能是后来李调元做了修改，也可能在传抄或刊刻时出现了个别失误。所以，要想探究李调元这些诗歌的原貌，朝鲜诗人的记载应该更加可信。

五、对研究两国文化交流及补充地方志有文献价值

朝鲜文人在探讨明清诗歌时很少单纯论诗，往往还记录很多其他内容，如诗人生平、个性、逸事、作诗背景、两国诗人（包括使臣）的诗文交往、深厚友谊等等，这些内容多是中国的文学、政治、历史文献中极少涉及或根本就没有记载的，所以又是宝贵的文献资料。

首先，朝鲜诗人对台阁大臣、李梦阳这样的诗人兼朝廷重臣的评论就涉及了当时的政治格局、君臣关系等；对王守仁、邵宝这些诗人兼哲学家的探讨就涉及了当时的哲学思潮和不同派别；对于谦、钱谦益、明末爱国诗人、清初明遗民诗人的评论就涉及了他们的民族精神和民族气节；对铁保、玉保这样的满族诗人的关注就涉及了当时的民族关系；对王世贞、张问陶这样的诗文大家的评论就涉及了他们的生平、思想、个性甚至奇闻轶事。这些关注和评论已经远远超出了文学的范围，涉及了当时中国的诸多领域，对研究当时的政治、哲学、历史、民族关系等有重要文献价值。

其次，朝鲜诗人对明清诗人及诗歌的关注和评论还多涉及两国的交流情况。如朝鲜诗家对翁方纲、纪晓岚、铁保、李调元的评论就涉及了两国文人、文学交流的盛况；对明清帝王诗、使臣诗歌的评价涉及了两国的政治交流情况；在探讨明清诗歌传到朝鲜半岛的途径如中国政府赠送、朝鲜官方购买、文人个人购买、交换、互相赠送等，又涉及了两国文化交流的方方面面。朝鲜诗家对《皇华集》中诗歌及作者的评论，就是研究当时两国政治关系及交流情况的宝贵史料，朝鲜诗家不遗余力赞美使臣诗歌体现了对大明王朝的敬畏和事大的虔诚态度，而多次谈及使臣的才德、人品以及在朝期间的行为表现，尤其负面表现则是正史中没有记载的，如：

> 其后太仆丞金湜、中书舍人张珹到国。……然太仆性贪，多受财赂。临行虽脯果杂物，皆亲自束缚，又多请铁物而去，时人谓之

錀器长商士。……董侍讲、王给事之来，侍讲诗文俱清赡，笔凭晋迹。给事诗与书亦皆豪宕，真一双连璧也。然诏敕分迎之事，有违于礼，未免东人所讥也。(成伣《慵斋丛话》卷一)①

崇祯丙子岁，登莱监军黄孙茂奉敕来我。黄是江西建昌人，壬戌进士，为人嗜酒疏阔，颁敕日屡失礼而不自知。……黄公进士出身，官位通显，而作诗如此，中华文明安在哉，令人慨然。然近岁华使来者，黩货无餍。(张维《谿谷漫笔》)②

大明王朝为了显示大国威望和文教，总是选择自认为德才兼备的使臣到朝鲜。没想到，一部分使臣在朝鲜的表现竟然如此有损国家形象，给朝鲜人留下笑柄。大明政府对此知之甚少甚至一无所知，而一些朝鲜文人却如实记录下来并收入自己的文集，指出了他们的傲慢、贪婪等缺点，这对后人研究明代使臣出使情况以及中朝关系都是不可多得的文献资料。

再如，前文提到的清代山西诗人郭执桓，在中国文学史上无一席之地，在其家乡的县志中也无详细记载③。而令人惊讶也令人欣慰的是，他却赢得了当时朝鲜一流文人的一致好评。在这些朝鲜诗家现存的文集中，有关郭执桓的家世、生平、人品、诗文创作这些情况都有详细记载，这对中国学者研究清代诗歌以及丰富和补充地方志都是难得的珍贵文献。

总之，在朝鲜诗家对明清诗歌的评论中，我们了解到了有关明清诗歌东传的时间、途径以及在朝鲜的传播、影响等许多情况，而这些评论也是明清诗歌校勘和辑佚的重要参考资料。最重要的是，朝鲜诗家对明清诗歌的评论，虽然受到了中国诗评的影响，但是与中国评论在很多方面存在着和而不同的情况，甚至观点相左，对两国的诗歌理论都进行了补充和丰富。而这些涉及诸多领域的评论又具有珍贵的文献价值，也是研究中朝两国政治关系、文化交流的重要内容和有力佐证。

---

① 〔朝〕朝鲜古书刊行会编：《大东野乘》(一)(《朝鲜群书大系》第3辑)，京城，《京城日报》印刷部，1916年，第22—26页。

② 〔朝〕张维：《谿谷集》(《影印标点 韩国文集丛刊》第92辑)，汉城，韩国民族文化推进会，1992年，第602页。

③ 民国本《临汾县志》卷六载王亶望《郭木菴墓志铭》，其中只提及郭泰峰(字青岭，号木菴)"子四：执桓，议叙承德郎；执蒲，候选千总；……"(刘玉玑修，张其昌纂：《临汾县志》，台北，成文出版社有限公司，1977年，第918页)

参考文献

（按作者或出版单位国别、朝代、出版时间排序）

外国文献：

〔朝〕《韩客巾衍集》（韩国学术情报院藏抄本，线装，4 卷 2 册，无丝栏，半叶 10 行 21 字，注双行），1777 年。

〔朝〕朝鲜古书刊行会编：《大东野乘》，京城，《京城日报》印刷部，1916 年。

〔朝〕徐居正编：《东文选》，东京，学习院东洋文化研究所，1970 年。

〔朝〕郑麟趾等：《高丽史》，汉城，亚细亚文化社，1972 年。

〔朝〕朝鲜民主主义人民共和国科学院历史研究所著：《朝鲜通史》，吉林延边朝鲜族自治州《朝鲜通史》翻译组译，长春，吉林人民出版社，1973 年。

〔朝〕郑麟趾等编纂：《皇华集》，台北，珪庭出版社，1978 年。

〔朝〕李圭景：《五洲衍文长笺散稿》，汉城，明文堂，1982 年。

《洪万宗全集》，汉城，太学社，1986 年。

〔韩〕韩国学文献研究所编：《金泽荣全集》，汉城，亚细亚文化社，1978 年。

〔韩〕韩国学文献研究所编：《黄玹全集》，汉城，亚细亚文化社，1978 年。

〔韩〕成均馆大学校大东文化研究院编：《许筠全集》，汉城，成均馆大学校出版部，1981 年。

〔韩〕赵锺业：《中韩日诗话比较研究》，台北，学海出版社，1984 年。

〔韩〕李丙焘：《韩国儒学史略》，汉城，亚细亚文化社，1986年。

〔韩〕韩国民族文化推进会编：《影印标点 韩国文集丛刊》（1—350辑），汉城，韩国民族文化推进会，1988—2005年。

〔韩〕柳承国：《韩国儒学史》，傅济功译，台北，台湾商务印书馆，1989年。

〔韩〕金相洪、梁光锡、申用浩编：《韩国文学思想史》，汉城，启明文化社，1991年。

〔韩〕李成茂：《高丽朝鲜两朝的科举制度》，张琏瑰译，北京，北京大学出版社，1993年。

〔韩〕赵锺业编：《修正增补 韩国诗话丛编》（1—17册），汉城，太学社，1996年。

〔韩〕金台俊：《朝鲜汉文学史》，张琏瑰译，北京，社会科学文献出版社，1996年。

〔韩〕韩国哲学会编：《韩国哲学史》，韩振乾等译，北京，社会科学文献出版社，1996年。

〔韩〕全海宗：《中韩关系史论集》，全善姬译，北京，中国社会科学出版社，1997年。

〔韩〕崔根德：《韩国儒学思想研究》，北京，学苑出版社，1998年。

〔韩〕林基中编：《燕行录全集》（1—100册），汉城，东国大学校出版部，2001年。

〔韩〕赵东一：《韩国文学论纲》，周彪、刘钻扩译，北京，北京大学出版社，2003年。

〔韩〕柳晟俊：《中国诗歌和韩国汉诗的交融》，香港，香港东亚文化出版社，2005年。

〔韩〕韩国古典翻译院编：《影印标点 韩国文集丛刊（续）》（1—150辑），首尔，古典翻译院，2005—2009年。

〔韩〕权锡焕、〔中〕陈蒲清：《韩国古典文学精华》，长沙，岳麓书社，2006年。

〔日〕末松保和编：《李朝实录》（1—56册），东京，学习院东洋文化研究所，1954—1967年。

中国文献：

〔清〕永瑢等撰：《四库全书总目提要》（《万有文库》本），上海，商务印书馆，1931 年。

〔清〕张廷玉等撰：《明史》，北京，中华书局，1974 年。

〔清〕沈德潜：《清诗别裁集》，北京，中华书局，1975 年。

〔清〕赵尔巽等撰：《清史稿》，北京，中华书局，1977 年。

〔清〕沈德潜：《明诗别裁集》，周准编选，北京，中华书局，1979 年。

〔清〕何文焕编：《历代诗话》，北京，中华书局，1981 年。

〔清〕丁福保辑：《历代诗话续编》，北京，中华书局，1983 年。

〔清〕朱彝尊：《静志居诗话》，北京，人民文学出版社，1990 年。

〔清〕钱谦益：《列朝诗集小传》，台北，明文书局，1991 年。

游国恩等主编：《中国文学史》，北京，人民文学出版社，1982 年。

郭绍虞编选：《清诗话续编》，富寿荪校点，上海，上海古籍出版社，1983 年。

《文渊阁四库全书》（影印本），台北，台湾商务印书馆，1986 年。

金毓黻主编：《辽海丛书》，沈阳，辽沈书社，1986 年。

童庆炳：《中国古代心理诗学和美学》，北京，中华书局，1992 年。

刘介民：《比较文学方法论》，天津，天津人民出版社，1993 年。

李岩：《朝鲜李朝实学派文学观念研究》，北京，北京大学出版社，1994 年。

廖可斌：《复古派与明代文学思潮》，台北，文津出版社，1994 年。

任范松、金东勋主编：《朝鲜古典诗话研究》，延吉，延边大学出版社，1995 年。

《四库全书存目丛书》编纂委员会编：《四库全书存目丛书》，济南，齐鲁书社，1994—1997 年。

陈书录：《明代诗文的演变》，南京，江苏教育出版社，1996 年。

中国社科院图书馆整理：《续修四库全书总目提要》，济南，齐鲁书社，1996 年。

《四库禁毁书丛刊》编纂委员会编：《四库禁毁书丛刊》，北京，北京出版社，1997 年。

陈尚胜：《中韩文学交流三千年》，北京，中华书局，1997 年。

郑判龙主编：《韩国诗话研究》，延吉，延边大学出版社，1997 年。

袁行霈：《中国诗歌艺术研究（增订本）》，北京，北京大学出版社，

1997 年。

简江作：《韩国历史》，台中，五南图书出版公司，1998 年。

李学勤主编：《十三经注疏》，北京，北京大学出版社，1999 年。

《韦旭升文集》，北京，中央编译出版社，2000 年。

朱则杰：《清诗史》，南京，江苏古籍出版社，2000 年。

姜日天、彭永捷、韩相美：《君子国智慧——韩国哲学与 21 世纪》，上海，华东师范大学出版社，2001 年。

孟华主编：《比较文学形象学》，北京，北京大学出版社，2001 年。

孟昭毅：《东方文学交流史》，天津，天津人民出版社，2001 年。

王晓平：《亚洲汉文学》，天津，天津人民出版社，2001 年。

张立文主编：《东亚文化研究》，北京，东方出版社，2001 年。

葛荣晋主编：《韩国实学思想史》，北京，首都师范大学出版社，2002 年。

顾廷龙主编：《续修四库全书》（影印本），上海，上海古籍出版社，2002 年。

季水河：《多维视野中的文学与美学》，北京，东方出版社，2002 年。

邝健行等编著：《韩国诗话中论中国诗资料选粹》，北京，中华书局，2002 年。

李圣华：《晚明诗歌研究》，北京，人民文学出版社，2002 年。

刘为：《清代中朝使者往来研究》，哈尔滨，黑龙江教育出版社，2002 年。

吴承学：《晚明文学思潮研究》，武汉，湖北教育出版社，2002 年。

徐远和：《儒家思想与东亚社会发展模式》，南宁，广西人民出版社，2002 年。

杨昭全：《中国—朝鲜·韩国文化交流史》，北京，昆仑出版社，2002 年。

张德秀：《朝鲜民族古代汉诗选注》，沈阳，辽宁民族出版社，2002 年。

张伯伟：《中国古代文学批评方法研究》，北京，中华书局，2002 年。

李岩：《中韩文学关系史论》，北京，社会科学文献出版社，

2003 年。

乐黛云：《比较文学简明教程》，北京，北京大学出版社，2003 年。

刘介民：《中国比较诗学》，广州，广东高等教育出版社，2004 年。

刘顺利：《半岛唐风：朝韩作家与中国文化》，银川，宁夏人民出版社，2004 年。

邬国平：《竟陵派与明代文学批评》，上海，上海古籍出版社，2004 年。

张哲俊：《东亚比较文学导论》，北京，北京大学出版社，2004 年。

金宽雄、金东勋：《中朝古代诗歌比较研究》，牡丹江，黑龙江朝鲜民族出版社，2005 年。

刘菁华等编选：《明实录朝鲜资料辑录》，成都，巴蜀书社，2005 年。

牛林杰、刘宝全主编：《中韩人文社会科学研究（第 1 辑）》，济南，山东大学出版社，2005 年。

蔡镇楚编：《域外诗话珍本丛书》（1—20 册），北京，北京图书馆出版社，2006 年。

蔡镇楚、龙宿莽：《比较诗话学》，北京，北京图书馆出版社，2006 年。

曹顺庆：《比较文学教程》，北京，高等教育出版社，2006 年。

李学堂：《朝鲜朝后期文学批评研究》，北京，民族出版社，2006 年。

周伟民：《明清诗歌史论》，长春，吉林教育出版社，2006 年。

陈跃红：《比较诗学导论》，北京，北京大学出版社，2007 年。

金健人主编：《韩国研究（第七辑）》，北京，学苑出版社，2007 年。

孙卫国：《大明旗号与小中华意识：朝鲜王朝尊周思明问题研究（1637—1800）》，北京，商务印书馆，2007 年。

尹允镇等：《韩国文学史》，上海，上海交通大学出版社，2007 年。

张伯伟：《清代诗话东传略论稿》，北京，中华书局，2007 年。

廖可斌：《明代文学复古运动研究》，北京，商务印书馆，2008 年。

姜振昌、刘怀荣主编：《东亚文学与文化研究》，北京，中国社会科学出版社，2010 年。

张伯伟：《作为方法的汉文化圈》，北京，中华书局，2011 年。

严迪昌:《清诗史》,北京,人民文学出版社,2012 年。

蔡美花、赵季主编:《韩国诗话全编校注》,北京,人民文学出版社,2012 年。

严明:《东亚汉诗研究》,北京,中国书籍出版社,2013 年。

韩荣奎、韩梅:《18—19 世纪朝鲜使臣与清朝文人的交流》,青岛,中国海洋大学出版社,2014 年。

聂珍钊:《文学伦理学批评导论》,北京,北京大学出版社,2014 年。

赵季等著:《明洪武至正德中朝诗歌交流系年》,北京,人民文学出版社,2014 年。

曹顺庆主编:《比较文学概论》,北京,高等教育出版社,2015 年。

李岩:《朝鲜中古文学批评史研究》,北京,人民文学出版社,2015 年。

后　记

　　我们的本科和硕士学业都是在延边大学完成的，在那里，我们接触了丰富的朝鲜半岛文化，也有幸结识了众多朝鲜文学的研究专家。从那时起，我们开始对朝鲜汉文学产生了兴趣。

　　2007年至2010年，我们一起在中央民族大学攻读博士学位。三年中，我们各自完成了20万字的博士学位论文，还合作完成了22万字的书稿《朝鲜诗家论明清诗歌》。2010年底，《朝鲜诗家论明清诗歌》得到国家社科规划办的资助，获批后期资助项目。这说明这个选题是有价值的，而我们三年的努力也得到了回报。收到立项书的同时，我们也收到了评审专家中肯的修改意见。我们自己也很清楚，这部书稿还不够详尽，还有很多问题，于是又用了很多时间和精力进行修改、补充，直到2014年末才最终完成了现在这部60万字的书稿。

　　相比前面几个朝代，明清时期著名诗人少，诗歌整体成就相对低。能够看到明清诗歌的朝鲜诗人和评论家也仅限于朝鲜朝的一部分，而他们在接受中国古诗时，往往首选先秦、魏晋或唐宋部分，愿意接受和评论明清诗歌的相对较少，且保存下来的接受与评论资料也非常零散，收集起来难度大，所以这部书稿的成书和修改过程都十分艰难。几年间，我们把500辑的《韩国文集丛刊》、17册的《韩国诗话丛编》、12册的《韩国诗话全编校注》、56册的《李朝实录》和明清两代的诗话诗评以及著名诗人的诗集翻了一遍又一遍。即使这样，疏漏仍在所难免，我们会继续收集资料，不断研究下去。

　　初涉朝鲜文学，就面对这样一个艰巨的任务，我们无论在学识上、能力上、精力上都感到了巨大的压力，是来自各个方面的帮助和鼓励使我们最终完成了任务。

　　感谢我们的博士导师李岩教授和文日焕教授，他们在学习、研究和生活上的帮助不仅让我们顺利完成了博士学位论文，也给了我们完成了这部书稿的动力。

感谢延边大学的孙德彪教授，我们做这个课题就是他的建议，研究的过程中孙老师还给我们提供了一些资料。也感谢延边大学的任范松、崔雄权、蔡美花等各位教授，他们的支持、鼓励以及研究态度和方法都让我们受益匪浅。

感谢国家社科规划办对这部书稿的资助，这为我们解决了购买、复印资料、支付劳务费和出版等一系列问题；也感谢这部书稿的评审专家们，他们的肯定增加了我们的信心，他们的修改意见解开了我们的一些困惑。

感谢曲阜师范大学社科处和文学院各位领导、老师在工作和生活上的帮助。

感谢我们的博士后合作导师张玉璞教授、单承彬教授，我们修改、补充这部书稿的同时都在撰写出站报告，两位老师在这两方面都给了我们悉心的指导。

感谢中国比较文学学会会长、四川大学文学与新闻学院院长、北京师范大学教授曹顺庆先生为本书作序，先生的肯定是我们继续执着于比较文学研究的极大动力。

感谢中央编译出版社使得本书顺利出版。

曹春茹　王国彪

图书在版编目(CIP)数据

朝鲜诗家论明清诗歌/曹春茹,王国彪著.
—北京:中央编译出版社,2016.1
ISBN 978-7-5117-2910-1

Ⅰ.①朝…
Ⅱ.①曹…②王…
Ⅲ.①古典诗歌-诗歌研究-中国-明清时代
Ⅳ.①I207.22

中国版本图书馆 CIP 数据核字(2015)第 309403 号

朝鲜诗家论明清诗歌

| 出 版 人:刘明清
| 出版统筹:董 巍
| 责任编辑:曲建文
| 责任印制:尹 珺
| 出版发行:中央编译出版社
| 地　　址:北京西城区车公庄大街乙 5 号鸿儒大厦 B 座(100044)
| 电　　话:(010)52612345(总编室)　　　(010)52612370(编辑室)
|　　　　　(010)52612316(发行部)　　　(010)52612317(网络销售)
|　　　　　(010)52612346(馆配部)　　　(010)55626985(读者服务部)
| 传　　真:(010)66515838
| 经　　销:全国新华书店
| 印　　刷:北京金瀑印刷有限责任公司
| 开　　本:787 毫米×1092 毫米　1/16
| 字　　数:624 千字
| 印　　张:34.25
| 版　　次:2016 年 1 月第 1 版第 1 次印刷
| 定　　价:120.00 元

| 网　　址:www.cctphome.com　　　邮　箱:cctp@cctphome.com
| 新浪微博:@中央编译出版社　　　　微　信:中央编译出版社(ID: cctphome)
| 淘宝店铺:中央编译出版社直销店(http://shop108367160.taobao.com)　(010)52612349

本社常年法律顾问:北京嘉润律师事务所律师　李敬伟　问小牛
凡有印装质量问题,本社负责调换,电话:(010)55626985